罗马帝国：神的统治
CLAUDIUS THE GOD

[英]罗伯特·格雷夫斯 著
ROBERT GRAVES

夏星 译

重庆出版集团 重庆出版社

序

罗伯特·格雷夫斯关于第一次世界大战的回忆录《向一切告别》大获成功，他因而得以摆脱自己深恶痛绝的工业文明，过上了简单的生活。《向一切告别》出版的这一年——1929年，他和美国诗人劳拉·瑞定来到马略卡岛，从此定居在这座岛上。《罗马帝国》系列书籍于1934年问世，正是他住在这里的头几年写就的，此时的他已经是一位著名的诗人。1943年，《罗马帝国》系列书籍由企鹅出版社出版，此后便长盛不衰。

格雷夫斯锁定克劳狄乌斯作为叙述者，究竟是长期深思熟虑的结果还是灵光乍现，这一点我无从得知。但是，要讲述罗马帝国的最初五十年，再没有比克劳狄乌斯更好的人选了，他是一位编年史作者，就生活在罗马帝国那病入膏肓的心脏中央。

虽然和他一起生活在那里的还有其他人，但是他们全都无法胜任。他的舅公奥古斯都建立了罗马帝国，可他一心只想着宣扬自己的光辉事迹和建立国家的中央集权，如果是他来讲述的话，那就只是宣传而已；他的伯父提贝里乌斯残暴阴郁，太过深藏不露，根本就不可能写出任何自传；他的前任卡里古拉也做不到，因为他精神错乱，以为自己是天神；接替他继承皇位的尼禄也做不到，因为他装腔作势、堕落邪恶。

不，在这群人中只有写编年史的克劳狄乌斯可以相信，只有他才能做到必不可少的客观和内省。他是个局外人，对于作家来说，这总是个优点。幼年的疾病让他终身瘸了腿，说话口吃让他处处受嘲弄，剧烈的腹痛让他痛苦了一辈子。他是这样说自己的，"走起路来一瘸一拐，说起话来结结巴巴，家人都当我是个傻瓜"。实际上，在皇室眼中，他比傻瓜也好不了多少，所以并没有人来干涉他。这无疑是救了他。在权力斗争如此残酷的世界里，没有人把他当作对手来认真对待，也没有人认为值得杀了他。这让他活到了五十一岁的高龄，然后才皇袍加身，他的性格虽然的确很胆小，可是反应却很快，而且在危急关头表现出惊人的沉着，所以他当了十三年皇帝，又变成格雷夫斯的代言人，记录了自己的生活和时代。

从其他方面来看，他也是合格的。他小的时候孤孤单单、没人注意，自然就爱上了学习，还受到了历史学家李维的鼓励，李维是少数几个赏识他才能的人之一。克劳狄乌斯凭着自己的能力成了一名历史学家，而且还是极其勤奋的一位——他写了二十卷的埃特鲁里亚史，又写了八卷的迦太基史，全都是用希腊语写的，外加一本自传、一部关于罗马字母表的专著和一篇探讨掷骰子的论文——他对这种游戏似乎相当上瘾。可是这些文献连一个字也没有流传下来。我们能看到的只有几封书信和一篇在元老院里对议员们发表的演讲——力劝他们同意让外省人也能成为罗马公民。（他们打断他的讲话，甚至诘难他，可他却耐着性子忍了下来。）

他既有历史学家的长处，也有散文作家的优点，但是仅仅根据这些，我们还不足以做出判断。是格雷夫斯给了他话语权，可这是怎样的一种话语权啊：唠唠叨叨、不着边际、添油加醋、说长道短，同时却又出奇的冷静严肃。克劳狄乌斯的角色是职业的历史学家，因此他才能用各种各样的语气来讲述千差万别的事件，不管是说到军队凯旋的铺张浪费，还是瓦鲁斯和他的军团在日耳曼森林里的遭遇，或者是皇室成员之间为了权势没完没了地搞阴谋诡计，他都同样使人信服。格雷夫斯的风格包罗万象，往往能在很短的篇幅里包含多种并不协调的元素。举例来说吧，公元41年，卡里古拉被刺身亡，克劳狄乌斯随即被拥立为他的继任者；在这段叙述中，刺客们先是笨手笨脚地残忍杀害了疯狂的卡里古拉——即使四肢都要被砍下来了，他却仍然坚信自己是神灵；这引发了一场大混乱，日耳曼卫队强烈要求杀了刺客们报仇；接着，人们发现受了惊吓的克劳狄乌斯躲在帘子后面，便欢呼着拥他为帝。刺客们手忙脚乱地杀了卡里古拉，卫兵们没头苍蝇一般地搜寻同谋犯们，克劳狄乌斯本在瑟瑟发抖，转眼就被高高举起，简直像是一出荒诞的喜剧，这些叙述放在一起，便取得了一连串叙事的成功。

这部编年史记载了罗马帝国诞生初期的罪行与蠢事，其中偶尔也会冒出一幅幅栩栩如生的画像。雅典诺多洛斯取代了可恨的加图，成为克劳狄乌斯的私人教师，他的胡须漂亮至极。"它弯弯曲曲如同波浪一般垂过胸前直到腹上，白得就像天鹅的翅膀。"克劳狄乌斯说道。这个比喻既表明了胡须那惊人的长度，也写出了白色的纯度。可他却急着要让我们放心，他是一名严肃的历史学家，这个比喻绝不仅仅是凭空杜撰的。他接着告诉我们，有一回在萨鲁斯特花园里的一个人工湖上，他确实看见雅典诺多洛斯乘着船在喂天鹅，雅典诺多洛斯发现自己的胡子和天鹅翅膀的颜色一模一样，自己也吓了一跳。这段叙述只有寥寥几行，可这就等于是一种免责声明，对于领会全书的写作手法特征至关重要。在咱们西方历史的所有记录中，这个时期是最不需要浮夸矫饰的，甚至连象征隐喻也不需要。这个时代的统治阶级残暴堕落，动不动就歇斯底里、疯疯癫癫，常常公然做出激起民愤的行为，并且通过有计划有步骤的谋杀来追求权力和维持权力；这个时代的平民大众道德败坏、不守规矩，只有扩大免费分发粮食的范围才能安抚他们，只有更加血腥残忍的表演和场面才能让他们高兴。这已经足够可怕了，不需要再加强语气，也不需要用华丽的辞藻来描述。

克劳狄乌斯当然不是一个确实靠得住的叙述者，尽管他经常提醒我们不要忘了他是如假包换的历史学家。但即使是一部真正的自传，也免不了只是一面之词，其中总是会有脱漏与虚饰。本书讲述的是一介凡夫俗子，他名叫提贝里乌斯·克劳狄乌斯·德鲁苏斯·尼禄·日耳曼尼库斯，公元41年至51年在位，是罗马的第四任皇帝，常常担心有人要来害他的性命，书中对哪些事情绝口不提，又对哪些事情夸大其词？这些在多大程度上是因为他只是一个小说人物？他的创造者利用的正是那些尚无定论的事情，而这是过去的每一个时期——即使是像这样记载相对完整的时期——都少不了的。如果对文本结合得更密切一些的话，这些问题也可以换一种方式来问。比如说，为什么要扯那么长的一段题外话来让克劳狄乌斯抨击监察官加图？是其中隐藏着什么政治动机，还是他仅仅在发泄撒气？还有朱利亚用春药的事情。人家建议她自己把春药喝下去，而不是像通常那样——既然她是希望提贝里乌斯爱上自己，那肯定应该是下药给他喝才对。克劳狄乌斯告诉我们这就是催情药。这种药对提贝里乌斯显然毫无效果，可她为什么还要继续喝那么长时间？她是吃斑蝥吃上瘾了吗？整件事情似乎是虚构出来故意为朱利亚那臭名昭著的放荡行为开脱的，同时也是为了诽谤莉薇娅·德鲁西拉——这位当祖母的很讨人厌，据说就是她做出了这种春药，然后又劝说朱利亚把药喝了下去。

这本自传的最初几章有很多篇幅都用来描述这个莉薇娅的阴谋诡计，她是奥古斯都的第三任妻子，对权力的渴望让她可以不顾一切，她铁了心要让自己的儿子提贝里乌斯继承皇位，这样她才能通过他来进行统治，书中给出了强烈的暗示，凡是妨碍她的人，都被她下毒害死了。（关于这一点，似乎并没有确凿的证据，不过她野心的绊脚石确实全都适时地消失了。）克劳狄乌斯尤其重点强调了她对奥古斯都的影响力，他说奥古斯都几乎是完全听她摆布。

克劳狄乌斯二十四岁这年，奥古斯都去世了，如今他被公认为一名卓越的军事指挥家、手腕高超的政治家和管理天才，给希腊罗马世界带来了稳定与繁荣。可是，距离他的时代较近的那些人对他的确有不同的看法。塔西佗从事写作的时候，奥古斯都去世还不到一百年，他对奥古斯都的看法就不太友好了，将他视为统治罗马共和国的最后一位军阀。不过，不管我们同意哪一种观点，当家做主的人似乎都极有可能是莉薇娅。

作为历史学家的克劳狄乌斯和作为个人的克劳狄乌斯是有分歧的，这一点在这部自传中也常常有所体现，作为个人的克劳狄乌斯对莉薇娅充满了恶意与偏见。我们知道她很有权势；我们知道她对奥古斯都忠心耿耿，是他的可靠顾问；我们还知道——如果梵蒂冈博物馆里她那尊大理石半身像真实可信的话——她美貌过人，端庄高贵。在本书的叙述中，加诸她身上的罪大恶极其实是捏造出来的，可是格雷夫斯却将这种无中生有利用到了极致。她变成了冷酷操纵的象征，简直可以说是一个化身，一种附身的恶魔。像真实的克劳狄乌斯本人以及朱利亚家族所有的罗马皇帝一样，在民众眼中，她已经脱离了历史，成了一个恶人与怪物家族的罪恶女家长。对于我们来说，他们的种种恶行已是传说，和金雀花王朝与波吉亚家族的传说并没有两样。可是，如果和他们紧密相连，和他们的时代密切相关，那么这些传说就是另外一番模样了。这些传说在克劳狄乌斯的笔下跃然纸上，他向往着一去不返的共和制，不过他怀念的并不是乱七八糟的后半段，而是共和制黄金时期的纪律与美德，是以辛辛那图斯这样的英雄作为榜样的遥远过去。公元前5世纪，罗马曾经大难临头，辛辛那图斯当时被选为独裁官，人们去将这个消息告知他的时候，发现他正在自家的小农场里耕地。他响应国家的号召，拯救了共和国。十六天后，他辞去独裁官一职，又回到了自己的农场。

第二卷一开头，格雷夫斯就做了一件有些冒险的事情——至少在我看来是这样——他用了大量篇幅来描写希罗德大帝之孙希罗德·阿格里帕的职业生涯，讲述了他在卡里古拉去世之前的旅行与冒险，讲述了将他的命运与新近荣耀加身的克劳狄乌斯的命运联系在一起的那件大事。希罗德是个迷人的骗子，也是个政治投机者，作者将他的冒险行径描写得非常生动，读来也很有趣，可是我们却感到故事里少了克劳狄乌斯的身影——起码可以说离得很远。我们这才意识到他之前的无处不在，我们想让他回来。

第五章开始的时候，他回来了，依然被禁卫军士兵们耀武扬威地扛在肩上。几乎是转眼之间，他和元老院交了手，又处理了卡里古拉的刺客们，显示出他的坚定意志、明智判断与狡猾的政治手腕，让我们大吃一惊。是的，克劳狄乌斯是一个典型的失败者，可这个失败者却获得了成功，或者说，他远非人们以为的那样会在各方面都一败涂地。他培养起军队的一片忠心，未来的皇帝们会越来越倚仗这支军队。公元43年，他入侵不列颠，征服了大部分土地，建立起附庸王国。他接收了北非的毛里塔尼亚，改进了罗马帝国的司法制度，将罗马公民的范围扩大到各个行省。我们跟着他走过十三载岁月，这十三年来，他独掌大权，却越来越偏执，他在六十四岁的时候离开了我们，精疲力竭、伤心苦闷，等待着算命者们预言的死亡——他的侄女和第四任妻子阿格里皮娜一心要确保自己的儿子尼禄继承皇位，没过多久就毒死了他。

"别再写了。"他对自己下了命令——这本书就此结束。写作的终结就意味着他生命的终结。他没能保护得了自己的儿子不列塔尼库斯，他知道这孩子注定劫数难逃。据说梅萨丽娜是他唯一真正爱过的女人，可是他们的婚姻却糟糕透顶。如果五十岁的男人娶了十五岁的女孩，这男人必定会有麻烦，克劳狄乌斯在某处明智地反思道。可笑的是，他自己的麻烦还要更大，因为那姑娘居然是个在性爱方面贪得无厌、无法满足的女人——在《尤维纳利斯的第六次讽刺》中，尤维纳利斯成功地将她描写成白天为后、夜晚为娼。

可是问题依然没有答案。究竟是他的多疑恐惧抑或是梅萨丽娜的一时兴起和贪恋肉欲导致了恐怖统治？很多公众人物都是克劳狄乌斯下令处死的。而梅萨丽娜被处死，究竟是像人们普遍相信的那样由他亲自下的命令呢，还是像他在书中声称的那样由他的自由民那尔齐苏斯在他不知情的情况下所做的呢？我们不知道，也没人知道。不过，这并不要紧，我们要提醒自己，尽管本书的叙述令人信服、研究无懈可击，在内容组织方面表现出了不起的智慧与技艺，以至于我们在阅读的时候总是可能会忘了这是小说，但是，它毕竟只是一部小说而已。

巴里·昂斯沃思[1]

---

[1] 巴里·昂斯沃思是皇家文学学会会员，拥有曼彻斯特大学荣誉博士学位。他写过十五部小说，其中包括赢得了1992年布克奖的《神圣的饥饿》。《帕斯卡利之岛》（1980）和《道德剧》（1995）获得了布克奖提名。2012年6月5日他因肺癌不治，病逝于意大利佩鲁贾，享年八十一岁。

公元41年1月24日,卡里古拉被禁卫军大队长卡西乌斯·卡瑞亚刺杀身亡。提贝里乌斯·克劳狄乌斯随后被拥立为罗马皇帝,他是罗马帝国朱利亚·克劳狄王朝第四任皇帝。

一

我——提贝里乌斯·克劳狄乌斯·德鲁苏斯·尼禄·日耳曼尼库斯，走起路来一瘸一拐，说起话来结结巴巴，家人都当我是个傻瓜，所以那些野心勃勃、冷酷残暴的亲戚压根就没有想过要费神把我处死、毒死、逼死、流放荒岛或是活活饿死。他们用这些手段互相残杀，一个一个地消灭彼此，而我却活了下来，甚至连我那疯侄儿盖乌斯·卡里古拉都死在我的前头。接着，我意外地被禁卫军的中士和下士们拥立为皇帝。在这个节骨眼上，我的故事就此打住了。对于我这么一位史学专家来说，这种做法是极不妥当的。史学家可没有权利在最吊人胃口的地方戛然而止。按理说，我原本应该将故事至少讲到下一个阶段。我应该说说军队里的其他人对禁卫军这一有违宪法的举动是何种看法，元老院有什么意见，他们对于接受我这样一个毫无前途可言的君主是何感想，是否因此而起了杀戮，卡西乌斯·卡瑞亚、阿奎拉和"老虎"（科涅利乌斯·萨宾努斯）这些禁卫军的队长是何下场，我的侄女婿维尼奇乌斯以及其他刺杀卡里古拉的人命运又是如何。可是我并没有这么做，我写下的是一连串胡思乱想。那时，我正极不自在地坐在两位禁卫军下士的肩膀上，脑袋上歪戴着卡里古拉的黄金橡叶冠，被人簇拥欢呼着在皇宫的庭院里转了一圈又一圈，脑子里却只想着些不相干的事情。

我之所以没有把故事继续讲下去，是因为我写的并非寻常的史书，而是一篇特别的答辩状——辩解我为何居然会让自己成为罗马世界的皇帝。也许你们还记得，我的祖父和父亲都是坚定的共和主义者，我也同他们一样。我伯父提贝里乌斯和侄儿卡里古拉的统治反而加深了我对君主制的成见。被拥上帝位的时候，我已经年届半百，这个岁数的人可不会轻易就改弦易辙。因此，我写作其实是为了表明自己压根一点儿也不想当皇帝，但当时的情势迫在眉睫，我只能屈从于士兵们这一时突发的奇想，要是拒绝他们的话，不仅我自己会没命，我深爱的妻子梅萨丽娜和我们那尚未出世的孩子也会丧命。（我真是搞不明白，为什么人会对还未出世的孩子有那么深的感情？）我尤其不想被后代们定性为聪明的机会主义者，装傻充愣，低调度日，等待时机，一听说宫廷里有人密谋反帝，便自告奋勇成为继位的人选。在后续的故事中，我这十三年曲折的皇帝生涯，应该能辩明我的清白了。我的意思是，希望你们通过我言行之间的关系可以看出，在我统治的不同时期里，虽然我的行为表面上看来前后矛盾，但是我发誓，我从来不曾故意背离过自己公开声明的那些原则。要是我没法令人信服的话，那么至少要让人看到我当时的处境是何等艰难，也请读者诸君来说说看，我还有没有别的选择，或者说，根本没有选择。

话接上回，首先我要重复一下，如果不是犹太王希罗德·阿格里帕当时恰好来访的话，罗马的情况恐怕就不知道要糟糕成什么样子了。在卡里古拉遇刺的紧要关头，他是唯一一个头脑还清醒的人，救下了帕拉廷山剧场里的全体观众，使他们免遭日耳曼禁卫军的屠杀。这事说来有点怪，希罗德·阿格里帕的辉煌事迹只被这么直截了当地提了一回，尽管他和我的过去曾数度有过交集。实际上，光是把他的冒险奇遇一一道来，就已经足够精彩绝伦，但是那样一来，他在我要讲的这个故事里就有些喧宾夺主了：重点要说的可不是他。不过说实话，我的书里似乎总是少不了那些看来不太相干的事情，所以我决定，既然他在接下来的故事里确实起到了至关重要的作用，那我就大可不必担心离题千里，先讲讲他在卡里古拉遇刺之前的生活，再接下去一并说我自己的故事，一直说到他离开人世。假如把他和我的故事分别放在两本书里的话，反而会使得戏剧的统一性大打折扣。我并不是说自己能把史书写成戏剧，正如你们所看到的，我对文学气息是小心翼翼、能免则免。但是要写到希罗德，故事就免不了带上一点戏剧色彩。因为希罗德就是这么过日子的，他就像戏剧里的主角，他周围的人便从头到尾好好给他当配角。他的这出戏跟纯粹的古典戏剧还有所不同，尽管他的一生是像古典悲剧那样突然收场——他因为犯下了傲慢这一老套的希腊式罪过而遭到了老套的神灵报复——但他的故事里有太多的非希腊元素。比如说，对他加以惩罚的神灵并非文雅的奥林匹亚众神之一：无论是在我统治的广袤领土上，还是在我的疆域之外，恐怕到哪里都找不到比他更古怪的神祇了。他无形无体无相，虔诚的崇拜者们也不能说出他的名字（不过，他们为了表示对他的敬意，会割除包皮，还会举行其他很多奇怪且野蛮的仪式），据说他独自住在耶路撒冷一个古老的雪松木箱里，箱子里衬着染成蓝色的獾皮，他跟世界上的其他任何神灵都从不来往，甚至从不承认其他神灵的存在。在希罗德的故事中，太多闹剧混杂在这个悲剧里，这对黄金时代的希腊戏剧家来说可是棘手得很。想象一下吧，无可挑剔的索福克勒斯[1]面临的问题是，如何用一本正经的诗歌语调来讲述希罗德欠下的一屁股债！不过，正如我所说的，以前没有告诉你们的那些事，我现在必须要细细说来。最好的办法是，在我大步迈进新故事之前，先把老故事给了结了，就从此时此地说起。

终于要开始了：

希罗德·阿格里帕的故事。

首先你得知道，希罗德·阿格里帕跟那位伟大的马库斯·维普萨尼乌斯·阿格里帕既不是血亲也不是姻亲，后者是奥古斯都的将军，还娶了奥古斯都的独生女儿朱利亚，他们俩就是我侄子盖乌斯·卡里古拉和

---

[1] 古希腊悲剧诗人。

侄女小阿格里皮娜的祖父母。也许你会猜想希罗德是阿格里帕家的自由民，因为在罗马按照惯例，奴隶获得自由时都会冠上前任主人的姓以示敬意，不过他也不是。事实是：这名字是他祖父犹太王希罗德大帝给取的，以纪念过世不久的马库斯·维普萨尼乌斯·阿格里帕。那位杰出又可怕的老人能登上王位，既要归功于奥古斯都把他当作近东一位有益的盟友来庇护，也要归功于他和阿格里帕的同舟共济。

希罗德家族原先住在以东——坐落于阿拉伯半岛和朱迪亚南部之间的一个山地国家，不过他们家并不是犹太人。希罗德大帝的母亲是阿拉伯人，尤利乌斯·恺撒让希罗德的父亲担任朱迪亚总督，同时把希罗德任命为加利利总督，那年他才十五岁。他刚一上任就惹了麻烦——在自己的辖区里镇压盗匪时，未加审讯就处死了犹太公民。于是，他被告上了犹太人的最高法院——犹太教公会。出庭时他很是傲慢，身着一袭紫袍、在武装士兵的保卫下出现在法官们面前，不过却抢在裁决之前偷偷离开了耶路撒冷。他去叙利亚请求保护，这个行省的罗马总督便任命他管辖临近黎巴嫩的一个地区。长话短说，在他父亲被毒死时，我的外祖父安东尼和舅公奥古斯都（当时他还有个名字叫屋大维）联合下令，任命这位希罗德大帝为犹太王，在位的三十年里他恩威并施，因着奥古斯都的慷慨奖赏，他的领土也不断扩张。他接连娶过不下十个妻子，其中有两个是他的亲侄女。他病故于几次自杀未遂之后，那恐怕是医学上所知最痛苦、最恶心的疾病了。这病就叫作"希罗德病"，我从未听说在他之前还有别人患过这种病，症状是饿得要死却吐个不停，肠穿肚烂，呼出的气息臭如死尸，私处生蛆，腹泻不止。这种病让他痛不欲生，本就残暴的个性恶化成了狂暴。犹太人说，这是他们的神灵对希罗德那两次乱伦婚姻的惩罚。希罗德曾经深爱着结发妻子玛丽安妮，她是犹太名门马加比家族的后人。可是有一回，他离开耶路撒冷到叙利亚的劳迪西亚来觐见我外祖父安东尼的时候，秘密向他的总管下令说，要是敌人使诡计害他，就立刻将玛丽安妮处死，免得她落入安东尼之手；后来他去罗得岛觐见奥古斯都的时候，也下过同样的命令（安东尼和奥古斯都二人都是臭名昭著的好色之徒）。玛丽安妮知道这事以后，自然是心怀怨恨，在希罗德的母亲和妹妹面前说了一些聪明人不该说的话。这两人一向妒忌玛丽安妮能让希罗德言听计从，于是等希罗德一回来便将她的话原原本本地说给他听，同时还控告她在希罗德离开期间为了泄愤和反抗而与人通奸，奸夫便是总管。希罗德处死了他俩，可后来却悲痛欲绝、悔恨不已，还发起高烧来，差点就一命呜呼。病好以后，他的性情变得阴郁残忍至极，甚至稍有疑心便会处死挚友与至亲。玛丽安妮的长子就是希罗德盛怒之下的众多牺牲品之一：有个同父异母的兄弟指控他和弟弟密谋弑父，希罗德便处死了他们，后来他们的这个异母兄弟也被处死了。奥古斯都听说这些以后打趣道："当希罗德的猪也比当他的儿子强。"因为希罗德信奉犹太教，不可吃猪肉，所以他的猪反而有望无忧无虑地活到晚年。这位不幸的王子——玛丽安妮的长子，就是我的朋友希罗德·阿格里帕的父亲。希罗德大帝处死长子之后，便立刻将年仅四岁的孤儿希罗德送到了罗马，让他在奥古斯都的宫廷里长大。

希罗德·阿格里帕和我刚好同岁，他对阿格里帕将军的儿子波斯杜姆斯自然很亲近，经常缠着他，而波斯杜姆斯又是我的好朋友，于是我和希罗德也就常在一起玩了。希罗德长得很英俊，他到男子学校的回廊里玩弹珠、蛙跳和打水漂的时候，是奥古斯都最喜欢的男孩子之一。不过他可真是个小淘气！奥古斯都有一条爱犬，就是神庙里那种尾巴毛茸茸的大看门狗，出产自埃特纳附近的阿特拉诺。这条狗只听奥古斯都的话，除非奥古斯都明明白白告诉它"听某某人的话，等着我下回再喊你"，这个畜生才会照人家的话做，可是却边走开边惨兮兮又眼巴巴地看着奥古斯都。小希罗德不知是用的什么法子，竟然哄得这条狗在口渴的时候喝下了一盆烈酒，结果它就跟退役那天的军队老兵似的，醉得晕乎乎的。然后，他在狗脖子上挂了一个小铃铛，把它的尾巴涂成橙黄色，腿、鼻子和嘴巴却涂成了紫红色，给它的爪子都捆上猪小肚，又把一对鹅翅膀拴在它肩膀上，这才把它放到了皇宫的庭院里。奥古斯都想起这宠物的时候就喊它："提丰，提丰，你在哪儿呢？"于是这仪表不凡的野兽便摇摇晃晃地穿过大门朝他走来，这可真是罗马历史上所谓的鼎盛时期最荒唐可笑的时刻之一。不过这事发生在纪念农神的万愚节，所以奥古斯都也不能生气。希罗德曾经驯养过一条蛇，教它抓老鼠，还经常在上课的时候把它藏在长袍底下，老师一转过身去，他就把蛇拿出来给朋友们逗乐。他影响得其他同学都没法集中注意力，最后只能被打发来跟我一起受教于雅典诺多洛斯，他是我的家庭教师，这位须发皆白的老先生是塔尔苏斯人。希罗德自然又把他那一套小男生的把戏拿出来戏弄雅典诺多洛斯，不过雅典诺多洛斯一点儿也没生气，而我出于对雅典诺多洛斯的敬爱也不赞成希罗德这么做，所以他很快就住了手。希罗德天资聪颖，记忆力惊人，而且极有语言天赋。雅典诺多洛斯有一回对他说："希罗德，依我看，你总有一天会被召回祖国登上王位，所以你年轻时务必要时时刻刻为此做好准备。以你的天分，也许你终将成为和你祖父希罗德大帝一样强大的君主。"

希罗德答道："这倒是挺好，雅典诺多洛斯，不过我家里人多，坏人也多。你简直想象不到这帮家伙凶狠到什么地步，你得走上一年才会遇到这样无耻至极的坏蛋。而且我听说，我祖父去世这八年来，他们一丁点儿长进都没有。要是我被逼着回到祖国的话，恐怕连半年都活不过。（我那可怜的父亲到罗马来住在阿西纽斯·波利奥家里学习的时候就说过这话。我叔叔亚历山大是跟他一起来的，他也这么说。他俩可都说对了。）我叔叔朱迪亚国王活脱脱是老希罗德再世，承袭了他所有的缺点，只有豪爽这一条反倒变成了吝啬。我的另外两个叔叔菲利普和安提帕斯也是一对老狐狸。"

"一德能抵百恶，我的小王子，"雅典诺多洛斯说道，"不要忘了犹太民族比世上任何其他民族对美德都要着迷：只要你表现贤良，他们就会团结一心地追随着你。"

希罗德答道："犹太人的美德跟你教导我们的希腊罗马美德可不太一样，雅典诺多洛斯。不过还是很感谢你的预言。如果我能登上王位，就一定会成为一位明君，这一点你大可放心。但是在即位以前，我可不敢比我的家人们更加贤良。"

说到希罗德的性格，我该怎么说才好呢？根据我的经验，绝大部分人既不是圣徒也不是恶棍，既不是好人也不是坏人。他们一忽儿好，一忽儿坏,哪样都长久不了,不过是卑鄙的平庸之徒罢了。但是,也有一些人要么极好,要么极坏,而且从始至终都是这个性子:名留青史的就是这些人,我把他们分成四类。第一类是铁石心肠的恶人,提贝里乌斯和卡里古拉手下的禁卫军司令马克罗就是最好的例子。第二类是同样铁石心肠的好人,我最头疼的监察官加图就是突出的典型。第三类是心地纯良的好人,比如像雅典诺多洛斯老先生和我那被人害死的可怜兄弟日耳曼尼库斯。最后也是最罕见的一类便是心地纯良的恶人,可以想见,希罗德·阿格里帕就是这类人里最完美的典范。这些心地纯良的恶人虽然跟加图那样的人截然相反,却是能给人雪中送炭的可贵朋友。别对他们有任何要求,他们也承认自己压根没有原则,只会考虑对自己有没有好处。可是当你陷入绝境时,去向他们开口:"看在老天的分上,为我做这些事吧。"他们几乎肯定会照做,但是他们不会把这当成给朋友帮忙,而是会说这刚好与他们自己的诡计不谋而合,并且还不许你开口道谢。这些跟加图刚好相反的人都是赌徒和败家子,不过这样起码比守财奴要强。他们总是跟酒鬼、刺客、奸商和皮条客混在一起;但是你很少会看到他们自己烂醉如泥,他们筹划刺杀的人肯定不得人心,他们欺骗的都是有钱却不肯还债的主儿,而不是无辜的穷人,并且他们绝不会对女人霸王硬上弓。希罗德总说自己天生就是个坏蛋。对于这话我会这么回答:"不,你大体上是个好人,只是假装成坏蛋而已。"他听到我这么说就会怒火中烧。卡里古拉被杀之前一两个月的时候,我和他又说起了这事。最后他说道:"要不要我来跟你说说你是怎样的人?""那就不必了,"我答道,"我是这宫里官方认证的傻瓜。""好吧,"他说,"这世上有些傻瓜会装成智者,也有些智者会装成傻瓜,但像你这样装成傻瓜的傻瓜,我还是头一回遇到。我的朋友,你瞧着吧,总有一天你会知道你是在跟怎样一个贤良的犹太人交朋友。"

波斯杜姆斯被流放以后,希罗德就跟卡斯特混在了一起,他是我伯父提贝里乌斯的儿子。众人皆知这两人是城里最爱闹的年轻公子哥儿。如果传言属实的话,他俩一天到晚都在喝酒,夜里十有八九是在翻墙爬窗,跟警卫、吃醋的丈夫和体面人家的愤怒老爹们扭打争斗。希罗德从他祖父那里继承了一大笔钱——祖父去世时他只有六岁,可是这钱一到他手里就被挥霍一空。现如今他只能借债度日了。他先是找贵族朋友们借钱,我也是其中之一。他开口时总是轻描淡写,我们也不好催他还钱。从我们这里再也借不到钱了,他就找有钱的骑士们借,这些人因着他跟皇帝的独子关系亲密,所以觉得供他吃住倒是一种荣幸。等到他们开始着急要他还钱的时候,他便去讨好提贝里乌斯手下掌管皇家账户的自由民,买通他们从国库里借钱给他。他总有现成的故事,说自己大有前途——有人答应让他当这个或是那个东方王国的国王啦、现时有个垂死的老议员要留给他几十万个金币啦。可是到了大约三十三岁,他的故事终于要编完了;这时卡斯特也死了(多年以后我们才得知,他是被他妻子——也就是我的姐姐——莉维拉毒死的),希罗德为了躲债只能溜之大吉。他本想私下里向提贝里乌斯求助,可是提贝里乌斯已经公开声明不想再见死去儿子的朋友们,"以免勾起悲痛之情"。这当然只能说明,他听信了首席大臣塞扬努斯的话,以为卡斯特要密谋杀害自己,所以怀疑儿子的朋友们都参与了这起阴谋。

希罗德逃到了以东——他先祖们的老家,躲在沙漠中一处废弃的碉堡里。我想他长大以后还是第一次来到近东地区。这个时候,他的叔叔安提帕斯正是加利利和基利阿德的总督(或者叫作领主)。原先希罗德大帝的领土分给了三个幸存的儿子:也就是安提帕斯、他哥哥阿基劳斯——朱迪亚和撒玛利亚的国王、他弟弟菲利普。菲利普是巴珊的领主,这个国家位于加利利东面,横跨约旦河。希罗德的贤妻赛普路斯这会儿也来到沙漠中与他相聚了,他便逼着她替他去求安提帕斯。安提帕斯不光是希罗德的叔叔,还是他的妹夫,他那美貌的妹妹希罗迪亚斯跟他另一个叔叔离婚之后,便嫁给了安提帕斯。赛普路斯起初不肯答应,因为她得写信给希罗迪亚斯,安提帕斯什么都听她的。可是希罗迪亚斯新近到访罗马时,赛普路斯同她吵了一架,并且发誓再也不跟她讲话了。赛普路斯坚决地表态说,她宁愿在沙漠里跟这些粗俗好客的亲戚待在一起,也不愿意在希罗迪亚斯面前低声下气。可是希罗德用自杀来威胁她,说自己要从碉堡的城垛上跳下去,而且说得赛普路斯信以为真。

不过我敢保证,世上没有谁比希罗德更不想自杀的了。于是她到底还是写了信给希罗迪亚斯。

看到赛普路斯承认上次吵架从头到尾都是自己不对,希罗迪亚斯很是高兴,便劝说安提帕斯邀请希罗德和她到加利利来。希罗德被任命为提比里亚的地方官(拿一点微薄的年金),这是安提帕斯为了向皇帝致敬而建起的首都。可是他很快就跟安提帕斯起了争执,这个人懒惰又吝啬,生怕希罗德忘记了欠他的人情。有一回他们一起去提尔度假,一天晚上他邀请希罗德和赛普路斯来赴宴,期间希罗德就罗马法律中的一个观点反驳了他,他便说道:"怎么啦,贤侄,你吃我的,喝我的,居然还敢跟我争论吗?"

希罗德答道:"安提帕斯叔叔,我早就该料到你会这么说。"

"小子,你这话是什么意思?"安提帕斯生气地问道。

"我的意思是说,你不过就是个粗鲁的乡下佬,"希罗德答道,"你既不懂为人的规矩,也不懂治国的规矩;既不会学规矩,也不会花钱。"

"你一定是喝醉了,阿格里帕,居然敢这样跟我讲话。"安提帕斯结结巴巴地说道,脸都涨红了。

"喝你给的这种酒,我才不会醉呢,安提帕斯叔叔。不是我舍不得喝,而是我舍不得自己的肾。你到底是从哪儿弄到的这种马尿?这可真不是一般人能找到的。昨天港口里捞上来一艘很久以前的沉船,你这酒莫不就是从那船上抢救出来的吧?还是你把空酒缸里的酒糟拿开水涮了涮,再把它跟煮开的骆驼尿一起混在你那漂亮的大金碗里头搅和出来的?"

出了这事以后,希罗德、赛普路斯和孩子们自然是待不下去了,他们匆忙逃到港口,跳上了第一艘出港的船。这艘船刚好是北上的,把他们带到了叙利亚的首府安提俄克。希罗德去见了叙利亚总督弗拉库斯,看着我母亲安东尼娅的面子,他对希罗德非常客气。听到这事你恐怕会有点吃惊,因为我母亲素来贤良淑德,持家甚严,绝不容许铺张浪费和杂乱无章,可她却非常喜欢希罗德这个淘气鬼,欣赏他那股子闯劲。希罗德也常常来向她讨教,把自己做的那些蠢事原原本本地告诉她,诚心诚意地认错悔改。她总是声称被他说的这些事吓得不轻,可是却分明乐在其中，很享受他的殷勤体贴。希罗德从来没找她借过钱，即使借也用不着费这么多口舌，可她却时不时地主动借给他一大笔钱，只要他答应行事检点就成。有些钱他是还了的，因为那其实是我的钱，希罗德也知道这一点，所以事后常常来向我一再道谢，仿佛这钱是我借给他的。我有一回旁敲侧击地对母亲说，她对希罗德恐怕是慷慨得有点过头，可是她勃然大怒道，如果钱非要浪费不可，她宁愿看到希罗德体面地挥霍掉，也不愿意让我拿到低级的小酒馆里跟我那帮声名狼藉的朋友们掷骰子输掉。（我拿了一大笔钱送给我哥哥日耳曼尼库斯，帮助他平息莱茵河地区的叛变，可是这事又不能让母亲知道，所以便假装这笔钱是我赌钱输掉的。）我记得曾经问过希罗德，我母亲总是长篇大论地对他说教罗美德，他有没有过不耐烦的时候，他说道："我非常崇拜你母亲，克劳狄乌斯。你别忘了，我本性上仍然是个尚未开化的以东人，所以能够聆听她这样一位血统尊贵、品性无瑕的罗马贵妇教诲，简直是无上的荣幸。而且她讲的拉丁语是全罗马最纯正的，听她一席话，我能学到如何恰当使用从属短语和选择准确的形容词，就算我花昂贵的学费去跟专业的文法家学完整个课程，也学不到这么多。"

  这位叙利亚总督弗拉库斯曾经效力于我父亲，而我母亲在每次战役时都陪伴在他左右，于是弗拉库斯渐渐对我母亲兴起了爱慕之情。我父亲去世以后，他向我母亲求过婚，不过她拒绝了。她说尽管自己爱他，但只是把他当作至亲好友而已，今后亦仍是如此，为顾念亡夫的荣光与名声，她永远不会再嫁。再者说来，她比弗拉库斯年长许多，如果她当真嫁给他，必会惹来风言风语。因此，多年来他们二人便只是书信传情，直到弗拉库斯先我母亲四年去世。希罗德知道他俩通信的事，便常常提及我母亲人品高贵、相貌美丽、待人亲切，由此获得了弗拉库斯的好感。弗拉库斯自己可不是什么正人君子：有一回提贝里乌斯在宴席上向他挑战，两人你一杯我一杯，从天黑喝到天亮，又从天亮喝到天黑，再从天黑喝到天亮，直喝了一天两夜，这下弗拉库斯在罗马可出了名。出于对皇帝的礼节，第二天黎明时分他让提贝里乌斯喝干了最后一杯，取得了胜利，可是据当时在场的人说，提贝里乌斯显然已经筋疲力尽，但弗拉库斯少说还能喝上一两个钟头。所以，弗拉库斯和希罗德相处甚欢。不幸的是，希罗德的弟弟阿里斯托布鲁斯也在叙利亚，这两兄弟的关系可不好；希罗德曾经从他那里拿了一些钱，答应替他投资一趟去印度的商业冒险，后来又告诉他船队沉到了海底。可事实是，船队不仅没有沉到海底，而且根本没有出发。阿里斯托布鲁斯向弗拉库斯控诉说希罗德诈骗了他的钱，但弗拉库斯说他敢肯定阿里斯托布鲁斯一定是误会了他哥哥，希罗德并没有骗他，在这件事上，他谁也不想偏袒，甚至也不想裁定谁是谁非。不过，阿里斯托布鲁斯却盯上了希罗德，知道他缺钱缺得厉害，怀疑他会耍什么花招来捞钱：这样他就可以勒索他还上那笔投资的钱了。

大约一年以后，西顿和大马士革起了边境争端；大马士革人知道弗拉库斯在仲裁这类事情的时候对希罗德的建议很是信赖——因为希罗德精通各种语言，而且毫无疑问继承了他祖父的本事，能从东方人的证词里查出自相矛盾的地方来——便派了一个秘密代表团来见希罗德，只要他说服弗拉库斯裁断时偏向他们，便给他一大笔钱——具体数目我不记得了。这事让阿里斯托布鲁斯发现了，结案时大马士革因为希罗德那令人信服的辩论而占了便宜，他便去找希罗德，将自己知道的事情告诉他，希望希罗德把船队那笔钱还给他。希罗德闻之大为光火，阿里斯托布鲁斯走运才捡回了一条小命。用恐吓这一招显然是一个子儿也要不来了，于是阿里斯托布鲁斯去见了弗拉库斯，对他说过不了多久大马士革那边就会送好几袋金币来给希罗德。弗拉库斯果然在城门截到了这些金币，然后差人请来了希罗德，这下希罗德只得承认自己在边境争端这事上出了力，金币便是报酬。不过，他摆出一副全不在乎的样子来，请求弗拉库斯别把这钱看作是贿赂，因为他在本案中举证时严格遵守了事实真相，大马士革一方确实有理。他还告诉弗拉库斯，西顿人也派了代表来见他，可是却被他打发走了，他对他们说，自己无能为力，因为他们不占理。

"我猜那是因为西顿人出的钱没有大马士革人多吧。"弗拉库斯冷笑道。

"请您不要侮辱我。"希罗德正色道。

"在罗马的法庭上,我绝不容许公正像商品一样买来卖去。"弗拉库斯彻底动怒了。

"弗拉库斯大人,案子是您自己断的。"希罗德说道。

"而你却在我自己的法庭上把我耍得团团转,"弗拉库斯勃然大怒道,"咱俩玩完了。你下地狱去吧,越快越好,我才不在乎呢。"

"我想最快的恐怕就是走泰纳伦那条路,"希罗德说道,"我要是现在死了,口袋里可没有钱付给摆渡人。"[1]希罗德接着说道:"不过,弗拉库斯,你可千万不要对我发脾气。你知道这是怎么一回事。我觉得自己并没有做错。像我这样的一个东方人,尽管在罗马受教近三十年,却还是很难弄懂你们高贵的罗马人在这种案子上的重重顾虑。在我看来,事情是这个样子的:大马士革人雇用了我为他们辩护,就像律师一样,罗马的律师们收费可不得了,而且他们陈述案情时从来都不像我这么遵循事实。我简洁明了地把大马士革人的实情告诉了您,这就是我为他们立下的功劳。那么收下他们心甘情愿给我的钱又有什么害处呢?我并不曾公开宣扬自己能影响您的判决,是他们抬举我,暗示说也许我可以,我也大吃了一惊。再者说了,正如才貌过人的安东尼娅夫人常常向我指出的——"

可惜希罗德即使搬出我母亲来向弗拉库斯求情也没用。他勒令希罗德二十四小时之内离开叙利亚,如果届时他仍未动身的话,就会被告上法庭。

---

[1] 泰纳伦海角位于伯罗奔尼撒半岛的最南端,这儿有一条捷径通往地狱,不必渡过冥河。赫拉克勒斯就是从这里把看守冥府的三头犬塞伯罗斯拉回了人世。泰纳伦当地人非常节俭,他们知道死者用不着向船夫卡戎付船费,所以下葬时就没有按照习俗在死者嘴里放上硬币。

二

希罗德问赛普路斯:"如今咱们还能到哪儿去呢?"

赛普路斯愁眉苦脸地答道:"只要你别再叫我低声下气地写那种我宁死也不愿写的信去求人,去哪里我都无所谓。到印度够远吗?债主会追来吗?"

希罗德说道:"赛普路斯,我的王后,咱们这次会化险为夷的,就像以前挺过来的那许多次一样,咱们会富足起来,白头偕老。我郑重向你保证,在我跟希罗迪亚斯和她丈夫断绝关系之前,我的妹妹一定会成为你取笑的对象。"

"那个丑陋的娼妓!"赛普路斯喊道,这个犹太人真的生气了。正如我对你们说过的,希罗迪亚斯不仅因为嫁给叔叔而犯下了乱伦罪,而且又离婚嫁给了另一个更有钱有势的叔叔安提帕斯。犹太人并不禁止这种乱伦,叔侄联姻在东方的皇族里是很寻常的事情——尤其是亚美尼亚和帕提亚的皇族,而且希罗德家族并非犹太人。不过,凡是正直的犹太人都对离婚深恶痛绝(正直的罗马人曾经也是这样),觉得离婚的丈夫和妻子非常可耻;如果有人遇到了非离婚不可的棘手情况,也断然不会把这当作是再婚的垫脚石。可是希罗迪亚斯在罗马住了这么长时间,对这些顾忌早就一笑置之了。在罗马，不论是谁，早晚都会离婚。（拿我来说吧，没人会把我看作浪荡子，可是我已经离过三次婚，也许还会离第四次。）所以希罗迪亚斯在加利利很不得人心。

阿里斯托布鲁斯去对弗拉库斯说道："弗拉库斯，为了嘉奖我的贡献，可否请您开恩将从大马士革人那里没收来的钱赐给我？这差不多跟希罗德欠我的债相抵——也就是我几个月前向您禀报过的船队诈骗一事。"

弗拉库斯说道："阿里斯托布鲁斯，你可没为我做什么贡献，反倒害得我和我最能干的顾问分道扬镳，我的伤心之情溢于言表。为了严明政纪，我不能让他留下，为了维持颜面，我不能叫他回来；可如果你没有把贿赂这事捅出来，就不会有人知道，我也可以继续向他请教本地这些错综复杂的难题，对于我这么一个头脑简单的西方人来说，这些问题总是能把我难倒。可是你瞧，他天生就知道答案。我住在东方的时间其实比他久得多，但是每回我遇到了只能没头没脑瞎猜想的案子，他却光凭直觉就能搞清楚。"

"那我呢？"阿里斯托布鲁斯问道，"没准我能填补希罗德的空缺？"

"你这个小人，"弗拉库斯轻蔑地喊道，"你可没有希罗德的本事，而且，你也学不会。这个你我都清楚。"

"可是钱怎么办呢？"阿里斯托布鲁斯问道。

"如果那钱不给希罗德的话，就更不该给你。不过为了不让咱俩之间生出嫌隙，我决定把钱还给大马士革人。"他果真是这么做的。大马士革人觉得他肯定是疯了。

过了一个月光景，在安提俄克不受待见的阿里斯托布鲁斯下决心去加利利定居，他在那儿有一处地产。从这里到耶路撒冷不过两天路程，每逢重要的犹太节日，他都爱去那里，可算是家族里最虔诚的人了。但是他可不想把全副身家都带去加利利，假使他刚好跟安提帕斯叔叔起了争执，恐怕就得立马跑路，那样一来，安提帕斯可就要发一笔横财了。于是他决定把原先存在安提俄克一家银行里的多数存款转移到罗马的银行里来，并且写信给我，当我是一位信得过的世交，授权我替他趁着合适的机会用这些钱去投资地产。

希罗德是没法再回加利利了，而且他跟另一个叔叔菲利普也吵过架。菲利普是巴珊的领主，私吞了希罗德父亲的一些财产，希罗德就是为这事跟他吵的架。至于朱迪亚和撒玛利亚呢，由于希罗德的大伯——那位国王——前些年因为治国无方而下了台，所以他的王国便成了罗马的一个行省，如今这儿的总督是庞提乌斯·比拉多，他也是希罗德的债主之一。希罗德不想在以东终生退隐，他不喜欢沙漠，可是他也不太可能在埃及的亚历山大受到犹太侨民的欢迎。亚历山大的犹太人最是严守清规戒律，简直比他们的耶路撒冷同胞还要严格，如果还能更严格的话。希罗德在罗马住了这么久，早就懒散惯了，尤其是在日常饮食方面。古代的犹太人立法者摩西出于卫生的角度考虑——这我可以理解——禁止他们食用很多种普通肉类：不仅仅是猪肉——要找个理由不吃猪肉也许还有可能，还有野兔肉、家兔肉以及其他一些对健康很有好处的肉类。他们能吃的动物也必须以某种特定的方式杀死才行。投石砸死的野鸭、扭断脖子的家禽和弓箭射死的野味都是不能吃的。他们只能吃割喉放血致死的动物。而且，他们每到第七日就必须绝对休息，家里的仆人也不许动一根手指去干活，甚至连做饭和给壁炉添柴火都不行。为了纪念先祖的苦难，他们还有好些全民哀悼日，常常跟罗马的节日冲突。希罗德住在罗马的时候，如果想既严守犹太清规，又受到上流社会的欢迎，那根本就是不可能的事，所以他宁愿被犹太人瞧不起，也不愿被罗马人轻视。他决定不去亚历山大碰运气，也不在近东浪费时间，这里似乎是无路可走了。他可以去帕提亚避难，那儿的国王企图对罗马行省叙利亚不利，所以应该会欢迎他这个有用的间谍；他也可以回到罗马，依靠我母亲来保护他，他和弗拉库斯之间的误会还是有可能解释清楚的。他打消了去帕提亚的念头，因为这就意味着他要与过去的生活一刀两断，相对于帕提亚，他还是对罗马的实力更有信心；而且在没钱买通边境守卫的情况下就想渡过幼发拉底河——叙利亚与帕提亚的国界——可是个轻率之举，上头命令这里的守军不得让政治难民渡河。所以他最后还是选择了罗马。

那么他安全抵达了吗？我这就来告诉你。他手头的现钱甚至连船费都付不起,在安提俄克时他就是借债度日的,而且还大手大脚;尽管阿里斯托布鲁斯主动提出借点钱给他,够他到罗得岛的,他却不肯屈尊接受。此外,他也不敢冒险去搭乘顺着欧朗提斯河航行的船只,生怕在码头上被债主们给逮住。突然间他想起一个人,也许他能从这个人手里筹到一点小钱。那人从前是他母亲的奴隶,她在遗嘱中将他赠给了我母亲安东尼娅,我母亲把他放了,帮着他在提尔南边的海滨城市阿克做起了粮食生意,他的生意做得挺好,还把自己收入的一部分交给我母亲。不过西顿人的领土却横在当中,其实当初希罗德不仅收了大马士革人的礼,而且同样收了西顿人的礼,所以他可不敢落到他们手里。于是他便派了手下一个信得过的自由民去阿克找那个人借钱,自己乔装打扮逃出安提俄克往东而去——没人想到他会往这个方向走,因而躲开了追捕。一进入叙利亚沙漠,他便骑着偷来的骆驼绕了个大圈子转向南方,避开他叔叔菲利普的领地巴珊,也避开佩特拉(也有些人把这里叫作基利阿德,这块富饶的领土位于外约旦,和加利利同归他的叔叔安提帕斯掌管),再绕过死海的另一端。他安全地到达了以东,那些未开化的亲戚对他很是热情,他又住在上回那个沙漠碉堡里等着自由民带钱回来。那个自由民成功地借到了钱——两万个雅典银币,雅典银币比罗马银币要值钱,所以这些相当于九百多个金币了。至少希罗德开出的本票是这么多钱,作为交换,自由民把本票交给了那粮食商人,他本来可以把两万个银币全都带回来,可是阿克那粮食商人却扣掉了两千五百个,说这是希罗德好些年以前诈骗他的。这个老实巴交的自由民担心主人会因为自己没有把钱全数带回来而发火,可希罗德只是大笑着说道:"多亏这两千五百个银币,我才能拿到剩下的一万七千五百个。要不是这个抠门的家伙想着耍心眼,用我的本票来抵旧账,他压根就不会借给我一毛钱;到了这会儿,他肯定已经知道我的境况有多困难了。"希罗德大宴了部落里的人们,然后小心翼翼地来到安塞敦港口,这儿离加沙的腓力斯城镇很近,海岸线从这里开始往西弯向埃及。赛普路斯和孩子们乔装打扮之后从安提俄克包了一艘小船到这里来等他,会合以后再继续乘船经埃及和西西里去意大利。他们一家人开开心心地团圆了,正在亲亲热热地相互问候,一艘小船划了过来,船上有一名罗马中士和三名士兵,他们带来了给希罗德的逮捕令。这是当地的军事长官签署的,理由是希罗德欠了王室内库一万两千个金币没有偿还。

希罗德读了逮捕令,对赛普路斯说道:"我觉得这是个好兆头。司库把我的债务从四万减到了一万二。等咱们回了罗马,一定得好好请他吃一顿。我到东方以后当然也为他做了不少事,不过两万八千块的回报还是很慷慨的。"

那位中士插话道:"恕我多嘴,王子,不过您还是先见了总督谈谈债务问题,再去琢磨回罗马请客这事吧。他下令说,除非您把债全还上,否则绝不让您的船开走。"

希罗德说道:"钱我当然会还的,只是差点把这事忘了而已,小事一桩。你现在就上小船走吧,告诉总督阁下,我完全听他差遣,谢谢他提醒我还欠司库的债,不过他这善意的提醒来得有点不是时候。我刚刚才跟爱妻赛普路斯公主团聚,我们已经六个多礼拜没有见面了。中士,你成家了吧?那你一定明白我们俩有多想单独在一起。如果你信不过我们的话,可以留下两个士兵在船上守着。三四小时以后你再来,那时我们就很乐意上岸了。这点小小心意聊表谢忱。"他给了中士一百个雅典银币;中士拿了这钱,留下两个士兵守在船上,然后毫不犹豫地划着小船上了岸。过了一两小时,天色渐晚,希罗德割断锚索,开船出海。起先他仿佛是要往北驶向小亚细亚,可是没过多久便改变航线驶向西南。他要去亚历山大,想着自己可以到那里去找犹太人碰碰运气。

那两名士兵本来在跟船员们玩掷骰子的游戏,突然间便被抓住捆了起来,还堵上了嘴;不过希罗德在确定没有人追来之后就放了他们,说只要他们别做傻事,就让他们在亚历山大安全上岸。他只规定了一条,等他到了亚历山大,这两人要假装成军队派来的保镖,装个一两天,作为回报,他会买船票送他们回安塞敦。他俩赶紧答应了,生怕惹了他不高兴会被扔下船去。

我忘记说了,帮助赛普路斯和孩子们离开安提俄克的是一位撒玛利亚中年人,名叫赛拉斯,他是希罗德最可靠的朋友。赛拉斯是个面色阴沉、体格健壮的家伙，黑色的大胡子修剪得四四方方，曾经在当地骑兵队里当过队长。他获得过两枚勋章，嘉奖他在对帕提亚作战时立下的功劳。希罗德好几次主动提出要让他成为罗马公民，可赛拉斯却总是不愿接受这项荣誉，理由是如果他成了罗马人，就得像罗马人那样刮掉胡子，这是他绝对不会同意的。赛拉斯一次又一次地向希罗德提出忠告，希罗德却从来不听，等希罗德遇到麻烦的时候，赛拉斯就会说："我跟你说过什么来着？你早就该听我的话了。"他对自己的直言不讳很是自豪，可遗憾的是他常常会得罪人。希罗德之所以忍让着他，是因为他值得信赖，可以同甘共苦，不离不弃。希罗德第一次逃去以东时，只有赛拉斯一人陪在他身边；希罗德冒犯安提帕斯的那天，要不是赛拉斯，他们一家人根本就不可能逃出提尔。在安提俄克，是赛拉斯帮助希罗德乔装起来躲开了债主，又把赛普路斯和孩子们保护起来，并且替他们找了那艘船。情况越是糟糕，赛拉斯的兴致就越好越开心，因为他知道这时希罗德会要他帮忙，他就有机会说了："我悉听您的吩咐，希罗德·阿格里帕，我亲爱的朋友，如果我可以这么叫你的话。不过你要是早听了我的话，这事也就不会发生了。"境况好的时候，他的脸色总是越来越难看，似乎是带着遗憾在回顾那些穷困潦倒、丢人现眼的苦日子，甚至巴不得能昔日重现，他警告希罗德说，如果他再像现在这样（无论他现在是什么样），最后肯定会倾家荡产。不过，如今的情况是足够坏了，赛拉斯又活泼起来。他跟船员们说笑话，跟孩子们讲他当兵时的那些历险，故事又长又难懂。平日里赛普路斯很讨厌赛拉斯的喋喋不休，这会儿她倒有些惭愧了，觉得自己对这位心地纯良的朋友很没礼貌。

"我从小到大都对撒玛利亚人有偏见，我们犹太人都是这样，"她对赛拉斯说道，"要是这些年对你有所冒犯，你一定要多多原谅。"

"我也得请您原谅，公主，"赛拉斯答道，"我的意思是，原谅我说话直来直去。不过我天性就是如此。我想斗胆说一句，如果您的犹太朋友和亲戚能少那么一点正直、多那么一点宽厚，我就会更喜欢他们。我一个表亲有一回从耶路撒冷骑马去耶利哥公干，看见路边有个可怜的犹太人，他受了伤，没穿衣服，躺在大太阳底下，原来是被强盗给抢了。

于是我的表亲替他清洗了伤口,再尽心包扎起来,然后带他一起骑着马来到了最近的小旅馆,为他预付了几天的房钱和饭钱——旅馆老板坚持要这样。我的表亲从耶利哥回来的时候又来看了他,并且帮他回到了家乡。好吧,这不算什么,我们撒玛利亚人天生就这样。这对我的表亲来说只是家常便饭而已。但可笑的是,在我的表亲遇到那个伤者之前,有三四个富有的犹太人——其中还有一个牧师——骑着马迎面走来,他们肯定也看见了那人躺在路边;可就因为他跟他们不是亲戚,他们便继续赶路,任由他在那儿等死,尽管他在惨兮兮地呻吟和呼救。那个旅馆老板也是犹太人,他对我的表亲说,他非常理解这些赶路的人为什么不愿意去照料这位伤者:要是他们照看他的时候,这人死了,那么依照宗教仪式,他们就会因为触摸尸体而成为不洁之人,这会给他们自己和家人带来极大的不便。旅馆老板还解释说,那位牧师很可能是要去耶路撒冷圣殿朝拜,所以他尤其不愿意冒这个险,以免被玷污。还好,感谢上帝,我是撒玛利亚人,而且还是个说话直来直去的人。我有什么就说什么。我——"

希罗德插话道:"我亲爱的赛普路斯,这个故事很有教益吧?如果那个可怜的家伙是撒玛利亚人,那他就不会有那么多钱,强盗也就不会来打劫他了。"

到了亚历山大,希罗德带着赛普路斯和孩子们以及那两个士兵去见了犹太人区的执政官,也叫作首席行政官。首席行政官对埃及总督负责,要保证自己的教友们都循规蹈矩。他得监督他们定期纳税,不到街上跟希腊人闹事,也不做其他扰乱治安的事情。希罗德斯斯文文地向首席行政官问候致意,然后便立刻请他借八千个金币给自己,作为交换,他会利用自己的影响力在朝廷上替亚历山大的犹太人说话。他说皇帝提贝里乌斯写信给他,请他即刻前往罗马商讨东方事务,而他当时正在以东看望表亲,于是匆忙启程,几乎身无分文,无法支付旅费。首席行政官看到那两名罗马保镖,越发相信了希罗德的说辞,觉得要是在罗马有这么个有势力的朋友倒也很有好处。近来犹太人挑起了几次骚乱,严重损坏了希腊人的财产,他们眼下有不少特权,但很有可能会被提贝里乌斯剥夺。

首席行政官名叫亚历山大,是我家的旧交,替我们管理亚历山大一处很大的产业,那是我外祖父马克·安东尼在遗嘱中留给我母亲的,奥古斯都虽然取消了其他多数遗赠,但是看在我外祖母屋大维娅的面子上,还是让我母亲继承了这一处产业。我母亲嫁给我父亲时就把这当作嫁妆,接着它又到了我姐姐莉维拉手里,她嫁给提贝里乌斯之子卡斯特时,也把它当作嫁妆。不过莉维拉生活奢侈却手头拮据,所以很快就卖掉了这处产业,首席行政官也就没再继续管理了。打这之后,他和我们家渐渐不再通信,尽管我母亲利用她对提贝里乌斯的影响力将他提拔到了如今的高位,而且应该仍然很愿意扶持他,但首席行政官却没有把握,要是他卷入了政治纠纷,不知道还能指望她几分。他既然知道希罗德曾经是我家的密友,所以只要他能确定希罗德跟我们依然关系良好,就会很乐意地把钱借给他,但问题就是他没法确定。他向希罗德问起我母亲,希罗德早已预见到了这个情况,所以很聪明地让对方先提起我母亲的名字,然后他回答说,她上一次来信时,身体康健,精神十足。他仿佛是碰巧随身带着一封亲切的来信,是她在他还没离开安提俄克的时候写来的,信中事无巨细地说了很多家里的消息。他把信递给首席行政官看,这下首席行政官比看到保镖时更加深信不疑了。不过在信的末尾,我母亲希望希罗德终于能够安定下来,在她那可敬的朋友弗拉库斯手下当官效力。首席行政官刚刚从安提俄克的朋友那里听说,希罗德跟弗拉库斯起了争执,而且他也不能确定提贝里乌斯是不是真的写信邀请希罗德回去,这封信希罗德并没有主动拿给他看,因而他下不了决心,不知道这钱借是不借。不过,就在他决定要借的时候,其中一个被劫持来的士兵略懂一点希伯来语,便对他说道:"首席行政官,您只要给我八个金币,我就能替您省下八千个。"

"士兵,你这是什么意思?"首席行政官问道。

"我的意思是,这人是个骗子,是个逃脱法律制裁的亡命之徒。我们不是他的保镖,是他劫持我们俩来的。这是皇帝对他的逮捕令,他在罗马欠了一大笔债。"

可是赛普路斯挽救了局势,她扑倒在首席行政官脚上,哭着说道:"看在您跟我父亲法赛尔是老朋友的分上,可怜可怜我和孩子们吧。别让我们沦落到一贫如洗、走投无路的境地。我亲爱的丈夫并不曾犯下诈骗罪。他对您说的话都是千真万确,虽然他可能稍稍粉饰了细节。我们真的要去罗马,由于近来的政局变化,我们在罗马大有前途;要是您肯借钱给我们,帮助我们渡过眼前的难关,我们父辈的神灵一定会千倍地报偿于您。我亲爱的希罗德年轻时挥霍无度,所以才会欠下一大笔债,这次差点就被逮捕了。只要一到罗马,他一定会很快找到体面的法子把债还上。可是叙利亚政府里有他的敌人,如果落到他们手中,他就完了,我和孩子们也就完了。"

首席行政官转过头看着赛普路斯,简直要为此感动落泪了——虽然希罗德如今落了魄,可她却依然忠诚于他——他问道:"你的丈夫遵守犹太法典吗?"

希罗德看到她犹豫了一下,便自己说道:"长官,您一定记得,我身上流着以东人的血。您不能像要求犹太人那样要求以东人,这是不合情理的。以东人和犹太人是同胞兄弟,都是族长以撒的后人;但是,在犹太人因为上帝对自己的民族特别偏爱而自鸣得意以前,不要忘了以东人的先祖以扫是如何被犹太人的先祖雅各用计骗走了继承权和父亲的祝福。不要跟我拼命还价了,首席行政官。对我这个穷困潦倒、毫无远见的以东人多一些同情吧,不要像老雅各那样,否则,只要我主上帝还在,你吃的下一口红豆粥就必定会将你呛到。你们已经夺走了我们的继承权和上帝的偏爱,而我们却一直大度包容,我们要求的回报不过是同样的大度包容而已。不要忘了以扫的宽宏大量,他在毗努伊勒偶遇雅各时,并不曾把他杀死。"

"可是你遵守犹太法典吗?"首席行政官问道,他对希罗德的激烈言辞心生敬意,无法反驳他所说的历史典故。

"我行过割礼,我的孩子们也行过割礼,身为罗马公民,我们的处境很是为难;作为以东人,我们的良心尚有瑕疵,但我和全家人一直尽力恪守主向你们祖先摩西启示的法典。"

"正义就是非黑即白,"首席行政官固执地说道,"要么是遵守犹太法典,要么是违反犹太法典。"

"可是我在书上读到过,主曾经准许叙利亚的皈依者乃缦跟他的主人——国王一同到临门的神庙里去朝拜,"希罗德说道,"可事实证明,乃缦不也是犹太人的好朋友吗?"

最后首席行政官对希罗德说道:"要是我把钱借给你,你愿意以主——荣光永驻的主——之名发誓吗,像你谎言中说的那样遵守他的法典,爱护他的人民,永不有意或无意冒犯主上?"

"我以主的圣名发誓,"希罗德说道,"让我妻子赛普路斯和孩子们为我见证,从今往后,我会全心全意为主增光,永远热爱与保护他的人民。要是我硬起心肠有意亵渎,就让曾经吃下我祖父希罗德鲜活血肉的蛆虫同样吃下我的,并且吃个干净。"

于是他借到了钱。后来他对我说:"只要能把那钱弄到手,叫我发什么誓都行,我的手头实在是太紧了。"

不过首席行政官还提了两个条件。一个是希罗德现在只能拿到相当于四千个金币的银币,等他到了意大利以后,才能拿到剩下的钱。因为他还没法对希罗德完全放心。没准希罗德会想用这钱跑路去摩洛哥或是阿拉伯呢。第二个条件就是要赛普路斯把孩子们带去耶路撒冷,让孩子们在首席行政官的姐夫——大祭司——的监护下,学习成为高尚的犹太人。希罗德和赛普路斯兴高采烈地同意了这个条件,因为他们知道提贝里乌斯在情色方面的嗜好异乎常人,在罗马的上层社会,凡是长得好看的男孩或是女孩都逃脱不了他的魔爪。(我的朋友维特里乌斯就是个例子,他有个儿子被提贝里乌斯带到了卡普里,借口说要让他在那儿接受自由的教育,结果却被交给了一群下流的男妓,这孩子渐渐完全转了性,一辈子都被人叫作"男妓",而且品行败坏,无人能及。)他们说定,只要赛普路斯把孩子们在耶路撒冷安顿妥当,就立刻到罗马去跟希罗德会合。

希罗德之所以会到亚历山大去跟首席行政官借钱,是因为他手下的自由民告诉他在阿克听到传言说,塞扬努斯倒台了。这个传言在亚历山大得到了充分证实。塞扬努斯本是我伯父提贝里乌斯最信任的大臣，可他却跟我姐姐莉维拉密谋杀害提贝里乌斯并篡夺皇位。我母亲发现了他们的阴谋，便提醒提贝里乌斯留神；提贝里乌斯在我侄子卡里古拉和那个冷酷恶棍马克罗的帮助下，很快就把塞扬努斯带来盘问了。这一问才知道，七年前正是莉维拉毒死了自己的丈夫卡斯特，而卡斯特压根没有像塞扬努斯当年说的那样背叛过父亲。所以，提贝里乌斯不许卡斯特以前的朋友出现在自己面前的禁令现在自然是被看作失效了；我母亲的庇护也比从前更有价值了。要不是听到了这个消息，希罗德肯定不会浪费时间、纡尊降贵地去向首席行政官借钱。犹太人虽然慷慨，但却十分谨慎。要是他们的同胞并非由于自身犯错或犯罪而落了难受了穷，他们就会把钱借给这样的同胞，而且不收分文利息，因为他们的法典不许收利息，觉得自己做了好事就是他们唯一的回报。但假使人家不是犹太人，哪怕是饿得快要没命，他们也不会借一分钱给他，更别提把钱借给"自绝于会众"的犹太人——他们如此称呼那些身在外国便不遵循犹太习俗的犹太人——除非他们相当确信自己的慷慨会换来实质性的回报。

三

母亲和我对于希罗德回到意大利这事一无所知,直到有一天,他叫人匆匆送来一个便条,说他要来看望我们,并且期望我们能帮他渡过命中的一大难关。"如果他是缺钱的话,"我对母亲说道,"咱们就帮不了他了。"那会儿我们手里确实没有余钱。可我母亲却说:"你这么说就有些不仁义了,克劳狄乌斯,你总是这么粗鲁。如果希罗德遇到了难处需要用钱,咱们就得想方设法去筹一些来。念着他那死去的母亲贝雷妮丝,我也应该帮他。尽管贝雷妮丝的宗教习惯有些奇怪,但她仍然是我最好的朋友之一,而且管起家务事来也非常能干!"

我母亲有七年没见希罗德了,对他很是想念。不过他一直都恭恭敬敬地给我母亲写信,把他那些麻烦事一桩桩地依次道来,而且写得极为有趣,读来仿佛是最最开心的历险,就像希腊故事书里的那些一样,一点儿也不像真正的麻烦。其中最好笑的恐怕要数他刚从罗马到达以东时写的那一封,信里写到他那好性子却傻乎乎的爱妻赛普路斯如何劝他不要从碉堡的城垛上跳下去。"她说得很对,"他在信末写道,"那座塔可真高呀。"最近一封从以东写来的信也是同样的调调儿,当时他正在等着自由民从阿克把钱带来。他在信中说自己觉得很丢脸,居然堕落到去偷波斯商人骑的骆驼。不过，他写道，自己很快就不再难为情了，反而是觉得自己做了好事，因为他给骆驼的主人帮了天大的忙：这畜生显然是十恶不赦，而且是一种更比一种恶。那商人早上醒来，要是发现自己珍爱的宝贝——鞍座、笼头和其他一切——都消失无踪了，一定会大大地松一口气。他在叙利亚沙漠里这一遭走得真是惊心动魄，他们每回走到干涸的水道或是狭窄的山路上时，这骆驼便想尽一切法子来害他，甚而在夜里偷偷走近想踩死熟睡中的他。他从亚历山大又写信来告诉我们说，他在以东放了那畜生，可它却目露凶光地悄悄跟在他后面，一路跟到了海边。"我向您起誓，最最尊贵、最最博学的安东尼娅夫人，我最亲爱的朋友和最慷慨的恩主，我之所以在安塞敦趁总督不备时溜走，不是因为害怕债主们，而是害怕这讨厌的骆驼。要是我束手就擒，它肯定会非跟我住同一间牢房不可。"他又附言道，"我在以东的表亲们非常好客，不过您可千万别以为他们生活奢侈。他们非常俭省，一辈子只换三次床单——结婚时、过世时，还有打劫了旅行队有免费的干净床单可用的时候。全以东居然连一个漂洗工都没有。"对于他跟弗拉库斯的争执，或者如他所说的误会，他自然尽可能给出了对自己最有利的解释。他怪自己太轻率，并且赞扬弗拉库斯是个极看重荣誉的人——如果这可能的话。对于弗拉库斯所统治的人民来说，他的荣誉感肯定是高到他们无法理解的地步：在他们眼里，他就是个怪人。

现在希罗德把他信中没有写到的事情告诉了我们，毫无隐瞒——或者说基本上毫无隐瞒，因为他知道这才是跟我母亲相处的最好办法；他逗得我母亲非常开心——尽管她假装被他劫持士兵和企图吓唬首席行政官的事情吓得不轻。他还说起从亚历山大起航以后遇到了很危险的暴风雨，除了他和船长，其他人都晕船晕得七荤八素，直晕了五天五夜。船长整日就只是哭泣祈祷，留下希罗德一个人在开船。

然后他继续说道："最后，我们那豪华的大船终于不再摇晃和颠簸，船员们也渐渐恢复过来，我站在前甲板上，对他们的感谢和赞美充耳不闻，看见波光灿烂的那不勒斯湾展开在眼前，海岸上壮观的庙宇和别墅闪闪发光，雄伟的维苏威火山高耸在头顶，还冒出几缕云雾，就像是家里的烟囱——我承认,我哭了。我明白自己到家了,我最最亲爱的第一故乡。我想起了所有亲爱的罗马朋友——我们已经分别了这么久,我尤其想您,最最博学、最最美丽、最最尊贵的安东尼娅,当然还有你,克劳狄乌斯——咱们又能团聚了,这是多么开心的事情。不过,显而易见,我首先得体面地站稳脚跟。我总不能像个乞丐或是可怜的寄生虫一样来到您家门前请求救济,这是极不得体的。我们一上岸,我就到那不勒斯的一家银行兑现了首席行政官的汇票,然后立刻写信给现在卡普里的皇帝,请求他特别开恩准许我觐见。他恩准了,说他很高兴听到我安全归来的消息,第二天我们的谈话非常鼓舞人心。遗憾的是我觉得自己有必要讲一些亚洲的事情来让他开心——一开始他情绪不太好,为了不冒犯您的端庄稳重,这些故事我就不重复了。不过您知道这让皇帝有什么感觉:他头脑很聪明,爱好也很广泛。我正在用那种方式给他讲一个特别典型的东方故事时,他说道:'希罗德,你最合我心意了。我希望你能担起一个重任——给我唯一的孙子提贝里乌斯·盖米勒斯担任家庭教师,我把他也带到这儿来了。他那死去的父亲曾经是你的密友,想来你一定不会拒绝这事,我相信这孩子会喜欢你的。真是遗憾,这个小家伙整日闷闷不乐、郁郁寡欢,需要一个坦率活泼的长辈来跟他做伴,给他做个榜样。'

"那天我就在卡普里过夜,到了早上,皇帝和我的关系就更铁了——他把医生的忠告抛到脑后,整夜都在跟我喝酒。我以为自己这下终于要时来运转了,可是突然间,一直把达摩克利斯之剑悬在我这倒霉脑袋上方的那根马毛啪的一声断掉了。安塞敦那个白痴总督写了一封信给皇帝,报告说他已将一份逮捕令送达我手中,罪名是欠了王室内库一万两千个金币没有偿还,可是我却'用计躲避逮捕'之后逃走,还劫持了他的两名驻军士兵,这两人至今仍未归来,也许已经遭到杀害。我对皇帝保证说,那两名士兵还活着,他俩是在我不知道的情况下偷偷乘上了我们的船,我也没有收到什么逮捕令。我说,恐怕他们原本是被派来送逮捕令的,不过却想去埃及度个假。总之,我们是在去亚历山大的途中发现他们躲在货物里的。我向皇帝保证,一到亚历山大我就放他们回安塞敦去接受处罚了。"

"希罗德·阿格里帕,"我母亲严厉地说道,"你这是有意撒谎,连我都替你难为情。"

"您可没有我自己更难为情,亲爱的安东尼娅夫人,"希罗德说道,"诚实是最佳的处世原则,这话您跟我说过多少次来着?可是在东方,人人都说谎,对听到的话自然也半信半疑,并且以为听自己说话的人也是这样。当时我都忘了自己已经回来了,这个国家以确凿的事实为重,哪怕有一星半点的违背都是可耻的。"

"皇帝相信你了吗?"我问道。

"我倒是一心希望如此,"希罗德说道,"他问我:'那债务究竟是怎么回事?'我对他说,王室内库把这笔钱借给我并无任何不妥之处,我抵押的东西也很可靠。如果有人因为这件事就要逮捕我,那一定是叛徒塞扬努斯干的好事,我这就去跟司库谈谈,把这事摆平。可是皇帝却说:'希罗德,要是你一个星期之内不把这笔债还清,你就不用给我孙子当老师了。'他对人家欠王室内库债务这事有多严格,你们是知道的。于是我尽力轻描淡写地说,一定在三天之内就还清。可我心里却跟灌了铅一样重。所以我才立刻写信给您,我亲爱的女恩主,想着也许……"

我母亲再一次说道:"希罗德,你错得非常、非常离谱,万万不该向皇帝说出这样的谎话。"

"我知道,我知道,"希罗德假装后悔莫及地说道,"要是当时您处在我的位置,您一定会说出实情的,可是我没那个勇气。而且,正如我说过的,在东方这七年来远离您的教诲,我已经快要辨不清是非对错了。"

"克劳狄乌斯,"我母亲仿佛突然间下定了决心一般,"时间这么紧,咱们上哪儿去筹一万两千个金币呢?今天早上阿里斯托布鲁斯寄给你的那封信里写的什么来着?"

说来也巧,就在那天早上,我收到了阿里斯托布鲁斯写来的信,请我代为投资地产,当时硬币短缺,所以地价很便宜。他还随信附上了一张一万元的银行汇票。我母亲把这事告诉了希罗德。

"阿里斯托布鲁斯!"希罗德喊道,"他打哪儿能弄到一万个金币?这个无耻的家伙一定是利用他对弗拉库斯的影响从当地人那里收了贿赂。"

"我想,要是那样的话,"我母亲说道,"他对你的所作所为可就十分卑鄙了,你替大马士革人的案子做了那么好的辩护,所以人家才送礼给你,可他居然向我的老朋友弗拉库斯告发你。我本来没想到阿里斯托布鲁斯这么坏。现如今可以把他那一万块拿出来,暂时——希罗德,你要记住,只是暂时——借给你,帮你渡过难关,只有这样才算公平。至于剩下那两千,应该就没有什么困难了,对吧,克劳狄乌斯?"

"母亲,您忘了希罗德手里还有首席行政官借给他的八千个金币,如果这钱他还没有花掉的话。等咱们把阿里斯托布鲁斯的钱交给他以后,他可就比咱们富有多了。"

我们告诫希罗德,三个月之内他必须把这笔钱还上,不得有误,否则的话,我就会背上负人所托的罪名。其实我一点儿也不赞成这么干,但是这总好过把我们在帕拉廷山的房子拿去抵押借钱,除此之外再无他法了。希罗德把那一万两千个金币还给王室内库以后,不仅当上了盖米勒斯的家庭教师,还比到期日提前两天把阿里斯托布鲁斯的钱悉数还给了我,此外又还清了以前借的五千个金币,我们本来都没指望他会还这笔钱的。希罗德作为盖米勒斯的老师,如今有很多时间都跟卡里古拉在一起,他是提贝里乌斯的养子和假定继承人,而提贝里乌斯现在已经七十五岁了。提贝里乌斯从不给卡里古拉足够的钱花,所以卡里古拉手头总是很紧。希罗德盛宴款待了卡里古拉几次,又送了不少贵重礼物给他,用诸如此类的手法赢得了卡里古拉的信任。卡里古拉便委托他代自己从那些企图巴结下一任皇帝——提贝里乌斯应该也活不了多久了——的有钱人那里大笔大笔地借钱,当然这事是绝对保密的。等到卡里古拉对希罗德的信任在金融界得到证实并且尽人皆知以后,希罗德发现,以自己的名义借钱跟以卡里古拉的名义一样容易。他七年前的债主们多数已经不在人世,他欠下的那些债务也就一笔勾销了。这都是拜提贝里乌斯所赐,他手下的塞扬努斯以叛国罪为由审讯了很多人,接替他的马克罗又继续干这伤天害理的事情,结果有钱人的数量便大大减少了。至于剩下的债务,希罗德也全不担心,他如今在宫里深受恩宠,没人敢来告他的状。他跟提贝里乌斯手下的一个自由民讨价还价借来了四万个金币，其中一部分他拿来还给了我。那个自由民原先为奴时曾经当过狱吏，卡里古拉的哥哥德鲁苏斯被饿死在皇宫地窖里的时候，他就是看管德鲁苏斯的狱吏之一。他成为自由民之后，干起了买卖高级奴隶的非法勾当，很快就发了大财——他先花低价把生病的奴隶买来，再在自己经营的医院里把他们的病治好。他担心卡里古拉继位之后会报复自己当初虐待了德鲁苏斯，不过希罗德答应会劝卡里古拉对他手下留情。

希罗德一天比一天福星高照，东方的几桩事情也处理得完全合意。比如说吧，他写信给以东和朱迪亚的朋友——现在无论他在信里把谁称作朋友，人家都会觉得无比荣幸——问他们是否能够提供详尽的证据来指控安塞敦总督失职，当初企图逮捕希罗德的就是他。他用这种方法收集到了大量证据，又叫人以安塞敦头面人物的名义把这些证据都写在信里寄来，然后他把这封信送到了卡普里，于是那总督便丢了饭碗。希罗德用雅典银币把阿克那个粮食商人的钱也还了，不过却少还了一些；当初那钱被送到以东给他时，粮食商人擅自扣下了两千五百个银币，如今他便扣下了双倍。他解释说，之所以扣下这五千个银币，是因为好多年前这粮食商人找赛普路斯公主借了这么多钱却一直没还。至于弗拉库斯，希罗德看在我母亲的面子上并没有对他报复，而且弗拉库斯没过多久便过世了。他也宽宏大量地宽恕了阿里斯托布鲁斯，因为他知道，阿里斯托布鲁斯现在不仅会感到惭愧，而且会更恼火自己毫无远见，居然会跟如今这么有权势的兄弟作对。阿里斯托布鲁斯一旦洗心革面，还是有些用处的。希罗德还报复了庞提乌斯·比拉多，就是他下令在安塞敦逮捕希罗德。希罗德怂恿他在撒玛利亚的一些朋友去向叙利亚的新任总督——我的朋友维特里乌斯——提出抗议，说比拉多粗暴镇压当地的民众骚乱，并且控告他收受贿赂。于是提贝里乌斯命令比拉多到罗马来当面将这些指控解释清楚。

在一个春光明媚的日子，卡里古拉和希罗德一道乘着辆敞篷马车出游，来到罗马附近的乡间，希罗德轻率地评论道："现在也该到时候把钝头木剑交给老斗士了。"他口中的老斗士便是提贝里乌斯，而钝头木剑是释放斗士的光荣象征。使剑的武士筋疲力尽之后如果在竞技场里收到钝头木剑，就表示他获得了自由。希罗德又说道："我亲爱的伙计，请您恕罪，尽管我这话听起来很像拍马屁，但确实是我的肺腑之言，您将来在这项运动里的表现一定比他要出色得多。"

卡里古拉听了这话很开心，可糟糕的是，希罗德的马车夫无意中也听到了这话，他不仅听懂了，而且还牢牢记在心里。这糊涂家伙自以为抓住了主人的把柄，便几次三番对他无礼，希罗德一时间竟也没有发现。可是后来他居然动心思偷起东西来，把希罗德马车上那些精美的绣花毛毯偷出来卖给了另一个马车夫，那人的主人住在离罗马稍远的地方。他对希罗德报告说，马厩阁楼上有个柏油桶漏了，柏油透过木地板刚巧漏到了这些毛毯上，把毯子弄得不成个样子。希罗德便信了他。可是有一天，他跟一位骑士乘马车出去兜风，碰巧那人的车夫便是毛毯的买主，希罗德赫然发现膝上裹着的正是自己的毛毯，偷窃的事这才败露。不过骑士的车夫及时给这小偷通了风报了信，他为了躲避惩罚，即刻就逃跑了。其实他原本是这么打算的：倘若此事败露，他便去面见希罗德，威胁他说要把自己偷听到的话告诉皇帝。可是真到了这当口，他又没了那个胆子。他突然间意识到，要是自己试图要挟希罗德，希罗德完全有能力杀了他，再找人来证明自己这么做只是出于自卫。这马车夫就属于那种脑袋糊涂的家伙，能把所有人都拖下水，尤其是他们自己。

希罗德知道这人在罗马可能常去的地方，可他却没想到自己已经大难临头，于是便叫城里的警察把这车夫给抓来。警察找到了车夫，以偷窃罪把他告上法庭，可他声称自己是自由民，有权向皇帝申诉，而不是立刻就宣判。他还说："我有些事要禀告皇帝，与他的个人安危有关，是有一回我在驾车去卡普亚的路上听见的。"法官没有办法，只得叫人押送他去卡普里。

以我伯父提贝里乌斯的性子，虽然他知道这车夫一定是无意中听到希罗德说了些不忠的话，可是他还不想知道这些究竟是什么话，因为希罗德显然不是那种会让车夫听到什么危险言论的人。所以他把车夫关进了监狱，一直都没有审讯，并且叫如今才十岁的小盖米勒斯对自己的老师密切监视,要是希罗德的言行中稍有叛逆的意思,便如实向自己报告。与此同时,希罗德见提贝里乌斯迟迟不审马车夫,越发坐立难安,便去找卡里古拉商量这事。他俩很清楚那车夫说的是怎么一回事,于是商定,那天希罗德并没有说什么解释不了的话。要是希罗德自己迫切要求审判那人的话,提贝里乌斯可能会更容易采信他的说法——"钝头木剑"并无深意。到时希罗德会说,他们谈论的是那时刚刚退休的著名斗士,而且他只是赞扬卡里古拉的剑术高超而已。

希罗德注意到盖米勒斯的行为非常可疑,他会偷听自己说话,还常常在不该来的时候出现在自己的住处,显然是提贝里乌斯叫他这么干的。于是他又来找了我母亲,说清了前因后果,恳求她替他敦促提贝里乌斯审讯那个马车夫。他的理由是,希望看到这个人因为偷窃和忘恩负义而遭到严惩。因为就在去年,希罗德主动给了他自由,让他从此不必再做奴隶,这人企图揭露的事情也已经没什么好说的了。我母亲照着希罗德的话做了。她写了一封信给提贝里乌斯,像往常一样,回信过了很久才姗姗来迟。这封信如今在我手里,所以我能将原文引用如下,提贝里乌斯这一回倒是直奔主题。

"如果这名马车夫想冤枉希罗德·阿格里帕说了什么大逆不道的话或是借此掩盖他自己的罪行,那么他被关了这么久,也算为自己的愚蠢受够折磨了,米塞努姆监狱里的牢房可不是待客的地方。我打算把他放了,同时警告他以后判罪时不许再来向我上诉,像偷窃这种小罪过由下级法院裁决就行了。我年纪大了,事情又太多,就别拿这种芝麻绿豆的小事来烦我了。不过,如果你硬要我审这案子,而我又发现希罗德真的说过大逆不道的话,那希罗德一定会后悔提起这事的;他本来是想看到自己的车夫受到严惩,可是他自己也会受到严惩的。"

希罗德读了这封信,更急着想让那人受审了,而且当着自己的面。来到罗马的赛拉斯力劝希罗德打消这个念头,他引用古语道:"不要乱动卡马里纳。"(西西里的卡马里纳附近有一个瘴气很重的沼泽,当地居民为了卫生起见,便将沼泽抽干了。这下城市失去了屏障,很快就被占领并毁灭了。)但希罗德却不肯听赛拉斯的话,接连过了五年荣华富贵的日子，赛拉斯这老家伙越发讨人厌了。没过多久，希罗德听说提贝里乌斯在卡普里下令，叫人把他位于米塞努姆的大别墅——他后来就是在这里去世的——收拾好，准备迎接他的到来。他立刻着手安排自己和盖米勒斯也到那里去，卡里古拉在附近的宝利有栋别墅，他们便去了那里做客。同去的还有我母亲，她既是卡里古拉的祖母，也是盖米勒斯的外祖母。宝利位于那不勒斯湾的北岸，离米塞努姆很近，所以提贝里乌斯驾临时，他们自然全都去拜谒他了，提贝里乌斯邀请他们第二天过来进餐。关着那马车夫受苦受难的监狱就在旁边，于是希罗德劝我母亲当着所有人的面请求提贝里乌斯当天下午就把这个案子给了结了。他们也邀请了我同去宝利，不过我拒绝了，因为我伯父提贝里乌斯和我母亲都很不喜欢跟我在一起，不过当时在场的人后来把来龙去脉都告诉了我。宴会很丰盛，美中不足是酒水太少。如今提贝里乌斯听了医生的建议正在戒酒，所以他干了杯以后，自然没人敢贸然叫侍者替他重新满上，侍者就不会主动替他倒酒了。提贝里乌斯在没有酒喝的时候总是会心情不好，可尽管如此，我母亲还是大胆地又一次提起了马车夫的事情。提贝里乌斯却没有让她说下去，而是谈起了另一个话题，仿佛是无心的，我母亲也就没再旧话重提。吃完饭以后，大家全都去了当地赛马场周围的树荫下散步。提贝里乌斯自己是不走路的，他坐轿子；我母亲上了年纪以后步履反而越发轻快了，于是走在他身旁。她说道："提贝里乌斯，我可以跟您谈谈马车夫的事吗？现在了结他的案子正是时候，如果您能开恩今天就把这事做个了断的话，我想我们大家都会轻松得多。监狱就在那边，只要几分钟就能完事儿了。"

"安东尼娅，"提贝里乌斯说道，"我已经暗示过你别管这事了，可如果你坚持的话，我就顺了你的意吧。"然后他叫人请来和卡里古拉以及盖米勒斯一起走在后面的希罗德，对他说道："希罗德·阿格里帕，我这就来审问你的马车夫，因为我的弟媳安东尼娅夫人坚持如此，但是请众神替我见证，我这么做并非出于自己的意愿，而是为人所迫。"

希罗德对提贝里乌斯的屈尊俯就千恩万谢。接着提贝里乌斯叫来了马克罗——他当时也在那里，命他即刻将那名马车夫带到自己面前来受审。

就在此前那天晚上，提贝里乌斯好像私下里跟盖米勒斯说了什么。（一两年以后，卡里古拉逼着盖米勒斯把那次会面的谈话内容告诉了他。）提贝里乌斯问盖米勒斯是否有事要检举他的老师，盖米勒斯回答说他从未偷听到任何不忠之言，也从未见到过任何谋逆之举；不过这些天他很少见到希罗德——他现在总是跟卡里古拉在一起，也不亲自教导盖米勒斯，而是让他自己研习书本。提贝里乌斯又问这孩子，希罗德和卡里古拉有没有在他面前说过借钱的事。盖米勒斯想了片刻，然后回答说，有一回卡里古拉向希罗德问起一笔P.O.T.借款的事，希罗德却说："这事我回头告诉你。小孩子耳朵尖。"提贝里乌斯立刻就猜到P.O.T.是什么意思了。这一定是希罗德代表卡里古拉跟人家商议借来的一笔款项，还款的日期就是P.O.T.——post obitum Tiberii——即提贝里乌斯死后。于是提贝里乌斯打发了盖米勒斯，跟他说P.O.T.借款没什么要紧，现在他已经完全信任希罗德了。可是他随即便派了一个信得过的自由民到监狱里去，以皇帝的名义命那车夫交代到底偷听到希罗德说了什么话。马车夫把希罗德的话一字不差地学了一遍，自由民回来说给了提贝里乌斯听。提贝里乌斯想了一下，又叫那自由民到牢里去告诉马车夫，等到了受审的时候，务必要如何如何说。自由民叫车夫将这些话记清楚，又让他跟着自己一字一句地学，并且对他讲明，要是他不说错，就能获得自由，还能拿到赏钱。

审判就在赛马的跑道上进行。提贝里乌斯问马车夫对偷盗毛毯一事是否认罪。他回答说自己并没有罪，那毛毯是希罗德当作礼物送给他的，可是事后又后悔自己太大方了。这时希罗德反感地喊了起来，说他忘恩负义、谎话连篇，可提贝里乌斯请他住口，又问车夫道："你还有什么要为自己辩解的吗？"

那车夫答道："就算那毛毯是我偷的——但是我并没有，这也不是不能宽恕。因为我的主人是个叛徒。在被捕之前不久的一天下午，我赶着车往卡普亚去，您的孙子——王子殿下坐在车上，我的主人——希罗德·阿格里帕——则坐在我身后。我的主人说道：'要是老武士死了该多好，到了那一天，你就可以继位称帝了！盖米勒斯还小，完全不会妨碍到你，要除掉他真是易如反掌。那样就皆大欢喜了，尤其是我。'"

希罗德被这证词吓了一大跳，一时间竟不知道说什么好，只能说这根本是一派胡言。提贝里乌斯又问了卡里古拉，这胆小如鼠的家伙焦急地看着希罗德，可是却什么暗示也没有看到，只得匆匆忙忙地说，即使希罗德真的这么说了，他也没有听到。他记得那次乘车出游的事，那天刮了很大的风，要是他听到这么大逆不道的话，一定会立即向皇帝报告的，绝不会就这么算了。卡里古拉一到危及自己性命的时候，就置朋友于不顾了，并且凡是提贝里乌斯说过的话，不管多么无足轻重，他都会照听不误；他是如此的百依百顺，所以有人说从未见过比他更好的奴仆，也从未见过比他更糟的主人。可是希罗德勇敢地说道："您的儿子当时就坐在我身旁，如果连他都没有听见人家指控我所说的那些叛逆之言——要是有人说了对您大逆不道的话，他的耳朵可是比谁都尖——那么我的车夫就更不可能听见了，因为他是背朝我坐着的。"

但提贝里乌斯已经下定决心了。他直截了当地对马克罗说道："把那个人铐起来，"然后吩咐他的轿夫，"走吧。"他们走开了，剩下希罗德、安东尼娅、马克罗、卡里古拉、盖米勒斯和其他人在那里大眼瞪小眼，又是怀疑又是吃惊。马克罗搞不清楚究竟应该把谁铐起来，所以等到提贝里乌斯坐着轿子在跑道上转了一圈又回到这审判现场时，大家依然站在原地，跟他离开时并无两样。马克罗问他道："恺撒，请恕我无罪，不过我究竟该逮捕谁呢？"提贝里乌斯指着希罗德说道："我说的是他。"可是马克罗一向对希罗德尊敬有加，于是假装没听明白，希望能借此让提贝里乌斯改变主意，他又问道："您不会是说希罗德·阿格里帕吧，恺撒？""我还能说谁！"提贝里乌斯咆哮道。希罗德跑上前去，差点就拜倒在提贝里乌斯面前了，不过他没敢这么做，因为他知道提贝里乌斯不喜欢人家像对待东方的君主那样对待他。他可怜兮兮地伸出双臂，声辩说自己是提贝里乌斯最忠诚的仆人，连稍显叛逆的念头都绝不允许自己去想，更别提说出口了。他滔滔不绝地说起了自己和提贝里乌斯那死去的儿子之间的友情（他也和自己一样是个受害者，毫无根据就被人指控叛国），他的死是个无法挽回的损失，自己至今还对此哀伤不已；他又说到提贝里乌斯让自己当皇孙的家庭教师,这是赐给他的无上荣光。可提贝里乌斯只是像一贯那样冷冷地斜眼看着他,讥讽地说道:"我高贵的苏格拉底,你可以把这篇辩护词留着,等到我决定哪天审判你的时候再说。"然后他对马克罗说道:"把他带到那边的监狱里去。这个诚实的马车夫卸下来的手铐正好可以让他用。"

希罗德再也未发一语,只是感谢我母亲替他慷慨尽力却徒劳无功。他朝着监狱走去,双手铐在身后。关在这里的都是犯了错误的罗马公民,他们在下级法院被判了刑,便来找提贝里乌斯上诉。这儿的牢房又小又脏,吃得也很差,而且连床都没有。他们要一直待到提贝里乌斯有时间来审他们的案子为止,有些人已经被关了很多年。

四

希罗德被人领着来到监狱门前，看见卡里古拉手下的一个希腊奴隶等在那里。这奴隶有点上气不接下气，仿佛是刚刚跑来的，手里还拿着一个大水罐。希罗德希望他是卡里古拉派来的，借以表明自己仍然和希罗德交好，只是因为害怕冒犯提贝里乌斯而不敢公开承认。希罗德对那男孩喊道："索马斯图斯，看在上帝分上，给我一点水喝吧。"这会儿正是炎热的九月天，而且正如我说过的，宴席上没有什么酒喝。男孩立刻来到他面前，仿佛是有人预先叫他这么做的；这下希罗德放心多了，将嘴唇凑到水罐上，几乎喝了个底朝天。里面装的可不是水，而是酒。他对这奴隶说道："谢谢你送这个来给我喝，虽然我只是个犯人，但是我答应你，等我重获自由之后，一定会好好报答你。你的主人肯定不是那种会背弃朋友的人，等他帮我出狱以后，我会立刻请他也给你自由，然后我会让你在我家里担任要职。"希罗德没有食言，索马斯图斯后来成了他家的总管。我在写作本书的时候，希罗德已经死了，但他仍然在世，继续为希罗德的儿子效力。

希罗德被带进监狱大院的时候刚好是放风时间，不过监狱里有严格的规定，囚犯们不许相互交谈，除非得到狱卒允许。每五名囚犯为一组,由一位狱卒负责监视他们的一举一动。希罗德的到来在这些无聊至极、无精打采的人中间引起了很大的骚动,他们在这里可从未见过来自东方的王子,而且他身上穿的还是货真价实的提尔紫斗篷。不过他并没有跟他们打招呼,而是站在那里,盯着远处提贝里乌斯的别墅屋顶,仿佛从那上面能读出什么信息,知道自己的命运将走向何方。

囚犯当中有一位来自日耳曼的老族长,他的身世是这样的:当年,罗马依然掌控着横跨莱茵河的行省时,他是瓦鲁斯麾下日耳曼辅军的一名军官,因为战功卓著而成为罗马公民。后来,大名鼎鼎的赫尔曼背叛瓦鲁斯,伏击了他,接着又消灭了他的军队。而这位族长虽然没有(起码他说没有)在赫尔曼的军队里服过役,也不曾为他的计划提供过任何帮助,却也没有采取行动证明自己依然忠于罗马,而是回到先祖的村子里当起了首领。在我哥哥日耳曼尼库斯开战期间,他又和家人离开这个村子撤到了内地,只有当日耳曼尼库斯被召回罗马、似乎没有危险时,他才会回来。可不幸的是,罗马军队在一次渡河突袭中抓住了他。这种突袭时不时就会有一次,目的是让我们的人保持旺盛的斗志,同时也提醒日耳曼人,总有一天我们会收复这个行省。罗马将军本来打算将他作为逃兵以鞭刑处死,可是他声辩说自己从未背叛过罗马,现在要履行自己身为罗马公民的权利向皇帝上诉。(因为好一阵子不说,他已经把在军营里学的拉丁语忘了个一干二净。)看管这人的狱卒略通德语,他便请狱卒告诉自己,那位表情忧郁、面容英俊、站在树下的年轻人是谁?狱卒回答说,这是一位犹太人,而且他在自己的祖国还是一位要人。日耳曼人请求狱卒允许自己跟希罗德谈谈,他说自己这辈子从来没有见过犹太人,但是他知道,犹太人的智慧和勇气都绝不输给日耳曼人,从犹太人身上能学到很多东西。他又补充说,自己在祖国也是一位要人。"这地方简直要变成大学了,"狱卒咧嘴笑着说道,"如果你们这两位外国先生想要就哲学问题交换一下看法的话,我就尽力来给你们翻译吧。不过别对我的德语抱太大希望。"

这会儿希罗德还站在树下,头上蒙着斗篷,不希望好奇的囚犯和狱卒看见自己在流泪,就在这时发生了一桩怪事。一只猫头鹰停在他头顶的树枝上，向他的身上拉屎。光天化日之下看见猫头鹰本来就很稀罕了，但是只有这位日耳曼人注意到了鸟儿的举动，其他人都只顾着在看希罗德。

通过狱卒的翻译，日耳曼人礼貌地跟希罗德打了招呼，并且说自己有重要的事情要告诉他。狱卒一开口，希罗德便揭去斗篷露出颜面，饶有兴致地回答说自己洗耳恭听。当时他还以为是卡里古拉要带信给他，没有发现这狱卒只是为一位囚犯充当翻译而已。

狱卒说道："打扰了，先生，不过这位日耳曼先生想问问，您是否知道一只猫头鹰刚刚把屎拉在了您的斗篷上？我是在替这位日耳曼先生做翻译，他虽然是罗马公民，不过他们那儿下雨太多，所以他的拉丁语有点生疏了。"

听了这话，希罗德尽管很失望，但还是笑了一下。他知道无事可做的囚犯们常常互相开玩笑来打发时间，有时候，对自己的职责同样心生厌倦的狱卒们还会帮他们一起开玩笑。所以他既没有抬头望望树上，也没有仔细检查自己的斗篷看看这人是不是真的在取笑自己。他戏谑地答道："伙计，我还见过比这更离奇的事情呢。前不久，一只火烈鸟飞进了我的卧室，在我的鞋里下了一个蛋，然后又飞走了。我妻子很不安。如果这是只麻雀、画眉甚至猫头鹰什么的，她对这种小事绝不会多想，但是火烈鸟，现在⋯⋯"

日耳曼人不知道火烈鸟是什么，便没有理会这俏皮话，继续说道："你知道鸟儿在你头上或是肩上拉屎象征着什么吗？这在我的祖国是非常好的兆头。像猫头鹰这样的神鸟在你头上拉屎，并且没有发出任何不祥的叫声，这预兆可是会让人欣喜若狂、燃起希望的。我们卡乌基人对猫头鹰了如指掌，它是我们的图腾，我们的民族正是因它而得名。如果你是卡乌基人的话，我会对你说，马努斯神派这鸟儿来，就是要向你昭示这段牢狱之灾的结局，你很快就会出狱，然后在祖国获得更高的地位。不过人家跟我说你是犹太人。先生，不知我是否可以冒昧问下贵国的神灵叫什么名字？"

希罗德仍然没搞清楚这个日耳曼人的热忱是真的还是装的，于是老老实实地答道:"我们神灵的名字太神圣了,不能说出口。我们犹太人说到这名字的时候,只能拐弯抹角地说,甚至拐弯抹角之后再拐弯抹角。"

日耳曼人认为希罗德一定是在跟自己开玩笑,于是说道:"请不要以为,我对您说这些是为了贪图您的回报,我只是看见了那只鸟的所作所为,觉得必须就这个好兆头向您祝贺。我在祖国可是个有名的占卜官呢。现在我还有件事要告诉您。您下一次再看见这鸟儿时,可能正处在您的巅峰时期,它会停在您的身旁开始号叫,那时您就会知道,好日子要到头了。猫头鹰叫多少声,您就还能活多少天。但愿这一天来得越晚越好!"

希罗德这会儿才回过神来,对日耳曼人说道:"老先生,我自打回到意大利以后,还没听过比您这番话更好的胡说八道呢。我诚心诚意地谢谢您的安慰,要是我能离开这里重获自由,我会看看能做些什么帮您也获得自由。如果您不论在牢里还是在外头都这么会让人开心的话,咱们晚上就可以一起找找乐子,喝酒谈笑,讲讲有趣的故事。"

日耳曼人听了这话,怒气冲冲地走开了。

与此同时,提贝里乌斯忽然命令仆人们把他的东西打包,当天下午就乘船回到了卡普里。我猜想,他是担心我母亲会想要说服他放了希罗德,而他因为塞扬努斯和莉维拉的事欠了我母亲这么大的人情,所以很难拒绝她的要求。我母亲知道现在已经没法为希罗德做些什么了,恐怕只能替他把牢里的生活安排好,让他过得尽可能舒服一些,于是她去请马克罗尽力多帮帮忙。可是马克罗回答说,如果他对希罗德比对其他犯人更关心的话,一定会被提贝里乌斯处罚的。我母亲答道:"我请求你,只要不是让他方便逃跑,就尽你所能照顾照顾他吧。要是提贝里乌斯碰巧听说这事而且动了怒,我会自己承担所有的后果。"她非常不喜欢去求马克罗帮忙,因为他父亲曾经是我们家的奴隶。可是她又放心不下希罗德,所以当时为了他才会豁了出去。马克罗见我母亲求他,很是得意,便答应她会选一个狱卒去好好关照希罗德,再任命一位我母亲认识的上尉担任典狱长。不止如此,他还安排希罗德天天跟典狱长一起用餐,并且允许他每天在护送下去当地的澡堂洗澡。他说,如果希罗德手下的自由民愿意给他额外送一些饭菜跟暖和的被褥——眼下就快到冬天了，他会确保这事不成问题，但是那自由民必须对监狱的守门人说这些福利是送给典狱长用的。如此一来，希罗德在监狱里过得倒也不算太苦，只是他的狱卒不在身边时，他就得被沉重的铁链锁在墙上。但他最担心的还是赛普路斯和孩子们会出事，因为外界的消息是不能让他知道的。赛拉斯虽然没法心满意足地对希罗德说他早该听自己的劝（不要乱动卡马里纳），却还是留意确保自由民小心地按时将那犯人的饭菜和其他必需品送去，并且尽自己所能给希罗德帮忙。到了最后，他自己也因为企图私运信件入监而被逮捕，不过人家警告了他一下便把他放了。

第二年年初，提贝里乌斯决定离开卡普里回罗马去，便吩咐马克罗把所有的犯人都送到罗马，因为他打算一到那儿就把他们的案子都解决了。于是希罗德和其他犯人被分期分批地从米塞努姆送到了罗马城外禁卫军营里的拘留所。提贝里乌斯本来都已经看见罗马的城墙了，却因为一个不祥的兆头而折了回去——他的宠物无翼龙死了。他匆匆忙忙地赶回卡普里，可是却染上了风寒，到米塞努姆就没法再走了。大家都以为他死了，卡里古拉在别墅的大厅里神气活现地走来走去，显摆着手上的图章戒指，接受一众朝臣的祝贺。就在这时，老皇帝忽然从昏迷中惊醒，大声叫着要吃的。可是，有朝臣已经把他的死讯和卡里古拉继位的消息传到了罗马。希罗德手下的自由民——就是去阿克替他拿钱回来的那一个——刚好在罗马市郊遇见了那个朝臣，他一边骑着马飞奔，一边大喊着这个消息。自由民立刻跑去军营的拘留所，兴奋地朝希罗德跑去，同时用希伯来语喊道："狮子死啦！"希罗德飞快地也用希伯来语问了他情况之后便欣喜若狂，结果扰得典狱长都来了，要听听这个自由民带来的是什么消息。他说这是违反监狱制度的，只此一次，下不为例。希罗德解释说没什么，只是他在以东的一个亲戚生了个男孩，以后家业总算有人继承了。可是典狱长直截了当地说，他一定要听实话，最后希罗德只得说道："皇帝死了。"

典狱长到这时已经跟希罗德处得很好了，他问自由民这消息是否千真万确。自由民回答说，他是亲耳听到那个大臣说的。典狱长立刻亲手打开希罗德的锁链,说道:"咱们一定得庆祝一下,希罗德·阿格里帕,我的朋友,就喝军营里最好的酒。"他们开开心心地在一起美餐了一顿,希罗德兴致很高,对典狱长说他是个好人,对自己很照顾,现在卡里古拉当了皇帝,他们全都要享福了。就在这时,有消息说提贝里乌斯根本就没有死。这个消息让典狱长大惊失色。他认定是希罗德安排人故意传来了假消息,借以陷害自己。"立刻回去戴上锁链,"他愤怒地吼道,"永远别再指望我会相信你了。"希罗德只得站起身来,沮丧地回到自己的牢房。不过,马克罗并没让提贝里乌斯多享受一下自己的新生,他走进皇帝的寝宫,用枕头把他给闷死了。所以,提贝里乌斯已死的消息再一次传来了,这一回他是真的死了。可典狱长一整夜都没有把希罗德的锁链解开,他不敢再冒险了。

卡里古拉本想立刻放了希罗德,但奇怪的是,我母亲却不让他这么做。她当时人在巴亚,离米塞努姆不远。她对卡里古拉说,要等到提贝里乌斯的葬礼结束之后,才能把那些因叛逆罪而被他投入监狱的人放出来,不然就有失体统了。虽然希罗德可以回到罗马的家中,但他最好还是再公开服刑一段时间。希罗德照她的话做了。他回到家里,但他的狱卒仍然跟着他,他也会继续穿着囚服。提贝里乌斯的国丧期一满,卡里古拉便差人送信给希罗德,叫他刮掉胡子、换上干净的衣服,第二天来宫里赴宴。看来希罗德的倒霉日子终于到头了。

我想有件事我恐怕还没提到呢,希罗德的叔叔菲利普三年前过世了,留下莎乐美成了寡妇,她是希罗迪亚斯的女儿,被人称为近东最美丽的女人。菲利普去世的消息一传到罗马,希罗德便去找了提贝里乌斯手下的一个自由民,说服他替自己做点事,每次遇到跟东方有关的难题时,提贝里乌斯最信任的就是这个自由民。希罗德请他向提贝里乌斯建议,菲利普身后没有子嗣,他曾经管辖的巴珊地区也不必交给希罗德家族的其他成员,倒可以暂时归入叙利亚这个行省进行管理。不过这个自由民肯定不会告诉提贝里乌斯,这个领地每年能给领主带来十六万金币的收入。提贝里乌斯要是采纳了他的建议,就会叫他写一封信通知叙利亚总督如今已将巴珊交由他管辖,而他会在信末偷偷加上一句话,大意是将巴珊的领主收入存起来,直到菲利普的继任者确定下来为止。希罗德这是在把巴珊和巴珊的收入为自己留着呢。于是,在款待希罗德的晚宴上,卡里古拉将巴珊及其收入全都赏给了希罗德,还额外赐予他国王的封号,以感谢并补偿他所吃过的苦头,希罗德一下子就发了财。卡里古拉又叫人拿来希罗德在狱中戴过的锁链,将一副完全由纯金打造的复制品送给了他。希罗德没有忘记叫人放了日耳曼老族长,并且以伪证罪剥夺了那马车夫的自由,用鞭子把他打得半死。几天以后,希罗德兴高采烈地乘上船,去东方接管自己的新王国,跟他同行的赛普路斯甚至比他还要高兴。在希罗德坐牢期间,她看起来就像生了重病一样,十分可怜,因为她是这世上最忠贞的妻子,她丈夫在牢里吃什么饭菜,她便吃什么饭菜,绝不肯比丈夫吃得更好。那时她住在希罗德的弟弟——希罗德·波利奥——家里。

希罗德和赛普路斯这对幸福的夫妻再度重逢了,赛拉斯也像往常一样陪在他们身边。他们去巴珊时顺道去了埃及,在亚历山大上岸去拜谒首席行政官。希罗德本来打算进城时尽量低调一些,免得在犹太人和希腊人之间引起骚动。可是犹太人得知有一位犹太国王要来,而且还是皇帝如此看重的一位犹太国王,都高兴得不得了。他们到码头去迎接他,足有好几千人,都穿着节日盛装,高喊着"和散那[1]、和散那",唱着快乐的歌曲,一直护送着他来到城里的犹太人居住区——三角洲。希罗德尽力想平息民众的热情,不过赛普路斯却很开心,他们上一回来到亚历山大的情形和这一回可是大不一样。为了让赛普路斯高兴一下,希罗德便默许了大家的放肆。亚历山大的希腊人是既生气又妒忌。他们把城里一个有名的傻瓜——其实是个装疯卖傻的家伙——打扮得跟皇帝一样。那人名叫巴巴,常常在主要的广场周围行乞,他扮成小丑引大家发笑,赚几个铜板。他们还给巴巴配备了一帮又丑又怪的士兵当保镖,这些人拿着香肠宝剑和猪肉盾牌,还戴着猪脑袋头盔,拥着巴巴穿过了"三角洲"。人群高喊着"马林!马林!"——也就是"国王!国王!",在首席行

---

[1] 原文,Hosanna,赞美上帝之语。

政官的房子和他兄弟斐洛的房子外面分别举行了示威游行。希罗德去见领头的两个希腊人,并向他们提出了抗议,他只说了一句话:"我不会忘记今天的事,不过我想,有一天你们会为此感到后悔的。"

离开亚历山大之后,希罗德和赛普路斯又来到了雅法港,从这里出发去耶路撒冷看望孩子们。大祭司邀请他们住在寺庙专区里,对于希罗德来说,最要紧的就是能够和他达成谅解。希罗德将自己那副在监狱里戴过的铁锁链献给了犹太人的神灵,挂在寺庙宝库的墙上,给大祭司留下了很好的印象。接下来,他们穿过撒玛利亚和加利利的边境——不过却并没有差人去问候安提帕斯和希罗迪亚斯——来到了位于该撒利亚腓立比的新家,这座美丽的城市位于黑门山的南麓,是菲利普建造用来作为首都的。他们又收下了自打菲利普死后就一直为他们存着的领主收入——如今已经攒了很多了。菲利普的遗孀莎乐美向希罗德发起了攻势,对他用尽了一切最最迷人的招数,可是却毫无作用。希罗德对她说道:"你的确很漂亮、很优雅,也很聪明,但是你一定记得那句古话,'衣不如新,人不如故'。巴珊的王后只能是我亲爱的赛普路斯。"

可以想象的是,当希罗迪亚斯听说希罗德的好运气时,简直嫉妒得要发疯了。如今赛普路斯当上了王后,而她自己不过是一个领主夫人。她想让安提帕斯也跟自己一样嫉妒,可安提帕斯上了年纪,懒懒散散,目前的地位已经让他心满意足;尽管他只是个领主,但是却非常富有,所以他一点儿也不在意自己是什么头衔。希罗迪亚斯说他是个可怜虫——他怎么还能指望她今后会敬重他呢?"想想吧,"她说道,"我哥哥希罗德·阿格里帕没多久以前才来过这里,那时他是个身无分文的难民,靠着你的施舍才有一口吃的,可他却无礼地冒犯我们,然后逃跑去了叙利亚,在叙利亚他因为受贿叫人给撵走了,到了安塞敦差点因为欠债不还被抓起来,后来去了罗马又因为背叛皇帝而蹲了监狱——想想这个人的斑斑劣迹吧,这是个走到哪儿就欠债欠到哪儿的败家子,可他现在竟然当上了国王,可以来侮辱我们了!这怎么能容忍呢。我坚决要求你立刻去罗马,让新皇也赏给你荣宠,至少要像希罗德那样。"

安提帕斯答道:"亲爱的希罗迪亚斯,你这么说就不明智了。咱们在这儿非常富有，你也知道，要是咱们企图更进一步，也许反而会倒霉的。自打奥古斯都去世以后，罗马就不是个太平的地方了。"

"你要是不答应我去罗马，"希罗迪亚斯说道，"我就再也不跟你说话了，也不跟你睡觉了。"

希罗德从他在安提帕斯宫里的一个探子口中听说了这一幕，没过多久又听说安提帕斯启程前往罗马了，他便立刻叫一艘快船送信去给卡里古拉。他对船长说，只要他能比安提帕斯先到罗马，就能得到一大笔奖赏。船长大着胆子升起了帆一路疾行，拿到了这笔奖金。安提帕斯去觐见卡里古拉时，希罗德的信已经到了卡里古拉手里。信上说，希罗德在耶路撒冷时听说有人指控自己的叔叔希罗德·安提帕斯犯了重罪，他起初自然不信，可是后来经过调查发现这些指控都是事实。当初塞扬努斯和莉维拉密谋篡位的时候，安提帕斯和塞扬努斯就有过大逆不道的通信往来，不仅如此，他近来还跟帕提亚的国王通信，计划通过他的帮助在近东各地组织反对罗马的叛乱。帕提亚国王答应把撒玛利亚、朱迪亚和希罗德的巴珊王国都给他，以奖赏他的不忠。为了证明这一指控属实，希罗德在信中提到，安提帕斯在自己宫殿的军械库里放了七万套盔甲。这除了是为战争做的秘密准备，还能有什么其他意图呢？他叔叔的常备军不过几百人，只是仪仗队而已。这些盔甲肯定不是为了武装罗马军队的。

希罗德真是狡猾极了。他知道得很清楚，安提帕斯压根没有打仗的意思，他之所以会存下这么多盔甲，只是因为喜欢炫耀而已。加利利和基利阿德每年的收入有不少钱，安提帕斯待客虽然抠门，却很愿意花钱去买奢侈品：他收集盔甲，就像罗马的有钱人收集雕像、图画和镶金的家具。不过希罗德知道卡里古拉不会想到这回事，因为他总是听人家说安提帕斯吝啬至极。所以，当安提帕斯来到宫里向卡里古拉致敬、祝贺他登基时，卡里古拉只是冷冷地跟他打了个招呼，然后立刻问道："领主，听说你在自己宫殿的军械库里放了七万套盔甲，这事可是真的？"安提帕斯吓了一跳，可是他又不能否认，因为希罗德很是仔细，一点儿也没有夸大事实。他咕咕哝哝地说那些盔甲只是供他自己欣赏的而已。

卡里古拉说道："你已经可以退下了，别再找站不住脚的借口了。我会考虑一下明天怎么处置你。"安提帕斯只得局促不安地退了出来。

那天晚餐时，卡里古拉问我："克劳狄乌斯叔叔，您是在哪儿出生的？"

"里昂。"我答道。

"那个地方的气候对健康很不好，是吧？"卡里古拉问道，用手指转着一只黄金酒杯。

"没错，"我答道，"在您的版图里，那儿是气候最差的地方之一，已经出了名了。我尚在襁褓中的时候，里昂的气候就害我得了病，要不是这样，我如今也不至于这么不中用、这么死气沉沉。"

"是的，我记得有一回听您说过这事，"卡里古拉说道，"咱们就把安提帕斯派到那儿去吧。换个环境对他会有好处的。他这种暴脾气的人在加利利晒多了太阳可不好。"

第二天，卡里古拉告诉安提帕斯，他已经被贬黜，如今不再是领主了，有艘船在欧斯提亚等着送他流放去里昂。安提帕斯冷静地接受了这个现实，流放总比死刑好。更加难能可贵的是，据我所知，他从未对陪伴他从加利利同来罗马的希罗迪亚斯有过一句怨言。卡里古拉写信给希罗德，感谢他的及时提醒，并且将安提帕斯的领区与收入都赏给了他，以表彰他的忠诚。不过，卡里古拉知道希罗迪亚斯是希罗德的妹妹，便对她说，看在她哥哥的分上，如果她愿意的话，可以留着自己那份财产，并且回到加利利，生活在希罗德的庇护之下。希罗迪亚斯骄傲地拒绝了这个提议，她告诉卡里古拉，安提帕斯一向待她极好，所以她绝不会在他落难的时候抛弃他。她滔滔不绝地说了起来，想让卡里古拉的心软下来，可卡里古拉却并没有让她把话说完。次日一早，希罗迪亚斯和安提帕斯一起乘船去了里昂，从此再也没有回过巴勒斯坦。

希罗德在回信中对卡里古拉的赏赐千恩万谢，卡里古拉给我看了那封信。希罗德写道："这是个什么样的人啊！七万套盔甲，竟然全都是给他自己欣赏的！他就算一天看两套，也得一百年才能看完！不过罚这样一个人在里昂慢慢死掉似乎有点可惜了，您应该派他单枪匹马去侵略日耳曼。您的父亲总是说，对付日耳曼人的唯一办法，就是把他们全都灭了。现如今您手里有了消灭他们的最好人选——他可真是个战争狂，存了七万套盔甲，而且还都是量身定制的。"我们为这事笑了好一阵子。希罗德在信末说，他一定要立刻回罗马来当面感谢卡里古拉，纸和笔已经无法说出他的感受。他会让自己的弟弟阿里斯托布鲁斯暂时担任加利利和基利阿德的摄政王，并且派赛拉斯去盯着他，而他的小弟希罗德·波利奥则担任巴珊的临时摄政王。

希罗德带着赛普路斯回到罗马，一个子儿也不差地把钱还给了债主们，并且放话说再也不会借债了。卡里古拉继位的头一年，他几乎是一帆风顺。后来，我的母亲跟卡里古拉起了争执，因为他害死了盖米勒斯——可以想见，对于这事希罗德肯定没有极力劝阻。于是，我母亲被迫自杀，在她的朋友当中，希罗德几乎是唯一一个为她服丧并且来参加葬礼的。即使这样，希罗德也仍然确信卡里古拉不会怀疑自己的忠诚。我知道我母亲的死让希罗德悲痛不已，不过他对卡里古拉却是这么说的："如果我连自己的女恩主都不去哀悼，那我可就是个忘恩负义之人了。安东尼娅夫人这个做祖母的非要横加干涉跟她自己没有关系的事情，因而惹得您动了怒，她自己一定也为此深感伤心与羞愧。不过我觉得，如果我也因为类似的行为而惹得您不高兴的话——举这样的例子当然很荒唐——那么我肯定也会像她那么做的。我哀悼的是她有勇气离开这个世界，现如今像她那种老派的女人已经被淘汰了。"

卡里古拉对此非常理解，他说道："不，希罗德，你做得没错。她伤害的人是我，不是你。"可是后来卡里古拉得了病，病好以后脑子就坏了，他给自己封了神，并且开始叫人把神像的脑袋都砍下来，再换上他自己的脑袋，这时希罗德才真的担心起来。身为数千犹太人的统治者，他预料到会有麻烦。这麻烦最初的征兆来自亚历山大，那儿的希腊人素来与犹太人不睦，这些希腊人要求埃及总督不仅要把皇帝的雕像立在希腊神庙里，也要立在犹太教堂里，而且，在法庭上宣誓时，不论是犹太人还是希腊人，都要以卡里古拉的神圣名字起誓。这位埃及总督曾经与阿格里皮娜为敌，而且以前拥护的是提贝里乌斯·盖米勒斯，所以他认为，要想向卡里古拉表忠心，最好的办法就是坚决执行皇帝的命令，可事实上这命令的本意只是针对城里的希腊人。犹太人拒绝以卡里古拉的神性起誓，也不许他的雕像立在犹太教堂里，总督便颁布法令，宣布城里所有的犹太人都是入侵的异己。亚历山大人一片欢腾，开始迫害起犹太人来。他们把富有的犹太人从城里的其他地方都赶到了"三角洲"里那拥挤狭窄的街道上，这些人原本都很阔气地跟希腊人和罗马人住在一起。四百多间商店遭到洗劫，店主非死即残。幸存下来的人们受到了无数的凌辱。死了这么多人，损失了这么多财产，希腊人为了证明自己的行为有理，便派了一个代表团去罗马对卡里古拉解释说，因为犹太人不肯将皇帝陛下当作神来礼拜，所以触怒了年轻一些和不太自律的希腊人，他们才擅自报复了犹太人。犹太人也派来一个代表团，为首的便是首席行政官的兄弟斐洛，这位杰出的犹太人被誉为埃及最好的哲学家。斐洛到了罗马，自然立刻去见希罗德，他们如今已经是姻亲了；当初，希罗德不仅还清了首席行政官的八千个金币，还按照十分之一的利率付了两年的利息，这让首席行政官很是尴尬，作为犹太人，他借钱给犹太同胞时是不能收利息的，否则就是违法。除此之外，希罗德为了表达感激之情，又将自己幸存的女儿中年纪最大的贝雷妮丝许配给了首席行政官的长子。斐洛请求希罗德代表自己去跟卡里古拉交涉，但希罗德却说，他不想跟代表团扯上干系，要是情况急转直下，皇帝恐怕会很不高兴，到时他会尽自己所能去平息皇帝的怒气，他目前能答应的就只有这么多了。

卡里古拉和蔼可亲地听完了希腊人代表团的话，却用愤怒的威胁打发走了犹太人，一如希罗德所料。卡里古拉对犹太人说，他不想再听到有人说什么奥古斯都答应过给他们宗教信仰的自由，奥古斯都，他喊道，早就已经死了，他那荒唐的命令也过时了。"我就是你们的神，你们只能有我，不能有其他的神灵。"

斐洛转过头用阿拉姆语对代表团里的其他人说道："我很高兴咱们来了，他这番话是在有意挑战那永生的神灵，现在咱们可以确信，这个傻瓜肯定会死得很惨。"还好满朝的大臣没人懂得阿拉姆语。

卡里古拉寄了一封信告知埃及总督，希腊人对犹太人不忠行为的强力抗议是尽了自己的职责，要是犹太人执意继续像现在这样违抗命令，他就亲自领军来灭了他们。与此同时，他命人将犹太人区的首席行政官和其他官员都关进了监狱。他解释说，要不是因为首席行政官和他的朋友希罗德·阿格里帕是亲戚，他就会处死他和他兄弟斐洛。眼下希罗德能做的唯一一件让亚历山大的犹太人感到欣慰的事情就是调走埃及总督。他说服卡里古拉逮捕了他，理由就是他曾经与阿格里皮娜（她是卡里古拉的母亲）为敌，并且将他放逐到了希腊的一座小岛上。

如今卡里古拉发现手头有点缺钱了，希罗德便对他说："我一定得试试看在巴勒斯坦能有什么法子替您的王室内库筹点钱。我兄弟阿里斯托布鲁斯对我报告说，我那火暴脾气的老叔叔安提帕斯比咱们想象的还要有钱呢。眼下您即将出征不列颠和日耳曼——对了，顺便说一句，如果您刚好路过里昂的话，请替我好好问候安提帕斯和希罗迪亚斯——我们这些留守罗马的人可就提不起劲来了。所以我可以趁这个机会离开罗马，回去看看我自己的国家。不过我只要一听到您班师回朝的消息，就会立刻赶回来，也希望我为您效的力会让您满意。"希罗德之所以做出这个决定，其实是因为巴勒斯坦刚刚传来了一个令人非常不安的消息。卡里古拉头一天定下他这次荒唐远征的日期，希罗德第二天便乘船东去，而此时距离卡里古拉出征的日子还有将近一年呢。

卡里古拉下令将他的雕像立在耶路撒冷圣殿的至圣所里，这是一处秘密的内室，据说犹太人的神灵所居住的约柜就安放在这里，每年只有大祭司能进来一次。卡里古拉接着又下令说，每逢公众节日，他的雕像就得从至圣所里搬出来放在外面的庭院里，让教众都集合起来朝拜，不论是不是犹太人。至于犹太人对他们的神灵敬畏到何等的地步，他要么是毫不知情，要么就是全不在乎。接替庞提乌斯·比拉多（他一到罗马就自杀了）的新一任朱迪亚总督在耶路撒冷宣读了这个公告，城里立刻就爆发了大规模的骚乱，总督只得躲到他在城外的营地里，这里几乎也被包围了。消息传到了里昂的卡里古拉那里，他勃然大怒，写了一封信给接替我朋友维特里乌斯的新一任叙利亚总督，命他招兵买马组成叙利亚辅军,并率领这支军队以及他麾下的两个罗马军团进军朱迪亚,以武力执行皇帝的命令。这位总督名叫普布里乌斯·佩特洛尼乌斯,是一位老派的罗马军人。他一刻也没有耽搁,遵照卡里古拉的命令,做好远征的准备之后便将大军开到阿克。他在阿克致信大祭司和犹太的显要人物,将自己接到的命令告知他们,并且表示自己随时可以执行命令。与此同时,希罗德也在这事里面插了一手,不过他尽可能没让人发现,而是私下里偷偷地将最好的办法告诉了大祭司。在他的建议下,朱迪亚总督和他的警备部队被安全地送到了阿克的佩特洛尼乌斯那里,后面还跟着一个犹太人代表团,由大约一万名犹太要人组成,他们对这个有意玷污寺庙的命令提出了申诉。他们声明自己并不打算开战,不过宁死也不会允许先祖的土地受到如此严重的伤害,因为那样一来这里就会立刻遭到诅咒,再也无法复原。他们说自己在政治上效忠罗马,从来没有人能控诉他们不忠或是没有按时纳税;但他们首先必须对列祖的神灵效忠,他从过去起就一直保佑着他们(只要他们遵守他立下的法律),并且严禁有人在他的领地崇拜任何其他神灵。

佩特洛尼乌斯答道:"我没有资格评说宗教事务。也许事实如你所说,但也可能并非如此。我自己对皇帝的忠诚并没有一分两半,一半是政治,一半是宗教,而是毫无异议的绝对忠诚。我是他的仆人,必须遵守他的命令,无论发生什么事情。"

犹太人也答道:"我们是我主上帝的忠实仆人,必须遵守他的命令,无论发生什么事情。"

这就陷入了僵局。佩特洛尼乌斯随后移师加利利。犹太人听取了希罗德的建议,并没有对他采取敌对行动。不过,尽管已到了秋种时节,田里却无人耕种,每一个人都穿着丧服走来走去,头上还撒了灰。贸易与工业也停滞下来。又一个代表团来到该撒利亚(撒玛利亚的该撒利亚)觐见佩特洛尼乌斯,领头的是希罗德的兄弟阿里斯托布鲁斯,他们再一次告诉佩特洛尼乌斯自己无意开战,但是如果他执意要执行皇帝的命令,那么虔诚的犹太人没有一人会贪生怕死,这片土地也会就此毁灭。这让佩特洛尼乌斯很是为难。他想向希罗德求助或是求教,但希罗德知道自身难保,早已乘船去了罗马。像佩特洛尼乌斯这样一位军人,哪怕最凶猛的敌人在他面前摆起阵来或是大喊着从伏击处向他猛攻过来,他也绝不会手足无措,可这些德高望重的老人来到他面前,伸出脖颈对他说:"我们不会反抗。我们是罗马的忠实属国,但我们在宗教上必须忠于先祖的神灵,从幼时起我们就遵从他的法律;杀了我们,如果这样能让您满意,因为我们不能眼看着神灵受到亵渎却还苟活于世。"

他向他们发表了一篇诚心诚意的讲话。他对他们说,自己身为一名罗马人,已经宣誓效忠皇帝,就必须遵守誓言,在各个方面都服从皇帝的命令;而且他们可以看到,他手里的武装力量足以让他执行自己接到的命令。尽管如此,他还是称赞了他们的坚定不移和放弃武力。他承认,站在叙利亚总督的官方立场,他深知自己的职责所在,但是作为一个人,而且是一个有理性的人,他发现自己没法执行上头的命令。仅仅因为老人们坚持崇拜自己先祖的神灵,就将这些手无寸铁的老人杀死,这并非罗马人的所作所为。他说自己会再度修书给卡里古拉,尽量从有利于他们的角度来报告此事。虽然卡里古拉很可能会用死刑来回报他,但是,如果牺牲他一人的性命可以拯救数以千计勤劳温和的外省人,他很愿意一试。他鼓励他们打起精神来,做最好的打算。他当天早上就会写信,而此后他们要做的第一件事就是重新开始耕种土地。如果他们不把这事放在眼里,饥荒就会尾随而至,接下来便是盗抢与瘟疫,情况会比现在还要糟糕得多。他正说话间,西方忽然吹来一阵暴风云,下起了倾盆大雨。这一年秋季该下的雨还没有下,现在几乎已经过了雨季的时间了;人们把这当成是天降好运的兆头,哀悼的犹太民众散了开去,唱着赞颂与欢乐的歌曲。雨继续下着,没过多久,整个大地就重新焕发了生机。

佩特洛尼乌斯信守了自己的诺言。他写信向卡里古拉报告了犹太人的固执,请他重新考虑自己的决定。他说,犹太人对他们的皇帝十分尊敬,但是他们坚称,不管是将谁的雕像立在寺庙里供奉——哪怕是显赫的皇帝,可怕的诅咒都会降临到他们的土地上。他详尽描述了犹太人如何以拒绝耕种土地这种绝望的方式来表示反对,并且提出事到如今只有两条路可以选了:其一,立起雕像,同时也等于宣判了这片土地的毁灭,这会使财政上蒙受巨大的损失;其二,皇帝收回成命,从而使得这个高贵的民族永远对他感恩戴德。他恳请皇帝至少推迟到秋收完成以后再决定是否供奉雕像。

不过,还没等这封信送到罗马,希罗德·阿格里帕就已经为犹太人的神灵忙活了起来。他和卡里古拉久别重逢,亲亲热热地问候了彼此,希罗德还给他带来了满满几大箱金银珠宝。有些是从他自己宝库里拿来的,有些是安提帕斯的,剩下的是亚历山大的犹太人送给他的,我相信他自己肯定还留了一些。希罗德邀请卡里古拉来赴宴,这宴会的昂贵奢华在罗马史上还从未有过,席上尽是些闻所未闻的珍馐美味:其中有五个大馅饼,里面填满了雀舌做的馅儿;鲜美至极的鱼儿是装在桶里专程从印度运来的;用来烧烤的动物像极了小象,可是全身却长满了毛,不知道究竟是个什么东西,据说它被发现时冻在高加索山的冰湖里,然后冰在雪中,经过亚美尼亚、安提俄克和罗得岛运到了这里。卡里古拉被这盛宴惊呆了,承认说就算自己买得起这些,也不可能有足够的匠心摆出这么一桌来。美酒配上佳肴,卡里古拉越吃越来劲,贬低说自己以往对希罗德的慷慨赏赐都不值一提,现在就答应他,只要是自己能力范围之内的,都可以赏给他。

"我最最亲爱的希罗德,不管你向我提什么要求,"他说道,"我都会答应你。"接着又重复道:"任何要求我都答应。我以自己的神性起誓。"

希罗德声明自己宴请卡里古拉并非是想赢得更多的荣宠。他说,卡里古拉已经为他做了很多,不论是历史记载还是道听途说,世界上任何一位王子为自己的臣民或是盟友也只能做到这样了。他说自己已经心满意足,再无他求,只希望皇帝能允许他略表谢意。卡里古拉还在一杯接一杯地从水晶酒瓶里替自己倒酒,同时追问他,难道不想要什么特别的赏赐?再要一个东方国家?卡尔基斯还是以土利亚?只要他开口,这就是他的。

希罗德说道:"最最慷慨、最最大度、最最神圣的恺撒,我再度声明,我自己一无所求,只求能为您效力就好。但是您已经看穿了我的心思,什么都逃不过您那敏捷无比、犀利过人的眼睛。我的确有事相求,但这个赏赐的直接受益者却是您自己，我的回报只是间接的——能为您提个建议就是我的荣幸了。"

卡里古拉的好奇心被勾了起来。"希罗德，有话就直说吧，"他说道，"我不是发过誓了吗，你要什么我都答应，难道我这个神能说话不算数吗？"

"既然如此，我唯一的愿望，"希罗德说道，"就是您能够不再坚持将您自己的雕像立在耶路撒冷圣殿里供奉。"

随后是一阵长久的沉默。我本人也参加了这个史上有名的宴会，在我记忆中，那是我这一生中最不安或者说最激动的一刻，因为不知道希罗德的大胆行为会引来什么后果。卡里古拉究竟会怎么做？他已经以自己的神性发誓一定会答应这个请求，很多人都是见证人；可是他也已经下定决心要让犹太人的神灵——世上众神中唯一一个还在与他作对的神灵——挫去锐气，他怎么能够反悔呢？

最后卡里古拉开口了。他温和地、近乎恳求地——仿佛他希望希罗德能帮助他摆脱困境一般——说道："最最亲爱的希罗德，这我就不明白了，你说这个请求会对我大有裨益，这要从何说起？"

希罗德早在宴会开始前就想好了一套说辞，他似乎有些急切地答道："恺撒，这是因为，将您那神圣的雕像供奉在耶路撒冷圣殿里并不能给您增光。哦，是恰恰相反。您知道在寺庙最隐秘的神殿里供奉雕像的本意是什么吗？您知道在宗教节日里要对雕像进行何种仪式吗？不知道吧？听我说过以后您就会明白，我的教友们并非如您想象的那样顽固不化，他们其实只是太想对您效忠，不希望害了您。恺撒，犹太人的神灵可不是个寻常人，人家说他是逆神的，他对雕像有种根深蒂固的厌恶，尤其是那些姿态优美、工艺上乘的雕像，比如像希腊诸神的雕像。为了表示他对其他神灵的痛恨，他下令在内殿里立起一尊粗陋愚蠢的巨大驴子雕像，这东西长耳巨齿，还有两个大大的驴蛋。每到宗教节日，祭司们就用最卑劣的咒语辱骂这雕像，将最恶心的粪便和下水泼到它身上，再用马车拉上它绕着内庭走来走去，好让全体教众都能这样羞辱它，整个寺庙臭得就跟罗马的大下水道似的。但这仪式是秘密进行的，只有犹太人能参加，可是他们自己却不能谈论这事，否则就会受到诅咒和惩罚。而且他们也觉得这事很难为情。现在您都明白了，对吧？犹太人的头面人物担心的是，如果将您的雕像立在寺庙里，恐怕会引起很深的误会。对宗教非常狂热的平民会狠狠地侮辱这雕像，并且还以为自己这是在热心地为您增光添彩。不过，正如我所说的，他们天性敏感，为守神谕只能缄默，无法向咱们的朋友佩特洛尼乌斯解释为何宁死也不许他执行您的命令。我反正只有母亲那一边是犹太人，所以也许不会受到诅咒。就算会，我为了您也得冒这个险。"

卡里古拉很轻易就相信了这一切，希罗德一副一本正经的样子，就连我都相信了一半。卡里古拉说道："我亲爱的希罗德，要是那些傻瓜像你这么坦率地对我，那咱们何至于这么麻烦呀。你觉得佩特洛尼乌斯还没有执行我的命令吗？"

"为您着想，我希望他还没有。"希罗德答道。

于是卡里古拉给佩特洛尼乌斯写了一个便条："要是你已经遵照我的命令把我的雕像立在庙里的话，就让它立在那里吧，不过举行仪式的时候千万要让武装的罗马士兵盯紧点；如果还没有呢，就解散军队忘了这事吧。听了希罗德·阿格里帕国王的建议，我现在觉得将自己的神圣雕像立在那寺庙里是极不合适的。"

这封信跟佩特洛尼乌斯写来的那封信错过去了。卡里古拉大发雷霆，因为佩特洛尼乌斯居然敢在信里试图要他改变心意，理由仅仅是出于仁慈。他回信道："看来你看重犹太人的贿赂更甚于我的圣意，那我就建议你自裁，动作快些便没有痛苦，不要让我亲自动手以儆效尤。"

碰巧的是，卡里古拉的第二封信迟到了——那艘船在行驶到罗得岛和塞浦路斯之间时，主桅杆坏掉了，耽搁了好几天——所以卡里古拉被杀的消息先传到了该撒利亚。佩特洛尼乌斯大大地松了一口气，差点就改信犹太教了。

希罗德·阿格里帕故事的第一部分就到这里为止，在我继续讲述自己的故事时，你们会听到其余的部分。

五

卡里古拉遇刺后，两位禁卫军下士把我扛在肩上，在皇宫的庭院里绕了一圈又一圈，日耳曼禁卫军的士兵们簇拥在我的周围，献上他们的长枪表示听我吩咐。最后我终于说服那两名下士将我放下来，又叫四个日耳曼人去将我的轿子抬来，然后便上了轿。他们对我说，决定把我带到城市另一头的禁卫军营去，好把我保护起来，免得有人想要刺杀我。我正要开口反对，忽然看见人群背后闪过一种颜色，那是个穿着紫色衣袖的胳膊在朝我挥手，用一种非常独特的绕圈动作，一下子就让我回想起了学生时代。我对士兵们说道："我想我看见希罗德·阿格里帕国王了。如果他有话想对我说，你们就立刻放他进来。"

卡里古拉遇刺时，希罗德就在附近。他跟着我们一同走出剧场，不过却被刺杀卡里古拉的同谋之一给引开了，那人假装想请希罗德在卡里古拉面前替他说些好话，所以希罗德并没有亲眼目睹这起谋杀。以我对他的了解，如果我没有猜错的话，他原本一定会用计谋救下卡里古拉的性命。现在看见尸体，他也毫不掩饰地表达了自己的谢意，感谢卡里古拉昔日的恩惠。尽管卡里古拉浑身是血，他却紧紧地拥抱了那尸体，轻轻地将它抱在臂弯里回到皇宫，放在皇帝的床上。他甚至还派人去请医生来，仿佛卡里古拉并没有死，还有希望医得好。然后，他从另一道门离开了皇宫，匆匆赶回剧场，教那个演员麦尼斯特演讲，让激动的日耳曼人安下心来，防止他们杀了观众为自己的主人报仇。接着他又跑回到宫里。他一听说我的遭遇，便大着胆子来到庭院里，看看能不能帮上什么忙。我得承认，看到希罗德那歪着嘴巴的微笑时——一边嘴角向上扬，另一边的嘴角向下撇——我确实很受鼓舞。

　　他一上来就说道："恺撒，祝贺您当选；愿您永享这些勇敢的士兵所赠予您的荣光，也请开恩让我成为您的第一个盟友！"士兵们起劲儿地欢呼起来。然后，他来到我面前，紧紧握住我的手，急切地用腓尼基语说了起来，他知道我为了研究迦太基历史而熟知这种语言，但是那些士兵肯定没人能听懂。他连插话的机会都没有给我："听我说，克劳狄乌斯，我了解你的感受。我知道你打心眼里不想当皇帝，但是看在我们大家的分上，也看在你自己的分上，千万别犯傻。这是众神主动赐给你的，不要错过了。我能猜到你在想什么。你那荒唐的想法肯定是只要士兵们一放你走，你就将手中的权力交给元老院。这简直是疯了，会挑起内战的。元老院的人就是一群羊，但是其中的三四头狼却已经做好了准备，只要你一放下权力，他们就会为之自相残杀。阿西阿提库斯是头一个，维尼奇乌斯更不用提了。他俩都参与了密谋，因为害怕被处死，他们很可能什么事都干得出来。维尼奇乌斯早已经把自己当成恺撒了，因为他的妻子是你侄女莱斯比娅。他会把她从流放地召回来，然后他俩强强联合。即使阿西阿提库斯或者维尼奇乌斯不干，还会有别人干，没准是维尼西亚努斯。如今你显然是唯一适合当皇帝的人，而且还拥有军队的坚决拥护。要是你因为那些可笑的偏见而不肯承担责任的话，那就会毁了一切。我就说这么多。好好想想这事，打起精神来！"然后他转过头对着士兵们喊道："罗马人，我也要祝贺你们。你们做的选择再明智不过了。你们的新皇勇敢无畏、慷慨大度、学识渊博、处事公正。你们完全可以信任他，就像以前信任他那了不起的哥哥日耳曼尼库斯。别让元老院或者是哪位上校把你们给耍了。效忠克劳狄乌斯皇帝，他也会真心对待你们。对他来说，最安全的地方就是你们的营地。我刚才已经建议他要重重奖赏你们的忠心。"说完这些话，他就走了。

他们用轿子抬着我朝营地走，一路缓缓而行。要是哪个轿夫稍显疲态，就会立刻有人来替下他。日耳曼人在前面边跑边喊。我木木地坐着，看上去泰然自若，可实际上我这辈子从未如此茫然、如此难受过。希罗德走了，前景似乎又没了希望。我们刚刚走到帕拉廷山脚下的朝圣之路，就看到两位信使匆匆忙忙地沿路跑来，拦下我们，抗议说我篡夺了皇位。这两名信使都是护民官（这个职位从共和国时代中期一直延续至今，那时护民官们保护平民的权利免受贵族暴政的侵害：他们的人身不容侵犯，虽然没有立法权，却从贵族手里逼出了否决权，不管元老院提出什么法案，只要他们不喜欢，就可以否决。但是奥古斯都和他后面的两任皇帝也用过"护民官"的头衔和特权；所以那些真正的护民官虽然还是平民选举出来的，并且仍然在皇帝的指示下行使某些职能，却已经没有当初那么举足轻重了。）元老院选择这样的信使，显然不仅仅是表示全罗马人都支持他们的抗议，更是因为他们的人身不容侵犯，所以我的人即使反对也不能伤害他们。

我自己并不认识这些护民官，不过我们停下来和他们谈判时，他们表现得很是懦弱，后来我才知道，他们就连受托捎来的那些狠话都没敢说出口。他们称我为"恺撒"——那时我还无权获得这个头衔，因为我并非朱利亚王朝的成员——然后卑躬屈膝地说道："请您宽恕我们，恺撒，但是如果您能即刻前往元老院，议员们将对您感激不尽，他们迫不及待地想知道您有什么打算。"

我倒是很愿意去，但是禁卫军们不会答应。他们向来看不起元老院，如今他们自己挑好了皇帝，自然是下定决心不让皇帝离开自己的视线，无论元老院是试图恢复共和制还是再任命一位皇帝来和我对抗，他们都会进行阻止。士兵们愤怒地喊道："闪开，听见没有？""叫元老院管好他们自己就行了，我们的事不用他们操心！""我们不会让新皇也被人杀掉。"我从轿子的窗口探出头去说道："请代我向元老院致敬，告诉他们我现时无法接受他们的盛情邀请，因为我有更重要的事情。禁卫军的中士、下士和列兵们正抬着我去他们的军营里做客，要是我得罪了这些忠诚的军人，恐怕就连命都没有了。"

说完我们便走开了。"咱们的新皇可真会开玩笑！"士兵们喊道。到了军营，我受到前所未有的热烈欢迎。禁卫师由约一万两千名步兵和附属骑兵组成，现在不仅仅是下士和中士们拥我为帝，就连上尉和上校们也是如此。我感谢他们的好意，同时也尽力劝阻他们。我对他们说，除非手握选举权的元老院任命我为皇帝，否则我是不会同意称帝的。他们将我送到了司令部，对我毕恭毕敬，我一点儿也不习惯，感觉自己实际上跟犯人没两样。

至于那些刺客，确认了卡里古拉的死讯，逃脱了日耳曼人的追捕，卡里古拉的轿夫和仆从们匆匆赶来喊着要寻仇，他们也躲过了，然后跑到维尼奇乌斯家里，那儿离市集不远。城里三个营的上校们都等在这里，除了警卫和禁卫军之外，驻扎在罗马的正规军就只有他们了。这些上校并没有主动参与密谋，但是他们答应元老院，只要卡里古拉一死，共和制得以恢复，他们的军队就听凭元老院的调遣。卡西乌斯坚决主张立刻派人杀了我和卡桑尼娅，因为我们跟卡里古拉的关系太过亲近，不可留下活口。有位名叫卢普斯的上校自告奋勇承担了这个任务，他是禁卫军司令的妹夫。卢普斯进了宫，手里拿着剑大步流星地走过那些没人住的房间，最后来到了卡里古拉停尸的皇帝寝宫。卡里古拉的尸体仍然跟希罗德离开时一样，浑身是血，很是可怕。这会儿卡桑尼娅坐在床边，卡里古拉的脑袋枕在她大腿上，卡里古拉唯一的孩子——年幼的德鲁西拉——则坐在她膝上。卢普斯进来时，卡桑尼娅正在对尸体哭诉："夫君啊夫君，你本该听我的话的。"她先看见了卢普斯手中的剑，继而抬起头来不安地看着他的脸，知道自己是逃不掉了。她伸出了脖颈。"做得干净点，"她说道，"别像其他刺客那样弄得一团糟。"卡桑尼娅可不是个胆小鬼。卢普斯砍掉了她的脑袋。这时德鲁西拉朝他冲了过来，对他又抓又咬，他逮住这个小丫头，抓住她的双脚，把她的脑袋甩到一根大理石柱子上，撞得脑浆都出来了。听到孩子被害的事情总会让人有点难过，不过请你相信我，如果你也认识小德鲁西拉——她父亲的宝贝女儿，一定也会巴不得能像卢普斯那样做。

打那以后，关于卡桑尼娅对卡里古拉的尸体所说的那句话究竟是什么意思，人们众说纷纭。有人认为，她是说卡里古拉当初该听她的建议杀了卡西乌斯，在他找到机会动手之前，她就已经对他的意图起了疑心。持这种看法的人把卡里古拉的疯癫怪在卡桑尼娅头上，他们说，是她给他吃了媚药，好让他对自己死心塌地，结果弄乱了他的神志。还有人认为，她是说自己曾经建议卡里古拉收敛一些，别再像他津津乐道的那样"坚定不移、一丝不苟"，做个仁慈理性的凡人。我得说，我跟这些人的看法是一样的。

随后卢普斯又来找我，好完成他的使命，可这时人们已经开始高呼"克劳狄乌斯皇帝万岁"了。他站在士兵们开会的大厅门口，看见我是人心所向，便没了胆子，一声不吭地溜走了。

市集上激动的人群不知道如何是好，究竟是该为了刺客们欢呼到嗓子哑掉呢，还是为了要他们偿命怒吼到嗓子哑掉。有传言说，卡里古拉并没有被人谋杀，整件事情是一出精心安排的恶作剧，他自己便是幕后的指挥，现在他就等着人们为了他的死而欢呼雀跃，然后才好大开杀戒。据说，卡里古拉的本意就是如此，他曾承诺当晚将上演一场全新的精彩表演，名字就叫《死亡、毁灭与地狱的秘密》。这样的警告流传开来，人们开始忠心耿耿地哭喊道："把刺客找出来！为我们伟大的恺撒报仇！"这时，以前当过执政官的阿西阿提库斯爬上了演讲台，他仪表堂堂，是卡里古拉的亲信。他大声说道："你们要找刺客是吧？我也在找。我想祝贺他们。只可惜我自己没能刺上一剑。卡里古拉罪大恶极，他们杀了他就等于做了好事。别傻了，罗马人！你们都恨卡里古拉，现在他死了，你们又可以自由地呼吸了。回家去喝酒唱歌庆祝他的死去吧！"

城里驻军的三四个连开到附近整好了队形，阿西阿提库斯对他们说道："我们就指望你们这些士兵来维护和平了。元老院再一次成了最高统治者。我们的国家再一次成了共和国。服从元老院的命令，我向你们保证，等一切安定下来之后，你们每一个人都大大有赏。绝对不允许发生抢劫和暴动。若有人敢侵犯他人的生命或是财产，格杀勿论。"人们听到这话才改了口气，转而开始为刺客、元老院和阿西阿提库斯本人欢呼。

密谋者中的议员们离开维尼奇乌斯的家，开始向元老院进发，执政官在那里召开了紧急会议。就在这时，卢普斯从帕拉廷山一路跑来，带来消息说禁卫军已经拥我为帝，正抬着我赶去他们的军营。于是议员们派那两位护民官捎口信来威胁我，让他俩骑上战马好赶上我。他俩本来是要将口信以严厉的口气传达给我，仿佛那是元老院开会期间发出的，不过前面我说过，到了关键时刻，威胁的力量已经少了大半。另外一些密谋者——禁卫军的队长们——在卡西乌斯的带领下，占领了卡皮托利尼山上的堡垒，然后让城里的驻军派了一个营的兵力守在这里。

我倒是很想亲眼见证元老院这次具有历史意义的会议，不仅所有的议员都来参加了，许多骑士和其他一些不相干的人也挤了进来。成功拿下堡垒的消息一传来，他们便离开元老院，转移到了堡垒附近的朱庇特神庙，觉得那儿更安全一些。不过他们自己给出的借口是，元老院的正式名称其实是"朱利亚大厦"，他们很高兴如今终于摆脱了朱利亚王朝的暴政，成为自由的人民，自然不应该再在献给这个王朝的房子里集会。他们舒舒服服地在新总部里安顿下来，所有的人都立刻开口说起话来。有些议员吵着应当彻底废除对历代恺撒的纪念，打烂他们的雕像，摧毁他们的庙宇。但是执政官们站了起来，请求大家遵守秩序。"一个一个来，先生们，"他们说道，"一个一个来。"他们请一个名叫塞提乌斯的议员发言，因为他总是出口成章，而且演说的时候声音又大又有说服力。他们希望，只要有人开始用恰当的方式发言，而不是跟旁边的人胡乱地嚷来嚷去、互相祝贺或者吵个不停，元老院里很快就能安静下来谈正事了。

塞提乌斯开口了。"先生们，"他说道，"这简直难以置信！你们知道吗？我们终于自由了，不再被暴君的疯狂所奴役了。哦，我相信你们的心也都跟我的一样，跳得有力而自豪，可是又有谁敢预言，这样的幸福能持续多久？无论如何，让我们能乐一时且乐一时吧，让我们高兴起来。时隔近一百年，人们如今又可以在这座古老而荣耀的城市里宣布：'我们是自由的'；你我都不可能记得当年人们说出这些豪言壮语时是什么感觉，但是此刻我的灵魂简直轻得要飞起来了。衰弱的老人即将走完被奴役的一生，今天终于能够在咽气之际说出那句美妙的话——'我们是自由的',这是多么快乐啊!自由对年轻人曾徒具虚名,听到寰宇皆响起这样的欢呼:'我们是自由的!'知晓了这句话的真正含义,这是多么有教益啊!但是,大人们,先生们,我们不可忘记,只有美德才能留住自由。而暴政的害处就在于它偏偏要妨碍美德。暴政叫人们学会了溜须拍马和战战兢兢。在暴政之下,我们只能随波逐流。我们的头一位暴君便是尤利乌斯·恺撒,自他称帝以来,我们历尽了各种苦难。在他之后被选来当皇帝统治我们的人是一个不如一个,每个人都指定一个比自己还坏的人来继位,这些皇帝对美德简直恨之入骨。他们当中最坏的就要数人神共愤的盖乌斯·卡里古拉——愿他的鬼魂不得安息!暴君一旦害了人,就会怀疑那人心怀怨恨——哪怕人家丝毫没有表露出这个意思——然后便捏造出一个罪名来指控他,判他个死罪,连缓刑的希望都不给人家。这事就发生在我姐夫身上,他是一位可敬又正直的骑士。但是现在,我要再说一次,我们是自由的。我们只要互相监督就可以了。这座房子再一次成了直言不讳和开诚布公的场所。我们必须承认,我们曾经懦弱,活得像个奴隶。我们听闻邻居大难临头,但那灾难只要不降临到自己身上,我们便装聋作哑。大人们,让我们将权限之内最崇高的荣誉正式颁给那些诛杀了暴君的人吧,尤其是卡西乌斯·卡瑞亚,他是这桩英雄事迹的发起者。我们应该让他的名字比刺杀了尤利乌斯·恺撒的布鲁图更加荣耀,比站在布鲁图身边刺了恺撒一剑的那个卡西乌斯更加荣耀,因为布鲁图与卡西乌斯的举动引起了一场内战,让这个国家堕落不堪,陷入深重的苦难。可是卡西乌斯·卡瑞亚的举动并不会招来这样的灾祸,他让自己像一个真正的罗马人那样听凭元老院的调遣,为我们献上了这份久违的贵重大礼——自由。"

人们为这幼稚的演讲大声鼓掌欢呼,仿佛谁都没想到塞提乌斯曾经是卡里古拉手下最臭名昭著的马屁精之一,甚至被人叫作"哈巴狗"。坐在他旁边的议员忽然看见他手指上还戴着个金戒指,上面镶了块硕大的浮雕宝石,是用彩色玻璃拼起来的卡里古拉像。这位议员从前也是卡里古拉的哈巴狗,不过他急于彰显自己极富共和主义者的美德,便一把从塞提乌斯的手指上捋下戒指扔在地上。大家一齐将这戒指踩成了碎片。但卡西乌斯的出现打断了这干劲十足的一幕,刺客中的另外两位队长阿奎拉和"老虎"也跟他一起来了,还有卢普斯。走进元老院,卡西乌斯看都没看一眼挤在长椅上欢呼的议员和骑士们,而是径直走向两位执政官,向他们敬了一个礼,问道:"今天的口令是什么?"欢腾的议员们简直觉得这是他们一生中最了不起的时刻了。在共和制下,军队的总司令由两位执政官共同担任,除非碰巧任命了一位比他们级别更高的独裁官。从上一次由执政官发出当天的口令到现在,已经过去八十多年了。首席执政官——这又是一条哈巴狗——得意扬扬地答道:"上校,口令是自由。"

欢呼声淹没了执政官的声音,十分钟之后才渐渐平息。执政官有些激动地站起身来,宣布以元老院的名义派去见我的信使已经回来了,他们报告说我表示自己无法听从他们的召唤,因为我正被人强行带去禁卫军的军营。这个消息让在座的人既惊惶又不解,随后便七嘴八舌地讨论开了,最后我的朋友维特里乌斯建议派人去请希罗德·阿格里帕国王。希罗德虽是个局外人,却和罗马的政治局势关系密切,并且在西方和东方都有很高的威望,也许能够提出合于时宜的忠告。有人附议,指出众所周知希罗德对我极有影响力,并且很受禁卫军的尊敬,同时对元老院也一向颇有好感,跟许多议员私下里都是朋友。于是他们派了一个信使去请求希罗德尽快到场。我认为这是希罗德事先安排好的,不过没法核实就是了。总之,他既没有立刻出发,也没有磨磨蹭蹭。他在卧室里派了一个仆人下楼去对信使说,他很快就能动身,但是这会儿他穿着便装,不便见客。过了不久,他走下楼来,身上散发着浓烈的香水味,这种香水是东方特有的,叫作广藿香,这事在皇宫里是个老生常谈的笑话:据说赛普路斯闻了这香味便不能自已。卡里古拉每回在希罗德身上闻到这香味,总要大声吸着鼻子说:"希罗德,你这个怕老婆的老家伙!把你们夫妻俩那点小秘密搞得人人都知道了!"希罗德并不希望人家知道他在帕拉廷山待了那么长时间,否则人家就要怀疑他会偏袒哪一方了。事实上,他化装成仆人离开皇宫后便混进了市集上的人群中,信使来找他的时候,他才刚刚到家。他用这香味来为自己做不在场证明,人们似乎并没有起疑心。他来到朱庇特神庙,执政官们将情势告诉了他,当他听说我被拥立为帝时,假装大吃一惊,然后长篇大论地声明自己在罗马的政治事务上保持绝对中立。他不过是个盟国的国王,也是罗马人信任的朋友,所以只要他们允许,他就会一直如此,不论罗马的统治者是谁。

"不过,"他说道,"既然你们想听我的忠告,那我就实话实说了。依我看,共和制在某些情况下值得称道,而温和的君主制也是一样。在我眼里,没人能斩钉截铁地表态说,一种政体在本质上比另一种政体更好。哪一种政体更加适合,要看人民的性情、统治者或是统治者们的能力、国土的疆域,等等等等。只有一条规则是放之四海而皆准的,但凡是有理性的人,都会同意这一点(说到这里,他轻蔑地用手指打了个响指),那就是:任何政府,不管是民主的、财阀的、贵族的还是独裁的,都要依靠武装军队的忠实拥护,才能够统治它想要统治的国家。所以,我的大人们,在我向你们提出可行的建议之前,必须要问你们一个问题。我的问题就是:军队支持你们吗?"

跳起来回答他的是维尼奇乌斯。"希罗德国王,"他喊道,"罗马城里的驻军是只为一个人效忠的。你瞧他们有三位上校今晚也和我们在一起。我们有大量的武器,也有雄厚的财力,如果还需要招兵买马的话也够了。这里有很多人光是从自己的家奴当中就能征募到两个连的兵力,如果他们愿意为了共和国而战,我们很乐意给他们自由。"

希罗德夸张地捂住了嘴,好让人们看见他在努力地忍住不笑。"我的朋友维尼奇乌斯大人,"他说道,"我的忠告是,拉倒吧!你想想看,你家里那些个看大门的、做面包的和伺候洗澡的跟罗马帝国最精锐的禁卫军对阵会是个什么情形?我之所以提到禁卫军,是因为他们没有站在你这边,要不然你一定会告诉我的。如果你认为,让奴隶绑上护胸甲、手里拿上矛、腰间挂上剑,并且对他说:'现在上啊,我的孩子!'他就能成为士兵的话——那我就再说一次,拉倒吧!"接着他又对着元老院所有的人说道:"大人们,你们对我说,禁卫军没有预先征得你们的同意,便拥立了我的朋友——前任执政官提贝里乌斯·克劳狄乌斯·德鲁苏斯·尼禄·日耳曼尼库斯为帝。我猜禁卫军恐怕不太愿意让他听从你们的召唤来这里参加会议。不过我还猜到,捎给他的口信并不是你们全体发出的,而是由两三名议员私下组成的一个核心小组发出的;那口信被送到时,和提贝里乌斯·克劳狄乌斯在一起的只有一小伙心情激动的士兵,却没有军官在场。如果你们现在名正言顺地再派一个代表团去见他,禁卫军营里的军官们应该会建议他予之应有的尊重,并且会管束好手下情绪高涨的士兵们。我建议你们仍旧派那两位护民官前去,如果你们希望的话,我也很乐意随他们同去,帮他们说话——当然是全无私心的。我相信提贝里乌斯·克劳狄乌斯还是肯听听我这个老朋友说话的,毕竟我和他从小就认识,又跟着同一个德高望重的老师念书;营里的军官们也会听我几句,他们还常常请我到食堂里来吃饭呢;当然我也要向你们保证,大人们,我一定不会辜负你们的好意,将事情圆满解决,让所有的人都满意。"

那天下午四点左右,我才在禁卫军营的军官食堂里吃上迟到的午餐,旁边的人密切地关注着我的一举一动,他们一言不发却毕恭毕敬。这时,有位上尉进来报告说,元老院派来的代表团到了,希罗德·阿格里帕国王也来了,他想先私下跟我说几句话。

"请希罗德国王进来,"那位准将说道,"他是我们的朋友。"

希罗德很快便走了进来。他一个个地喊着名字和军官们打招呼,还拍了拍其中一两位的肩膀,然后才来到我面前,向我行了一个规规矩矩的大礼。

"我可以私下跟您说几句话吗,恺撒?"他问道,咧开嘴笑了。

被人称作恺撒让我很是不安,我请他该怎么叫我就还怎么叫。

"好吧,如果你不是恺撒的话,那我就不知道谁是恺撒了。"希罗德答道,屋里的人都跟他一起笑了起来。他转过身去。"我勇敢的朋友们,"他说道,"谢谢你们。不过如果今天下午元老院开会时你们也在场,那可就真能看到笑话了。我这辈子还从来没见过那样的一群乌合之众,热情得都昏头了。你猜他们怎么想?他们居然打算发动内战,就凭着城里那几个营的驻军,没准还有一两个警卫,再加上他们自己那些假扮成士兵的家奴,让竞技场里的角斗士来当指挥,然后跟你们禁卫军决一死战!好笑吧,嗯?实际上,我打算对皇帝说的话,也不妨说给你们大家听。

他们现在又派了护民官来做代表，你们看，这是因为他们当中谁都不敢自己来。他们打算请求皇帝归顺于元老院的权威，要是他不肯的话，他们就会逼他就范。你们对这事怎么看？跟护民官一起来这里之前，我答应元老院会向皇帝提出毫无私心的忠告。现在我就遵守自己的诺言。"他猛地转过身来对我说道："恺撒，我的忠告就是，别对他们客气！打得他们动弹不得，看他们还能怎么办。"

我硬生生地说道："希罗德国王，我的朋友，你似乎忘记了吧，我是个罗马人，根据宪法，就连皇帝的权力也要服从元老院的意愿。如果元老院捎信来给我，只要我能够恭顺有礼地答复，就一定会这么做。"

"随你的便吧，"希罗德耸耸肩答道，"不过他们可不会因为这个就厚待于你。宪法，哈？你研究起古代的东西来比谁都强，我真是佩服得紧，不过'宪法'这个词儿如今还有什么实际的意义吗？"

接着，那两位护民官走了进来，没有表情地一同重复起元老院叫他们说的话，一点说服力也没有。他们希望我不要反抗，毫不犹豫地屈服于元老院的权力。他们叫我不要忘记，我和他们都曾经差点死在先皇的手里，因而恳求我不要轻举妄动，免得给民众带来新的灾难。

我和他们差点死在卡里古拉手里这句话总共说了三遍，头一遍时其中一位护民官说错了，另外一位便重说了一遍来给他解围，然后第一位护民官又从头到尾重说了一遍。我有些发急了，说道："是啊，我想这句诗以前就有。"然后引用了一句在《奥德赛》里随处可见的荷马式格言：

我们庆幸自己逃脱了死亡的威胁，平安无事——
但我们的同伴可没有这样的运气。

希罗德听了这话很高兴。他也滑稽地背诵道："但我们的同伴可没有这样的运气。"随后他小声对军官们说道："这句话才是重点。他们真正在意的事还是自己那肮脏的藏身之处。"

两位护民官越发紧张了，继续急匆匆地传他们的口信，说得叫人都听不清了，活像一对鸭子。他们说，要是我放弃这未经宪法允许便授予我的无上权力，元老院便承诺举行投票，将自由的人民所能赐予的最高荣誉都给我。但我必须毫无保留地服从他们。反之，如果我一意孤行要做傻事，拒绝前往元老院，他们就会派来城里的武装部队，一旦我被捕，就别指望他们会手下留情了。

军官们围到两位护民官身边，恶狠狠地盯着他俩，嘴里还凶巴巴地嘀嘀咕咕，他俩赶紧解释说，这些都是元老院教他们说的，而他们本人想对我说，他们认为我就是统治罗马帝国的不二人选。他俩恳求我们不要忘了他们既是元老院派来的使者，同时也是护民官，因而他们的人身不容侵犯，请我们不要侮辱他们。然后他们又说道："执政官私下里还给了我们一个口信，万一您不喜欢第一个口信，我们就把这个告诉您。"

我很想知道这第二个口信究竟是什么。

"恺撒，"他俩答道，"我们奉命告知您，如果您确实想当皇帝，那就请您将皇位当作元老院送您的礼物，而不是禁卫军送您的。"

听了这话我一下子笑了出来。卡里古拉被刺以后我还是第一次笑。我问道："就这些了吗，要是我也不喜欢第二个口信的话，还有第三个吗？"

"不，没有了，恺撒。"他俩恭恭敬敬地答道。

"好吧，"我说道，依然觉得很好笑，"告诉元老院，我不怪他们不想要皇帝。毕竟上一个皇帝没能让自己受到人民的爱戴。不过，话又说回来，禁卫军坚持要我当皇帝，军官们已经宣誓对我效忠，并且非要我接受不可，我还能怎么办呢？请你们代我向元老院致敬，告诉他们，我不会做有违宪法的事情，"说到这里我不服气地看了希罗德一眼，"请他们相信我，我不会欺骗他们。我承认他们的权力，但是同时我也希望他们不要忘记，我没有资格反抗我的军事顾问。"

说完我便让护民官退下了，他们也很高兴能活着回去。希罗德说道："这就对了，不过要是你肯听我的建议，口气再坚决些就更好了。你这样只是在拖延时间。"

希罗德走了以后，上校们对我说，他们希望我给每个卫兵发一百五十个金币，算是我继位以后的奖赏，再赏给上尉们每人五百个金币，至于给上校们多少奖赏，就随我高兴了。"每人一万够了吗？"我开玩笑地说道。我们说好每人发两千，然后他们请我在他们当中任命一个人担任司令官。卡里古拉手下的那位禁卫军司令参与了刺杀他的阴谋，这会儿显然是正在元老院开会呢。

"你们爱选谁就选谁吧。"我漠不关心地说道。

于是他们便选了那位名叫鲁弗里乌斯·波利乌斯的准将做司令。接下来，我就得到外面的军法台上去宣布奖赏了，还要听士兵们一个连一个连地依次向我宣誓效忠。他们还请我宣布，驻扎在莱茵河、巴尔干、叙利亚、阿非利加以及罗马帝国所有其他地方的军队也都会受到同样的奖赏。我倒很乐意这样，因为我知道各地都在等着我去还债呢，除了驻扎在莱茵河的部队，卡里古拉从法兰西人那里偷了钱来给过他们了。宣誓效忠花了好几小时，每个人都要把誓言念一遍，总共有一万两千人；然后城里的警卫们也来了营地，坚持要宣誓效忠于我；接着皇家海军的水兵们又从欧斯提亚一拥而来。这事似乎没完没了了。

元老院收到我的口信后便宣布休会至午夜。休会的动议是塞提乌斯提出的，附议的正是那个从他手上捋下戒指的议员。动议一经投票通过，他们便匆匆离开会场回到家里，收拾了一些财物，乘着车出了城，赶去他们在乡下的庄园。因为他们已经知道自己的地位不稳。午夜到了，元老院再度集合，屋里的人可真少呀！出席的只有不到一百人，并且这些人还吓得要死。不过，罗马城驻军的军官们也来了，议程刚一开始，他们便不客气地请元老院给他们一个皇帝。他们说，只有这样，罗马才有活路。

希罗德说得一点也没错，头一个站起来选自己当皇帝的就是维尼奇乌斯，他似乎还有几个支持者，他那卑鄙的表亲维尼西亚努斯也是其中之一，不过人数不多。执政官们压根没有搭理他，他们甚至连提名他当皇帝的动议都没有向元老院提交。一如希罗德所料，接着就是阿西阿提库斯主动提出要当候选人。不过维尼奇乌斯却站起来问大家，在座的有没有人把这建议当回事。他俩便吵了起来，进而互相拳打脚踢。维尼奇乌斯鼻血直流地败下阵来，只能躺在那儿等着血止住。执政官们已经维持不了秩序了，这时有人报告说，警卫和水兵也到了禁卫军的营地，还有角斗士们

（我刚才忘记提角斗士了）；于是维尼奇乌斯和阿西阿提库斯都收回了自己的候选人提名。再也没有人站出来了。会议分散成了小组讨论，大家都在不安地窃窃私语。黎明时分，卡西乌斯·卡瑞亚、阿奎拉、卢普斯和"老虎"走了进来。卡西乌斯想要发言。他首先说到了共和制的伟大复兴，可是城里驻军的军官们听到这话却愤怒地喊了起来。

"别再说什么共和制了，卡西乌斯。我们已经决定支持皇帝了，要是执政官不能尽快给我们一个皇帝——并且是好皇帝——的话，我们就立马走人。我们也要去禁卫军营见克劳狄乌斯。"

一位执政官紧张地开了口，同时求助地看着卡西乌斯："不，我们还没有同意任命皇帝。我们刚刚才全体一致通过决议恢复共和制。卡西乌斯并不是为了要换一个皇帝才杀死卡里古拉的，对吧，卡西乌斯？而是因为他希望将古老的自由还给我们。"

卡西乌斯猛地站起身来，脸都气白了，大声说道："罗马人，起码我是不愿意再受皇帝的罪了。要是再来一个皇帝，我就毫不犹豫地把他杀了，就像我杀掉盖乌斯·卡里古拉那样。"

"别胡说八道了，"城里驻军的军官对他说道，"皇帝也没什么坏处，只要是个好皇帝。咱们在奥古斯都手下就过得很好。"

卡西乌斯说道："那我来给你们一个好皇帝吧，如果你们肯答应去替我问他要口令的话——我让尤图霍斯给你们当皇帝。"你们恐怕还记得，尤图霍斯是卡里古拉最喜欢的"侦查员"之一，他是罗马最好的车手，在马车竞赛场里为葱绿派驾车。卡西乌斯这是在提醒他们，卡里古拉以前总是强迫城里的驻军为他打杂，比如像给他的赛马修马厩啦、在马厩里有马的时候将马厩打扫干净啦，并且还让挑剔又傲慢的尤图霍斯来监工。"我猜你们很乐意被皇帝最喜欢的车手呼来喝去，跪在马厩的地上擦马粪吧？"

其中一位上校不屑一顾道："你这是在说大话吧，卡西乌斯，你也还是害怕克劳狄乌斯的，别不承认。"

"我会怕克劳狄乌斯？"卡西乌斯喊道，"即使元老院叫我到禁卫军营里取他的首级回来，我也会心甘情愿。我真是搞不懂你们这些人。被一个疯子统治了四年之后,你们居然又打算将政权交到一个傻瓜手里,这可真让我大吃一惊。"

可惜卡西乌斯没能说服军官们。他们一言不发地离开元老院,让自己的人在市集上各个连队的旗帜下集合,然后齐步走到禁卫军营,向我宣誓效忠。元老院——或者说还留在元老院的成员——这下成了光杆司令,没人保护了。我听说他们互相怪罪起来,先前还假惺惺地说要忠于未竟的共和事业,这时也再没人提起了。哪怕他们当中有一个人表现出勇气来,情况就会完全不同,我也不至于为了自己的国家感到这般羞愧。历史学家李维讲述了不少古罗马的英雄传说,很久以前我就怀疑过其中一些的真实性,听到了元老院里发生的这一幕,我连自己最喜欢的那个片段也不再相信了。那一段讲的是阿利亚河一役战败后,凯尔特人攻上城墙,守城已然无望,当时的议员们却刚毅不屈。据李维所述,正值壮年的小伙子们带着妻儿撤进堡垒,里面已经先行备好了大量武器与供给,决心要坚守到最后一刻。而老人们却只能给被围困的堡垒平添累赘,便留下来等死。他们穿上议员的长袍,坐在自家门廊的办公椅上,手里紧紧握着自己的象牙职杖。我小的时候,雅典诺多洛斯老先生叫我把这些都背下来,我到现在还没有忘记:

贵族们的家里大门敞开,侵略者们望着坐在门廊里的这些身影,打从心底里敬畏他们,不仅仅是被他们那高贵过人的衣着打扮所打动,更是为了他们庄严的仪态和平静的面容:他们看起来就像神灵一样。于是侵略者们便站在那里,为这许多神像惊叹不已,直到——如传说中讲的那样——其中一个人轻轻地摸起一位贵族的胡子来,那时候的人都留着长胡子。这位贵族名叫马库斯·帕皮里乌斯,他站起身来,用象牙职杖狠狠地打在这个人的头上。钦佩随即变成了愤怒,马库斯·帕皮里乌斯是头一个被杀的。其余的人也被屠杀殆尽,死的时候还仍然坐在自己的椅子上。

李维写得当然很好。他用传说写出了罗马昔日的伟大之处,虽然有违历史，却能振奋人心，想借此来劝人向善。可是不然，我仔细地回想了一下，觉得他的劝说并不很成功。

现在就连卡西乌斯、卢普斯和"老虎"也吵起来了。"老虎"发誓说，他宁死也不愿拜我做皇帝，眼看着奴隶制又卷土重来。

卡西乌斯说道："你不是当真的吧，现在还不是说这个的时候。"

"老虎"愤怒地大声说道："卡西乌斯·卡瑞亚，难道你也是这样吗？如今你也要令我们失望了吗？我看你是太怕死了。你口口声声说刺杀从头到尾都是你筹划的，可是刺他第一剑的人是谁——是你还是我？"

"是我，"卡西乌斯迫不及待地说道，"而且我是从前面刺的他，不是从后面。至于怕死，除了傻瓜谁不怕？我肯定不会让自己的性命白白牺牲。三十多年前在条顿堡森林那一回，要是我因为绝望就学着瓦鲁斯的样也自杀的话，谁还能把那八十个幸存者带回来，并且把日耳曼人牵制住，等到提贝里乌斯带来援军？没有人，所以那天我确实怕死。眼下，克劳狄乌斯很可能最后会决定放弃皇位，他的答复里透出了这样的口风。他太傻了，啥事都干得出来，而且紧张得就跟热锅上的蚂蚁似的。除非我得到确切的消息说他不会退位，否则我才不会去死呢。"

这会儿议员们已经散了，只有卡西乌斯、卢普斯和"老虎"还在空无一人的门厅里争论。卡西乌斯看了看四周，发现就剩下他们几个了，不禁大笑起来。

"旁人都不吵了，咱们还在吵，真是笑死人了，"他说道，"'老虎'，咱们去吃点早餐吧。你也来，卢普斯！走吧，卢普斯！"

我也在吃早餐，夜里才睡了大约一小时的安稳觉。这时有人报告说，执政官和那些出席了午夜会议的共和制顽固分子来到了军营，想向我致以敬意与祝贺。上校很是满意，讽刺地说道："他们来得真早啊，让他们等着。"我没睡好觉，情绪很不好。我说，就我个人来说，没有心情接见他们，因为我喜欢勇于坚持己见的人。我很想把议员们从我脑子里赶出去，继续吃我的早餐。不过希罗德救了他们，这两天大事连连，他似乎总是能及时赶到，无处不在。日耳曼人喝醉了酒，吵吵闹闹的，拿着长枪要杀了这些议员，他们便跪在地上大声求饶。禁卫军一点儿也没有插手的意思,希罗德借着我的名字才让日耳曼人恢复了理智。他把那些得救的议员安置在安全的地方,然后立刻来到了我吃早饭的房间,开玩笑地说道:"请见谅,恺撒,不过我没想到您真的会听我的忠告,把议员们整得这么狠。对这些可怜的家伙,您可千万要手下留情。要是他们有个好歹,您上哪儿去再搜罗一帮这么低声下气的大臣?"

现在我越来越没法继续相信共和制了。这情形简直滑稽至极——我是唯一一个真正反对君主制的人,自己却被逼着当了皇帝!听了希罗德的建议,我吩咐议员们到皇宫来见我。军官们没有阻止我离开军营。禁卫军派了整整一个师护送着我,九个营在前,三个营在后,后面还有我的其他部队,宫廷卫队负责开路。接着,最难堪的一件事情发生了。吃过早饭的卡西乌斯和"老虎"也加入了这个队列,而且走在宫廷卫队的最前面,卢普斯则走在卡西乌斯和"老虎"中间。我对此一无所知,因为从我的轿子上根本就看不到先头部队。宫廷卫队已经习惯了服从卡西乌斯和"老虎",以为他们是奉了新任禁卫军司令官鲁弗里乌斯的命令来的。可是实际上,鲁弗里乌斯派人送给这两个人的通知是,他们已经被夺了权。旁观者被搞糊涂了,等到明白过来这两人是有意抗命时,大家都愤愤不平起来。有一位护民官沿着队列跑过来向我禀报了此事。我完全不知道要说什么或是做什么,可是我又不能对这种虚张声势的行为视而不见,他们既违抗了鲁弗里乌斯的命令,也藐视了我的权威。

到了皇宫,我请希罗德、维特里乌斯、鲁弗里乌斯和梅萨丽娜(她欢天喜地地来迎接我)立刻来和我开会讨论应该采取什么措施。军队停在皇宫外面——卡西乌斯、卢普斯和"老虎"也在那里,他们自信满满地大声说话,其他军官却有意躲着他们。我开门见山地说,尽管卡里古拉是我的侄儿,尽管我曾答应他的父亲——我亲爱的哥哥日耳曼尼库斯——要照顾他、保护他,但我却不忍心怪罪卡西乌斯杀害了他。卡里古拉的死完全是他自己千方百计求来的。我还说,卡西乌斯战功赫赫,军中无人能及,如果我能确信,他是出于高尚的动机才刺出了那一剑——比如说激励旁人效仿布鲁图——那我很乐意宽恕他。但是他真正的动机究竟是什么呢?

鲁弗里乌斯先开了口:"卡西乌斯如今说他是为了自由才动的手,不过实际上却是因为他觉得伤了自尊——卡里古拉总是给他一些滑稽又下流的口令,借此来取笑他。"

维特里乌斯说道:"如果他是一时怨恨至极起了杀心,那还情有可原,可是他事前密谋计划了好几天甚至好几个月。这就是冷酷无情的谋杀。"

梅萨丽娜说道:"难道你忘了吗,他犯的可不是普通的谋杀罪,他是发过誓无条件地效忠皇帝的,可是他却背叛了这最最神圣的誓言。就凭这一条,他也不能免了死罪。如果他是个正人君子的话,现在应该已经自行了断过了。"

希罗德说道:"你没忘记吧,卡西乌斯派了卢普斯来杀你和梅萨丽娜夫人。要是你让他逍遥法外的话,全城的人都会以为你怕他。"

我派人把卡西乌斯请来,对他说道:"卡西乌斯·卡瑞亚,你是惯于服从命令的人。如今我就是你的统帅,不管我喜不喜欢;而你必须服从我的命令,不管你喜不喜欢。我的决定是这样的:如果你的所作所为和布鲁图一样,是为着公众的利益而诛杀了一位暴君,尽管你私底下并不恨他,那么我应该为你欢呼;可你这样做便是不忠,违背了你自己的神圣誓言,所以我又应该让你自行了断。但是,你筹划这起谋杀(并且在其他人畏缩不前的时候,你仍然勇敢地将计划付诸行动)完全是出于私人恩怨,我无法赞赏这样的动机。而且,我还知道是你自作主张派卢普斯来杀害卡桑尼娅夫人、我妻子梅萨丽娜夫人以及我本人,还好他没有找到我;凭着这一点,我不会赐你自裁。你会像寻常罪犯一样被处决。相信我,这么做我也很痛心。你当着议员们的面叫我傻瓜,还叫你的朋友不要对我剑下留情。也许你是对的。不管我是不是傻瓜,我却很想嘉奖你过去为罗马帝国立下的汗马功劳。瓦鲁斯战败以后,是你保住了莱茵河上的桥,我亲爱的哥哥曾经在给我的信中称赞你是他麾下最优秀的士兵。我原本希望这个故事能有个美满的结局。我的话说完了。再见。"

卡西乌斯默默地行了一个礼,然后毅然赴死。我还下令将卢普斯也处死。那天很冷,卢普斯却把自己的军装披风脱了下来,免得上面沾了血迹,他开始发起抖来,抱怨天气太冷了。卡西乌斯很是替卢普斯害臊，便训斥道："狼可不应该怕冷。"（卢普斯的名字在拉丁语里面是"狼"的意思。）可卢普斯正在痛哭流涕，仿佛没有听见他的话。卡西乌斯问那位将要为他行刑的士兵以前有没有干过这事。

"没有，"那位士兵答道，"不过我当兵以前是杀猪的。"

卡西乌斯笑道："那敢情好。你可不可以帮我个忙，用我自己的剑来杀我？我就是用这把剑杀死卡里古拉的。"

他一剑就被了结了。卢普斯就没那么好命了。人家命令他伸出脖子，他便提心吊胆地将脖子伸了出去，可是剑砍下来的时候他却一缩，结果被一剑砍在脑门上。行刑者砍了好几下才把他结果掉。

我并没有追究"老虎"、阿奎拉、维尼奇乌斯和其他刺客的罪责，他们都被赦免了。议员们一到宫里，我就立即宣布大赦，当天和前一天人们无论说过什么做过什么，都不治罪。我答应让阿奎拉和"老虎"官复原职，前提是他们宣誓效忠于我。不过我给禁卫军的前任司令官任命了别的职位，因为鲁弗里乌斯在这个位子上非常适合。我还得为"老虎"说句好话，他是个言出必践的人。他曾经对卡西乌斯和卢普斯起誓说，他宁死也不会认我这个皇帝。现在他俩都被处死了，"老虎"不想有负于他俩的鬼魂，于是便在他俩火葬的柴堆点燃之前勇敢地杀死了自己，他的尸体是和他俩一起火化的。

六

卡里古拉在位近四年，国家几乎是混乱不治，如今要收拾他留下的烂摊子，可真是百废待兴，我到现在想起这事还会觉得头晕眼花。其实我原本的打算是，等到卡里古拉被刺一事所引发的骚动平息下来，我便立即退位，可是我却没有这么做，我给自己找的正当理由就是，这个烂摊子实在太烂了。除了我自己，我不知道罗马帝国还有谁能有这份耐心——即使他有这个职权——来承担起收拾善后这种费力不讨好的差事。我可没法心安理得地让执政官来负责这事，哪怕是最优秀的执政官，也没法制订出一个需要五年或者十年才能完成的逐步重建计划。他们不会想到自己这一年任期以后的事情，所以要么就是立竿见影、一味求快，要么就是压根什么都不做。这个任务只有任期较长的独裁官才能完成。但是，就算能找到一位完全胜任的独裁官，他会不会为了巩固自己的地位而采用恺撒的头衔然后变成暴君呢？

我回忆起卡里古拉继位的时候，心里隐隐有些不平，那是一个漂漂亮亮、干干净净的开端：国库和王室内库都很充实，顾问们能干又可信，还拥有全国民众的好感。好吧，眼下情况这么坏，最好的选择就是我自己掌权，至少要当一阵子皇帝，但愿我能够尽快解脱出来。我对自己总比对别人要放心些。我要集中精力做好眼前的事情，把一切都理顺，然后再向大家证明，我对共和制的信念是真格的，不像塞提乌斯之流只是随口说说。与此同时，我会尽量让自己不像个皇帝。但是问题马上就来了，我应该让人家投票给我安个什么头衔呢？名不正言不顺，谁都走不了多远。但是我只会接受必要的头衔。我还要找些助手，也许会多找一些希腊文书和雄心勃勃的生意人，少找一些议员。拉丁语里有句格言说得好："Olera olla legit"，意思就是"各人自有各人福"，我总会有办法的。

元老院恨不得将我的前任们获得的所有尊称都加到我头上，好让我知道他们有多么后悔当初对共和主义头脑发热。我却尽量都推辞掉了。不过我接受了恺撒这个头衔，因为我有权如此，从血统上来说，我跟恺撒们同出一脉，我的外祖母屋大维娅是奥古斯都的姐姐，现如今已经没有恺撒的嫡系了。我接受这个头衔还有个原因，那就是它在亚美尼亚人、帕提亚人、日耳曼人和摩洛哥人这些外国民众当中很有威望。如果他们觉得我篡夺了皇位要建立新王朝，恐怕会蠢蠢欲动，在前线生出事端来。我还接受了护民官的头衔，这样一来，我的人身不容侵犯，还对元老院的法令有一票否决权。对于我来说，人身不容侵犯这一点至关重要，因为我提议废止对背叛皇帝的行为进行惩罚的一切法律和命令，所以如果没有护民官的这点特权，难保我不会遭到刺杀。不过，我拒绝了国父的头衔和奥古斯都的称号，我嘲笑元老院居然试图给我神的称号，甚至对他们说，我连被人称作"皇帝"都不想。关于这一点，我指出，从古至今只在在战场上有所建树的人才能获得这个荣誉：这并不仅仅象征着对军队的最高指挥权。奥古斯都被称为皇帝，是因为他在亚克兴和别处打了胜仗。我伯父提贝里乌斯是罗马有史以来最成功的将军之一。我的前任卡里古拉虽然年纪轻轻就雄心勃勃地让人家尊他为皇帝，可是就连他也觉得有必要到战场上去挣点功名回来，好让自己名副其实，于是便远征打过莱茵河去，又跟英吉利海峡的海水打了一仗。他的军事行动虽然没有伤亡，但起码表示他明白皇帝这个称号所承载的责任。"总有一天，大人们，"我对元老院写道，"我自己也会想要领兵上战场，要是老天保佑我功成名就，我会很自豪地接受这个头衔。但是，在那之前我请求你们不要这么称呼我，这是为了尊重过去那些真正有能力配得上这个头衔的将军们。"

他们读了我这封信很是欣喜，便决定要为我立一尊黄金的雕像——不，是三尊黄金的雕像，但是我否决了这个动议。理由有两点：其一，我还一无所成，不配这个荣耀；其二，这太浪费了。我允许他们在罗马城里显眼的地方替我立三尊雕像，但是其中最贵的一尊也不过就是银的，而且还不是纯银，是在空的银像里面充上石膏。另外两尊分别是青铜的和大理石的。我之所以同意他们立这三尊雕像，是因为罗马已经到处都是雕像了，多个两三尊也不打紧。而且现在是世界上最杰出的雕塑家在为我效劳，我当然很乐意坐下来让他们替我塑像。

元老院还决定用尽各种办法来侮辱卡里古拉。他们将他被刺的那天定为全国感恩的节日，我又一次用自己的否决权进行了干涉。我只是废止了卡里古拉叫人家对他和潘西亚女神——他杀了我那可怜的侄女之后便给了她这个称号——进行宗教崇拜的法令，并没有进一步禁止人家纪念他。绝口不再提他就是最好的办法。希罗德提醒我说，卡里古拉并不曾禁止人们纪念提贝里乌斯，只是没有将他神化，并且停止修建原本为了表彰他而建的拱门。

"那我要拿卡里古拉那些雕像怎么办呢？"我问道。

"那太简单了，"他说道，"叫城里的警卫明天凌晨两点把这些雕像全都搬到宫里来，那个时候大家都在睡觉，等罗马人一觉醒来，就会发现那些壁龛和底座都空了，或者你也可以把原先为了给卡里古拉腾地方而挪走的雕像再搬回来。"

我采纳了希罗德的建议。卡里古拉的雕像有两种，一种是外国神灵的雕像，他去掉了人家的脑袋，用自己的取而代之；还有一种就是他用贵重金属为自己铸造的。对于第一种，我尽量将其还原到了本来的面目，而另外一种呢，我就叫人打碎熔了，用来铸我的新金币。他立在自己庙里的那尊大金像熔掉以后铸成了将近一百万个金币。我想我恐怕没有说过，他的祭司们——我也是其中之一，真是丢脸——每天都要给这尊雕像照着他的样子穿衣打扮。我们要给它穿上寻常的便服或是军服，再戴上他专用的皇帝徽章，这还不够，有时候他碰巧以为自己是维纳斯、密涅瓦、朱庇特或是善之神，我们就得给它穿上相应的衣服，让人家能认出它是不同的神灵。

把头像放在硬币上让我的虚荣心得到了满足，不过在共和国时代，杰出的公民也可以享有这种殊荣，所以就这事来说，我也没有做错什么。但是因为硬币上的头像是侧面的，所以总是会叫人失望。没人看过自己的侧面，所以看到画像时都会大吃一惊，原来站在身旁的人看到的自己是这副模样啊。人在镜子里常常能瞧见自己的正脸，看得多了也就习惯了，甚至还有些喜欢；可是我得说，头一次看到铸币厂为我打造的金币模型时，我勃然大怒，问他是不是有意拿这头像来讽刺我。我那一脸愁容的小脑袋长在长长的脖子上，喉结突出得就像多出来一个下巴，这可真是吓着我了。可是梅萨丽娜说："不，亲爱的，你看起来就是这个样子。实际上，这还比真人好看了呢。"

"你真的会爱一个长成这样的人吗？"我问道。

她发誓说在她眼里全世界就数我的脸最可爱，于是我也只能试着去习惯这样的硬币了。

卡里古拉除了到处立雕像之外，还把他那次劳民伤财的远征描金画银地表现出来，皇宫内外随处可见，这些也都可以取下来化成金块银条什么的，比如像纯金的门把手、纯银的窗玻璃和他庙里的金银家具，我全部都拿了来，给宫里来了个大清理。在卡里古拉的寝宫里，我找到了毒药箱，这原本是莉薇娅所有，后来在卡里古拉手里派上了大用场，要是有人拟的遗嘱对他有利，他就会把毒蜜饯当作礼物送给人家，有时候他也会事先安排节目转移宴会宾客的注意力，然后把毒药倒在人家的盘子里。（他承认说看着人家死于砒霜中毒给他带来了莫大的乐趣。）春天里刚一有风平浪静的日子，我就把这箱子连同里面的东西全都带到欧斯提亚，划着卡里古拉最喜欢的一条游船去了河口，开出海岸一里以后，我把箱子从甲板上扔了下去。过了一两分钟，水面上浮起数千条死鱼。我并没有告诉水手们箱子里装的是什么，所以他们当中有几个人抓起漂过来的死鱼，打算带回家吃；不过我叫他们住手，不许他们从水里捞鱼，否则格杀勿论。

我在卡里古拉的枕头底下找到了他那两个著名的本子，一个本子上画着血淋淋的剑，另一个本子上则画着血淋淋的匕首。卡里古拉走到哪儿都带着一个自由民，叫他拿着这两个本子，要是他听说有人碰巧做了什么事情惹得他不高兴，就会对那个自由民说："普罗托哲尼斯，把那家伙的名字写在匕首底下，或者是，把他的名字写在剑底下。"写在剑底下的人都是要处死的，写在匕首底下的则是要请来赐死的。在匕首的本子上，写在最后的几个名字是维尼奇乌斯、阿西阿提库斯、卡西乌斯·卡瑞亚和提贝里乌斯·克劳狄乌斯——也就是我自己。我亲手把这两个本子放在火盆里烧了，然后处死了普罗托哲尼斯。我处死他并不仅仅是因为厌恶他那副板起脸来、故意跟人作对的模样，也不是因为他一贯对我放肆至极，而是因为有人向我证明他曾威胁过议员和骑士，叫他们付大笔的钱给他，不然就把他们的名字写在本子上。那会儿卡里古拉的记性已经很差，所以普罗托哲尼斯毫不费力就能让他相信这些名字是他自己下令记下的。

我审讯普罗托哲尼斯的时候，他坚称自己从来没有说过这些恐吓的话，在本子上记下的每一个名字都是遵照了卡里古拉的命令。这就提出了一个问题，具有何种权限才能够处死一个人。要是我手下的一位上校哪天早上对我报告说："根据您昨天的指示，某某人已经于今天黎明被处死。"他毫不费力就能骗倒我。如果我对这事一无所知，那么他说是我下的令就纯粹是他的一家之言；可是我又一向没法否认自己的记性确实不算好。于是我再次提出，所有的决定和指示都必须立即写下来，这个惯例原本是奥古斯都和莉薇娅最先实施的。假使我的下属要给予别人严厉的纪律处分，或者要向人家提供大量财政支援，又或者对办事手续进行的革新让人大吃一惊，他们就必须能够拿出由我签署的书面命令，否则这些行为就不能视为是我的授权，如果我不赞同他们的做法，他们就得自己承担所有的责任。后来，我的首席大臣跟他们自己的下属打交道时也这么做，这个措施就变成了理所当然的事，结果上班时间在政府的办公室里几乎听不到有人说话，只有各部门的头头之间进行商议和市政官员来访的时候能听见说话声。宫里所有的仆人都随身携带一块蜡板，以便在必要时把特别的命令记下来。有些人随随便便就到宫里来要工作、要拨款、要恩赐、要赦免或是其他什么不违法的东西，他们在进宫时全都必须提交一份文件，上面清清楚楚地写明自己要什么、原因是什么，一概不许通过口头请求与申辩来反映自己的情况，只有极少数人可以破例。这虽然节省了时间，却让我的大臣们背上了傲慢的黑锅。

我来说说大臣们的情况吧。提贝里乌斯和卡里古拉当政期间，皇家的自由民们在政务中起的主导作用越来越大，而莉薇娅原本只是要培养他们做文书的工作。执政官和市政长官们虽然拥有自主权，只需恪尽职守、对元老院负责即可，却要指望这些文书以皇帝的名义提出建议，尤其是遇到与法律和财务相关的复杂文件时。文书会将文件准备好，然后告诉他们在哪儿盖章、在哪儿签字，他们自己很少会花心思去看看内容。很多时候，他们的签名只是例行公事而已，对于行政管理的详细情形，他们跟文书们比起来简直是一无所知。而且，文书们开发出来一种新型书法，通篇都是缩写、象形字和草草写就的字母，除了他们自己没人能看懂。我深知不可能一朝一夕之间就改变文书们和外界之间的这种关系，所以当下我并没有削弱文书的权力，反而让他们的权力更大了，对卡里古拉手下的那些自由民，凡是能够胜任的我都批准继续任用。比如说，我留下了卡里斯图斯，他既是王室内库的大臣，也是国库的大臣，不过在卡里古拉看来，国库也就是另一种内库罢了。他知道有人密谋要杀害卡里古拉，但是并没有主动参与其中。他啰里吧嗦地对我说，卡里古拉不久前叫他在我的食物里下毒，他勇敢地拒绝了。这话我可不信。首先，卡里古拉绝不会对他下这样的命令，他即使要下毒也会像平时那样亲自动手；其次，如果卡里古拉真的下了这样的命令，卡里斯图斯是断然不敢抗命不遵的。不过，我没有对这事追根究底，因为他看来似乎急着要继续他在国库和内库的工作，而且也只有他一个人了解目前财政状况的详细情形。我鼓励他说，我认为他的工作非常出色，一直以来都保障了卡里古拉的花销，今后我期望他用自己那占卜财路的本事来拯救罗马帝国,而不是毁了罗马帝国。他的职责比以前又多了一项,监督对所有公共财务问题进行的司法调查。我让米伦继续担任法律文书,波西德斯管理军库,哈珀克拉斯负责与比赛和娱乐有关的所有事务,安法乌斯保管公民名单。米伦还得在我公开外出时随我一起,替我检查人家递来的字条和请愿书,这些东西经常是铺天盖地的,说的多是些无关紧要和胡搅蛮缠的事情,他要从中筛选出重要紧急的来。我还有一些主要的大臣,巴拉斯负责我的王室内库,他兄弟菲利克斯是我的外务文书,卡伦是仓库总管,他儿子那尔奇苏斯则给我当内务和私人通信的首席文书。波里比乌斯是我的宗教事务文书——我是最高祭司——并且协助我研究历史,如果我有时间的话。最后这五个人都是我手下的自由民。当年我破产的时候逼不得已解雇了他们,他们很快就在宫里找到了文书的工作,所以他们就是文书奥秘的始作俑者,甚至还学会了把字写得让人家不认得。我在新皇宫里给他们安排了宿舍,让原先卡里古拉安置在那里的乌合之众——剑斗士、车手、马夫、演员、玩杂耍的以及其他食客——都搬了出去。我让皇宫成为一个主要进行政府工作的地方。我自己私下里仍住在旧皇宫里,效仿奥古斯都过着非常朴素的生活。如果有重要的宴会或是外国王子来访,我就会住在新皇宫里卡里古拉的套房,新皇宫里还有一个侧楼是让梅萨丽娜住的。

我在任命大臣时对他们说,我希望他们尽可能自己做主,别事事都等着我的指示,就算我有更丰富的经验也做不到那样。我跟奥古斯都即位时不一样,他接手管事的时候不仅年纪轻轻、精力旺盛,而且还有一大群能干的顾问为他效力,都是公众中的精英,像是玛塞纳斯、阿格里帕、波利奥这三个。我对他们说,他们必须尽力做到最好,要是遇到了什么问题,就去查阅《奥古斯都神罗马政事记》——这本伟大的纪念之作是莉薇娅在提贝里乌斯执政期间出版的,他们须得紧密遵照书中找到的方式与先例。要是出现了在这本无价的记录中并无先例可循的情况,他们当然要来请教我;不过我相信他们会尽量替我省去不必要的辛劳。"大胆一些,"我说道,"但也别太过大胆。"

我任命这些大臣时,梅萨丽娜也帮了忙,我对她坦白说,我对共和制的热诚似乎不比从前那么强烈了。我一天比一天更加同情和尊敬奥古斯都，也越发尊敬我的祖母莉薇娅，尽管我个人并不喜欢她。她的头脑可真是聪明得很，做起事来有条不紊，如果在恢复共和制以前，我能让政府系统重新运转正常，哪怕只有她和奥古斯都执政时的一半那么好，我也就心满意足了。梅萨丽娜笑眯眯地主动提出，如果我承担起奥古斯都的责任，她愿意临时做我的莉薇娅。"大吉大利。"我喊道，往自己胸口啐了一口讨个吉利。言归正传，她回答说自己有莉薇娅那种知人善任的天赋，如果我愿意放权给她，她会代我处理所有的社会问题，让我不用再为了自己身为公德导师的职责操心。你知道，我深爱着梅萨丽娜，在挑选大臣的过程中也确实发现她的判断力非常敏锐，不过我对于让她承担这样的责任还是有些犹豫不决。她恳求我给她机会，让她能进一步向我证明她的能力。她建议说，我们可以一起审查元老院的排名表，她会就人员去留提出自己的意见。我叫人把名单拿来，然后开始和她一起审查。她对名单上前二十来个议员的能力、品性、经历都了解得一清二楚，无论是公众知道的，还是公众不知道的事情。凡是我可以查证到的，都和她说的一模一样，所以我很痛快地同意了她的请求。只有在少数她拿不定主意、不太在意名字去留的时候，我才会提出自己的意向。我们叫卡里斯图斯调查了一些议员的财力，又考虑了他们的头脑和人品，最后从名单上去掉了大约三分之一的名字，又加上了一些名字来填补空缺，都是尚未任职的优秀骑士和以前卡里古拉为着鸡毛蒜皮的原因就从名单上画掉的前议员。我做主开除的人之一就是塞提乌斯。我觉得非把他除掉不可，不仅仅是因为他对元老院说了那一通可笑的发言和其后的懦弱行为，还因为他是卡里古拉被刺时陪我进宫的两位议员之一，可是他却置我于不顾。顺便说一句，另一位议员是维特里乌斯，但是他如今已经说服我相信，他当时以为塞提乌斯会留下来照顾我，这才匆匆离开去找梅萨丽娜，并且把她送到了安全的地方，所以我原谅了他。我让维特里乌斯给我做替手，要是我生了病，或是发生了更糟的事情，就由他来代替我。总之，我开除了塞提乌斯。他遭到贬黜的理由是，在我召集元老院到宫里来开会时他没有出席，他从罗马逃到了乡下的庄园却没有向执政官告假；过了好几天他才回来，所以不能受到特赦。我贬黜的另外一位重要议员是卡里古拉的马——茵茨塔图斯，它三年后就能当执政官了。我写信给元老院说，我对这位议员个人的品行并无异议，迄今为止它也胜任了分配给它的所有工作，但是它已经没有必需的财力资格了。因为我削减了卡里古拉赏给它的年金，如今它只能享有一匹战马的日常供给，我还解雇了它的马夫，让它住进普通的马厩，这里的食槽是木头的，不是象牙的，这里的墙壁上涂的是石灰，不是壁画。不过我并没有让它跟母马佩妮洛普夫妻分离，这样就不公平了。

希罗德提醒我要时时刻刻提防刺客，他说我们对议员名单的修改以及后来对骑士名单的修改已经为我树了不少敌人。他说，特赦好是好，但是宽宏大量千万不能只往一边倒。据他所说，维尼奇乌斯和阿西阿提库斯已经在冷嘲热讽了，说什么新官上任三把火，还说卡里古拉和提贝里乌斯刚上台的时候也声称要恩威并施，所以我到头来只怕也会变成跟他俩一样疯狂的暴君。希罗德建议我暂时不要去元老院，即使去也要采取一切保卫措施来预防人家行刺。这让我大惊失色。怎样的保卫措施才算充分，这实在是很难说，所以我有整整一个月没有进过元老院。一个月之后，我已经选定了适当的保卫措施：我请求由四名禁卫军上校和禁卫军司令鲁弗里乌斯组成卫队护送我进入元老院，他们批准了我的请求。我甚至把鲁弗里乌斯的名字加在了议员名单上，尽管他并没有相应的财力资格。在我的要求下，元老院允许他在陪我一同来元老院的时候发言和投票。梅萨丽娜建议说，任何人到皇宫里或者其他地方来觐见我，都要先经过搜身，看看有没有藏着武器，就连女人和孩子也不例外。我不希望女人被搜身，但是梅萨丽娜坚持如此，我便同意了，前提是由她手下的女性自由民来搜身，而不是我的士兵们动手。梅萨丽娜还坚持要武装的士兵们在宴会时也到场保护我。在奥古斯都的时代，人们觉得这种做法非常专制，我看见他们靠着墙站成一排也很不好意思，但是我可不能冒险。

我竭力想让元老院重拾自尊。在挑选新议员时，我和梅萨丽娜对他们的家世和个人的能力进行了仔细调查。我许诺说，只会选父亲一方四代以上都是罗马公民的人担任议员，这看似是应了议员名单上资深议员们的要求，其实是我自己的主意。我说到做到，唯一的一次明显破例是菲利克斯——我的外务文书，几年后我才找到理由提拔他当了议员。他是我的自由民巴拉斯的弟弟，他出生的时候，他们的父亲已经获得了自由，所以他和巴拉斯不一样，他从来没当过奴隶。尽管如此，我还是没有失信于元老院：我请克劳狄家族的一位成员收养菲利克斯做了义子，这位成员并不是真正的克劳狄族人，他们家是从坎帕尼亚移居到罗马来的，原本是克劳狄家的家臣，后来成了罗马公民，并获准使用克劳狄家族的姓氏。这样一来，菲利克斯至少在理论上满足了祖上四代是罗马公民的必要条件。不过，在我把他引介给元老院的时候，还是有人出于嫉妒而颇有微词。有个人说道："恺撒，在咱们的祖宗那会儿，可没有过这样的事情。"

我生气地答道："大人，我想你没有权力说这种话吧，你自己的出身也高贵不了多少。我听说，在我的高祖父那会儿，你们家是在街上卖肉丸子的，而且我还听说他们克扣斤两。"

"这不是真的，"那位议员喊道，"他们是老老实实开店做生意的。"

议员们的笑声打断了他的话，但我却觉得有必要再多说几句。"三百多年前，我的祖先瞎子克劳狄乌斯被任命为监察官，他打赢了埃特鲁里亚人和萨莫奈人，还是第一位优秀的罗马作家，他也和我一样允许自由民的子嗣担任议员。元老院里有许多议员之所以今天会在这里，都要归功于我先祖的这项革新。他们愿意辞职吗？"议员们这才向菲利克斯致以了热烈的欢迎。

骑士当中有很多有钱人无所事事，甚至在奥古斯都的时代也有这种现象。但我可没有效仿奥古斯都那样任由他们游手好闲。我公开宣布，如果有人故意逃避、不肯承担授予他的公职，就会从排名表上被除名。这样的事情出了三四次，我都说到做到了。

宫里有一个保险箱是卡里古拉私用的，我在里面找到的文件中有一些提到提贝里乌斯当政时审判并处死了我的侄儿德鲁苏斯和尼禄以及他们的母亲阿格里皮娜。卡里古拉即位时假装烧掉了所有这些文件，以示他的宽宏大度，可是他并没有真的把文件烧掉，那些做证反对我侄儿和嫂子的人，还有投票赞成处死他们的议员惶惶不可终日，担心他会报复。我把这些文件从头到尾细细读了一遍，提贝里乌斯判他们三个人死刑虽然合法，却并不公正，于是我把文件中说到的跟这起案子有牵连又仍然在世的人都召来见我，当着我的面一个一个地将跟他们有关的文件念给他们听，然后再让他们自己亲手把文件烧掉。我还找到了一些涉及名人私生活的卷宗，都是用密码写的。奥古斯都死后，提贝里乌斯从莉薇娅那里拿来了这些卷宗，不过他却看不懂。后来我把这些卷宗破译了出来，不过里面提到的事情已经过了时，虽然我仍然有兴趣去读，却不再是出于政治的原因，而是为了研究历史。

现在有两个非常重要的任务摆在我面前，一个是逐步重整国家的财力，另一个就是废止卡里古拉颁布过的法令中最惹人嫌的那些。这两件事情都不能一蹴而就。卡里斯图斯和巴拉斯刚一上任，我便跟他们就财政问题开会商议了很久。希罗德也在场，因为说到借钱和躲债，恐怕没人比他懂得更多。第一个出现的问题是，如何弄到现钱来应付燃眉之急。我们一致同意的解决之道是——正如我已经解释过的——将黄金雕像、皇宫里的黄金餐具和装饰品以及卡里古拉庙里的黄金家具都熔了铸成金币。希罗德还建议我，把这些都变现之后，再以卡皮托利尼山上朱庇特大神的名义找其他的神仙们借一些钱。几百年来，这些神仙庙里的宝库已经塞得满满当当，都是人们还愿时供奉的一些花里胡哨却全无用处的金银珠宝。这些多是那些想让人家知道自己功成名就的人送给神灵的礼物，而并非是出于真心的虔诚。比方说吧，商人去东方做生意赚了钱回来，就会向墨丘利供奉一个纯金的丰饶角；士兵打了胜仗就会向战神供奉金盾牌，律师打赢了官司则会向太阳神供奉金鼎。太阳神显然用不着两三百个金鼎、银鼎，要是他的父亲朱庇特有需要的话，想必他会很乐意借一些给他的。于是，我便将能拿走的还愿礼物都熔了铸成硬币，前提当然是既不会得罪送礼的人家，也不会破坏有历史价值或是艺术价值的作品。借钱给朱庇特跟借钱给国库不就是一回事嘛。我们在会上一致同意再找银行家们借一些钱，并且会答应给他们提供很有吸引力的利率。可是希罗德说，最重要的是让民众恢复信心，从而使忧心忡忡的商人们不再一味存钱，推动金钱重新开始流通。他宣称厉行节约的政策固然必要，但是也不能矫枉过正，否则就会被人们曲解为吝啬。"我还是穷人那会儿，每次钱快要花光的时候，"他说道，"就一定会把剩下的钱都用来打扮自己——买戒指、斗篷和漂亮的新鞋子。这样人们就会又开始信任我，我也就又能借到钱了。我建议你也这么干，一丁点儿金粉什么的就会有很大的成效。假如你派几个金匠到赛车场里去给终点线都镀上金，大家就会觉得国家繁荣昌盛，并且这也花不了几个钱，五十个或是一百个金币就足够了。还有个主意是我今天早上突然想到的，当时我正看着人家把从西西里运来的大块大块的大理石往山上搬，准备用来装饰卡里古拉神庙的内部。你是不打算在那庙里继续动工的吧，对不对？既然如此，干吗不把它们拿来贴在赛车场里的砂岩屏障上面呢？这些大理石很漂亮，应该会引起很大的轰动。"

希罗德总是这么足智多谋。我本想一直把他留在身边，可他却告诉我，他不能留下，还有个王国等着他去治理呢。我对他说，只要他愿意在罗马多待几个月，我就让他的王国跟他祖父希罗德在位时的疆域一样大。

在这次会议上，我们达成了共识，既要把这些钱借到国库里来，也要废除卡里古拉强行征收的苛捐杂税，不过第一步只是取消那些最过分的——像是妓院的营业税、街头小贩的营业税和公共小便处的撒尿税。所谓的公共小便处就是放在街角的大尿壶，等里面装得差不多了，漂洗工就会把这些尿壶拿走，用尿液来洗衣服[1]。我下令停止征收这些税项，并且承诺说，只要国库的钱够了，就会立刻废除更多的税项。

---

1 在古罗马，人们发现尿液有助于除去羊毛布料上的油脂和杂物。

七

我很快就发现自己受到了民众的欢迎。我废止了卡里古拉颁布的不少法令，其中有关于他个人的宗教崇拜的，也有关于叛国罪的，还有一些是取消了元老院和人民的某些特权的。我发布命令说，"叛国"这个词从此以后就没有任何意义了。写下大逆不道的话不算是犯罪，不仅如此，就连公开的叛逆行为也不算犯罪。在这一点上，我甚至比奥古斯都还要开明。这个命令一下，几百名各个阶层的公民都从监狱里被放了出来。不过我还是听取了梅萨丽娜的建议，让他们继续公开服刑，直到我彻底弄清楚他们除了叛国罪之外并没有犯下其他更严重的罪行。指控人家犯了叛国罪常常只是施行逮捕时的例行公事：人家犯的可能是谋杀罪、伪造罪或是其他什么罪行。这些案子我不能交给普通的法官来处理，而是觉得有必要亲自来调查。我天天都去市集，在赫拉克勒斯神庙的前面跟坐在长凳上的议员同僚一起审案子，一审就是一早上。自从提贝里乌斯去了卡普里以后，已经很多年没有皇帝允许同僚到自己的法庭上来了。我还常常出其不意地到其他的法庭上去，每次去都坐在首席法官的顾问席上。我知道的判例很少，因为我跟其他的罗马贵族经历不同，他们都是按部就班地从三等法官一级一级升到执政官，还时不时地要去海外服兵役，可我却一直不住在罗马，三年前才回来，几乎从来没有去过法庭。所以我断案时只得靠着自己天生的小聪明，而不是依靠判例，还总是要费尽心力应付律师们的花招，他们利用我的无知，想让我落入他们的法律陷阱。

每天我从皇宫到市集都会路过一栋灰泥粉刷的小楼，小楼的正面用沥青写着大大的字样：由本地及雅典最最博学、最最善辩的演说家和法学家特勒格纽斯·马卡里乌斯创立并领导。

底下是一块四方四正的大牌匾，上面登着这样的广告：

> 特勒格纽斯向所有因财务问题和个人纠葛而必须进行民事诉讼或刑事诉讼的人提供指导与建议；罗马所有的法令、法规、命令、公告、法庭判决等等等等，无论是过去的还是现在的，无论是正在执行的、暂停使用的还是已经失效的，他统统了然于胸。客户只要愿意将自己的官司详情告知最最博学、最最善辩的特勒格纽斯和他旗下训练有素的全体员工，只要是天底下的官司，只需半小时，就可以得到准确、合法而又无可辩驳的意见。特勒格纽斯不仅通晓罗马法律，还对希腊法律、埃及法律、犹太法律、亚美尼亚、摩洛哥和帕提亚的法律了如指掌。除了将法律条文当作原料那样照搬给客户，无与伦比的特勒格纽斯还可以提供成品，即根据法律材料巧妙构思而成的法庭辩论文稿，还配有适当的语气和手势；亦可特制针对陪审团的个人申诉；此外还可以向有需要的客户提供适合于所有案件的美言佳句手册。特勒格纽斯的客户从未在任何法庭上输过官司，除非他的对手碰巧也饮到了雄辩之泉的泉水，因而同样足智多谋、能言善辩。收费合理，服务热情。现招收少量学徒。
>
> "语言强于武力。"——欧里庇得斯

我几乎天天看见这块牌匾，渐渐就将上面的文字给背了下来。辩方律师或者控方律师向我申诉时常常会说这样的话："恺撒，想必您还记得《禁奢律》的第四条第十五款吧，那是马尔库斯·波尔基乌斯·加图当年颁布的，那一年的执政官是某某和某某"；或者是说："恺撒，您一定会同意我的看法。我的当事人出生在安德罗斯岛，在那里，伪造者只要能证明自己之所以如此是因为顾念年迈父母的福祉，而不是想为自己牟利，法律就会对其网开一面"；抑或是类似的蠢话，我就会报以微笑并答道："你错了，先生，我对这个一无所知。我可不是最最博学、最善辩的特勒格纽斯，可以就天底下的所有官司提出准确、合法而又无可辩驳的意见。我不过是这个法庭上的法官而已。你继续吧，别浪费我的时间。"要是他们还想纠缠不休，我就会说："这没用的。首先，要是我不想回答，就不会回答。你没法逼我，因为我是个自由的人——实际上还是罗马最自由的人之一，对不对？其次，要是我现在回答了，你恐怕会希望我还是没有回答的好。"

特勒格纽斯的生意似乎兴隆得很，而我却对他的所作所为十分反感。因为我痛恨法庭辩论。我认为，陈述案情时应该简明易懂，请来必要的证人，不要说些不相干的闲话，像是什么他家血统很高贵啦、好些穷亲戚都依傍着他啦、法官既仁慈又睿智啦、命运开的玩笑很残酷啦、人生无常啦这类老掉牙的各种蠢话。做不到这些的人就应该被处以极刑，因为他不老实、不谦逊并且还浪费了公众的时间。我叫波里比乌斯去买了一本特勒格纽斯广告里说的手册，然后仔细地研读了一下。几天之后，我去一个下级法庭时，被告正开始背诵特勒格纽斯推荐的一段美言佳句。我请求法官准许我打断一下，法官批准了，于是我对那演说家说道："住口吧，先生，这样不管用的。你把课文都给背错了。特勒格纽斯的话是这么说的——我来看看——'如果被指控犯了盗窃罪'——对了，就在这里。"我将手册拿了出来：

听闻邻居蒙受了损失，我对他十分同情，于是我穿过树林，越过山谷，爬上大风呼啸的荒凉高山，钻进不见天日的潮湿洞穴，找寻那走失的羊儿（或是走失的牛儿、走失的马儿、走失的骡子），直到最后回到家里，我走疼了脚，筋疲力尽，失望至极，却发现（此处以手遮眼并做吃惊状），它居然不在别处，就在我自家的羊圈里

（或是牛栏、马厩、牲口棚），这事可真是太离奇了，它偏偏要趁着我不在的时候迷路走来！

"先生，"我说道，"这里本该说山谷的，可你却说成了树丛，你漏掉了'走疼了脚'和'偏偏'这个生动的副词。而且你说到'发现'时看起来一点儿也不吃惊，只有一脸蠢相。法官判你有罪。要怪就怪你自己吧，别怪特勒格纽斯。"

我每天都要花好几小时来履行自己的司法职责，宗教节日也不休息，甚至把夏天和冬天的开庭期连在了一起，这样才能保证法律的执行不会中断，受到指控的人在监狱里只要待几天就行了。正因为如此，我希望律师们、法庭的官员们和证人们能比现在更体谅我一些。我说得明明白白，任何诉讼的主要两方若有哪一方不来出庭或者出庭迟到，我就会偏向于支持他的对手。我努力尽快审完案子，结果却被人说成是（这可真不公平）连正当辩解的机会都不给犯人就判刑。如果一个人被控有罪，我就会直截了当地问他："这指控基本属实吗？"如果他支支吾吾地说："恺撒，请听我解释。确切来说，我没有罪，但是……"我就会打断他，然后宣布"罚款一千个金币"或者"流放撒丁岛"或者就是"处死"，接着转过头对差役说："麻烦你，下一个案子。"那人和他的律师自然是恼火得很，因为他们没能用那些情有可原的情况来向我申诉、对我施法。有一个案子的被告声称自己是罗马公民，穿着件长袍来出庭，可原告的律师却提出反对，说他其实是个外国人，应该穿斗篷。就这个案子来说，他是不是罗马公民并没有什么区别，于是我命令他在控方律师发言时穿斗篷、辩方律师发言时穿长袍，这样两个律师就都无话可说了。律师们为此很讨厌我，还互相交流说我这是在愚弄司法公正。也许我的确是。总体上来说，他们待我很不好。有的时候，我早上没能审完预期的那么多案子，午饭的时间也早已过了，要是我宣布今日休庭明天继续，他们就会大吵大闹，非常粗鲁地喊我回来，叫我别让诚实的公民等待审判，甚至抓住我的长袍或是我的脚，好像要强行阻止我离开法庭。

我并不是非要拘泥于礼仪，只要别太无礼就行，而且我发现，法庭上气氛轻松一些会更有利于证人提供恰当的证据。如果我发表意见时有欠考虑，而人家回答得也很带劲儿，那我从来都不会介意。有一回，辩方律师解释说，他那已经六十五岁的当事人最近娶了个年轻妻子，她也是本案的证人。我指出这婚姻本身就不合法。根据《巴比乌斯—波贝乌斯法》（我刚好对这部法律很熟悉），六十岁以上的男子禁止与五十岁以下的女子结婚，这条法律的依据是男人到了六十岁以上就不适合生育后代了。我引用了一个希腊警句：

　　白叟尚婚配，无视自然律——
　　'不把绿帽戴，生息定体虚'。

那律师考虑了片刻，随即当场道：

　　尔自是白叟，分明是傻瓜；
　　原非自然律，偏把自然加。
　　白叟若健旺，生子定健壮；
　　青年若体弱，生子便多病。

这话说得在理，尽管这律师把我叫作傻瓜，我还是宽恕了他。到了元老院下一次开会的时候，我便对《巴比乌斯—波贝乌斯法》进行了相应修改。我记得自己在法庭上雷霆震怒那一回是被一位法庭官员给气的，他负责传唤证人，并确保他们如期出庭。我在审理一桩诈骗案时因为缺少证据而被迫休庭，最重要的证人逃跑去了阿非利加，这样人家就没法指控他是这起诈骗案的同谋了。这个案子再次开庭的时候，我叫那证人来做证，可他却不在法庭上。于是我问那名法庭官员有没有按时传唤这人来出庭。

"哦，确实传唤了，恺撒。"
"那他怎么不在这儿？"
"很不幸，他没法出庭。"

"除非他是病入膏肓，哪怕抬到庭上来都会有生命危险，否则一概不许无故不出庭。"

"我非常赞同您的观点，恺撒。不，这名证人目前没有生病。我听说他曾经病得很重。但是现在已经都过去了。"

"他生的什么病？"

"有人向我报告说，他被狮子咬伤了，后来又生了坏疽。"

"他能康复可真是个奇迹。"我说道。

"他没有康复，"那家伙窃笑道，"他死了。我想这个可以作为不出庭的理由吧。"大家都笑了。

我怒不可遏地把自己的书写板朝他砸了过去，剥夺了他的公民权，将他放逐到阿非利加。"猎狮子去吧，"我喊道，"我希望它们也好好地把你给咬伤，再祝愿你也生坏疽。"尽管如此，半年以后我还是宽恕了他，让他复了职，从此他再也没有开过我的玩笑。

接下来就要说说人家在法庭上对我发的雷霆震怒了，这样才算公平。有位年轻的贵族被人指控对女性进行了变态行为。真正的原告其实是妓女行会，这是一个管理完善的非官方组织，非常有效地保护了其成员不受骗子和流氓的伤害。妓女们自己是无法对那名贵族提出指控的，于是她们便去向一个曾经被这人坑害过而且想报复他的人求助——妓女们什么都知道——只要他肯控告这名贵族，她们就愿意做证：妓女是可以出庭做证的。这个案子开庭之前，我捎了封信给我的朋友卡尔珀尼亚，她是个漂亮的年轻妓女，我还没跟梅萨丽娜结婚的时候，她就跟我住在一起，在我不幸落难的时候，她一直对我温柔体贴、忠心不贰。我请她去和那些打算做证的女人见面谈谈，私下里查清楚那名贵族是否确实如指控的那样伤害了她们，还是她们只是被提出指控的人给买通了。过了一两天，卡尔珀尼亚给我回了话，说那名贵族的行为确实非常残忍、可憎至极，向行会诉苦的都是些好姑娘，其中有一个还和她私交甚好。

我开始审理此案，听取证人们宣誓后提出的证词（驳回了辩方律师的反对，他说众人皆知妓女的誓言是压根不算数的），并且叫法庭记录员把这些证词全都写下来。有个女孩把被告对她说的污言秽语复述出来时,记录员问我:"恺撒,这些我也要写下来吗?"我答道:"为什么不写?"那名年轻的贵族愤怒极了,于是就像我对戏弄我的那个法庭官员所做的那样——他也将他的书写板朝我的脑袋砸了过来。但是我没有砸中目标,他却砸中了。书写板的锋利边缘在我脸上割出一道深深的口子,鲜血直流。可我却只是说:"大人,看到你还有那么一点羞耻心,我很高兴。"我判他有罪,又在议员名单里把他的名字画上了一道黑杠,今后他就没有资格成为公职的候选人了。不过,他和阿西阿提库斯是姻亲,几个月之后,阿西阿提库斯便请求我把那道黑杠给涂掉,因为他的小亲戚近来已经改过自新了。"为了让你满意,我会把黑杠涂掉,"我答道,"但人们还是会看见的。"后来阿西阿提库斯把我的这句话学给他的朋友们听,以证明我是个傻瓜。我猜他肯定不明白,名声——正如我母亲从前常说的——就跟陶碟一样。"裂开的碟子就像判过刑的人,名声就坏了。碟子可以用铆钉补好,变成'跟新的一样';名声也可以通过官方赦免得到修复。补好的碟子和修好的名声固然比烂碟子和坏名声强,但总比不得完好无损的碟子和清清白白的名声好。"

老师在自己学生的眼里一向是怪人,学生们慢慢就会注意到他有些固定的常用语,每次他只要一说,学生们就会咯咯直笑。世上谁没有几句常用语或是口头禅呢,不过除非他身居权势之位——比如像老师、军队里的上尉或是法官,否则没人会特别注意到这些。我就是这样的例子,在我当皇帝以前,没人注意过我的口头禅,可如今自然已经是无人不知无人不晓了。在法庭上,只要我一说"既无恶意,也无偏袒"(总结过案情以后转过头对我的法务文书说道),"我说得没错吧?"或是"我一旦打定主意,事情就算板上钉钉了",或者是引用那句老话:

> 他既做了恶人,
> 就必尝这恶果。这样才公正。

或者是说出我们家特有的誓言:"一万倍愤怒,一万条毒蛇!"——周围就会响起哄堂大笑,仿佛我无意中犯了最最好笑的语法错误或者是说了最最诙谐的至理名言。

我第一年审案子时，在法庭上肯定犯过好几百个愚蠢的错误，不过我照样把案子给解决了，而且有时候就连我都为自己的天分感到吃惊。我记得有一个案子，辩方有个证人是名女子，控方律师声称被告其实是她儿子，可她却否认自己和被告有任何关系。于是我对她说，我相信她的话，作为最高祭司，我命令他们立刻结婚。她想到可能要被迫犯下乱伦罪，这才害怕起来，承认自己做了伪证。她说之所以隐瞒自己和被告的关系，是希望人家觉得她是位公正的证人。这事让我声名鹊起，可是很快我就差点因为另一桩案子而名声扫地。那桩案子里，被告被控犯了叛国罪，可他实际上犯的是伪造罪。这犯人是卡里古拉手下一个自由民的自由民，他并不是情有可原才犯罪。他伪造了主人的遗嘱，随后主人就死了——他是否要对主人的死负责已经无证可循——结果他的女主人和孩子们变得一贫如洗。我越往下听他的事情，就越发对这家伙生气，决定要判他最重的刑。辩护律师也很差，没有否认指控，只是说了一通特勒格纽斯那种不相干的话。这时早已过了我的饭点，我已经坐在这里断案六小时没有休息了。一阵佳肴的气味飘进了我的鼻子，战神的祭司们在附近有个饭堂，香味就是从那里飘来的。他们比其他的祭司同人吃得都好，因为战神从来都不会缺了祭品。我简直要饿晕过去了，于是对和我坐在一起的高级治安官说道："请你替我接着审理这个案子吧，要是被告无法提供比现在更有力的证据，就对他处以最重的刑罚。"

"您是真的要判他最重的刑罚吗？"他问道。

"是的，没错，不管那是什么刑罚，对他不能留情。"

"谨遵您的命令，恺撒。"他答道。

于是他坐上了我的座位，我却去和祭司们一起用餐了。下午我回来时，发现那名被告的双手都被砍了下来挂在脖子上。这种对于伪证罪的惩罚是卡里古拉规定的，还没有来得及从刑法中删掉。大家都觉得我这么做很残忍，因为法官对庭上的人说这是我做出的判决，并非他自己的。可这也不能算是我的错。

我征得元老院的同意之后，把所有因为叛国罪被放逐的流亡者都召了回来,我的侄女小阿格里皮娜和莱斯比娅也在其中,她们当初被流放到了阿非利加海岸外的一座岛上。就我个人而言,肯定不会要她们继续留在那里,但是也不想邀请她们回到罗马。她们待我非常无礼,而且都跟她们的兄弟卡里古拉犯下了乱伦罪,是不是自愿的我就不知道了。而且,她们跟其他人通奸的事情也是众所周知的丑闻。是梅萨丽娜替她们向我求的情,现在我已经明白了,这么做让她感觉到自己很有权力,所以很是开心。从前小阿格里皮娜和莱斯比娅总是对她很傲慢,现在得知自己被召回罗马是因为她的宽宏大量,以后就只得在她面前低声下气了。不过那时我以为梅萨丽娜只是心地善良而已。于是我的侄女们回到了罗马,我发现尽管她们娇嫩的皮肤被阿非利加的烈日晒得黝黑,但流放并没有让她们萎靡不振。按照卡里古拉的命令,她们只得在岛上以潜水捞海绵为生,可小阿格里皮娜提到这段经历时却只说自己一点儿也没有虚度光阴。"我现在在游泳游得好极了。要是有人想杀我,最好别用水淹这一招。"如今她们的脸庞、脖子和胳膊都黑得跟女奴似的,很不成体统,可她们却决定厚起脸皮来,劝诱她们的一些贵族朋友把晒黑当时髦。胡桃汁成了最受欢迎的化妆水。不过,梅萨丽娜的密友们却都保持着白里透红的肤色,鄙夷地把晒黑的那一帮人叫作"海绵潜水员"。莱斯比娅对梅萨丽娜只是草草谢过,对我几乎是毫不感激。她不高兴是一定的。"你让我们多等了十天,原本不需要这样的,"她抱怨道,"而且派来接我们的船上到处都是老鼠。"小阿格里皮娜就比她明智多了,她彬彬有礼地向我和梅萨丽娜表达了谢意。

我批准希罗德担任巴珊、加利利和基利阿德的国王,并且把朱迪亚、撒玛利亚和以东也给了他,所以如今他的领土和他祖父的一样大了。我又把原先属于叙利亚的阿比林划给了他,这样北部的版图也圆满了。我和他开始正式结盟,在公开的市集上当着人山人海宣了誓定了约,还献了一头猪当作祭品,这种古老的仪式可是为了这个场合才又兴起来的。我还授予了他罗马执政官的荣誉头衔,他那一族还从没有人享有过这种荣誉。这就表明,在最近的危急关头,元老院曾向他求教,因为罗马本族人中已经找不出一个头脑清醒、毫无偏见的人了。根据希罗德的请求，我将卡尔基斯这个小国家给了他的弟弟希罗德·波利奥，卡尔基斯坐落在欧朗提斯河的东面，离安提俄克很近。他并没有替阿里斯托布鲁斯请求什么，所以阿里斯托布鲁斯一无所得。我也很乐意把首席行政官亚历山大和他的兄弟斐洛从亚历山大的监狱里释放出来。既然说到这事，我就顺便提一下，首席行政官的儿子娶了希罗德的女儿贝雷妮丝，他死了以后，贝雷妮丝便嫁给了自己的叔叔希罗德·波利奥。我批准佩特洛尼乌斯担任叙利亚的总督，并且以私人名义写信给他，祝贺他明智地处理了雕像一事。

我听取了希罗德的建议，将原本要用来装饰卡里古拉神庙内部的大理石板拿来沿着赛车场贴了一圈，确实精美得很。接下来我就要决定拿这神庙本身来干点什么了，即使卸下了贵重的装饰，这座建筑也依然很漂亮。我想到只有把它献给卡斯托尔和波吕克斯这对双子神才算公平。卡里古拉冒犯过他们，把他们的神庙变成了自己神庙的门廊，所以我把卡里古拉的神庙献给他们，当作他们神庙的附属建筑，也算是像像样样地道个歉。卡里古拉在他们雕像后面的墙上打开一个缺口，作为他自己神庙的正门，这样他俩就变成了像是给他看门一样。现在别无他法，只能给这里重新举行奉献礼。我定下一个吉日举行典礼，并且通过占卜征得了神灵的同意。占卜和奉献礼可不能混为一谈，尽管举行奉献礼是人类的意愿，但首先占卜得表明相关的神灵也心甘情愿才行。我选的日子是七月十五日，这一天罗马的骑士们头戴橄榄枝花环向双子神致敬，进行壮观的骑马游行：他们从战神庙出发，沿着城里的主要街道行进，绕回到双子神庙，在这里献上祭品。这个典礼是为了纪念三百多年前的这一天进行的里吉洛斯湖战役，当时罗马军队正在湖边拼死抵抗占了上风的拉丁军队，卡斯托尔和波吕克斯亲自骑着马赶来帮助了罗马军队。从那以后，骑士们就把他俩当成了特别的守护神。

卡皮托利尼山顶上临时支起了一顶小帐篷，我就要在这里占卜吉凶。我先召唤了神灵，然后经过计算标出天上适当的观察位置，也就是双子星座当时在天空中的位置。我才刚刚做完这些，就听到天上响起一阵微弱的嘎吱声，我要找的征兆出现了。一对天鹅从我刚刚标记的方向飞来,他们越飞越近,拍打翅膀的声音也越来越大。我知道他们肯定是卡斯托尔和波吕克斯伪装的,因为——你知道——他们和姐姐海伦是从同一只三黄蛋里孵出来的,朱庇特以天鹅的样子向丽达求爱之后,丽达就生下了那只三黄蛋。这两只鸟儿径直飞过它们的神庙上空,很快便消失在远方。

我要跳过一些事情来说说节日的盛况。首先是驱邪仪式。我们这些祭司和助手绕着神庙庄严地列队行进,边走边挥舞着在圣水罐里蘸湿的月桂树枝,将圣水洒在地上。这水可是我特意叫人从里吉洛斯湖里取来的,卡斯托尔和波吕克斯在那里还有一座神庙,我在祷文中也提到了这水的来源。我们烧了硫黄和香草来驱除邪魔,又叫人用笛子吹奏音乐,要是有人说了什么不吉利的话,就会被笛子的声音给盖住。经过驱邪仪式以后,在我们所走过的范围之内,所有的东西都是圣物了,也包括神庙本身和新的附属建筑。我们砌上了缺口,是我亲手摆上的第一块石头。接下来就是献祭了,我选的各种祭品都是这两位神灵最喜欢的——他俩每人一头牛、一只羊、一头猪,全都是毫无瑕疵的双胞胎。卡斯托尔和波吕克斯并不是主神,而是半神半人的混血儿,所以交替着住在天堂和地狱里。在向英灵献祭时,要让祭品的头低下去,但是向神灵献祭时,又要将祭品的头抬起来。在向双子神献祭时,我便遵循了一个废止多年的老传统,让第一个祭品低着头,下一个抬着头,就这么轮流下去。我很少见到祭品的内脏像这次这么吉利的。

元老院投票允许我这次穿上凯旋礼服,理由是一场小型战役最近在摩洛哥刚刚落下帷幕。自从卡里古拉害死了摩洛哥国王——我的表亲托勒密——之后,那里就一直不太平。远征摩洛哥并没有我的功劳,不过如今这已经成了一种惯例,哪怕总司令一步都不曾离开过罗马,战役结束时元老院也会投票将凯旋礼服献给他。我本来不打算接受这个荣誉,可是考虑到自己现在是作为总司令将神庙献给曾经替罗马军队打过仗的两位希腊小神,要是我的穿着明明白白地招认自己从来没有真正指挥过军队,岂不怪哉。但我只有在举行典礼的时候才戴着胜利花环,穿着凯旋的披风,其余的五天节日里,我穿的都是镶着紫边的寻常议员长袍。

我这次也重新为庞培剧院举行了奉献礼，节日的头三天就在这里举行戏剧演出。提贝里乌斯在位时，庞培剧院的舞台和观众席的一部分曾经毁于火灾，不过他进行了重建，然后将这里再度献给了庞培。可卡里古拉看到铭文上庞培的头衔里有"伟大"两个字就不乐意了，于是就把这个剧院献给了他自己。现在我将这里又还给庞培，不过我在舞台上树了一块碑记，称颂提贝里乌斯在火灾后进行的重建，也表彰我自己将这里重新献给了庞培。我从没允许自己的名字出现在别的公共建筑物上。

奥古斯都在位末期，罗马兴起了一种一点儿也没有罗马风格的做法——贵族的男男女女们都上台去显摆自己那装腔作势、大吵大闹的演戏天分。奥古斯都原本坚决不许他们这样，可我不明白为什么他后来没有更加严厉地阻止这种行为。我猜是因为法律并没有禁止人们这么做，而且奥古斯都对希腊人的创新很是宽容。他的继位者提贝里乌斯并不喜欢看戏，谁演的他都不喜欢，他说这太浪费时间了，而且会诱导人们去干坏事、干蠢事。但卡里古拉不仅把提贝里乌斯驱逐出城的职业演员都召了回来，还大力鼓励贵族的业余演员们表演戏剧，他自己甚至常常亲自登台。在我看来，这项创新之举主要的不当之处就在于贵族业余演员们完全无法胜任演出。罗马人天生就不是演戏的料。希腊的贵族男女都在剧院演出里扮演角色，仿佛这是理所当然的事，而且他们演得很好，总是能为自己增光。可我瞧见的罗马业余演员都演得一无是处。罗马只诞生过一位伟大的演员——罗西乌斯，可他那超凡脱俗的精湛演技是用超乎寻常的努力换来的。他在台上的一举一动都曾在台下反复地仔细演练，直到这动作毫不夸张做作。再也没有其他罗马人有这份耐心把自己打造成希腊人。所以，这一次我特别叫人送信给卡里古拉统治时期曾经登台表演过的所有贵族男女，命令他们演出我选中的两部戏剧和一部幕间剧，要是他们不演，就会惹得我不高兴。但是，我不许他们找职业演员来给他们帮忙。与此同时，我叫来了哈珀克拉斯——我的娱乐文书，对他说我希望他尽量把罗马最优秀的职业演员都给召集到一起，看看能不能在节日的第二天向大家展示一下真正的表演应该是个什么样子。他们演的是同样的节目，不过这事我保密了。我这次小小的示范课非常成功。第一天的演出简直惨不忍睹。演员们动作生硬,上场和下场都别别扭扭,台词说得口齿不清、丢三落四,悲剧不严肃,喜剧不好笑,观众们很快就不耐烦起来,有咳嗽的,有跺脚的,还有说话的。第二天,专业的演员们演得棒极了。打这以后,贵族男女们再也不敢公开登台了。

第三天的主要节目是出征剑舞,这是小亚细亚希腊城邦的一种地方舞蹈,由这些城邦里要人的儿子们表演。这些孩子是卡里古拉派人请到罗马的,他借口说想看他们跳舞,其实是想把他们扣作人质,这样等他去访问小亚细亚并且像他平日里那样勒索钱财时,这些要人就只得乖乖听话了。当时卡里古拉听闻孩子们到了宫里,便前去察看,正要叫他们排演那一首为了向他致敬而学的歌曲,卡西乌斯·卡瑞亚来问他要口令,这就是刺杀他的暗号了。如今孩子们知道自己逃脱了怎样的命运,跳起舞来更开心更熟练了,跳完以后又为我唱了一首歌以表达感激之情。我奖赏给他们罗马公民的身份,几天后便放他们回家了,临走时还给他们带上了很多礼物。

第四天和第五天的演出在赛车场和竞技场举行。赛车场里如今有了镀金的终点线和贴上大理石的屏障,看起来非常漂亮。我们举行了十二场战车比赛,还举行了一场骆驼赛跑,这可是件有趣的新鲜事。竞技场里杀死了三百头熊和三百头狮子,并且上演了一场盛大的剑术格斗。熊和狮子都是卡里古拉被杀之前从阿非利加订购的,现在刚刚运到。我对人们实话实说道:"看过了这一场大型的野兽表演,你们就有好一阵子看不着了。我要等到价格降下来才会再去买野兽。阿非利加商人们把价格哄抬得太离谱了。要是他们不把价格降回去的话,就请带着货物去别处找主顾吧——不过我想这恐怕挺难的。"我这番话引得人们打起了小算盘,大家都感激地向我欢呼起来。节日就这么结束了。随后我在皇宫里举行了盛大的宴会招待贵族与他们的家眷以及一些民众代表。参加宴会的有两千多人。席上并没有什么奇珍异味,但却是花了心思准备的,有好酒,有好肉,我没听见有谁抱怨说少了雀舌馅饼、肉冻里没有小羚羊肉或是没吃到煎鸵鸟蛋。

八

不久后,我决定把剑术格斗和猎捕野兽的规矩也改一改。首先是关于猎捕野兽的。我听说在塞萨利有一种两全其美的运动项目,看起来很刺激,花钱也不多。于是我就把这种运动引介到罗马,用以取代平日的猎豹和猎狮运动。这种运动耍弄的是半大的野牛。塞萨利人为了激怒野牛,常常在它刚从围栏里放出来的时候将小标枪刺进它的皮肉里——不至于让它受伤,但足够让它发怒。等它冲过来的时候,他们就从它面前敏捷地跳开。他们基本上不带武器,有时候会拿一块有色的布挡在身前来蒙蔽野牛,它向这块布冲过来时,他们就在最后关头把布挪开,可是自己的位置却并不改变,野牛会一直进攻这块移动的布。或者,在野牛进攻时,他们会一跃而起,要么一下子跳到野牛的身后去,要么踩上它的臀部过一会儿再下来。野牛渐渐就筋疲力尽了,他们便会使出更大胆的招数来。有个人居然能背对野牛站着,将头低到裆下,野牛冲过来时,他在空中翻一个后空翻,然后就站到野牛的背上去了,也常常有人站在牛背上绕着场地溜达。要是野牛过了很久都不累,他们就会像骑马一样骑在它背上,左手抓住一只牛角,右手去拧它的尾巴,让它在竞技场里满场飞奔。等到野牛喘得足够厉害了,主要的表演者就会来制服它，抓住它的双角，慢慢地让它低下头；有时候他也会用牙齿咬住野牛的耳朵来帮助自己达到目的。这项运动看起来非常有意思，要是有人对野牛太过放肆，就常常会被它捉住甚至弄死。这种运动也很便宜，因为塞萨利是乡下地方，那儿的票价很是公道，而且活着的野牛下一次还可以继续演出。聪明的野牛能学会如何不被人戏弄和控制，很快就成了大众的最爱。有一头名叫拉斯提的野牛几乎跟战马茵茨塔图斯一样出名，它在十次节日期间杀死了十个折磨它的人。斗牛渐渐成为人们除了剑术格斗以外最爱看的运动。

至于剑斗士，我决定主要从奴隶中招募，而且是那些在卡里古拉和提贝里乌斯统治时期曾经在叛国案的审讯中做出对主人不利的证言、从而害死主人的奴隶。我最深恶痛绝的两种罪行便是弑亲与背叛。对于犯下弑亲罪的人，我恢复了古代的刑罚：罪犯被鞭打至皮开肉绽，而后跟一只公鸡、一条狗和一条毒蛇——分别代表贪欲、无耻和忘恩负义——缝在同一个袋子中扔进海里。我把奴隶对主人的背叛也看作弑亲罪的一种，所以总是让他们一直打到其中一个格斗者死亡或是重伤；而且我从来不批准给任何人减刑，下一次比赛的时候就让他继续打，打到他被杀或者完全残废为止。有一两回，其中一名格斗士只挨了轻轻一剑，就假装受了重伤，倒在沙地上直打滚，仿佛没法再继续打了。要是我发现有人是假装受伤，就会下令叫人割开他的喉咙。

我相信民众喜欢我给他们看的娱乐节目更甚于卡里古拉的，因为如今节目可稀罕多了。卡里古拉爱极了赛车和猎捕野兽，几乎每隔一天就要找个借口过节。这大大地浪费了公众的时间，他还没看腻，观众们就早已经看腻了。我从日历上去掉了卡里古拉新设立的一百五十个节日，此外还决定对重复过节的政策进行一些调整。按照惯例，如果有人在节日的典礼上犯了错，哪怕节日经到了最后一天，哪怕只是个很小的错误，整个典礼就要从头来过。卡里古拉在位时，重复过节已经变成了一种闹剧。他强迫贵族们自己掏钱举行庆典比赛向他致敬，他们也知道绝不可能一次就了事，典礼结束时，他肯定能挑出一些毛病来，然后逼着他们再来第二次、第三次、第四次、第五次，甚至多达十次。所以他们就学乖了，索性在最后一天故意犯一个明显的错误，好让他满意，这样他还会大发慈悲，允许他们只重复演出一次就够了。我颁布法令说，要是有什么节日必须重新来过，那也最多只能重过一天，要是这期间犯了错误，节日就算过完了。结果人们什么错误都没有犯，因为大家看出来我并不鼓励犯错。我还下令说，不许举行官方的庆典为我祝寿，也不许为了祈求我长命百岁而举行剑术格斗表演。我说这样是不对的，不能为了讨得死神对一个活人的好感就牺牲掉别人的性命，即使是剑斗士的性命也不行。

不过，人们也没法指责我舍不得让城里的民众享乐，我常常会在某天早上突然宣布，当天下午在战神广场的围场里举行比赛。我解释说，举行比赛并没有什么特别的原因，只是因为这一天是个适合比赛的好日子，而且我也没有特别做什么准备，所以比赛就跟家常便饭一样。我称之为奖赏比赛或是家常比赛，仅仅持续一个下午而已。

我刚才提起过我有多么痛恨背叛主人的奴隶，但是我也意识到，如果主人对奴隶并不是像父母般真心关爱，也就不能指望奴隶对主人尽心孝顺，毕竟奴隶也是人，所以我立法保护奴隶，比如像下面这件事。希罗德曾经从一个富有的自由民手里借了钱来还给我和我母亲，如今这自由民扩大了他那间奴隶医院的规模。他的医院坐落在台伯河的医神岛上，他为自己做广告说，不管病得多重的奴隶，他都愿意买下来，把他们的病治好，而且还承诺，原主人把奴隶买回去的时候可以享有最优先的购买权，并且价格不会超过购买价的三倍。他的医治方法虽然说不上没有人性，但也是非常严酷的，对待生病的奴隶就像对待牲口一样。不过他的生意却做得很大，也很赚钱，因为多数主人都嫌麻烦不愿意让生病的奴隶继续留在家里，一则会影响其他奴隶不能专心做自己的日常工作，二则如果生病的奴隶很痛苦的话，就会整夜整夜地呻吟，吵得大家都睡不着。所以主人一旦确定奴隶的病会拖很久都不好，就会想要赶紧把他们卖掉，这么做自然是遵循了监察官加图的基本经济规则。可是我对这种做法下了禁令。我颁布法令说，生病的奴隶要是被卖给了开医院的人，那么他康复以后就可以获得自由，不必再回去为主人效力，并且主人还要将卖奴隶的钱退还给开医院的人。从今往后,如果奴隶生了病,主人要么在家里为他治病,要么就花钱送他去医院治病。如果是后一种情况,奴隶病愈后也会获得自由,就像被卖给医院的奴隶一样,而且同样要付一笔谢恩的款子给医院,相当于他今后三年收入的一半。要是有主人既不在家里给奴隶治病,也不送他去医院,而是杀了他,那么就是犯了谋杀罪。随后我亲自到岛上视察了医院,指导管理者对于住宿、饮食和卫生方面的明显不足进行改善。

我说过从日历上去掉了卡里古拉设立的一百五十个节日,但是我得承认自己确实又创造了三个新的节日,每个为期三天。其中两个是为了纪念我的父母,我把这两个节日定在他们的生日时,把刚好也在这几天的两个次要节日往后推到了没有节日的时候。我命令人们唱挽歌纪念我的父母,还自己掏钱举行葬礼宴会。为了嘉奖我父亲在日耳曼取得的胜利,阿皮安大道上已经立起了一座凯旋门,我还给他封了世袭的头衔日耳曼尼库斯,这是我最引以为豪的姓氏;可我觉得还是应该用节日这种方式来让人们时时想起他。至于我的母亲,卡里古拉曾经授予她很多重要的荣誉称号,"奥古斯塔"就是其中之一,可是后来他和我母亲起了争执,强迫她自杀,然后又卑鄙地除去了她所有的封号。他写信给元老院,指控我母亲对他犯了叛国罪,而且对其他神灵大不敬,一辈子都恶毒贪婪,在自己家里招待算命的和占星家,这是对法律的公然违抗。在我可以正正当当地把"奥古斯塔"的封号还给我母亲之前,我得先对元老院申辩她并没有犯下卡里古拉指控的那些罪名:她虽自有主见,却也虔诚敬神;她对己节俭,对人却慷慨;她一生从未对谁怀有恶意,也从未叫人算过命、占过星。我还带来了必要的证人,其中有一位名叫布里塞伊斯,是我母亲的内房女仆,她一直是我的奴隶,直到老年才获得自由。为了兑现我一两年前对布里塞伊斯许下的承诺,我对元老院是这么介绍她的:"大人们,这位老太太曾经是我的忠实奴仆,一生都为克劳狄家族效力,勤勤恳恳,忠心不贰。最一开始,她是我祖母莉薇娅的女仆,后来又是我母亲的女仆,以前常常替我母亲梳头。最近我给了她自由。有些人——甚至包括我自己家里的一些成员——以为她其实是我母亲的奴隶,但是我要借这个机会说明,任何这种想法都是恶意的谎言!她生来就是我父亲的奴隶,那时他还是个孩子;他去世以后,她便成了我哥哥的奴隶;后来她又成了我的奴隶。她再也没有其他的主人或是女主人。所以你们可以完全相信她的证词。"我这番热情的发言让元老院大吃一惊,但他们还是欢呼起来,希望能让我高兴;我也确实很高兴,因为对布里塞伊斯老太太而言,这是她一生中最荣耀的时刻,人们仿佛既是为我鼓掌,也是为她鼓掌。她哭了起来,东拉西扯地为我母亲的人品说好话,几乎叫人听不清楚。几天以后,她在皇宫一间富丽堂皇的屋子里与世长辞,我厚葬了她。

我把母亲那些被偷走的头衔全都归还给了她,大竞技场里举行比赛时,她的马车也在圣车的行列之中,就像我那可怜的嫂子阿格里皮娜的马车一样。我创造的第三个节日是为了纪念我的外祖父马克·安东尼。他曾经是罗马最杰出的将军之一,在东方打了很多了不起的胜仗。他犯下的唯一错误就是跟奥古斯都合作多年后却与他失和,而后在亚克兴打仗输了给他。我认为没有必要继续牺牲我外祖父的名声来庆祝我舅公奥古斯都的胜利。我并不是要给外祖父封神,他有很多弱点,所以没有资格去奥林匹斯山,但是这个节日赞颂的是他身为士兵的本事,而且也让那些在亚克兴不幸错投了失败一方的罗马士兵后裔很是满意。

我也没有忘记我哥哥日耳曼尼库斯,但我并没有设立节日来向他致敬,不知为什么,我总觉得他的英灵不会同意这么做。他身份高贵,又很有本领,在我认识的像他一样的人当中,他是最最谦逊、最不爱出风头的。不过我还是做了一件事,我觉得这肯定能让他高兴。在希腊人聚居的那不勒斯有个节日,每五年举办一次竞赛评选最优秀的希腊喜剧,我给日耳曼尼库斯写的一部喜剧报名参了赛,这是他死后我在他的文件里发现的。这部喜剧名叫《使节》,写得非常幽默风趣,很有阿里斯托芬的风格。剧情是这样的,有一对希腊兄弟,其中一个是一名司令官,指挥自己城市的军队与波斯人作战,另一个则是为波斯人打仗的雇佣兵,他俩碰巧同时作为使节来到了一个中立王国的皇宫里,都请求国王跟自己的军队合作。我看出这就是一本诙谐的回忆录,说的是从前切鲁西部落的两位首领互相指责的事情。这兄弟俩一个叫弗拉维乌斯,另一个叫赫尔曼,在奥古斯都死后爆发的日耳曼战争中分别为敌对双方打仗。这出戏的喜剧结局就在于,那个傻瓜国王被这俩兄弟给说服了,他派步兵去帮助波斯人,派骑兵去帮助希腊人。这部喜剧获了奖,是全体评审一致投票通过的。有人提出这其中恐怕有徇私的成分,不仅仅是因为日耳曼尼库斯在世时极受拥戴——凡是与他接触的人没有不喜欢他的,更是因为大家都知道提交这部参赛作品的人是我——皇帝。不过毫无疑问的是,这部作品比角逐奖项的其他所有作品都好得多,那些作品简直无法与其相提并论,演出时也赢得了很多掌声。我回想起当年日耳曼尼库斯到访雅典、亚历山大以及其他著名的希腊城市时都穿上了希腊式的服装,于是我在那不勒斯的节日上也是这么做的。观看音乐和戏剧演出时,我穿的是斗篷和高筒靴;观看体育比赛时则披上了紫色披风,戴上了金冠。日耳曼尼库斯获得的奖品是一只铜鼎,评审本想投票授予他一只金鼎以示殊荣,但是我拒绝了,理由是太奢侈,作为奖品的鼎通常都是用青铜铸造的。我以他的名义将这个铜鼎献给了当地的阿波罗神庙。

现在我还没做的就只剩下实践我对祖母莉薇娅许下的诺言了。我曾用名誉向她担保,一定会利用自己所能支配的一切影响力请元老院同意给她封神。我仍然认为,她冷酷无情、不择手段地将罗马帝国控制在股掌之中并统治六十五年之久;但是,正如我在前面说过的,我对她的组织能力却一天比一天更加钦佩。元老院里只有维尼西亚努斯——维尼奇乌斯的表亲——一个人反对我的请求,就像二十七年前的盖路斯一样,当时提贝里乌斯提议给奥古斯都封神,只有他一个人不同意。维尼西亚努斯站起来问我到底是根据哪一点提出这个史无前例的请求,上天有何征兆表明众神会欢迎莉薇娅·奥古斯塔永远与他们相伴。我立刻就想到要如何回答了。我对他说,我祖母在去世前不久,无疑是受到了神灵的启示,先后分别来找过我的侄子卡里古拉和我自己,悄悄地对他和我说,有朝一日我们会成为皇帝。她对我们保证这事一定会发生,然后要我们发誓即位以后会用尽一切权力给她封神,她还要我们向人们指出,内战之后的改革是她和奥古斯都共同进行的,在这项伟大的任务中,她所起到的作用和奥古斯都同样重要,所以,奥古斯都能在天国的大厦里永享极乐,可她却要下到地狱的阴暗厅堂里去接受爱考士的审判,而且从此永远迷失在数不清的鬼魂当中,变得和他们一样无关紧要、无从申辩,这是极不公平的。我告诉元老院,卡里古拉许下承诺时只是个孩子,他的两位兄长当时也还健在,可是莉薇娅并没有叫他们许下这样的诺言,显然她知道将来能当皇帝的是他而不是他们。总而言之,卡里古拉虽然做了承诺,当了皇帝以后却没有遵守,如果维尼西亚努斯想知道众神对这件事的感受有何明白无误的征兆,他大可以到卡里古拉死时那血淋淋的细节里面去找。

接下来,我转过头对着元老院全体说道:"大人们,我没法决定你们是否会投票同意我的祖母莉薇娅·奥古斯塔值得被国家封为神灵。我只能重申,我曾用自己的性命向她起誓,如果我当了皇帝——我承认当时看来这既不可能也不合理,可她却十分肯定这事一定会实现——我就会尽力劝说你们让她升上天国,这样她就能再次与她那忠诚的丈夫比肩而立了。她丈夫现在可是跟卡皮托利尼山上的朱庇特站在一起,这是咱们的众神中最最尊贵的。如果你们今天拒绝了我的请求,那么每年的这个季节,只要我还活着,只要我还有权坐在这个位子上向你们说话,我都会重提此事,直到你们同意为止。"

我原先准备好的简短发言就到这里为止,不过我却发现自己开始了即兴发挥,继续向他们呼吁:"大人们,我真的认为你们应该考虑一下奥古斯都对这事的感受。他和莉薇娅一起携手合作了五十多载,从早到晚,天天如此。他几乎什么事都告诉她,还问她的建议,要是他曾经自己做过主,恐怕就不可能总是这么英明了,事业也不可能取得这么辉煌的成功。没错,每一次他遇到了自己的判断力所不能解决的难题时,就会把莉薇娅请来。我并不是想说自己的祖母天生就有这些非凡的品质,却丝毫没有坏的那一面,我也许比在座的任何人都更清楚她的缺点。首先,她根本就是个无情无义的人。如果再加上挥霍无度、贪心不足、懒惰散漫和行为乖张,那无情无义就是个不可原谅的严重人性弱点;可如果是和使不完的精力、严格的条理性和公德心联系在一起,无情无义就有了一种完全不同的特点。它变成了一种神性。很多神灵在这一点上几乎都没有我的祖母这么彻底。再有，她那不屈不挠的意志也确实和神一样。她自己家里要是有人没能如她期望的那样恪尽职守，或是生活放荡引起了民愤，不管是谁她都不会饶过，可是我们不要忘了，她也从来不曾对自己宽容。她工作多么勤奋啊！她没日没夜地工作，统治六十五年相当于一百三十年。她很快便将罗马的意愿当成了自己的意愿，在她眼里，做不到这一点的人就是叛徒，连奥古斯都也不例外。奥古斯都虽然偶尔会不自觉地有点任性，却也觉得她这样做不无道理。按照官方的说法，她只是奥古斯都的非官方顾问，可是在奥古斯都写给她的私人信件中曾多次承认，自己完全仰仗于她那神一般的智谋。没错，他说了'神'这个字，维尼西亚努斯，我觉得这就是结论了。你这个年纪的人应该会记得，当年奥古斯都只要一时没和她在一起，就和有她在身边的时候判若两人；如今他在天堂里负责守护罗马人民的命运，可是没了他从前的伙伴，这个任务对他来说恐怕会非常吃力。自从他死后，罗马确实不如他在世的时候那般兴旺发达，除了我祖母莉薇娅通过她儿子——提贝里乌斯皇帝——进行统治的那些年。还有，大人们，你们有没有想过奥古斯都几乎是天堂里唯一一位没有配偶的男神？当年赫拉克勒斯刚上天堂就娶了女神赫柏为妻。"

"那阿波罗呢？"维尼西亚努斯插嘴道，"我从来没听说阿波罗也娶了妻。你这个理由很站不住脚。"

执政官叫维尼西亚努斯规矩些，显然"站不住脚"这个词是在有意冒犯我。不过我对各种侮辱早已司空见惯，于是平静地答道："我一直认为，太阳神阿波罗之所以还是个单身汉，要么是因为他没法从九位缪斯女神中选出一位来，要么就是因为他得罪不起没有被选中的那八位女神。而且，他永远都会这么年轻，缪斯女神们也是如此，他就是一直不选也没什么要紧；反正她们都很爱他，那个某某诗人就是这么说的。不过，也许奥古斯都最后能请奥林匹斯山上的众神说服他尽到本分，体体面面地娶九位缪斯女神中的一位为妻，并且开枝散叶——快得如同雨后春笋一般。"

随后的一阵哄堂大笑让维尼西亚努斯再也没有说话，因为"快得如同雨后春笋一般"是奥古斯都最爱用的词句之一,除此之外他还爱说其他几句:"易如反掌"和"要把猫儿杀,有的是办法",还有"你管你的事,我干我的事"、"我保证这事到了猴年马月一定会办成"(这自然是表示永远办不成了)、"膝盖总比小腿近"(意思是人最关心的事情总是那些会影响到自己的)。要是有谁企图就学识方面的观点反驳他,他常常会说:"萝卜也许不懂希腊语,但是我懂。"他在鼓励人家耐心忍受逆境时总是说:"咱们这次就当一回加图算了。"我跟你们说过加图的事,他就是个圣人,所以你们很容易就能明白奥古斯都的意思了。我现在发现自己常常会说出奥古斯都爱用的这些词句:我猜这是因为我已经同意了接受他的名字和职位。其中最好用的一句是他演讲忘词时说的,我也总是遇到这种事,因为我在即兴演讲和写作史书时一不留神就爱用显摆的长句子——你看现在我又在犯这个毛病了。我要说的是,每当奥古斯都舌头打结时,常常会像亚历山大快刀斩乱麻一样地说:"大人们,我无话可说了。不管我说什么,都不足以表达我对此事的深深感触。"我默默地记熟了这句话,总是用它来救场。我经常举起双手,闭上眼睛,大声说道:"大人们,我无话可说了。不管我说什么,都不足以表达我对此事的深深感触。"然后我会沉默片刻,将辩论的思路再找回来。

  我们没有再耽搁,立刻就给莉薇娅封了神,又投票献给她一座雕像,放在奥古斯都神庙里他的雕像旁边。在封神典礼上,出身贵族的见习军官们表演了骑兵战斗演习,我们把这叫作特洛伊比赛。我们还投票献给她一辆战车,在大竞技场里举行比赛期间,大象就拉着她的车行进在队列里,除了她之外,只有奥古斯都能享受这种殊荣。护火贞女们接到命令,要在神庙里向她献祭;另外,就像罗马所有的男子在法庭上都要凭着奥古斯都的名义起誓一样,从今往后罗马所有的女子都要凭着我祖母的名义起誓。好吧,我总算是兑现了自己的承诺。

  现在的罗马一切太平。钱财充足,源源不断,所以我废除了更多的税种。我的文书们把各自的部门管理得让我很是满意;梅萨丽娜则忙着审查罗马公民的名单。她发现有很多自由民都把自己说成是罗马公民,从而要求得到他们没有资格享有的特权。我们决定重重地严惩所有的冒充者,没收他们的财产,将他们重新贬作奴隶,在城里捡垃圾或是修马路。我对梅萨丽娜是完全信任的,所以给了她一个跟我的印章一模一样的复制品,当她代表我处理这类事务时,我允许她在所有的信件和决议上都盖上我的章。为了让罗马更加太平,我解散了所有的俱乐部。近来,年轻的小混混效仿卡里古拉的"侦察队"组成了很多团伙,警卫们已经对付不了他们了,他们总是在夜里干些见不得人的事,吵得本分的市民们夜不能寐。其实,这样的俱乐部已经在罗马存在了一百多年,是从希腊传过来的。在雅典、科林斯和其他的希腊城市,俱乐部的会员都是些年轻人,罗马也是如此,可是卡里古拉上台以后首开先河,允许演员、职业剑斗士、马车手、音乐家等诸如此类的人都加入了俱乐部。结果这些家伙越来越吵闹,越来越无耻,也越来越祸害——他们有时甚至会放火烧房子——还经常伤害刚好在深夜出来的无辜民众,这些人也许是出来找医生或是产婆的,也许是出来办什么类似的急事。我颁布命令解散俱乐部,不过我也知道仅仅这一条命令是不足以了结这些祸害的,所以便采取了唯一可能有效的措施:禁止任何房屋被人用来当作俱乐部,违者罚至破产;并且立法规定,熟肉和其他现成的食品只能在店里烹制和出售,但是不许在店里食用。我对卖酒的也是这么规定。日落以后,酒吧间或是小酒馆里就不许饮酒了。因为年轻人主要是在俱乐部里聚会吃喝到了兴头上,才会跑到外面的冷风里唱下流的歌、骚扰路人、挑得警卫跟他们扭打追逐。要是他们都必须在家里吃饭,这种事情可能就不会发生了。

我的禁令奏效了,广大民众对此很是满意;无论我什么时候出去,总是会受到热烈的欢迎。市民们从来不曾如此诚恳地欢迎过提贝里乌斯,也只在卡里古拉刚刚登基的那几个月这样欢迎过他,那时他还是既慷慨又友善的。不过,要不是有一天城里有传言说我在去欧斯提亚的路上被一帮议员和他们的奴隶伏击并杀害了,我还不会意识到自己有多么受人爱戴,也不会知道自己长命百岁对于罗马有多么重要。全城都陷入了最悲伤的哀悼,人们拧着双手、擦着眼睛,坐在自家门口唉声叹气;也有些愤怒更甚于悲伤的人跑到市集上,大喊着禁卫军是叛徒、议员们是一帮弑长犯上的逆贼;还有人大声地威胁说要报仇,甚至说要烧了元老院。其实这流言毫无根据,除了我那天下午确实是到欧斯提亚码头去视察卸粮食的设施。(我接到报告说,天气恶劣的时候,大量粮食都在从船上卸到岸上的过程中浪费掉了,所以我来看看如何能避免发生这种情况。很少有哪座大城市像罗马这么不走运,有个像欧斯提亚这么差劲的港口:大风从西边刮来时,河口里就会掀起大浪,运送粮食的船只只能抛锚停船,一停就是好几个星期没法卸货。)我怀疑这个谣言是银行家们散布的,虽然我并没有证据;这个花招可以让民众对现金的需求突增猛涨。人们都说,要是我死了,那国内立刻就会出乱子,争夺皇位的各派人马会在街头巷尾展开血战。银行家们深知民众害怕这样,而且预料到那些有产业的人并不想卷入这种骚乱,所以一听到我死去的消息,自然会匆忙离开罗马,因而便会拥向银行,以比实际价值低得多的价格卖掉土地和房产来换取现金。实际上情况正是如此。可是希罗德又一次挽救了局势。他去见梅萨丽娜,坚持要她以我的名义立刻颁布命令关闭银行,开业时间另候通知。梅萨丽娜照他的话做了。但是民众的恐慌并没有就此打住,后来我在欧斯提亚收到消息,知道了城里发生的事情,便派四五个下属——都是国民们会信得过的老实人——全速赶回市集,到演讲台上去做证说这件事从头到尾都是无中生有,是一些为着自己的不正当目的与元老院为敌者散布的谣言,这才把民众安抚了下去。

我发现欧斯提亚码头用来卸下粮食的设备非常不合格。其实粮食供应这个问题本身也很严重。卡里古拉不仅掏空了国库,还掏空了粮库。我只得劝说粮食商人们冒着自己船只受损的危险把货物运来——哪怕天气糟糕也得运来,这才度过了这一季。对于他们在船只、人员和粮食方面蒙受的损失,我当然是付出了重金补偿。为了彻底解决这个问题,我决心把欧斯提亚改造成一个即使在最坏的天气也安全无虞的港口,因而派人去请了工程师来这里进行勘察并拟订方案。

我的头一个真正的外患出在埃及。卡里古拉曾经默许亚历山大的希腊人,如果当地犹太人不肯崇拜他这个神人,那么他们就可以按照自己认为适合的方式严惩犹太人。尽管希腊人不得携带武器上街——只有罗马公民才有这个特权——但他们还是做出了无数伤害人身安全的事情。

有很多犹太人都是税款包收人，希腊人当中的穷人和败家子很不喜欢他们，因此犹太人常常受到侮辱与伤害。犹太人比希腊人的数量少，不足以奋起反抗，更何况他们的头领还都在监狱里。但是他们叫人带信给巴勒斯坦、叙利亚甚至是帕提亚的亲戚，把自己的苦境告诉他们，请求他们帮忙秘密送来打仗所需的人马、钱财和军火。亚历山大的犹太人唯一的希望就是举行武装起义。他们得到了大量援助，并且计划在卡里古拉到达埃及这一天举行犹太叛乱，这个时候希腊民众会穿上节日盛装拥到码头去欢迎他，全体罗马驻军也都会到那里去担任仪仗队，城里便处于不设防的状态了。卡里古拉的死讯让这起叛乱未到时机便提前爆发，因而人们并不积极，也没有达到预期的效果。这事惊动了埃及总督，他寄了封急信给我要求派遣援军，因为亚历山大本身的驻军很少。就在第二天，他收到了我两个星期以前写给他的信，我在信中宣布自己已经即位当了皇帝，命令他释放首席行政官和其他的犹太长老，暂缓执行卡里古拉的宗教法令和他处罚犹太人的命令，直到我通知他完全废除这些命令为止。犹太人一片欢腾，就连那些还从没有参与过叛乱的人现在也觉得我皇恩浩荡，所以可以报复希腊人且免受惩罚了，他们杀了很多固执的反犹分子。与此同时，我复信给埃及总督，命他平息骚乱，如果必要的话可以动用武力；不过我还说，如今他肯定已经收到了我的上一封信，鉴于上一封信的内容以及我希望借此可以达到的安抚效果，我认为现在没有必要派遣援军。我告诉他，犹太人很可能是盛怒之下才会做出此举，我希望他们作为有理性的人，既然知道自己所受的冤屈已经逐步得雪，就不要再继续敌意的行为了。

这封信起了效果，骚乱平息了；又过了几天，我在与元老院商议之后，明确取消了卡里古拉的法令，将奥古斯都统治时期犹太人所拥有的特权又还给了他们。不过，有很多年轻的犹太人仍然觉得并不公平并为此感到伤心，于是他们在亚历山大的街道上游行，打着这样的旗帜："迫害我们的人如今必须失去公民权"，这很荒唐；还有这样的旗帜："罗马帝国的所有犹太人均享有平等权利"，这可就没那么荒唐了。我便颁布了一项法令，内容如下：

提贝里乌斯·克劳狄乌斯·恺撒·奥古斯都·日尔曼尼库斯，最高祭司、护民官、二度当选的民选领事，现颁布如下法令：

　　我愿遵从阿格里帕国王和他兄弟希罗德国王的恳求——我对他们二位非常敬重，准许罗马帝国境内的所有犹太人都享有我授予——或者说是归还——亚历山大犹太人的所有权利与特权。我对其他这些犹太人如此厚待，并不仅仅是为了满足前述两位国王的愿望，而是因为我认为他们应该享有这些权利和特权；一直以来，他们都是罗马人民的忠实朋友。不过，我还认为，不应该剥夺奥古斯都皇帝（如今的奥古斯都神）授予所有希腊城市的任何权利与特权，就像我的前任剥夺了亚历山大犹太人的权利与特权那样，并不是只有这样才叫公平。对犹太人公平的，对希腊人也公平；反之亦然。因此我决定，准许我国疆域里所有的犹太人都葆有祖先的传统——只要这传统不会与帝国事务的执行互相冲突——且任何人都不得阻止。同时，我也告诫他们，不要利用我在此给予他们的优待去侮辱其他民族的宗教信仰或行为：安分守己就好。应意大利及海外各个王国、城市、居住区和自治区长官——既包括罗马官员也包括结盟君主——的要求，我很荣幸这一决议将即刻被雕刻在石碑上，并在醒目的公共场所公示整整一个月，供公众阅读，公示时的高度务求使人们站在地上时可以明明白白、清清楚楚地看到每一个字。

　　有天晚上，我私下里和希罗德聊天时说道："事实上，希腊人的头脑和犹太人的头脑压根就属于不同的思考方式，注定会有矛盾。犹太人太过严肃和骄傲，希腊人则太过虚荣和开朗；犹太人太过守旧，希腊人则太不安分，总是在寻找新鲜的东西；犹太人自给自足，希腊人却乐于助人。也许我可以说我们罗马人了解希腊人——我们知道他们的局限和潜力，因而把他们变成了很有用处的仆人，可我却永远不能说我们了解犹太人。我们用占优势的武力征服了他们，可是却从来没有感觉自己是他们的主人。我们赏识他们还保持着本民族的古老美德，这些美德远比我们的美德历史悠久得多,可我们却已经失去了自己的古老美德;结果我们在他们面前就会觉得很惭愧。"

希罗德问道:"你听过丢卡利翁大洪水的犹太版本吗?犹太人的丢卡利翁名叫诺亚,他有三个儿子,都已成家。洪水退去以后,他们重新住到了地面上。他的长子名叫闪,次子名叫含,幼子名叫雅弗。有一回诺亚偶然喝醉酒,把自己的衣服都给脱了,含笑话自己的父亲,便受到了惩罚,从此命中注定要为行为体面的另外两兄弟效力。含是所有阿非利加民族的祖先,雅弗是希腊人和意大利人的祖先,闪则是犹太人、叙利亚人、腓尼基人、阿拉伯人、以东人、迦勒底人、亚述人等民族的祖先。古时有预言说,如果闪和雅弗住在同一个屋檐下,就会吵得没完没了,在火炉旁吵,在餐桌前吵,在卧室里还要吵。这个预言已经得到了证实,亚历山大就是个典型的例子。如果整个巴勒斯坦再也没有了不属于那里的希腊人,统治起来就会容易得多。叙利亚也是如此。"

"如果是罗马人当总督就不容易,"我微笑着说道,"罗马人跟闪不是一家人,所以还要指望希腊人的支持。你得把我们罗马人也都赶走。不过我同意你的看法,希望罗马没有征服东方就好了。她要是只管将雅弗后人的联邦治理好,那可就聪明多了。这都要怪亚历山大和庞培。他俩都因为征服东方而赢得了'伟大'的头衔,可我却看不出来他们究竟给自己的国家带来了什么好处。"

"总有一天,一切都会自行化解的,恺撒,"希罗德若有所思地说道,"只要我们有耐心。"

接着我告诉希罗德,我女儿安东尼娅就快到结婚的年纪了,我打算把她许配给小庞培——伟大庞培的后人。卡里古拉夺走了小庞培的头衔,理由是这个头衔对于这么小的男孩来说太高贵了,而且无论怎样世上现在只能有一个"伟人"。我恢复了他的头衔,还恢复了卡里古拉从罗马贵族家庭夺来的所有其他头衔,以及托尔夸图斯项圈和辛辛纳图斯卷发这些纪念徽章。关于这个话题,希罗德没有再主动提出自己的观点。当时我并没有意识到,他脑中近来想的全是闪和雅弗未来的政治关系,其他的一切问题他都无暇顾及了。

九

希罗德让我登上皇位，又帮我走上正轨——他这么做肯定是在为自己铺路——因而从我这里获得了不少恩赐，他说自己必须告辞了，除非我还有什么真正重要的事情要交给他办，像是那种只有他能办得了的事情。我想不出还能用什么借口来不让他走，而且我总感觉，每让他多留一个月，我就得多赏给他一些领土，所以我举行了一场盛大且得体的告别宴会，然后便让他走了。那天晚上我们都醉得不轻。我得承认，想到要和他分别，我流下了眼泪。我们回忆起共同度过的学生时代，等到似乎没有人在听我们说话的时候，我探过头去，用他从前的绰号叫他。

"土匪，"我悄悄说道，"我一直都知道你会成为一名国王，可是如果当初有人跟我说，我会成为你的皇帝，我肯定会说他是个疯子。"

"小狨猴，"他也低声说道，"我总是对你说，你是个傻瓜。可是傻人有傻福，而且还会一直交好运。我死了不过就是个英雄，可是你将来会成为奥林匹斯山上的神灵。没错，你别不好意思，因为事实肯定是这样，尽管咱们两个人当中谁比较能干是毋庸置疑的。"

希罗德说起话来又是老样子了，这让我很是开心。过去这三个月，他对我说话时都是用最正式、最生疏的方式，总是称呼我为恺撒·奥古斯都,对我的意见无不钦佩至极,尽管他常常不得不遗憾地表示反对。"小狒猴"是雅典诺多洛斯开玩笑给我取的绰号。现在我请求希罗德每次从巴勒斯坦给我写信时,除了署上他所有新头衔的公函,还附上一封署名为"土匪"的私信,把他自己的消息告诉我。他同意了,但条件是我回信时也照此办理,署名为"小狒猴"。我们握手成交时,他凝视着我的眼睛说道:"小狒猴,你还想多听听我那狡猾的好建议吗?这一次我绝对不找你收费。"

"请吧,亲爱的土匪,告诉我吧。"

"老伙计,我给你的建议就是:永远不要相信任何人!永远不要相信你最感谢的自由民、你最亲密的朋友、你最亲爱的孩子、你最知心的妻子或是用最神圣的誓言宣布和你结盟的盟友。只相信你自己。如果你没法诚心诚意相信自己的话,至少也要相信你是傻人有傻福。"

他的语气非常关切,穿透我脑子里那遮天蔽日的欢乐酒气,引起了我的注意。"你为什么这么说,希罗德?"我愤怒地问道,"难道你不相信你的妻子赛普路斯吗?难道你不相信你的朋友赛拉斯吗?难道你不相信你的儿子小阿格里帕吗?难道你不相信索马斯图斯和你的自由民马西亚斯吗?是马西亚斯把钱从阿克拿来给了你,也是他给你送吃的到监狱里。难道你不相信我——你的盟友吗?你为什么要这么说?你这是在让我提防谁?"

希罗德无聊地大笑起来。"别搭理我,小狒猴。我喝醉了,烂醉如泥。我一喝醉就会说些反常的话。有人编了句俗话说'酒后吐真言'。他说这话时一定醉得很厉害。你知道吗,有一回我在宴会上对我的管家说:'索马斯图斯,你听着,我再也不想看到肚子里塞满松露和栗子的烤乳猪端到我桌上了。你听见了吗?''好的,尊敬的陛下。'他答道。可是,如果说这世上有一道菜是我真正的最爱,那就是肚子里塞满松露和栗子的烤乳猪了。我刚刚跟你说什么来着?永远不要相信你的盟友?这很可笑,是吧?我那会儿居然忘了咱俩就是盟友。"于是我便没再纠缠他那番话,可是第二天当我站在窗前望着希罗德的马车朝布林迪西的方向渐渐驶远时,我又想起了这事:我不知道他是什么意思,但是我觉得很不舒服。

希罗德并不是唯一一位出席告别宴会的国王。他的兄弟——卡尔基斯国王——希罗德·波利奥也在场；还有安提奥库斯，他的王国科马基尼在叙利亚边境的东北面，从前被卡里古拉夺走了，我现在又归还给他；另外还有我新近封为克米亚国王的米特拉达悌；除了他们，还有小亚美尼亚的国王和奥斯若恩的国王，他俩以前整天在卡里古拉的宫廷里溜达，觉得待在罗马比待在自己的王国还要安全，免得卡里古拉疑心他们要密谋反对他。我把他们全都一起送回去了。

现在我继续往下说希罗德的故事，把亚历山大发生的事情做一个了结，然后再回过头来写罗马的事，简单地说一下莱茵河、摩洛哥和其他边境的情况。希罗德回到了巴勒斯坦，场面比上一回更隆重更壮观。一到耶路撒冷，他便从圣殿宝库的墙上取下了早先挂在那里表示谢恩的铁锁链，将卡里古拉给他的那副金锁链换了上去，如今卡里古拉已经死了，希罗德这么做也就不会冒犯到他了。大祭司毕恭毕敬地欢迎他的到来，可是在进行了惯例的问候之后，他便大胆指责起希罗德来，说他不该把自己的长女嫁给自己的兄弟，还说这样做一无是处。希罗德可不是那种会任由牧师摆布的人，甭管这牧师有多重要多神圣。他问这位名叫乔纳森的大祭司，是否觉得他——阿格里帕国王——为犹太人的神灵做出了很大贡献，他阻止了卡里古拉亵渎寺庙，又说服我准许亚历山大的犹太人拥有宗教特权，继而让全世界的犹太人都有了这种特权。乔纳森回答说这些事做得很好。于是希罗德便给他讲了一个小寓言。有一天，一个富人在路边看到一个乞丐，乞丐朝那富人大声呼喊着祈求施舍，并且声称自己是他的表亲。富人说道："我很替你难过，乞丐，既然你是我的表亲，我一定会尽全力帮助你的。明天如果你到我的银行来，就能拿到十个装满金币的袋子，每个袋子里都装着两千个本国金币。""如果你没有骗我，"乞丐说道，"愿主给你奖赏！"那乞丐去了银行，果然拿到了装满金币的袋子。他开心极了，感恩不尽！这乞丐自己有个兄弟是名牧师，他在这乞丐身处困境的时候什么事也没有做，可这事发生的第二天，他就去找了那名富人。"你觉得这很好笑吗？"他愤怒地问道，"你保证说会给你的穷表亲两万个本国金币，并且骗得他信以为真。哼，我帮他数了金币,你知道吗,我在第一个袋子里就发现了一枚滥竽充数的帕提亚金币!你难道能假装相信帕提亚金币在本国也可以流通吗?这不纯粹是在捉弄一个乞丐吗?"

乔纳森听了这个寓言并没有感到羞愧,他对希罗德说,如果这个富人确实是有意掺进一个帕提亚金币来破坏自己的礼物,那他就是个傻瓜。他还说,希罗德万万不可忘记,最伟大的国王不过是神灵手里的工具,他们为他虔诚效力,他便相应地给他们奖赏。

"那大祭司又是什么呢?"希罗德问道。

"大祭司对上帝虔诚,上帝就会给他们足够的奖赏,其中包括指责所有在宗教方面未尽本分的犹太人,并且可以穿上神圣的法衣每年一次进入无比神圣的内室,主就住在那里,分别身处无上的权力和荣耀之中。"

"很好,"希罗德说道,"如果像你所说的,我是主手里的工具,那我现在就免你的职。今年逾越节的时候会有其他人穿上神圣的法衣。他会知道何时才是开口斥责的合适时机。"

于是乔纳森被免了职,希罗德又任命了一位继任者,过了一段时间,这位继任者也得罪了希罗德,他抗议说让撒玛利亚人来担任骑兵统帅很不妥当,犹太国王麾下只能有犹太军官。撒玛利亚人并非亚伯拉罕老祖宗的后代,而是闯入的外来者。这位骑兵统帅不是别人,正是赛拉斯;为了赛拉斯的缘故,希罗德免了大祭司的职,又请乔纳森回来担任大祭司。乔纳森拒绝了,不过表面上很感激,他说自己曾经穿过神圣的法衣就已经满足,第二次再接受圣职担任大祭司就没有第一次的典礼那么神圣了。如果主授权希罗德免了他的职,那一定是在惩罚他太过骄傲;现在主原谅了他,他很高兴,但是却不敢再冒险去得罪主了。所以也许他可以提议由他兄弟马提亚斯来担任大祭司,他是全耶路撒冷最虔诚最敬神的人。希罗德同意了。

希罗德定居在耶路撒冷,住在比西塞这一块,又叫作新城。这让我大吃一惊,希罗德如今有好几座照着希腊罗马风格建起来的城市,既漂亮又豪华,他大可以任选一座作为都城。他时不时礼节性地到访这些城市,对当地居民以礼相待,但是他说,一个犹太国王只能住在耶路撒冷并且在这里进行统治。他在耶路撒冷极受民众爱戴，不仅是因为他送礼给寺庙和美化了城市，还因为他取消了房屋税，这样一来，他每年的收入减少了十万个金币。可即使不算这一项，他每年的全部收入仍然多达五十万金币。更让我吃惊的是，他如今天天都去寺庙里做礼拜，还十分严格地遵守法典。我记得从前常常听到他很轻蔑地说起他那"唱圣歌的"虔诚兄弟阿里斯托布鲁斯，而且读了他如今总是随公文一起寄来的私信，我发现他的内心并没有丝毫改头换面的迹象。

在他寄给我的一封信里，几乎说的全是赛拉斯的事。全文如下：

小猕猴，我的老朋友，我要给你讲一个最伤心却又最可笑的故事，是关于赛拉斯的，对于你的土匪朋友希罗德·阿格里帕来说，他就是那"忠实的阿凯提斯"。最最博学的小猕猴，你学富五车，连旁人不知道的历史都晓得，能不能请你告诉我，你的祖先——那位虔诚的埃涅阿斯——是否也曾被忠实的阿凯提斯烦得够呛，就像我最近被赛拉斯烦得那样？在这一点上，维吉尔的评论家们可曾说过什么？我实在是傻透了，居然任命赛拉斯为骑兵统帅，我想这事我上回写信时已经告诉你了。大祭司不同意这项任命，因为赛拉斯是撒玛利亚人，撒玛利亚人曾在耶路撒冷惹恼过犹太人——就是那些从巴比伦回归的囚房，犹太人白天建起墙来，撒玛利亚人就在夜里把墙推倒，夜夜如此；犹太人为此从来没原谅过撒玛利亚人。我为了赛拉斯的缘故还特意免了大祭司的职。赛拉斯本来就已经开始目中无人了，天天都出新花样来证明自己说话是出了名的坦白和直率。现在我免了大祭司的职，他就越发变本加厉起来。说实话，有时候皇宫里的来客都搞不清楚我跟他谁才是国王谁只是骑兵统帅。如果我对赛拉斯暗示说他这是在滥用友情，他就会闷闷不乐，亲爱的赛普路斯就会责怪我待他不好，并且提醒我别忘了他为我们做过的一切。我只得再对他友好起来，简直要为自己的忘恩负义向他赔罪。

他最坏的习惯就是总爱唠叨我以前的麻烦事——即使在有外人在的时候也是如此——将那些最让人困窘的细枝末节都一一道来，

说他是如何救我于危难、对我有多么忠心、我是如何不理会他的金玉良言、他是如何不求回报只求能和我甘苦与共——因为撒玛利亚人天性就是如此。这一回他又说了起来。那天我在提比里亚的加利利湖上——我曾在安提帕斯手下当过这里的地方官——设宴招待西顿的头面人物。你恐怕还记得,我在安提俄克给弗拉库斯当顾问时,曾经跟西顿人有过意见分歧。因此,那场宴会的政治意义非同小可,但赛拉斯的表现却糟糕至极。他几乎是一上来就对哈斯德鲁巴——西顿的港务长,腓尼基最有影响力的人——说道:"我认得你,对吧?你是不是叫哈斯德鲁巴?当然了,没错,你也是上回来见希罗德·阿格里帕国王的代表之一,大约是在九年前吧,你们请求他代表西顿在和大马士革的领土纠纷中向弗拉库斯施加影响。我记得一清二楚,我劝希罗德别收你们的礼,对他说同时收受争端双方的贿赂是很危险的,他一定会惹出麻烦来。可他只是笑话我。他做事就是这样的。"

哈斯德鲁巴是个精明人,他说自己压根不记得有这回事,他敢肯定赛拉斯一定是搞错了。可赛拉斯却不肯罢休。"想必你的记性还不至于这么差吧?"他继续说道,"哎,就是因为这个案子,希罗德才被迫装成个赶骆驼的逃出了安提俄克,那身衣服还是我给他的呢,他也顾不得带上老婆孩子了,我只能偷偷把他们弄上船带走,兜了好大一个圈子才经由叙利亚沙漠到了以东。他骑的骆驼还是偷来的。不——假使你要问起那骆驼的话——那可不是我偷的,是希罗德·阿格里帕国王亲自偷的。"

这番话让我很是紧张,可现在否认这故事的真实性也是没用的了,于是只得尽力掩饰,满不在乎地把这事说成一桩传奇故事:那天我身体里的沙漠血统忽然蠢蠢欲动起来,我厌倦了安提俄克的罗马式生活,感到一种无法抗拒的冲动,想要骑着骆驼冲进广阔无垠的沙漠去看看我在以东的亲戚们;可我知道弗拉库斯一定不会让我走——他就指望我给他在政治上出谋划策——于是只得偷偷离开,并且和赛拉斯商定,让我的家人等我结束历险以后跟我在安塞敦港口碰头。我非常享受这个假期。到了安塞敦,我说,我遇到皇帝的信使——他在安提俄克没找着我——给我带来了提贝里乌斯皇帝的来信,信上邀请我到罗马去给他当顾问,因为我待在这些行省太屈才了。

哈斯德鲁巴出于礼貌,装作很有兴趣的样子听我编瞎话,并且对我表示钦佩,其实他对这事知道得不比赛拉斯少。他问道:"我可不可以问问陛下,这是您第一次到访以东吗?我知道以东人是一个高贵、好客而又勇敢的民族,生来就非常唾弃奢侈享受和轻薄浮佻,在这一点上,我发现自己只能佩服却无法效仿。"

傻瓜赛拉斯又觉得非插嘴不可了。"哦,不是的,哈斯德鲁巴,那不是他头一回到访以东。他第一次到以东时,除了当时的赛普路斯夫人和两个大孩子,就只有我陪着他。那是提贝里乌斯的儿子被杀的那一年。出了这事以后,希罗德国王为了躲开罗马的债主们只得逃走,以东是唯一一个安全的避难所。尽管我一再告诫他算账的那一天总会到来,他却依然弄得自己债台高筑。说句大实话,他不喜欢以东,甚至想到了自杀;赛普路斯夫人为了救他,放下自尊,低声下气地给自己的小姑子希罗迪亚斯写了一封信,尽管她俩吵过架。于是希罗德国王受邀来到了加利利,安提帕斯国王让他在这个小镇的下级法院里当法官,每年的收入才区区七百个金币。"

哈斯德鲁巴正要开口表示惊讶与难以置信,赛普路斯忽然帮了我。她并不在乎赛拉斯讲那些关于我的故事,可是他提起了写信给希罗迪亚斯的老话,这就是另外一回事了。"赛拉斯,"她说道,"你说话太多了,而且你说的多数事情既不准确又毫无意义。你要是再这样,我就得让你闭嘴了。"

赛拉斯的脸变得通红,又对哈斯德鲁巴说道:"我们撒玛利亚人的天性就是直来直去说真话,不管多不中听。没错,希罗德国王在拥有如今的王国以前可真是命途多舛。对于有些事,他是一点儿也不害臊的——比如说吧,他曾在耶路撒冷圣殿的宝库里挂了一副铁锁链,当年提贝里乌斯皇帝下令铐起他时用的就是这一副。你知道他当时是因为叛国罪被判入狱的。我曾经一再告诫他,别在他的车夫能听见的时候跟盖乌斯·卡里古拉谈私话,可他还是跟平常一样不以为然。后来盖乌斯·卡里古拉给了他一副金锁链,跟铁的那副一模一样,于是前不久希罗德国王就把这副金锁链挂在宝库里了,将那副铁的取了下来,我猜恐怕是因为铁的不够闪亮吧。"我和赛普路斯对视了一眼,彼此心照不宣。我让索马斯图斯到我的卧室里去,将挂在我的床正对面墙上的那副铁锁链取下拿来。他拿来以后,我让一桌人把锁链当稀罕物一样传看;西顿人虽然看得很仔细,却仍然难掩窘迫。然后我把赛拉斯喊了过来。"赛拉斯,"我说道,"我打算赐你一项殊荣。为了酬谢你为我和我的家人所做的一切,也为了表彰你对我一向的坦白直率——即使有贵客在座你也依然如此——我特别为你戴上这副铁锁链勋章,愿你戴着它长命百岁。这副勋章可不是谁都能得到的,只有你我二人才能佩戴,我很乐意将这全副盛装都让渡与你。索马斯图斯,将这人铐了带去牢里。"

赛拉斯惊讶得一个字也没说出来便被带走了,活像是被带去屠宰的羔羊。可笑的是,在罗马时我曾主动提出要帮他获得公民的身份,如果他当时没有固执地坚拒,我就永远也没法这么捉弄他。他大可以向你上诉,而你这个心肠软的家伙一定会宽恕他。好吧,我是不得已而为之,否则西顿人就再也不会尊敬我了。事实上,他们似乎颇为所动,宴会接下来进行得非常圆满,这让我很是高兴。这是几个月前的事了,我一直没有把他从牢里放出来——赛普路斯求情也不行——我就是要叫他吃点教训;不过,我本来是打算让他出狱时来得及参加我昨天举行的生日宴会的。我派索马斯图斯去了提比里亚,到赛拉斯的牢房里去看望他。他会说:"当我们的君王和主人希罗德·阿格里帕国王走进米塞努姆的监狱大门时,我曾是带给他希望与安慰的信使;如今我来到这里,赛拉斯,同样是作为信使将希望与安慰带给你。这一大罐酒便是信物。我们那仁慈的君主邀请你三天之内去耶路撒冷赴宴,并且准许你出席时——如果你愿意的话——不必戴着他授予你的那副徽章。给,接过去喝了吧。我的朋友赛拉斯，我自己且给你一个忠告，永远不要提醒人家你过去为他们做了什么。如果他们是知恩图报的体面人，那就不需要什么提醒；如果他们是忘恩负义的无耻小人，那么提醒了也是徒劳。"

这几个月以来，赛拉斯一直在反复思量自己受到的冤屈，迫不及待地要跟旁人倾诉——除了他的看守。他对索马斯图斯说道："这就是希罗德国王的口信，是吗？我应该为此感恩戴德，是吗？他还打算授予我什么新的勋章？也许是鞭子的勋章？正直的人何时曾在朋友手里遭到如此的虐待，就像希罗德国王待我这般？他是不是指望着我被孤零零地关在这里吃苦受难就能学会管住自己的嘴，以后就不会再觉得非说实话不可，也不会再让他那些谎言连篇的顾问和溜须拍马的朝臣自惭形秽？你去告诉国王，我的精神还没被他摧垮，如果他放我出去，我就会用比以往更加坦诚直率的话语来庆祝；我会对全国的民众说，我和他曾经共同经历过多少危难与不幸，因为他不肯听从我的及时告诫，我们差点被害死，而我总是能在最后挽回局面；他却无比慷慨地用沉重的锁链和黑暗的地牢来回报我所做过的这一切。不，我永远都不会忘记他是怎么待我的。即使我死了，我的灵魂也会记着，并且记得我为他做过的所有光辉事迹。""喝酒吧。"索马斯图斯说道。可是赛拉斯不肯喝。索马斯图斯试着跟这个疯子理论，可他坚持要把这个口信带给希罗德，并且坚决不肯喝酒。所以赛拉斯如今还在牢里，我恐怕不会放他出来了，赛普路斯也同意我的做法。

多利斯发生的事情让我觉得很好笑。你记得我在告别宴会上跟你说过什么来着，那时咱俩都喝醉了，所以说起话来就跟撒玛利亚人一样坦白：你会成为神灵，我的小猴子，你竭力去阻止也没用。这种事情是阻止不了的。至于我说的关于肚子里塞满松露和栗子的烤乳猪这事，我想我知道自己是什么意思。我如今是个虔诚的犹太人了，无论在什么场合，都绝不会吃下一丁点儿不洁的食物，即使我吃了，也只有我和我的阿拉伯厨师以及看着我的月亮知道。我就连到邻近的腓尼基国家访问或是和希腊臣民一起吃饭时也不吃不洁的东西。你写信时跟我说说老奸巨猾的维特里乌斯还有诡计多端的阿西阿提库斯、维尼奇乌斯和维尼西亚努斯这些无赖的消息吧。我在公函里已经向你亲爱的梅萨丽娜送上了花言巧语的恭维。所以就写到这里，请你继续钦佩你的奸诈老玩伴吧（要比他应得的更加钦佩）。

土匪

我来解释一下"多利斯事件"。尽管我有令在先，可是在叙利亚一个叫作多利斯的地方，一些年轻的希腊人还是弄来一尊我的雕像，冲进了一间犹太教堂，将雕像立在最南边，仿佛要叫人朝拜。多利斯的犹太人立刻向希罗德求助——他们自然视他为保护神——希罗德便亲自来到安提俄克向佩特洛尼乌斯提出抗议。佩特洛尼乌斯给多利斯的长官写了一封措辞严厉的信，命他们立即逮捕罪人并送来交由他惩处，不得有误。佩特洛尼乌斯在信中写道，这些人犯了双重罪行——不仅冒犯了犹太人，让他们的教堂受到亵渎，从此不能再用来朝拜；也冒犯了我本人，无耻地违反了我关于宗教信仰自由的法令。他的信中有句话很是古怪：我的雕像放在犹太教堂里确实不妥，要是放在我自己的神庙里就合适了。我猜他是以为我如今肯定已经屈从了元老院的恳求，因此他很明智地期待着我被封神。不过我对于拒绝封神这事非常坚定。

你可以想象得到，如今亚历山大的希腊人鼓足了劲儿要讨我欢心。他们派了一个代表团来祝贺我即位，并主动提出由全体市民出钱建一所富丽堂皇的寺庙献给我；或者，如果我拒绝接受寺庙的话，至少要建一所图书馆并购置藏书以进行意大利研究，献给我这位仍然在世的最杰出历史学家。他们还请求我准许在每年我的生日这天举行专门的公开朗读会，朗读我的《迦太基史》和《埃特鲁里亚史》。每部作品都从头读到尾，由受过严格训练的朗诵演员轮流朗读，《迦太基史》是在老图书馆里读，《埃特鲁里亚史》则是在新图书馆里读。他们知道这个马屁准会拍到点子上。我接受这项荣誉时，心情就和死产双胞胎的父母差不多——出生以后，两具小小的冰冷尸体在某个角落的篮子里等待葬礼，过了一阵却忽然出人意料地变暖了，还同时打着喷嚏哭了起来。不管怎么说，我把一生中最好的二十多年都花在这两本书上，为了收集与核对我写的事实，还学了好几种必不可少的语言，丝毫不在乎这有多么费事；可是据我所知，迄今为止还没有一个人肯费心读读这两本书。虽然我说"没有一个人"，但其实还是有两个例外的。希罗德读过《迦太基史》——他对埃特鲁里亚的题材不感兴趣——以后说，他从书中学到了很多，主要是关于腓尼基人的品性；不过他认为没有多少人会像他一样对这书感兴趣。"香肠里肉太多了，"他说，"香料和大蒜放得还不够。"他的意思是，书里有太多信息，可是写得优美的部分却不多。他对我说这话时，我还是个平民百姓，所以他不可能是在奉承我。除了我的文书和研究助手，唯一一位读过这两本书的人就是卡尔珀尼亚。她说，她喜欢优秀的书籍更甚于差劲的戏剧，喜欢我的史书更甚于她看过的许多优秀戏剧，喜欢埃特鲁里亚那本更甚于迦太基那本，因为书里写的是她知道的地方。我当了皇帝以后——我应该在此记录一下——在欧斯提亚附近给卡尔珀尼亚买了一间可爱的别墅，又给了她一份充裕的年金和一班训练有素的奴隶。但是她从来没到皇宫里来看过我，我也没去看过她，免得梅萨丽娜吃醋。她和一位密友住在一起，那人名叫克里奥帕特拉，是亚历山大人，以前也是妓女；现在卡尔珀尼亚的钱不仅够花，还有结余，她俩也就没再干这营生了。她们都是很文静的姑娘。

　　正如我说过的，亚历山大人提出的请求让我非常自豪，毕竟亚历山大是全世界的文化之都，这座城市里的头面人物不是把我称为仍然在世的最杰出历史学家吗？我很遗憾自己没法挤出时间来亲临亚历山大出席一次朗读会。大使和随员们到达的那一天，我派人去请了一个专业的朗读者来，让他从每本史书里都给我私下读几段。他朗读时表情如此丰富、发音如此优美，那一刻我忘了自己就是作者，大声地鼓起掌来。

十

　　莱茵河边境的情况成了我迫在眉睫的外患。提贝里乌斯统治末期，北方的日耳曼人听说他一般不会采取行动，便渡河过来突袭我们称之为下莱茵省的地方。他们分成很多个小组，常常趁着夜里从无人看守的地方游泳过河，攻击地处僻静的房屋或是小村庄，杀死居民，将能找到的金银珠宝都掠夺走，再在黎明时分游泳回去。要阻止他们很困难，就算我们的人一直都注意警戒——至少在北方他们肯定不是这样——可是莱茵河太长了，很难进行巡查。要对付这些入侵者，唯一有效的措施就是反击；可提贝里乌斯却不同意进行大规模的讨伐。他写道："如果马蜂来烦扰你，烧了它们的蜂巢；可如果只是蚊子，那就不必理会。"至于说到上莱茵省，你们也许记得，卡里古拉出征法兰西时，派人叫来了上莱茵地区四个军团的指挥官盖图里库斯，毫无根据地指控他与人合谋造反，然后处死了他；卡里古拉领着大军渡过河去，行进了几里，日耳曼人丝毫没有抵抗，他却忽然惊恐万分，飞快地逃了回来。他任命接替盖图里库斯的人是里昂法兰西辅军的司令，那人名叫加尔巴[1]，是莉薇娅的人。

1　作者注：他后来当过皇帝（公元69年）。

在他还是个年轻小伙子的时候，莉薇娅就将他选出来加以提拔，而他也充分证明了她没有信错人。他当士兵时勇敢无畏，担任地方法官时明察秋毫，工作努力，个人的品行也堪称典范，六年前就获得了担任执政官的资格。莉薇娅去世时专门留给他五十万个金币的遗产；可提贝里乌斯作为莉薇娅的遗嘱执行人，却宣称这一定是搞错了。因为金额是用数字而不是文字写的，他便裁定立下遗嘱的人只是想给五万而已。不过提贝里乌斯从来不曾将莉薇娅的遗产支付过一个子儿，所以五十万和五万在当时也没什么差别。卡里古拉当上皇帝以后，把莉薇娅的遗产悉数给了各人，可是该着加尔巴不走运，卡里古拉没有发现提贝里乌斯的欺诈行为。加尔巴也没有催着非要那五十万，也许这样也不坏，要是他要了，卡里古拉快要花完存款时就会想起这茬来，那样非但不会将莱茵地区的重要指挥权交给他，恐怕还会指控他参与了盖图里库斯的阴谋。

　　卡里古拉选中加尔巴也是一桩奇事。有一天，他下令在里昂举行大阅兵，结束时他把所有参加检阅的军官都叫到面前，训斥他们必须要保持良好的身体状态。"一名罗马士兵，"他说道，"应该像皮革般坚韧，像铁块般刚硬，所有的军官都要为自己的下属做个好榜样。我打算给你们进行一个简单的测试，看看有多少人能够坚持下来。来吧，朋友们，让咱们朝着欧坦的方向跑上一小段吧。"他坐在自己的马车里，辕子上套着两匹上等的法兰西矮脚马。他的车夫把鞭子抽得噼啪作响，他们便上路了。本已经汗流浃背的军官们跟在他后面冲了出去，身上还有沉重的武器和盔甲。他一直在他们前头不远处，刚好能看得见他们，不至于让他们落后太多，可又从不让他的马儿从跑变成走，免得军官们也跟着学。他不停地前进，队伍越拉越长。很多人都跑得晕倒了，还有一个倒下死了。到第二十个里程碑处，他终于停了下来。只有一个人经受住了考验——加尔巴。卡里古拉说道："将军，你是愿意跑回去呢，还是愿意坐在我身边？"加尔巴仍有余力地回答说，作为一名士兵，他没有任何偏好，他已经习惯服从命令了。于是卡里古拉便让他走着回去，可是第二天便给了他任命。小阿格里皮娜在里昂见到加尔巴以后，对他很感兴趣，尽管他已经娶了雷必达家族的一位女子为妻，她却仍然想要嫁给他。加尔巴对自己的妻子非常满意,所以在效忠卡里古拉的同时尽可能地对小阿格里皮娜冷淡,可小阿格里皮娜却一直对他很殷勤。据说有这么一桩大丑闻:有一天,加尔巴的岳母举行招待会,小阿格里皮娜不请自来。加尔巴的岳母当着与会贵族男女的面叫她出去,狠狠地骂了她,说她是个好色的无耻荡妇,并且竟然挥起拳头打在她脸上。加尔巴本来会倒霉的,可是第二天卡里古拉便判决说小阿格里皮娜与谋害他的案子有牵连,将她给流放了,这事我在前面已经说过。

　　卡里古拉听到报告说,日耳曼人打过莱茵河来了(这个谎话是士兵们散布来逗乐的),便逃回了罗马,他的部队全都集中在一个地方,漫长的河岸线没人看守。日耳曼人立刻就听到了这个消息,同时也听说了卡里古拉的懦弱胆小。他们抓住这个机会,大举渡过莱茵河,在我们的领土上安营扎寨,损坏了很多东西。渡过河来的都是卡蒂部落的人,这个名字的意思是山猫,他们部落的军旗上便是这种猫。他们的堡垒坐落在莱茵河和上威悉河之间的丘陵地带。我兄弟日耳曼尼库斯以前总是称赞说他们是日耳曼最会打仗的人。他们在战斗中一直保持着队形,几乎像罗马人一样服从指挥者,还常常在夜里挖壕沟,并且派出前哨——其他那些日耳曼部落很少会如此戒备。加尔巴花了好几个月时间,损失了不少人马,这才把他们赶回到河那边。

　　加尔巴是个厉行纪律的人,而盖图里库斯虽有能力却太过宽容。加尔巴到达美因兹接任那天,士兵们正在观看一种为纪念卡里古拉而举行的比赛。一名猎手熟练地杀死了一只豹子,所有的人都鼓起掌来。加尔巴走进将军包厢时说的第一句话就是:"不要把手从斗篷底下拿出来,你们这些家伙!现在是我说了算,我可不允许人家懒懒散散的。"他一直都从严治军,虽然身为一个严厉的司令,却格外受爱戴。他的敌人们说他吝啬,可这是不公平的;他只是极为俭省、不让下属铺张浪费罢了,他要求部下必须将每一项开支都精确记在账目上。当卡里古拉被刺的消息传来时,他的朋友们催促他带着军队开到罗马去,说眼下他才是统治罗马帝国的唯一适合人选。加尔巴却答道:"开到罗马去,让莱茵河无人防守?你们把我当成哪一种罗马人了?"然后又说道:"而且,从我听到的传闻来看，这个克劳狄乌斯是个埋头苦干的老实人；虽然你们当中有些人似乎觉得他是个傻瓜，可他作为皇室的家族成员，成功地活过了奥古斯都、提贝里乌斯和卡里古拉这三朝，我可不认为这样的人是傻瓜。如今事已至此，我看这就是最好的选择，我很乐意宣誓效忠克劳狄乌斯。你们说他没当过兵，这样更好。有时候，对于一位总司令来说，有过战斗经验并不是好事。奥古斯都神——我这么说可没有丝毫不敬的意思——当年上了年纪的时候，就喜欢向他的将军们给出过于详尽的指示与建议，这样反而让他们束手束脚：上一回的巴尔干战役时，他身在大后方，却急着还要像四十年前亲在阵前领军那样打仗，要不然那次战役也不至于拖得那么久。我想，以克劳狄乌斯现在的年纪，既不会亲自上阵，也不会有兴趣就自己一无所知的事情否决将军们的决定。不过，他还是一名博学的历史学家，而且我听说，他对于一般战略原理的了解令许多有实战经验的司令都非常羡慕。"

　　后来，加尔巴的一位下属将他的这些话报告给我听，于是我写了一封私信给他，感谢他对我的高度评价。我对他说，他尽可以放心，如果我下令或是委任他们去打仗，会放手让将军们自己做主。我只会决定这次远征的目的是占领还是仅仅惩罚一下。如果是前者，武力中就需要加以人性来缓和——尽量不要毁坏所占领的村庄、城镇和地里长着的庄稼，不要侮辱当地的神灵，在战斗中制服敌人以后也绝对不许进行屠杀。但是，如果这是一次惩罚性的远征，那就丝毫不需要手下留情，尽可能地毁坏庄稼、村庄、城镇和庙宇，将凡是不值得带回来当奴隶的居民统统杀掉。我也会给出指示，最多可以召集多少后备军，以及罗马军队最多能有多少伤亡。我会在事先跟将军本人商量以后再决定精确的攻击目标，然后请他确定多少天或者几个月能拿下这些目标。所有的战略和战术部署，我都交由他自己做主，除非在约好的时间之内没有达成目标或者罗马军队的伤亡人数超出了规定的数字，我才会行使自己的权力，亲自指挥战役，并且带去我认为必要的增援。

　　我想让加尔巴去和卡蒂人打一仗。这将是一次惩罚性的远征。莱茵河显然是罗马帝国的天然国界，我并没有打算扩大帝国的版图，可卡蒂人和属于北方部落的伊斯塔沃内斯人却一点儿也没把国境线放在眼里,这个时候罗马需要用武力来维护自己的尊严。我兄弟日耳曼尼库斯从前总是说,要想赢得日耳曼人的尊重,唯一的办法就是以暴制暴;会让他说出这话的,世上就只有这一个民族而已。比如说吧,征服者彬彬有礼,西班牙人就会肃然起敬;非常有钱,法兰西人就会折服;尊重艺术,希腊人就会钦佩;品行正直,就能收服犹太人;拥有不怒自威的姿态,阿非利加人就会臣服。但是这些东西对日耳曼人统统没用,就得一直把他打倒在地,爬起来就再打倒,等他躺在地上呻吟的时候还要打。

"只要伤疤不好,他就不会忘了疼。"

在加尔巴向前推进的时候,统领下莱茵四个军团的盖比尼乌斯将军也将要对伊斯塔沃内斯入侵者们进行征讨。我关心盖比尼乌斯的讨伐远甚于加尔巴的讨伐,因为这不仅仅是为了惩罚。在下令征讨之前,我去奥古斯都的神庙里献了祭品,悄悄对奥古斯都神说,我决心要完成我兄弟日耳曼尼库斯未能完成的任务,而且我知道这也是奥古斯都神自己非常关心的一件事:夺回瓦鲁斯失落的第三面也是最后一面鹰旗——这面鹰旗是三十多年前落入日耳曼人手里的。我提醒奥古斯都神,我兄弟日耳曼尼库斯在他封神后的第二年就夺回了一面鹰旗,并且在随后的战争季中又夺回一面;可是,他还没来得及用一场压倒性的决战来为瓦鲁斯复仇,也没能夺回那面仍然流落在外的鹰旗,提贝里乌斯就把他召了回来。所以我恳求奥古斯都神助我一臂之力,让罗马挽回荣誉。祭品的烟雾升起时,奥古斯都雕像的双手似乎做出了祝愿的动作,同时还在点头。这也许只是烟雾造成的错觉,但我却把它看作是一个好兆头。

事实上,我现在已经知道那面鹰旗究竟藏在日耳曼境内何处了,并且很有把握,而我解开这个秘密的法子也很让我骄傲。我的前辈们要是想出这个法子,他们也能做到,但他们却不曾想到。别人都道我是傻瓜,可我却能向自己证明事实绝非如此,而且有些事我比他们做得还更好,这总让我感到心满意足。那个法子我也是忽然想到的,我的王室禁卫营由被俘的日耳曼部落民众组成,这些部落几乎遍布日耳曼各地,其中至少有一半人知道鹰旗藏在哪里;不过,卡里古拉曾经在练兵场上问起此事，并且说提供情报者不仅可以获得自由还能获得一大笔赏金，可所有人立刻变得一脸茫然，仿佛没人知道这事。我尝试用另外一种截然不同的方法来说服他们。有一天，我命令他们到练兵场上来全体集合，非常亲切地对他们讲了一番话。我对他们说，为了奖赏他们多年来的忠心耿耿，我打算为他们做一件史无前例的好事：我要把禁卫营里服役满二十五年者全都送回日耳曼——这是他们最最亲爱的祖国，每到夜里他们就为他唱起忧伤又动听的歌曲。我说我本来很想让他们带着金子、武器、马匹等赏赐荣归故里，可是很不幸，我不仅不能这么做，甚至没法同意他们将被俘期间所获的财产带过莱茵河去，就因为有面鹰旗还没有找到。这件神圣的象征一日找不回来，罗马的荣誉便一日握在别人手里。他们年轻时都曾参与过屠杀瓦鲁斯的部队，如果我除了给他们自由之外还给了别的赏赐，那就会在城里造成不好的影响。不过，对于真正的爱国者来说，自由比金子更加珍贵，我正是本着这样的精神才赏给他们自由，我确信他们一定也会出于同样的想法接受这件礼物。我说，我并不是在请他们告诉我鹰旗的下落，因为毫无疑问他们都向自己的神灵发过誓绝不泄露这个秘密，我绝不会像我的前任那样用钱财来买通人家破坏誓言。我承诺，两天之内，所有服役满二十五年的老兵就会被安全地护送过莱茵河去。

说完我便让他们解散了。结果一如我所预料的那样。当年，有不少罗马人在卡雷被帕提亚人俘虏，三十年后，马库斯·维普萨尼乌斯·阿格里帕去和帕提亚国王协议交换战俘，可是被俘的罗马人却并不想回来，如今，这些日耳曼老兵更加不想回到日耳曼去。那些罗马人已经在帕提亚扎下根来，结了婚，成了家，赚了钱，几乎要忘记从前了。如今这些日耳曼人在罗马虽然严格来说是奴隶，可日子却过得非常轻松愉快，他们对家乡的思念全然没有真心实意，只是酒后伤感时流泪的借口罢了。他们全体齐来见我，请求我允许他们继续为我效力。他们中许多人已经做了父亲，有些还做了祖父，娶的都是皇宫里的女奴，生活很宽裕，卡里古拉以前时不时地就会给他们丰厚的赏赐。我佯作发怒，骂他们不知好歹、卑鄙无耻，竟然拒绝自由这个无价之礼，并且说我已经不再需要他们效力了。他们求我原谅，请我至少准许他们带上家眷一同回去。我拒绝了这个请求，又提起了鹰旗的事。他们中的一个切鲁西人喊道："我们被迫要这样离开，都是那些该死的卡乌基人的错，是他们发誓要保守这个秘密的，害得我们这些无辜的日耳曼人跟着受苦。"

我想要的就是这个答案。我叫他们全都退下，只留下了大卡乌基和小卡乌基两个部落的代表。（卡乌基人住在荷兰湖泊和易北河之间的日耳曼北部沿岸地区，曾与赫尔曼结盟。）接着我对他们说道："我并不打算向你们这些卡乌基人询问鹰旗的下落，不过如果你们当中有谁不曾发过与之有关的誓言，就请立刻告诉我。"住在西边一半的大卡乌基人全都宣称自己没有发过这样的誓言。我相信他们的话，因为我兄弟日耳曼尼库斯夺回的第二面鹰旗就是在他们的神庙里找到的。赫尔曼取胜以后分配战利品时，不可能将两面鹰旗赏给同一个部落。

然后，我对小卡乌基人的首领说道："我不要你告诉我鹰旗在哪儿，也不问你是对哪位神灵发的誓。但是你也许可以告诉我，你是在哪一个城镇或是村庄发的誓。如果你告诉我的话，我就暂时不将你遣送回去。"

"恺撒，就连说这个都会违背我的誓言。"

我对他耍了一个老式的花招，是我在研究历史时读到的：从前，有一位腓尼基法官在巡回审判时来到一个村庄，想查出偷金杯的人把金杯藏在何处，便对这个人说，他相信他不会偷东西，打算放了他。"来吧，先生，咱俩像朋友一样出去走走，你也许可以带我看看这个有趣的村庄。"那个人带着他走遍了每一条街道，只除了一条没有去。法官经过调查发现，这个男人的情人就住在这条街上的一栋屋子里，并且从她家屋顶的茅草里找到了被藏在这里的金杯。所以，我也同样说道："很好，我不会再逼你了。"然后我转过脸对着这个部落的另一位成员——他一脸阴沉，很不舒服，看来也知道这个秘密——很随意地问道："跟我说说，你们部落境内的哪些城镇和村庄里建有供奉日耳曼大力神的神庙？"鹰旗很有可能是献给这个神灵的。他说了七个名字，我都记了下来。"就这些了吗？"我问道。

"我记得的就这么多了。"他答道。

我向大卡乌基人求助了。"小卡乌基坐落在威悉河与易北河这两条大河之间,在这么举足轻重的领地上,肯定不会只有七座神庙吧?"

"哦,是的,恺撒,"他们答道,"他没有提到威悉河东岸不来梅的那座著名神庙。"

这就是我的法子。我写信给盖比尼乌斯说:"我想你可以在威悉河东岸不来梅的日耳曼大力神庙里找到鹰旗,它就藏在那里的某个地方。一开始别花太多时间讨伐伊斯塔沃内斯人,让士兵们排成密集队形径直穿过他们以及安西巴利人的领地,先夺回鹰旗,回来的路上再去烧杀抢掠。"

趁着我还没忘记,我还想再说一个跟失窃金杯有关的故事,反正放在这里写和在别处写都一样。有一回,我邀请了地方上的一些骑士来用晚餐——你能相信吗——这帮坏蛋中的一个马赛人走的时候竟把自己面前的黄金酒杯也给拿走了。我什么也没有对他说,只是邀请他第二天再来吃晚饭,这一回只给了他一只石杯。这显然把他给吓坏了,次日一早,那只金杯就被还回来了,还附带着一张言不由衷的致歉信,上面解释说,他冒昧将这只金杯借走两天,为的是让金匠将杯子上的雕刻复制下来,他非常喜欢这只金杯,于是打算今后天天都用一只类似的雕花金杯来饮酒,希望能将我赐给他的天大荣耀永记心头。回信时我将石杯送了给他,作为交换,请他把那只金杯的复制品送给我,以纪念这个可爱的小插曲。

我将加尔巴和盖比尼乌斯出征的日子定在五月份,并且从法兰西和意大利征募兵马来加强了军力,现在他们每人手下有六个军团了——留下两个军团守住上莱茵,再派两个守住下莱茵——允许他们最多各有两千人伤亡,让他们在七月一日之前完成行动踏上归途。加尔巴的目标是一字排开的三个卡蒂城镇——纽阿西乌姆、格拉维奥纳里乌姆和梅洛加乌斯,这些城镇还是原先罗马人统治时修建起来的,并排坐落在距离莱茵河一百里左右的美因兹内陆地区。

这两次战役都大获全胜,我非常满意地进行了记录。加尔巴烧掉了一百五十个村寨;摧毁了数千英亩的庄稼;杀死了很多日耳曼人,既有全副武装的,也有手无寸铁的;六月中旬之前便洗劫了我点名的那三个城镇。他带回来大约两千名俘虏，有男有女，还有作为人质的贵族男女，好让卡蒂人今后不敢造次。他损失了一千两百人，有战死的，也有残废的，其中有四百名罗马人。盖比尼乌斯的任务更加艰巨，却只损失八百人就完成了。他采纳了我最后关头的提议，没有直奔不来梅，而是先侵入住在小卡乌基南面的安古里瓦莱领地；再从那里派一队骑兵去快速突击不来梅，希望在卡乌基人认为有必要将鹰旗转移至更安全的存放地点之前就拿下这个城镇。计划执行得天衣无缝。盖比尼乌斯亲自指挥一队骑兵，在我预期的地方找到了鹰旗，他对自己非常满意，便召集了其余的兵力从小卡乌基的领地横穿而过，将木头建成的日耳曼大力神庙一个接一个地烧毁，直到一个都不剩。他摧毁庄稼和村庄时并不像加尔巴那样有条不紊，但是在回来的路上他又给了伊斯塔沃内斯人不少教训，让他们绝不会忘了他。他也带回来两千名俘虏。

夺回鹰旗的消息和加尔巴成功洗劫卡蒂城镇的消息同时传到了罗马，元老院立刻便投票将皇帝的头衔献给我，这一次我没有拒绝。我觉得这头衔是我自己挣来的，我找到了鹰旗的位置，提出了进行长途骑兵突袭的建议，还注意保密，好让这两次战役给大家带来惊喜。没有人知道这事，直到我签署命令要求法兰西和意大利征募来的兵马带上武器三天之内动身前往莱茵河。

我把凯旋饰物赏给了加尔巴和盖比尼乌斯。如果这两次战役不仅仅是讨伐的话，我本该用凯旋仪式来奖赏他们的。不过我说服元老院，将世袭的姓氏"卡乌基阿斯"嘉奖给盖比尼乌斯，以纪念他的丰功伟绩。人们排着队隆重地将鹰旗送到奥古斯都神庙，我献上祭品，感谢他的神助，将鹰旗被发现时那所神庙的木制大门献给了他——这是盖比尼乌斯送给我的礼物。我不能将鹰旗献给奥古斯都，因为复仇战神庙里早已备下了托座等着接收它，与另外两面夺回的鹰旗并排放在一起。后来，我将鹰旗拿来献给了这里，满心骄傲无比。

士兵们作了一首歌谣来讲述夺回鹰旗的事。这一次他们没有把歌词填进自创的那首《奥古斯都大人的三件伤心事》的曲子，而是另外作了一首新曲子，名叫《克劳狄乌斯与鹰旗》。这歌当然不是给我拍马屁的，不过我很喜欢其中几段歌词。这首歌的主题是说我在有些方面是个彻头彻尾的傻瓜，做的都是些可笑至极的事情——我用脚去搅拌自己的粥，用梳子给自己刮胡子，每次洗澡时都把人家递给我用来擦在身上的油喝掉，再用递给我喝的酒擦在身上。尽管如此，我却有着惊人的学识：我知道天上每一颗星星的名字，能够背诵所有的诗歌，还读过世上所有图书馆里的每一本书。这些学问的收获就是，只有我能告诉罗马人，多年来流落在外、用尽一切努力都没能寻回的鹰旗究竟在哪里。这首歌谣的第一部分戏剧性地描述了我被皇宫禁卫军拥立为皇帝的情形，我来引用其中三段，让你们看看这是一首什么样的歌谣：

> 克劳狄乌斯躲在帘后，
> 格拉图斯将这家伙拽了出来。
> "当咱们的头儿吧，"勇敢的格拉图斯说，
> "我们会全都照着你的命令来。"
>
> "当咱们的头儿吧，"勇敢的格拉图斯说，
> "博学的克劳狄乌斯，拿出勇气！
> 要为奥古斯都神夺回
> 那一面鹰旗。"
>
> 博学的克劳狄乌斯，觉得口渴，
> 喝下好大一罐墨水：
> "你说的是猫头鹰，还是老鹰？
> 我想，这两样我都能救回。"

八月初的时候，也就是元老院投票将皇帝的头衔献给我以后又过了二十天，梅萨丽娜为我生下一个孩子。这是个男孩，我生平头一回因为当了父亲而骄傲无比。二十年前，我的儿子德鲁西鲁斯还没到十一岁就夭折了，我对他从没有产生过温情的父爱；我的女儿安东尼娅虽然是

个好心肠的孩子,可我对她也不怎么喜欢。因为我是被迫和德鲁西鲁斯的母亲乌古兰尼拉以及安东尼娅的母亲埃利亚结婚的(政治局势一旦允许,我立刻就和她们离婚了),这两个女人我一个也不爱。但是,我十分喜爱梅萨丽娜,在她孕期的最后两个月里,我一直都在向主管分娩的罗马女神露西娜献殷勤,又是祈祷又是献祭,我猜咱们这位女神以前恐怕很少受到这种待遇。孩子既漂亮又健康,作为我唯一的儿子,他按照惯例继承了我所有的名字。不过我却昭告天下说他的名字叫作德鲁苏斯·日耳曼尼库斯。我知道这会对日耳曼人有很好的震慑作用。五十多年前,第一位德鲁苏斯·日耳曼尼库斯让莱茵河另一边的人一听到这个名字就心惊胆战,那是我的父亲;过了二十五年,我的哥哥成了第二位德鲁苏斯·日耳曼尼库斯;我自己也是一位德鲁苏斯·日耳曼尼库斯,这不是刚刚才夺回最后一面被掳的鹰旗吗?再过二十五年,我的小日耳曼尼库斯肯定也会重演历史,再杀他们几万人。日耳曼人就像田地边缘的荆棘,长得很快,要经常带着刀剑和火把去检查一下,别让他们侵犯进来。我儿子长到几个月大以后,我可以把他抱起来又不怕伤着他了,便经常把他抱在怀里,带着他在皇宫的庭院里走来走去让士兵们看,他们简直和我一样喜欢他。我提醒他们说,自从伟大的尤利乌斯之后,他是第一位生来就有恺撒头衔的恺撒家族成员,不像奥古斯都、马塞勒斯、盖乌斯、卢修斯、波斯杜姆斯、提贝里乌斯、卡斯特、尼禄、德鲁苏斯和卡里古拉都是先后被收养之后才有的这个头衔。不过,我因为太过骄傲,说得其实不太准确。卡里古拉跟他的兄弟尼禄和德鲁苏斯不同,他是在他父亲——我哥哥日耳曼尼库斯——被奥古斯都(他凭着被尤利乌斯收养而成了恺撒)收养了两三年之后才出世的,所以他的确生来就是恺撒。我之所以产生这种错误的想法,是因为提贝里乌斯(他凭着被奥古斯都收养而成为恺撒)后来又收养卡里古拉做了自己的儿子,那时卡里古拉已经二十三岁了。

梅萨丽娜并没有像我期望的那样亲自喂养我们的小日耳曼尼库斯,而是给他找了一位养母。她说自己太忙了,没时间给孩子喂奶。不过要想不再怀孕,给孩子喂奶几乎是最保险的法子,而怀孕比哺乳对女人的健康影响更大，行动也更不自由。梅萨丽娜很不走运，她很快就又怀孕了，日耳曼尼库斯出生仅仅十一个月之后，我们的女儿屋大维娅就出世了。

  这一年夏天的收成很不好，公共粮仓里的粮食已经所剩无几，我非常忧心，将穷苦百姓们早已当成理所当然的免费供应粮食削减至每天只有很少的一点，就这一点我还要尽可能四处征用或者购买粮食才能维持。民众只有填饱肚皮才会心里满意。冬天刚过一半，埃及和阿非利加（幸好这些地方新近粮食大丰收）的补给还没运来，城里最贫穷的地方已经常常发生骚乱了，还有很多关于革命的流言蜚语。

十一

这时,我的工程师们完成了关于将欧斯提亚改造成冬季安全港的可行性报告,这是我叫他们写的。乍一看,这份报告让人很是沮丧,似乎需要花费十年时间和一千万金币才能实现。可是我提醒自己,这项工程是一劳永逸的,起码只要我们还控制着埃及和阿非利加,从此就再不会有发生粮荒的危险。在我看来,这个任务配得上罗马的尊严与伟大。首先,要挖开一大片土地,在开掘处的周围用水泥建起坚固的挡土墙,然后才能让海水流进来形成内港。接着,在内港入口处两侧的深水里建起两道巨大的防波堤来保护内港,在防波堤的尽头之间再建起一座小岛,这样当风从西面吹来、大浪涌向台伯河口的时候,这座小岛就可以挡住波浪。有人提议在这座小岛上竖一座灯塔,就像亚历山大那座著名的灯塔一样,无论夜晚多么黑暗、风暴多么猛烈,灯塔都可以引导船只安全地入港。小岛和防波堤就构成了外港。

工程师们将计划书拿来给我的时候说道:"恺撒,我们照您的吩咐做了,不过花费肯定会高得让人望而却步。"

我很不客气地答道:"我叫你们制订计划并进行估价,你们将这两样都交给我了,做得很好,我很感谢;但是我并没有雇用你们当我的财政顾问，请你们不必承担起这个职责。"

"可是卡里斯图斯——您的国库大臣——"他们当中的一个开口道。

我打断了他："没错，当然，卡里斯图斯跟你们谈过话。他对公众的钱非常仔细，这就是他应该做的，可是也不能太过节省了。这是头等重要的大事。而且，如果有人告诉我，是粮食商人们说服你们交上这份让人灰心的报告，我一点儿也不会吃惊。粮食越是短缺，他们就越是富有。他们祈求的是坏天气，这样才好发穷人的苦难财。"

"哦，恺撒，"他们正直地齐声说道，"难道您相信我们会收受粮食商人的贿赂吗？"

我发现自己的猜测已经说到点子上了。"我说的是说服，不是贿赂。别没事给自己安罪名。现在听好，我决定不惜一切将这个计划付诸实际，你们都给我记住了。另外我再跟你们说一句，这事不会像你们所认为的那样花那么长时间，也不会花那么多钱。从现在开始，咱们花三天的时间来把这个问题仔细研究一下。"

我的文书波里比乌斯给我提供了一条线索，于是我查阅了皇宫里的档案，果然找到了关于这项工程的一份详尽方案，是九十年前尤利乌斯·恺撒的工程师们做的。这个方案几乎和刚刚提交给我的计划一模一样，不过我欣喜地发现，它所估计的时间和花费只有四年和四百万个金币。算上材料和人工的略微上涨，完成这个计划所需要的经费应该只有我的工程师们估计的一半，而且也不需要十年的时间，四年就够了。在某些方面，这个老方案（它被放弃的原因居然是太过昂贵！）比新方案反而更加完善，尽管它把小岛给漏掉了。我仔细研究了这两份计划，比较它们的不同之处，然后亲自来到了欧斯提亚，对工程学颇为精通的维特里乌斯也和我一起来了，我们要确保计划建设港口的地点自尤利乌斯的时代至今都没有发生过重要的自然变化。到了开会的时候，我已经掌握了大量信息，工程师们发现想骗我是不可能了——比如说，过低估计一百个人一天时间可以从这里运到那里的土方数量，或者是暗示挖掘时必须凿去好几千立方英尺岩石。现在我对这事知道得几乎不比他们少。不过我没有告诉他们我是怎么知道的，我让他们以为我是在研究历史的过程中自学的工程学，又到欧斯提亚去了几趟，这就足够让我掌握全局并且做出自己的结论了。我对他们说，这项工作一旦开始，要是有人企图消极怠工，我就会把他们统统送到地狱去给卡戎在冥河上新修一座码头。这话在他们当中产生了很大影响，我也由此受益良多。港口必须立刻开工。他们想要多少工人就有多少，只要不超过三万人，还有一千名担任工头的军人以及必要的材料、工具和运输设施，但他们必须开工。

然后我召来卡里斯图斯，把我的决定告诉了他。当他举起双手、翻起眼珠做出一副绝望的样子时，我叫他别再装腔作势了。

"可是，恺撒，钱从哪里来呢？"他的声音颤抖得跟羊叫似的。

"从粮食商人那里来呀，傻瓜，"我答道，"把粮食圈子里那些要人的名字给我，我保证咱们想要多少钱就有多少钱。"

还不到一小时，城里最富有的六个粮食商人就站在了我面前。我开始吓唬他们了。

"我的工程师们报告说，你们这几位先生贿赂他们，叫他们就欧斯提亚计划递交不利的报告。我对这事十分重视。这等同于阴谋杀害你们的同胞。你们该被扔去喂野兽。"

他们流着眼泪发誓说没干过这事，恳求我告诉他们怎样才能证明自己的忠诚。

这太容易了：我想要他们立刻借给我一百万个金币用于欧斯提亚工程，等到财政状况允许我就会立刻还给他们。

他们借口说把他们所有的钱加起来也还不到五十万个金币。我当然不会上当。我给他们一个月的时间去筹钱，并且警告他们说，如果他们筹不来钱，我就把他们全都流放到黑海或者更远的地方去。"还有，记住，"我说道，"港口建好了也是我的——如果你们想用，就得先来征得我的允许。我建议你们不要跟我对着干。"

还不到五天，他们就把钱给付清了，欧斯提亚立即动了工，工人的工棚立起来了，施工的范围也用木桩标好了。在这种情况下——我必须承认——当皇帝的感觉非常好，只需要专横地说句话将愚蠢的反对意见压下去，大事就能办成了。不过我得一直提醒自己，像这样行使自己的皇帝特权可能会威胁到共和制的最终恢复。我尽量鼓励言论自由和热心公益，避免将自己那些突如其来的念头变成全罗马都必须遵守的法律。这非常困难。可笑之处就在于，言论自由、热心公益和共和制的理想主义本身似乎都源于我个人的任性。起初，我认为必须要亲近百姓，免得人家觉得我这个皇帝很傲慢；我跟同胞们说话时也很友好随意，可是很快我就被迫疏远了他们。这并不是因为我抽不出时间和到皇宫里来的每一个人都像朋友一样聊个没完没了，而是因为我的同胞们可耻地滥用了我对他们的好感，几乎无一例外。当我对他们不拘礼仪的时候，他们要么就是做出一副冷嘲热讽、彬彬有礼、高高在上的样子，仿佛想说："你没法骗得我们为你效忠。"要么就是无礼地傻笑，仿佛在说："你干吗不拿出皇帝真正的样子来呢？"要么就干脆假装和我交情很好，仿佛在说："如果轻松随意能让陛下高兴的话，那我们就顺着您的性情跟您轻松随意，看看咱们做得多勤快！不过要是您皱一下眉毛，我们就立刻把脸贴到地上去。"

　　说起港口，有一天维特里乌斯对我说道："共和国永远不可能像君主国这样进行规模如此宏大的公共建设工程。世上所有的宏伟建筑都是国王或者女王的作品。巴比伦的城墙和空中花园，哈利卡纳苏斯的摩索拉斯王陵，金字塔。您从没有去过埃及，对吧？我年轻时在那儿当过兵，哦，神啊，那些金字塔！每个人看到它们时，都会被一种压倒性的敬畏感所征服，简直不可能用语言来表达。人们小时候在家里头一次听人说起金字塔时会问：'金字塔是什么？'人家答道：'埃及的巨大石头陵墓，三角形的，什么装饰都没有，表面只涂了一层灰泥。'这听起来一点儿也不好玩，也不会给人留下什么印象。那时人们以为'巨大'也不过就跟平时碰巧熟悉的某栋大厦——比如像那边的奥古斯都神庙或是朱利亚会堂——一样大。后来到了埃及，人们在沙漠里远远看见金字塔——一个个的白点就像帐篷似的——会说：'哎，这东西根本不值得大惊小怪！'可是，天哪，等到过了几小时，站在金字塔底下往上看的时候——恺撒，我跟您说——金字塔真是大得不可思议、大得不得了，一想到这些是人类用双手建造起来的，人们就会觉得浑身难受。第一眼看到阿尔卑斯山时的感觉完全无法与之相提并论。它是那么洁白，那么光滑，毫无感情，永垂不朽。它就是一座丰碑，纪念了人类的雄心壮志——"

"还有愚不可及、残暴专制与残酷无情，"我插话道，"基奥普斯国王建起了大金字塔，可是却毁了他那富裕的国度，榨干了国家所有的钱，让它奄奄一息；这全都是为了满足他自己那可笑的虚荣心，也许还为了让神灵们记住他那超乎常人的权力。可这座金字塔有什么实际的用处呢？它原本不就是用于永久保存基奥普斯尸体的陵墓？可是我在书上读到，这座壮观到荒唐的坟墓里早已经空无一物。希波德王们入侵时发现了那个隐秘的入口，于是将内室洗劫一空，还把骄傲的基奥普斯的尸体拿来生篝火。"

维特里乌斯笑了。"你是没有见过大金字塔才会这么说。它的空无一物反而让它更加壮观。至于用处，嗯，它有一个最最重要的用处。当一年一度的尼罗河洪水退去以后，埃及的农民们要在一片肥沃的淤泥海洋中重新划出自己的田地时，就把它的最高点当作定位的标志。"

"用一根高高的柱子来定位也是一样，"我说道，"在尼罗河两岸各竖起一根高柱就更好，这造价几乎可以忽略不计。基奥普斯是个疯子，跟卡里古拉一样；不过他显然比卡里古拉疯得更加彻底。卡里古拉做起事来总是一阵一阵的，他计划要建一座大城市，扼住阿尔卑斯山的大圣伯纳德山口，可是就算他活到一百岁，这座城市也远远建不成。"

维特里乌斯赞同道："他就像寒鸦一样，建了一艘超大的船，从亚历山大偷走了那座著名的红色方尖碑。这是他干过的事情里面最接近建造金字塔的了。他既是寒鸦，也是猴子。"

"不过我似乎记得你曾经把这个寒鸦猴子当作神一样地膜拜。"

"我也很感激地记得，是你给我树立的榜样，又给我提的建议。"

"愿上天原谅咱俩。"我说道。我们说这番话时就站在卡皮托利尼的朱庇特神庙外面，刚刚才替这里举行了净化仪式，因为最近有只象征着不祥之兆的鸟儿出现在屋顶上。（那只鸟儿是猫头鹰的一种，我们将这种猫头鹰叫作"纵火犯"，因为它停在哪座建筑上，就预示着这座建筑即将毁于火灾。）我指着峡谷的另一边说道："你看见了吗？那里就是人类所建最伟大纪念碑的一部分，尽管奥古斯都和提贝里乌斯这些皇帝都给它出过力，还对它进行维修保养，可它最初却是由一个自由的民族建造的。我毫不怀疑它会和金字塔一样永恒，而且对人类的用处不知会大多少倍。"

"我不明白你的意思。你指的好像是皇宫。"

"我指的是阿皮安大道，"我郑重地说道，"它是在我的伟大祖先——瞎子阿皮乌斯·克劳狄乌斯——担任监察官期间开始修建的。这条罗马大路是最伟大的人类自由纪念碑，修建它的人民既高贵又慷慨。它穿过高山、沼泽与河流。它修得又宽又直又结实。它连接起城市与城市、国家与国家。它绵延数万里，总是挤满了感激不尽的赶路人。可是那座高几百英尺宽几百英尺的大金字塔却让游客们敬畏地说不出话来，它不过就是一座被洗劫过的陵墓，并且那被掳走的尸体生前还是个卑鄙小人；它是一座压迫与苦难的纪念碑。所以毫无疑问，你看着它的时候，耳边似乎还能听见监工将鞭子抽得啪啪直响，可怜的工人们尖叫着、呻吟着努力让巨大的石块就位——"这番话我事先毫无准备，正说得雄辩滔滔之际，却记不起句子的开头了。我卡了壳，很难为情，维特里乌斯只得来救场。他举起双手，闭上眼睛，大声说道："我无话可说了，大人们。不管我说什么，都不足以表达我对此事的深深感触。"我们一起捧腹大笑起来。维特里乌斯是少数几个待我既随意又有分寸的朋友之一。我从来都不知道他这样是真的还是装的；不过即使是装的，那装得也太好了，我就把它当作是真的。如果不是他以前对卡里古拉的崇拜演得也是这么好，如果没有梅萨丽娜拖鞋这件事，我本来也许并不会对此产生怀疑。我现在就来跟你们说说这事。

夏季里的一天，维特里乌斯在宫里陪着我和梅萨丽娜一起上楼梯，这时梅萨丽娜说道："请稍等一下，我的拖鞋掉了。"维特里乌斯立刻转过身去替她把拖鞋拿了回来，递给她时还深深地鞠了一躬。梅萨丽娜很开心。她微笑着说道："克劳狄乌斯，如果我将这双镶着宝石的拖鞋作为勋章颁给这位勇敢的士兵——咱们的好朋友维特里乌斯，你是不会吃醋的，对吧？他真的非常勇敢，而且乐于助人。"

"亲爱的，这拖鞋你不是要穿吗？"

"不用,这样的天气光着脚更凉快。再说我还有好几十双其他的漂亮拖鞋呢。"

于是维特里乌斯接过拖鞋吻了一下,然后放进长袍的口袋褶子里,就一直放在那里了;有一回我们私下聊天时,他又把这拖鞋拿出来吻了一次,当时他动情地细细述说着梅萨丽娜有多漂亮、多聪明、多慷慨,我能娶到她真是太有福分了。每一次听到有人称赞梅萨丽娜,我都觉得心里暖暖的,有时候甚至会流下眼泪来。我一直都很好奇,她竟然会这么喜欢我这么个一瘸一拐、迂腐结巴的老家伙,一如她在誓言中所说的那样;可是,我认为没人会说她跟我结婚是为了钱。那时候我穷得破了产,她肯定也从没想到我能当上皇帝。

欧斯提亚港并不是我唯一一桩伟大的公共建设工程。在我当上皇帝的十年以前,曾经乔装打扮去见过库美埃女先知,她背诵的诗句里预言我会"给罗马送来水和冬天的面包"。冬天的面包指的就是欧斯提亚,水指的则是我修建的两条大输水道。预言真是奇妙得很。也许在一个人还是孩子的时候,预言就已经说过了,于是他便总是惦记着,可是后来起了雾,他把预言给忘得一干二净,突然间云开雾散,预言实现了。我直到输水道完工并祝圣、港口也完工时才想起女先知的诗句。不过我想,这诗句其实一直都在我脑海深处,就好像神灵在低声叫我去完成这些伟大的工程。

我建的输水道也是非常必要的,现在的供水系统虽然比世界上任何其他城市的供水系统都要好,却根本不能满足罗马的需要。我们罗马人热爱清水。罗马到处都是浴室、鱼池和喷泉。实际上,现在有不下七条管道在向罗马供水,可是有钱人却想法子获准将他们的私家水库连在供水总管上,把大部分公用的水抽来给自己用——他们的游泳池必须天天换水,他们的大花园需要浇水——这样一来,许多穷人到了夏天就只能从台伯河里打水来饮用和煮饭了,这是很不卫生的。我伯父提贝里乌斯曾经将贤良的寇克乌斯·涅尔瓦老先生留在身边,希望他能给自己带来好的影响,可是涅尔瓦最后却自尽而死——这位老先生在被提贝里乌斯任命为输水管道监察员期间,建议他为罗马修建一个能配得上这座伟大城市的供水系统，以示他的宽宏大量；并且提醒他，他的祖先——瞎子阿皮乌斯·克劳狄乌斯——修建了罗马第一条输水管道，将阿皮安的水从八里之外引到罗马，从而使得自己的英名千古流芳。提贝里乌斯答应采纳涅尔瓦的建议，不过却将计划推迟了，然后一推再推——他一贯都是这样的——一直到涅尔瓦去世。这时他觉得自责了，于是派工程师遵照大名鼎鼎的维特鲁威立下的原则出去寻找适合的泉水。这样的泉水必须全年奔流不息，清冽甘甜，不会让管子里产生水垢，必须有一定的海拔，这样才会有必要的落差让输水的通道具有恰当的倾斜度，从而使得水可以流入终点的水库，这个水库也必须有足够的高度，以便通过管道将水送到罗马最高的房子里。工程师走了很远很远都没有遇到符合他们要求的泉水，最后终于在罗马东南面的山里找到了。在靠近苏布拉森提安路第三十八块里程碑的地方，有两处极好的泉水流出，水量很丰富，一个叫作青泉，另一个叫作帘泉，它们是可以流到一起、合而为一的。在同样一条路的第四十二块里程碑处，道路另一边的新阿尼奥泉也是可以用的；这就要用第二条输水道来输送了，还可以把青泉对面的另一处泉水——赫克拉尼安泉——也接纳进来。他们报告说，这些水源的水满足所有的必要条件，而且也没有更近的水源能达到这些要求了。提贝里乌斯让人拟定了两条输水道的修建方案，并叫人估算了所需的经费；可是他立刻便发现负担不起这项工程，这之后没过多久他就死了。

　　卡里古拉刚刚登基的时候，为了显示自己比提贝里乌斯更加慷慨大方、更加热心公益，于是着手将提贝里乌斯的方案付诸行动，这些都是非常详尽的优秀方案。他开了个好头，可日渐空虚的国库让他无以为继，他就把工人从施工最困难的部分（那些将水输送过峡谷和低地的大拱桥以及一层一层的拱桥）调去修建比较容易的部分——绕着山坡周围或是径直通过平原的管道。这样他就仍然可以吹牛说工程进展很快，又推进了多少里，而且花费几乎可以忽略不计。他逃避修建的一些拱桥必须高达一百英尺以上。第一条输水道——后来被称为克劳狄水道——的长度超过四十六里，其中有十里都要从拱桥上走。第二条输水道——叫作新阿尼奥水道——有将近五十九里长，其中大约十五里要走拱桥。有一回，卡里古拉和罗马百姓吵了嘴，百姓们在竞技场里起了骚乱，吓得卡里古拉逃到城外，他便以这次吵嘴为借口，彻底放弃了输水道工程。他将工人抽去修建其他工程，比如像为他修建神庙和在安提乌姆（他的出生地）清理场地以便在那里建立一座新的都城。

所以，卡里古拉半途而废的输水道工程就落到了我的头上，在我看来这是头等重要的一件大事，尽管这意味着必须集中精力攻克比较困难的部分。新阿尼奥水道在接近克劳狄水道起点处的地方将赫克拉尼安泉接纳进来，可是新阿尼奥水道却不能和克劳狄水道沿着同样的拱桥流下来，而是要兜一个很大的圈子。也许你会对这一点感到很不解，不过这是因为新阿尼奥水道的起点要高得多，如果直接引入克劳狄水道的话，水流的速度就太快了。维特鲁威推荐的倾斜度是每一百码下降半英尺，新阿尼奥的高度使得它没法融入克劳狄水道，即使在高层的拱桥上也不行，只有在它奔流了十三里以后，在快要进入罗马的时候才能和克劳狄水道合而为一。为了保持水的清洁，水道上是有盖子的，盖子上每隔一段就开了个排气孔以防破裂。泉水还常常会流经大水库，使泥沙沉淀下去。这些水库可以用来灌溉，而且回报颇丰，因为有了水库，附近的地主们才能够开拓荒地，不然有些地就只能荒着。

这项工程虽然花了九年的时间才完成，却还算一帆风顺；而且完工以后就成了罗马的主要奇观之一。两条水道从普拉奈斯廷门进入罗马，新阿尼奥在上，克劳狄在下，流经一道巨大的双层拱桥越过两条主干道，最后流进一座高塔，水再从这里被分配到九十二座小一些的水塔。现在像这样的小水塔在罗马已经有一百六十座了，而我修建的两条水道使得实际供水量比原先多了一倍。我的输水管道监察员计算了一下，如今流进罗马的水量相当于一条宽三十英尺、深六英尺、水流时速达到二十里的小河。专家和普通百姓一致认为，我的水道引来的水是所有水道中水质最好的，仅次于马尔西安水道引来的水，马尔西安是现存最重要的一条水道，向五十四座水塔供水，已经具有一百七十年的历史。

我严令禁止不负责任的人偷水。从前人们要是想偷水，主要的方法就是故意在主管道上打洞，或者收买负责管理输水道的人在管道上打洞,并且做得好像是意外损坏似的;因为法律允许人们任意使用漏出的水。后来,阿格里帕对整个供水系统进行了全面检修,他自己还修建了两条新水道,其中一条主要流经台伯河左岸的地下。可是最近,偷水的现象又卷土重来。我对管道工人的队伍进行了整顿,下令说所有的泄漏处都必须立即修好。不过还有另外一种偷水的法子。主供水管上有些管道通向私家水塔,这些通常是富有的家族或宗族捐钱修建的。这些管道是铅制的,有固定的尺寸,这样当管道处于正常的水平位置时,管道里能流多少水,主供水管中就只能流出多少水;不过,铅是一种非常柔软的金属,在管道里撑一根小木桩就能扩大管径,再把管道倾斜一点,让它不是完全水平,水流就会大得多了。有时候,比较放肆或是比较有权势的家族干脆把管道换成他们自己的。我决定要阻止这种现象,于是改用青铜来铸造管道,还在上面印上官方的标记,将这些管道牢牢固定在主供水管上,一旦倾斜就会弄坏,并且命令我的监察员定期到各个水塔去查看是否有人擅自进行了改动。

我在这里还要提一下我那三项伟大工程的最后一项——排空富奇内湖。这个湖泊坐落在罗马正东面六十里开外的阿尔班山下,长约二十里,宽约十里,倒并不是很深,周围环绕着沼泽。排空富奇内湖的工程其实早就讨论过。住在这一片的居民是马尔西人,他们曾经向奥古斯都提过这事,不过他在经过充分的考虑之后,拒绝了他们的请求,理由是这项工程太过费力,而且可能成效不大。现在这个问题又被提了出来,一群有钱的地主来见我,只要我愿意进行这项工程,他们就自愿承担三分之二的费用。他们要求的回报是,湖泊和沼泽里的水排空以后所得到的土地归他们所有。我拒绝了他们的提议,因为我突然想到,如果他们愿意为了这块收回的土地付出这么多钱,那么这块地恐怕要值钱得多。这个问题看起来似乎很容易解决,只要在湖泊西南端的山上开凿一条三里长的隧道,让湖水流进山那边的利里斯河就行了。我决定立刻就着手进行。

我即位的头一年,这项工程就开始了,可是事实很快就证明奥古斯都没去尝试是对的。凿穿这座山所需的人力和财力远远超过我的工程师们所估计的。工人们遇到了大块大块的岩石，都是一整块的，只能一点一点凿下来，再沿着隧道把碎片拉走；伤脑筋的是，山里的泉水总是爆发出来干扰工程进度。为了能够完工，我很快就不得不安排三万人常年在这里干活。但是我拒绝被打败，我痛恨半途而废。这条隧道直到前几天才完成，花了十三年的工夫。过不了多久，我就会发出信号打开水闸，放出湖水。

十二

希罗德离开罗马的前一天,建议我去找个真正的希腊医生看看病;他指出,我好好照顾自己的身体对罗马是至关重要的。他说我近来看起来很疲劳,这是我工作时间太长的缘故。我要么就缩短工作时间,要么就让自己的状态能够更好地承受这个负担,否则恐怕我就活不了多久了。我非常恼火地说,我已经看过很多医生了,可是没有哪个希腊医生能把我治得跟个年轻人一样;并且明确地告诉他,我的毛病现在来治不仅太迟,而且我已经把它们当成身上不可缺少的一部分了,无论如何,我都不需要希腊医生。

希罗德咧嘴笑道:"我这辈子还是头一次听到你跟老加图意见一致。我记得他给他儿子写了一篇《医学评论》,禁止他去看希腊医生,反而推荐祈祷、常识和卷心菜叶。他说这些已经足以治好各种常见的小病小痛。那么,如果祈祷能治病的话,现在罗马为你的健康所做的祈祷已经足够让你成为一名真正的运动健将了。至于常识,每个罗马人生下来就有这个天赋。恺撒,也许您把卷心菜叶给忘了?"

我烦躁地在长沙发上动来动去。"好吧,你推荐哪个医生?我只看一个,就是为了让你高兴的,绝不多看。拉古斯怎么样?他现在是御医了。梅萨丽娜说他非常聪明。"

"要是拉古斯知道怎么治好你的病,他一定会马上主动来找你的。找他没用。如果你只愿意看一个医生的话,就去找考斯岛的色诺芬吧。"

"什么,我父亲的军医?"

"不,是他儿子。你也许记得,你哥哥日耳曼尼库斯打最后一场战役的时候,他也在场,后来他去了安提俄克开业行医。他在那里非常成功,最近他到罗马来了。他遵循伟大的阿斯克列皮阿德斯的座右铭,治病要迅速、安全、愉快。他从不使用清肠药和催吐剂这样的猛药,只需要节制饮食、锻炼、按摩和少量简单的草药。我有一回发了高烧,他拿一种紫花野草——叫作舟形乌头——的叶子蒸出水来给我喝,然后又给我提出了饮食等方面的建议:叫我少喝点酒,不要吃哪些香料。这样就基本上把我给治好了。说起做手术的本领,他也很拿手。人身上每一条神经、每一根骨头、每一块肌肉、每一个肌腱的准确位置他都知道。他对我说,他是从你哥哥那里学的解剖学。"

"日耳曼尼库斯又不是解剖学家。"

"没错,他不是,可他杀了很多日耳曼人。色诺芬是在战场上学的解剖学知识,他的学习对象就是日耳曼尼库斯提供的。没有哪个外科医生能在意大利和希腊学习解剖学。他要么去亚历山大——那里的人们不介意解剖尸体;要么就紧紧追随在打胜仗的军队后面。"

"我想,如果我派人去请,他会来吧。"

"哪个医生不会来?你忘记自己是谁了吗?不过要是他把你的病给治好了,你可得重重地酬谢他。他爱钱。哪个希腊人不爱钱呢?"

"如果他治好我的话。"

我派人请来了色诺芬。我立刻就喜欢上他了,因为他是从专业人士的角度把我当作病人来关心,这让他忘记了我是皇帝,掌握着对他生杀予夺的大权。他五十来岁,按照规矩,他先向我行了礼,又问候了几句,然后说起话来就是简短冷淡、紧扣主题了。

"您的脉搏。谢谢。您的舌头。谢谢。对不起。"(他掀起我的眼皮)。"眼睛有点发炎。这个能治好。我会给你开一点洗剂来洗眼睛。眼皮稍微有点收缩。请您站起来。好的，小儿麻痹症。这个自然是治不好的。太晚了。要是您还在长身体，那就能治好了。"

"那时候你自己也还是个孩子呢，色诺芬。"我微笑着说道。

他似乎没有听见我的话。"您是早产儿？对吗？我想也是。还得过疟疾？"

"疟疾、麻疹、结肠炎、淋巴结核、丹毒。色诺芬，要是再加上羊角风、花柳病和自大狂，那就有整整一个营的毛病要来答'到'了。"

他微微笑了一下表示同意。"脱衣服！"他说道。我把衣服脱了下来。"您吃得太多，喝酒也太多。您不能再这样了，得给自己定下规矩，在您还贪心不足地想要多吃一口以前就从饭桌前站起来。没错，左腿萎缩得很厉害。没有好的锻炼疗法。必须改用按摩来治疗。您可以把衣服穿上了。"他又问了我几个私人问题，总是带着一副他已经知道答案的样子，从我嘴里得到证实只不过是例行公事罢了。"您晚上肯定会流口水到枕头上吧？"我很难为情地承认确实有这么一回事。"常常会突然大发雷霆？面部肌肉会不自觉地抽搐？不好意思的时候会口吃？偶尔会觉得膀胱无力？有时会突然失语？肌肉僵硬，即使是在天气暖和的夜里，也常常会醒来，觉得好像冻僵了一样？"他甚至连我梦见的那些东西都说了出来。

我吃惊地问道："色诺芬，你还会解梦吗？这应该很容易吧。"

"当然，"他面无表情地答道，"不过法律禁止我这么做。现在，恺撒，我来跟您谈谈您的情况。如果您愿意的话，您还有好多年可活。您工作太辛苦了，不过我想我是没法阻止您这样的。我建议您读书越少越好。您说自己很累，这主要是由眼疲劳引起的。尽可能让您的文书们读给您听。您自己也尽量不要写字。正餐以后休息一小时：不要狼吞虎咽地吃完甜点就马上冲到法庭去。您每天必须抽出时间来做按摩，每次二十分钟，每天两次。您需要的是训练有素的按摩师。罗马只有我的奴隶受过严格的按摩训练。最好的是查尔姆斯，我会专门指导他怎么给你按摩。要是您不遵守我定下的规矩，您就别指望能痊愈，尽管我开的药会让您感觉有明显好转。比如，像您所说的胃部剧烈痉挛，我们把这叫作胃灼热，如果您不做按摩，还快速暴饮暴食，那么等到您为了什么事紧张不安的时候,痉挛肯定会复发,吃我的药也不管用。不过要是您遵照我的指示,肯定会很健康的。"

"你开的是什么药?容易采到吗?我是不是要派人到埃及或者印度去采药?"

色诺芬居然嘎嘎地笑了一声。"不用,只要到最近的那块荒地上就能采到了。我是在考斯岛学的医术,实际上我是土生土长的考斯人,医神就是我的祖先。我们在考斯是把疾病根据疗法来分类的,很多情况下,草药吃得过量就会生病,可是吃得适量就反而能治这种病。如果小孩子到了三四岁以后还尿床,并且除此之外还有其他一些痴呆的症状,我们就会说:'这孩子得了蒲公英病。'蒲公英吃多了就会有这些症状,可是用蒲公英煎水喝就能治这种病。我一进这个房间,就注意到您的脸在抽搐、手在颤抖,您打招呼时有点口吃,您的声音听起来很刺耳,我立刻便总结出您的病情了。'典型的泻根病,'我对自己说,'泻根,按摩,节食。'"

"什么,就是普通的泻根?"

"一点不错。我这就来开药方好叫人去准备。"

"那祈祷呢?"

"什么祈祷?"

"难道您不专门指定一些祷文让我在吃药的时候念吗?其他所有的医生在给我治病的时候,都专门指定了配药和服药时念的祷文。"

他生硬地答道:"恺撒,您作为最高祭司,还写过关于罗马宗教起源的史书,我建议,法术那方面的疗法由您来承担肯定会比我更加胜任。"

我能看出他和许多希腊人一样不信这一套,也就没再坚持此事,这次会面便到此结束了;他请求我准许他退下,因为他的诊室里还有病人在等他。

是的,泻根治好了我的病。我这辈子头一回知道了无病一身轻的感觉。我一字不落地遵守着色诺芬的建议,从此几乎再也没有生过病。当然,我依然一瘸一拐,偶尔也会口吃,激动的时候还会像老习惯那样面部抽搐。可是我的失语症治好了,手也基本上不抖了;如果必要的话,六十四岁的我还能每天工作整整十四小时,而且结束时也不会觉得筋疲力尽。胃灼热有时会再犯,但是每一次色诺芬都提醒过我。

不消说,我付了不少钱给色诺芬买泻根。我劝他住到皇宫里来,跟拉古斯共事。拉古斯也是一名很好的内科医生,写过好几本医学书籍。色诺芬起初不肯来。他到罗马的这几个月里,已经建起了一座很大的私人诊所,他估计如今一年可以挣到三千个金币。我给他一年六千个金币——拉古斯的薪水就只有三千个——他还在犹豫不决,我又说道:"色诺芬,你一定要来,我坚决要求你来。如果你能让我健健康康地再活十五年,我就会给考斯岛的总督发一封公函,通知他们,从此以后,你曾经学习医术的这座小岛不必再派人参加军事小分队,也不必再向皇家政府进贡。"他这才同意了。

你想知道我的自由民在给我配药时向谁祈祷、我在服药时又是向谁祈祷吗?是卡尔纳女神,我们克劳狄一族的人打从阿皮乌斯·克劳狄乌斯和勒吉鲁斯那时候就开始结交这位萨宾女神了。在我看来,如果配药和服药的时候没有祈祷,就像婚礼上没有来宾、献祭或是音乐一样不吉利,而且药也不会有效。

趁着还没忘记,我得把从色诺芬那里学到的两条宝贵的健康忠告记录下来。他总是说:"觉得礼貌比健康更重要的人都是傻瓜。如果你想放屁,就别憋着。这样对胃有很大的伤害。我认识一个人,曾经因为憋屁差点把自己给害死了。如果因为这样或那样的原因,你不方便离开那个房间——比如你正在献祭或是向元老院发表讲话——别担心,就站在原地把嗝打出来或是把屁放出来。让周围的人稍稍忍耐一下不便,总好过你对自己造成永久性的损伤。还有,感冒的时候别总是擤鼻子。那只会让鼻涕流得更多,叫你那娇嫩的鼻黏膜发炎红肿。鼻涕要流就让它流吧。擦擦,但是别擤鼻子。"至少在擤鼻子方面,我一直都听从了色诺芬的建议,我的感冒比以前好得快一些了。当然,漫画家和讽刺作家没过多久就开始取笑我了,说我总是在流鼻涕,不过我干吗要在乎这个呢?梅萨丽娜对我说,她认为我这么注意自己的身体再明智不过了:要是我突然死了或是得了重病,她和我们的小儿子自不必说,这座城市和这个国家会变成什么样?

有一天,梅萨丽娜对我说:"我开始后悔自己心肠太好了。"

"你是说,我侄女莱斯比娅就应该一直被流放在外?"

她点点头。"你怎么猜到我是这个意思?告诉我,亲爱的,为什么每次我不在皇宫里的时候,莱斯比娅就常常去你房间找你?她都说些什么?为什么你都不跟我说她来过?你瞧,企图瞒着我是没有用的。"

我镇静地笑了笑,却感觉有点尴尬。"没有什么瞒着你,压根就没有。你还记得吧,大约一个月以前,我把卡里古拉从她那里夺来的产业剩下的部分还给她了。就是卡拉布里亚的那些产业,咱们本来决定先不还给她的,看看她和维尼奇乌斯的表现再说。好吧,正如我对你说过的,我把这些还给她的时候,她放声大哭,说自己以前太不知好歹了,发誓从现在起改头换面重新做人,不再那么愚蠢自大了。"

"我相信那个场景一定非常感人。不过,这么有戏剧性的事情,我还是头一回听说呢。"

"我清清楚楚地记得,这事从头到尾我都跟你说过,是有一天早上吃早饭的时候说的。"

"你一定是在做梦吧。好吧,从头到尾究竟是怎么一回事?亡羊补牢,犹未为晚。你把产业还给她的时候,我肯定觉得很是纳闷,她对我那么傲慢无礼,你居然还给她奖赏。不过我什么都没说。因为这是你的事,跟我没有关系。"

"这我就搞不懂了。我发誓我跟你说过的。有时候我的记性真是差得离谱。我很抱歉,亲爱的。嗯,我把产业还给她,只是因为她说她刚刚去找过你,诚心诚意地向你道了歉,然后你说:'我愿意原谅你,莱斯比娅。去对克劳狄乌斯说吧,我原谅你了。'"

"哦,这就是在公然撒谎!她从来没来找过我。你敢肯定她是这么说的吗?你的记性不是又出毛病了吧?"

"没有,我肯定她是这么说的。要不然我不可能把产业还给她。"

"你知道法律上关于证据那句惯用的话怎么说吗?""一事假则事事假。""这话用在莱斯比娅身上正合适。不过你还没有告诉我,她为什么去见你。她想从你那里得到什么？"

"据我所知，什么都没有。她只是时不时来叙叙友情，一再地说她有多么感激不尽，问问有什么是她能为我效劳的。她总是一会儿就走，从来不叫人讨厌，而且每次都问起你的情况。我告诉她你在工作，她便说做梦也不敢去打扰你，也很抱歉打扰了我。昨天她说，她觉得你对她还是有一点疑心。我说没有这回事。她就唠唠叨叨地又说了一会儿这事那事，然后像个乖侄女一样吻了我便走了。她来见我，我还挺高兴的。不过我确信自己肯定跟你提过这事的。"

"从来没说过。那个女人就是一条蛇。我猜我已经知道她的计划了。她会千方百计获得你的信任——自然是像一个乖侄女那样——然后就会开始诋毁我。先是悄悄地暗示，等她胆子越来越大了，就会说得越来越直接。她也许会捏造出一个精彩的故事，说我搞婚外情。她会说我背着你的时候生活淫乱得一塌糊涂——跟剑斗士啦、演员啦、年轻的骑士啦等都有一腿。而你肯定会相信他，就像一个好叔叔那样。哦，神哪，真是最毒妇人心啊！我想她已经开始动手了。对吗？"

"当然没有。我不会让她这么做的。不管是谁跟我说你做了对我不忠的事或是说了对我不忠的话，我都不会相信。哪怕你自己亲口对我这么说，我也不会相信。这样你满意了吗？"

"请原谅我，亲爱的，我太嫉妒了。我生来就是这样。我不喜欢你背着我跟其他女人交朋友，就连亲戚也不行。任何女人单独和你在一起，我都不放心。你的头脑太简单了。我要查出莱斯比娅葫芦里到底卖的什么药。不过我不希望她知道我对她有疑心。答应我，在我能控告她犯了更严重的罪行以前，你别让她知道你已经识破她的谎言了。"

我答应了她。我对梅萨丽娜说，我如今不相信莱斯比娅已经洗心革面了，我会把莱斯比娅跟我说的话一五一十地说给她听。梅萨丽娜这才满意，她说现在总算可以轻轻松松地继续她的工作了。

我把莱斯比娅说的话老老实实地告诉了梅萨丽娜。这些话在我看来都是无关紧要的，可梅萨丽娜却从中发现了不少重要的地方，并且对其中一件事尤其抓住不放，可依我看，莱斯比娅不过是毫无恶意地说了一句话而已，是关于一位名叫塞内加的议员的。塞内加是一名二等治安官，有一回在元老院里处理一个案件时，他的雄辩滔滔让卡里古拉妒火中烧，招来了卡里古拉的反感。要不是我，他的项上人头必定不保。为了救他的命，我极力贬低他的口才，我对卡里古拉说："雄辩滔滔？塞内加可不算雄辩。他只是念过不少书、记性很惊人罢了。他的父亲编写了《辩论》和《劝导》这两本书，不过是就假想案件进行的纸上谈兵而已。他还写了其他好多书，都没有出版。塞内加似乎把这些全都背了下来。他现在说起话来就像有一把万能钥匙一样。这不叫能言善辩。因为这里面空无一物，就连鲜明的个人特色都没有。我来告诉你这叫什么——这就像只有沙子却没有石灰。这样是不能叫作真正的能言善辩的。"卡里古拉把我的话又说了一遍，当作他自己对塞内加的评判。"只会纸上谈兵。幼稚的朗诵，都是从他父亲那些没出版的书里学来的。只有沙子没有石灰。"塞内加因此才捡回了一条命。

梅萨丽娜问我："你确定是她特地夸奖塞内加既诚实又本分的吗？不是你先提起他的名字的？"

"不是。"

"那你就不要怀疑了，塞内加是她的情人。我知道她秘密养情人已经有些时候了，但是她掩盖得太好，我不知道她的情人是塞内加还是她丈夫的表亲维尼西亚努斯，又或者是阿西尼乌斯·盖路斯这个家伙，他是波利奥的孙子。他们全都住在同一条街上。"

十天以后，她对我说，最近莱斯比娅的丈夫维尼奇乌斯不在罗马，这期间她已经彻底掌握了莱斯比娅和塞内加通奸的证据。她带来的证人发誓说看见塞内加深夜时分乔装打扮离开自己家；他们跟着他到了莱斯比娅的家，他从侧门进了屋；他们又看见莱斯比娅的卧室窗户里忽然亮起灯来，很快就灭了；过了三四小时，他们看见塞内加依然是乔装打扮地从她家出来，回到了自己家。

显然莱斯比娅是不能继续待在罗马了。她是我侄女，所以也算个重要的公众人物。她已经因为通奸被流放过一次，我把她召回来时已经对她说得很明白，她以后必须谨言慎行。我希望自己家里的所有成员都能给罗马做出高风亮节的榜样。塞内加也得被流放。他已经结过婚了，又是议员，虽然莱斯比娅是个美人，不过我想以塞内加的性格，他和莱斯比娅通奸，更多的是出于野心，而不是为了爱情。她是奥古斯都、莉薇娅还有马克·安东尼的直系后代，她的父亲是日耳曼尼库斯，前任皇帝是她的弟弟，现任皇帝是她的叔叔，可塞内加的父亲不过是个富裕的乡下文法家，而且他还是在西班牙出生的。

不知为什么，我不想亲自询问莱斯比娅，于是便请梅萨丽娜代劳。我觉得梅萨丽娜在这件事上比我更有理由心生怨恨，我希望能再度讨得她的欢心，并且让她知道我很抱歉让她因为这件事吃了一阵小醋。她高兴地接受了这个任务，责备莱斯比娅忘恩负义，对她宣布了判决——流放到意大利南部的雷焦，她的外祖母朱利亚也是因为犯下同样的罪行被流放到这个小镇，后来就在这里去世了。梅萨丽娜事后向我报告说，莱斯比娅说话时非常目中无人，不过最后还是承认了和塞内加通奸的事，她说身体是她自己的，她想怎样就怎样。当得知自己将被流放时，她勃然大怒，还威胁我们俩道："有一天早上，皇宫的仆人走进皇帝寝宫时会发现你们俩被人割喉而死。"还说："你认为我丈夫和他的家人会如何对待这样的奇耻大辱？"

"亲爱的，她不过是说说而已，"我说道，"我是不会把这些话当真的，不过我们最好还是对维尼奇乌斯和他那一帮人留神点。"

就在莱斯比娅启程前往雷焦的当天夜里，天快要亮的时候，我们卧室门外的走廊里忽然响起一阵喊叫声和打斗声，把我和梅萨丽娜都吵醒了，有人狠狠地打起了喷嚏，还有人大声喊道："抓住他！杀人犯！刺客！抓住他！"我跳下床来，心脏因为突然受了惊吓而怦怦直跳，我抓起一个凳子当作防身武器，并且对梅萨丽娜嚷着要她躲到我身后去。我的勇敢是毋庸置疑的。不过刺客只有一个人，而且已经被解除了武装。

我命令卫兵们全副武装警戒到天亮，然后便回去睡觉了，尽管过了好一会儿才睡着。梅萨丽娜就需要好生安慰一下了，她几乎吓得不知所措了，一会儿笑一会儿哭。"是莱斯比娅干的，"她抽泣着说道，"我敢肯定一定是她干的。"

天亮以后，我叫人把那想要刺杀我的人带来见我。他承认自己是莱斯比娅的自由民。不过他却穿着宫里的号衣作为伪装。他是来自叙利亚的希腊人，他的故事可真是古怪得很。他说自己并没有打算杀害我。这全都要怪他自己，把那奥秘的结尾给背错了。"什么奥秘？"我问道。

"恺撒，这个我不能说。我敢透露多少就说多少吧。这是所有神圣的奥秘中最神圣的。昨天夜里才有人把它传授给我。这是秘密进行的。某种鸟儿被杀了作为祭品，我把它的血喝了下去。然后，两名高大的精灵现了身，脸上闪闪发光，他们给了我一把匕首和一个胡椒瓶，并且解释了这些器具分别象征着什么。他们蒙住我的眼睛，给我穿上一件新衣裳，吩咐我绝对不可以出声。他们把咒语背了一遍，叫我随他们去地狱。我跟着他们一忽儿到东一忽儿到西，一忽儿上楼一忽儿下楼，穿过街道和花园，他们边走还边把奇景异象描述给我听。我们上了船，付了船费，船夫正是卡戎。接着，我们在地狱上岸，他们带我在地狱里看了个遍。我家先祖的鬼魂和我说话。我还听见了三头犬塞伯罗斯的叫声。最后，他们从我眼睛上取下绷带，小声对我说道：'如今你是在死神的厅堂里。将这把匕首藏在长袍底下。顺着这条走廊往右走，到头以后上楼梯，在第二条走廊那里左转。要是有哨兵查问，你就把口令告诉他。口令就是"命运"。死神和他的女神就躺在走廊尽头的房间里睡觉。房门口还有两名哨兵把守着，他们跟其他的哨兵不一样，我们不知道他们的口令。不过你可以悄悄从暗处摸到他们身旁，猛地将这个神圣的胡椒瓶扔到他们眼睛上，然后勇敢地破门而入，宰了死神和女神。要是你把这桩事业干成了，就能永远活在永恒极乐的地方，人家会认为你比赫拉克勒斯还要伟大，比普罗米修斯还要伟大，甚至比朱庇特还要伟大。你永远都不会死。不过，在你去的时候，一定要一遍又一遍地对自己重复咒语，就是因为念了这些咒语，我们才能把你安全地带到这里。要是你不这么做的话，我们所有的指引就全都白费了。咒语会解开，你会发现自己在另外一个地方。'我很害怕。我猜自己一定是念错咒语了，就在我缩回手来扔出胡椒瓶的时候，忽然发现自己回到了罗马，回到了您的皇宫里，正在和看守您寝宫的卫兵打斗。我失败了。我还是难免一死。总有一天，一个比我更加勇敢、更加沉着的人会下手成功的。"

"莱斯比娅的同伙真是狡猾，"梅萨丽娜小声说道，"这个阴谋多完美啊！"

"是谁把奥秘传授给你的？"我问那人道。

他不肯回答，受了刑也不肯。我从大门的卫兵那里也没问出多少东西来，他们刚好都是新来的。他们承认自己放了他进来，因为他穿着皇宫的号衣，口令也说对了。我也怪不得他们。还有两个穿着皇宫号衣的人陪着他一起到了大门口，跟他说了一声晚安，然后便优哉游哉地走开了。

我挺愿意相信这个人的说法，可是他坚决不肯招认究竟是谁提议将这个所谓的奥秘传授给他。我很亲切地向他保证，这并不是真正的奥秘，而是一个巧妙设下的骗局，所以他的誓言并没有约束力，这时他突然发起火来，对我破口大骂。我只得处死了他。在我自己思想斗争了很久以后，我同意了梅萨丽娜的意见，为了公共安全考虑，现在必须把莱斯比娅也处死了。我派了禁卫军骑兵的一支小分队跟在她后面，第二天他们就把她的人头带了回来，证明她已经死了。被迫处死我亲爱的哥哥日耳曼尼库斯的女儿让我非常痛苦，在他临死的时候，我曾发誓会爱护他所有的子女，将他们视如己出。不过我安慰自己道，如果是他处在我的位置，也会像我这么做的。他一贯认为公共责任重于私人感情。

至于塞内加，我对元老院说，除非他们有什么正当的反对理由，否则我希望他们投票将他放逐到科西嘉。于是他们便放逐了他，限他三十小时之内离开罗马，三十天之内离开意大利。塞内加在元老院里并不受欢迎。在科西嘉他可就有大把的机会来实践斯多葛派的坚忍哲学了——他宣称有一回偶然听到我赞扬过这类人的话，于是便转而信仰这一派了。这个家伙拍马屁的本领可真是让人恶心。一两年以后，我的文书波里比乌斯有个兄弟死了，他跟这个兄弟感情很深。塞内加跟波里比乌斯几乎没有交情，跟他兄弟更是根本不认识，却从科西嘉给他寄来了一封字斟句酌的长信，同时他还想办法在罗马出版了这封信，题目就叫作《慰波里比乌斯》。这封慰问信采取了这样一种写法——委婉地责备波里比乌斯因为兄弟的死而沉溺于个人的悲伤，与此同时，我——恺撒——

不仅健健康康地活着,而且还继续给予他慷慨的恩惠。

只要恺撒需要波里比乌斯(塞内加写道),波里比乌斯便无权放弃,就好像那巨人阿特拉斯,人说他遵从了众神的意愿,将这世界扛在肩上。

而恺撒自己,他可以拥有一切,却也因为同样的原因,失去了很多。他的无眠守护着家家安寝;他的辛劳换来了人人清闲;他勤勤恳恳,平民才能喜乐;他辛辛苦苦,百姓才有假期。自从恺撒将自己献给人类的那一刻起,他便不再属于自己,从此再不许自己休息片刻或是料理私事,就像众星永远不知疲倦地运行在自己的轨道上。至于波里比乌斯,从某种意义上说,你的命运是和他那高贵的命运连在一起的,所以你如今也不能再顾及自己的爱好,无法再继续自己的研究。这个世界是恺撒的,可你却不能光荣地和人家分享你的喜悦、悲伤或是其他的人之常情,因为你整个人都属于恺撒。你不是常常说你珍视恺撒胜过你自己的生命吗?那么,既然恺撒还健健康康地活着,你又有什么权利抱怨时运不济呢?

他还写了很多,说我有多么慈爱宽厚,还借我的口说了一段言过其实的感想——如何用高贵的行为来承受失去兄弟的苦痛。我提及我的外祖父马克·安东尼痛失他的兄弟盖乌斯、我的伯父提贝里乌斯痛失我父亲、盖乌斯·恺撒痛失年轻的卢修斯、我自己痛失哥哥日耳曼尼库斯,然后说到我们一个个是如何勇敢地承受了这些不幸。这些黏糊糊、甜腻腻的东西对我产生的唯一效果就是让我心满意足——他被流放可真是谁都没受冤枉——恐怕只是委屈了科西嘉岛。

十三

亚历山大的希腊人向他们尚在罗马的使节发来命令，叫他们祝贺我在日耳曼打了胜仗，抱怨犹太人对希腊人傲慢无礼（亚历山大又不太平了），请我允许重新设立亚历山大参议院，并且再一次提出要为我建立庙宇，还要配备祭司。除了这个最高荣誉，他们还为我准备了其他几项小嘉奖，其中有两尊黄金雕像，一尊表现的是"克劳狄乌斯·奥古斯都的安宁"，另一尊则是"胜利者日耳曼尼库斯"。我接受了后者，因为这项嘉奖主要是给我父亲和兄长的，他俩取得的胜利远比我的更加重要，而且胜仗是他俩亲自打的；再者，这座雕像用的是他俩的相貌，不是我的（大家公认我哥哥长得和我父亲一模一样）。和平时一样，犹太人也派来了一个对立的代表团，祝贺我打了胜仗，感谢我对他们的慷慨——写了那封信将犹太人拥有宗教信仰自由的事昭告天下，并且指责亚历山大人挑起了新的纷争——犹太人在神圣的日子里做礼拜的时候，他们就在犹太教堂外面捣乱，唱下流的歌曲，跳低级的舞蹈。我将自己给亚历山大人的答复一字不差地附在后面，好让大家看看我如今是怎么处理这种问题的：

提贝里乌斯·克劳狄乌斯·恺撒·奥古斯都·日耳曼尼库斯，皇帝、最高祭司、护民官、民选领事，向亚历山大全体市民问好。

提贝里乌斯·克劳狄乌斯·巴比鲁斯，阿特米多鲁斯的阿波罗尼乌斯之子，利奥尼兹的卡里曼之子，马尔库斯·尤利乌斯·阿斯克列皮阿德斯，盖乌斯·尤利乌斯·狄俄尼索斯，提贝里乌斯·克劳狄乌斯·法尼阿斯，波塔门的帕席翁之子，萨比安的狄俄尼索斯之子，阿里斯顿的提贝里乌斯·克劳狄乌斯·阿波罗尼乌斯之子，盖乌斯·尤利乌斯·阿波罗尼乌斯，以及阿波罗尼乌斯的赫尔马伊斯库斯之子，使节将你们的法令交给了我，还详细地说明了亚历山大城的情况，回想起这些年来，我一直都待你们友好亲善，这你们是知道的；因为你们生来就效忠于奥古斯都一族，很多事情都可以证明这一点。你们的市民和我的直系亲人相处得尤其融洽：关于这一点，只要举出我哥哥日耳曼尼库斯·恺撒的名字就足够了，他对你们的友好比我们家任何人表达得都要坦率——他是来到亚历山大亲口对你们说的。为着这一条，我很高兴地接受了你们新近给予我的嘉奖，虽然我平常对嘉奖并无偏爱。

首先，我允许你们继续将我的生日作为"奥古斯都日"，就像你们在公告中所说的那样。其次，我同意你们将我本人和我家里其他成员的雕像立在所说的地点，因为我发现你们一直非常热衷于修建各种东西来从各个方面向王室表忠心。说到那两尊黄金雕像，我的朋友巴比鲁斯提议并请求竖立的是象征"克劳狄乌斯·奥古斯都的安宁"的那一尊，我已经以可能冒犯到我的同胞们为由予以拒绝，如今这尊雕像将要献给女神罗马；至于另一尊，你们可以在那些适合庆祝的生日里抬着去游行，你们觉着怎么好就怎么来；你们还可以给雕像配个宝座，适当地装饰一下。我受了你们这么多莫大的荣誉，要是还不引荐一支克劳狄族人给你们，也不肯批准在埃及各个地区都划分出圣域，那恐怕就太不明智了，所以这两件事我都同意了，你们只管去做吧；如果你们愿意的话，也可以给我的总督维特拉修斯·波利奥立一尊骑马的雕像。你们还想要立起四马战车的雕像来向我在前线取得的战功致敬,这个我也准许了:一尊在利比亚的塔坡西里斯,一尊在亚历山大的法罗斯,第三尊在下埃及的培琉喜阿姆。不过,我请求你们千万不要指定一位大祭司来为我做礼拜,也不要以我的名义修建神庙,我并不想冒犯自己的同胞,而且在我看来,从古到今圣坛和神庙显然都是以神灵的名义修建的,这是只有他们才能得到的。

至于你们急于想让我批准的请求,我的决定是这样的:凡是在我继位以前已经达到法定年龄的亚历山大人,都获准成为罗马公民,并且拥有罗马公民所具有的一切特权与待遇;但是母亲为奴隶的冒充者除外——他们可能会想方设法地让自己混迹于自由民当中。我很乐意让你们继续享有我的前任们许给你们的一切恩惠,以及你们的前任国王、城市的行政长官和奥古斯都神给你们的恩惠。我很高兴亚历山大奥古斯都神庙的祭司将通过抽签的方式来选择,坎诺帕斯的奥古斯都神庙祭司们也是这样选出来的。你们计划将市政长官的任期定为三年,我认为这样非常合理;这样一来,地方行政官们在任期内就会更加谨言慎行,要是他们犯下了管理不善的错误,到了任期结束时百姓会叫他们解释清楚的。还有重设参议院这件事,我现时并不知道你们在托勒密王朝时有什么惯例,不过你我都知道,在我们奥古斯都王朝的所有先帝统治期间,你们从没有设立过参议院。所以这是一个全新的提案,我也不知道采纳之后到底是对你们有好处还是对我有好处。我已经修书给你们的行政长官艾米利乌斯·莱克图斯,请他进行调查并提交报告——是否应该组建参议院,如果是,应该以何种方式组建。

说到近来的骚乱以及你们和犹太人之间的宿怨或者——请恕我直言——斗争究竟应该由哪一方来承担责任,尽管你们的使节——尤其是西翁之子狄俄尼索斯——当着犹太使节的面慷慨陈情,但我已经勉为其难地就此事做出了决定。不管这场新的骚乱是由哪一方挑起的,我都要对他进行严厉声讨;我希望你们明白,这种敌对行为危害极大且根深蒂固,如果双方不就此打住的话,我只得让你们看看一个仁慈的君主被惹怒了会做出什么事情来。因此，我再一次请求你们亚历山大人对犹太人友好一些、包容一些，毕竟你们在亚历山大已经比邻而居了这么多年。在他们用祖先的仪式朝拜自己的神灵时，你们不要主动去伤害他们的感情。让他们遵循自己民族的所有风俗，就像在奥古斯都神的时代一样，因为我在公正地听取争论双方的申辩以后已经对他们的这一权利给予了肯定。另一方面，我希望犹太人别再得寸进尺地想要更多的特权，也别再另派一个代表团来见我，仿佛你们和他们并非生活在同一座城市里——这种做法可真是闻所未闻！——更不要派选手参加公共比赛的运动会或是其他竞赛。他们必须满足于现状，享受这座伟大的城市给他们带来的富足，尽管他们原本并不住在这里；他们不可从叙利亚或是埃及的其他地方介绍更多的犹太人来到亚历山大，否则我就会比现在更加怀疑他们的居心。要是他们不听从这个警告，我一定会以他们有意在全世界挑起祸端而对他们进行报复。因此，只要你们双方别再这样针锋相对，互相包容，友好共处，我就会像我的家族过去一贯的那样亲切关怀亚历山大的福祉。

在此我必须声明，我的朋友巴比鲁斯在为你们代言时再一次竭尽了全力，并且一如既往地积极替你们争取利益，我的朋友提贝里乌斯·克劳狄乌斯·阿基布斯也是如此。

再会。

这个巴比鲁斯是艾菲索斯的一名占星家，梅萨丽娜对他的本领深信不疑，我得承认这个家伙聪明过人，预言的准确性仅次于伟大的塞拉西鲁斯。他曾在印度求学，并且师从于迦勒底人。他之所以对亚历山大的事如此热心，是因为当年他被迫离开罗马时，亚历山大的头面人物曾经盛情地款待过他，那是许多年前的事了，当时提贝里乌斯将所有的占星家和预言家都赶出了意大利，只留下了他最喜欢的塞拉西鲁斯。

过了一两个月，我收到希罗德的来信，正式祝贺我打了胜仗、得了儿子，并且凭借着在日耳曼取得的胜利赢得了皇帝的头衔。他像往常一样附上了一封私信：

　　小猕猴，你可真是个了不起的战士！你只需开始动笔，接着下令开战，然后变！旗帜便飘扬起来，刀剑从鞘中飞出，脑袋往草地上滚去，城镇燃起了熊熊大火！要是有一天你骑上大象御驾亲征，那岂不是要毁灭一切，让敌人闻风丧胆！我记得你亲爱的母亲曾经说起你将来会征服不列颠岛，当然，她没抱多大希望。这为什么不可能呢？至于我自己嘛，我从没想过要取得军事上的胜利。我只想要和平与安宁。眼下帕提亚人有可能会入侵，我正忙着让自己的领土加强防御。我和赛普路斯过得很好，非常幸福，孩子们也是。他们正在学习如何成为守规矩的犹太人。他们比我学得快，因为他们还小。顺便说一句，我不喜欢你派到叙利亚的新总督维比乌斯·马尔苏斯。要是他不把自己的事情管好的话，我担心我跟他很快就会失和。我很遗憾佩特洛尼乌斯的任期已经结束，他是个好人。可怜的赛拉斯还在监狱里。我尽可能给他安排了最舒服的监狱牢房，还给了他书写的材料，以便他发泄对我这种忘恩负义行为的感受。我当然没有给他羊皮纸或是纸张，只给了他一块蜡板，这样他写完一篇控诉的时候，只能先把这些刮掉才能继续写另一篇。

　　你在这儿极受犹太人的拥戴，你给亚历山大人的信里虽然有几处措辞严厉，犹太人却并没有产生误解：犹太人读起弦外之音来最机灵了。我从我的老朋友首席行政官亚历山大那里听说，你那封信已经被抄写了很多份，散发到亚历山大的各个区进行张贴，亚历山大的行政长官还进行了如下批注：

卢修斯·艾米利乌斯·莱克图斯的声明

　　鉴于全体民众人数众多，无法参加阅读会聆听写给本城的这封最最神圣、最最亲切的来信，所以我认为有必要将它公开张贴，好让每一个人都有机会敬仰我们的恺撒·奥古斯都神陛下，并且向他对本城的亲善表达谢意。

八月十四日，提贝里乌斯·克劳狄乌斯·恺撒·奥古斯都·日耳曼尼库斯皇帝二年

不管你自己怎么拒绝，他们都会让你成为神灵的；不过，你要保重身体、振作精神、吃好睡好、谁也别信。

土匪

希罗德像上学时那会儿一样嘲笑我轻轻松松就为自己赢得了皇帝的头衔，这触动了我心里最敏感的部分。他提醒我想起了我母亲的话，这也对我产生了影响——触动了我心里最迷信的地方。许多年前，我对我母亲说，我想提议给拉丁文的字母表加上三个新字母，当时她曾经恼火地说："世上有三件事是显然不可能发生的：一是店铺开到那不勒斯湾的另一边去，二是你征服不列颠岛，三是你那些可笑的新字母中有哪一个能全面应用。"可是第一件不可能的事情已经实现了——卡里古拉在包里和普特奥利之间建起了他那座著名的桥梁，桥上还开了一排商店。我要是高兴的话，第三件不可能的事随时都能做到，只要请元老院批准就行了。那干吗不把第二件也做了呢？

几天以后，马尔苏斯给我写来一封信，上面标着"紧急机密"。马尔苏斯是一位很有能力的总督，而且为人正直，不过却极不适合与人交际——他寡言内向、态度冷淡、总爱冷嘲热讽，既不干傻事，也没有缺点。我让他担任这个职务是为了感谢他二十多年前在一桩事情里立下的重要功劳——那时他在东方负责指挥一个军团——将涉及谋杀我哥哥日耳曼尼库斯的庇索带回来接受了审讯。他写道：

……有人向我报告说我的邻居——您的朋友希罗德·阿格里帕国王——正在给耶路撒冷加强防御。这事您可能已经知道了，不过我写信是想明确地告诉您，这些防御工事完成以后，耶路撒冷将会固若金汤。我不想指责您的朋友希罗德国王对您不忠，但是作为叙利亚总督，我对这事有些担心。耶路撒冷掌握着通向埃及的要道，

要是它落入不负责任的人手中,罗马就会面临严重的危险。希罗德说这是害怕帕提亚人入侵,不过他已经把自己保护得很充分了,而且这事是最不可能发生的,因为他在帕提亚边境和他这些重要的邻居秘密结了盟。您肯定也认可他和腓尼基人拉关系:他向贝鲁特送了大量礼物,并且在那儿建了一座竞技场,还有门廊和公共浴室。我真搞不懂他为什么要如此讨好腓尼基人。不过,眼下提尔和西顿的首领似乎都还不信任他。也许他们自有道理,但是我却不知道。只要我发现我的辖区东南面有什么风吹草动,哪怕冒着惹您生气的危险,我也会继续向您报告的。

读了这封信,我很不自在,我的第一反应是恼火马尔苏斯破坏了我对希罗德的信任;可是等我仔细考虑了这些事情以后,生气变成了感激。我不知道该怎么去看待希罗德。一方面,我相信他会遵守我们二人在市集上公开立下的友好誓约;另一方面,他显然在私下进行自己的某个计划,换作任何一个旁人像他这样,我都会把这称作是彻头彻尾的背叛。我很满意马尔苏斯这么留心。这事我谁也没说,就连对梅萨丽娜也没提,只是给马尔苏斯写了回信:"我收到你的信了。谨慎为重。有事继续报告。"我给希罗德也写了一封话里有话的信。

我亲爱的土匪,我也许会采纳你关于不列颠的好心建议,要是我真的入侵那座不幸的小岛,一定会骑着大象去的。那将会是不列颠人头一回见到大象,他们一定会口耳相传、赞不绝口。我很高兴听到你家里的好消息;别担心,帕提亚人不会无缘无故就入侵的。要是我听到风声说那边有麻烦,我就立刻叫人到里昂去请你叔叔安提帕斯出山,让他穿上第七万零一套盔甲前去镇压;所以赛普路斯大可放心,夜里就安安稳稳地睡吧,你也可以停止修建耶路撒冷的防御工事了。咱们都不想耶路撒冷建得太过坚固,对吧?假设你在以东的土匪表亲们忽然发动袭击,他们设法在你建好最后一座堡垒之前打进了耶路撒冷——这下咱们就再也没法把他们赶出去了,就连用上攻城机、龟甲盾和攻城槌也没用——还有到埃及的商道又怎么办呢?我很遗憾你不喜欢维比乌斯·马尔苏斯。你在贝鲁特建的竞技场进展如何?我会听取你的忠告,绝对不相信任何人,也许除了我亲爱的梅萨丽娜、维特里乌斯、鲁弗里乌斯和我的老同学土匪之外。土匪总是说自己是个流氓,这话我从来没有相信过,以后也不会信,我永远都会为他亲切地署名为——

小猕猴

希罗德用他一贯的打趣口吻回了信,仿佛对防御工事根本就无所谓:不过他肯定知道,我这封戏谑的来信并不像它看起来那么好笑;他也一定知道,马尔苏斯已经写信把他的情况告诉我了。没过多久,马尔苏斯就回复了我那封短信,报告说防御工事已经停建了。

三月过新年时[1],我第二次当上了执政官,不过两个月之后我就辞去这个职务,让给了下一位应该担任执政官的议员:我太忙了,没空履行执政官的那些日常职责。这一年(公元42年),我的女儿屋大维娅出世了,维尼西亚努斯和斯克里波尼亚努斯发动了叛乱,我将摩洛哥也作为帝国的行省加进了罗马的版图。摩尔人又造反了,领导他们的是一名很有本事的将军,名叫萨拉布斯,上一次战役也是他领导的。时任罗马军队司令官的保利努斯占领了这个国家,一直打到阿特拉斯山脉,却对付不了萨拉布斯,遭到了突击和夜袭,损失惨重。现在他的司令官任期已满,只得回到罗马。接替他的是侯斯迪乌斯·盖塔,在他出发以前,我指示他绝不可以让萨拉布斯成为另一个塔克法瑞纳斯。(塔克法瑞纳斯是个努米底亚人,在提贝里乌斯统治时期,先后有三位罗马将军在显然具有决定意义的战役中打败了他,并因而获得了桂冠,可是罗马军队前脚刚撤,他后脚就带着重新集结的军队卷土重来;不过,第四位将军抓住并处死了塔克法瑞纳斯,这事才算了结。)我对盖塔说道:"不要满足于局部的胜利。找出萨拉布斯的主力部队,消灭他们,要么杀了萨拉布斯,

---

1 古代罗马历并非以一月一日为一年的首日,而是以三月一日为首日。

要么就把他抓来。必要的话，追着他跑遍整个阿非利加。要是他逃到摩洛哥的内陆，你也跟着他去，人们说那里的人脑袋都是从胳肢窝底下长出来的，这样他就容易认了，因为他的脑袋跟别人长的位置不一样。"

我还对盖塔说："我不打算指导你怎么打仗，不过我有句忠告——不要像奥古斯都的将军埃里乌斯·盖路斯那样不懂变通打仗的规则。他去征服阿拉伯，却把阿拉伯当成了第二个意大利或是日耳曼，让自己的人像平常一样背着挖壕沟的工具，穿着沉重的盔甲，却没有带上水袋和额外的口粮，他们甚至还带了一系列攻城器械。士兵们腹痛如刀绞，于是开始将从井里打来的脏水烧开，这样喝起来才卫生，可埃里乌斯却出来喊道：'什么！煮开水！守纪律的罗马士兵从来不煮开水！还用干粪便来烧火？真是闻所未闻！罗马士兵会去拾柴火，要不然就干脆不生火。'结果他的部队有一大半都阵亡了。摩洛哥的腹地也是个危险地区。你要根据这个国家的情况采取适合的战术和装备。"

盖塔几乎一字不差地听从了我的忠告。他追得萨拉布斯在摩洛哥从这头逃到那头，两次打败了萨拉布斯，第二次差点就抓住了他。萨拉布斯随后逃到阿特拉斯山里，翻过这些山脉进入了一片尚未开拓的沙漠，他命令自己的人守住山口，而他就去找盟友——沙漠里的游牧部落——征集援兵。盖塔派了一支小分队留在山口附近，然后带着自己的精锐部队艰难地通过了几里外的另一个更难走的山口，继续尽职尽责地寻找萨拉布斯。他的人和骡子能带多少水就带了多少水，将装备的重量尽可能减到了最轻。他本指望至少能找到一些水的，可是跟着萨拉布斯那纵横交错的踪迹，他们在沙漠里前进了两百多里才看见一处棘丛。水快要喝光了，人也没力气了。盖塔没让人家看出他有多忧心，但他意识到，即使现在就撤退，放弃抓住萨拉布斯的一切希望，他们也不可能靠着剩下的水平安返回了。阿特拉斯山还在一百里之外，只有神迹才能救他。

罗马遇到大旱时，我们都知道如何才能说服神灵降下雨露。有一块黑色的石头名叫滴水石，原先是从埃特鲁里亚人那里获得的战利品，如今放在罗马城外的战神庙里。我们庄严地列队行进，把它拿到城墙里面，将水洒在上面，同时唱着咒语献上祭品，随后就会下起雨来了——

除非仪式有什么小失误，这是常有的事。可是盖塔并没有将滴水石带在身边，所以他一筹莫展。游牧部落的人已经习惯了一次出来好多天都不用带水，而且对这个国家也了如指掌。他们开始包围罗马军队，切断了因为热昏头而掉队的士兵跟队伍的联系，将他们杀掉以后再剥皮肢解。

盖塔有个黑人勤务兵就出生在这个沙漠，后来被卖给摩尔人为奴。他被卖掉的时候还是个孩子，所以并不记得最近的水源在哪里。可是他对盖塔说："将军，您干吗不向呱呱爸爸祈祷呢！"盖塔便问他这是个什么人。那人回答说呱呱爸爸是这片沙漠的神灵，干旱时就会送来雨水。盖塔说道："皇帝陛下叫我使用适合这个国家的战术。你跟我说说怎么召唤呱呱爸爸，我立马就照做。"那名勤务兵叫他拿一个小水壶埋在沙里，一直埋到壶颈处，在壶里装满啤酒，接着像他这样说："呱呱爸爸，我们献上啤酒给您喝。"然后大家把水袋里剩下的水都倒出来，装满所有的饮具，只留下一丁点儿，好让手指蘸湿以后洒水。接下来，所有的人都得边喝水边跳舞，向呱呱爸爸表达崇拜之情，将水洒在地上，喝光水袋里最后一滴水。盖塔必须反复吟唱："这水已经洒了，所以下雨吧！我们已经喝干了最后一滴水，爸爸，再也没有水了。您叫我们还能怎么办？呱呱爸爸，喝了啤酒，为我们——您的孩子——下点雨吧，要不然我们就活不下去了！"啤酒有很强的利尿作用，可见这些游牧部落和早期希腊人的神学观念是一致的，希腊人认为雨水就是朱庇特的尿，所以至今希腊语中的天堂和夜壶仍然是同一个词（只是语法性别不同而已）。游牧部落认为，向他们的神灵奉上一杯啤酒，就能让神灵尿尿，天就会下雨了。洒水跟咱们的驱邪是一个道理，旨在提醒神灵怎么下雨，免得他忘了。

绝望的盖塔将已经跌跌撞撞的士兵都集合起来，询问有没有人碰巧带着少许啤酒。走运的是，真有一帮日耳曼辅军在水袋里还存了一两品脱啤酒；他们是把啤酒带来当水喝的。盖塔让他们把啤酒都交给自己。接着，他将剩下的水平分给大家，不过啤酒却留给了呱呱爸爸。士兵们边跳舞边喝水，还在沙地上洒了几滴水，盖塔便照吩咐说着祈祷的那一套咒语。这支让人印象深刻的陌生军队向呱呱爸爸（显然他的名字就是"水"的意思）献上了敬意，这让呱呱爸爸既喜欢又满意，天空顷刻间乌云密布，倾盆大雨立刻下了起来,一连下了三天,将每一个沙坑都变成了满满的小水塘。军队得救了。游牧部落觉得这丰沛的雨水肯定是呱呱爸爸偏爱罗马人的信号,于是毕恭毕敬地前来讲和。盖塔要他们先把萨拉布斯交出来才肯同意。没过多久,他们就把五花大绑的萨拉布斯送到了军营。盖塔和游牧部落互相赠送了礼物,订立了盟约;然后,盖塔没再费一兵一卒便开回到山区,抓住了萨拉布斯的人,他们仍然守在山口后面,盖塔留下的小分队不是被他们消灭就是被俘虏,已经全军覆没。其他的摩尔军队看见首领被当成阶下囚带回到丹吉尔,便投降了,没有再行抵抗。就这样,两三品脱啤酒拯救了两千多名罗马士兵的生命,让罗马又多了一个行省。我下令在山那边的沙漠里建一座神庙献给呱呱爸爸,这里是他的地盘;我将摩洛哥分成了两个行省——西摩洛哥的首府在丹吉尔,东摩洛哥的首府在该撒利亚——他们每年都必须拿一百个羊皮袋装满上好的啤酒进献给呱呱爸爸的神庙。我将凯旋饰物赏给了盖塔,我本来还打算请求元老院授予他毛鲁斯(意为"摩洛哥的")这个世袭的头衔,如果不是他在丹吉尔不问我的意见便越权处死了萨拉布斯的话,而且他这么做并非是出于军事上的需要,只是虚荣心作祟而已。

我刚刚说起过我的女儿屋大维娅降生了。如今元老院和百姓们可巴结梅萨丽娜了,因为大家都知道,我已经将自己身为公德导师必须履行的大部分职责都委托给她了。理论上,她只是我的顾问,不过正如我解释过的那样,她有我的印章复制品,可以用来签批文件;在一定的范围之内,哪些骑士或是议员因为危害社会而被除名,因而产生的空缺又将指派给谁,这些我都让她来做主。现在她又承担起了一桩苦差事——决定哪些候选人适合成为罗马公民。元老院想投票将奥古斯塔的头衔献给她,便拿屋大维娅的出生作为借口。虽然我很爱梅萨丽娜,却觉得她还不配得到这个头衔,这应该是她中年的奋斗目标。她才十七岁,我祖母莉薇娅去世以后才得到这个头衔,我母亲得到这个头衔时年纪也已经非常大了。所以我拒绝了。不过,亚历山大人没有征得我的同意——一旦木已成舟,我就没法取消了——便铸造了一种硬币,正面是我的头像,背面是梅萨丽娜穿着德墨忒尔女神服饰的全身像,她一只手的掌心里有两个小雕像,象征着她的一双儿女,另一只手里则握着一捆谷物,象征着多产。这是在变着法儿奉承梅萨丽娜的名字——在拉丁语中,她的名字是梅西斯,就是谷物丰收的意思。她非常开心。

有天晚上,她羞答答地来找我,察言观色,却一句话也不说,最后才难为情地开了口,开始时还说错了一两回:"亲爱的夫君,你爱我吗?"

我向她保证,我爱她胜过这世上的任何人。

"有一回你跟我说,爱情的庙宇是建立在哪三根柱子之上的来着?"

"我说爱情的庙宇是以善良、真诚和体谅为基础的。确切地说,我这是引用了哲学家麦纳萨尔库斯说过的话。"

"那么你肯不肯让我看看你对我的爱能有多么善良多么体谅?我对你的爱只要真诚就可以了。我也不打算转弯抹角。如果这对你来说不是太过困难的话,你是否愿意——是否可能——让我跟你分开睡一阵子?这并不是因为我不够爱你,我对你的爱一点儿也不比你对我的爱少,但是现在咱们结婚还不到两年就已经生了两个孩子,咱们是不是应该等一阵子再在一起,免得又有了第三个?怀孕时可讨厌了,我早上会孕吐,胃里火烧火燎的,吃了东西又消化不了,我这会儿还不想再遭一遍这样的罪。而且,说实话,除了担心怀孕,我觉得自己对你似乎不像从前那么有激情了。我发誓我还是和从前一样爱你,但更多的是把你当作最好的朋友和孩子的父亲,而不是当作爱人。我猜是生孩子把女人的激情都耗尽了。我什么也没瞒着你。你会相信我的,对吧?"

"我相信你,我也爱你。"

她抚摸着我的脸说道:"寻常女人的工作就只是生孩子、生孩子、生孩子,一直到不能生为止,可是我跟她们不一样,对吗?我是你的妻子——皇帝的妻子——我还要帮皇帝打理他的朝政呢,这才应该是第一要务,对吗?怀孕实在是太耽误工作了。"

我愁眉苦脸地说道:"那是当然,亲爱的,如果你真这么想的话,我不会坚持要你做你不想做的事情的。可是咱们非得分开睡不可吗?难道咱们不能起码还睡在同一张床上,就当做个伴?"

"哦，克劳狄乌斯，"她简直要哭了，"我好不容易才下定决心开口跟你说这事，因为我很爱你，绝不想让你受到一丝一毫的伤害。你就别让我难上加难了。现在我已经把自己的感受老老实实告诉了你，如果到时咱俩睡在一起，你对我情难自禁，而我却只能假意应付，这样岂不是糟糕透顶？不管我是拒绝你，还是违心屈从，都会毁了我们的爱；如果真的发生了什么事让我不再爱你，我想你事后一定也会后悔莫及的。不，咱们还是先分开睡，等到我又像从前一样对你有感觉了为止，难道你到现在还不觉得这样好多了吗？这只是为了让我自己远离诱惑而已，假设我只是搬到我在新皇宫的套房里呢？在那里我工作起来也更方便。我可以早上一起床就直接去处理文件。生孩子这段时间，我的公民名单进度已经严重滞后了。"

我恳求道："那你想分开多久呢？"

"咱们看看情况再说吧，"她边说边温柔地吻着我的后颈，"哦，你没生气我就放心多了。多久呢？嗯，我也不知道。这很要紧吗？毕竟，如果爱人之间还有其他的事情紧紧联系在一起，比如像是对美好或圆满有共同的理想追求，那么就不是非要有肉体之爱不可了。我很赞同柏拉图的这个观点。他认为肉体之爱反而会妨碍了爱情。"

"他说的是同性间的爱情。"我提醒她道，尽力不让她听出我的沮丧。

"好吧，亲爱的，"她很随意地说道，"我做的是男人的工作，跟你一样，所以这基本上就是一回事了，不是吗？至于共同的理想主义嘛，咱们可真得非常理想化才能完成这单调又乏味的差事，说起来这也是为了让国家更加完善，对吧？好了，这事当真说定了？我是说，你真的愿意当我最最亲爱的克劳狄乌斯，确实不再坚持和我同床共枕？从其他的意义上来说，我还是你忠实的小梅萨丽娜，别忘了，开口跟你提这事让我也非常非常痛苦。"

我对她说，她的真诚让我更加尊重她、更加爱她，她当然可以想怎样就怎样。不过，我自然也是迫不及待地等着她再度像从前那样对我产生感情。

"哦，请耐心些，"她喊道，"这让我好生为难。要是你等不及的话，我就会觉得自己待你不好,可能没感觉也会假装有感觉的。也许我是个例外,不过我对肉体之爱好像真的不太在意。我猜,尽管很多女人都会对这事感到厌烦,但是她们仍然还爱着自己的丈夫,也仍然要丈夫爱自己。我对其他女人总是信不过。要是你和其他女人有染的话,我想我会嫉妒得发疯的。我在乎的并不是你和除我之外的其他人睡过觉;而是害怕你会渐渐地爱她胜过爱我,不再把她仅仅当作享乐的工具,进而想要和我离婚。我的意思是,如果你偶尔跟漂亮的女仆或是可爱的清洁女工这种身份低微到不足以让我吃醋的女人睡睡觉,我会非常高兴,真心地高兴,因为我觉得你们在一起很开心;事后如果你和我同床共枕,我们就会当什么事也没发生过。我们只会把这当成是你为了健康而采取的措施——就像通便和催吐一样。我甚至不会问你那女人的名字,事实上我希望你不要告诉我,只要你先答应不和会让我感到嫉妒的女人有染就行了。听说莉薇娅对奥古斯都不就是这样吗?"

"没错,在某种程度上是这样。可是她从来不曾真正地爱过他。这是她告诉我的。所以她才能毫不费力地对他如此体贴。她常常到奴隶市场去挑选年轻女人,夜里偷偷送进他的寝宫里。我想多半都是叙利亚人。"

"嗯,你不会叫我这么做的,对吧?我毕竟只是个凡人。"

梅萨丽娜就是这样聪明而又残酷地玩弄了我对她的盲目热爱。她当天晚上就搬去了新皇宫。有很长一段时间,我没再说什么,寄希望于她会回到我身边。可是她也一言不发,只是用温柔的举动来表示我俩之间能很好地互相体谅。她有时候的确会同意和我同床,这就是一大让步了。就这样过了七年,我才听到很多风言风语,说她在新皇宫的套房里究竟都干了些什么事,而她那被人戴了绿帽子的老夫君不是在外工作,就是在旧皇宫的床上安稳地打着呼噜。

这让我想起了阿皮乌斯·希拉努斯的死,他从前当过执政官,自从卡里古拉继位以来,他一直担任西班牙总督。回想起来,莉薇娅就是让艾米利娅嫁给这个希拉努斯,才收买得她背叛了波斯杜姆斯。艾米利娅为希拉努斯生了三个儿子和两个女儿,如今都已经长大成人。除了小阿格里皮娜和她的幼子,这些就是奥古斯都仅存的血脉了。提贝里乌斯曾经认为希拉努斯是个危险人物,因为他的姻亲实在是太显赫了,于是便安排人家控告他和另外几个议员谋逆,维尼西亚努斯也是其中之一。可是,对他们不利的证据出了问题,他们逃脱了指控,只是受了一场惊吓而已。希拉努斯十六岁时已经是罗马最英俊的小伙子;到了五十六岁,他依然相貌出众,头发稍稍有点花白,双目炯炯有神,步伐与姿态都无异于正值盛年的男子。艾米利娅得癌症死了,所以如今他成了鳏夫。他的一个女儿——卡尔维娜——嫁给了维特里乌斯的儿子。

小屋大维娅出生前不久的一天,梅萨丽娜对我说:"咱们罗马真正需要的人是阿皮乌斯·希拉努斯。我希望你能把他召回来,让他永远住在皇宫里给你当顾问。他聪慧过人,在西班牙太屈才了。"

我说道:"没错,这个打算不错。我很喜欢希拉努斯,他在元老院也很有影响力。可咱们要怎么说服他来跟咱们住在一起呢?咱们没法像安置一个新文书或是会计那样把他安置在皇宫里,得找个体面的借口才能让他来。"

"这个我已经想到了,我有个绝妙的主意。干吗不让他跟我母亲结婚呢?这样他跟咱们就是亲戚了。我母亲才三十三岁,很愿意再嫁。而且她是你的岳母,这对希拉努斯来说也是个莫大的荣耀。你也觉得这是个好主意吧。"

"嗯,如果你能说服你母亲的话……"

"我已经问过她了。她说深感荣幸。"

于是希拉努斯来到罗马,我让他娶了梅萨丽娜的母亲——多密提娅·列比达,又在新皇宫里给他们分配了一个套间,就在梅萨丽娜的套间隔壁。我很快就发现,希拉努斯跟我在一起的时候很不自在。我叫他去办的事情,他总是立即就去办,像是代表我出其不意地到下级法庭去看看有没有不公正的现象,或是到罗马的贫民区去检查住房情况并向我报告,或者是参加政府没收财产的公共拍卖会,看看拍卖人有没有耍什么花招;可是他似乎不敢正眼看我,总是避免和我亲近。我很是恼火。不过我无论如何都不可能猜到真相:梅萨丽娜之所以会叫我把希拉努斯从西班牙请回来,只是因为她从小就爱上他了,她让自己的母亲跟他结婚,是为了能毫不费力地接近他,自打他一到罗马,她就逼着他跟自己睡觉。想想吧!这个男人是她的继父,而且比我还年长五岁,他的孙女比梅萨丽娜也小不了多少!难怪他会对我态度可疑,梅萨丽娜告诉他,是我命令她搬到新皇宫去的,建议她给他当情人的也是我!她解释说,我这是为了给她找点消遣,因为我跟朱利亚有一腿。朱利亚曾经是我侄子尼禄的妻子,为了把她和其他那些朱利亚区分开来,我们以前都叫她海伦,不过现在却管她叫海猡,她实在是太贪吃了。希拉努斯显然相信了这个说法,可是他坚决不肯跟自己的继女同床共枕——尽管她很漂亮——哪怕是皇帝的建议也不行。他说自己虽然天性多情,却虔诚得很。

"我给你十天时间,这事你自己拿主意吧,"梅萨丽娜威胁道,"要是你到时候仍然拒绝我,我就去告诉克劳狄乌斯。自从他们拥他为帝以来,他变得多自负你是知道的。要是他听说你瞧不起他妻子,准会不高兴。他一定会杀了你的,对吧,妈妈?"

多密提娅·列比达已经被梅萨丽娜一手掌控了,她当然证实了女儿的话。希拉努斯便相信了他们。他在提贝里乌斯和卡里古拉统治期间的遭遇让他成了一个秘密的共和主义者,尽管他很少跟政事有牵连。他坚信,凡是成为一国之君的人,都会很快被专制、残暴和欲望所支配。到了第九天,他仍然没有屈服于梅萨丽娜,反而让自己越来越紧张、越来越绝望,似乎是下定决心要杀我了。

我的文书那尔齐苏斯可以证明希拉努斯那天晚上的确心神不宁;那尔齐苏斯在皇宫的走廊上超过希拉努斯身边时,听见他在含含糊糊地自言自语:"卡西乌斯·卡瑞亚——老卡西乌斯。干吧——但是别一个人去。"当时那尔齐苏斯正在想别的事情,所以听见这些话也没有细想。不过,常常会有这种情况,这些话钻进了他的脑子里,那天夜里上床时他并没有回想起这事,可这些话却来到了他的梦里,还放大成一幅可怕的画面:卡西乌斯·卡瑞亚将自己那把血淋淋的剑递给希拉努斯,并且喊道:"干吧!砍他!再砍。老卡西乌斯与你同在!杀了那个暴君!"接着,希拉努斯就朝我冲过来,把我砍成了肉酱。这个梦栩栩如生,而且激烈异常,那尔齐苏斯立刻从床上跳起来,赶紧跑到我的寝宫里把这事跟我说了。

那会儿我正一个人睡在寝宫里,而且睡得并不踏实,可天还没亮就突然被人叫醒,又听见一个吓坏了的人说起这个噩梦,把我给吓出了一身冷汗。我叫人点灯——几百盏灯——然后派人立刻去请梅萨丽娜。听到如此急召,她也吓了一跳;我猜她是担心我已经识破她了。听到我只是把那尔齐苏斯的噩梦告诉了她,她一定是大大地松了一口气。她哆哆嗦嗦地说道:"不!他真的梦见了这个?哦,天哪!过去七天以来,我每天早上都想回忆起这个可怕的噩梦!我总是尖叫着醒来,却从来记不起自己究竟为什么要尖叫。这一定是真的。这当然是真的。这是神的警告。马上派人去请希拉努斯,叫他老实招供。"

她跑出房间,叫她的一个自由民去传这个口信。我如今才知道她叫他说的是:"十天已经过去了。现在皇帝命你立刻去见他,对他解释清楚。"那个自由民并不知道十天是什么意思,不过他还是把希拉努斯从睡梦中叫醒,将这个口信告诉了他。希拉努斯喊道:"来?我当然会来!"他匆忙穿好衣服,将某样东西塞进长袍的褶皱里,跌跌撞撞、怒睁着双眼冲到了那送信人的前头,朝我的寝宫跑来。这个自由民警觉起来。他拦住了一个奴隶男孩:"像闪电一样跑到会议室去,告诉卫兵们,等阿皮乌斯·希拉努斯到达的时候要搜他的身。"卫兵们找到了他藏着的匕首,将他抓了起来。我当场便审问了他。他当然没法解释自己为什么会带着匕首,于是我问他是否有话要为自己辩护。他唯一的辩护就是大发雷霆,口齿不清、语无伦次地骂我是个恶魔,骂梅萨丽娜是头母狼。我问他为什么想要杀我,他只是回答说:"把我的匕首还给我,暴君。让我用它刺进自己的胸膛!"我判了他死刑。可怜的家伙,他的死是因为他没有头脑,不敢大胆说出实情。

十四

希拉努斯被处决使得维尼西亚努斯兴起了造反的念头。希拉努斯出事的当天,我在元老院里宣布,希拉努斯企图杀害我,但是我的卫兵挫败了他的计划,我已经将他处死,大家惊叹起来,接着是沮丧的低语,很快便安静了下来。这是我即位以来处死的第一个议员,而且没人相信希拉努斯会企图谋杀我。大家觉得我终于露出了真面目,一个新的恐怖王朝就要开始了。我打着重重嘉奖的旗号将希拉努斯从西班牙召了回来,实际上却是一直处心积虑要除掉他。卡里古拉不就是这样的吗!我自然没有意识到大家都是这种感觉,还试着开玩笑说,我很感谢那尔齐苏斯就连在睡梦中也对我的安全如此警惕。"要不是这个梦,我就不会派人去请希拉努斯,他也就不会吓得露出马脚来,意图取我性命时就会用一种更加深思熟虑的方法。他有很多机会可以刺杀我,近来他深得我的信任,我还让他免遭搜身之辱。"大家的掌声很是虚伪。

事后,维尼西亚努斯对他的朋友们说道:"高贵的阿皮乌斯·希拉努斯之所以被处决,只是因为皇帝的希腊自由民做了一个噩梦而已。咱们能让傻瓜克劳——克劳——克劳狄乌斯这样一个没有主见的家伙来统治咱们吗?你们说呢?"

他们一致认为皇帝必须更加坚强更有经验，而不是像我这样一无所知、不学无术、半数时间都举止疯癫的临时替代品。他们开始互相回想我那些最显著的错误和怪癖。除了我已经说过的那些，他们还提起了我几天前在审查陪审团名单时所做的一个决定来作为例子。我必须要解释一下，罗马大约有四千名符合条件的陪审员，受到传召时，他们就得去出席审判，否则会被课以重金罚款；陪审团的工作非常费力，也很不得人心。陪审团名单是先由一位一等法官拟好的，今年也和往常一样，名单上超过半数的人主动提出，由于这样或那样的原因希望能免于参加陪审团；不过他们的要求十有八九都会被驳回。那位法官将最终的名单交给我审核，并且在那些要求免于出庭但被驳回的名字上做了记号。我无意中发现，在那些自愿参加陪审团工作的人当中有一个人我认得，他有七个孩子。根据奥古斯都颁布的一条法律，他可以终生免除陪审团工作；可他却并没有提出这样的要求，也没有提及自己家的人数。我对法官说道："把这个人的名字画掉。他有七个孩子。"他反对道："可是，恺撒，他自己并没有提出不参加陪审团。""一点不错，"我说道，"他是想当陪审员的。把他画掉。"我的意思当然是说，所有的老实人都觉得陪审团的工作既不讨好又很讨厌，而这个家伙明明拥有豁免权却秘不告人，所以几乎可以肯定他有不正当的意图。意图不轨的陪审员能收到巨额贿赂，因为通常来说，只要有一个陪审员不公正，就能影响整个陪审团的意见，哪怕这些陪审员都是公正的，而案子是由多数人的裁决来决定的。可那法官是个傻瓜，只是将我的话转述给了其他人："他是想当陪审员的。把他画掉。"把这当作一个典型的例子来证明我的愚蠢。

维尼西亚努斯和其他的反叛者们还说到了我做出的另外一个非同寻常的决定，我在法庭上断案时，坚持要每一个出庭受审的人都先说一段话，介绍一下自己的父母、亲戚、婚姻状况、工作情况、经济条件以及现在的职业等等等等——必须是他本人亲口说出，尽力去说就好，不许保护人或是律师替他代劳。我这样做的理由再明显不过了：要了解一个人，他自己说自己的十个字比他的朋友说上十小时好话都要强。他这十个字说了什么并不重要，真正要紧的是他怎么来说这些话。我发现，在开始审理案件以前了解一下这个人是笨嘴拙舌还是能说会道、是夸夸其谈还是谦虚谨慎、是沉着自信还是懦弱胆小、是本领高强还是稀里糊涂，对于我搞清楚接下来的事情非常有帮助。但是在维尼西亚努斯和他的朋友看来，我这样似乎对被告很不公平，让他没法指望保护人或是律师的口才。

奇怪的是，在我当了皇帝以后干的坏事当中，令他们最为震惊的居然是我在银马车事件中的所作所为。事情是这样的。有一天，我碰巧路过金匠街，看见差不多有五百号人都围在一家商店门口。我很想知道是什么吸引了他们的注意，便让我的仆人去叫人群走开，因为他们已经妨碍到交通了。人群散去后，我发现这家商店正在展出一辆遍体镶银的马车，车身边缘还镶了金子。轮轴也是镶银的，两端是用紫水晶做眼睛的黄金狗头；轮辐用乌木雕成了围着银腰带的黑人形状，就连车轴销都是黄金的。车身两侧镶的银子上装饰着浮雕图案，描述的是赛车场里战车比赛的场景；车轮的外缘镶嵌着黄金的葡萄叶。车辀和杆子也镶了银，两头则以黄金雕成丘比特的脸，以绿松石做成了眼睛。这辆绝妙的好车售价十万金币。有人悄悄对我说，这是一个富有的议员委托金匠制造的，他已经付过钱了，不过他叫金匠们将这辆车展售几天（价格远远高于他所付的钱），因为他希望大家都知道这车有多昂贵，然后自己再占为己有。这似乎很有可能，金匠们自己可不会仅仅抱着能找到富翁主顾的一线希望就造出这么贵的东西来。我身为公德导师，完全有权做出接下来的事情。我命令金匠们当着我的面，用锤子和凿子将镶嵌的金银都剥下来，按重量卖给一位能干的国库官员——他也是我派人去请来的——熔化了铸成硬币。人们大声抗议起来，我叫他们安静，说道："这么重的车会损坏公共路面的，咱们必须给它减轻一点重量。"我大概知道这车的主人是谁：是阿西阿提库斯，如今他觉得即使让人家知道他的巨富也没有危险了，以前他将这些巨额财产分成好几百个小份，以他的自由民或是朋友的名义存在几十家不同的银行里，就这样成功地瞒过了卡里古拉贪婪的眼睛。他现在这么炫耀，直接引起了民众的骚动不安。他买下鲁库路斯花园，并进行了非同寻常的扩建。大家觉得除了萨鲁斯特花园之外，这里就是最美丽的花园了；可阿西阿提库斯夸口道："等鲁库路斯花园完工之后，萨鲁斯特花园跟它比起来也不过就是几英亩荒地罢了。"他的花园里有罗马以前从未有过的水果、花卉、喷泉和鱼池。我忽然想到，到了城里粮食紧缺的时候，没人会愿意看到一个兴高采烈、大腹便便的议员赶着一辆有着黄金轮轴头和车轴销的银马车招摇过市。只要是个人，起码都会想要把那车轴销给扒下来。我仍然认为，在这件事情上我没做错。但是我却毁掉了一件艺术品——这位金匠非常有名，当初卡里古拉就是委托他来给自己制模并铸造金像的——大家认为我这种恶意的做法是野蛮的象征，哪怕我从人群里拉出十几个普通公民来，让人用锤子和凿子把他们打成碎片再把肉卖给屠夫，维尼西亚努斯的朋友们也远远不会这么恨我。阿西阿提库斯自己倒是敢怒不敢言，而且还非常谨慎，绝不承认自己是这马车的主人，可维尼西亚努斯充分利用了我的罪行。他说道："下一步他就会从我们背上扒下长袍，将羊毛拆开再卖给织布工。这人是个疯子。咱们必须除掉他。"

维尼奇乌斯跟反叛者们并不是一伙的。他猜想我对他本来就有疑心，因为他曾经反对过我，提名他自己当皇帝，所以他现在很是小心，对我绝没有一丝一毫的冒犯。而且他一定知道，现在还没法除掉我。我依然很受禁卫军的拥戴，而且为了防止被刺采取了很多预防措施——去哪里都有士兵护送、很仔细地搜查武器、每餐饭都有人尝毒——我家里的人都是既忠实又警觉，要想取我性命之后自己逃脱，这人必须格外走运、非常机灵才行。最近已经有两个人企图杀我了，但是他们都没有成功，这两人都是因为犯下了淫乱的罪行而被我威胁要贬黜的骑士。有一个等在庞培剧院的门口，打算等我出来的时候杀了我。这个主意倒是不坏，不过我的一个士兵看见他手里拿着手杖，又看到他猛地将那空心的杖头拔了下来，原来那其实是个短标枪；于是他朝那人冲过去，在他就要把标枪用力向我扔过来的时候一剑砍在他脑袋上。另一个人企图趁我在战神庙里献祭的时候刺杀我。这次的武器是一把猎刀，不过旁边的人立刻就缴了他的械。

实际上，唯一能除掉我的办法就是动用军队，可哪里能找到反对我的军队呢？维尼西亚努斯以为自己知道这个问题的答案。他打算向斯克里波尼亚努斯求助。斯克里波尼亚努斯是小卡米拉的表亲，很久以前，在我跟卡米拉订婚的那天，我的祖母莉薇娅却把她给毒死了。我哥哥去世的前一年，我住在迦太基，那时斯克里波尼亚努斯对我非常傲慢无礼，因为他在对塔克法瑞纳斯的战斗中表现突出，而我却没能参加那次战斗；他的父亲富里乌斯·卡米路斯时任阿非利加行省的总督，便叫他当众向我道歉。他只得听从了父亲的命令，因为在罗马，父亲的话就是法律，可他却从来没有原谅过我，打那以后他有两三回对我很不客气。卡里古拉在位时，他在皇宫里带头折磨我，比如像在门上放东西，让我一开门就被砸中，还有其他让我挨整的类似恶作剧几乎都是他想出来的。所以你可以想象得到，新近被卡里古拉派去达尔马提亚统领罗马军队的斯克里波尼亚努斯听说我被选为皇帝时，不仅仅感到嫉妒和厌恶，还很担心自己的安全。他开始琢磨，等他任期结束返回罗马的时候，我会不会宽恕他当年对我的侮辱；如果我宽恕他的话，我的宽恕会不会比愤怒让他更不好受。他决定对我给予总司令通常应得的尊重，同时却用尽一切手段让他指挥的军队忠于他个人；等到他该被召回的时候，他就会写一封信给我，和盖图里库斯当初从莱茵地区写给提贝里乌斯皇帝的那封一样："只要我还手握兵权，您就可以相信我是忠于您的。"

维尼西亚努斯和斯克里波尼亚努斯私下里是朋友，一直都写信把罗马发生的事情向他通报。希拉努斯被处死以后，维尼西亚努斯写道：

> 亲爱的斯克里波尼亚努斯，我有个坏消息要告诉你。克劳狄乌斯愚蠢无知，装疯卖傻，只会依赖一帮希腊自由民、一个挥金如土的犹太流氓、他的酒鬼朋友维特里乌斯和他那淫荡又有野心的年轻老婆梅萨丽娜给他建议，他已经让罗马颜面尽失，现在又犯下了他第一桩严重的谋杀罪。可怜的阿皮乌斯·希拉努斯本来在西班牙当总督，却被他给召了回来，心神不宁地在皇宫里住了一两个月，然后，有天一大早，他忽然被人从床上拉起来，当场就被处决了。昨天，克劳狄乌斯来到元老院，几乎是把这事当成玩笑来说的。罗马

凡是有正义感的人一致赞成，希拉努斯的仇非报不可，大家认为，要是出现一个适合的领导者，全罗马都会张开双臂欢迎他。克劳狄乌斯已经把罗马搞得一团糟了，简直叫人恨不得让卡里古拉再活过来。遗憾的是，眼下禁卫军依然效忠于他，没有军队的话，我们什么都做不了。有人企图刺杀他，但是都没有成功，他太胆小了，人家哪怕想带一把锥子进入皇宫，也会在前厅被人搜出来拿走。我们就指望你来拯救了。要是你带着第七军团、第十一军团和你能够召集的地方部队开到罗马，那我们的麻烦就会全部迎刃而解。只要你答应给禁卫军一笔奖金，像从前克劳狄乌斯给他们的一样丰厚，他们就会立刻变节来效忠于你。他们都很瞧不起他，觉得他就是个爱管闲事的平头百姓，他当初迫不得已给了他们第一笔重赏，打那之后最多也就是他过生日的时候赏给他们每人一个金币，好让他们为他的健康干一杯。你一到意大利——运输工具的问题很容易解决——我们就会带着一支志愿军加入你的行列，你需要多少钱，我们就给你多少钱。别再犹豫不决了。现在就动手，不然情况会越来越糟的。在克劳狄乌斯还没来得及派人去莱茵河搬救兵之前，你就能到罗马；而且我认为，他即使派人去了，也请不来救兵的。据说日耳曼人打算报复，卡蒂人有行动的时候，加尔巴肯定不会离开他在莱茵河的岗位。要是加尔巴不走，盖比尼乌斯也不会走，他俩总是共同进退的。所以这很可能是一次不流血的革命。我不想用警告来恳求你小心自身的安危，因为我知道你将罗马的荣誉看得比一己私利更加重要。但是这事你也应该知道，几天前，克劳狄乌斯对我的表亲维尼奇乌斯说："我可没忘记旧账。等某个总督在巴尔干的任期结束回到罗马时，你记着我的话，我一定会让他用鲜血来偿还他当初对我做的那些恶作剧。"再多说一句。不要因为让你的行省无人防守而感到内疚。你的军队不会离开太久，你干吗不带上大批人质一起走，好让地方上的这些人不敢趁你不在就起来造反呢？再说达尔马提亚又不是什么边疆的行省。要是你站在我们这边，准备像你那伟大的祖先卡米路斯一样为自己挣得荣誉，成为第二位拯救罗马的人，就立刻告诉我吧。

斯克里波尼亚努斯决定冒险一试。他写信给维尼西亚努斯说，除了他在达尔马提亚港口能够征用的船只以外，他需要意大利提供一百五十艘船。他还需要一百万个金币作为赏金来说服那两个军团的正规军——每个军团都有五千多人，此外还有他打算从达尔马提亚征募的两万名士兵——不再对我效忠。于是维尼西亚努斯和他的同党们——六位议员和七名骑士，还有被我贬黜的十名骑士和六位议员——借口说要去视察他们在乡下的房产，悄悄地离开了罗马。我最早是从斯克里波尼亚努斯写给我的信中得知了造反的消息，他的措辞傲慢无礼至极：他说我是冒名顶替的骗子，是个傻瓜，命令我即刻卸下所有公职，回去过我的平民生活。他对我说，我已经证明了自己能力低下，无法胜任元老院在困惑失常时交托于我的任务，而他——斯克里波尼亚努斯——现在宣布不再效忠于我，并且即将带领三万大军驶向意大利，让罗马与全世界都恢复秩序，重整朝政。如果我收到这个通知以后即刻逊位，那么他就饶我不死，我和我的家人也会受到赦免，就像我继位时明智地听从劝告赦免了我的政敌一样。

读到这封信时，我的第一反应是哈哈大笑。天哪，要是能回去过上平民生活，在井然有序的政府之下，跟梅萨丽娜、我的书本，还有孩子们平静自在地过日子，那该有多么高兴啊！当然，如果斯克里波尼亚努斯认为他能比我统治得更好，我一定会、绝对会放弃皇位。打个比方吧，这就像我能够懒洋洋地躺在椅子上，看着别人努力去完成那不可能的任务，我从来都不希望它落到我的肩上，这个吃力不讨好的任务让我越来越难以负担、忧心忡忡，我简直无法轻易用语言来形容！这就好像拉奥孔和他的两个孩子正在跟愤怒的天神派来毁灭他们的那两条巨蟒搏斗，这时阿伽门农国王跳上前去大声喊道："嘿，把这两个了不起的家伙交给我来处理吧。你们不配和他打。依我说，你们就别去管他们了，不然会更倒霉。"可是我能相信斯克里波尼亚努斯会遵守承诺赦免我和我的家人并且饶我们不死吗？他的政府会不会像他期望的那样井然有序、像样得体？禁卫军对这事会有什么看法？斯克里波尼亚努斯在罗马是否像他自己认为的那样受人拥戴？那两条蛇真的会愿意离开拉奥孔和他的孩子们，转而去盘绕在这个阿伽门农的身体上吗？

我赶紧召集元老院开会，对他们说道："大人们，在读这封信给你们听之前，我必须告诉你们，我很愿意赞同信中提出的要求，信中对我郑重承诺的其他事情以及安全保障，我也非常乐意接受。事实上，促使我拒绝富里乌斯·卡米路斯·斯克里波尼亚努斯这些提议的只有一个原因——如果我照他的话做了，你们将深深地感到，这个国家会越来越糟，而不是越来越好。我承认，直到去年为止，我对治理国家和问罪断案的技巧还一无所知，也不了解出兵的步骤，这让我很是惭愧；尽管我每天都在学习，却依然落后于人。凡是和我年龄相仿、级别相当的人，都能教给我很多寻常的本领，而我对这些却完全是个外行。这都要怪我出生时身体不好，还有我家里那些杰出的人——如今有些已经成了神——在我孩提时说我脑子太笨，而不是因为我曾经逃避过对祖国的责任。而且，虽然我从来没有期望过自己会担起重责大任，却还是为了提高自己而私下里发奋学习，我想你们也承认我下的功夫值得赞扬吧。我想冒昧地提个意见：其实我的家人弄错了，我从来都不是个蠢材。奥古斯都神曾经口头表达过这个意思，那时他刚从波斯杜姆斯·阿格里帕的岛上拜访他回来；阿波罗图书馆那位高贵的阿西尼乌斯·波利奥在他临死前三天也这么说过，就是他建议我假装愚笨来保护自己——就像第一个布鲁图[1]那样——要是我表现得太过聪明，有些人也许会想要除掉我的。还有我的妻子乌古兰尼拉，她脾气不好、对我不忠、性情又残暴，所以我跟她离了婚，可她居然特地在遗嘱里写道——如果你们想看的话，我可以拿给你们看——她相信我不是个傻瓜。莉薇娅女神临终前最后对我说的话——或许我应该说'在她成神之前不久'——是：'想想吧，我以前居然说你是个傻瓜。'我承认，我的姐姐莉维拉、我的母亲安东尼娅·奥古斯塔、我的侄儿先帝盖乌斯以及他的前任、我的伯父提贝

---

1 指的是卢修斯·朱尼厄斯·布鲁图，罗马共和国的缔造者。

里乌斯从来不曾改变他们对我的错误看法；后两者甚至在给元老院的公函中也是这么写的。我伯父提贝里乌斯不允许我成为你们当中的一员，理由是不管我说什么，都只会考验你们的耐心、浪费你们的时间。我侄儿盖乌斯·卡里古拉倒是在元老院给了我一席之地，那是因为我是他叔叔，他想表现得宽宏大量。但是他规定，在所有的讨论中，我都得最后一个发言；他有一回发表讲话时还说，如果有议员在开会期间想要方便，以后请礼貌地克制一下，不要在人家——比如说他自己——发表重要讲话时跑出去扰乱他人的注意力，要等到执政官请提贝里乌斯·克劳狄乌斯·德鲁苏斯·尼禄·日耳曼尼库斯（那时大家就是这么叫我的）就所讨论的事项发表意见，这才等于是发出了让大家集体走神的信号。要是你们不记得这事的话，可以在档案里找到记录。好吧，我记得，你们采纳了他的建议，你们以为我没有感情，不会受伤；或者你们觉得我的感情反正以前常常受伤，所以这会儿我一定像提贝里乌斯的无翼龙一样全身刀枪不入了；也可能你们跟我侄儿的观点一致，认为我就是个白痴。不过，两位神灵——奥古斯都和莉薇娅——经过深思熟虑之后的看法却与此相反——这一点你们必须要相信我，因为这些话并没有写下来记录在案——这肯定比多少凡夫俗子的意见都有分量吧？我很想说，谁反对神灵的意见，谁就是对神不敬。可是如今，亵渎神灵已经不算犯罪了——这是咱们改的；但是如果神灵刚好无意中听到的话，这起码很不礼貌，也许还很危险。再说，我的侄儿和伯父都死于非命，也没人哀悼他们，人们不再像引用奥古斯都神说过的话和写过的信那样充满敬意地引用他俩说过的话和写过的信，他俩制定的多数法规都被废止了。大人们，他们活着的时候是狮子，可是如今他们已经死了，用奥古斯都神最爱援引的那句犹太谚语来说，死掉的狮子还不如活着的狗。他这话是跟朱迪亚国王希罗德大帝学来的，他非常敬重希罗德大帝的智慧，正如我很敬重希罗德大帝之孙希罗德·阿格里帕国王的智慧一样。我不是狮子，这你们是知道的。但我觉得自己当起看门狗来还不算坏；而且，如果有人说我治国无方或者说我是个傻子，我认为这并不是在侮辱我，而是在侮辱你们，因为逼着我当皇帝的人是你们，打那以后，你们就我取得的各项成功表达过多次祝贺,还奖励给我很多莫大的荣耀,其中包括国父。如果国父是个傻瓜,那他的孩子们岂不是肯定会继承这个坏名声?"

接着,我读了斯克里波尼亚努斯的信,同时好奇地环顾着四周。我讲话时,所有的人看起来都极不自在,可是大家却只敢在似乎应该的时候鼓掌、抗议或是表示吃惊。你们——我的读者们——的想法肯定跟他们一样:"在有人造反之前说这番话太奇怪了!克劳狄乌斯干吗非要把他希望我们忘个一干二净的事情——人家以为他是傻瓜这事——旧话重提?他为什么会觉得应该提醒我们,他的家人曾经认为他智力低下?他又为什么要读出斯克里波尼亚努斯来信中说起这事的部分?还有他干吗要自降身份来讨论这事?"是的,这似乎非常可疑,就好像我确实知道自己是个傻瓜,可又想要说服自己我不是。不过我知道自己在干什么。事实上,这就是我的聪明之处。首先,我说话非常真诚,人在说起自己时如果出人意料地真诚,别人就不会不买账。我这是在提醒元老院不要忘了我是什么样的人——正直且忠实,我不聪明,但也不会谋求私利;同时也是提醒议员们不要忘了他们自己是什么样的人——脑子聪明却只顾自己,既不正直,也不忠实,而且还不勇敢。卡西乌斯·卡瑞亚曾经警告过他们不要把皇位交到一个傻瓜手里,可他们却因为畏惧禁卫军而无视他的忠告——不过,到目前为止,总的来说这些事的结局都非常好。罗马重新繁荣起来,人人都平等地享受着公正,百姓心满意足,军队在国外打了胜仗,我的专制也并不过分;而且——正如我在接下来的讨论中告诉大家的——我的腿虽然一瘸一拐,可我去过的地方也许比多数双腿健全的人都要多;因为我非常清楚自己的缺陷,所以从不允许自己止步不前或是放慢脚步。另一方面,我希望通过这番讲话告诉他们,如果他们想要让我下台,大可请便;我对自己的缺点毫不隐瞒、不顾颜面,这样等我恢复平民百姓的身份时,他们也就不会对我太过无情甚至打击报复了。

有几个人发言表了忠心,但是措辞都很谨慎,因为害怕斯克里波尼亚努斯逼迫我退位之后报复他们。只有维尼奇乌斯说得很是强硬。

"大人们,我想咱们当中许多人都敏锐地感觉到了,国父这是在责备我们，尽管他说得很温和。我承认，在他即位以前，我误会过他，对此我深感惭愧。我认为他无法胜任那些职位，可他却一直做得非常出色。现在我简直没法相信我们曾经轻视过他的智力，我能想出的唯一解释就是他欺骗了我们，他谦虚过人，先帝在位期间他还故意贬低自己。你们都知道俗话说'卖瓜人不会说瓜苦'。可是在卡里古拉统治期间，这句俗话却没人相信了，凡是篮子里有瓜的聪明人都只会说瓜苦，免得卡里古拉起了贪念或是燃起妒火。瓦列利乌斯·阿西阿提库斯不敢让人知道他富有，提贝里乌斯·克劳狄乌斯不敢让人知道他聪明；我没有什么可以隐瞒的，除了我对暴政的深恶痛绝，可是我却将这个想法一直隐瞒到了可以行动的那一刻。是的，我们都说'瓜苦'。如今卡里古拉死了，在克劳狄乌斯的统治之下，真诚这个词获得了它应有的荣耀。所以我也就实话实说了。最近，我的表亲维尼西亚努斯在我面前激烈地抨击过克劳狄乌斯，并且提议罢黜他。我虽然愤怒地斥责了他，却并没有将这件事情向元老院报告，因为现行法律中已经没有叛国罪这一条了，再说他毕竟是我的表亲。言论自由是必须得到允许的，尤其是在亲戚之间。今晚维尼西亚努斯并不在这里。他已经离开罗马。我担心他是去跟斯克里波尼亚努斯会合了。我还发现他的六个密友也没有来开会。他们一定是跟他一起走的。可是七个不满的人算什么——七个人对五百个？只是微不足道的一小部分而已。而他们究竟是真的不满还是为了个人的野心？

"我要谴责我的表亲，他的所作所为犯下了三条罪状：首先，他忘恩负义；其次，他不忠不义；最后，他愚不可及。他忘恩负义：他当初支持我成为皇位的候选人，可是国父却主动宽恕了他，从那之后，他在元老院里出言不逊、横生枝节，国父也都宽容忍耐。他不忠不义：他已经宣誓效忠提贝里乌斯·克劳狄乌斯·恺撒这位国家元首，除非恺撒确实违背了自己的誓言，在有关公共利益的方面统治不公——这事不可能发生——他违背自己誓言的举动才算情有可原；可是恺撒一直都谨守承诺。维尼西亚努斯对恺撒不忠，也就是对他自己发誓时说到的神灵不敬，就是与元老院为敌，在恺撒治下，元老院比以往任何时候都要满意。他愚不可及:斯克里波尼亚努斯也许能用谎言和贿赂说服他部队里的几千个士兵侵犯意大利,没准还能打几场胜仗,可是高尚的元老院里有谁真的相信他注定会成为我们的皇帝?有谁相信禁卫军——咱们最主要的屏障——会转而投向他?禁卫军可不是傻瓜,他们知道自己如今处境很好。元老院和老百姓也不是傻瓜,他们知道在克劳狄乌斯统治之下,他们享受着自由与繁荣,而他的两位前任却从没有给过大家这些。斯克里波尼亚努斯没法迫使罗马人接受他,除非他承诺改正现有的错误,可他却很难找到错误去改正。大人们,在我看来,这次可能发生的暴动是受了个人嫉妒和野心的驱使。现在别人叫我们做的不仅仅是把一位已经证明自己在各个方面都值得我们敬佩与服从的皇帝换成一个能力不明、意图可疑的人,而且我们还冒着引发流血内战的风险。假设恺撒听从他的劝告退了位,军队就一定会承认斯克里波尼亚努斯是他们的司令官吗?有几位高级军官远比斯克里波尼亚努斯更有能力登上帝位。如果有哪个兵团的司令官带着四个军团的正规军——而不是像斯克里波尼亚努斯那样只带了两个——回来了,我们怎么才能阻止他争夺皇位和开进罗马?就算斯克里波尼亚努斯的企图得逞了——我觉得这是最不可能的——那维尼西亚努斯呢?他会甘心臣服于傲慢的斯克里波尼亚努斯吗?他之所以会主动提供支持,也许不仅仅是以分享罗马帝国为条件呢?如果事实果真如此的话,他们会不会像当年的庞培和尤利乌斯·恺撒神、马克·安东尼和奥古斯都神那样决一死战?不,大人们。在这件事情上,我们的忠诚、我们的感激和我们的利益是息息相关的。如果我们希望国人感谢我们,神灵满意我们,以后当维尼西亚努斯和斯克里波尼亚努斯这两个罪有应得的叛徒死去时,我们能够自我庆幸,那我们就必须忠诚地站在提贝里乌斯·克劳狄乌斯·恺撒这一边。"

接着,鲁弗里乌斯说话了。"元老院里常常有人提起禁卫军可能会叛变,我觉得这种说法很不妥当。作为禁卫军的司令官,我要说,没有一个人会忘记自己对皇帝的义务。大人们,你们想必还记得,最初就是禁卫军请求提贝里乌斯·克劳狄乌斯·恺撒——如今的国父——承担起统率军队的重责大任,当时元老院还有一阵子不肯批准禁卫军的选择。因而议员是没有资格暗示禁卫军会不忠的。不，因为是他们最早拥立提贝里乌斯·克劳狄乌斯·恺撒为皇帝，所以他们会对他的事业支持到底。如果军营里听到消息，元老院决定将这至高无上的权力交给其他任何人——大人们，那样的话，我建议你们在做出决定之后，要么立刻用长凳和一袋袋的鹅卵石做成路障，尽可能地给这座大厦加强防御，要么就无限期休会、作鸟兽散吧。"

于是，元老院一致投了信任票给我，并且委托我写信给斯克里波尼亚努斯，通知他即刻停职，必须回到罗马解释清楚。可是斯克里波尼亚努斯从来都没有收到我的信。他已经死了。

我来告诉你们这是怎么回事。他放任自己的部队纪律松懈，常常招待大家免费吃喝玩乐，还自掏腰包给士兵们增加酒的配给量，以为这样就成功地让自己受到了拥戴。他让第七军团和第十一军团在当地一个竞技场里集合，对他们说自己的生命受到了威胁。他把维尼西亚努斯的信——或者是其中的大部分——念给他们听，说他打算将罗马从一位正在奋起直追、眼看就要变得跟卡里古拉一样反复无常、一样冷酷无情的暴君手里解救出来，问他们是否会站在他这边。"必须恢复共和制，"他喊道，"只有在共和制之下，才能享有真正的自由。"就像老话说的，他一股脑儿将种子都播了下去，其中有一些似乎立刻就发了芽。普通士兵们从他的话里嗅到了钱的味道：他们爱钱，而这么慷慨大方的一个司令官要是成了我生气或是嫉妒的牺牲品，那似乎很不公平。他们高声地向他欢呼，也向曾经指挥过第十一军团的维尼西亚努斯欢呼；发誓说如果需要的话，他们会跟着他俩一直到天涯海角。斯克里波尼亚努斯答应当场赏给他们每人十个金币，到达意大利时每人再赏四十个，成功开进罗马的那天每人还赏一百个。他当场兑现了赏钱，让他们回军营去，做好准备迎接即将到来的战斗。等意大利的船一到，本地征募的军队武装完毕，他就会立刻召他们出征。可是斯克里波尼亚努斯犯了一个大错，他低估了自己军队的忠诚与才智。诚然，他毫不费力就能激得他们为了他而义愤填膺，在这样的情绪下，他们倒也不介意收几个硬币当赏钱；可是彻底背叛他们身为士兵的誓言就是另外一回事了。这可不是容易收买的。

他们会跟着他去到天涯海角，却不会去世界的中心——罗马。要说服他们上船去意大利，每人十个金币是不够的，答应上岸时再赏四十个也还是不够。离开他们的行省去入侵意大利，这就是造反，如果不成功的话，就只有死路一条——战死、处死——如果皇帝想要拿他们来杀一儆百的话，甚至有可能将他们活活打死或是在十字架上钉死。

军官们立刻召开了会议，决定是否要跟随斯克里波尼亚努斯。大家说有些同情他，但是还没到想要造反的地步。不管怎样，没人希望恢复共和制。斯克里波尼亚努斯对他们说，他就指望他们的支持了，并且暗示道，如果他们不肯和他一起从事这让罗马人恢复自由的光荣事业，普通士兵当然有理由发火，到时他就会把他们交给这些士兵处置。他们决定拖延时间，于是派了一个代表团去向他报告，说他们自己还没有达成一致的意见，但是会在远征起航的那一天将他们共同的决定告诉他——如果他宽恕他们这份谨慎犹豫的话。斯克里波尼亚努斯叫他们请便——他有大把有能力的人可以担任他们的职位——不过他警告他们，如果他们不肯参加的话，就准备为了自己的顽固赴死吧。比这个军官会议更重要的是，掌旗手、中士、下士和所有服役十二年以上的人也召开了一个秘密会议，他们中多数人都娶了达尔马提亚女人为妻，因为他们一直都在这里服役，罗马军团几乎从来没有从一个行省轮换到另一个行省去过。实际上，第七军团和第十一军团已经把达尔马提亚当作他们永远的家了，他们只想让自己在这里尽量过得舒服些，保卫好自己的财产，除此之外他们什么也不关心、什么也不去想。

第七军团的鹰旗手对与会者说道："伙计们，你们不是真的想跟将军到意大利去，对吧？依我看，这就是一次非常愚蠢的冒险，跟军团的荣耀没多大关系。咱们宣过誓要效忠提贝里乌斯·克劳狄乌斯·恺撒的，不是吗？他已经证明了自己是个正派的人，不是吗？也许他很讨厌斯克里波尼亚努斯老家伙，可是谁又知道他俩谁对谁错呢？斯克里波尼亚努斯老家伙也可以有自己讨厌的人，这我们都看到了。干吗不让他们俩自己去解决他们的分歧呢？我很乐意去跟日耳曼人、摩尔人、帕提亚人、犹太人、不列颠人、阿拉伯人打仗——你想叫我去哪儿都行——因为这就是我身为士兵应该做的。可是我不会到意大利去跟禁卫师打仗。我听说,皇帝很受他们拥戴,而且,我觉得我们跟他们互相残杀可真是荒唐。将军压根就不该问咱们。就我个人而言,他的赏钱我还留着呢,我没打算花。我提议咱们就让这事算了吧。"

大家都同意了。不过年轻的士兵们和那些难对付的人——脾气不好的老兵——觉得有望轻松赚到赏钱,还能弄到很多战利品,所以已经很兴奋了。这样一来,会议当前面临的问题就是如何让叛乱流产而又不会将自己置于违反原则的处境。有人想到了一个可行的办法。三十年前这两个军团曾经发生过一场叛变,可是却突然被上天的不祥之兆给平息了——先是日食,紧接着就是倾盆大雨;现在干吗不再造一个不祥之兆来阻止叛乱呢?于是他们便选定了一个适合的征兆。

五天以后,斯克里波尼亚努斯命令两个军团开到港口,全副武装,带上口粮和装备,准备立刻上船前往意大利。第七军团和第十一军团的鹰旗手同时向他们的指挥官报告说,当天早上他们没法像平日那样给鹰旗戴上桂冠。他们刚一把桂冠系上,它就掉了下来,而且马上就枯萎了!然后,掌旗手们又假装惊恐万状地跑来报告了另外一桩奇事:插在地上的旗子怎么都拔不起来!军官们听到这些可怕的征兆非常高兴,便报告给了斯克里波尼亚努斯。斯克里波尼亚努斯勃然大怒,冲到第十一军团的军营里。"你们这些骗子,你们说旗子拔不动?这是因为你们是一群胆小鬼,连狗胆都不如。看!谁说这个旗子拔不动的?"他走到最近的旗杆旁边用力去拔,又是拉又是拽,用尽了气力,额头上的血管像青筋一样爆了出来,可这东西却纹丝不动。其实,早在开会那天晚上,这旗杆就被偷偷插在了水泥里面,上头再堆上土,其他所有的旗杆都是这样。水泥已经凝固得跟石头一样了。

斯克里波尼亚努斯明白一切都完了。他朝天晃了晃拳头,然后跑到港口跳上他自己的帆船,叫船员们即刻解开缆驶向大海。我猜,他是打算到意大利去警告维尼西亚努斯,说他已经失败了。可是船员们却在科孚附近的利萨岛把他放了下来,他们怀疑他的计划出了岔子,不想再和他有任何的关联。只有一个自由民一直和他在一起,他自杀时也在场。一两天以后,维尼西亚努斯听到了这个消息,他也自杀了,跟他一起造反的伙伴们多半也都自尽了。这次叛乱就此结束。

  我向元老院讲话十天以后,听到了斯克里波尼亚努斯事败的好消息。我不会假装自己这些天过得一点儿也不担心。我变得很容易激动,要不是色诺芬的努力,我那神经紧张的老毛病恐怕又得狠狠地再犯一回。可是他让我又是吃这个药,又是吃那个药,还一直叫人给我仔细地按摩,并且用他那干巴巴的话语鼓励我不要担心将来;就这样引着我没有大碍地渡过了难关。我想起荷马的一句诗,久久不能忘怀,逢人便说:

  其无端陷汝于争竞,
  汝当倾力对抗斯人。

  有一天我甚至把这句诗当作口令给了鲁弗里乌斯。梅萨丽娜为这事取笑我,不过我早就想好如何应答了:"荷马也没法忘记这句诗。他不止一次地用过,在《伊利亚特》里有一次,在《奥德赛》里用过两三回呢。"梅萨丽娜一直忠心耿耿,我在公开场合露面时百姓和士兵们都对我忠诚地欢呼,元老院似乎也很信任我,这些都给了我莫大的安慰。

  为了奖赏第七军团和第十一军团,我请元老院将他们重新命名为"忠诚的克劳狄军团"。在梅萨丽娜的坚持下(维特里乌斯也同意她的观点,认为现在不是大赦的时候),我处死了还活着的主要叛乱分子。不过我并没有像处死希拉努斯那样立即处死他们,而是依次对他们一个一个地进行了正式审判。我采用的步骤是这样的:首先,我坐在主持审判的位子上,两位执政官分别站在我两旁,由我来宣读指控。接着,我回到自己平常的座位上,执政官命人将他们的椅子搬来,他们坐下来担任主持审判的法官。当时我正好得了重感冒,我说话的声音本来就不大,现在变得更小声了;不过我身边有那尔齐苏斯、波里比乌斯和禁卫军的上校们,要是我想盘问哪个犯人或是证人,我就会把问题列在纸上递给他们中的一个,或者小声地告诉他们,让他们替我来问。那尔齐苏斯传起话来说得最好,所以我让他代劳的时候比让其他人都多,结果这引起了人们的误会。后来，我的敌人们说他对犯人的检举其实都是他自己的主意——他只是一介自由民，却来起诉高贵的罗马公民，这可真是丑事一桩！那尔齐苏斯的态度举止确实是既自信又独立，当他盘问斯克里波尼亚努斯信任的自由民时，那人对答如流地为自己的主人做证，我得承认，当时就连我都在跟大家一起笑话那尔齐苏斯。

  那尔齐苏斯：你是富里乌斯·卡米路斯·斯克里波尼亚努斯的自由民吧？他死的时候你在场吗？
  自由民：是的。
  那尔齐苏斯：他很信任你，所以将意图造反的事情告诉你了吧？你知道他的共犯是谁吗？
  自由民：你是想暗示我不配得到他的信任吗？如果他在这次所谓的叛乱中有共犯的话——就像你所说的——难道我要出卖他们吗？
  那尔齐苏斯：我什么也没有暗示。我只是问你一个简单的事实问题而已。
  自由民：那我就给你一个简单的回答。我不记得了。
  那尔齐苏斯：不记得了？
  自由民：他对我说的遗言是：'不管我就这件事对你说过什么，忘掉吧。让我的秘密随我一同死去。'
  那尔齐苏斯：啊，那么我就可以假设他确实信任你。
  自由民：你爱怎么假设就怎么假设。我无所谓。我的主人临终前命令我忘记。我必须绝对服从他的命令。
  那尔齐苏斯（大步向前，愤怒地走到房间中央，结果他挡着我看不到证人了）：你可真是个诚实的自由民，大力神可以做证。伙计，告诉我，如果斯克里波尼亚努斯当上了皇帝，你会怎么做？
  自由民（忽然热情起来）：伙计，我会站在他的身后，而且不乱说话。

有十五个参加叛乱的贵族或是前贵族被处死，不过其中只有一个是议员，他叫将库斯，是个一等法官，我先撤了他的职，然后才给他判刑。其他的议员都在被捕之前就自杀了。与往常的惯例不同，我并没有没收被处决的反叛分子的财产，而是让他们的继承人继承了财产，仿佛他们是体面自杀的。实际上，有三四个人的遗产差点就被收去还债了——也许他们是为了参加叛乱才借的钱——所以我其实是给他们的继承人送了一笔礼金。有人说那尔齐苏斯收受贿赂，掩盖了某些反叛分子的犯罪证据。这肯定是捏造。我是在波里比乌斯的帮助下亲自进行的初步调查，还记下了证词。那尔齐苏斯根本就没有机会隐瞒任何证据。反倒是梅萨丽娜能拿到这些文件，也许销毁了其中一部分，但我也不知道她干了没干。不过，那尔齐苏斯和波里比乌斯都是只有在我在场的情况下，才会处理这些文件。还有人说，自由民和罗马公民受到了刑讯逼供。这也不是真的。几个奴隶确实受了刑，但这并不是要逼他们做证告发自己的主人，而是要他们做证告发某些我怀疑做了伪证的自由民。人们之所以会传言我对自由民和罗马公民用刑，很可能是因为这个情况：维尼西亚努斯发现反叛失败，便释放了他的一些奴隶，免得他们受了刑将他供出来；他将释放令上的时间提前了十二个月。这种手续是不合法的，提贝里乌斯曾经通过了一条法律来禁止这种逃避行为，根据这条法律，这些人无论如何还是可能遭到严刑讯问的。我发现有一名所谓的罗马公民并没有权利以此自居，便对他用了刑。将库斯在受审时抗议说自己在牢里受到了粗暴的虐待，他出庭时包着绷带，脸上有不少很严重的伤口，不过鲁弗里乌斯做证说这完全是谎言；他受伤是因为拒捕——他光着身子从布林迪西的卧室窗子跳下来，想要冲过一道树篱。两名禁卫军上尉也证实了这一点。

不过，将库斯却报复了鲁弗里乌斯。"要是我死了，鲁弗里乌斯，"他说道，"我肯定会拉着你一起的。"然后他转过头来对我说："恺撒，你所信任的禁卫军司令和我一样痛恨你、鄙视你。我和培图斯曾经代表维尼西亚努斯去和他会谈，问他等军队从达尔马提亚到达这里的时候，他会不会带着禁卫军投到我们这一边。他同意了，但条件是他、斯克里波尼亚努斯和维尼西亚努斯要一同拥有罗马帝国。鲁弗里乌斯，如果你够胆,就不要承认。"

我当场逮捕了鲁弗里乌斯。起初他还想一笑了之,可是等待受审的反叛骑士之一培图斯证实了将库斯的证词,最后他终于败下阵来求我开恩。我便开恩允许他自尽。

还有几个女人也被处死了。要是女人犯了煽动叛乱罪,我觉得她们的性别就没法保护她们免受惩罚了,尤其是那些并没有以严格形式结婚的女人,她们还保持着独立,掌管着自己的财产,所以也就没法借口说自己是被胁迫的。她们被链子锁着带上了断头台,就和她们的丈夫一样,不过总的来说,她们在临死时表现得反而更加勇敢。有一个女人名叫阿里娅,是培图斯的妻子,和梅萨丽娜是很好的朋友。她是按照严格形式结婚的,所以如果她敢请求赦免的话,肯定会得到允许。可是她没有,她宁愿和培图斯一同赴死。培图斯在鲁弗里乌斯的案子中做了证,所以我奖赏了他——允许他在受到正式起诉以前自行了断。可他是个胆小鬼,没有勇气死在自己的剑下。阿里娅一把从他手中抢过剑来,刺进了自己的肋骨下面。"你瞧,培图斯,"她临死时说道,"这不疼。"

在因为参与合谋这次叛乱而死的人当中,地位最高的就是我的侄媳朱利亚(贪吃鬼海伦)。我很高兴有这么个好借口可以除掉她,就是她将自己的丈夫——我那可怜的侄儿尼禄——出卖给塞扬努斯,害得他被放逐到小岛上,结果死在了那里。后来,提贝里乌斯为了表达自己对她的鄙视,将她嫁给了布兰度斯——一个粗野的光棍骑士。海伦嫉妒梅萨丽娜的美貌,也嫉妒她的权力:她因为好吃懒做,变成了肥婆一个,原先的美貌荡然无存。不过,有些鼠辈就喜欢有丰满魅力的女人,就像老鼠热爱大号南瓜一样,维尼西亚努斯便是其中之一,他原本打算,如果自己当了皇帝——他知道鲁弗里乌斯和斯克里波尼亚努斯两个人加起来都不是他的对手——就让贪吃鬼海伦当他的皇后。可是,维尼西亚努斯为了向我们表忠心,便将她出卖给了梅萨丽娜。

十五

所以，我仍然是皇帝，安全迅速回归平民生活的希望破灭了。我开始对自己说，奥古斯都以前时不时在讲话中说，很快就恢复共和制，他其实并没有说谎；我伯父提贝里乌斯以前总说要逊位，我甚至也不像当时那么怀疑他的诚信了。是的，如果一个平头百姓坚定地信仰共和主义，他大可以发牢骚："怎么，选个天下太平的时候逊位、将政权交给元老院，还有比这更容易的事情吗？"他这么说一点都不难。只有这平头百姓自己当了皇帝，才能明白其中的难处。问题就在于"天下太平的时候"这句话：从来就没有天下太平的时候，总是存在各种干扰因素。有人很诚恳地说："也许再过半年，也许是一年。"可是半年过去了，一年也过去了，尽管有些干扰因素成功地得到了解决，可是肯定会有新的冒出来填补他们的空缺。我本来决定，将提贝里乌斯和卡里古拉留下的烂摊子收拾干净，同时把元老院当作一个有责任心的、有立法权的群体来对待，以帮助他们重新获得自尊——人有了自尊才会有自由——这些都实现以后，我便立刻把政权交出去。可是元老院的这些人却不配得到我更多的尊重。我让最适合的精英们成了元老院的成员，可是取悦皇帝的奴性传统却难以打破。他们不相信我的好性子：要是我自然友善地对待他们，他们便无礼地用手捂着嘴交头接耳、窃窃私语；要是我突然间对他们大发脾气——我有时候会这样——他们就会立刻安静下来，浑身颤抖，就像那些让脾气随和的老师忍无可忍的淘气男学生。不，我还没有放弃。理论上来说，我感到惭愧至极——我竟然不得不处死一场失败的反君主叛乱的领导者；可是实际上，我还能怎么办呢？

这个问题我仔细思量了很久。柏拉图是不是曾经写过，任何人为自己掌权找到的唯一正当理由就是，这样可以避免被才能不如自己的人统治？这话说得有理。但我担心的事情恰恰与此相反——如果我退了位，就会有才能胜过我（不过我自认为不会有人比我更勤奋）的人继位——比如莱茵地区的加尔巴或是盖比尼乌斯，这样君主制就会变得更加强大，共和制也就永远恢复不了了。无论如何，天下太平的时刻还没有到来。我还得继续工作。

叛乱本身和它所导致的后果妨碍了我的公务，我的进度落后了两个月。为了争取时间，我废除了好几个无甚必要的公众假期。新年（公元43年）到来之际，我第三度担任执政官，维特里乌斯是我的搭档，不过两个月后我就辞职让位给了阿西阿提库斯。这是我人生中最重要的一年——这一年我进行了不列颠远征。不过在此之前，我要先写几件家务事。现在我的女儿安东尼娅要嫁给小庞培了，他是个很能干的小伙子，显然也很愿意助我一臂之力。不过，我并没有以他们的婚礼为由让公众大肆庆祝——我只是悄悄地在家里庆祝了一下。我不希望人家以为，我把自己的女婿也当作皇室家族的一员。事实上，我甚至不愿意把自己的家庭看作皇室家族，我们并不是东方的王朝，我们是朱利亚-克劳狄家族，和科涅利亚、卡米拉、塞维乌斯、优尼乌斯以及其他任何一个主要家族并无好坏优劣之分。我也不希望自己的小儿子比其他出身高贵的孩子得到更高的荣誉。元老院请求我准许用公费举办比赛来为他庆贺生日，我没有同意。可是，一等法官们主动自掏腰包为他庆祝了一岁生日，场面非常壮观，宴会也很盛大；接着人们纷纷效仿他们的这种做法。我要是不感谢一下他们对我的这一片好心，未免有失礼数，于是便举行了比赛，这让梅萨丽娜很是开心。而我为小庞培做的只是允许他第一次成为地方行政官的候选人,这比通常的时间提前了五年,并且在拉丁节日的时候让他担任罗马监察官。小庞培是伟大庞培的后代,他的外祖母是庞培的嗣女,他从外祖母那里继承了庞培家族的面具和雕像,因而可以使用这个姓氏。我很高兴能够在这么多代以后将恺撒的名字和庞培的名字连在一起。近一百年前,尤利乌斯·恺撒主动提出要将我的外祖母屋大维娅嫁给伟大庞培,可是他不愿意娶她,还和尤利乌斯吵了嘴。后来,她嫁给了马克·安东尼,成了我女儿安东尼娅的外曾祖母,而我现在却将安东尼娅嫁给庞培的玄外孙。

尽管我厉行节约,国家的财政却依然很困难。世界各地的粮食收成还是不好,我只得投入一大笔钱到很远的地方去买高价粮。在其他节约措施中,我要求最受卡里古拉喜爱的那些人——车手、演员等——将政府的收入还回来。卡里古拉曾经批准永远给他们发放年金,我并不知道这些年金还在发,因为卡里斯图斯从来没跟我提过这事。恐怕是领年金的人收买了他,叫他替他们隐瞒。

我做出了一个重要决定。自从奥古斯都的时代以来,国库就不再由寻常的国库官员掌管——他们都是最低等的法官——转而由一等法官掌管。可是实际上,这些一等法官虽然既是财政收入的接收人,也是支出人,他们所做的却只不过是按照皇帝的指示把款项收进来或是支出去而已,国库所有的账目都由皇帝的自由民来记录。我决定把国库的管理权交还给原先那些国库官员,他们如今都在别的地方工作——伦巴第的地方政府、欧斯提亚港口的收费处等诸如此类的地方,并且让他们有机会全面了解国家的财力状况;这样等政权从君主制转变成共和制的时候,国家就不会出乱子了。目前,国库的账目全都由卡里斯图斯和他的办事员们在管理,只有我一个人审核。不过,我并不希望这些官员中有人利用职务之便来贪污公款——很遗憾,信任自由民的确比信任有身份的人要容易。所以,只有那些在任时愿意自己掏钱举办公共比赛的人才够格担任这一职务;我的主张是,穷人比富人更有可能贪污公款。我所选中的年轻人在上任以前,必须花整整一年的时间天天到新皇宫里来学习国库的日常工作。他们上任时,每个人会被分配到国库的一个部门,都在我的管辖之下——当然还是由卡里斯图斯来代表，会有一个自由民——该部门的首席办事员担任他的顾问和文书。这个计划进展得很好。自由民和官员们互相监督。我对卡里斯图斯下令说，部门之间那些暗号一样的通信必须就此打住，用正确的拉丁文或是希腊文的普通写法来代替，得让新官员们知道究竟在发生什么事。

本着同样的精神，我尽力向所有的地方行政官和总督们灌输高度的责任感。比如，每年都会抽签决定新的一年由哪些议员来管理行省（我指的是国内的行省，至于边疆的行省，那都是由我以总司令的身份亲自任命军事总督），我坚决不许这些议员滞留在罗马。往年他们一般都要等到六七月份天气适宜航海的时候才会走，我却让他们四月中旬就必须上路。

我和梅萨丽娜对公民名单进行了全面审核，有好多不配成为罗马公民的人都将自己的名字安插到了名单上。我把这事主要交给她去办，她去掉了几千个人，却加上了几万个人。我并没有反对名单的增补。拥有罗马公民身份的人享有的优势比自由民、外省人和外国人要大得多，只要别把罗马公民变成一个太过包容或是太过排外的公会就行了，不过，保持罗马公民与整个罗马帝国全体人数的适当比例——比如说，每六七个人当中有一个罗马公民——对于世界政局的稳定有很大影响。我只是坚决要求，新公民们必须拥有资产，家世清白，声誉良好，会说拉丁语，要充分了解罗马的法律、宗教和道德，无论穿着还是举止都应当令自己配得上这份荣耀。申请人只要符合必要的资格，再由名声好的议员做担保，我都批准他们成为罗马公民。不过，我希望他们向国库赠送与自己拥有的财富相称的礼品，因为今后他们会在各个方面都受惠良多。如果找不到担保人，人们就会通过我的文书间接地向我提出申请，梅萨丽娜便会对他们的身世进行调查。凡是她推荐的人，我总是问也不问就加到名单上。当时我并没有意识到，她利用自己和我的关系向申请者们收取很多费用，还有我临时调去做这项工作的自由民——特别是安法乌斯和波里比乌斯——也从中捞了大笔钱财。很多为申请成为罗马公民的人做担保的议员听到了这个风声，便开始暗地里（据说是这样）收起钱来，有些甚至通过代理人小心地做广告说，他们对顾客的收费比干这一行的其他议员都要合理。可当时我却对这事一无所知。我推测他们以为我是把梅萨丽娜当成代理人，自己也从中得了好处，所以会对他们的勾当睁一只眼闭一只眼。

我承认，我确实知道自己的很多文书从请求人那里收受礼金。有一天，我跟他们谈起了这事。我说道："我允许你们收礼，但我不许你们伸手去要。你们不要误会，我并不是暗示你们可以收受贿赂，然后伪造文件或是做出其他的不正当行为，不过我认为，你既然花了时间和精力去给人家帮忙，在其他条件都一样的情况下，优先办了他们的事，那为什么不应该得到报酬呢？要是同时有一百份申请表都是想要同一个恩惠，候选人的条件又不分伯仲，可是只有十个人的申请能够获得批准——那么，如果你们不选其中最懂感恩的十个，我一定会认为你们是傻瓜。我忠实的朋友与盟友希罗德·阿格里帕国王最喜欢引用一句犹太谚语了——其实不如说是一条犹太律法，如今已经是众所周知——'牛在场上踹谷的时候，不可笼住它的嘴。'这没什么不合适，也很公平。但是，我不希望有人下流地讨价还价或是将好处和优先权拿出来竞价拍卖；如果我发现，我的哪一头牛注意的是多抢几口粮食而不是把谷粒踹出来，我就会把它从打谷场直接拉到屠宰场里去。"

我的禁卫军新任司令名叫朱斯图斯；我曾将禁卫军的其他上校们召集到一起，叫他们在自己当中提名一个人来担任这一职务，尽管我除了朱斯图斯另有所好，却还是接受了他们的选择。朱斯图斯只是一介武夫，但太过喜欢干涉政事；比如说，有一天他来见我，向我报告说，有些新近被我批准成为罗马公民的人并没有采用我的名字以示忠诚，也没有修改遗嘱将我作为受益人以示感恩。他已经将这些不知感恩、不忠不义的人都列在了名单上，问我是否希望罗织罪名诬告他们。我问他，他招来的新兵是不是都要冠上他的名字，再将遗嘱的受益人改成他，这下他没话说了。朱斯图斯不辞辛劳地将这事向我报告，可是无论他还是旁人都没有告诉我，梅萨丽娜不仅仅自己把公民权拿来买卖，还鼓励其他人这样做；更可耻的是，她还利用自己对我在选择地方行政官、总督和军队司令时的影响力，收受了巨额钱财。有时候，她不光收钱——我不妨这就告诉你们——还要人家跟她睡觉,算是买卖成交的标志。其中最无耻的就是,她在我不知情的情况下把我也扯了进来;她对他们说,我看不起她的美貌,于是抛弃了她,但是我允许她想找谁睡觉就找谁,条件是她说服他们花高价买下我让她替我卖掉的这些官职!不过,当时我对这些统统一无所知,还以为自己已经做得很好了,我的正直会赢得全国百姓的爱戴与感激。

在我自信又无知的时候,做了一件尤其愚蠢的事情:我听信了梅萨丽娜关于垄断经营的建议。你们一定记得,她有多聪明,而我有多迟钝,所以我非常依赖她,对她几乎言听计从。有一天,她对我说:"克劳狄乌斯,我一直在考虑一件事:如果用法律禁止商业对手之间的竞争,那么罗马帝国就会繁荣得多。"

"亲爱的,你是什么意思?"我问道。

"我来打个比方解释给你听。假设在咱们的政府体系中没有部门之分,这里的每一位文书想调去做什么工作就做什么工作,只要他自己认为合适就行。有天早晨,卡里斯图斯跑进你的书房对你说:'我先到的这儿,今天早上我想做那尔齐苏斯的文书工作。'晚到片刻的那尔齐苏斯发现自己的位子被卡里斯图斯给占了,便冲进菲利克斯的房间——刚好比菲利克斯早了一步——开始处理起菲利克斯昨晚没有写完的外事文件。这很荒唐,对吧?"

"非常荒唐。可是我不明白,这跟商人有什么关系?"

"我来告诉你。商人的问题就在于,他们不会一直只做一种生意,也不会让他们的对手只做一种生意。他们对服务社会毫无兴趣,只想找到赚钱最轻松的法子。一个商人也许起初继承的是进口葡萄酒的生意,他认真地经营了一阵子,然后忽然间就卖起油来,比他隔壁的老牌商店卖得还要便宜;没准他会逼得这家商店倒闭或者干脆把它买下来,接着他可能会涉足服装生意或是奴隶生意,要么整垮竞争对手,要么整垮他自己。商场永远如战场,平民大众深受其害,就像战时的平民一样。"

"你真的这么想吗?当一个商人与另一个商人压价竞争或是破产时,老百姓们常常能买到非常便宜的东西。"

"那你也可以说，打仗时平民有时候也能从战场上捡到好东西呢——金属碎片啦、兽皮啦、死马的马蹄铁啦，从坏掉的马车上捡到的完好部分足够拼成一辆好马车了。这些意外收获跟他们那烧毁的农庄和踩坏的庄稼可没法相提并论。"

"商人们有这么坏吗？我以前一直觉得，他们不过就是对国家有用处的仆人罢了。"

"他们可以有用处，也应该有用处。可是他们不肯合作，互相嫉妒，疯狂竞争，反而带来了很大的危害。比如说吧，有传闻说，有人会需要弗里吉亚的彩色大理石或是叙利亚的丝绸、阿非利加的象牙、印度的胡椒；为了不错过机会，他们便像疯狗一样抢起生意来。他们不再继续做自己的普通行当，而是让自己的船飞速驶向新的财富中心，命令船长们不惜一切代价把大理石、胡椒、丝绸或是象牙买回来，越多越好。这样一来，外国人当然会涨价。商人们花大价钱买了两百船胡椒或是丝绸运回来，可是实际上只需要二十船，其余那一百八十艘船本来可以派上更大的用场，引进人们需要的其他东西，价格也会很公道。显而易见，应当对贸易施行集中控制，就像控制军队、法庭、宗教和其他受到控制的东西一样。"

我问她如果我给她机会的话，她会怎么控制贸易。

"嗯，这太容易了，"她答道，"我会批准垄断经营。"

"卡里古拉就批准垄断经营，"我说道，"结果物价飞涨。"

"他那是把专卖权卖给出价高的人，物价当然会涨。我不会这么做。我的垄断经营不会像卡里古拉的范围那么广。他三文不值两文地把全世界的贸易权都卖给了一个人！我会简单地估算一下，在正常情况下，某种商品一年的需求量有多少，然后免费将今后两年这种商品的贸易权分配给一家或是几家商行。比如说，我会批准这家商行拥有塞浦路斯葡萄酒的独家进口销售权，批准那家商行拥有埃及玻璃的独家进口销售权；再把波罗的海琥珀、提尔紫、不列颠珐琅的经营权交给别的商行。像这样对贸易进行控制，就不会有竞争了，外国的原材料生产者和商人也就没法涨价了；'要么接受，要么拉倒'，商人们会这么说，因为价格是他自己说了算。那些地位不够高、没法获得垄断经营权的商人要不就跟有经营权的商人达成协议——要是后者觉得生意太多管不过来的话，要不就只能去另觅新行当、新生意了。如果用了我的法子，一切都会变得有条有理，我们会有充足的供给，罗马帝国还能收到比以前更多的港口费用。"

我也认为这个计划听起来非常合理；而且一大好处就是可以将大量船只和商人解放出来从事粮食贸易。于是我立刻授权允许她批准一大批垄断经营权，从来没有怀疑过这个聪明的女人之所以要把我拉拢到她的诡计里面，只是因为她想着能从商人那里收到巨额贿赂。六个月之后，竞争从垄断行业里消失了，既包括必需品也包括奢侈品，结果物价涨得都不像话了——商人们要从顾客那里把他们向梅萨丽娜行贿的钱收回来——罗马自从冬季饥荒以来还从没有这么不太平过。人群总是在街上朝我大喊大叫，我无计可施，只得叫人在战神广场立起一个大台子，然后我站到台子上，在一位大嗓门的禁卫军上尉的帮助下，把受影响的商品今后一年的价格给定下来。只要我能得到准确的数字，我都是以此前十二个月的价格为基础来定价的；这样一来，所有的垄断经营者当然都跑到皇宫里来，恳求我根据他们的特殊情况修改我定下的价格，说什么他们都很穷、眼看一大家子就要饿得去讨饭了等诸如此类的胡说八道。我对他们说，如果按照目前的定价，他们没法让自己经营的垄断生意赚钱，他们可以退出，让给更会做生意的其他商人；然后我警告他们，在我还没有控告他们"对国家发动战争"并且把他们从卡皮托利尼山崖上扔下去之前马上出去。他们没有再提出异议，却将他们的货品从市场上全部撤下，企图以此来打击我。不过，我只要一听到有人抱怨说某种商品——像是马其顿的腌鱼或是克里特的药物——运到城里的数量不够，我就会再增加一个商行，跟已经共同拥有这种商品垄断经营权的商行一同经营。

我一直非常留意罗马的粮食供应，命令替我管理意大利产业的管家将罗马附近的土地尽量都用来种植蔬菜供应给罗马市场，特别是卷心菜、洋葱、莴苣、菊苣、韭葱、泽芹和其他的冬季蔬菜。我的医生色诺芬对我说,冬天时罗马的贫民区常常会突然暴发疾病,主要就是因为缺少绿色蔬菜。我希望种植的蔬菜足够供应,每天天亮前就运到城里,尽可能用最低价出售。我还鼓励人们养猪、养鸡和养牛;一两年以后,我从元老院为罗马城里卖猪肉的和开酒馆的争取到了专享的特权。对于这些许可,元老院里有一些人提出了反对意见。因为这些议员自己在乡下都有庄园,吃喝不愁,所以对于百姓们吃什么喝什么毫不关心。阿西阿提库斯说道:"对做工的人来说,凉水、面包、豆子、豆粥和卷心菜就好得很了。干吗要用酒肉来纵容他们?"我对阿西阿提库斯的话表示反对,认为他一点人情味都没有,我问他究竟是爱喝凉水还是开俄斯岛的美酒,爱吃卷心菜还是烤鹿肉。他回答说自己从小就吃惯了美味佳肴,因而觉得不太可能转而去吃粗茶淡饭,不过毫无疑问的是,如果可能的话,他会更能吃苦,所以不应该鼓励穷人去吃喝超越他们身份地位的东西。

"大人们,我恳求你们告诉我,"我抗议道,气得浑身发抖,"要是连时不时吃点肉都做不到,谁还能活得有自尊呢?"元老院似乎认为这话很好笑。可我不这么想。讨论快要结束时,我说到酒馆老板的话题,他们又笑了。"他们需要鼓励,"我说道,"过去五年来,酒馆的数量急剧减少,我指的是老老实实用罐子和酒瓶卖酒的地方,不是我已经关掉的那些肮脏场所,他们既卖熟肉也卖酒——那都是什么酒啊!难喝得要死,多数都掺了铅盐——还同时兼做妓院,里面满是得了病的女人,各种春宫图把墙都弄脏了。哎,五年前我住在帕拉廷山的时候,我家周围方圆四分之一里的范围之内起码就有十五家——不对,我在说什么呀?起码有二十五家酒馆,都是可以拿着罐子和酒瓶去打酒的,可现在最多只有三四家了。他们卖的可是好酒。当初有'扁酒瓶'、'酒神'、'老兵'、'两兄弟',还有'阿格里帕的荣耀'和'天鹅'('天鹅'还在营业,不过其他的都没有了——'两兄弟'家卖的酒最好),还有'博西斯和腓力门'也不在了,那可真是个让人愉快的好地方。'紫杉树'也是这样——我喜欢老'紫杉'……"

他们别提多笑话我了!这些人自己家里都有酒窖,恐怕这辈子都没到酒馆里去打过酒。我愤怒地看了他们一眼,他们安静了下来。我说道:

"你们也许还记得,五年前,因为我侄子——先帝——的反复无常,我破产了,被迫靠着朋友的救济过活——顺便说一句,你们这些人一个也不在其中——那些都是真正的朋友,像是几个知恩图报的自由民、一个妓女和一两个老奴隶。我的酒窖和房子一起被拿去公开拍卖了,所以我才会到这些酒馆里去买酒。即使在我自己的房子里,我也只能住得起几个房间而已。我知道自己在说什么。我希望,如果你们当中有谁碰巧成了皇帝喜怒无常的牺牲品,发现自己一贫如洗,你们也许就会想起这次讨论了,会后悔自己没有投票赞成保证向城里适量供应鲜肉以及保留老'天鹅'、'花冠'和'黑狗'这样诚实经营的酒馆,他们虽然还在营业,但是如果你们不做些什么的话,恐怕他们也长久不了。让凉水和豆粥见鬼去吧!大人们,在我讲完话以前——或是以后——如果再让我看见你们脸上出现笑容,我就会把这看作是对我个人的有意侮辱。"

我是真的生气了,气得直抖,我看见他们脸上逐渐悄悄露出了怕死的表情。他们通过了我的动议,一张反对票都没有。

这次成功给我带来了短暂的喜悦,可是过后我又打心底里觉得惭愧,于是为我的坏脾气向他们道歉,结果反而把事情弄得更糟。他们认为我道歉是软弱和胆怯的表现。现在,我要说个清楚,我从来没有利用自己的皇权对元老院进行过恐吓威逼,因为这些和我最最珍视的原则——平等、公正与人的自尊——背道而驰。我当时只是被阿西阿提库斯和其他那些没心没肺的有钱人给激怒了,他们竟然把自己的同胞看得一文不值。我并不是在威胁他们,我那只是劝诫而已。可是后来,我的敌人却抓住那些话来攻击我,尽管我为此道了歉,还写了下面这封信在罗马城里让人们传看:

提贝里乌斯·克劳狄乌斯·恺撒·奥古斯都·日尔曼尼库斯,皇帝,最高祭司、护民官、三度当选的执政官,向元老院和罗马人民致意。

我意识到自己身上有个缺点,这也许让我比你们还要难过,因为人对自身因素造成的麻烦总会备感伤心,跟遇到由外界因素带来的问题时很不一样，尤其当那外因强大到人几乎或者完全无法掌控的时候——像是闪电、疾病、冰雹或是法官的严惩。我指的是，自从我当初接过治国的重任以来，我变得越来越容易突然大发雷霆，而这重任却是你们违背我的意愿加诸在我身上的。比如说，有一回我叫人送信给欧斯提亚的公民说，我要去他们的新港口视察挖掘工作的进度，我会顺着台伯河航行，大约中午可以到达，要是他们对那儿工人大军的行为有什么不满或是想要请愿，我会很乐意倾听；可是等我到达欧斯提亚时，没有一艘船出来迎接我，城里的官员们也没有在码头上等候。我大为光火，派人把城里的头面人物都请了来——包括行政长官和港务长——然后用最最激烈的言辞问他们，为什么我在他们眼里变得如此可鄙、如此无用，我上岸时不仅连个等着替我把帆船拴到码头上的水手都没有，而且我估计他们还想找我收进港的费用，欧斯提亚的人可真是忘恩负义，竟然对着自己的衣食父母大吼大叫、厉声责骂，最客气的也不过就是冷漠无情地不闻不问。可是，他们给了我一个很简单的解释：他们压根就没有收到我的信。他们道了歉，我也道了歉，我们又是好朋友了，谁都没有耿耿于怀。可是我的愤怒让我比他们更痛苦，因为我朝他们大声嚷嚷的时候，他们并没有意识到自己做错了事，而我事后却很惭愧自己冒犯了他们。

所以，我承认自己很容易像这样发火，但是我请求你们与我一起来包容。我从来都气不了多久，也几乎不会造成伤害，我的医生色诺芬说这是因为我过度劳累了，我失眠也是因为这个。近来我总是睡到午夜就醒，远处乡下马车运货进城的隆隆声吵得我一直到天亮都睡不着，只有运气好的时候才能抓住时机再睡一小时。所以我吃过午饭以后在法庭上常常会昏昏欲睡。

我要承认的另外一个缺点就是我很容易对人产生敌意，这就不是过度劳累或是身体不好引起的了，但是我确实可以说，时不时压倒我的那些敌对情绪从来都不是无缘无故的，也不是因为我无端厌恶某人的长相、举止，更不是因为嫉妒他的财富或才能。我之所以会对人有敌意,是因为那人曾经平白无故地伤害过我,而且到现在既没道歉,也没给过其他的补偿。比如说吧,我头一回上法庭——当时我刚即位不久——处理叛国罪的案子时,看见了一位放肆的法庭官员,正是曾经费尽心思讨好我侄子——先帝——的那一位,有一回我被人冤枉犯了伪造罪,他便来损我了。他指着我喊道:"谁都能看出来,他的脸上写满了有罪。干吗还要让诉讼拖延下去?恺撒,立刻就宣判吧。"我忘不了这些也不足为奇吧?我走进法庭时,他对我卑躬屈膝的,我对他大声说道:"我从你的脸上读到了有罪。立刻离开这个法庭,永远别再出现在罗马的任何一个法庭里!"

你们都知道贵族有句老话叫:Aquila non captat muscas。老鹰的灵魂很高贵,所以他不会去捉苍蝇。这句话的意思是说,他不会追求蝇头小利,也不会特意去报复某个无故惹恼他的卑鄙小人。不过请容我引用这句话的升级版,是我那高贵的哥哥日尔曼尼库斯·恺撒许多年前说的:

"Captat non muscas aquila; at quaeque advolat ultro
Faucibus augustis, musca proterva perit."

把这句话记在心里,咱们就不会再有误解,而是能一直相亲相爱,就像咱们口里常常向对方说的那样。再见。

(那两行诗翻译过来的意思是:"老鹰不会去捉苍蝇,可要是有哪只放肆的苍蝇嗡嗡叫着主动飞进他那高贵的喉咙,这苍蝇就是自寻死路了。")

这次暴动的借口是我处死了阿皮乌斯·希拉努斯,所以为了表示我对他的家人并无敌意,我安排他的长子——马库斯·希拉努斯,也是奥古斯都的玄孙,是他去世那一年出生的——四年后当上了执政官;我还答应阿皮乌斯的小儿子——卢修斯,他跟着父亲一道从西班牙来到皇宫里和我们同住——只要我的女儿屋大维娅一懂得订婚典礼是怎么回事,我就让他俩订婚。

十六

不列颠岛位于北方，气候虽然非常潮湿，却并没有想象中那么寒冷；如果做好土地排水的话，这个地区肯定能够变成一块异常丰饶的沃土。这里最早的居民是一个身材矮小、长着黑发的民族，差不多是在罗马帝国建立时，凯尔特人从东南部侵略进来，将他们赶了出去。有些人仍然自给自足地住在难以进入的山里或是沼泽里，组成小小的村落；其余的则成了农奴，跟自己的征服者生下了后代。我说的"凯尔特人"是广义的，包含了过去几百年来从印度山脉北面的偏远地区西迁来到欧洲的许多民族。有些权威认为，他们之所以背井离乡，并不是热爱流浪，也不是边境上有更强大的部落施压，而是由于一场缓慢袭来的大范围天灾——一直养育着他们的这块沃土逐渐大片大片地干涸了。如果要给"凯尔特人"这个词赋予实义的话，那么我认为凯尔特人不仅包括法兰西的多数居民，还有原先住在伊比利亚的阿基坦人，以及日耳曼和巴尔干的许多民族，就连希腊的亚该亚人也属于其中，亚该亚人在南下到达希腊以前曾经在多瑙河上游的河谷中定居过一段时间。没错，希腊人在希腊算是新来乍到的，他们取代了当地的佩拉斯吉人——这些人的文化发源于克里特岛——还带来了以阿波罗为主神的新神灵。这之后不久便发生了特洛伊战争；多利安人来得就更晚——特洛伊战争之后过了八十年才来到希腊。同一种族的其他凯尔特人大约也是在这个时间侵入了法兰西和意大利，拉丁语便源自他们的语言。还是在这个时候，凯尔特人第一次入侵不列颠岛。这些凯尔特人的语言跟原始的拉丁语十分相似，他们被称为盖尔人，身材高大，发色棕黄，四肢发达，夸夸其谈，容易激动，但却是一个高贵的民族，对于各种艺术都很有天分，包括精细纺织、金属加工、音乐与诗歌；他们现在仍然住在不列颠岛的北部，至今还保持着荷马在诗中所描述的那种文明状态，这曾经让希腊人名垂千古，可如今却已经面目全非。

四五百年以后，又一个凯尔特民族来到北欧，这些部落被我们称为加拉太人。亚历山大死后，他们侵入马其顿，横穿到了小亚细亚，占领了如今的加拉太地区，这个地区就是以他们的名字来命名的。他们又进入意大利北部，打败埃特鲁里亚人，直抵罗马，在阿利亚河将我们打得一败涂地，还放火烧了我们的城市。占据法兰西大半领土的也是这个民族，不过他们的先辈一直都住在中部、西北和东南。这些加拉太人也极有天赋，尽管在艺术方面逊色于早先的凯尔特人，可他们却更加团结一心、更会打仗。他们身材中等，褐发或黑发，下巴圆润，鼻梁挺直。阿利亚大败的时候，这个民族的一些部落借道肯特——位于岛上的东南部地区——入侵了不列颠岛，追得盖尔人呈扇形分散开来，所以现在除了农奴，只有在不列颠北部和相邻的爱尔兰岛才能找到盖尔人的身影。来到不列颠的加拉太人被称为布立吞人或是染色人，因为他们把象征着不同社会等级的蓝色染料涂在脸上和身上，并且用自己民族的名字给不列颠岛命了名。可是，又过了两百年，第三支凯尔特民族从中欧顺着莱茵河逆流而上，这些就是我们所说的比利其人，如今住在英吉利海峡沿岸，被公认是法兰西最骁勇善战的人。他们是一个混血种族，和加拉太人是同族，却有日耳曼血统；他们发色较浅，下巴宽大，还长着鹰钩鼻。比利其人经肯特侵入不列颠，在这座岛的南部定居下来，只有西南角不是他们的地盘，那里仍然居住着布立吞人和给他们当农奴的盖尔人。这些比利其人和他们在海峡另一边（海峡两岸都归他们的一位国王统治）的亲人保持着密切联系，一直和他们有贸易往来，甚至还派援军去帮着他们和尤利乌斯·恺撒打仗；西南部的布立吞人也是这样，跟他们的亲人——罗亚尔河的加拉太人——做生意、给支援。

不列颠的民族就说到这里；现在来说说他们和罗马军队交锋的情况。第一次入侵不列颠是尤利乌斯·恺撒在一百〇八年以前发动的。他发现在跟他打仗的敌军士兵中，有许多布立吞人、比利其人和罗亚尔河的加拉太人，他认为如今有必要让这座岛上的人学会尊重罗马军队了。只要敌人中的顽固分子能够把不列颠当作安全的避难所，并且还能从这里出发企图去收复国土恢复独立，他就别指望法兰西会太平。其次，出于政治原因，他也希望能取得一些辉煌战绩来和同僚庞培的胜利相抗衡。庞培在叙利亚和巴勒斯坦建功立业，他就在西班牙和法兰西打了胜仗；要抵消庞培在高加索的偏远国度立下的战功，他就去遥远的不列颠打上一场。最后，他需要钱。罗亚尔河和英吉利海峡的生意人似乎从不列颠赚了不少钱，尤利乌斯便想把这个市场据为己有，先叫不列颠人重重地纳贡再说。他知道不列颠有黄金，因为不列颠的金币在法兰西是可以随意流通的。（顺便说一下，这种金币很有意思：原先用的模子是马其顿国王菲利普的金币，这种金币经过多瑙河和莱茵河传到了不列颠，可是随着时间的推移，金币的图案大不如前，拉战车的两匹马只剩下一匹，车夫和马车也只有图案了，阿波罗那戴着桂冠的脑袋竟然只剩下了桂冠。）实际上，不列颠并非富有金矿，西南部的锡矿倒曾经是重要资源——迦太基人就在这里做买卖——现在也仍然在开采，而罗马用的锡主要出自加利西亚海岸边的锡岛。不列颠有一些银矿、铜矿和铅矿，东南沿海是重要的铁矿场，淡水珍珠的质量也不错，可是很小，跟东方的珍珠可不能比。这里没有琥珀——除了被潮水从波罗的海冲来的，不过黑玉的质量非常好，其他还有很多珍贵的出口商品，包括奴隶、兽皮、羊毛、亚麻、家畜、琺琅青铜器、蓝色染料、柳条筐和粮食。尤利乌斯最感兴趣的是黄金和奴隶，不过他也知道，从这座岛上弄不到质量太高的奴隶——女人们一点儿魅力也没有，而且脾气很火暴，至于男人们，只有那些上等人当马车夫还不错，其余的就只能干些农场粗活了。他不可能在这里找到厨子、金匠、乐师、理发师、文书或是有才艺的交际花。这些奴隶在罗马的平均售价不会超过四十个金币。

他两次都是从东南部侵入不列颠,当初盖尔人、布立吞人和比利其人也是一个接一个从这里来到不列颠的。他第一回登陆时,布立吞人进行了激烈的反抗,表现得非常出色,所以他除了从肯特带回一些人质以外几乎毫无建树,只朝内陆行进了十里。不过第二回他就有经验了,带着两万大军登陆——上一次只有一万。他从离法兰西海岸很近的三维治出发,沿着泰晤士河口的南岸推进,先是强行渡过了斯陶尔河,又在快要到达伦敦时渡过了泰晤士河。他对卡图维劳尼人的领地发起了猛攻,这是一个比利其部落,它的国王在不列颠东南部的几个小国王当中称起了霸主,将伦敦东北方开外二十五里的维斯安普斯泰德作为都城。我说的城市当然不是希腊罗马式的那种,这里的城市不过是个大村落而已,屋子都是用抹了灰的篱笆墙建的,还有一些就是光秃秃的石头屋子。组织反抗尤利乌斯的是卡西维劳努斯国王,不过他看出,虽然自己的骑兵和战车部队比尤利乌斯带来的法兰西骑兵要强,可他的步兵却根本不是罗马步兵的对手。他认为最好的战术就是完全舍弃步兵,用骑兵和战车阻止罗马军队散开。尤利乌斯发现,要想让粮草征收队安全地回来,队员们就必须集中在一起,而且还得有骑兵的支援;不列颠的战车武士们善于突袭,还会将掉队的士兵和小队隔离开来,这种技巧他们已经用得出神入化了。如果罗马军队只能列队行进,那么火烧农田和村庄所造成的损害就没有多大意义了,因为不列颠人总是会有大把时间来让妇孺和家畜撤到安全的地方。不过,一渡过泰晤士河,尤利乌斯就获得了一些部落居民的支援,他们是定居在伦敦西北部的新特洛伊人,以科尔切斯特为首府,最近刚刚被敌对的卡图维劳尼人打败。新特洛伊人有一位王子被流放了,他的父亲便死于卡西维劳努斯之手,在尤利乌斯出发远征以前,这位被流放的王子逃到法兰西来见他,并且许诺说,如果尤利乌斯入侵卡图维劳尼人的领地,他就会召集整个东海岸的人进行支援。他说到做到,所以尤利乌斯如今在新特洛伊有了一个稳固的根据地,他在这里重新获得了补给,接着又继续向维斯安普斯泰德进发。

卡西维劳努斯知道自己眼下已经了无胜算，除非有什么事能够引得尤利乌斯被迫折回头去。他送了封急信给自己从属的盟国——肯特人——请求他们起兵攻击尤利乌斯的大本营。尤利乌斯刚刚上岸不久就已经受阻过一次，当时他一时疏忽，没有让人将船只拖到海滩上，只是抛了锚停在那里，结果有些船让暴风雨给毁坏了。他收到这个消息时已经到了斯陶尔河，只得再原路返回，花了十天时间才把损坏的船只修好；这给了布立吞人一个大好机会，他们将他原先费了不少力气才占领的地方都夺了回来，还加强了防御。尤利乌斯的大本营只有两千士兵和三百骑兵把守，如果肯特人同意发起攻击并设法占领这里、夺取舰队的话，尤利乌斯就会被困在不列颠，到时全岛都会起来反击罗马人——就连新特洛伊人都会抛弃他们的新盟友。肯特人确实大举进攻了尤利乌斯的营地，可是却被击退了，而且损失惨重。听到他们战败的消息，卡西维劳努斯那些还没被打败的盟友全都向尤利乌斯派来了和平的使者。不过，尤利乌斯正在朝维斯安普斯泰德进发，在前线两侧同时发起了猛烈攻击。这个要塞是一个巨大的环形土木工事，四周还有树木、深沟和围栏的保护，大家都认为这里坚不可摧，部落里不能战斗的老人和孩子也都躲在里面，要塞里还关着大群大群的牲口和几百号俘虏。卡西维劳努斯的军队虽然还没有战败，却也不得不向尤利乌斯求和。尤利乌斯并没有对他开出苛刻的条件，一来夏天就快过完了，二来他还急着要赶回法兰西去，那里有可能要发生叛乱。他只是要求卡图维尔尼人将几位要人交给他当人质，每年都要向罗马人民进贡黄金，并且承诺不再去骚扰新特洛伊人。于是卡西维劳努斯便先交了一部分贡金给尤利乌斯，又交出了人质，其他那些部落的国王也都这么做了，只有新特洛伊人和他们在东海岸的盟友除外，因为他们曾经主动向尤利乌斯提供过帮助。尤利乌斯带着俘虏回法兰西了，还带了很多牲畜回去，他怕麻烦，担心没法让那么多牲口安全地渡过英吉利海峡，只得贱价卖了一些给新特洛伊人。

两年后，法兰西爆发叛乱，尤利乌斯忙着去镇压，抽不出人手来第三次远征不列颠；卡西维劳努斯一听到叛乱的消息便停止了进贡，还派人去法兰西支援叛乱分子。这之后没过多久，罗马爆发了内战，等这些都结束以后,入侵不列颠的事一再被人提起,却总是有充分的理由一推再推,常常都是因为莱茵河前线不太平,所以一直没有足够的兵力进行远征。奥古斯都最后决定,不再将帝国的疆土向英吉利海峡的另一边扩张,而是集中精力去教化法兰西、莱茵省和我父亲在莱茵河另一侧占领的日耳曼领土。赫尔曼反叛以后,奥古斯都失掉了日耳曼,不过却仍然没有打算急着将不列颠收入囊中。他在给我祖母莉薇娅的信中记录下了自己的看法——那年我刚出世——等到时机成熟了,就可以让法兰西人也成为罗马公民,并且能够信任他们,即使一部分罗马守军不在,他们也不会叛乱,如果在这之前去入侵不列颠,在政治上都是不合理的:

不过,我最亲爱的莉薇娅,我仍然认为,不列颠最终一定会成为罗马的一个边疆行省。这座岛离法兰西这么近,驻守在那里的居民性情凶猛、人数又多,让他们保持独立对我们很不安全。放眼未来,我能够看见,不列颠变得跟如今的法兰西南部一样文明开化;岛上的居民在种族上跟我们是近亲,我觉得如果他们成为罗马公民,会比日耳曼人要好得多,我们对日耳曼人的改造并不算成功,尽管他们表面上驯良温顺,也很愿意学习我们的艺术,可我却发现他们比摩尔人和犹太人的异心更重。我没法解释自己的感觉,只能说他们学得太快了;你知道有句俗话说,"学得快,忘得也快"。你也许会认为我很愚蠢,居然这样写不列颠人,仿佛他们已经是罗马公民了,不过思索将来是一件很有趣的事情。我说的并不是二十年后,甚至也不是五十年后,法兰西人需要五十年才能做好准备成为罗马公民;然后我们要花二十年左右才能全面征服不列颠,也许到了一百年后,罗马和整个不列颠群岛会联合得更加紧密,没准不列颠的贵族们在罗马的元老院里也可以有一席之地(不要笑)。同时,我们必须继续实行咱们的商业渗透政策。如今在不列颠岛上大部分地区都称了霸的辛白林国王非常欢迎罗马-法兰西的商人,还很欢迎希腊的医生——尤其是眼科医生,不列颠多沼泽,国民似乎深受眼疾之苦;给辛白林铸造钱币的是罗马人,他们给他铸造的银币很漂亮——金币却仍然很粗陋,他跟咱们的法兰西总督也有友好往来。过去几年来,不列颠的贸易量有大幅增长。我听说,在辛白林位于科尔切斯特的宫廷里,人们既说拉丁语，也说不列颠语。

关于这一点，我要引用历史学家斯特拉波在提贝里乌斯统治初期写下的话：

> 在我们那会儿，不列颠有几位王子跟恺撒·奥古斯都成了朋友，他们派来使节，礼数上也很周到；他们甚至还在卡皮托利尼的朱庇特神庙献上了表达心愿的供奉物品，把整个不列颠岛几乎变得跟罗马本土一样。他们无论是向法兰西出口货物还是从国外进口货物，都会缴纳适量的海关费用，他们进口的大多是象牙手镯、项链、琥珀、玻璃器皿等之类的。

接着，斯特拉波又列举了一些出口货物，像是黄金、白银、黑铁、兽皮、奴隶、猎犬、谷物和家畜。他的结论——我觉得这是莉薇娅授意的——是这样的：

> 所以，罗马没有必要在不列颠岛上驻军。要强迫他们纳贡的话，至少得在岛上驻守一个步兵团，还要有骑兵的支援；在那儿驻军的费用至少和收到的贡金一样多，而征收了贡金，就必须要降低海关费用，除此之外，强迫他们服从的政策也会带来相当大的军事风险。

"至少一个步兵团"的估计实在是远远不够，"至少四个军团"还差不多。奥古斯都从来不曾提出卡图维劳尼人中断偿还贡金是背信弃义的行为，也没有反对过辛白林征服新特洛伊人。这个辛白林是卡西维劳努斯的孙子，统治了四十年之久，不过晚年却被家庭问题所扰，上了年纪的统治者似乎都摆脱不了这种命运。他的长子企图篡夺王位，却被赶出了王国，于是他逃到法兰西去见卡里古拉，请他帮助入侵不列颠，并且承诺说，如果他继承了父亲的王位，就承认罗马的宗主权。卡里古拉随即遣人送急件给元老院，告诉他们不列颠已经投降，然后领着大军来到布洛涅，仿佛这就要开始进攻，一刻也不容耽搁。可是他很胆小，生怕淹死在英吉利海峡里——这儿的潮水很高，又怕战死在沙场上或是被捕以后放在柳条编成的神像里烧死；于是他宣布，鉴于这位王子已经代表不列颠人前来投降，远征便没有必要了。他转而向海神发起了进攻，命令他的部队向水里射箭、投标枪、扔石头——就像我描述过的那样——并且收集贝壳当作战利品。他给那位王子戴上镣铐带回罗马，在庆祝完自己对海神、不列颠和日耳曼取得的三重胜利之后，将他给处死了，以此来惩罚他们没有进贡和他父亲对新特洛伊人进行懦弱攻击以及某些不列颠部落在提贝里乌斯即位第八年时向欧坦叛乱分子提供帮助的事。

卡里古拉被杀的那个月，辛白林也死了，内战随之而来。还在世的王子中最年长的名叫贝利库斯，他被宣布为国王，可是本部落的民众和从属的盟友都没把他放在眼里。一年以后，他的两个弟弟卡拉克塔库斯和托葛杜努斯起兵造反，逼着他飞也似的逃过英吉利海峡。他到罗马来见我，请求我的帮助，就像他的哥哥请求卡里古拉的帮助一样。我没有给他承诺，但是允许他和家人以及几个跟他一起来的贵族住在罗马。

托葛杜努斯如今和卡拉克塔库斯平分了天下，他从商人那里听说，我没有当过兵，只是一个写书的胆小老傻瓜。他便写了一封信给我，傲慢地要求我即刻将贝利库斯和其他的流亡分子送回去，连同神圣的王权象征一起，这是十三件有魔力的物品——王冠、圣杯、宝剑等，贝利库斯把这些也带到罗马来了。如果托葛杜努斯写信时的口气礼貌一些，我肯定也会客客气气地给他回信，并且至少会把那些象征王权的物品送还给他，卡图维劳尼的国王要想正正当当地加冕，这些东西似乎是必不可少的。可是他这么无礼，我便立刻答复他说我不习惯人家用这种放肆的口气跟我说话，所以也觉得没有义务为他效劳。他回信时居然更加傲慢地说我撒谎；因为所有的人——包括我自己的家人——从前都没有尊敬过我，最近才有所改观；既然我不肯听从他的要求，他便扣下了港口里所有的罗马商船，把这些人当作人质，直到我把他要的东西给他为止。我别无他法，只有开战。如果我犹豫不决的话，法兰西人就会对我敬意全无。这主意基本上是我自个儿拿的,尽管我刚好是在这时收到了希罗德取笑我的信件。

我发动战争还有别的原因。其中之一就是奥古斯都预见的时间已经到了,我打算扩大罗马公民的范围,让那些比较文明开化的法兰西盟友也有资格成为罗马公民,可是法兰西北部还存在着阻碍文明进程稳步推进的因素,那就是对德鲁伊教的狂热崇拜。这种具有巫术的宗教起源于不列颠,继而进入法兰西,尽管我们尽了一切努力进行阻止和镇压,不列颠的德鲁伊教训练学院却让它仍然保持着活力。法兰西的年轻人到不列颠去学习巫术是很自然的一件事情,就像西班牙年轻人到罗马去学习法律、罗马年轻人到希腊去学习哲学、希腊年轻人到亚历山大去学习外科手术一样。德鲁伊教很难和希腊或是罗马的宗教崇拜取得一致,因为它献祭活人,还会召唤亡灵来问卜,所以德鲁伊教的祭司们虽然不是士兵只是教士,却总是煽动大家来反抗我们。发动战争的另一个原因是辛白林统治的黄金时期已经结束。我听说托葛杜努斯和卡拉克塔库斯打算跟东北边的邻居爱西尼人以及南部海岸的两个从属部落开战。这样一来,如果我不出手干预的话,我们和不列颠的定期贸易往来就要中断一阵子了。如今爱西尼人和其他部落肯定会帮着我,那些横渡英吉利海峡做生意的商人就更不用说了,所以这个大好机会看来是不容错过的。

我要在这里简要介绍一下德鲁伊教的主要特征,这个宗教好像是将凯尔特人和不列颠原住民的信仰结合在一起形成的。各种各样的说法都有,有些还相互矛盾,所以我也无法保证细节的真实性。德鲁伊教的教义是不允许写下来的,要是有人泄露了哪怕不太重要的秘密,都有可能会厄运临头。我所写的是以那些著名的叛教者们的叙述为依据,不过这里面不包括德鲁伊教的祭司。被授予神职的德鲁伊教士就算受刑也从来没有吐露过核心的秘密。"德鲁伊"这个词的意思是"橡树贤者",橡树就是他们的神树。他们的宗教年始于橡树发芽时,终于橡树落叶时。有一个名叫塔纳鲁斯的神就是以橡树为象征的,他用一道闪电让橡树枝上长出了槲寄生,它是能解开巫术、治愈百病的万灵妙药。还有一个名叫梅本的太阳神,以白色的公牛为象征。然后是医药、诗歌和艺术之神鲁格,以蛇为象征。不过，这些都是同一个人——一位永生之神——以不同的面貌接受人们的崇拜，就像埃及的奥西里斯一样。正如奥西里斯每年都会被洪水之神淹死一次，德鲁伊教这位三位一体的神灵也会每年都被黑暗之神与水神——他的叔叔诺顿斯杀死一次，再借助他妹妹苏丽丝的力量死而复生，苏丽丝是治愈女神，相当于埃及的伊西斯。诺顿斯以滔天巨浪的形象现身，高达十二英尺，每隔一阵子就涌到塞文河——西部河流中最主要的一条——河口，对两岸三十里之内的庄稼和房屋都造成巨大的破坏。德鲁伊教的活动并不是由部落来进行的——部落只是国王和贵族们指挥的作战单元罢了——而是由十三个秘密社团来举行。这些社团都以各种神圣的动物来命名，每个社团的成员都由不同部落的人构成；因为德鲁伊教的一年有十三个月，所以属于哪个社团是由出生的月份来决定的。社团的名字有海狸、老鼠、狼、兔子、野猫、猫头鹰等，每个社团都有自己特有的教义，由一位德鲁伊祭司主持。德鲁伊大祭司则掌管整个教派。德鲁伊祭司不会参加战斗，如果同一个社团的成员属于部落间斗争的敌对双方，那么就要发誓在战场上相遇时会解救对方。

德鲁伊教的秘密与人类灵魂永生的信仰有关，为了证明这一点，他们提出了很多自然界的类似现象。其中之一就是太阳每天一次的死亡与重生，以及橡树叶每年一次的死亡与重生，还有每年都收割的庄稼和每年都发芽的种子。他们说，人死的时候会像落日一样去到西边，住在大西洋中某些神圣的岛屿上，等待重生的时刻来临。不列颠岛上到处都有被称为"都尔门"的圣坛，它是将一块扁平的石头放在两块或是几块直立的石头上，用于社团的入会仪式。入会仪式既是死亡，也是复活。候选人躺在那块横放的石头上，模拟的献祭仪式便开始了。执行仪式的德鲁伊祭司用某种魔法似乎是把候选人的脑袋割了下来，还把流着血的脑袋拿来示众，接着又把脑袋接回到身体上，然后将这所谓的尸体放到都尔门下，仿佛是放在坟墓里一般，再将槲寄生放在尸体的双唇之间；借助大量的祈祷和符咒之后，新的人便诞生了，就像是从母亲子宫里诞下的孩童，由神灵父母指引着走向新生。除了都尔门，还有一些竖立的巨石祭坛，是用来举行阳物崇拜仪式的；在这个方面，凯尔特的三位一体神跟埃及的奥西里斯也很相似。

　　一个人站在祖先的都尔门那块横放的石头上向神灵献上的祭品数量、在战场上杀死的敌人数量以及他在一年一度的宗教比赛中驾驶战车、玩杂耍、摔跤、作诗、弹竖琴所赢得的荣誉决定了他在社团里的等级高低。等级不同，庆典时所戴的面具和头饰就不同，用菘蓝（一种沼泽植物）在全身涂的图案也不一样。在自己的秘密社团里地位较高、明显获得神灵偏爱的年轻人才有机会被招募成为德鲁伊教的祭司，但是首先需要在德鲁伊教的学院里经过二十年的努力学习，而且并不是每个候选人都能通过必需的三十二级晋升。头十二年里，他要依次加入其他那些秘密社团，将大量的神话诗歌、传奇故事都记在心里，还要学习法律、音乐与天文学，接着学三年医学，然后再学三年的预兆与魔法。候选人为了成为祭司，要通过异常严苛的测试，比如说作诗。候选人必须全身赤裸，整夜躺在一个棺材似的箱子里，箱子里装满了冰冷的水，候选人只有鼻孔能伸出水面，胸口还压着沉重的石块。他要在这种姿势下作出一首长诗，用吟游诗人那许多难度很高的韵律中最难的一种，题目则是他被放进箱子里时才知道的。第二天早晨他从箱子里出来时，就要能将这首诗吟唱出来，配上他同时做出的曲子，还要用竖琴给自己伴奏。还有一个测试是站在全体德鲁伊祭司面前，听他们用诗歌体的谜语提问，回答问题时也得用诗歌体的谜语。这些谜语全都跟圣诗中那些晦涩的小插曲有关，候选人对这些圣诗应该非常熟悉。除了这些测试，他还必须能用魔法升起雾气、刮起大风，还要会变各种戏法。

　　现在来说说我自己唯一一次亲身经历的德鲁伊教魔法。有一回，我请一位德鲁伊祭司展示一下他的本领。他便叫人拿来三颗干豌豆，把它们并排横放在我伸开的手掌上，然后说道："在不动胳膊的情况下，你能吹走中间那颗豌豆、却不吹走旁边那两颗吗？"我试了一下，当然是做不到的，我一呼气就把三颗豌豆都吹走了。他将豌豆拿起来，并排横放在他自己的手掌上，接着他用同一只手的食指和小指将外侧那两颗豌豆压住，轻而易举地吹走了中间那颗。我觉得自己受了愚弄，非常生气。"这谁都可以做到，"我说道，"这可不是魔法。"

他又将豌豆递给了我。"试试看吧。"他命令道。

我开始像他那样做,可让我懊恼的是,我不仅没法呼出足够的气将豌豆吹走——我的肺似乎突然间收紧了——而且连将弯曲的手指伸直都做不到,它们像抽筋一样紧紧地压在我的手掌上,指甲渐渐掐进了肉里,我好不容易才忍住没有喊出来,脸上已经汗如雨下。

他问道:"这很容易做到吗?"

我沮丧地答道:"有德鲁伊祭司在场的时候就不容易了。"他碰了一下我的手腕,我的手指便不再抽筋了。

候选人的倒数第二项测试是要坐在一块被称为"危座"的摇摆石上度过这一年最长的一夜,这块石头在不列颠岛西部的一座山上,底下就是万丈深渊,它却保持着平衡,不会掉下去。一整夜都会有恶魔来和候选人说话,企图用各种方法让他失去平衡。他一个字也不能回答,只能对神祈祷、唱赞美诗。如果能通过这个严峻的考验,他就可以参加最后一项测试了——喝下一杯毒药,进入死亡一样的昏睡状态,去死亡之岛走一遭,并且将自己去过那里的证据带回来,让考查他的德鲁伊祭司相信,永生之神已经接受他成为自己的祭司了。

德鲁伊教的祭司分为三个等级。通过全部测试的是真正的德鲁伊祭司;接着是巴德,他们通过了吟游诗人的测试,但是在占卜、医学和魔法方面还不能让测试者满意;再来就是那些通过了占卜、医学和魔法的测试却没有达到吟游诗人等级的祭司,他们被称为奥瓦德或是聆听者。参加最后的几项测试需要胆大过人才行,我听说每五名候选人中只有两个能通过测试活下来,所以大多数人达到巴德或是奥瓦德的级别就心满意足了。

德鲁伊教的祭司既是立法者,又是审判官,公共宗教和私人宗教也都归他们掌管。他们最严厉的处罚就是禁止人家参加神圣的仪式,这就相当于把人逐出教门,判他永远的死刑——因为只有参加这些仪式,人死去时才有希望复活。德鲁伊教的祭司们无所不能,只有傻瓜才敢反对他们。宗教大清洗每五年就会进行一次——就像咱们五年一次的人口普查——为了弥补整个民族所犯下的罪过,要将人作为祭品放在柳条编成的人形大笼子里活活烧死。用来献祭的都是强盗、罪犯、泄露宗教秘密或是犯下类似罪行的人，以及被德鲁伊祭司指控为非法使用魔法为自己谋利、毁坏庄稼或是借此引发瘟疫的人。我认为他们是有权这么做的；但是如果将这些人活活烧死，他们就得吃点教训了。

有两个地方对于德鲁伊的祭司们来说尤其神圣。首先是西海岸的安格尔西岛，冬天时他们就住在这座岛上，住在一片片神圣的橡树林里，橡木圣火从来不灭。这火起初是由闪电点燃的，再分发到各处火化尸体，以确保他们能转世再生。另外一个圣地是不列颠中部的一座巨石神庙，巨大的三巨石和单巨石祭坛一圈圈地围绕着同一个中心。这是献给永生之神的，从新年——他们的新年是从春分开始的——一直到仲夏，他们就在这里举行一年一度的宗教比赛。一位红发的年轻人会被选为生死之神的象征，穿上华丽的长袍，只要比赛没有结束，他就可以随心所欲，想要什么就有什么，要是他喜欢上了什么珠宝或是武器，主人就会觉得自己十分荣幸，兴高采烈地将东西给他。他的玩伴全都是最漂亮的姑娘，参加比赛的运动员和音乐家也竭尽所能讨他的欢心。在快到仲夏日的时候，他会和象征死神的德鲁伊大祭司一起到一棵长着槲寄生的橡树下。大祭司爬上橡树，用一柄金镰刀将槲寄生割下来，并且小心地不让它碰到地面。槲寄生是橡树的灵魂，没了槲寄生以后，橡树便神秘地枯萎了。一头白色的公牛会被献上作为祭品。那年轻人被长满树叶的橡树枝包裹着带去了神庙，神庙的位置很是神奇，仲夏日这天的黎明时分，阳光会照在一条石头铺成的大道上，照亮主祭坛，那年轻人就躺在上面，五花大绑，大祭司便在这里用槲寄生那削尖的茎秆杀死他献祭。我不知道那尸体最终会如何，它暂时就摆在献祭的石头上，毫无腐烂的迹象。可是，到了永别的秋日节时，苏丽丝的女祭司们就会从名叫"苏丽丝之泉"的西部小镇——那儿有能治病的泉水——来到这里把尸体要走，然后，女祭司们应该就会让他复活了。据说，永生之神坐着船去了西方的小岛，诺顿斯就住在那里，他俩经过一场恶战，诺顿斯才被制服，冬天的暴风雨就是他们打斗的声音。到了来年，他又会藉由新的牺牲者再度出现。那棵枯萎的橡树刚好又为圣火提供了木柴。在永别的秋日节,每个社团都会献祭自己部落的动物,将它们装满一个柳条笼,然后烧死。仪式上用的所有面具和头饰也要烧掉。新德鲁伊祭司那复杂的入会仪式也是在这座石头神庙里举行的,据说还会献祭新生儿。这座神庙坐落在一大片墓地的中心,所有的德鲁伊祭司以及教内地位较高的人都埋在这里,下葬时还会举行仪式以确保他们会转世再生。

不列颠人也有战神,男女都有,不过他们跟德鲁伊教没有多大关系,而且跟我们的马尔斯和贝娄娜差不多,所以没有必要详述了。

德鲁伊教在法兰西以德勒为中心,这个小镇位于巴黎以西,距离英吉利海峡大约有八十里。这儿仍然拿活人献祭,仿佛罗马文明根本就不存在。想象一下吧,德鲁伊教祭司常常将他们向塔纳鲁斯神献祭的牺牲者的身体切开,仔细观察他们的内脏来预言未来却毫无疚之情,就像你我在献祭公羊或是圣鸡时一样!奥古斯都并没有想过对德鲁伊教进行镇压;他只是禁止罗马公民加入秘密社团或是参加德鲁伊教的献祭。提贝里乌斯大胆地下令解散法兰西的德鲁伊教会;不过这条法令本来就没打算让人们严格遵守,只是不许罗马官员批准德鲁伊议会做出的决定或是惩罚罢了。

尽管很多部落如今都已经彻底不再崇拜德鲁伊教,改信我们的罗马宗教,德鲁伊教却继续在法兰西给我们惹是生非。我决定一旦征服不列颠,就跟德鲁伊大祭司展开谈判:要想获准在不列颠继续像平时一样主持他的宗教(不过讲道时不能再有任何对罗马不友好的言辞了),他就不能让法兰西候选人加入德鲁伊教会,也不许不列颠的德鲁伊祭司到英吉利海峡的另一边去。没有了祭司,这种宗教在法兰西就会很快绝迹,我会规定在法兰西举行献祭活人的德鲁伊教典礼或是节日是违法的,参加者一旦被发现,一律以谋杀罪论处。当然,不列颠的德鲁伊教最终也还是要全部根除,不过现在还用不着想这个。

十七

  我研读尤利乌斯·恺撒的两次不列颠征战纪事之后明白了一点,除非今时的形势已经比他那时大为改观,否则的话,我们只需对战术稍作修改,就能对布立吞人战无不胜,不过得动用大量的军队才行。如果开战时只派了两个军团,却企图让他们完成四个军团的任务,结果导致他们四处奔波遭受重创,再派人回去求援,从而给了敌人喘息之机,这就是大大的失策了。最好是一开始就尽可能调集所有可用的大军,进攻时越猛烈越好。

  不列颠步兵装备的是腰刀和皮革制的小圆盾。一对一的话,他们和罗马士兵不相上下甚至还胜了一筹,可是他们人越多,战斗力就越弱,可我们却是人越多战斗力就越强。在战斗中交手时,一个连的不列颠士兵绝不可能打赢同样数量、纪律严明的罗马士兵。罗马人用的是标枪和短剑,长长的盾牌上还带有凸缘能和旁边的盾牌扣在一起,这些都是近距离作战的理想装备。而不列颠人的武器则是为单打独斗设计的,需要很大的空间来施展。如果打仗时挤得太近,挥起腰刀就会很不方便,要是敌人将盾牌卡在一起阻挡侧面攻击的话,这武器就更没什么用了;而且小圆盾也抵挡不了刺过来的标枪。

不列颠的贵族都在战车上作战，就像特洛伊战争中的希腊英雄一样，早期的拉丁族长们也是如此。当然，战车如今已经从文明的战争中销声匿迹，只是作为高级军官或是胜利的象征。这是因为马的品种有了很大改进，战车已经被骑兵所取代。可是在不列颠却几乎没有马匹适合装备骑兵。不列颠的战车都是用训练有素的强壮小矮马来拉的，即使是在快速下坡时它们也能突然停住，刹那间便转向相反的方向。每一辆战车都自成一个作战小队，由驾车的贵族指挥，车里有两名武士，车下还有两个或几个人带着刀和小马一起跑。武士们通常会沿着辕杆跑来跑去，还会站在车的横档上；跑步的人就试图切断拉着敌方战车的小马腿筋。一列战车纵队全速前进时，通常只需直接冲过来就能破了步兵的队形。如果步兵排成的队形似乎要坚守阵地绝不让步的话，战车纵队就会驶过他们身边，武士们趁着从旁边经过时群矛齐发，然后再转到背面，从后面再投一阵长矛。这个打法重复几回合之后，战车手们就会撤回安全的地方，武士们则从车上下来，跟前来支援的步兵一起发起最后一轮进攻。如果进攻失败的话，战车便会再次就位，准备进行殿后抵挡。尤利乌斯注意到，不列颠的战车实际上结合了骑兵的敏捷与步兵的稳定，战车中队自然非常喜欢使用包围战术。同样自然的是，不列颠的士兵们普遍缺乏纪律性，总是在还没摧毁敌人主力之前就去找战利品了，所以不列颠深受其苦。我得想出新的策略来对付不列颠的战车队；尤利乌斯的法兰西骑兵没能牵制住他们，也许他应该从敌人那里借个点子来，让骑兵和轻装上阵的步兵配合作战。

　　我下定了决心，罗马帝国能够抽来远征的最大兵力是四个军团的步兵正规军和四个军团的辅军，外加一千名骑兵。在和军队的司令官们商讨之后，我从莱茵河调回三个军团，分别是第二、第二十和第十四军团，又从多瑙河调回了第九军团。我任命加尔巴为远征的司令官，让盖塔担任骑兵统帅，计划四月中出兵。不过建造船只耽搁了很长时间，等船只就绪以后，加尔巴却又病倒了，我便等他康复。可是到了六月中，他仍然虚弱不堪，我只得遗憾地决定不再等他。我将他的指挥权交给了一位老军人——奥鲁斯·普劳提乌斯，他名气很大，大家都认为他是最聪明的战术家，也是军队里最勇敢的人之一，他还是我第一任妻子乌古兰尼拉的远亲。他年近六十，十四年前就当过执政官；老兵们都记得他在我哥哥麾下担任第十四军团司令官时很受爱戴。他奔赴美因兹去接管受命出征的这些军团。加尔巴这一病，让远征又多耽搁了一阵，情况便越发讨厌了；侵略不列颠的消息原本是个机密，一直到了四月份都没人知道，可如今却已经传到了海峡的另一边，卡拉克塔库斯和托葛杜努斯正在忙着准备防御呢。前一阵，第九军团从多瑙河来到了里昂，两个法兰西辅军军团和一个瑞士辅军军团也早已在那儿进入了备战状态。我命令奥鲁斯将莱茵河的军团开到布洛涅去，顺便在途中带上一个巴达维亚辅军军团——巴达维亚是日耳曼的一个部落，住在莱茵河河口的一个岛上——船只已经在布洛涅等着送他们渡过英吉利海峡了，里昂的军队也会同时到达布洛涅。可是意想不到的困难出现了。莱茵河的军团不肯出兵。他们几乎是公开地说，他们在那儿过得很好，觉得远征不列颠是一桩既危险又没用的事情。他们说，如果他们离开的话，就会严重削弱莱茵河的防守——尽管我已经把卫戍部队调到了那里，又将法兰西辅军的大量兵力和剩下的军团编到一起，还组建了一个全新的第二十二军团。他们还说，入侵不列颠是与奥古斯都神的意愿相违背的，因为他已经将罗马帝国的战略国界永久地定在了莱茵河与英吉利海峡。

当时是七月中旬，我自己正在里昂，本来要亲自去莱茵劝说他们履行自己的职责，可是有迹象表明第九军团和法兰西辅军也起了骚动，于是我派了和我同去的那尔齐苏斯做我的代表。这么做真的很傻，但是我傻人有傻福，结局很圆满。我并没有意识到那尔齐苏斯有多么不得人心。大家都认为，我事事对他言听计从，完全被他牵着鼻子走。到了美因兹的军营，那尔齐苏斯很随便地问候了一下奥鲁斯，然后便叫他把人都集合到军法台前面。集合完毕以后，他登到台上，挺起胸膛，说起了下面这番话："以我们的皇帝——提贝里乌斯·克劳狄乌斯·恺撒·奥古斯都·日耳曼尼库斯——的名义，士兵们，你们已经接到命令要开到布洛涅，在那儿上船去入侵不列颠。可是你们却怨声载道，制造困难。这是非常错误的。这违背了你们对皇帝的誓言。如果皇帝命令你们远征，你们就要服从,而不是争辩。我来到这里是要重新唤起你们的……"

那尔齐苏斯说起话来一点儿也不像个信使,倒像他自己就是皇帝似的。这当然把那些人给惹恼了。有人大声说道"从军法台上下来,你这个希腊男仆",还有"我们不想听你说话"。

不过那尔齐苏斯自视甚高,他的声音盖过了斥责的声浪。"没错,"他说道,"我只是个希腊人,而且只是个自由民,可是似乎我比你们罗马公民更清楚自己的职责所在。"

这时,有人突然喊道,"哟,农神节",所有的愤慨都烟消云散,变成了一阵哄堂大笑。"哟,农神节"是我们过万愚节时喊的,这是一个一年一度纪念农神的节日。在万愚节期间,一切都是混乱颠倒的。每个人都可以想说什么就说什么,想做什么就做什么。奴隶穿上主人的衣裳,将主人使唤得团团转,仿佛他们才是奴隶。贵族降了身份,平民成了贵族。现在所有的人都喊起了"哟,农神节,哟,农神节!这个自由民今天就是皇帝"。大家不再被等级所约束,尽情地开着荒唐的玩笑,胡闹了起来,先是上尉们,再来是一两位高级军官,最后奥鲁斯·普劳提乌斯自己也很有策略地加入进来。奥鲁斯打扮成军营里女人的样子,拿着一把厨房用的切肉刀四处忙活。四五个中士爬上军法台,假装是为了那尔齐苏斯争风吃醋的情敌。那尔齐苏斯被搞糊涂了,大哭起来。奥鲁斯挥舞着他的切肉刀来解救他了。"你们这些男人真讨厌,"他用尖锐的假声喊道,"别去惹我那可怜的丈夫!他是个可敬的体面人!"他将他们赶下台去,然后拥抱着那尔齐苏斯,同时小声说道:"那尔齐苏斯,交给我来处理。他们就像一群孩子。现在迁就他们一下,等会儿你就能对他们为所欲为了!"他抓着那尔齐苏斯的手把他拉到前面,说道:"我可怜的丈夫都不知所措了,你们瞧——他喝不惯军营里的酒,也不习惯你们那么粗鲁。不过他只要跟我上床去睡一夜就会好的,对吧,我的小乖乖?"他揪住那尔齐苏斯的耳朵,"现在听我说,夫君!美因兹可不是个太平的地方。这里的老鼠连铁都啃得动,公鸡打鸣时吹的是银子做的小喇叭,黄蜂腰上都随身挂着标枪。"

那尔齐苏斯假装很害怕——他也确实很害怕。不过他们很快就把他给忘了个一干二净，玩起了其他游戏。等到大家的高兴劲儿开始减退时，奥鲁斯又穿回了他的将军斗篷，叫来号手，命他吹号叫大家立正。一两分钟之后，秩序便恢复了，他举起手示意大家安静，然后说道：

"士兵们，咱们已经像过万愚节一样找了乐子，玩得都很开心，现在号声宣布万愚节结束。咱们要回去干正事了，也得再度遵守纪律。明天我会占卜吉凶，如果是好兆头，你们就必须准备开拔。我们要去布洛涅，不管喜不喜欢，这是我们的职责。我们还要从布洛涅去不列颠，不管喜不喜欢，这是我们的职责。到了不列颠，我们要大战一场，不管喜不喜欢，这是我们的职责。布立吞人会被打得惨败，损兵折将，不管喜不喜欢，这是他们倒霉。皇帝万岁！"这番话挽救了局面，再也没有人惹麻烦了。那尔齐苏斯也得以不失体面地离开了营地。

十天以后的八月一日——我的生日——远征大军启程了。奥鲁斯和我一致同意，部队渡海时最好分成三个分队，每个分队之间间隔两三小时。一个分队登陆时，不列颠的军队肯定都会集中到一处来，这样其他两个分队就可以沿着海岸驶到无人防守的地方顺利上岸了。可碰巧的是，就连第一支分队登陆时也没有遭遇任何抵抗，因为不列颠人听到消息说莱茵河的部队不肯出征，而且他们也觉得这个季节已经太迟，我们今年什么都不会做了。过海峡时唯一值得记录下来的大事就是突然刮起了大风，把第一支分队吹得回到了第二支分队的位置；这时出现了一个好兆头，一道闪电从东向西闪过，这正是他们航行的方向；于是晕船不太厉害的人重新鼓起勇气，带着胜利的情绪上了岸。奥鲁斯的任务是占领不列颠岛的整个南部地区，将战略前线从西部的塞文河推进到东面的大海湾——沃什；这样就可以将原先辛白林所有的领土收入罗马帝国的一个新行省。凡是主动向罗马屈服的部落，奥鲁斯都像往常一样给了他们从属盟友的特权。因为这是一次征服之战，而不仅仅是惩罚性的远征，所以必须要向被征服者尽量表现出宽宏大量，而且要一直如此，但是不能让人把这误解成软弱。没有必要的话，就不能毁坏财产、强奸妇女、杀害老人和孩子。他打算告诉自己的士兵："皇帝要的是俘虏，不是尸体。你们会永远驻扎在这个国家，所以他建议你们在征服的过程中造成的损害越小越好。聪明的鸟儿不会弄脏自己的巢穴，哪怕这巢穴是从别的鸟儿那里抢来的。"

他的主要目标是卡图维劳尼人的首府科尔切斯特，占领了这里以后，东海岸的爱西尼人肯定会主动来和他结盟，他便可以建起一个稳固的基地去征服不列颠的中部和西南。我对他说，如果在打垮敌人的主要反抗力量之前，他的伤亡人数已经超过了两千人，或者有可能在冬天来临时战争还结束不了，他就要立刻给我消息，我会带着后备力量来援助他。消息用烽火来传递，经过法兰西和意大利，如果看守烽火的人没有疏忽的话，消息从布洛涅发出几小时以后，我在罗马就应该能收到了。我打算带去的后备力量包括八个禁卫营、禁卫军的所有骑兵、四个连的努比亚长矛兵以及三个连的巴利阿里投石兵。他们就驻扎在里昂待命。

我原本打算和这些后备部队一起留在里昂，可是却不得不返回罗马。给我当替手的维特里乌斯写信说，他发现这差事异常困难，他的审判工作已经落后两个月了，而且他有理由相信我的法律文书米伦并没有我们想象的那么诚实。与此同时，我还从马尔苏斯那里收到了一封信，这信来得可真不是时候，我觉得自己应该尽快赶回罗马，一天也不能耽搁。马尔苏斯的信是这样的：

在皇帝的生日即将到来之际，叙利亚总督维比乌斯·马尔苏斯很荣幸地向他问候，并且向他报告，叙利亚繁荣富足，秩序井然，忠心耿耿。同时，他也承认近来加利利湖畔提比里亚城的一桩事情让他很是不安，他已经采取措施处理了此事，恳求皇帝能够批准。

安提俄克的司令部收到一份非官方的报告说，希罗德·阿格里帕国王邀请下列这些邻国的君主们来参加秘密会议——科马基尼的国王安提奥库斯、奥斯若恩的国王萨普西格拉姆斯、小亚美尼亚的国王科杜斯、本都和西里西亚的国王波列蒙、以土利亚的国王索西姆斯和卡尔基斯的国王希罗德·波利奥。要是这次开会的消息走漏出去的话，他们就会解释说这是为了庆祝希罗德·阿格里帕国王和赛普路斯王后结婚整整二十周年。可是我作为您的代表，却并没有收到邀请去参加任何这样的宴会，这显然不合礼数；请允许我再重复一遍，关于这次非同一般的君主集会，我得到的唯一情报源自非官方的渠道，但并非是秘密来源。以土利亚的索西姆斯国王病了，但是派了他的宫廷大臣做代表。其他的国王们全都听从希罗德的召唤来出席会议了。有些国王（上述国王中除了希罗德·波利奥和索西姆斯之外的所有人）原本会经过安提俄克，而且他们到访加利利时是应该特意拐到我这里来向您的代表致意的，可他们却宁愿隐姓埋名地绕道而行，而且多是夜里赶路。多亏我在卡尔基斯东面叙利亚沙漠里的几个密探警惕性高，我才知道他们已经动身了。

　　于是我立刻亲自全速赶往提比里亚，由我的两个女儿和几位参谋长陪同，打算出其不意地出现在会议上。可希罗德·阿格里帕国王一定是收到消息说我来了，便乘着他的皇家马车从提比里亚出来迎接我。我们在城外七弗隆[1]的地方碰了面，不过他可不是一个人来的，他的五位国王客人也护送他一起来了，其中的最后一位——本都国王——当时也才刚刚到达。希罗德国王看起来毫无愧色，反而从马车上下来，匆忙跑过来给了我最最热烈的欢迎。他大声说他非常高兴，我总算是来了，他给我寄了两封邀请函都石沉大海，还说这事的确很不寻常——七位东方君主在第七块弗隆石这里相会。他要把这块石头换成一根大理石纪念柱，将我们的名字和头衔都用黄金刻在上面。我也只得礼貌地回应，相信他那给我寄过两封请柬的谎话，甚至发誓说，一旦让我发现是哪个敌人拦截了这些邀请函——我从来就没有收到过——我一定会用最严厉的法律来惩罚他。其他国王也都从车上下来了，我们互相寒暄起来。我以前在罗马时就认识的科马基尼国王提出，也许是我手下某个好管闲事的佣人考虑到我的感受，所以没有把希罗德国王的请柬交给我。我问他这话是什么意思，他回答说，因为我对最近逝去的亡妻记忆犹新，要是受邀参加别人的结婚纪念的话，恐怕一点儿也高兴不起来。我

---

[1] 长度单位，相当于201米。

回答他说，我妻子去世已经四年了，他叹了一口气说道："已经有那么久了吗？我似乎觉得上回见到她就是昨天。她是个美丽的女人。"然后我直截了当地问本都国王为何没有在安提俄克停留下来向我致意，他毫不脸红地对我说，他本来以为一定会在宴会上见到我，所以便听从先知的建议走了更偏东边的一条路线。

他们六个都很沉着，完全无法动摇，于是我们一起乘着车穿过欢呼的民众来到提比里亚。几小时以后，结婚纪念宴会开始了，这是我参加过的最铺张的宴会。同时，我派了自己的一位参谋去私下告诉每一位国王，要是他还想和罗马做朋友的话，就应该听取建议，在不对主人失礼的情况下尽快回到自己的国家，并且不要和邻国的君主们参与任何秘密会议。长话短说吧，宴会很晚才结束，客人们表示歉意以后第二天就离开了，任何会议都没有召开。我是最后一个走的，临别时我和国王像往常一样互相致了意，可我回到安提俄克时却发现有一封匿名信在等着我，它是这样写的："你冒犯了我的客人们就必须承担后果，如今我是你的敌人了。"我猜这封信是希罗德·阿格里帕国王送来的。

向您的夫人——最最贞洁、最最美丽的瓦列利娅·梅萨丽娜夫人问好。

我越研究这份报告，就越不喜欢它。看起来希罗德似乎是利用我在一心对付不列颠和大批军队都在那儿——很可能还需要更多的援军——的事实，打算在东方发起一场全面叛乱，他在耶路撒冷修建的防御工事便是预兆。我变得越发焦虑不安，可是我又无能为力，只能祈祷在不列颠速速取胜，并且让希罗德知道马尔苏斯已经把近东发生的事情都告诉我了。我立刻写信给他，夸大了不列颠远征的好消息——我写信时奥鲁斯还没能遭遇敌军的任何大部队，不列颠人用的仍然是跟祖先们在尤利乌斯经肯特进军时一样的战术——还对希罗德撒谎说，这次远征只是要小惩大戒，我预计几个月之内军团就会从英吉利海峡对岸回来。

这是我第一次对希罗德撒谎，因为只是写在纸上，没有口头说出的尴尬，所以我设法让他相信了。我写道：

……土匪，关于预言中那位死后注定成为世上最伟大神灵的东方君主，你能不能跟我说点准信儿？我不断地听到有人提到他。有一天在法庭上还有人说起他。有个犹太人被指控在罗马煽动骚乱，据说他对战神的一位祭司边晃拳头边喊道："等到那位君主现身时，像你这样的人就死到临头了。你们的神庙会被夷为平地，你们会被埋在废墟底下，你们这些狗东西！那一天就快来了。"可是在受到盘问时，他却断然否认自己说过这种话，因为证词相互矛盾，所以我只能流放了他——如果你能说将一个犹太人送回朱迪亚也叫流放的话。好吧，卡里古拉相信自己就是那个预言中的君主，据我听到的说法，那个预言在某些方面好像确实说的是他。我的祖母莉薇娅也曾经误会过，因为占星家塞拉西鲁斯说她会和预言的那个人死于同一年，于是她以为预言指的是自己。可是她没有意识到，预言里所说的是神，而不是女神，而且他第一次现身是在耶路撒冷——卡里古拉去那儿的时候还是个孩子——尽管他后来会统治罗马。犹太教的宗教经典里有没有写过关于他的事情？如果有，究竟是怎么写的？我知道你那博学的亲戚斐洛在这些事情上是个专家。有一天，我跟梅萨丽娜讨论起这事，她问我，继我那如今已经封神的祖母莉薇娅和疯侄儿卡里古拉之后，还有没有人像他们一样对这事特别着迷。我对她说："我发誓我没有，尽管希罗德·阿格里帕总是企图把神的帽子扣到我头上。"可是你自己呢，我的老土匪？也许你真的是预言所指的那个人？不，仔细考虑一下就知道你肯定不是，尽管你和耶路撒冷有关系。预言中明确地说这位君主是个极为神圣之人。而且，塞拉西鲁斯对他死于哪一年非常确定，就是提贝里乌斯继位的第十五年，也是莉薇娅去世的那一年——她的确是在这一年去世的。据我所知，塞拉西鲁斯从没有说错过日期。所以你已经没有机会了。不过，话又说回来了，如果塞拉西鲁斯没错的话，那为什么我们到现在还没听说过这位死去的国王？这个预言卡里古拉也知道一些,这位国王会死于朋友们的背弃,死了以后,朋友们还会喝他的血。奇怪的是,他死的时候倒是符合这个情况。你还记得吧,刺客中有一位名叫布博的发誓要杀了他,还要喝他的血来报仇雪恨,他确实把手指伸进他砍在卡里古拉身上的伤口里,然后舔干了手指上的血,这个疯子。可是卡里古拉去世的时间比预言晚了九年。如果你愿意告诉我你对这一切都知道些什么,我会非常感激。也许这是把两三个预言混淆在一起了?又或者卡里古拉听说的细节不够准确?把这预言告诉他的是一位名叫玛蒂娜的囚犯,就是与我那可怜的哥哥日耳曼尼库斯在安提俄克被杀一案有关的那一位。不过我听说,这个预言很久以前就作为太阳神阿蒙的神示在埃及流传开了。

我之所以这么写,是因为我现在知道希罗德确实以为自己就是预言中的这位君主,这是希罗迪亚斯和安提帕斯告诉我的,我在法兰西停留期间曾经去他们的流放地看望过他俩。尽管我知道他们并不曾密谋反对过卡里古拉,我也还是不能让他们回到朱迪亚,不过我允许他们离开里昂,又在西班牙的加的斯给了他们一处相当大的房产,这里的气候和他们已经习惯的气候更为相似。他们给我看了一封无意中泄露了秘密的信,是希罗迪亚斯的女儿莎乐美写来的,她如今的丈夫是希罗德·波利奥的儿子,也是她的表亲。

  希罗德·阿格里帕变得一天比一天虔诚。他对自己的老朋友们说,他只是出于政治原因才会假装严守犹太法典,其实他暗地里崇拜的还是罗马神灵。不过我知道这不过是个借口而已。他在宗教仪式的时候认真极了。首席行政官的儿子——提贝里乌斯·亚历山大——放弃了犹太教的信仰,让他那杰出的家族既羞愧又伤心。他对我说,他住在耶路撒冷的时候有一回把希罗德拉到一边,悄悄对他说道:"我听说你有个阿拉伯厨师,擅长给乳猪加填料,还擅长烤午夜乳猪,你能不能行行好哪天夜里请我去吃一顿?在耶路撒冷简直弄不到真正能吃的东西!"希罗德的脸涨得通红,结结巴巴地说他的厨师病了！实际上这个厨师很久以前就被他给解雇了。提贝里乌斯·亚历山大还说过希罗德的一件怪事。你一定听说过这件滑稽的事情，他到访亚历山大的时候带着两名士兵当保镖——这两人是他绑架来的，这样他们就没法把逮捕令送到他手中了——他还找首席行政官借了钱。后来，首席行政官好像去找了他那博学的兄弟斐洛——就是试图将希腊哲学和犹太经文结合在一起的那个——对他说道："斐洛兄弟，我恐怕是干了蠢事。我借给希罗德·阿格里帕一大笔钱，可他的抵押却不太靠得住。作为回报，他答应在罗马保护我们的利益，并且在全能的神面前发誓说，他会关心和保护神的子民，遵守神的法典，至少他的谎话是这么说的。"斐洛问道："这位希罗德·阿格里帕是从哪里冒出来的？我以为他在安提俄克。"首席行政官说道："从以东来的，穿着一件紫色的袍子——波斯拉紫——走起路来就像个国王。尽管他从前做过很多傻事，几经沉浮，可我还是忍不住相信他注定会在我们民族的历史上发挥重要的作用。他才能出众，如今又言之凿凿地保证自己会……"斐洛忽然变得极为认真，引用起预言家以赛亚的话来："那从以东的波斯拉城来的是谁？那穿着华丽红色袍子的是谁？那具有威能向前迈进的是谁？我践踏万国，像踩葡萄一样，我用不着人来帮我。我早就决定，我拯救我子民的日子到了；我惩罚我子民仇敌的日子到了。"斐洛很久以前就坚信，救世主弥赛亚就在身边。关于这一点，他写过好几本书。他以《民数记》中关于"有星要出于雅各布"的文本作为论据，并结合了《先知书》中的许多其他文本。这个可怜的家伙有点着迷了。如今希罗德的权力变得这么大，而且信守自己的诺言，严格地遵守了法典，还为亚历山大的犹太人做了这么多事，斐洛确实相信希罗德就是救世主弥赛亚。让他最后确定这一点的是，他发现希罗德的家族虽然出身于以东，却是犹大王国被占领以前最后一位国王泽德基亚之子的后人。（在尼布甲尼撒攻耶路撒冷之前，泽德基亚设法将自己刚出世的儿子送到城外，安全地交到了以东的朋友手中。）斐洛似乎说服了希罗德相信自己真的就是救世主，不仅注定要将犹太人从外国人的奴役中解救出来,而且要将闪的孩子全都集中到万军之王耶和华统治下的伟大宗教国家里来;只有这个能解释他近来的政治活动,我必须承认他的举动让我对未来非常担心。实际上,宗教气氛似乎浓得过头了。这不是个好兆头,让我想起了当初那神秘的傻瓜施洗约翰被砍头时你说的话——"宗教狂热是最危险的一种疯狂。"

我想我说得太多了,不过我相信你——我亲爱的母亲——不会把这事泄露出去。阅后即焚。

马尔苏斯没有再给我任何消息,我在动身去不列颠以前——奥鲁斯在登陆两个星期以后就被迫向我发出了召唤——也没有收到希罗德本人的回信。不过我认为希罗德会从我的信中读出弦外之音来,知道我对他起了疑心,尽管我留神既没提到马尔苏斯,也没说起提比里亚的结婚纪念庆典;他采取下一步行动时一定会非常谨慎。我加强了亚历山大的卫戍部队,并且叫马尔苏斯将叙利亚所有的希腊征募军都召集起来进行集中训练,散布谣言说帕提亚人可能进犯。他做这些全都是自发的,不能让任何人知道是我下的命令。

十八

　　正如我在前面所说，奥鲁斯在不列颠登陆时并没有遭遇任何抵抗。他在里奇伯勒建起稳固的大本营，留下各个军团的老兵驻守，将船只都拖到了暴风雨够不着的海岸上，然后才开始小心翼翼地穿过肯特向前推进，走的就是尤利乌斯第二次远征时的路线——实际上，所有进犯不列颠岛的人自然而然都是这么走的。起初他遇到的抵抗并没有尤利乌斯那么多，没费什么力气就渡过了斯陶尔河。东肯特的国王是卡拉克塔库斯和托葛杜努斯的封臣，他并没有决定要派人守住已经准备好的阵地。因为他的领主听说我们今年不可能入侵时，已经将主力部队撤回了科尔切斯特，而他自己的兵力又不足以成功地守住这条河。他带着和平的象征来见奥鲁斯，在双方交换礼物之后，他发誓与罗马结盟并友好相处。几天以后，肯特西面东苏塞克斯的国王为着同一个使命也来到了军营。从斯陶尔河到下一道天然屏障梅德韦河，奥鲁斯还是没有遇到什么像样的抵抗。不过，砍倒的树木和带刺的灌木常常会被挡在路上充当路障，小股小股的战车手们就把守在这些路障周围。奥鲁斯命令先头部队的指挥官不要强行通过，而是一看到路障就派骑兵小分队去将他们包围起来，然后抓住把守路障的人。这样虽然推进得慢一些，但却没有人员阵亡。

多数肯特人似乎已经退到了威尔德——茂密的森林地带——要把他们赶出来是难如登天了。可是，在前进的纵队两侧出现的战车大军越来越多，向粮草征收队发起猛攻，逼着他们退回大部队里去。奥鲁斯明白，肯特人最终会带着何种情绪从威尔德森林里出来——是温顺地主动归降还是英勇地切断他的退路，取决于他是否能打败卡图维劳尼人。不过，他的大本营还是很安全的。

他来到了梅德韦河的感潮河段，尤利乌斯第二次远征时曾经从这里涉水过河，没有损失一兵一卒，可奥鲁斯却发现，敌人早在几个月前就布置好了阵地，如今阵地后面已经集结了大量军队。卡拉克塔库斯和托葛杜努斯都带着所有从属部落的王子们来到了这里，兵力大约有六万人。而奥鲁斯手边最多只有三万五千人的有生力量。过河的浅滩很窄，上面还开出了一连串与河岸平行、又深又宽的航道，几乎是走不过去的。布立吞人就在河的另一边漫不经心地安营扎寨。到达上游最近的浅滩需要行军一天，而且据俘虏报告说，那里也同样加强了防御。下游根本就没有浅滩，这条河在距离这里不远的地方就汇入了泰晤士河的河口，然后就扩散成无法通行的淤泥滩了。奥鲁斯派手下将一篮一篮的碎石填入航道中，好让浅滩可以通行。可是按照这个速度，显然要两三天以后才能尝试过河。敌方的河岸用两道坚固的栅栏防守着，布立吞人现在不仅用弓箭和辱骂来骚扰奥鲁斯的工人们，还在两道栅栏的后面建起了第三道。大潮会每天两次涌到这条河的河口——这种现象在这里再寻常不过了，可是在地中海却只有暴风雨的时候才能见到——严重地阻碍了奥鲁斯的工程进度。不过，他却将潮水当成了自己的盟友。第三天日出之前，潮水高涨，他派巴达维亚辅军从这平静的水里游到对岸去。日耳曼人都很会游泳，其中巴达维亚人游得最好。他们有三千多人，将武器绑在背上游到了对岸，给布立吞人来了个出其不意。不过，他们并没有攻击营火旁大惊失色的人们，而是冲向了一排排的马匹，将拉战车的小矮马都给打残了。他们使得两三千匹马失去战斗力之后，马的主人们才反应过来究竟是怎么回事。然后，他们在敌方浅滩的第二道路障——这路障本来是打算朝着另一边的——后面安顿下来，并守在这里对抗布立吞人的猛烈攻击。与此同时,第九军团的两个营为了支援他们正在奋力渡河,借助了吹大的葡萄酒皮袋、临时做成的木排和缴获的不列颠小圆舟。战斗非常激烈,有些不列颠小分队原本驻扎在上游以阻止我们的人从那里的什么地方过河,现在也冲下来加入了战斗。奥鲁斯看见这个情况,便派一个名叫维斯佩西安[1]的人带领第二军团借着森林的掩护到上游去,从某个无人防守的河湾处渡河。维斯佩西安在上游四五里处找到了合适的地方,这一处的河流很窄,他便派了一个人带着一根线游到对岸。这根线是用来拉绳索过河的,绳索的两头分别牢牢地系在两岸的树上,然后绷紧。第二军团曾经训练过这种过河方法,所以在一两个小时之内全都过了河。他们得用很多绳索,因为距离太远,任何一根绳索如果一直绷得很紧以承受超过二十或者三十个重装士兵的重量的话,就可能会突然断掉。渡河以后,他们又一次匆忙赶往下游——途中并未遭遇敌人——一个钟头之后突然出现在敌军那没有防备的右翼。他们扣起盾牌,大喊着径直冲进围栏,仅一次进攻就杀死了几百名不列颠部落的人。巴达维亚辅军和第九军团与第二军团会合到了一起,尽管仍然比敌军的数目少得多,会合的军队却逼着稀里糊涂、毫无章法但仍然勇猛的敌军慢慢地向后退去,直到将他们打得一败涂地。河岸上一个不列颠人也没有了,这一天剩下的时间里,奥鲁斯赶紧让人用柴枝在浅滩上修起狭窄的堤道,低潮时这堤道被牢牢地固定了下来,航道也填上了。可是,这项工程到那天夜里很晚才完工,大军还有一部分人没能安全地过河——潮水涨起来了,他们只得停止渡河——第二天早晨才全都渡过河去。

　　布立吞人在后面的高地上集结起来,当天下午便爆发了一场激战。进攻由前一天没有参加战斗的法兰西步兵打头阵,敌人的防御非常顽强,一大队战车突然间从左翼冲到中间,刚好切入了带头的法兰西步兵团后方,对着排成一行前进的法兰西军团万矛齐发,让他们伤亡惨重。这支纵队是由卡拉克塔库斯亲自率领的,到达右翼时他们便勇敢地掉转车头,又切入了赶来支援的第二个法兰西步兵团后方,故技重施,然后

1　作者注:公元69—79年为皇帝。

毫发无损地驾车离开了。法兰西人没法拿下山头，奥鲁斯看见不列颠战车和骑兵集中在自己的右翼，眼看就要向如今已经一片混乱的法兰西人发起猛攻，他赶紧派出自己手下三分之一的骑兵飞奔到那片受到威胁的阵地上，命他们不惜一切代价守住那里。骑兵出发了，奥鲁斯让自己所有的正规步兵都跟在他们后面，只留下第二军团支援法兰西辅军，以防不列颠人发起反击；他让盖塔带着一些巴达维亚步兵和剩下的骑兵向左翼前进，奥鲁斯自己则在右翼大举进攻。不列颠战车没法阻止右侧的推进，尽管我们的骑兵在带头的步兵团前面损失惨重，但是第十四军团的到来给他们解了围。然后，卡拉克塔库斯带领他的纵队掉转方向到了山头的后面，进攻起我们的左翼来。

这场战斗中盖塔立了大功。他和自己的七百骑兵抵挡住了将近两千辆战车的拼命进攻；在黎明突袭中废了那些小矮马的巴达维亚士兵也有五百人混进骑兵当中，再次用他们的刀发挥了重要的作用。要不是他们，盖塔就要打败仗了，他被打下马来，差点就被俘了。可卡拉克塔库斯最终还是撤退了，身后留下一百辆残破的战车。不列颠人这时已经察觉到右翼正规军步兵进攻的压力，法兰西人也守住了自己的阵地，突然间有人大喊着说托葛杜努斯身负重伤被抬下了战场。不列颠人立刻就泄了气。他们的战线动摇了，然后便溃不成军，朝着我军的左翼蜂拥而去，不承想却遇到盖塔的部队从小树林里杀将出来。盖塔发起了进攻，战斗结束以后，光是在这块战场上就找到一千五百多具不列颠人的尸体。不列颠人的阵亡总数达到了四千人。我军也有九百人阵亡，其中包括七百名法兰西人；还有大约九百人受了重伤。贝利库斯也是死于伤势过重的人之一，这次战争就是因他而起的，他曾经跟盖塔并肩战斗，并且在盖塔被打下马时救了他的命。

泰晤士河是奥鲁斯接下来遇到的又一大障碍，卡拉克塔库斯把守这里的方法基本上和把守梅德韦河的时候一样。战败的布立吞人在退潮时从一条秘密小道穿过河口的淤泥滩撤到了泰晤士河的另一边。我们的先头部队本想跟在他们后面，结果却陷入泥沼之中，只得撤了回来。随后的这场战斗几乎就是前一场的再现，因为情况十分相似。这一次从上游渡河的是克拉苏·弗鲁吉，他是我女婿小庞培的父亲。他从伦敦的一座桥上强行渡了河，这座桥本来是由一群年轻的不列颠贵族誓死保卫的。巴达维亚人则再一次趁涨潮时从下游的河段游到了对岸。不列颠人在这里的防守比之前更加薄弱，又一次损失惨重。我们只损失了微不足道的三百人，却抓来两千名俘虏。我们攻占了伦敦，还获得了大量战利品，但这胜利却留了遗憾。有将近一千名法兰西和巴达维亚士兵鲁莽地追着残兵败将进了沼泽地，结果全部被一个颤动的沼泽给吞没了。

如今奥鲁斯已经渡过泰晤士河，可不列颠南部、西部和中部援军的到来使得敌人的抵抗突然间顽强起来，还出现了强大的新战车队。托葛杜努斯的死反而成了对布立吞人有帮助的优势，卡图维劳尼军队的最高指挥权集中到了一个人手里，卡拉克塔库斯是一个很有才干的将领，而且极受德鲁伊祭司们的青睐，他可能会向盟友和封臣们慷慨陈词，请求他们替他那高贵的兄弟报仇。罗马军队的伤亡已经超过了规定的最大数量，敌人的抵抗也不能算作被瓦解，于是奥鲁斯明智地将约定的信息发了给我。根据事先的安排，从里奇伯勒运送酒、毯子和军需品的船只已经到达了伦敦，其中一艘将奥鲁斯的消息带到了布洛涅。第一个烽火在布洛涅点燃，消息只花了很短的时间就越过阿尔卑斯山，飞速到达了罗马。

就在这一天，我终于找到了米伦诈骗罪和伪造罪的确凿证据。当着其他所有主要文书的面，我让人重重责打了他一顿，然后处死了他。这一天很不好过，也很不愉快，我累得筋疲力尽，晚饭前才坐下来和维特里乌斯玩掷骰子的友谊赛，这时，波西德斯这个宦官——我的军事文书——跑进来，带来了这个消息："恺撒，烽火！不列颠需要您。"

"不列颠？"我喊道，手里仍然拿着骰子筒，机械地又摇了一次，将骰子倒出来之后便急忙跑到朝北房间的窗前。"指给我看！"我说道。那天晚上天空很晴朗，在波西德斯所指的方向，三十里之外的索拉泰山顶上，就连我这昏花的老眼都能看见那点小小的红光。我回到桌前，却看见维特里乌斯喜笑颜开地看着我。"您觉得这是个什么兆头？"他问道。

"刚才半小时你掷的点数一直很低，能有多低就有多低，然后突然间你喊了一声'不列颠'，接着便掷出了维纳斯。"

千真万确,那三个骰子排成了一个整齐的等边三角形,而且每个骰子都是六点!掷出维纳斯的概率是216∶1,所以我感到扬扬自得也情有可原。并没有什么真正的好兆头是预示着发动战争的,可是你知道,维纳斯不仅仅是骰子筒的保护神,还是埃涅阿斯的母亲,所以通过奥古斯都的姐姐——我的外祖母屋大维娅——我也是维纳斯的后人,维纳斯也守护着朱利亚家族的命运,而我如今被公认为这一族的首领。我还从三角形中看出了名堂,那正是不列颠在地图上的形状。

现在我想起这事时会琢磨,会不会是维特里乌斯而不是女神在我转过身去时替我将那些骰子排列得如此整齐?我是这世上最好骗的人之一,至少大家对我下的结论是这样。如果是他干的,那他干得很好,因为维纳斯让我在出发去远征时情绪极高。那天晚上,我主动向她祈祷(也向奥古斯都和战神祈祷),对她许诺说,如果她助我取得胜利,她想要我为她做什么,我就会做什么。"有来有往,"我提醒她道,"我真心希望你能倾尽全力。"这是我们克劳狄族人的习惯,用开玩笑和不拘礼节的口吻对维纳斯说话。她应该会很喜欢这样,就像曾祖母们——尤其是年轻时以寻欢作乐著称的曾祖母们——有时候会鼓励最喜欢的曾孙们跟她们说话时礼数越少越好,仿佛大家是同辈一样。

第二天,我带着自己的下属和五百名自愿参战者从欧斯提亚乘船前往马赛。南风舒适地吹着,我喜欢坐船胜过颠簸的马车。这样我就能好好地睡上一觉了。全城的人都到港口来给我们送行,每个人都试图表现得比其他人更加忠心、表达良好祝愿时更加热情。梅萨丽娜双手搂着我的脖子哭了起来。小日耳曼尼库斯也想一起去。维特里乌斯向奥古斯都神许诺说,如果我凯旋归来,他就给他的神庙大门镀上黄金。

我们的舰队共有五艘船,都是双桅横帆的快速战舰,每艘船有三排桨,船身用结实的绳索牢牢捆了起来以抵御暴风雨的天气。天亮一小时以后,我们起锚开船,驶向汪洋大海。时间紧迫,我让船长有多少帆就扯起多少帆,他照做了,每根桅杆上都升起了两面帆,大海风平浪静,很快我们的时速就达到了十多海里。快到傍晚时,皮亚诺萨岛映入眼帘,这儿离厄尔巴岛不远,我那可怜的朋友波斯杜姆斯从前就流放在这里，我看见曾经看守他的卫兵们驻扎的房子如今都废弃了。我们已经航行了一百二十里，大约是路程的三分之一。微风还在吹着，船只的颠簸并没有让我的胃感到不适，我来到船舱里，美美地睡了一觉。那天晚上，我们绕过了科西嘉岛，但是午夜时微风停了，我们只得完全依赖划桨前进。我睡得很好。长话短说吧，第二天我们遇到了坏天气，行进非常缓慢，风向渐渐由西风转为北风，而后再转为西风。

  第三天的黎明时分我们才看见法兰西的海岸。大海现在极为狂暴，船桨常常是要么在水里没到桨架，要么就是划在空中。与我们同行的四艘船只能看见两艘了。我们朝着护岸驶去，沿着它很慢很慢地往前滑行。眼下我们位于弗雷瑞斯以西五十里的地方，正在穿过耶尔群岛，弗雷瑞斯是舰队的一个基地。我们本来应该在中午之前到达马赛的，可是在我们驶过保尔克莱勒岛时——这是群岛里最大也是最西边的一座岛，岛上有个地方距离突出来与之相望的日安半岛只有一里——狂风带着骇人的力量向我们吹来；尽管船员们疯了似的划桨，我们却一步也前进不了，反而发现自己的船正在慢慢地往岩石上漂去。眼看我们还有不到一百码就要粉身碎骨时，狂风暂时减弱了，我们才设法脱离了险境。可没过几分钟，我们又一次陷入了困境，这一回就更危险了。我们不得不拼命通过的最后一个海角是一块巨大的黑色岩石，风吹浪打将它雕刻成了一个咧开大嘴的半羊人头颅。海水翻滚着在它的下巴上嘶嘶直响，仿佛是它长出的白色胡须。风正对着船的中部吹来，逼着我们飞快地进到这个恶魔的嘴里。"如果被它抓住的话，它一定会打碎我们的骨头，撕烂我们的皮肉，"船长冷酷地向我保证道，"很多船只都在那块黑色的石头上撞得粉碎。"我开始向万神庙里所有的神祈祷求助。后来有人告诉我，无意中听见我祈祷的水手们发誓说那是他们此生听过的最美的祈祷，这给他们带来了新的希望。我特别向维纳斯祈祷，请求她说服她的叔叔海神三思而后行，因为罗马的命运基本上就系于这艘船的存亡，请她务必提醒海神，虽然我的前任曾经不敬地跟他争吵，但我并没有参与其中，相反我对神灵总是怀着最深沉的敬意。筋疲力尽的桨手们一边使劲一边呻吟，桨手长手拿短绳沿着平台跑来跑去，骂骂咧咧地将新鲜活力鞭打到他们身上。我们艰难地通过了——我也不知道是怎么通过的——脱离了危险,我开心地松了一口气,答应一上岸就赏给桨手们每人二十个金币。

我很高兴自己没有失去理智。这是我头一次在海上遇到暴风雨,我听说世上有些最勇敢的人在可能溺死的关头也崩溃了,还有传言说奥古斯都神遇到暴风雨的时候就是一个讨厌的懦夫,他只是考虑到自己的尊贵身份才忍住没有大喊大叫地撕扯自己的头发。他确实常常引用一句俗话:"初次扬帆起航的人对那狂暴海洋的危险毫无畏惧,他是多么虔诚啊。"他出海时最不走运了,只有在海上打仗的时候除外,而且——说到对神不敬——有一回他在突然到来的暴风雨中损失了一个舰队,便禁止人们像往常一样在宗教仪式中围绕竞技场行进时抬着海神的雕像,以表达他的满腔怨恨。从这以后,他几乎一出海就遇到暴风雨,有三四回差点就船毁人亡了。

我们这艘船第一个到达了马赛,幸运的是,五艘船一艘都没有损失,尽管有两艘被迫转回头驶进了弗雷瑞斯。脚下马赛的泥土让我觉得特别踏实,我下定决心,从此只要能走陆路就再也不走水路了,并且一次都没有违背过这一点。

当初我一听说奥鲁斯在不列颠成功登陆,就将我的后备部队调到了布洛涅,命令波西德斯将船只集合到这里待命,还有什么打仗时可能用得着的额外军需品只要想到了就带上。二十辆双轮轻便快车在马赛等着我和部下——这是波西德斯安排的——载着我们从阿维尼翁沿着隆河谷来到里昂,一路上不停地更换马匹,第二个晚上我们就住在里昂,然后沿着索恩河的北岸继续行进,每天走八九十里,这是我能承受的极限了,马车颠个不停,搞得我神经衰弱、消化不良、头痛欲裂。第三天晚上住在沙隆,我的大夫色诺芬坚持要我第二天休息一整天。我对他说我浪费不起一整天的时间;他回答说如果我不休息的话,即使到了不列颠,对军队也派不上什么用场。我对他大发雷霆,想要推翻他的决定,可是色诺芬坚持认为这种行为进一步表示了我的精神十分疲惫,对我说,要么让他当我的医生,要么就让我自己来当。如果是后者的话,他就立刻辞职,回到罗马继续开业行医;如果是前者的话,他就必须请我听从他的建议，完全放松下来，接受全面的按摩。于是我向他道了歉，申辩说如果突然停止前进会让我的精神更加焦虑，这样一来，不管进行多少补偿性的按摩，我的健康状况也不会好转；而且在如今这种情况下建议人"放松"一点儿实际意义都没有，就好像叫一个衣服着火的人保持冷静一样。最后我们达成了和解：我不再乘着轻便快车赶路，但是也不会留在沙隆。剩下的五百里路程，我会乘坐一顶轻便的轿子，由六位训练有素的轿夫抬着，至少每三十里左右就歇一会儿。在启程以前和一天的旅程结束以后，他想给我多少按摩，我都接受。

我花了八天时间才从里昂赶到布洛涅，途中经过了特鲁瓦、兰斯、苏瓦松和亚眠，离开兰斯以后，色诺芬又逼着我坐轿子了。这一路上我也没有闲着，而是在脑海里反复思量我所记得的史书中从前的大战——尤利乌斯打过的仗、汉尼拔打过的仗、亚历山大打过的仗，尤其是我的父亲和哥哥在日耳曼打过的仗——琢磨着等到了紧要关头，我能否将这些详尽又丰富的知识运用到实际中去。我庆幸自己以前只要一有机会，就会根据目击者描述的战争情形拟出作战方案来，不管那是什么战争；所以我全面地掌握了以纪律严明的少量军队打败半开化的部落大军的一般战术原则，以及赢得战争以后成功占领对方国家的战略方针。

在亚眠时，有天清早我躺在那里睡不着了，便画起战场来。不列颠的步兵可能会占领一座森林茂密的山头，他们的骑兵和战车队则部署在前方的低地上。我会让自己的步兵正规军排成普通的作战阵型，两个军团在前，辅军分别在两翼，禁卫军做后备。对于布立吞人来说，大象是个彻头彻尾的新鲜玩意儿，不列颠岛上从来就没人见过这种动物——这时我忽然有了一个很不安的念头。"波西德斯。"我焦急地喊道。

"在，恺撒。"波西德斯答道，迷迷糊糊地从他的地铺上跳了起来。

"大象是在布洛涅，对吧？"

"是的，恺撒。"

"我是多久以前命令你把它们从里昂运到那里去的？"

"那是我们听说奥鲁斯登陆的时候，恺撒；应该是八月七日。"

"今天是二十七日。"

"没错,恺撒。"

"那咱们要怎么才能把这些大象运到海峡那边去?咱们应该专门修建船只来运送大象的。"

"从亚历山大运送方尖碑的那艘船也在布洛涅。"

"我以为那艘船还在欧斯提亚。"

"不,恺撒,它在布洛涅。"

"可是,如果你八月七日才让它起航,它不可能已经到达布洛涅了,现在至多只能到比斯开湾。从埃及到罗马要三个星期,你没忘记吧,那还得是最适合航行的天气。"

波西德斯的确是一个能干的大臣。我刚一决定让大象也加入我的援军并且把它们送到里昂——我想那是在五月——他就考虑到了如何将它们运过海峡的问题。他一个字也没对我说就将运送方尖碑的船装备成了运送大象的交通工具——只有这艘船够大够结实——并且让它开到布洛涅去,它六个星期以后才开到。要是他等着我下令的话,大象就肯定要落下了。运送方尖碑的这艘船可不能一笔带过,它是下水航行的船只中最大的,起码长达两百英尺,宽度也与此相称,主要的横木都是雪松做的。卡里古拉即位没几个月就建造了这艘船,以便从埃及把八十英尺长的红色花岗岩方尖碑以及构成三角楣饰的那四块巨石运到罗马来。这座方尖碑原本是在赫利奥波利斯,几年前被立在了亚历山大的奥古斯都神庙里。后来卡里古拉在梵蒂冈山新修了一座竞技场,就想把这方尖碑立在里头向自己致敬。要让你们明白这艘船究竟有多大,我就得告诉你,船上那七十英尺高的主桅杆是用一棵银枞做成的,底部的直径有八英尺;将方尖碑和三角楣饰绑在甲板上时,为了把船稳住用了很多压舱物,其中包括十二万配克[1]的埃及小扁豆——这是送给罗马人民的礼物。

到达布洛涅时,我很欣喜地发现,军队士气很高,船只准备就绪,大海风平浪静。我们没有耽搁,立刻就上了船,渡过了英吉利海峡,这一次平安无事,也很愉快,所以在里奇伯勒上岸时,我向维纳斯和海神

---

[1] 容量单位,尤用以量谷物,等于二加仑或相当于九升。

献上了祭品，感谢后者的意外恩惠，也感谢前者的好意求情。大象也没有添什么麻烦，它们是印度象，而不是非洲象。印度象的体形大约是非洲象的三倍，这些印度象尤其漂亮，因为它们是卡里古拉买来在他自己的宗教仪式上用的，打从一买来，它们就在欧斯提亚的码头上干活，听从印度赶象人指挥搬运木材和石头。我惊奇地看见，除了这些大象，还有十二头骆驼。这也是波西德斯的主意。

十九

我们在里奇伯勒焦急地等待着奥鲁斯的最新消息，我发现他有一封急件刚刚才送到。他报告说，布立吞人向他在伦敦以北的营地发起了两次进攻，一次在白天，另一次在晚上，他事先已经给营地加强了防御，所以不列颠人被击退了，而且还有一些损失。不过，似乎敌人每天都有增援部队到达，最远的是从西边的南威尔士来的；据说撤进威尔德的肯特人也送了一封信给卡拉克塔库斯，信上说只要奥鲁斯被迫撤退，他们就会从树林里出来，切断他去往大本营的退路。所以奥鲁斯请求我尽快与他的部队会合，我跟奥鲁斯疏散到大本营的几位重伤员谈了一下，他们一致认为，不列颠的步兵没什么好怕的，可他们的战车似乎顷刻之间就无处不在，而且数量众多，少于两三百人的正规军步兵根本就没法离开主力大军。

我的纵队现在要准备前进了。大象们扛着大捆大捆的备用标枪和其他军需品；可是挂在骆驼背上的一种古怪机器让我一头雾水。

"恺撒，这是您的前任皇帝发明出来的，"波西德斯解释道，"七月份在里昂的时候我擅作主张让人做了一套六个，放在骆驼背上运到了布洛涅。这是一种攻城的机器，专门用来对付野蛮部落。"

"我可不知道先帝还有军事方面的发明。"

"恺撒，我想您以后会发现这种机器有用极了，尤其是在与轻便绳子一起使用的时候。我还自作主张带了几百码轻便绳子，都是卷好的。"

波西德斯咧着大嘴笑了，我知道他脑子里有个巧妙的计划，但是却不想让我知道。于是我对他说道："泽克西斯大帝有个军事大臣名叫赫尔墨提姆斯，跟你一样也是个宦官，每次赫尔墨提姆斯获准独立解决战术问题时，像是攻陷坚不可摧的城镇却不用攻城机器，或是渡过无法涉水而过的河流却不用船只，他总是能解决问题。可要是泽克西斯或是其他人企图提出忠告和建议来插手，赫尔墨提姆斯就会说，这问题已经变得太过复杂，请恕他无能为力。你就是第二个赫尔墨提姆斯，幸运的是，我打算让你自己做主。你在方尖碑船只一事上的先见之明赢得了我的信任。你要知道，我对你的骆驼和它们驮的东西寄予了厚望，如果你让我失望的话，我就会对你很不高兴，没准回去以后会把你扔到竞技场里喂豹子。"

他仍然咧着嘴在笑，答道："那要是我帮你打了胜仗又如何呢？"

"那我就会给你最高的荣誉——既在我的权限之内，又符合你的身份——赐予你无头之矛。你的行李中还偷运了其他什么新奇玩意吗？这些骆驼、大象和非洲来的长矛手在战神广场上比正儿八经远征时看起来还要壮观。"

"没有了，恺撒，就是这些了。不过我想在咱们打完仗以前布立吞人能一饱眼福了，等到演出结束以后，咱们可以收入场费的。"

我们从里奇伯勒出发，一路上并没有遇到抵抗，奥鲁斯特地派了第十四军团的小分队回来替我们把守着河流的渡口。我们过河以后，他们就排着队走在我们后面。从里奇伯勒到伦敦，我连敌方一个布立吞人也没看见。九月五日，我和奥鲁斯在伦敦会师了。我想他看见我就跟我看见他一样高兴。我首先便问他军队的士气好不好。他回答说很好，而且他向他们承诺的援军只有我带来的一半，对于大象的事提都没提，所以咱们的真实兵力会让他们大吃一惊的。我问他敌人是否会挑起战斗，于是他给我看了一幅等高线地图，是用伦敦和科尔切斯特之间乡下的黏土做的。他在地图上指出了一个地方，位于伦敦-科尔切斯特公路——当然不是罗马那种公路——的二十里处，卡拉克塔库斯一直在忙着给这里修建防御工事，即将来临的大战几乎肯定会发生在这里。这是一座森林很茂密的山头，名叫布伦特伍德山，围绕着公路弯成了一个巨大的马蹄形，每一个尖端处都修建了有围栏的大型碉堡，中间也有一座。这条公路向东北方延伸。敌军的左翼在山头背面，有沼泽的掩护；敌军的正面有一条很深的溪流，名叫威尔德溪，构成了一道易守难攻的屏障；在敌军的右翼，山脊向北弯曲，又延伸了三四里，但是沿途的树木、荆棘灌木和黑莓长得异常茂密，如果要朝右翼走，就得派一队人马从中砍出一条路来，可奥鲁斯说这样肯定是行不通的。到科尔切斯特就只有这一条公路可以走，而且我也想尽早向敌人的主力部队发起攻击，于是便仔细研究了其中涉及的战术问题。俘虏和逃兵主动提供了树林里防御工事的准确情报，这些工事似乎设计得极为巧妙。我并不喜欢正面攻击的想法。如果我们没有先攻陷两侧的碉堡就进攻中间的要塞，那就会暴露在两翼的猛烈攻击下。但是先攻击两侧的碉堡对我们也没有多大帮助，如果我们花很大代价成功占领它们的话，就意味着我们要进入森林，还要通过一系列的栅栏杀出一条路来，而且每一个栅栏都得分头拿下。

我和奥鲁斯召集所有的总参谋和军团司令官召开了一次作战会议，大家一致同意向中央的要塞发起正面进攻是不可避免的，我们必须做好准备承受惨重的损失。不走运的是，山脊前面树林和小溪之间的山坡非常适合部署战车。奥鲁斯建议采用菱形的阵型来进行大规模进攻，菱形的尖头由一个军团组成，分为两波，每一波有八排。接着是两个军团并排行进，和第一个军团的阵型一样。再来是三个军团并排，这是菱形最宽的部分，大象会被安排在这里掩护两翼。后面又是两个军团，最后是一个军团。骑兵和其余的步兵就作为后备部队。奥鲁斯解释说，菱形可以针对侧面的进攻提供保护；敌人要想进攻第一个军团的两翼，与之重叠的第二道防线就肯定会向敌人投出标枪；要进攻第二道防线，与之重叠的第三道防线就会开火。第三道防线则有大象保护。如果大量战车从后方猛攻，那么这些军团还可以转过身来，一样能互相保护。

我对菱形阵型的看法是，它很漂亮，在共和制时代的某某和某某战斗中——我将这些战斗一一列举了出来——应用得非常成功；可是布立吞人的数量超过我们太多了，一旦我们进入马蹄形的中央，他们就可以立刻用大量军队从各个方向朝我们进攻，要想击退他们，我们的阵型就一定被会打乱；菱形的前半部分和后半部分几乎肯定会分开。我还强调说，我没打算让伤亡人数超过正面进攻预计损失的十分之一。维斯佩西安搬出不入虎穴焉得虎子这句老话，有点不耐烦地问我是否打算降低损失并且立刻返回法兰西，还问我，如果这样的话，我还指望军队能尊重我多久。

我反驳道："杀猫的方法很多，不是非要用牛角粥勺把它活活打死，而且还把勺子给搭进去。"

他们像老将那样居高临下地跟我争论起来，企图用技术性的军事术语吓住我，仿佛我什么都不懂。我愤怒地大声喊道："先生们，奥古斯都神从前常说：'萝卜也许不懂希腊语，但是我懂。'我研究了四十年战术，不用你们来教我。打仗不过就是将人当作棋子来下跳棋罢了，我对这种游戏的走法和开局全都了如指掌，不论是常规的还是非常规的。但是你们必须要明白，这个游戏不是你们想让我怎么玩，我就能怎么玩的。身为国父，我如今要对子民们负责，我不会浪费他们三四千条性命来进行这种攻击。如果是我的父亲德鲁苏斯或是我的哥哥日耳曼尼库斯，做梦也不会想到要对如此坚固的阵地进行正面进攻。"

盖塔问道——没准是在讽刺我："恺撒，那么您认为您那高贵的亲人们遇到这种情况会怎么做呢？"

"他们会找到一条路绕进去。"

"可是这里没有路能绕进去，恺撒，这一点已经得到证实了。"

克拉苏·弗鲁吉说道："敌人的左翼由苍鹭国王守护着，右翼则是山楂女王。据俘虏说，他们对此深感自豪。"

"苍鹭国王是谁？"我问道。

"沼泽之神。在不列颠人的神话里，他和战争女神是表亲，女神会伪装成渡鸦停在矛头上。她将被征服者赶进沼泽，她的表亲苍鹭国王就会把他们统统吃掉。山楂女王则是一位贞女,春天时穿着白衣服。她会帮着士兵们打仗,用她的刺来替他们保卫围栏;你瞧,他们将有刺的树木砍倒,尖刺朝外堆成一排,把树干紧紧地捆在一起。要通过这个障碍可真叫人害怕。不过山楂女王守护敌军右翼时并没有人为地砍倒树木。我们的侦察兵已经确定,树林里到处都是缠在一起的树枝,乱成了一团,不管想从哪儿穿过树林都是徒劳的。"

奥鲁斯说道:"没错,恺撒。我想咱们恐怕得下定决心从正面进攻了。"

"波西德斯,"我忽然喊道,"你当过兵没有?"

"从来没有,恺撒。"

"感谢神灵,那咱们没当过兵的就有两个人了。现在假设我承担了一项不可能完成的任务——将咱们的骑兵弄到敌军的右翼去,穿过那不可逾越的、乱糟糟的荆棘,你能不能带着禁卫军通过那无路可走的沼泽区绕到敌军的左翼?"

波西德斯答道:"恺撒,您交给我的是比较容易的一侧。沼泽里刚好有一条小路,虽然通过时需要排成一列纵队,但那毕竟还是一条路。昨天我在伦敦遇到一个人,他是一位走南闯北的西班牙眼科医生,在乡下四处给得了沼泽眼疾的人治病。眼下他就在军营里,他说他对这片沼泽非常熟悉,他总是走那条小路,这样就不用经过山上的关卡。自从辛白林死后,他们收起通行费来就没个准数了,过路人鞍囊里的钱多就得多交,钱少就少交。这位眼科医生已经受够了被他们盘剥。清晨时分沼泽里几乎总是起雾,他便顺着这条小路趁人不注意的时候溜过去。他说只要上了这条路就好走了,出口在山脊另一边半里的地方,旁边就是一个松树林。布立吞人很可能会派士兵守在那里——卡拉克塔库斯是个很细心的将军——不过我想拿下他们是没有问题的,有多少人愿意跟我走,我就能带多少人穿过沼泽。"

我很赞许波西德斯说明的计谋,但是很多将军却对此表示怀疑;接着,我也说明了自己强行突破另一侧的计划,其实非常简单。这些将军的兴趣都集中在菱形阵型上,却忽视了一个重要的事实;印度象能够突破茂密的灌木丛,只要是能够想象得到的,它们都能过去,而且不会被荆棘或是尖刺给吓倒。不过,为了不把这个故事说两遍,作战会议以及会上的决定就不多说了,我这就来说说这场战斗,它是九月七日在布伦特伍德打响的,对于我来说,这个日子过了很久依然难以忘怀,就像我哥哥日耳曼尼库斯在威悉河打败赫尔曼的那天一样值得纪念;如果他还活着的话,也才不过五十八岁,还没有奥鲁斯年纪大。

我们沿着那条公路从伦敦向科尔切斯特进发,我们的先头部队一直在忙着对付不列颠的前哨散兵,但是直到罗姆福德才遇到像样的抵抗,这个小村庄距离布伦特伍德大约有七里,我们在这里发现渡过罗姆河的浅滩被敌人牢牢地把守着,整整一个上午都被敌军挡在这里,他们有两百人阵亡,还有一百人被俘。我们却只损失了五十个人,但是其中有两名上尉和一名营长,所以从某种意义上来说,布立吞人也算是值了。那天下午,我们见到了布伦特伍德山脊,便在小溪的这一边安营扎寨过夜,将小溪当作屏障来御敌。

我占卜了吉凶。打仗之前总是要用圣鸡来占卜吉凶的,将小块小块的豆子饼给它们,看它们会怎么吃。如果它们没有胃口,那这场仗实际上就已经输了。最好的征兆是,养鸡的祭司一打开笼门,它们就飞奔出来,既不喊叫也不拍翅膀,吃得狼吞虎咽,还有大片大片的豆子饼从嘴里掉下来。如果它们啄地的声音清晰可闻,那就预示着敌人会一败涂地。当然,我们肯定会得到最吉利的兆头。养鸡的祭司并没有让圣鸡们看见自己,而是跟我一起站在笼子后面,就在我将豆子饼扔到它们面前的一刻,他突然将笼门向后滑开。圣鸡们冲了出来,甚至连咯咯叫一声都没有,简直就把饼给扯碎了,碎块撒得到处都是,它们这种鲁莽的样子让我们大家都乐坏了。

我准备了一篇自认为非常合适的演讲,会让人想起李维遗风,不过我觉得在这样一个具有历史重要性的场合,还是需要用这种风格来发言的。内容是这样的:

    罗马人,别再喋喋不休、大喊大叫地徒劳赞颂从前的日子才是真正的黄金时代,也别再将现世贬低为金玉其外、败絮其中的粗俗年代,因为这个时代的荣耀理应由我们来勇敢捍卫。希腊人并不是自从特洛伊之后才有英雄,尊贵的荷马早就歌颂过他们,如果他的记载可信的话,英雄们总是将这两句诗挂在嘴边的:

> 我们打起仗来比所有的祖先,
> 都要英勇,这让我们无比骄傲。

罗马人,不要过分谦虚了。昂起你们的头颅,挺起你们的胸膛,今天排着队来和你们打仗的这些人,和你们的祖先非常相像,就像鹰,就像狼——他们的种族凶猛、骄傲、胆小、粗俗,他们挥舞的兵器我们几百年前就不用了,他们驱赶着用来拉战车的小矮马品种非常古老,他们使用的那点可怜的战术只有史诗作者才会为之浪费笔墨,他们不是以军团来组织,而是以氏族和家庭来分组——而你们却有着严明的纪律,他们一定会成为你们的手下败将,就好像那低下头向带着猎矛和网的熟练猎人发起进攻的野猪。明天,当你们清点死者的时候,当郁闷的俘虏排着长长的队伍从轭门[1]下走过的时候,如果你们想起自己曾有片刻对现在失去信心,曾为遥远过往那已成历史的荣耀感到迷惑,这一定会成为你们的笑料。不,同伴们,这些英勇的原始人一定会倒在你们的剑下,他们的尸体会在战场上横七竖八、满地都是。刚才我——你们的将军——占卜了吉凶,圣饼的碎片从圣鸡们贪吃的嘴里掉出来,在地上扔得到处都是,不列颠人也会是这个下场。

我听说,你们当中有些人——并非出于害怕或不忠,而是因为懒散——在受命出发参加这次远征时曾犹豫不决,辩称奥古斯都神已经将罗马帝国的版图永远限定在了莱茵河与英吉利海峡的这一边。如果这属实的话——我一定会向你们证明这不是真的——那么奥古斯都

---

[1] 古罗马人用三根长矛搭成拱门,象征轭,令败敌从其下穿过。

神也就不值得我们崇拜了。罗马的使命是教化全世界——你们到哪儿还能找到另一个民族,比不列颠人更加受得起我们打算赐予的恩泽?我们肩上的任务不同寻常却虔诚无比,我们要将先祖的这些凶猛伙伴转变成罗马的顺从子民,而罗马这赫赫有名的城市就是我们的母亲。奥古斯都神曾经给我的祖母奥古斯塔女神写过一封信,他是怎么写的呢?"放眼未来,我能够看见,不列颠变得跟如今的法兰西南部一样文明开化;岛上的居民在种族上跟我们是近亲,我觉得如果他们成为罗马公民,会比日耳曼人要好得多……没准不列颠的贵族们在罗马的元老院里也可以有一席之地。"(不要笑)

"在这次战争中,你们已经勇敢地全身而退,两次大败敌军。你们手刃了与我为敌的托葛杜努斯,为我所受的侮辱报了仇。第三次你们也不会失败的。你们的军力比从前更强,勇气更足,各阶层更加团结一心。你们跟敌人并没有两样,你们也是在保卫自己的家园,保卫自己神灵的神庙。罗马的士兵不管是在高加索的冰天雪地、阿特拉斯另一边的炽热沙漠、日耳曼的潮湿森林,还是不列颠的草原作战,心里都绝不会忘记给了他姓名、勇气和责任感的那座美丽城市。"

我还写了好几段,都是这种崇高的调调,但奇怪的是,这篇演讲我一个字也没说出口。我登上军法台,上尉们齐声喊道:"欢迎,恺撒·奥古斯都,我们的国父,我们的皇帝!"他们刚一喊完,士兵们就掌声雷动,我差点摔下来。那篇优美的演讲我一个字也不记得了,只能对他们伸出双手,热泪盈眶地脱口说道:"好了,孩子们;圣鸡说一切都会好的,我们为他们准备了一个大大的惊喜,我们会打得他们一败涂地,让他们有生之年都不会忘记——我指的是不列颠人,不是圣鸡。"(大家哄堂大笑,我觉得自己最好也跟他们一起笑,仿佛这是我有意说的笑话。)

"别再笑话我啦,孩子们,"我喊道,"难道你们忘记了吗,埃及有个故事,说有个黑人小男孩因为父亲把晨祷念成了晚祷而笑话他,那个黑人小男孩后来怎么啦?他被鳄鱼给吃了,所以你们要小心了。嗯,我如今就要变成个老头了,可现在是我这辈子最自豪的时刻,我希望我那可怜的哥哥日耳曼尼库斯也能在这里和我一起分享此刻。你们当中有人记得我那伟大的哥哥吗?也许不会有很多人记得,毕竟他已经去世二十四年了。但是你们一定都听说过,他是罗马有史以来最伟大的将领。明天就是他大败日耳曼部落首领赫尔曼的周年纪念,我希望你们能用与之相称的方式来庆祝。今晚的口令就是'日耳曼尼库斯!',明天的战斗口号也是'日耳曼尼库斯!'。我想,如果你们喊他名字的声音足够大的话,他在九泉之下也会听见的,他会知道自己所热爱的、统领得如此优秀的军团并没有忘记他。这会让他忘记降临到自己身上的厄运——你们知道他是在睡梦中被毒死的。第二十军团明天将承担起带头攻击的光荣使命;日耳曼尼库斯以前总是在军营里说,你们第二十军团是整个正规军里最不听话、最爱喝酒、最爱吵架的部队,可你们一上战场就成了雄狮。第二军团和第十四军团,日耳曼尼库斯把你们称为军队的骨干,明天法兰西盟军守在两肋,你们就负责做他们的坚强后盾。第九军团负责压阵,因为日耳曼尼库斯总说你们是部队里行动最慢的军团,但却是最靠得住的。你们禁卫军另有特别任用。你们不执勤的时候过着最轻松的日子,却拿着最多的钱,所以只有在你们服役的时候把最危险、最讨厌的任务交给你们,这样对其他的部队才公平。我现在就说这么多。乖孩子们,好好地睡上一觉,明天让你们的父亲对你们感激不尽吧!"

他们向我欢呼,一直喊到嗓子都哑了,我这才知道波利奥是对的,而李维是错的。在大战前夕,一位优秀的将领不可能像事先计划的那样发表演说,就算他已经准备好了一份发言稿也不行,因为他的唇舌一定会听从内心的召唤。我这番讲话跟另一篇相比真是糟糕极了——你们肯定也同意这一点——但它的效果之一就是从此之后我让第九军团不是以"第九西班牙军团"(他们的全名)而是以"第九蜗牛军团"为人所熟知。第二十军团也是如此,他们的全名本来是"战胜瓦列利的第二十军团",可是现在却被其他军团称为"醉狮";第十四军团的士兵要是遇见了第二军团的士兵,就会互相称对方为"骨干"。而法兰西辅军则总是被人叫作"肋骨"。

军营里起了一层薄雾，但是午夜过后不久月亮就出来了，这可帮了大忙；要是天阴的话，我们就不可能穿过沼泽了。我一直睡到午夜，然后波西德斯按照预先的安排叫醒了我，递给我一支蜡烛和一根用营火点燃的松枝。我用松枝点着了蜡烛，接着向埃杰里娅仙子祈祷起来。她是一位预言女神，从前的明君努玛事事都要问她的意见。我还是头一次举行这种家族仪式，但是我哥哥日耳曼尼库斯、我伯父提贝里乌斯、我父亲、我祖父、曾祖父以及他们之前的祖先们总是在大战前一天的午夜里举行这个仪式；如果他们会打胜仗的话，就必定会从仙子那里得到同一个吉利的兆头。那是你能想象到的最寂静的夜晚，祈祷的最后几个字刚一说完，烛火就会突然间自己熄灭，仿佛是被人用两根手指给掐灭的一样。

我一直都不确定是否要相信这件神秘的事情，我觉得烛火会熄灭可能是由于自然的原因——一阵气流，或是蜡烛芯里坏掉一块，或者甚至是观看的人无意中叹了一口气。埃杰里娅仙子不可能一听到克劳狄族人的祈祷就立即从内米湖畔她住的小树林飞到日耳曼中部、西班牙北部或是提洛尔——据说她在这些国家都曾时不时地开恩给过惯常的预兆。于是我将点着的蜡烛放在帐篷里最远的一头，可能从门帘进来的任何气流都吹不到它，然后走出十步，开始庄重地向埃杰里娅祈祷。这段祈祷很短，用的是萨宾的方言。祷文因为是口头流传，显然已经残缺不全，因为萨宾语原本是贵族用的语言，很久以前在罗马就被废弃了；但是我在研究历史的时候学习过萨宾语，所以能把祷文背诵得跟原本的样子差不离。果然，我刚说完最后一个字，就眼看着蜡烛突然熄灭了。我立刻将它重新点起来，看看是不是蜡烛芯出了问题，又或者波西德斯对蜡烛芯动了手脚；可是没有，它再一次明亮地燃烧起来，一直烧到最后，蜡变成了硬币大的一小摊，蜡烛芯才倒在了里面。在我这漫长的一生中，很少会有真正神秘的经历，这次就算其中之一。我在这方面的天赋并不出众。不过我哥哥日耳曼尼库斯却总是为幻觉和鬼怪所扰。诗人歌颂过的半神半人、仙子和魔鬼多数他都见过。他担任亚细亚总督时曾到访特洛伊，居然有幸在美妙的幻觉中见到了西布莉女神——咱们的特洛伊祖先崇拜的就是她。

二十

奥鲁斯急匆匆地跑进来。"恺撒，我们的前哨报告说敌人正在撤离威尔德溪，咱们要采取什么行动？我建议立刻派一个军团渡过河去。我不知道敌人葫芦里卖的是什么药，但是咱们明天无论如何都是要渡河的，要是他们心甘情愿放弃这条河，让我们不战而得，那会给我们省下很多时间和人手。"

"奥鲁斯，派第九军团过河，给他们带上架桥的装备。我想他们明天不会像其他军团那样要打那么多仗，所以他们不需要睡这么长时间。这个消息太好了。侦察兵必须向前推进，跟上敌人，尽快报告敌人的方位。"

第九军团从睡梦中被匆忙唤醒，受命渡过了威尔德溪。他们报信回来说，敌人撤到了半山腰，而他们已经用厚木板在溪上架起了二十座桥，正在等待进一步的命令。

"禁卫军该出发了。"波西德斯说道。

"你觉得那个眼科医生信得过吗？"我问道。

"恺撒，我自己会跟他一起走在前面，"波西德斯说道，"这是我安排的，如果失败的话，我也没打算苟活，希望您能恩准。"

"很好。命令他们五分钟后动身。"

他对我行了吻手礼，我在他背上轻轻拍了一下，然后他便出去了。几分钟以后，我看见禁卫军的第一连悄无声息地从营地东门走了出去。他们事先已经被告知不要齐步走，这样敌军的前哨就不会听见他们那整齐的脚步声，他们的武器都拿旧衣服裹了起来，免得互相碰撞。每个人都把盾牌斜挎在背上，盾牌上还用白垩画了大大的圆圈。这样一来，他们在黑暗中不用大喊大叫就能跟上队伍。白色的圆圈非常醒目；奥鲁斯曾经看到过小鹿一个接一个地走过黑暗的森林，每只鹿的臀部都有一块白色的皮毛，发出微弱的光芒，后面的小鹿只要跟着这微光走就行了。眼科大夫领着他们在崎岖不平、泥泞不堪的乡间走了三四里，最后来到真正的沼泽地，这里臭味扑鼻，鬼火在周围横冲直撞。要到达那条秘密小路的起点，禁卫军士兵们就得跟在向导后面蹚过一个水深没过大腿的泥塘，水里满是蚂蟥。可是这位眼科大夫一点儿也没有走错。他找到了那条小路，一直沿着它走出了沼泽。

不列颠有个前哨就驻扎在那片松树林的另一端，月亮升起的时候，警戒的人们看见了一幅让他们心惊胆战的景象，听见了一种令人惊恐万分的声音。不远处有一只大鸟，长长的鸟嘴闪闪发光，灰色的身躯庞大异常，鸟腿长达十五英尺，它突然从雾气中站起身来，大步流星地朝他们走去。它时不时会停下脚步，低低嘶吼一声，拍拍翅膀，用它那可怕的鸟嘴整整羽毛，然后再低吼一声。苍鹭国王！他们吓得蹲在自己的露营地里，希望这幽灵快快消失，可它却一直在慢慢地向前走。最后，它似乎看见了他们的营火，生气地猛然动了一下脑袋，接着急忙张开翅膀向他们跑来，低吼的声音越来越大。他们一跃而起，跑去逃命了。苍鹭国王嘴里发出咯咯的恐怖笑声，追着他们穿过了松树林，然后它转过身，慢慢地沿着沼泽边缘溜达走了，每过一会儿就阴郁地低吼一声。

为了防止你以为吓跑他们的是真正的苍鹭国王——如果连埃杰里娅都能莫名其妙地现身，那苍鹭国王为什么不可以呢？——我必须要解释一下这个计谋。苍鹭国王是一位法兰西士兵扮的，他的家乡就在马赛西面的大沼泽地，那儿的牧羊人习惯踩着长长的高跷走路，这样就能跨过那些距离太宽跳不过去的软泥地了。波西德斯让人把柳条筐编成鸟身的形状，在上面到处都缝上了毛毯的呢绒，然后给这个法兰西士兵套在身上，又将柳条翅膀用布包起来系在他的胳膊上。鸟头和鸟嘴是用包着呢绒的木板条临时拼凑起来的，紧紧地固定在他的头上，他只要活动脖子，鸟头和鸟嘴就会跟着活动。鸟喙上涂了一层磷。低吼声则是他用嘴里一个精巧的水烟筒发出来的。这名士兵很了解苍鹭的习性，便用牢牢绑在腿上的高跷来模仿它走路。眼科大夫领着他和波西德斯沿着小路一直走到了能看见松树林黑暗轮廓的地方。禁卫军士兵跟在他们身后两百码，波西德斯发了个信号回去叫他们站住。等看到那鸟大踏步地绕过松树林又走回来的时候，他就知道计谋成功了，于是便跑回去，告诉士兵们岸上已经安全了。他们赶紧继续前进，占领了这片树林。八千个人排成一列通过一个指定的地点是要花很长时间的，他们花了五个多小时才全部通过沼泽，这时天已经蒙蒙亮了，但雾气并没有散去，所以从山上还是看不见他们。

黎明前一个钟头，我向战神献上了祭品，然后跟我的参谋们共进早餐，我们又做了一些安排，万一不是一切都依照计划进行，到时就这么办。这会儿我们知道，禁卫军多数都已就位——因为他们通过沼泽时显然没有被人打扰——所以我们确信一定会取胜。盖塔不在，他带着第八军团的一个营（我忘记说了，这个营也是我们援军的一部分）以及骑兵、巴达维亚人还有大象去了两里外我们左翼的一个位置。我的女婿小庞培也不在。我将努比亚人和巴利阿里投石兵的指挥权交给了他，他已经带领他们渡过威尔德溪了。巴利阿里人还带去了搭帐篷用的好多卷绳子、木桩和木槌，努比亚人则带着家乡的鼓和白色的长矛。

这顿早餐很是美味，我们都适量地喝了一点酒——刚好能让我们扬扬自得，却又不至于会鲁莽行事——在严肃讨论的间隙，我们还说了很多笑话，大多是关于骆驼的俏皮话，当时我们脑子里想的大部分都是这事。我也贡献了一个笑话，引用了希罗德·阿格里帕写给我母亲的一封信："骆驼是七大自然奇迹之一，另外六个是彩虹、回声、杜鹃、黑人、火山和热风。而骆驼在七大奇迹中居于首位，是最伟大的一项。"

我命令部队进发到威尔德溪那一边的阵地就位。集合的号手们吹起了军号，几里之外都听得见。山里响起震天的嘈杂声来应和，其中既有战争的号角，也有大声的喊叫。我突然间被吓了一跳。我当然知道没有敌人战争就打不起来，我整夜都在想着这场战争，但那只是在地图上用图形来演示而已，是正方形和长方形之间无声无息的比赛，它们轻轻地你来我往，忽左忽右；罗马人的正方形和长方形都用墨水涂黑了，而不列颠人的则还是白色。等到军号和号角吹响的时候，我就得将这些图形转换成人、马、战车和大象。我自从午夜之后就没合过眼，我猜人们从我的脸色和姿态一定看得出我有多紧张；实际上，色诺芬建议我吃过早饭稍微休息一会儿，等所有的军团都就位了再出来露面。说得好像我没必要等在溪边、穿着我的皇帝盔甲和紫色斗篷向到达的每一个军团致意并看着他们过河似的！要是色诺芬还敢嘀咕"按摩"两个字的话，我想我一定会杀了他的。

我骑着一匹稳重的老母马来到溪边，这母马正是茵茨塔图斯的遗孀佩妮洛普，她的夫君从前是罗马公民，而且差点就当上了执政官，可惜最近在赛道上摔坏一条腿，只能人道毁灭了。溪边的雾可真浓，能见度只有十到十五步远，而且骆驼简直臭得可怕！也许你曾经在雾中穿过田野，那儿刚好有一头老公羊跑了出来，平日里那臭味在风吹日晒之下也就去了大半，可是雾气似乎将臭味都吸了进来，而且还散不出去，所以空气中的恶臭会让你大吃一惊。我从马戏团里买来的都是公骆驼——母骆驼太贵了——它们的气味可真够臭的。如果说有什么东西让马儿深恶痛绝的话，那就是骆驼的气味了，不过我们的骑兵全都远在侧翼，所以并没有受到影响，而佩妮洛普早就闻惯马戏团的气味了。部队渡过小溪时非常顺利，尽管雾很大，各个军团却仍然在小溪的另一边井然有序地摆好了阵型。纪律严明的军团即使在黑暗中也能够进行复杂的操练活动；禁卫军就常常在夜里到战神广场上去训练。

现在我想从布立吞人的视角来向你们讲述这场战斗，这样你们才能更好地欣赏我的进攻方案。不列颠的三座碉堡由最优秀的步兵把守着，每座碉堡都有一个暗门便于出击，后面还有一条大道穿过树林通向后方广阔的乡村。三座碉堡全都用牢固的栅栏连在一起，栅栏面对着整个半圆形的树林,树林里到处都是布立吞人,所以先攻击两个碉堡之间的一处栅栏是一点好处也没有的。就在天快亮时,中间那座碉堡的暗门开了,一个战车分队驶了出来,是由卡提根率领的,他是卡拉克塔库斯的妹夫,也是新特洛伊人的国王。不列颠人右翼的碉堡里也驶出了一个战车分队,这是卡拉克塔库斯亲自率领的。这两支战车队分别停在了中央碉堡的两侧。卡拉克塔库斯愤怒地斥责着卡提根,因为他刚刚才得知,驻扎在威尔德溪的新特洛伊步兵趁着夜里后退了。卡提根被他当着自己全族人的面如此训斥,也很生气。他傲慢地问卡拉克塔库斯是否在指责新特洛伊人贪生怕死。卡拉克塔库斯说他很想知道除此之外他们还有什么理由放弃自己的阵地。卡提根解释说,他们撤退是因为敬神。因为雾气太重,他们的指挥官咳嗽咳得厉害,还突然间咳出血来。他们觉得这是很不吉利的兆头,出于对这条小溪里仙子的尊敬,他们不能待在这里。为了赎罪,他们将族长的两匹小矮马杀了作为祭品,然后便撤退了。卡拉克塔库斯只得接受了这个说法,但他并没有隐瞒自己的不悦。他还不知道沼泽边小树林里的那个前哨也撤退了,不过他听到扰乱人心的传言说苍鹭国王在那个地区亲自现了身,自从传说时代以来还从没有人见过苍鹭国王。接着他就听见了我们的军号声,而不列颠人则以号角和喊叫来回应。不列颠的侦察兵急忙来回报说敌军正在大举渡过小溪。

天亮起来了,整片树林的半圆形清晰可见,开阔的空地向着小溪缓缓倾斜,但是铺天盖地的大雾挡住了视野,只能看到三四百码远。卡拉克塔库斯也不知道罗马人究竟会从哪个方向发起进攻。他派了更多的侦察兵出去打探。二十分钟以后,他们匆匆回来报告说敌人终于开始行动了,正排着密集的队形沿着通往中间的道路行进。卡拉克塔库斯将他的战车队掉转方向再度开到右翼,焦急地等待着第一拨罗马连队从迷雾中出现。有个布立吞人来报告说,在战车从树林里出来之前,听到雾里传来一阵沉闷的敲击声,罗马士兵似乎是在钉帐篷桩;可是派出去侦察这噪声的小队却没有回来。卡拉克塔库斯答道:"帐篷桩不能把我们怎样。"

我们的军团越走越近,沉重的脚步声、兵器的叮当声还有军官们鼓舞人心的喊叫声都能听得一清二楚。第二十军团打头阵的连队隐隐约约出现在迷雾中。布立吞人大声吼叫着挑衅的话语。卡提根让他的战车队迅速转向左侧。罗马人却忽然停下了脚步。一个奇观出现了。一群高高大大、脖子老长、背上长着驼峰的野兽正在雾里来来回回、前前后后地小跑着，就在卡提根奉命攻击的那一侧。布立吞人看到这幅景象都害怕起来，小声嘀咕着能抵御魔法的咒语。卡提根现在应该开始进攻了，可他却还搞不清楚罗马人的前进是虚是实，因为他只能看见五百人，没准主力是在别处进攻。所以他还在等。卡拉克塔库斯派了一名信使策马而来，命令他别再拖延，立刻发起攻击。于是卡提根发出了前进的信号。然后便发生了一件怪事。战车纵队飞快地行动起来，可刚一进入方才看见那种野兽的雾里，小矮马们就变得狂躁不已。它们尖叫着弓起背来直跳，打着响鼻，畏缩不前，就连强迫它们前进一步都不能。这大雾显然有魔法，里面有种吓人的特别气味。

卡提根的战车队乱成一团，矮马们又是往前蹲又是尥蹶子，战车手们又是呼喊又是咒骂，想把马儿控制住，就在这时，他们听见了喇叭声，第二十军团的两个营后面跟着第二军团的两个营，忽然从雾里朝他们冲过来。"日耳曼尼库斯！日耳曼尼库斯！"他们大喊道。一波又一波的标枪从他们手中掷出，如同雨点一般落下。卡拉克塔库斯这才自己开始进攻。他的战车队并没有受到咒语的影响，三千多辆战车向着原地立定的罗马大军侧面猛然袭来，罗马人的侧面似乎毫无防备。可是保护这一侧的咒语比带着臭味的雾气还要强大。战车队开始全速冲刺，就快要进入标枪射程的时候，忽然响起六声惊雷，同时还闪过了六道闪电。燃烧的沥青球从空中飞驰而来。受到惊吓的纵队飞快地转向右边，可是却又遇到了一阵飕飕飞来的铅弩雨，这是驻扎在电闪雷鸣后方的巴利阿里投石兵射出来的。到处都是从车上摔下来的战车手，他们是将缰绳紧紧缠在腰上的，结果这下损坏了很多战车。战车纵队几乎已经失控，但卡拉克塔库斯居然设法让它又转回了正轨。他瞄准的是罗马军队的后方，现在能看得很清楚了，因为一阵轻风正在将雾气吹向另一侧。可是灾难随之而来。战车纵队原本已经没了阵型，现在都挤到了一起，乱成一团地向前冲，一辆辆战车接二连三地撞翻在地，仿佛被一股无形的力量给拉停了。后面的战车挤得太紧,下坡的惯性又太大,要想停下来或是掉转方向就肯定会撞到旁边的车。大军没头没脑地继续往前冲,前面的残骸越堆越高。除了战车撞碎的声音、尖叫声和呻吟声,一阵可怕的鼓声也响了起来,一大群身材高大、全身赤裸的黑人挥舞着白色的长矛跳了出来。他们猛冲到残骸上,用长矛在摔倒的人身上到处狠扎。他们笑着、叫着、喊着,布立吞人把他们当成了恶魔,谁也不敢奋起自卫。卡拉克塔库斯倒是逃脱了这场屠杀。他自己的车是第一批翻倒在地的,但他却被甩了出来。他朝着右边逃跑,高高的草丛里钉了很多短桩,在齐膝盖的地方紧紧地拉着很多帐篷绳,他只得跌跌撞撞地绕了过去。战车纵队的最后一部分是从西南部来的比利其战车手,他们及时地发觉了前方的情况,于是便将自己的五百辆战车突然转向右边,躲过了这场灾难。卡拉克塔库斯喊住他们,因此才得了救。战车队的其余部分都被打败了,第十四军团派了两个营向前推进,绕到他们的后方,第九军团又有两个营从斜刺里冲过来支援努比亚人。

卡拉克塔库斯带着他的战车回到山上,命令比利其的指挥官去援助另一侧的卡提根。他自己则驱车来到了中央的碉堡,因为他注意到碉堡的暗门是开着的,所以想知道这是怎么回事。进了碉堡他才发现驻军已经跑了。与此同时,卡提根正率领着一支从战车上下来的战车手部队英勇作战,步兵从树林里蜂拥而出来支援他。他受伤了。他的战车也不见了。他兄弟带头逃回中央碉堡,沿着大道穿过树林逃走了。碉堡的驻军也跟着他一起逃跑了。我军的第二十军团和第二军团逼着卡提根的人步步后退,即使在前进中,我方的阵型也丝毫不乱。卡拉克塔库斯回到暗门那里,却听见战车朝自己冲来的喧哗声,这是战车队的比利其小队,他们现在也逃跑了。他想让他们停下,可他们却不听他的命令;意识到已经战败的他让自己的战车掉过头来,用他那象牙号角长长地吹了两声作为大撤退的信号。他指望能追上那些逃命的人,沿着科尔切斯特公路在几里外重整旗鼓。这时他听见了罗马人的喇叭声,他的战车刚刚驶出树林的另一端,他就看见罗马正规军的八个营在右边朝着树林行进。这些是禁卫军。在左侧的远处,他又看见大象和罗马骑兵从树林里出来，朝着他冲过来。他赶紧大喊着叫自己的车夫用力鞭打马匹。他也逃走了。

卡拉克塔库斯跑了，战争也结束了。禁卫军切断了树林里不列颠人的退路，其中仅剩的步兵几乎没有抵抗。骑兵则奉命沿着林荫道去攻占不列颠右翼的碉堡，不过他们走到半路竟然遇到了一队不列颠长矛手，这些不列颠人还算镇定，他们切断绳索，放下一种吊闸，刚好挡在林荫道上，拦住了我军的去路。三条林荫道都装了一系列这种吊闸，每一道吊闸的两侧都有围栏，这样就把所有的吊闸连在了一起，可是却只有这一道吊闸派上了用场。等到我们的骑兵毁掉这个障碍时，撤退的不列颠小队又放下了另一道吊闸，然后匆匆赶去警告碉堡里的守军全盘皆输，守军平安无事地从西面逃走。一小时以后，另一座碉堡宣告投降；这时卡提根已经身负重伤，他的部下也停止了抵抗。

我们俘虏了八千人，在战场上清点到四千七百具尸体。我们自己的损失则无足轻重，阵亡三百八十人，受伤六百人，其中只有一百五十人从此丧失了战斗力。我派遣骑兵和象队提前去往科尔切斯特，以阻止逃跑者们在路上重新集结起来。他们在切姆斯福德追上了卡拉克塔库斯，他还企图在切姆河组织防御呢。一看见象队，不列颠人就四散逃窜了。卡拉克塔库斯又逃走了。这一回他对于保住科尔切斯特是不抱任何希望了，他带着自己部落那两百辆战车的队伍转向西边，没了踪影，去投靠盟友南威尔士人的保护了。

我们在战场上堆起很大一堆战利品，都是破损的战车和武器，然后将这些都烧了向战神感恩。那天夜里，我们就在树林的另一头安营扎寨，士兵们到处闲逛着寻找有什么能掠走的。他们找到了许多黄金的链子、珐琅的护胸甲和头盔。我已经严令禁止侵犯俘获的妇女——有数百名妇女先前一直在树林里和她们的丈夫并肩战斗——那天晚上，第十四军团有三名士兵因为违背了我的命令而被处决。夜幕降临时，我感觉到了胜利之后的疲倦与虚脱；我正在和参谋们共进晚餐，胃痉挛——人们称之为"胃灼热"——忽然发作了，这是我经历过最痛的一次，仿佛有一百支剑同时刺进了我的要害，我发出吓人的咆哮声，在场的人全都以为我被人下毒害了。色诺芬赶紧跑来救我,他匆忙用一把切肉刀割开我的胸甲皮带,将胸甲扔到一边,然后跪在我身旁,俯下身开始用双手按摩我的胃部,我还在吼叫着、咆哮着,没有办法安静下来。最后他终于制服了胃痉挛,叫人用热毯子把我包起来抬到床上,我度过了人生中最难受的一个夜晚。不过,真正治好我的灵丹妙药还是这次的大获全胜。三天后,我们到达了科尔切斯特,我又恢复了正常,就像印度王子一样坐在大象的背上赶路。

我们在快要到达科尔切斯特时遇到了一支友军的先头部队。这些是爱西尼人,他们在听说我到达伦敦的当天就起兵来支援我了。我们一起包围了科尔切斯特,然后发起猛攻,只有一些老人和不少妇女还在英勇地保卫着这座城市。我在科尔切斯特以罗马的名义宣誓,与爱西尼的国王、东肯特的国王以及东苏塞克斯的国王结为光荣同盟,以嘉奖他们在此次战役中提供的帮助。我正式宣布将卡拉克塔库斯帝国的其余领土收为罗马的一个行省,由奥鲁斯担任总督,不久后,我接受了所有小国王和族长的宣誓效忠,那些一直躲在威尔德的肯特族长也在其中。在此之后,我认为自己已经完成了这次不列颠之行的所有使命,于是跟奥鲁斯和他的军队道别,同禁卫军和象队一起回到了里奇伯勒,一同回去的还有从欧斯提亚跟我一起乘船来到这里的五百名志愿者,可是他们到得太晚,没赶上战斗。我们上了自己的船,平安无事地回到法兰西。我在不列颠只待了十六天。

我只有一件憾事,这说起来也许还有点不知好歹。在战场上,我自始至终都和第九军团在一起,当他们的两个营冲上前去支援努比亚人时,我也觉得勇气倍增,于是兴奋地飞奔到他们前头去加入战斗。不过,我却突然改变了主意,我可不想跟努比亚人混在一起,他们打仗时常常敌友不分。我让佩妮洛普掉转马头来到他们身后,在侧面停住了。就在这里,我看到一位不列颠族长在扭头往回跑,刚好在那些纠缠不清的战车、踢个不停的矮马和我之间。我拔出剑,策马跟在他后面。就快要追上他时,一大群战车掠进眼帘,我只得转过身狂奔了回来。到如今我才知道那个族长就是卡拉克塔库斯。想想吧,我只差几秒钟就跟他单打独斗了。我既有马又有剑，而他却一无所有，所以我也许能侥幸地轻而易举杀了他呢。要是我真的杀了他的话，那就能名垂千古了！历史上只有两位罗马将军曾经在一对一的战斗中杀死了敌军司令，还缴获了对方的武器。

二十一

　　罗马将军如果想要获准举行凯旋仪式，作为他为祖国打败敌人的奖赏，就必须满足古老的习俗规定的某些条件。首先，他必须已经达到了执政官或是一等法官的级别，而且是获胜军队的正式司令，代理司令或是副司令可不行；作为司令官，他必须在战斗之前亲自占卜吉凶。其次，与他交战的必须是外敌，而不是叛乱的罗马公民；为了收复曾经属于罗马的领土而打的仗也不算，必须得是为了将罗马的统治扩大到一块全新的领土。再次，他必须在与敌人的最后一场激战中取得决定性的胜利；他至少要杀死敌军五千人；而罗马这边的损失必须相对小一些。最后，他必须获得全盘胜利，即使将得胜的军队撤走并且带回罗马参加凯旋仪式，也不会对他已经征服的地区产生影响。

　　是否能够庆祝凯旋的许可权在元老院手里，可他们总是出于嫉妒而故意拖延商议的时间。他们通常会在城外的战争女神贝娄娜神庙碰头，仔细察看将军送来的桂冠公文，要是他们认为有理由怀疑这位将军的陈述没有根据或是夸大其词，就会叫他提出事实根据。不过，如果他们认为这位将军确实赢得了突出的胜利，就会宣布某一天为公众感恩日，请求罗马人民正式允许这支得胜的军队在凯旋仪式那天进到城里来。要是在元老院看来这次胜利普惠众生的话,他们就有权自由决定是否放宽举行凯旋仪式所必要的某些条件。这很公平,但是我要很遗憾地写下我的看法,自从罗穆卢斯[1]开国以来,在举行过的三百一十五次凯旋仪式中,至少有六七十次都是不值得庆祝的;可是另一方面,有很多将军完全配得上凯旋仪式,却由于对头在元老院里的恶意影响而被剥夺了这项荣耀。不过,如果一位将军由于仇家或是仅仅因为技术细节而没有得到凯旋仪式,那么他通常会在城外的阿尔班山上举行非正式的仪式来庆祝胜利,全城的人都会去参加,所以这跟真正的凯旋仪式也差不多了;只是这并不会记录在罗马编年史中,在这位将军去世以后,他的葬礼面具也不能穿戴凯旋饰物。罗马举行过的最不光彩的凯旋仪式恐怕要数这两次,一次是庆祝尤利乌斯·恺撒打败了他自己的亲人——伟大庞培的儿子们,还有一次则是为我的祖先——某个阿皮乌斯·克劳狄乌斯——举行的,尽管元老院和民众都不同意让他享有这一荣耀,他却劝诱自己的姐妹——一位护火贞女——坐在他的凯旋车里,这么一来,城里的官员们担心冒犯贞女的圣洁,就不敢把他从车里拖出来了。

　　我寄回公文请求举行凯旋仪式时就预料到肯定会得到批准,因为没人敢反对我的要求,哪怕我的要求毫无道理——就像卡里古拉庆祝他战胜日耳曼、不列颠和海神的三重胜利那样没道理。他在日耳曼境内前进了几里,并没有遇到抵抗,可他却被自己的胡思乱想给吓得不轻,惊慌失措地逃走了;他从来不曾渡过英吉利海峡踏足不列颠,也没有派过部队去那里;至于海神,好吧,关于这事,我至多也只能说,战胜了本民族的神灵——无论是真实的还是假想的——都不能得到凯旋仪式的奖赏。不过我是迫切希望遵守规矩的,于是我在公文里说明,在我亲自指挥的战役中,被杀的布立吞人数量比规定的五千人少了三百,但是俘虏的数量倒是足够多了,兴许这能弥补敌军阵亡人数的不足;而且可喜的是,我方的伤亡名单很短,元老院也许会认为这一点很重要,从而考虑这一次免除敌军死亡人数的规定。我许诺说,如果凯旋仪式得到批准,

---

1　古罗马建国者,幼时由狼哺乳长大。

就让六百名战俘在竞技场里进行生死决斗,这样就能让敌人的死亡数量提高到五千人了。我又写道,我要到来年三月才能回到罗马,因为今年冬天奥鲁斯还需要全体远征大军来让不列颠人适应我们常住在他们岛上的生活;即使到了明年三月,我也依然要给这个新行省设防,因为到目前为止,那些未被征服的部落还是可能会越过边境的。不过我可以把那些积极参与最后决战的部队带回来——第二十军团、第十四军团的四个营、第九军团的两个营、第二军团的两个营、第八军团的一个营以及一些盟军部队——如果元老院觉得这些已经足够的话。与此同时,按照旧俗,我也不会回到罗马(仍然是维特里乌斯代表我进行统治,由元老院予以协助);我会留在法兰西,将里昂作为总部,审理上诉的案件,解决部落之间或是城市之间的争端,检阅军队,视察边防,审计各部门的账目,务求我关于全面镇压德鲁伊教会的命令得到严格遵守。

元老院对这篇公文的反响很好,仁慈地免除了死亡五千人的条款,请求罗马人民投票允许我带领自己的军队进城,民众们很高兴地同意了。元老院通过表决从公款中拿出五十万个金币为我庆祝凯旋,日期就定在新年的第一天——三月一日。

我的法兰西巡视之行平淡无奇,不过我还是对扩大罗马公民范围一事做出了几项重要决定。在此我就不浪费时间记录我对这个国家的印象了。每过一段时间,我都会收到奥鲁斯的公文,报告说占领了卡图维劳尼人的一些据点,详述部队的分布情况,并且请我同意他来年春天的战争计划,那时部队就庆祝完凯旋回来了。各个行省的总督、结盟的国王和城市以及私人朋友们给我寄来许多贺信。马尔苏斯也从安提俄克写信来说,我的胜利再及时不过了。这在东方造成了很大影响,潜伏在那里的敌人经常散布谣言说罗马内部已经衰败不堪,帝国眼看就要土崩瓦解,这让叙利亚地区的居民非常不安。但马尔苏斯要告诉我的可不止这些。他报告说,帕提亚的老国王最近去世了——卡里古拉在位期间,这位国王正要入侵叙利亚,却被维特里乌斯打了个出其不意,结果只得让要人们当了人质,保证将来不再造次——他的儿子戈塔尔泽斯继了位,这位王子既懒惰又放荡,在贵族当中树敌颇多。他写道:

可是这个戈塔尔泽斯还有个兄弟，名叫巴尔达尼斯，是位天赋很高、野心很大的王子。我听说巴尔达尼斯如今正在赶往帕提亚去跟他兄弟争夺王位。不久前他曾去过亚历山大，借口说要去向一位包治耳聋的著名医生问诊——巴尔达尼斯的一只耳朵稍稍有些背。可他在途中却路过了耶路撒冷，我的探子很肯定地对我说，他离开希罗德国王的领土时，比来的时候富有得多。有了犹太人的这些资助，我认为他是能把戈塔尔泽斯赶下台的，帕提亚的贵族总是很好收买。他还可以指望阿狄亚贝尼国王那千金难买的支援——我就不需要提醒您了吧，这个亚述王国横跨底格里斯河两岸，就在尼尼微的南边——以及美索不达米亚西部奥斯若恩国王的援助。您还记得吗，刚刚去世的帕提亚国王曾经被贵族们密谋推翻，就是这位阿狄亚贝尼国王最近又让他重新登上王位，帕提亚国王为此将金床和立式头冠给了他，以报答他的帮助。不过您恐怕有所不知，这位举足轻重的阿狄亚贝尼国王已经秘密皈依了犹太教，他的母亲是他家里第一个改变信仰的人，她如今就住在耶路撒冷，还将她的孙子——阿狄亚贝尼的五位小王子——带在身边，让他们学习犹太人的语言、文化和宗教。他们全都接受过割礼了。

因此，现在和希罗德国王来往密切的国王有以下这些：卡尔基斯国王、以土利亚国王、阿狄亚贝尼国王、奥斯若恩国王、小亚美尼亚国王、本都和西里西亚国王、科马基尼国王以及帕提亚未来的国王。毫无疑问，帕提亚王国控制着一个由中东地区许多其他国王所结成的联盟，一直延伸到巴克特里亚和印度的边境。而且，希罗德国王还有全世界犹太人的拥护，别忘了亚历山大的犹太人，还有以东人和纳巴泰人，他现在又在谋求阿拉伯国王的支持。腓尼基人也慢慢地被他的甜言蜜语给争取过去了，只有提尔和西顿对他依然很冷淡。他已经断绝了和这些城市的外交关系，并且禁止自己的臣民跟这些地方有贸易往来，违者处以死刑。所以提尔和西顿也会被迫妥协的，他们的经济繁荣全都依仗着和内陆通商；此外，希罗德国王还控制着他们所有的粮食供应，他们只有玉米和鱼是从埃及进口的，天气不好的时候，鱼还经常会紧缺。

这种局面已经非常危险，最让我们欣慰的就是您在不列颠大获全胜，不过我原本希望驻扎在不列颠的军团能够尽快调集到东方来，我相当确信这儿很快就会需要他们。

如果您愿意像平日那样仁慈宽厚、明察秋毫，那么在这种困难的处境下，我倒想给您一个忠告：我建议您立即让亚美尼亚从前的国王米特拉达悌复位，他如今就住在罗马。这是——请恕我直言——您的伯父提贝里乌斯·恺撒皇帝做的一桩遗憾的错事，他允许帕提亚的先王将亚美尼亚王国和他自己的王国合二为一，当这位国王写信来侮辱他的时候，他也没有立刻采取军事行动进行报复。如果您立刻将米特拉达悌送到安提俄克来的话，我保证趁着巴尔达尼斯和戈塔尔泽斯争夺帕提亚王位的时候让他重新登上亚美尼亚的王位。我可以收买现在的亚美尼亚总督，让他不要进行太过强烈的反击，而且米特拉达悌是个很有本事的王子，也非常拥护罗马的制度。他的兄弟是格鲁吉亚国王，统率着一支非常强大的军队，士兵全都是高加索的山里人。我能跟他取得联系，安排他从北方入侵亚美尼亚，而我们则从西南边入境。如果我们让米特拉达悌成功复位的话，那就不用再担心本都国王和小亚美尼亚国王了，亚美尼亚会将他们的王国和帕提亚分隔开来；也用不着担心科马基尼国王（他的儿子同希罗德国王的女儿德鲁西拉订婚了），因为他的王国就在亚美尼亚和我控制的地区之间。事实上，我们会守住北边，等巴尔达尼斯打完内战、驱逐了戈塔尔泽斯国王之后（我认为这是一定的），他的下一次远征就得对付亚美尼亚的米特拉达悌。只要我们向米特拉达悌提供足够的帮助，巴尔达尼斯想收复亚美尼亚就没那么容易了，他也很难说服南面和东面的盟友到这么远的地方来帮他进行这么危险的远征。这样一来，在巴尔达尼斯收复亚美尼亚以前，他就没法继续参加希罗德·阿格里帕国王的帝国主义阴谋，我确信希罗德正在筹划此事。这是我第一次明确地指责您所谓的好友与盟友不忠，我也知道自己冒着很大的风险，因为这样做可能会惹您不高兴。可是我是将罗马的安危置于我个人的安危之上，要是我仅仅因为可能会让阅读公文的人感到厌恶就将收到的政治情报隐瞒不报，那么我会认为自己是个叛徒。既然已经说了这么多，我就斗胆再提一个建议，您可以邀请希罗德国王的儿子——小希罗德·阿格里帕——回到罗马来参加您的凯旋仪式。到了那时，如果有必要的话，您就可以找个理由将他无限期地扣下来当作人质，也许能够让他的父亲行为规矩一些。

我面前有两条路可以选择。一是立刻将希罗德召到里昂来对马尔苏斯的控告做出答辩，尽管我偏袒希罗德，却也没法怀疑这控告的真实性。如果他有罪，就一定不肯来，那便意味着要马上开战，可我对此却毫无准备。二是拖延时间，不让他发觉我已经不信任他了；但是这种做法的危险之处在于，拖延对希罗德也许比对我更有好处。如果我下定决心采用这个方案，那就一定要采纳马尔苏斯关于亚美尼亚的建议，但是马尔苏斯的估计正确吗？希罗德似乎已经建立起了一个强大的东方大联盟，单凭友好的亚美尼亚能够抵御得了吗？

这当儿我收到了希罗德的来信。他先是回答了我关于那位预言君主的问题，然后他非常热情地祝贺我取得了胜利，奇怪的是，他居然请我允许他将儿子送到罗马来见证我的凯旋；他希望我不会介意让这孩子在罗马度假几个月，等到夏天再回巴勒斯坦去帮他准备替我庆祝生日的盛宴，他希望这宴会放在该撒利亚举行。关于预言中国王的那封信是这么写的：

> 没错，我亲爱的小狨猴，打小时候起我就经常听见人家神秘兮兮地说起这位受膏者，在我们的语言里，人们也把他叫作弥赛亚，如今耶路撒冷的神学圈子也仍然在谈论他；不过我从来都没怎么在意过这事，直到您要求我报告一下预言的事，我才认真地进行了调查。按照您的建议，我去请教了咱们那位可敬的朋友斐洛——他正

好在耶路撒冷向我们的上帝还愿——他总是这样的，不是在许愿，就是在还愿。你知道，斐洛大胆地将柏拉图和他那班哲学家们构想出来的理想神灵——恒久不变、绝不屈服、永生不朽、简单纯粹、智慧无比、无以言表的完美典范——说成是我们在耶路撒冷的那位容易激动的部落神灵，我认为这可真是荒唐透顶。我猜他是觉得柏拉图的神灵太过冰冷与抽象，所以想给他注入一些活力，与此同时也给自己的神灵增添了荣耀，将他统治的范围扩大到了全宇宙。总而言之，我向斐洛询问《圣经》里对这位神秘人物究竟是怎么说的，他立刻变得非常严肃，向我保证说，我们民族的全部希望就集中于弥赛亚的来临。以下这些细节就是他告诉我的：

弥赛亚国王会将以色列从罪孽中拯救出来，他虽然是个人，却代表着我们犹太人的上帝。他并不一定要是一位伟大的征服者，可他却要将那些被外界所束缚、宗教信仰自由受到干预的犹太人解脱出来。据斐洛说，这个预言最早出现于立法者摩西在拉美西斯二世时期带领犹太人走出埃及之后不久，记载在一本书里，书名叫作《民数记》，是摩西所著，书中将这位救世主说成是"出于雅各布的星和权杖"。后来的宗教经典——大约可以追溯到罗马建立的时候——是这样描述他的，他会从世界各地把以色列迷失的羔羊集中起来，让他们回到故里巴勒斯坦的羊栏中——当时犹太人已经散布于近东和中东的各个殖民地，他们有些是自己离开巴勒斯坦的商人和移民，有些则是作为俘虏被带走的。斐洛说，犹太教的神学家们一直都没法确定，这位弥赛亚究竟会真有其人还是仅仅是一个象征性的人物。在英勇的马加比家族（我母亲就是这个祭司家族的后人）统治时期，人们认为他只是一个象征而已。可是在其他时期，人们不仅把他当作一个真实的人物，甚至还普遍将他与拯救了犹太民族的非犹太人同化起来，比如像波斯的塞鲁士大帝，还有终结了哈斯摩尼王朝压迫的庞培。斐洛宣称这些观点都是错误的，弥赛亚尚未到来，他必须是犹太人，而且是大卫王的直系后代——耶路撒冷圣殿就是大卫王之子所罗门修建的，他会出生在一个名叫伯利恒的村庄，会将以色列人集中起来，向被冒犯的上帝用最最彻底的仪式来告解、悔改和安抚，以此来洗清以色列人的罪孽。耶路撒冷将会和耶和华殿内的锅以及马颈上的铃铛一样神圣。斐洛甚至还知道弥赛亚出生的日期——犹太民族最早的祖先出生五千五百年之后；但是关于这位祖先的生活年代众说纷纭，所以这也没多大帮助。

经文里说起这位弥赛亚时，预兆各不相同，前后也不完全一致。他有时候被描述为一位愤怒而强大的斗士，身穿蓝紫色的袍子，身上沾满了国家之敌的鲜血；有时候他又被描述为一个温顺、悲伤的流浪者，有点像一位穷苦的先知，向人们说教忏悔与友爱。不过，斐洛说，《所罗门诗篇》这本书里对弥赛亚的叙述最可信也最明白，是以一篇祷文的形式出现的：

"上主，看哪，求你为他们兴起大卫之子做王，在你指定的时间，使他统治你仆人以色列的国。求你赐能力给他，使他摧毁不义的统治者，从外邦人的铁蹄下释放耶路撒冷；将罪人从你的子孙中赶出；他击碎罪人的骄傲与力量，如同用铁棒击碎陶瓷的瓶子；用他口所出的话摧毁无法无天的列国；他必招聚圣民，引导他们进入公义。必有外邦人服事他，他必在地上荣耀上主，用神圣来清洗耶路撒冷的罪恶，一如最初时那样。万国要到地极观看上主的荣耀，将天国那疲倦的子民带来作为礼物；观看上帝给主加冕的荣耀；上帝教他必做公义的王，治理他们。在他做王的日子，他们中间没有不义的人，他们全都成为圣洁的，他们的王就是受膏者弥赛亚。"

弥赛亚的传说自然而然地在东方以各种奇异的形式传播开来，在这个过程中已经失去了原先的犹太背景。你所引用的国王惨死、先为友人所弃、后遭友人饮血的版本就并非犹太人所说，我认为这是叙利亚人的说法。在犹太人的版本中，他只是犹太人的国王而已，带领着一大群以耶路撒冷为中心的教众，他自己并不是上帝。他也不能篡夺神性，因为犹太人是这世上最固执的一神论者。

你问如今有没有人说自己就是弥赛亚，最近我是没有见过这样的人，我记得从前倒有一个，他叫作约瑟夫之子约书亚，是个土生土长的加利利人。我在提比里亚当地方官时（在我叔叔安提帕斯统治下），有不少没念过书的人都追随着他，他常常会在湖边向一大群人布道。他相貌很出众，尽管他的父亲只是一个手艺人，却声称自己是大卫的子孙。关于他的出身，我听说过这样一种流言：我祖父的禁卫军里有个名叫豹的希腊士兵，据说引诱了一个给圣殿织挂毯的女工，那女人于是生下了他。这个约书亚是名神童（这在犹太人当中并不稀罕），他对《圣经》的理解比大多数神学博士都要深刻。他常常会思考关于宗教的问题，人家说他父亲是希腊人也许并非空穴来风，因为他认为犹太教的教义很是讨厌（真正的犹太人从不会这么想），便开始批评犹太教无法满足寻常人的需求。他企图以一种幼稚的方式将犹太人的启示文学与希腊人的哲学结合在一起，斐洛一直以来也是为这事费尽了苦心。这让我想起了贺拉斯在《诗艺》一书中写到一个画家给美女画上了难看的鱼尾巴：

"当你看到这幅景象时，我的朋友，难道你不会感到好笑吗？"

如果说有什么比东方化的希腊人或是罗马人更让我痛恨的话，那就是希腊罗马化的东方人，我也很讨厌人家试图将各种文化混合在一起。这么写其实对我自己也不利，但我说的是实话。您的母亲从来都没能把我造就成一个优秀的罗马人；她只是毁掉了一个优秀的东方人而已。

好吧，约瑟夫之子约书亚（或者是豹之子）对希腊哲学很感兴趣，可他又不是希腊学者，所以这是个障碍。而且他还得努力做好自己的营生——他是个木匠——来养活自己。不过，他和一个名叫詹姆斯的人混熟了，詹姆斯是个渔夫，很喜欢文学，曾经在伊壁鸠鲁大学念过书，这所大学就坐落在与提比里亚隔湖相对的加大拉。那会儿的加大拉已经是个相当破旧的地方，虽然它在全盛时期出过很多伟人：诗人梅利埃格、哲学家麦纳萨尔库斯、雄辩家西奥多勒斯——您的伯父提贝里乌斯就是他的学生，还有数学家斐洛——他将圆周率算到了小数点以后第四位。总而言之，约书亚将詹姆斯学到的那点零星哲学知识和他自己懂得的一些犹太教经文组合在一起，构成了他自己的宗教。可宗教如果没有权威就什么都不是，于是他便说自己就是弥赛亚，说起话来（就像从前摩西说话那样）仿佛是在给上帝代言，他起初还是偷偷摸摸的，后来干脆光明正大起来。他脑子很灵活，常常将自己的启示用简单的寓言说出来，而且寓言的结尾都很有教育意义。他还声称自己能使用超自然的力量给人治病和制造奇迹。他给犹太教当局添了不少麻烦，指责他们要穷人严守法典，却又对穷人傲慢无礼，还贪婪掠夺穷苦人的钱财。他还有许多逸事呢。有一回，他的一个政敌试图找他的碴，便问他，作为一个认真谨慎的犹太人，是否应该缴纳罗马帝国的国税。如果他回答说应该缴税，他就会失掉民族主义者的人心；如果他回答说不该缴税，就可能遭到政府当局的逮捕。于是他装出一副对这事一无所知的模样，请人家先让他看看该缴多少税，然后他才能回答这个问题。人家给他看了一个银币，说道："瞧，每一家的户主都得交这么多。"他问道："这个硬币上的头像是谁？我看不懂拉丁文。"人家说道："这自然是提贝里乌斯·恺撒的头像。"他说道："那么，如果这个硬币是恺撒的，就付给恺撒吧。不过也别忘了把上帝应得的付给上帝。"他们又想在犹太教法典的观点上抓他的错处，可他总有现成的确切依据来证明自己的教义并无错误。不过，他最终还是让自己陷入了异教徒的危险境地，他的结局是这样的：咱们的老朋友庞提乌斯·比拉多在担任朱迪亚和撒玛利亚总督期间，以扰乱公共秩序罪逮捕了他，然后移交给耶路撒冷的犹太教最高法庭进行审判，他因亵渎罪被判处死刑。我想起来的时候才发现，他确实是和莉薇娅女神死于同一年，他的追随者也确实抛弃了他，所以他倒是完全符合你所引用的预言。现在仍然有人说他就是上帝，还说他们看见他死后灵魂升上了天堂——就像奥古斯都和德鲁西拉的灵魂一样——并且声称他出生在伯利恒，他不是这一方面就是那一方面符合其他所有的弥赛亚预言；不过我打算今后永远禁止人们就这件事情胡说八道。就在三天以前，我逮捕并处决了詹姆斯，他似乎是这场运动的军师；我希望能把另外一个为首的狂热分子也给逮回来处死,他名叫西蒙,本来是和詹姆斯一起被捕的,可不知用了什么法子,竟从监狱里逃走了。如今的麻烦就在于,虽然有头脑的人看见一个浓妆艳抹、长着鱼尾的女人也许会感到好笑,可暴民们很可能会目瞪口呆地看着她,将她当作海之女神来膜拜。

这封信表面上看来十分坦率,可其中包含的一个细节却让我坚信希罗德真的以为自己就是弥赛亚,或者说他至少是打算不久之后就用这个名义的惊人力量来进一步推动自己的野心。他一旦表明身份,犹太人就会无一例外地站在他那边,他们会听从他的召唤,从世界各地成群结队地回到巴勒斯坦,据我预料,他很快就会声望高涨,所有的闪米特族人都会欣然接受这个新的信仰,和他一起将"异乡人与异教徒"从他们当中除去。阿狄亚贝尼国王和全家人都已经皈依了犹太教,这就是一个苗头,而且还是一个非同小可的苗头,因为这位国王被人称为"造王者",在帕提亚极受敬重。马尔苏斯在他的下一封信中继续向我报告说,听闻科马基尼国王也皈依了犹太教,他曾经是卡里古拉最喜欢的一位国王。(人们有时候认为,一开始就是他劝说卡里古拉用东方式的专制进行统治;每当卡里古拉犯下什么异常残忍的罪过或是出尔反尔、反复无常之后,总是会去恳求他的认可。)

让我坚信希罗德打算宣布自己就是弥赛亚的是这个细节:在说到伯利恒的时候,他并没有提及他自己其实也是出生在这里,而并非大家通常以为的耶路撒冷。有一回他的母亲贝雷妮丝绘声绘色地把这事说给了我母亲听。当时她正从她丈夫位于希伯伦的庄园赶到耶路撒冷去待产,阵痛却突然开始了,她只得在一个村庄的小旅馆里生下了孩子,她永远也没法忘记这讨厌的经历,旅馆老板贪得无厌,产婆又很不熟练。直到希罗德出生几小时以后,贝雷妮丝才想到要问问这个村庄的名字,这个地方真是又脏又破;那个产婆答道:"伯利恒,祖先便雅悯就出生在这里,大卫王也生在这里,预言里说的就是这个地方:'伯利恒,以法他阿,你在犹大诸城中为小。将来必有一位从你那里出来,在以色列中为我做掌权的。'"贝雷妮丝被自己所受的待遇给气坏了,便含讥带讽地大声说道:"愿全能的上帝永远保佑伯利恒!"那位产婆听了她这话,满意地答道:"来到这里的人总是这么说!"我母亲特别喜欢这个故事,此后的好些年里,如果她想对某个评价过高的地方表达不屑之情,她就会模仿着贝雷妮丝的声音喊道:"愿全能的上帝永远保佑伯利恒!"正因为如此,我才会记得这个名字。

至于那个约书亚——他的希腊追随者们也将他称为耶稣——如今也被人说成是个土生土长的伯利恒人,我不知道这话有什么根据,因为伯利恒并不在加利利;他的教派后来传播到了罗马,在这里秘密发展得似乎十分兴旺。仪式中有一项是友好聚餐,男男女女们聚在一起,象征性地吃受膏者的肉、喝他的血。有人告诉我,这个仪式上常常会出现乱七八糟、歇斯底里的场面,因为多数加入者都是奴隶或者最下层的男人和女人们。他们首先必须要向前来参加集会的人坦白自己的罪恶,连令人作呕的细节都不放过,然后才可以坐下来。这可为大家提供了很多娱乐,人人都争着贬低自己。这个教派的大祭司(如果我能以这个美称来称呼他的话)是一名加利利渔夫,也就是希罗德信中所写的西蒙,他之所以能自命为大祭司,似乎主要是因为他在约书亚——或是耶稣——被捕这天便抛弃了他,同时也抛弃了自己的信仰,可他从那时起便开始诚心诚意地悔改。因为根据这个可怜的教派规定的道德规范,原先犯下的罪过越大,得到的宽恕也就越大!

这种宗教并没有获得认可(优秀一些的犹太人都对它坚决否认),这个教派因而受到了酒吧和聚会管制的影响,可它却属于那种越禁越强的危险教派。它的主要信念就是,在犹太人的上帝——约书亚几乎就把自己当成了上帝——看来,人与人是绝对平等的,这位上帝将永恒的极乐许给罪人,只要这罪人悔改,并且承认他高于其他所有的神灵。谁都能加入这个教派,无论阶级、民族与人品,所以加入者都是没指望获准参加伊西斯、西布莉、阿波罗以及其他一些合法秘密仪式的人,他们要么是由于社会地位不够高,要么就是做过丑事、犯过罪行,所以失去了参加的资格。起初,加入者还必须要行割礼,但是如今就连这个初步仪式也被宣布取消了,因为这个教派已经和正统的犹太教彻底决裂,只需要洒点水、说出弥赛亚的名字，就算是仅有的入会仪式了。偶尔也会有一些受过良好教育的人一反常态地对这个教派着迷，从前的塞浦路斯总督就是这样的皈依者之一，他名叫塞尔吉乌斯·保卢斯，很喜欢跟扫大街的清洁工、奴隶以及叫卖旧衣服的小贩来往，由此可见，这个教派让人堕落，不如从前那么有文明有教养。他写信给我请求辞去总督一职，理由是他没法再凭着良心以奥古斯都神的名义发誓，因为他宣誓效忠的新神灵不允许他如此。我同意他辞职，不过却将他从名单上画掉了。后来我问起他的新信仰，他向我保证说，这完全无关政治，因为耶稣智慧非凡，人品高尚，堪作典范，并且忠于罗马的统治。他并不认为耶稣的教义只是将希腊人和犹太人宗教中的陈词滥调混在一起形成的大杂烩。他说，有许多犹太人严守纪律却并不极端，他们是犹太教的法学博士，耶稣的教义正是发源并超越了他们的见解，这和那帮法律学家（希罗德依靠的就是他们的支持）迷信的形式主义形成了强烈的反差，耶稣以上帝的名义更加强调兄弟之爱，而不是违反法典以后会遭到的神灵报复；前者强调的是法典的实质精神，后者注重的则是法典的字面意义。

我一回到意大利，就向维纳斯还了愿。我做过一个梦，维纳斯在梦中现身，笑着说道："克劳狄乌斯，我的屋顶漏了，请修好它吧。"为了回应她在梦中所托，我对她那座位于西西里岛埃里克斯山上的神庙进行了大规模的重建，这座神庙名闻遐迩却已经年久失修。我让西西里那些古老家族的人来担任祭司，每年都从国库里拨出很大一笔钱来给他们发薪水。我还在阿里西亚为埃杰里娅仙子建起了一座漂亮的神殿，就在她的小树林里面，并且在神殿里献上一尊还愿的金像——女性的一只纤纤玉手正在剪烛花，烛台上用萨宾方言刻着下面这个句子：

> 致轻快飞舞的胜利使者——埃杰里娅，瘸腿克劳狄乌斯感恩敬赠。请允许他的蜡烛一直燃到烛座，发出明亮的光芒，让他敌人的烛火突然间暗淡熄灭。

二十二

我在新年（公元44年）那天如期举行了凯旋仪式。元老院经过投票，又献给我五项荣誉。首先，他们献给我一个槲叶环。这是一顶纯金的橡树叶花冠，本来是只奖励给军人的。如果有哪个士兵在战场上被缴了械，只能听凭敌人摆布，这时有位同伴来救了他，杀了敌人，保住阵地，这救人的士兵便能得到槲叶环。获得这项荣誉的人远比你们想象的要少，因为被救者必须出来做证，并且还要亲手将这顶花冠献给拯救他的人。要一位罗马士兵承认自己曾经落入敌方战士之手，多亏了同伴那过人的力量和勇气才捡回一条命，这实在太难了；他多半会抱怨说自己的脚当时滑了一下，他正要重新跳起来干掉自己的对手，这时一个野心勃勃的家伙却多管闲事地横插一杠，抢走了他的胜利果实。后来，这项荣誉也被授予军团或是军队的指挥官，他们凭着自己的英勇或是指挥有道拯救了麾下士兵的生命。我就是因此才得到了这个奖励，我打从心眼里觉得自己名副其实，因为我并没有听信参谋们的建议。花冠上面刻着这样一句话：献给拯救了同胞生命的人。你们一定还记得，当初我被拥立为皇帝的时候，皇宫的禁卫军逼着我戴上了一顶类似的花冠，那是卡里古拉用来取悦他自己的，以表彰他在日耳曼取得的胜利。当时我并没有资格戴上它,所以觉得很难为情(不过卡里古拉其实也没有这个资格),所以我非常高兴现在能名正言顺地戴上这样一顶花冠。第二项荣誉是一个海战冠。这种金冠上面装饰着船头的撞角,用来奖励海战中的英勇行为——像是第一个登上敌舰的水兵或是摧毁敌军舰队的海军将官。他们之所以将这项金冠授予我,是因为我不顾自己的生命危险在恶劣天气里出航,只为了能尽快到达不列颠。后来,我将这两顶金冠都挂在了皇宫主要入口上方的尖顶上。

元老院给我的第三项荣誉是"不列塔尼库斯"这个世袭的头衔。我的幼子现在叫作德鲁苏斯·不列塔尼库斯了,或者就是不列塔尼库斯,我今后都会用这个名字来称呼他。第四项荣誉是竖立起两座凯旋门以纪念我的胜利,一座在布洛涅,因为这里是我远征的根据地;另一座在罗马,就在弗拉米尼大道上。这两座凯旋门都用大理石贴面,两侧以战利品做装饰,还用浅浮雕刻画了我是如何取得胜利的,顶上则放着青铜制的凯旋车。第五项荣誉是颁布法令将我举行凯旋仪式的日子定为一年一度的永久性节日。除了这五项荣誉之外,还有两项是为了恭维梅萨丽娜而奖励给她的,一是和护火贞女一同坐在剧院前排的权利,仅次于执政官、法官和外国使节们;另一个则是乘坐有盖皇家马车的权利。如今,元老院已经将我祖母莉薇娅在世时获得的所有荣誉都投票献给了梅萨丽娜,但我仍然反对将奥古斯塔的头衔授予她。

举行凯旋仪式那一天,太阳非常赏脸,在阴晴不定好几天以后露出了明媚的阳光。各个区的区长和其他官员都尽力让罗马这座可敬又气派的城市看起来能耳目一新、喜气洋洋。每一座神庙和房屋的正面都擦得干干净净,大街上扫得一尘不染,就跟元老院的地板似的;每一扇窗户都装饰着鲜花和颜色鲜艳的东西;每一家门外都放着一张桌子,上面堆满了吃的。神庙全都开放了,神殿和雕像装饰着花环,每一座祭坛上都点着香。民众也都穿上了最好的衣服。

我并没有进城,而是在禁卫军营里过的夜。天亮时,我命令即将参加凯旋仪式的部队全部集合,然后派发了赏金,这钱是把我们在伦敦、科尔切斯特以及别处缴获的战利品和俘虏卖掉以后得来的,每个人能得多少也都算好了。列兵每人能拿到三十个金币，级别越高，钱也就相应越多。至于那些没时间回来参加凯旋仪式的士兵，我已经按照同样的比例把赏钱送到不列颠去给他们了。与此同时，我还将奖品也授予了士兵们：颈链颁给那些在战场上表现突出的士兵，有一千人获奖；四百个额饰（黄金的奖牌做成了马前额上护身符的形状）颁给英勇的骑兵，或是颁给杀死敌方骑兵或战车手的步兵；四十个巨大的黄金臂镯用来奖励英勇异常者——我在颁发这些奖品时，还宣读了每一位获奖士兵的功绩；六个橄榄叶花冠授予那些虽然没有亲身上阵打仗但却对胜利做出贡献的人（大本营的司令官以及指挥舰队的海军将官都获得了这项荣誉）；三个城墙冠授予率先越过围栏进入敌营的士兵；还有一个无头之矛——波西德斯的——这项荣誉和槲叶环一样是奖励人家拯救性命的，他当之无愧，而且十倍都不止。

元老院采纳了我的建议，投票将凯旋饰物授予了所有元老级的参战人员——也就是所有的军团司令和高级参谋。很遗憾奥鲁斯没法回来，维斯佩西安也回不来，但是其他人全都来了。侯斯迪乌斯·盖塔和他的兄弟——在不列颠指挥禁卫军那八个营的路西乌斯·盖塔——都受到了嘉奖，我想这还是罗马有史以来头一回有两兄弟在同一天穿上了凯旋的服饰。路西乌斯·盖塔成了新任的禁卫军司令，确切地说，他是和一个名叫克里斯皮努斯的人共同担任禁卫军的指挥官，后者是维特里乌斯在我出征期间临时任命的。因为从前的指挥官朱斯图斯死了。在布伦特伍德之战前夕，我收到了梅萨丽娜差人送来的急信，信上说朱斯图斯向各位禁卫军军官试探口风，问他们是否愿意支持他发起武装起义。我对梅萨丽娜深信不疑，也不敢冒任何的风险，便立即下令处决了他。过了很多年，我才知道事实真相：朱斯图斯得知了梅萨丽娜趁我出征期间在她所住的皇宫侧厅里干下的那些勾当，便问他手下的一位上校这事要如何是好——他是应该立刻写信给我呢还是等我回来再说。这位上校是梅萨丽娜的心腹之一，于是他建议朱斯图斯且等等看，免得这个坏消息让我在打仗时分心，然后他径直去见了梅萨丽娜。朱斯图斯的死因很快就在罗马城里人尽皆知，这是对大家的一个警告，人人都知道这个秘密却不能告诉我，结果到了最后就只有我一个人被蒙在鼓里——就连我在不列颠和帕提亚的敌人都知道了，简直难以置信！梅萨丽娜本来就不好，现在越发恶劣了。不过我并不打算在这里详述她的所作所为，因为我直到此时还对这事一无所知。我从法兰西回来时，她到热那亚来接我，她那热烈的欢迎让我觉得非常幸福。才过了半年光景，年幼的不列塔尼库斯和他的小妹妹已经长得我都认不出了，这两个孩子真是漂亮极了。

你一定明白这一天对我有多重要。在我眼里，这世上再没有什么比罗马凯旋仪式更加荣耀了。这跟那些蛮族君主们征服敌对的国王时庆祝的胜利可不一样：这是一个自由的民族授予他们自身当中一员的荣誉，以嘉奖他为本民族做出的伟大贡献。我知道自己当之无愧，我的家人从前总是认为我是个无用之人，一出生就背负着天神的愤怒，愚蠢懦弱，给我家显赫的祖先们丢尽了脸，如今我终于驳倒了他们的这些恶评。那天晚上我睡在禁卫军营里，梦见我哥哥日耳曼尼库斯走上前来拥抱我，用他那严肃的声音说道："亲爱的弟弟，你做得非常好，我得承认你比我想象中做得还要好。你让罗马军队找回了往昔的荣耀。"次日一早我醒来时便决定废除奥古斯都当初颁布的一条法令，不再将凯旋的荣耀仅限于皇帝本人和皇子或是皇孙。如果奥鲁斯继续在不列颠作战，完成了我交给他的任务——永久征服不列颠岛的整个南部地区，我就会说服元老院为他举行他自己的凯旋仪式。我认为，如果法律规定只有一个人可以获得凯旋的嘉奖，那么对于这种荣誉来说，这并不是锦上添花，反而是美中不足。奥古斯都颁布这条法令意在阻止将军们为了取得胜利而煽动边境的各个部落发起战争；但是我认为，凯旋仪式本来是人人都可以享有，如今却成了恺撒们的家族仪式，除此之外肯定还有别的法子可以对将军们的行为进行限制。

颁奖典礼结束以后，我接见了三拨来客：第一拨是所有的行省总督，是我向元老院请求让他们暂时来到罗马参加凯旋仪式的；第二拨是盟国的君主们派来的使节，最后是所有被流放在外的人。我请求元老院准许他们从流放地回到罗马，但是只能待到凯旋庆典结束的时候为止。接见最后一拨人让我心里很不好受，他们当中许多人看起来非常虚弱，一副病态，全都可怜兮兮地恳求我修改对他们的判决。我叫他们不要绝望，我会亲自复查每一个案件，如果我认为取消或是减轻他们的判决不会有损公众利益，我就会代表他们向元老院提出请求。后来我正是这么做的，有许多人我无法建议召回，但是他们至少得到准许改变了流放的地点——全都是换到了更好的地方。我主动提出给塞内加换个地方，他却拒绝了，答复说他既然承受了恺撒的不悦，就不能再指望自己会时来运转了；严寒终年困锁着野蛮芬兰人的土地（旅行者的传说中就是这么说的），酷暑常年炙烤着阿特拉斯另一边的沙漠（恺撒的胜利之师曾经逆天行道深入其中，让已知世界的版图更加辽阔），不列颠河口热病多发、沼泽泥泞，如今它们都已被恺撒那杰出的军事才能所征服，还有这个遥远的著名岛屿上那肥沃的平原与峡谷，不止如此，就连科西嘉这传播疾病的气候也屈服了。而不幸的塞内加——这篇纪念文章的作者——却已在此煎熬了两个寒暑——抑或是两百个寒暑？这严寒，这酷暑，这湿气，还有科西嘉的湿气、酷暑与严寒三者的合而为一，都是这斯多葛派的流放者视而不见的苦难，他一心只想耐心扛起耻辱的千斤重担，让自己配得上恺撒的宽恕，如果这至高无上、毫无指望的恩赐能够降临于他的话。我很乐意将他送回老家西班牙，他的朋友——我的文书波里比乌斯——也是这么替他求情的，但是如果他自己坚持待在科西嘉，那他就只能待在科西嘉了。那尔齐苏斯从欧斯提亚港口的官员那里听说，这位勇敢的斯多葛这次来罗马在行李中带了不少纪念品回去，其中有镶嵌着宝石的纯金水杯、羽绒枕头、印度香料、昂贵的药膏、阿非利加香松木做的桌子和沙发——上面还镶嵌了象牙、就连提贝里乌斯都会喜欢的那种画作、大量上好的法勒纳斯白葡萄酒，还有（这个跟其他那些不是一个种类的）一整套我出版过的作品。

十点钟我们就动身了。队伍从东北面的凯旋门进入罗马，沿着神圣之路前进。队伍的顺序是这样的。首先是步行的元老们，穿着他们最好的长袍，法官们走在最前面。其次是精挑细选出来的号手，他们受过训练，齐声吹奏着凯旋进行曲。人们听到号声，就会看见一队精心装饰的骡车紧随其后，车上放着战利品，由王室禁卫营里身着皇家制服的日耳曼人护送着。战利品都是些堆成山的金币、银币、武器、盔甲、马具、珠宝、黄金摆设、锡锭、铅锭、精美的酒具、装饰漂亮的青铜水桶和科尔切斯特的辛白林王宫里的其他家具,以及大量精致的珐琅制品——都是典型的不列颠北部风格,还有雕龙画凤的木制图腾柱、用黑玉、琥珀和珍珠制成的项链、羽毛头饰、绣花的德鲁伊教袍、精雕细刻的小船浆以及数不清的其他东西,要么漂亮,要么昂贵,要么新奇。在这些骡车的后面是十二辆俘获来的不列颠战车——我们把最好的都挑了出来——由很般配的小矮马拉着。每一辆战车上都有一块告示牌,钉在车夫头顶上方的杆子上,十二块牌子上分别写着十二个被征服的不列颠部落的名字。接下来是马车,车上放着我们所攻占的城镇和要塞的模型,是用涂上颜色的木头或是黏土制成的,还有一组组栩栩如生的塑像,代表着屈服于我军的各位河神,每一组塑像后面都有一块巨大的帆布画,上面画着战斗的情景。这一系列的最后一个模型是那座石头的太阳神庙,非常有名,我曾经说起过的。

　　走在这些马车后面的是一群吹笛手,他们吹奏着轻柔的音乐,身后跟着白色的公牛,由朱庇特的祭司们负责照看。这些公牛愤怒地吼叫着,惹出了不少麻烦。它们的牛角上都镀了金,细细的红带披挂了一身,还戴了花环,这就表示它们是要作为祭品献给神灵的。祭司们手里拿着战斧与匕首,朱庇特的助祭们紧随其后,端着黄金的盘子与其他圣器。他们身后有一件非常有趣的展品———只活的海象,这种动物既像海豹又像公牛,长着巨大的长牙,它是在海滩上睡觉时被我们大本营的守军捉住的。海象后面跟着不列颠的野牛和野鹿、一只搁浅鲸鱼的骨架,还有一个侧面透明的水箱,里面装满了海狸。接着是被俘首领们的武器和徽章,再来是首领们自己以及他们那些被俘获的家人,跟在后面的是级别较低、戴着脚镣的俘虏。遗憾的是卡拉克塔库斯并不在这个行列中,不过卡提根和妻子、托葛杜努斯的妻儿、卡拉克塔库斯的一个幼子以及三十位重要首领都在其中。

　　他们后面走来了一群公共奴隶,两人一排地往前行进,手中拿着软垫,上面摆放着纯金的王冠,这些都是与我结盟的君主和国家赠送的,以表达他们的感激与尊敬。接下来是二十四名身着紫衣的自耕农,每人都拿了一把斧子,斧子和一捆杆子系在一起,上面还戴了桂冠。再来是一辆四匹马拉的战车,这是元老院下令建造的,由银子和乌木制成,外形古色古香,侧面装饰的浮雕图案描述了两场战役以及海上风暴的场景,这辆车和我当初在金匠街以太过奢侈为由毁掉的那辆车倒是不无相似之处。四匹白马拉着车,车里坐着这段历史的创造者——不是"克劳-克劳-克劳狄乌斯",也不是"傻瓜克劳狄乌斯"、"那个克劳狄乌斯"、"结巴克劳狄乌斯"、"可怜的克劳狄乌斯叔叔",而是得胜凯旋的提贝里乌斯·克劳狄乌斯·德鲁苏斯·尼禄·恺撒·奥古斯都·日耳曼尼库斯·不列塔尼库斯、皇帝、国父、最高祭司、连任第四年的护民官、三届执政官、槲叶环和海战冠的获得者、获得过三次凯旋饰物以及数不胜数的其他次要荣誉,既有文职方面的,也有军事方面的。这位要人得意扬扬、兴高采烈,身穿金线绣制的长袍,外面罩着一件花里胡哨的短袖外衣,微微颤抖的右手握着一根月桂树枝,左手拿一根象牙权杖,杖头上有一只金鸟。特尔斐桂冠遮住了他的眉毛,古代的风俗重又时兴起来,他的脸、胳膊、脖子和双腿(他身上能看见的部分)全都涂成了鲜红色。胜利者的战车里还坐了不少人:他的幼子不列塔尼库斯一边大喊大叫一边拍着双手;他的朋友维特里乌斯头戴一顶橄榄叶冠——得胜的皇帝不在罗马期间,就由他来统治国家;他尚在襁褓中的女儿屋大维娅由小希拉努斯抱在怀里,他已经被选中成为她未来的夫婿;他身旁是小庞培,他娶了得胜者的女儿安东尼娅,桂冠公文也是他送到元老院的,不列塔尼库斯就坐在他的膝上。元老院允许希拉努斯和小庞培也穿上凯旋的服饰,小庞培的父亲克拉苏·弗鲁吉骑着马走在战车旁边,如今他已经戴过两次凯旋饰物了,头一回是在加尔巴打败卡蒂人之后。我们可千万不能忘了,还有一位公共奴隶也站在战车里,他端着一顶镶嵌了宝石的埃特鲁里亚金冠放在得胜者头顶上方,这是罗马人民赠送的礼物。他的职责就是时不时在胜利者的耳边低声说出那句古老的套话:"回头看一看吧,记住你只是个凡夫俗子。"这是在警告得胜的人,要是他表现得太过神圣,神灵就会嫉妒他,并且一定会来打压他。为了将旁观者那邪恶的眼光转移到别处，战车的挡泥板上系着一个阳物咒符、一个小铃铛和一根鞭子。

这之后是得胜者的夫人梅萨丽娜，乘着她自己的皇家马车。接下来的人都是步行的了：获得凯旋饰物的司令官们、获得橄榄叶冠的人们、获得英勇表彰的校官、尉官、士官和士兵。他们后面是大象和骆驼，骆驼被两个一组地套在轭上拉着车，车上摆着卡里古拉发明的六台能打雷闪电的机器，这些东西让波西德斯给派上了好用场。再来是踩着高跷的苍鹭国王，他的脖子上绕着一个黄金手镯。我听说，在我后面的人当中，就数苍鹭国王得到的欢呼声最多。他的身后是拿着无头之矛的波西德斯，还有那个西班牙眼科医生，他已经获得嘉奖成为罗马公民，所以穿着一件长袍。接着走来的是罗马骑兵和步兵，按照行军的顺序，他们的兵器上全都装饰着桂冠。年轻一些的士兵大喊着"胜利啦！"，唱着胜利的圣歌，而老兵们则用上了今天他们想说什么就说什么的权力，尽情地拿这位胜利者开涮，说的话既尖酸又下流。第二十军团的老兵们还特意为这次凯旋仪式做了一首好听的歌谣：

　　克劳狄乌斯读起书来名气大，
　　克劳狄乌斯流血可没有墨水多，
　　他跟布立吞人来把仗打，
　　战斗中他从来不曾往后缩，
　　可他选的兵器却是，
　　绳子、高跷和臭骆驼。
　　哦，哦，哦！

　　绳子、高跷和臭骆驼
　　打得不列颠军队直发抖。
　　他们害怕地大喊着落了跑，
　　死人听见也会把眼睁，
　　那喊声大得就好像，

克劳狄乌斯胃痛的时候在叫吼。

哦，哦，哦！

有人告诉我，这些歌谣唱到最后的时候，有几首是关于梅萨丽娜的下流歌曲，不过我在车里没有听到；实际上，就算他们是在我前面的随从旁边唱歌，我也听不到，人群的喧闹声太吵了。步兵的后面是辅军的小分队，由巴利阿里人和努比亚人打头阵。

游行队伍本身就是这些了，不过后面却跟着一帮又笑又叫的乌合之众，他们这是在给巴巴举行一场凯旋仪式的模仿秀，巴巴原本是亚历山大的一个小丑，如今到罗马来碰运气了。他坐在一辆公共粪车里，车轭上套着的是一只山羊、一只绵羊、一头猪和一只狐狸。他身上也用不列颠菘蓝涂成了蓝色，穿着一件奇装异服，算是对凯旋饰物的模仿。他的斗篷是一条百衲被，外袍则是一个旧布袋，用五颜六色的脏彩带镶了边。他拿着一棵白菜杆子当权杖，杖头上用绳子拴了一只死蝙蝠；他的桂冠则是用蓟花做的。我们罗马最著名的本地小丑奥古里努斯最近已经同意和巴巴共同来统治流浪汉社团。大家都认为巴巴是最像我的，所以他俩在罗马城里的后街上常年上演好戏时，巴巴总是扮演恺撒。奥古里努斯则根据当时的情况扮演维特里乌斯，或是当年的执政官，或是禁卫军上校，或是我的一个大臣。他很有天分，模仿起别人来惟妙惟肖。今天这个场合他扮演的是将皇冠端在巴巴头上的奴隶（这皇冠其实是一个倒扣过来的夜壶，巴巴的脑袋时不时就被夜壶罩住看不见了），还一直用一根鸡毛来挠他的痒痒。巴巴那件布袋袍子的后头撕破了，露出他那涂成蓝色的屁股来，上面用粗粗的红线画出一张龇牙咧嘴的笑脸。巴巴的双手发疯似的抖个不停，他还学着我神经抽搐的样子把头扭来扭去，翻着白眼，每当奥古里努斯骚扰他的时候，他就拿蓟花桂冠或是死蝙蝠来反击。在他后面还有一辆粪车，破旧的车篷底下斜倚着一个黑人女子，她块头很大，光着身子，鼻子上还戴了一只铜环，正在给一只粉粉的小猪喂奶。这场凯旋仪式跟我的可不相上下，他们也有战利品，都堆在衣衫褴褛的小贩们推的手推车上——厨房里的垃圾、破碎的床架、肮脏的床垫、生锈的铁器、裂开的锅子以及各种破破烂烂的旧家具;他们的战俘尽是些矮子、胖子、瘦子、白化病人、瘸子、瞎子、脑积水病人、得了可怕疾病的人或是因为丑得惊天动地而特意挑选来的人。这个队伍的其余部分就说不得了,我听说那些描绘巴巴得胜的模型和图画有趣极了,罗马还从来没有过这么有趣的东西,不过也很下流。

我们到达卡皮托利尼山以后,我下车来按照惯例履行仪式,这可让我吃了很多苦头:我得毕恭毕敬地跪着爬上朱庇特神庙的阶梯,小庞培和希拉努斯分别在两边扶着我。根据风俗,这时要将被俘的敌军首领带到神庙隔壁的监狱里处死。这是从古代遗留至今的仪式,用人来献祭以感激神灵让我们取得了胜利。不过我却基于国家政策免了他们一死,我打算让这些首领都好好地活在罗马,好向不列颠那些仍在负隅顽抗的首领显示我们的宽厚仁慈。布立吞人自己就用战俘来献祭,而我们是意图要教化这座岛屿的,如果也用这种原始野蛮的行为来庆祝胜利,那就太可笑了。我会批准从公款中向这些首领以及他们的家人支付少量年金,并且鼓励他们归顺罗马,这样一来,以后成立不列颠辅军时,他们就可以担任军团的司令官,和我们自己的军队友好合作。

虽然我没有将首领们当作祭品献给朱庇特,不过至少献上了白色的公牛,还将一些战利品(辛白林宫殿黄金装饰品中的精选品)送给了这位大神,又从我额上取下桂冠放在神像的膝上。然后,我和凯旋车里的随从们以及梅萨丽娜参加了由朱庇特的祭司团举行的公开宴会,部队则就地解散,到罗马城里去接受招待,要是哪家没能享受到得胜英雄大驾光临的荣耀,那这家可就实在不走运了。头天晚上我听到小道消息说,第二十军团计划来一次纵酒狂欢,就像当年他们参加卡里古拉举行的凯旋仪式时一样:他们打算在金匠街发动袭击,要是发现店铺的门闩上了,他们就会放火或是用破城槌来破门而入。我起初是想派一个警卫团来保卫金匠街,但这只会导致更多的流血冲突,于是我想到了一个更好的主意——免费向所有的部队供应美酒,把他们的扁酒瓶都给装满,让大家用这酒来祝我健康。直到游行开始前,所有的扁酒瓶才装满,我下令说,要等喇叭吹响信号表明献祭按时完成以后,大家才可以喝酒。这些确实是好酒，不过我在给二十军团的酒里掺了很多罂粟籽。于是他们喝了酒祝我健康，然后便昏睡过去，等他们醒来的时候，凯旋仪式已经结束了；我遗憾的是，其中有一个人再也没有醒来。不过至少这一天还是挺太平的，没有发生严重的骚乱。

到了晚上，长长的火炬队伍和一队一队的吹笛手们在前面引路，领着我回到了皇宫，人山人海的民众跟在我身后，欢呼着，歌唱着。我累得筋疲力尽，洗掉身上的红颜料以后就上床睡觉了，但是庆祝活动持续了一整夜，我根本睡不着。午夜时分，我从床上起来，只带着那尔齐苏斯和巴拉斯来到外面的街上。我穿了一袭简单的白色长袍，装扮成平民百姓的模样，想听听人们究竟是怎么评说我的。我们混进人群当中，人们三三两两地坐在卡斯托尔和波吕克斯神庙的台阶上，边休息边聊天，我们就在这里找了个地方坐下。无论是谁跟谁说话，都一点儿也不客套。在被提贝里乌斯和卡里古拉压制了这么久以后，罗马终于又恢复了言论自由，这让我非常高兴，尽管我所听到的有些事情叫我很不愉快。大家普遍认为，这次的凯旋仪式很圆满，不过如果我不仅发钱给士兵，也发钱给百姓，并且增加粮食的配给量，那就更加圆满了。（这年冬天粮食又紧张了，但并不是我的过错。）我迫不及待地想听听坐在我们附近的一位第十四军团上尉会怎么说，他在战争中负了伤，和他的兄弟显然已经十六年没有见面了。尽管他兄弟一直在敦促他谈谈这次打仗的事，他起初却不肯说，谈起不列颠时只是把这里当作一个军事驻地；他觉得自己很幸运，捞到不少外快，也算是有指望了，希望不久后能够以骑士的身份退休。过去十年来，他把免除勤务的机会卖给自己连队里的人，因而赚了一大笔钱，而且"在莱茵河那个地方也没机会花多少钱，跟在罗马可不一样"。可是最后他说："说实在的，我们第十四军团的军官们都觉得布伦特伍德这场仗没啥了不起。皇帝让我们赢得太轻松了，他是个了不起的聪明人，是个战略家，这些全都是从书里学来的。绊马索就是一个典型的计谋。还有那只大鸟，拍着翅膀发着怪声。他还让骆驼在一翼打头阵，用它们的臭味吓跑了敌人的小矮马。他是个一流的军事家。但我们觉得会用计跟会当兵可不是一回事。奥鲁斯·普劳提乌斯这老家伙本来打算径直向中间的围栏发起进攻，管他三七二十一呢。老奥鲁斯才算个军人。要是由他做主的话，他准能让咱们血战一场。我们第十四军团的军官喜欢痛痛快快地打硬仗，不喜欢耍聪明用计谋。咱们就是为了这个而生的，要是我方在血战中损失惨重的话，嗨，那当兵的可就走运了，这意味着活下来的人都能升官。可是这一次，第十四军团一个升官的都没有。就死了几个下士，仅此而已。没错，他让这场仗打得太容易了。大多数人自然都不像我这么走运，我这个排是冲在前面的，我带着大家冲进战车队，杀了不少不列颠人，所以才获得了这条链子作为奖励，我是该知足了。但是如果站在整个军团的角度来说，这场仗可比不上皇帝驾临之前我们打的那两场；梅德韦那一仗打得可真棒，大家伙儿都会这么说的。"

一位老妇人高声说道："好啊，上尉，你是个勇士，我相信大家全都对你感激涕零，也很为你自豪，不过我的两个儿子都在第二军团当差，虽然我很失望他们没法请假回家来参加今天的凯旋仪式，但是只要他们还活着，我就谢天谢地了。要是你的奥鲁斯将军自己做主的话，没准我儿子这会儿就躺在布伦特伍德山上喂乌鸦了。"

一位法兰西老人赞同地说道："上尉，依我看，我本不应该去管这场仗是怎么打赢的，只要赢得漂亮就行。但是今天晚上，我听到还有两个像你一样的军官也在谈论这场战争。他们当中有一个人说道：'没错，耍聪明用计谋，只是聪明过头了，他一定是处心积虑地想了一整夜。'我却对他们说，皇帝是不是打了一场漂亮的胜仗？打了。那好，皇帝万岁。"

可这位上尉说道："他一定是处心积虑地想了一整夜。这是他们说的，对吗？说得可真是太恰当了。这是一次战略的胜利，但却带着处心积虑的痕迹。皇帝太聪明了，所以当不了一个好军人。要我说，我得感谢神灵让我这辈子连一本书都没读过。"

回家的路上，我不好意思地对那尔齐苏斯说道："你不同意那位上尉的看法，对吧，那尔齐苏斯？"

"不同意，恺撒，"那尔齐苏斯说道，"难道您同意吗？不过我觉得他这话说得倒还像是一个勇敢诚实的人，而且他只不过是个上尉，也许您应该感到高兴才对。您总不希望军队里的上尉们都知道太多思考太多吧。况且他也说这场胜仗全都是您的功劳,不是吗?"

可我还是嘀嘀咕咕地抱怨道:"我要么就是个彻头彻尾的傻瓜,要么就是聪明过头了。"

凯旋仪式持续了三天。第二天,我们在赛车场和竞技场里同时举行了表演。首先是战车比赛,总共有十辆车参赛;接着是体育比赛;然后是不列颠战俘与熊进行搏击;最后是小亚细亚的男孩子们表演民族剑舞。竞技场里上演的则是科尔切斯特是如何遭到强攻并被洗劫一空的,投降的敌军首领全都再度披挂起来,这一仗由三百名卡图维劳尼人对阵三百名新特洛伊人,既有战车也有步兵。卡图维劳尼人打赢了。第三天早晨举行了赛马,并且让用腰刀的卡图维劳尼人和一群使长矛的努米底亚人打了一仗,这些努米底亚人是去年被盖塔俘获的。卡图维劳尼人轻而易举地取得了胜利。最后的演出在剧场里举行——戏剧、幕间表演和杂技舞蹈。这一天麦尼斯特可真是风光无限,观众请他跳了三次凯旋之舞,这是他在《俄瑞斯忒斯和皮拉德斯》中扮演皮拉德斯的时候跳的。不过观众们第四次呼唤他的时候,他却拒绝了。他将脑袋从幕布后面探出来,顽皮地说道:"大人们,我不能来了,俄瑞斯忒斯和我已经上床睡觉了。"

后来,梅萨丽娜对我说道:"最最亲爱的夫君,我希望你能和麦尼斯特十分严肃地谈一谈。尽管他的确是个了不起的演员,可对于他的职业和出身来说,他太过我行我素了。你不在的时候,他有两三回对我非常无礼。我请他让自己的班子排练我最喜欢的一出芭蕾舞剧以庆祝节日——你知道,所有的比赛和演出现在都由我来监督指导了,因为维特卢乌斯觉得这让他不堪重负,接着我发现负责比赛和演出事务的文书哈珀克拉斯行事不端,我们只得处死了他,我又选了菲洛纳克图斯来接替这个职务,可他上手太慢——好吧,总之,我真的是举步维艰,可麦尼斯特不仅没有给我减轻负担,反而还固执得要死。哦,不,他说,他没法演出《尤利西斯与女妖锡西》,因为他找不到人来和他的尤利西斯配对演女妖锡西;于是我建议他演出《弥诺陶洛斯》,可他却说很不喜欢演忒修斯这个角色,再者说了,如果他演的角色没有迈诺斯国王这么有分量的话,就会有失他的身份。他一直都这样推三阻四的。我看他就是闹不明白,我其实是代表你的,我叫他做什么,他就必须做什么;但是我并没有惩罚他,因为我想你可能不希望这样,所以才一直等到了现在。"

我派人叫来了麦尼斯特。"听着,小希腊人,"我说道,"这是我的妻子——瓦列利娅·梅萨丽娜夫人。我很尊重她,罗马元老院也很尊重她,还给了她很多无上的荣耀。我离开罗马期间,她接替我履行一部分职责,我对她的表现非常满意。现如今她抱怨说你既不肯合作也很不礼貌。你给我搞清楚:如果梅萨丽娜夫人叫你做事,你就必须服从,不管这种服从有多么伤害你这个高手的虚荣心。你听着,小希腊人,任何事都得服从,不许争辩。任何事,所有事。"

"我服从,恺撒,"麦尼斯特答道,同时伏到了地上,顺从得有些夸张,"请您原谅我的愚蠢。从前我不知道自己事事都要听从梅萨丽娜夫人,以为只是有些事听她的就行了。"

"那现在你知道了。"

我的凯旋仪式就这样结束了。军队回到不列颠去执勤,我换回文职的衣装,继续在罗马工作。我年轻时从来不曾服过任何兵役,到了五十三岁才第一次打仗,大胜了敌军,从此后再也没有上过战场。这事未必后无来者,但肯定是前无古人。

二十三

　　我在罗马继续进行变革，尤其致力于培养下属的公共责任感。我任命受过训练的那些官员来管理国库，任期为三年。我将南西班牙总督从议员名单上除了名，因为在摩洛哥服役的军队指控他克扣了他们半数的口粮，而他又无法证明自己的清白。还有其他人也指控他犯了诈骗罪，他不得不付了十万个金币。为了博得朋友的同情，他到处对人说，这些罪名都是波西德斯和巴拉斯捏造出来诬告他的，因为他念念不忘他们的奴隶出身，所以开罪了他俩。可是并没有什么人同情他。于是，有天清晨，这位总督将家里所有的家当放在手推车上拉到了公共拍卖场，各种奇珍异宝装了将近三百车。这引起了不小的轰动，他所收藏的科林斯器皿堪称举世无双。商人和行家们全都蜂拥而至，垂涎欲滴地四处寻找便宜货。"可怜的温博尼乌斯破产了，"他们说道，"当初我们出大价钱向他买，他不肯卖，如今咱们捡便宜的机会来啦。"可他们却大失所望。当长矛被插进地里竖起来表明公共拍卖开始进行的时候，温博尼乌斯拍卖的就只有他的议员长袍而已。然后他就叫人把长矛从地里又拔了出来，表示拍卖结束。当天午夜，等到手推车又能推上街了，他就把自己的东西都运回到家里。他这就是向大家显摆一下，他还有很多钱，即使当个平头百姓,他也能过得舒舒服服的。不过我可不打算让他这么侮辱一下就算了。那一年我对科林斯器皿征收了很重的税,这他是逃不掉的,因为他曾经公开展示过自己的收藏,甚至还——列在了拍卖板上。

到了这时,我开始密切关注起新兴宗教与教派的问题来。每一年都有新的外国神灵进入罗马,以满足移民们的需求,基本上我对此是不反对的。比如说,有一群阿拉伯商人拖家带口从也门来到罗马,大约有四百号人,定居在欧斯提亚,他们在那里建起一座神庙,供奉自己部落的神灵;这种宗教崇拜有组织有秩序,不拿活人献祭,也没有其他丑事。我所反对的是各个教派之间的无序竞争,祭司和传教士们挨家挨户地找人皈依自己的宗教,还学得像拍卖师、皮条客或是流浪的希腊占星家一样循循善诱。罗马最早发现宗教也可以买卖是在共和国晚期的时候,它就像一种商品,跟油、无花果或是奴隶没什么两样,政府采取了一些措施来对这种交易进行控制,但是收效却不大。我们征服希腊以后,希腊的哲学思想传播到了罗马,宗教信仰曾经有过明显的衰落。哲学家们并不否认神灵的存在,却把他们说的遥不可及、虚无缥缈,于是务实的罗马人就认为:"很好,神灵固然法力无边、智慧无比,但是却远在天边。咱们应当尊重他们,一心一意地供奉他们,修建神庙,献上祭品。不过,如果咱们认为他们就在身边,要是有人犯了罪,他们就会费心来折磨那个罪人,或是连同整座城市一块惩罚,又或者装成凡夫俗子的样子现身,那显然就大错特错了。咱们一直都把诗歌里虚构的事情当成散文里写的现实了,一定得换换观念才行。"

这样的决定造成了一片真空,让人很是不安,举例说吧,哲学家将朱庇特、墨丘利、维纳斯和狄安娜分别转化成了力量、智慧、美丽与贞洁的化身,可对于寻常百姓来说,像这样的理想化身离自己却很远很远。介于神和人之间的存在便应运而生,各种新的神灵或是半神半人涌入了这片真空,其中大多是外来的神灵,个性鲜明,哲学家们要探讨起来可不太容易。这些神灵能够听从咒语的召唤,化为人形出现。他们可以现身在信徒围成的圈子中央,跟每一位教众像熟人一样聊天。有时候,他们甚至会和女性崇拜者发生亲密的关系。在我伯父提贝里乌斯当政期间,曾经发生过一件臭名昭著的丑闻。有位富有的骑士爱上了一位可敬的已婚贵妇。他企图收买她跟自己私通,开价两千五百个金币跟她幽会一次。她愤怒地拒绝了,打这以后,他们在街上遇见的时候,她甚至连招呼都不肯和他打。骑士知道这位贵妇是伊西斯的信徒,而罗马就有一座伊西斯神庙,于是他花五百个金币收买了伊西斯女神的祭司,叫祭司对她说,阿努比斯神爱上了她,希望她能去拜见一下。听到这个消息,这位贵妇受宠若惊,便在阿努比斯指定的那天夜里来到神庙,就在神庙里最神圣的地方——神灵的床榻之上——那位骑士装扮成阿努比斯神,和她共度了一个良宵。那愚笨的妇人幸福得无法自持,便将神灵显现给她的天大荣耀告诉了丈夫和朋友们。多数人都相信了她的话。三天之后,她在街上遇到那位骑士,打算和往常一样擦身而过,对他的问候视而不见。可他却拦住她的去路,亲热地拉着她的胳膊说道:"亲爱的,你替我省了两千个金币呢,像你这么俭省的女人应该会因为白白扔掉了这么多钱而感到惭愧吧。就我个人来说,名字什么的一点儿也不重要。你刚好不喜欢我,偏偏爱慕阿努比斯,所以那天晚上我就只能当阿努比斯了,不过我过得非常愉快,跟我用自己的名字时一样愉快。好吧,再见了。我已经得到了想要的,所以心满意足了。"从来没有哪个女人受过这么大的惊吓。她跑回家里,告诉丈夫自己如何受了欺骗和侮辱,发誓说如果他不立刻替她报仇的话,她就羞愧自尽。她那做议员的丈夫便去见了提贝里乌斯;提贝里乌斯很尊重他,于是命人拆毁伊西斯神庙、将祭司们钉死在十字架上,还将神像扔进了台伯河。可那位骑士本人却大胆地对提贝里乌斯说:"你知道这是爱情的力量,什么也无法阻挡。我的所作所为对那些受人敬重的女人应该是个警告,别去信仰什么异想天开的宗教,老老实实地守着好心的罗马老神仙吧。"结果他只是被流放了几年而已。可那位丈夫的婚姻幸福却被这事给毁了,他发起了一场运动,对付所有打着宗教幌子的骗子。有四名犹太教的传教士让富尔维亚家族的一位贵妇皈依了他们的宗教,他便指控他们有罪,因为他们说服那位贵妇向耶路撒冷圣殿供奉了还愿的黄金和紫色布料,可她赠送的礼物却被卖掉,好处都进了他们自己的口袋。提贝里乌斯发现这些人确实有罪，于是将他们钉死在了十字架上。为了警告其他人不要再犯同样的罪行，他将罗马所有的犹太人都流放到了撒丁岛，总共有四千人之多。他们到达撒丁岛以后，有半数的人都在几个月之内死于热病，后来是卡里古拉允许犹太人又回到了罗马。

提贝里乌斯还把所有的算命者和自称为占星家的人都赶出了意大利。他这人是个奇怪的混合体，既不信神又很迷信，既轻信又多疑。他曾经在一次晚宴上说过，鉴于命运已定，所以崇拜神灵根本就无济于事；他相信一切都是命中注定的。他之所以会将占星家全都驱逐出去，也许是他不想别人也听见预言，只有他自己一人知道就好，因为塞拉西鲁斯一直都在他的身边。可他没有想到的是，尽管众星不会说谎，但是占星家们——哪怕是最好的占星家——却是靠不住的，他们要么没法完全正确地解读星星传递的信息，要么就不会将自己所知一五一十地报来。我既不是非常多疑，也不是特别迷信。我喜欢古老的仪式与礼节，我像祖先一样信仰古老的罗马神灵，不愿意让他们遭受任何哲学分析。我认为每一个民族都应该用自己的方式（只要是文明的方式就行）来崇拜自己的神灵，不要随随便便就接纳异国的神灵。作为奥古斯都神的最高祭司，我必须把他当作神灵来看待；可是说到底，半神半人的罗穆卢斯当初也只不过是罗马一个放羊的穷人而已，他的才能与勤奋恐怕都远远及不上奥古斯都。如果我和罗穆卢斯生在同一个时代的话，想到将来人家会给他半神半人的礼仪，也许会觉得这个念头很可笑吧。但神毕竟是神，并不是仁者见仁智者见智的事情；如果大家都把一个人当作神来崇拜，那么他就是神。要是人们不再把他当作神来崇拜了，那他就什么也不是。当人们崇拜卡里古拉、相信他就是神灵的时候，他确实不再是凡夫俗子了。卡西乌斯·卡瑞亚发现简直不可能杀死他，有一种神圣的敬畏之情围绕着他，因为崇拜他的都是些单纯的人，密谋者们自己也感觉到了这一点，所以才会犹豫不决。要不是卡里古拉用那个神圣的预感来诅咒自己，要不是他说自己会被人刺杀而死，也许卡瑞亚永远都不会成功。

如今有几百万人把奥古斯都当作真正的神灵来崇拜。我自己也向他祈祷，几乎就像我向马尔斯或是维纳斯祈祷的时候一样有信心。但是我把历史上的奥古斯都和奥古斯都神分得很清楚，对于前者，他的弱点和不幸我都了解，而后者是公众崇拜的对象，已经获得了神力。我的意思是，如果一个凡人非要认为自己拥有神力，我对此是极不赞成的；但是假使他确实能说服人们来崇拜自己，而大家又是真的崇拜他，也没有什么迹象或是其他征兆表明他的神化令上天不悦——好吧，那他就是神，大家不接受也得接受。不过，如果不是哲学家在普通人和传说的神灵之间隔开了一条鸿沟，那么罗马人就永远不可能将奥古斯都当作一位主神来崇拜。对于罗马的平民百姓来说，奥古斯都很好地填补了这个空白。人们记忆中的他是一位高贵仁慈的君主，他也许能够拿出更加有力的证据，证明自己比奥林匹斯山的众神还要关爱这座城市、这个帝国。

对奥古斯都的崇拜，与其说是满足了善男信女们在情感上的需求，不如说是提供了一个政治工具；人们其实更愿意相信伊西斯、塞拉皮斯或是伊姆霍特普，在这些神灵的秘密宗教仪式当中，神灵不仅仅是遥不可及的完美化身，也不仅仅是逝去英雄的荣耀纪念。为了给这些崇拜埃及神灵的教派提供一个替代品——在我看来，他们对我们的希腊罗马文明是有害无益的——我说服了罗马的外来宗教常设委员会，让这个由十五人组成的委员会允许我将更适合的宗教仪式推广普及。比如说吧，依照神谕，早在二百五十年前，崇拜西布莉的教派就传入了罗马，西布莉是我们的祖先特洛伊人所崇拜的女神，因而正适合满足我们自己的宗教需求；可是她的宗教仪式却只能由来自弗里吉亚的阉人祭司秘密举行，因为罗马公民是不允许为了纪念这位女神而阉割自己的。我把这一切都改掉了：如今西布莉的最高祭司必须由罗马骑士来担任，普通百姓即使不是阉人，但只要名声良好，也可以加入她的教派。我还尝试着将埃勒夫西斯秘密宗教仪式从希腊介绍到罗马，这个著名的雅典祭祀仪式是为了纪念德墨忒尔女神和她的女儿珀尔塞福涅而举行的，仪式是如何进行的我就不必细说了，只要希腊语还存在，就没人不知道这个。可是，祭祀只是表面的盛况而已，秘仪本身的性质就没有多少人知道了，我倒是很愿意说说看，但是很可惜，我曾经发誓保密，所以不能说出来。不过我可以告诉你们，其中涉及来世生活的展示，只要今生为人正直，那就能换得来世的幸福。把这些仪式介绍到罗马以后，我只允许议员、骑士和富裕的平民参加，希望人们不仅能在形式上崇拜这些普通的神灵，还能发自内心地感到自己有行善积德的责任，而不是由法律或命令来强行要求。遗憾的是，我的尝试并没有成功。主要的希腊神庙里全都出现了不赞成这种做法的神谕，就连特尔斐的阿波罗神庙也不例外。神谕警告我，如果"将埃勒夫西斯迁移到罗马"，后果会非常可怕。要是我说，这是希腊诸神联合起来保护朝圣的生意，会不会对神灵不敬？要知道朝圣如今可是希腊这个国家的主要收入来源。

我颁布了一个法令，禁止罗马公民进入犹太教堂，又将一些太过积极的犹太教传教士赶出了罗马。我写信将自己的所作所为告诉了希罗德。他回信说我这么做非常明智，他在自己的国家也会实行同样的准则，或者恰恰相反：他会禁止希腊的哲学教师在犹太人的城市里开班授课，在别处参加过这种课程的犹太人则一律不得进入圣殿朝拜。在我和希罗德写给彼此的信中，我们都没有对亚美尼亚或是帕提亚发生的事情发表任何意见。事情其实是这样的：我派人将米特拉达俤国王送到了安提俄克，马尔苏斯在这里对他以礼相迎，让他带着两个营的正规军、一个攻城机和六个营的叙利亚希腊辅军去了亚美尼亚。他到那里的时候是三月，帕提亚总督出兵反击，却被他打败了，但这并不意味着米特拉达俤随即便毫无争议地登上了王位。小亚美尼亚的国王科杜斯向帕提亚总督派来了援军，尽管这支远征军随后也被打败了，但还有不少要塞的帕提亚驻军不肯投降，于是罗马军队只得用攻城机一个一个地消灭他们。不过，米特拉达俤的兄弟——格鲁吉亚国王——信守了自己的诺言，从北面侵入亚美尼亚。七月时，这两支军队在阿拉斯河会了师，还拿下了亚美尼亚的三个重镇——穆法金、阿的什和艾尔泽鲁姆。

没过多久，巴尔达尼斯就在帕提亚召集了一支大军——奥斯若恩国王和阿狄亚贝尼国王都派了分遣队前来支援——然后出兵去讨伐他的兄弟戈塔尔泽斯。当时戈塔尔泽斯的宫廷在米堤亚人的厄克巴塔纳城，巴尔达尼斯领着大军，骑着单峰骆驼，两天里赶了近三百里路程，向戈塔尔泽斯发起突袭，打得他措手不及，将惊慌失措的戈塔尔泽斯赶下了王位，帕提亚帝国的所有附属王国和城市立刻便向巴尔达尼斯表示效忠。只有底格里斯河畔的塞琉西亚例外，这座城市早在七年前就已经起来造反，打那以后就一直顽固地保持独立。塞琉西亚不肯承认巴尔达尼斯的宗主权，这对我们来说可真是天大的幸事，因为巴尔达尼斯认为这关系到他的自尊，所以将塞琉西亚包围了起来，一定要先拿下这里，然后才能把注意力转向更重要的事情，可是塞琉西亚有高大的城墙，要攻破并不容易。尽管巴尔达尼斯掌握着泰西封，与塞琉西亚隔着底格里斯河遥遥相望，可这条河却不受他的控制，强大的塞琉西亚舰队仍然可以从波斯湾西岸的阿拉伯友邻部落购买补给品运进城去。这么一来，巴尔达尼斯的宝贵时间都浪费在底格里斯河了，而逃到布哈拉的戈塔尔泽斯也在那里集结起新的军队。塞琉西亚的围困从十二月一直持续到第二年四月，这时巴尔达尼斯听说戈塔尔泽斯有了新动向，便撤回围城的军队，朝东北方行进了一千里，穿过帕提亚本土，最终在巴克特里亚省遭遇了戈塔尔泽斯。巴尔达尼斯的兵力比他兄弟稍多一点，装备也略胜一筹，但这场迫在眉睫的战争究竟谁胜谁负还是个未知数。巴尔达尼斯明白，即使自己赢了，多半也会得不偿失——他承担不起这样的损兵折将。所以当戈塔尔泽斯在最后一刻主动提出跟他谈判时，他便同意了。谈判的结果是，戈塔尔泽斯正式让出王位的所有权，作为回报，巴尔达尼斯保证他的生命安全，里海南岸的庄园也归他所有，他每年还可以享有与自身地位相称的年金。与此同时，在阿狄亚贝尼国王和其他邻国君主所施加的压力之下，塞琉西亚也友好地投降了。七月中旬，身在安提俄克的马尔苏斯得知，巴尔德尼斯已经毫无争议地登上了帕提亚的王位，带领了一支大军正在向西进发。他立刻就向我报告了此事，同时还报告了另外一个令人不安的消息——希罗德假称驻扎在该撒利亚的希腊军团冒犯了他，对他造成了威胁，便以此为借口解除了他们的武装，让他们去修路以及修理城里的防御设施。更有甚者，沙漠里有大批大批的犹太志愿军在进行秘密操练，担任指挥官的就是希罗德卫队的成员。马尔苏斯写道："无论如何，不出三个月，罗马帝国在东方的命运就要见分晓了。"

在这种形势下，能做的我都做了。我向东方的各位总督发出紧急命令，让他们将所有可用的军队都动员起来。我派了一个舰船分队到埃及，以便镇压可能在亚历山大爆发的犹太人起义；又给安提俄克的马尔苏斯派去了一个舰船分队。我还调动了意大利和提洛尔所有的军队。可是，除了马尔苏斯、我自己以及我的外务文书菲利克斯——我非相信他不可，因为我的信件都是他替我写的——以外，没有人知道东方将会爆发怎样一场惊天动地的狂风暴雨。这件事自始至终也只有我们三个人知道，因为命运太过无常，所以这场暴风雨并没有爆发。

和我哥哥日尔曼尼库斯不一样，我并没有什么引人注目的天赋；我不过是个历史学家而已，而且毫无疑问的是，多数人通常都会觉得我既迟钝又无趣，但是，故事说到这个节骨眼上，我只需将事实真相记录下来，丝毫不用经过华丽辞藻的修饰，便已经能激起读者们强烈的好奇心了，就像当时的我一样好奇。先说说希罗德·阿格里帕国王是如何意气风发地从耶路撒冷到该撒利亚来参加庆祝活动的吧，这个活动是为了给我祝寿而准备的。他在心中悄悄地觉得自豪，这自豪感如此巨大，几乎要把他给噎死了。这么久以来，他一直梦想着能建立起东方帝国，如今这宏伟大厦的地基终于打好了，既壮观又牢固。他只需说出那个字，华丽雪白的高墙就会（这些都是他亲口对赛普路斯王后说的）"朝着深蓝色的天空拔地而起，水晶屋顶覆盖其上，漂亮的花园、清凉的柱廊与荷花池环绕四周，目力所及之处无不是如此令人着迷。"房子的内部全都是用绿宝石、蛋白石、蓝宝石、缠丝玛瑙和纯金打造的，在巨大的审判厅中央，钻石的王座绽放着光芒，那是弥赛亚的宝座，如今世人都知道希罗德·阿格里帕就是弥赛亚。

他已经秘密地向最高祭司和犹太最高评议会兼最高法院表明了身份，他们全体一致拜倒在地，并且赞美上帝，承认他就是预言所说的弥赛亚。现在他就可以向犹太民族乃至全世界公开自己的身份了。他的话会传遍四方："救世主说，解放之日近在眼前。让我们打破邪恶之人的束缚吧。"犹太人会团结一心发动起义，将外国人和异教徒都赶出以色列的国土。单单在希罗德统治的范围内就有二十万犹太人在学习使用武器，在埃及、叙利亚和东方还有好几千；以上帝的名义而战的犹太人——正如对马加比家族的历史记载中所描述的——简直英勇到了疯狂的地步。从来没有哪个民族比犹太人更有纪律性。武器和盔甲也绝不匮乏：希罗德在安提帕斯的宝库中找到了七万套盔甲，他又加了二十万套，这还不包括他从希腊人那里缴获的。耶路撒冷的防御工事还没有完工，但在半年之内这座城市就会固若金汤。甚至当我下令停止这项工程以后，希罗德仍然在秘密地继续进行，他命人在圣殿下方挖出许多巨大的储藏室，又在城墙下面凿出长长的隧道通到城外一里多远的地方，如此一来，即使遭遇围城，城里的驻军也能突围，从后方向围城的军队发起进攻。

他已经和方圆几百里之内所有相邻的王国和城市结为秘密同盟来与罗马对抗，只有提尔和西顿的腓尼基人拒绝了他的友好表示。这让他很是困扰，因为腓尼基人擅长航海，而他恰恰需要他们的舰队来保卫自己的海岸线。不过，如今腓尼基人也和他联手了。提尔和西顿这两座城市派了一个联合代表团来见他的侍从布拉斯托，谦卑地对他说，如果一定要在罗马帝国或是犹太民族之间选一个作为敌人，他们便两害相权取其轻，此番前来就是为了请求他的主人国王陛下能原谅他们，并和他们友好相处。布拉斯托将希罗德提出的条件告诉他们，最终他们还是接受了。今天他们就会来正式归顺。希罗德的条件是，他们要发誓不再信仰阿施塔特和他们的其他神灵，接受割礼，发誓永远服从以色列的神灵以及他在这尘世的代表——受膏者希罗德。

藉由这种极具象征意义的行为，希罗德将要进入他统治的全盛时期！他会登上宝座，当羊角吹响的时候，他将命令士兵们从城里的市集上将立在那里的奥古斯都神像搬来放在他面前，还有立在奥古斯都像旁边的我自己的雕像（今天为了庆祝我的生日而戴着新鲜的花冠），他会对广大民众大声说道："耶和华的受膏者说了，凡是在我土地上找到的雕像，你们都给我劈成碎片、磨成粉末；因为我是个善妒之神。"接着，他会拿起大锤对着我和奥古斯都的雕像一阵猛击，砸下我们的脑袋，砍下我们的四肢。人们发出巨大的欢呼声，他就会再次喊道："耶和华的受膏者说了，哦，我的孩子们，我那仆人诺亚的长子闪的子孙们，汝等要将外来者和异教徒从这片土地上赶出去,一个也不留。去掠夺雅弗的住处吧,因为汝等的解放之日近在眼前了。"这个消息会以燎原之势传遍整个国家:"受膏者已经表明了自己的身份,将恺撒们的雕像劈得粉碎。为了上帝而欢喜吧,让我们去亵渎异教徒的庙宇、活捉我们的敌人。"亚历山大的犹太人也会听到这个消息。他们有三十多万人,将会揭竿而起占领这座城市,将我们驻扎在那里的少量军队屠杀殆尽。尼尼微的巴尔达尼斯听到消息以后就会进军安提俄克,科马基尼国王、小亚美尼亚国王以及本都国王的军队会在亚美尼亚边境与他会合。马尔苏斯那三个营的正规军和两个叙利亚希腊军团根本就不是他们的对手。不仅如此,巴尔达尼斯还曾经在耶路撒冷圣殿里当着最高祭司的面立下誓言,如果希罗德帮助他从他兄弟手里夺来王位(他如今已经做到了),他就承诺将帕提亚帝国境内能找到的所有犹太人——连同他们的家人、牲畜以及财产——全都送回以色列,并且发誓会永远与犹太人友好相处,以此来公开感谢希罗德给予他的恩惠。散布在各处的以色列羔羊终会回到自己的羊栏之中。他们人数众多,宛如海滩上的沙子一般。他们会把外来者和异教徒赶出城市,继而将这些城市占领;他们会团结起来,成为一个神圣的民族,就像在摩西的时代那样,但是统治他们的人却比摩西更加伟大、比所罗门更加荣耀,他就是希罗德——耶和华所爱的受膏者。

以为我祝寿为借口举办的欢庆活动将会在该撒利亚的竞技场里举行;演出用的野兽、剑斗士和赛车都已准备就绪,但希罗德根本就不是真的打算举行演出。观众席上既有叙利亚希腊人,也有犹太人。他们在竞技场里各自占据了一块地方。希罗德的宝座位于他自己的臣民们中间,旁边则是为贵宾们保留的座位。出席者中并没有罗马人,他们全都在安提俄克参加马尔苏斯为我举办的祝寿活动。不过,阿拉伯的大使们来了,以土利亚国王来了,提尔和西顿的代表团来了,阿狄亚贝尼国王的母亲和儿子们来了,希罗德·波利奥和家人也来了。白色帆布做成的巨大凉篷为观众们遮住了八月的烈日骄阳,但在希罗德那镶着绿松石的纯银宝座上方,凉篷却是用紫色的丝绸做成的。

观众们蜂拥而入,各自就座,等待着希罗德入场。喇叭声响起之后,他出现在南面的入口,带领着所有的随行人员庄严地走进竞技场。他所穿的皇袍由银丝织成,浑身上下绣满了磨光的银色小圆盘,在阳光底下银光四射,让看着他的人简直睁不开眼。他头戴金冠——上面的钻石闪闪发光,手拿一柄闪亮的银剑。走在他身旁的赛普路斯身穿蓝紫色的衣裳,她身后跟着他可爱的小女儿们,她们都穿着白色丝绸做成的衣服,上面绣着精巧的图案,再用紫色和金色镶了边。希罗德昂首阔步,边走边高贵地向臣民们微笑致意。他走到自己的宝座前,上去坐了下来。希罗德·波利奥国王、阿拉伯的大使们和以土利亚国王起身离座,来到宝座的台阶下向他致敬。他们用希伯来语说道:"哦,国王,万岁!"可是提尔人和西顿人认为这还不够,他们觉得必须做点什么来弥补自己过去对他的不敬,于是便趴倒在他面前。

提尔代表的首领用最最恭顺的语气恳求道:"伟大的国王,请对我们发发慈悲吧,我们当初忘恩负义,如今却追悔莫及。"

西顿代表的首领也说道:"从前我们只是将您作为凡人来敬重,但是现在我们必须承认,您并不是凡夫俗子。"

希罗德答道:"我宽恕你了,西顿。"

提尔人惊呼道:"这不是凡人的声音,而是上帝的声音。"

希罗德答道:"提尔,我宽恕你了。"

他举起手准备示意吹响号角,可是突然间又将手放了下来。有一只鸟从门外飞了进来——正是刚才他自己入场的那个门,在竞技场里飞来飞去。人们看到了这只鸟,惊讶地喊道:"瞧啊,一只猫头鹰!一只被阳光照瞎了眼的猫头鹰。"

这只猫头鹰落到希罗德左肩上方的凉篷拉索上,他便转过身来仰起头盯着它看。直到此刻,他才想起自己十三年前在亚历山大立下的誓言。当时,他在首席行政官亚历山大、赛普路斯和孩子们的面前发誓说会尊敬永生的上帝,只要在他能力范围之内,他就会遵守上帝的法典。他还想起了当初硬起心肠给自己下的诅咒,如果他故意亵渎上帝,诅咒就会降临。耶和华借摩西之口说出的第一条也是最重要的一条训诫就是:"除了我以外,你不可有别的神。"可是刚才提尔人称希罗德为上帝的时候,他有没有撕开衣服、将脸伏在地上以避开上天那妒火中烧的怒气?没有,他对那亵渎者微笑着说道:"提尔,我宽恕你了。"然后站在他周围的人们就喊了起来:"是上帝,不是凡人。"那只猫头鹰俯视着他的脸庞。希罗德的脸一下子白了。这猫头鹰叫了五声,随后拍拍翅膀从一层层的座位上空飞过,消失在远处。

希罗德对赛普路斯说道:"这就是当年米塞努姆监狱院子里的那只猫头鹰——就是它。"接着,一声骇人的呻吟忽然从他嘴里脱口而出,他虚弱地对接替赛拉斯担任骑兵统帅的希耳克雅喊道:"把我抬出去。我病了。让我兄弟卡尔基斯国王来代替我继续主持比赛。"

赛普路斯紧紧地抱住了希罗德:"希罗德,我的国王,我的爱人,你为什么呻吟?你哪里不舒服?"

希罗德用可怕的低语声答道:"蛆虫已经在我身上了。"

人家把他抬了出去。号角从来不曾吹响。雕像也没有搬进来毁掉。驻扎在剧场外头的犹太士兵准备一听到希罗德的暗号就开始对希腊人大开杀戒,可他们仍然在原地待命。这场比赛还没开始就已经结束。犹太民众们痛哭流涕,大放悲声,撕扯着自己的衣服,将尘土撒在自己头上。谣言已经传遍四方,希罗德即将死去了。虽然痛不欲生,但他还是将他的弟弟希罗德、希耳克雅、索马斯图斯以及最高祭司的儿子叫到寝宫里他的床前,对他们说道:"我的朋友们,如今一切都完了。我活不过五天的。这一点上,我比我的祖父希罗德要幸运,他被这病痛折磨了一年半才死去。我已经很知足了,这一生很美满。全都是我自己不好,这样的事情才会降临到我的头上。前六天以色列的长老们还将我当成救世主,向我行礼,可是到了第七天,我却愚蠢地任人亵渎上帝的名字而不加以斥责。我曾有心替上帝开疆辟土,让他的王国一统天下,并且洗清这个国家的罪恶,将迷失的部族都带回这里,用尽我这一生来敬奉上帝;可是就因为这一桩罪过,上帝抛弃了我,当年我的祖先大卫对赫人乌利亚犯下了罪过,上帝也同样抛弃了他。现在犹太人只能再等待一个时代,等到一位更加圣洁的救世主来完成我已不配完成之事。去告诉与我们结盟的国王们,拱门的拱心石已经落下,如今犹太民族没法再向他们提供帮助了。告诉他们，我——希罗德——就快要死了，我命令他们在我死后不得向罗马开战，因为没有了我，他们就像没了舵手的船、少了尖头的矛和已经倒塌的拱门。希耳克雅，留心别让希腊人遭到暴行。把秘密发给犹太人的武器都收回来，存放在该撒利亚腓立比的军械库里，严加看管。将希腊人的武器还给他们，让他们回去像平常一样执勤。我的仆人索马斯图斯，务必替我还清所有的债务。我的弟弟希罗德，千万别让我的爱妻赛普路斯和女儿德鲁西拉以及玛丽安妮受到伤害，还有，最重要的是别让犹太人民做傻事。以我的名义向亚历山大的犹太人致意，请他们原谅我给了他们如此高的期望，却又令他们彻底失望。现在去吧，愿上帝与你同在。我再也说不出话了。"

犹太人穿上了丧服，尽管天气热得可怕，却仍然有数以万计的犹太人拜倒在宫殿周围的地上。阿格里帕躺在楼上房间的床上，从窗户里看见他们，眼里流下泪来。"可怜的犹太人，"他说道，"你们已经等待了一千年，如今却得再等一千年，也许是两千年，才能等来荣耀之日的黎明。这次的破晓只是个假象。我欺骗了自己，也欺骗了你们。"他叫人拿来纸笔，趁着还有握笔的力气，给我写了一封信。这封信就摆在我面前，跟他写给我的其他信件放在一起，比较信上的笔迹真叫人难过——其他信件的字迹大胆果断，一行接着一行，非常匀称，就像一级一级的楼梯，可这封信却字迹潦草，歪七扭八，他痛苦写下的每一个字都参差不齐、断断续续，好像是受过拉肢之刑或是被九尾鞭责打过的犯人所写下的供词。信很短：

我的最后一封信：我就要死了。我的身体里满是蛆虫。原谅你的老朋友土匪吧，他深深地爱着你，却密谋着要将东方从你手中夺走。我为什么要这么做？因为雅弗和闪可以像兄弟般相处，却不能让对方来管自己的家。从罗得岛到不列颠，这一片西方的领土仍然属于你。你可以使罗马再也没有东方的神灵和习俗，到了那时——也只有到那时——你如此珍视的古老的自由才会回到你身边。但我却失败了。我玩的游戏太过危险。小猕猴，你是个傻瓜，可我却妒忌你的傻；你虽然傻，但并不糊涂。如今，我用最后一口气请求你，不要报复我的家人。我儿子阿格里帕是无辜的，他对我的野心毫不知情，我的女儿们也不知道。赛普路斯已经尽了一切的力量来劝阻我。对你而言，现在最好的办法就是装作一无所知，一如既往地将你所有的东方盟友都看作忠实的伙伴。没有了希罗德，他们是什么？是蝰蛇，但是毒牙却已经被拔掉了。他们信任我，但并不信任帕提亚人。至于我的领土，你就让它们重新成为罗马的行省吧，就像提贝里乌斯在位时一样。不要把它们还给我的叔叔安提帕斯，那样会损了我的荣光。也不要任命我儿子阿格里帕来继承我的王位，那样很危险，不过看在我的分上，想方设法给他些荣耀吧。不要把我的领土归给叙利亚管辖，马尔苏斯是我的敌人。就由你自己来统治，小猕猴。让菲利克斯担任总督，他是个无名之辈，做起事来既不会高明也不会愚蠢。我只能写这么多了。我的手指写不了了。我深受折磨。可是请别为我流泪。我这一生光荣显赫，毫不后悔，只除了我做的唯一一桩蠢事——我低估了以色列那位永生之神的骄傲、力量与嫉妒，我在他面前表现得就像个希腊加大拉人，愚蠢地进行着理性思考。现在我最后一次跟你道别了，提贝里乌斯·克劳狄乌斯，我的朋友，我对你的爱比你料想的更加真挚。永别了，小猕猴，我的同学，不要相信任何人，因为你身边没有人值得信任。

你即将死去的朋友希罗德·阿格里帕，绰号

土匪

希罗德临死前，又将希耳克雅、索马斯图斯和他弟弟希罗德·波利奥叫到身边，对他们说道："我还有最后一件事要你们去办。到监狱里去找赛拉斯，告诉他我就要死了，说希罗德病降临到我身上了。让他回想起我在亚历山大的首席行政官亚历山大家里轻率立下的那个誓言。告诉他你们看见我怎样痛得直打滚。如果我冤枉了他，请他原谅我。对他说，他可以来看我，再一次成为我的朋友，紧紧握住我的手。然后，根据他的回答,你们觉得怎么合适就怎么处置他吧。"

他们来到监狱里,在赛拉斯的牢房里找到了他,他的膝上放着自己的书写板。一看见他们,他立刻就将书写板面朝下扔到了地上。索马斯图斯说道:"赛拉斯,如果那块板上写满了你对国王和主人希罗德·阿格里帕的责备之言,那你把它扔掉就对了。如果你听我们说了国王如今的境况,一定会流泪的。你会希望自己从没说过一个字来指责他,也不曾用你那无礼的言语让他在公众面前丢脸。他非常痛苦,就要死了。他得的是希罗德病,当初在亚历山大他一时鲁莽,诅咒自己要是冒犯了上帝的天威,就会得这种病。"

"我知道,"赛拉斯说道,"他发誓时我也在场,而且后来我警告他……"

"安静,国王的口谕还没有说完。国王说:'对赛拉斯说,你们看见我怎样痛得直打滚。如果我冤枉了他,请他原谅我。如今他尽可以从牢房里出来,跟你们一起进宫。在我临死前,我会很高兴再一次像朋友一样紧紧握住他的手。'"

赛拉斯沉着脸说道:"你们是犹太人,而我却只是个被人瞧不起的撒玛利亚人,所以我想,你们大驾光临,我就应该深感荣幸了。但是我要告诉你们,我们撒玛利亚人是什么样的:我们最看重的是有话直说和以诚待人,至于我们的犹太邻居愿意怎么看我们,不管是好还是坏,我们都不在乎。希罗德国王从前是我的朋友,也是我的主人,如果他如今在受折磨,那就只能怪他自己当初不听我的忠告了——"

希耳克雅转过头对希罗德·波利奥国王问道:"还让他活吗?"

赛拉斯平静地继续说道:"我算是三次救过他的性命,可是这一次我救不了他了。他的命运掌握在上帝手里。说到朋友,这算哪门子的朋友?"

希耳克雅从站在门口看守的士兵手里夺过一支标枪,刺穿了赛拉斯的腹部。他却并没有打算躲开这一枪。

赛拉斯疼了五天五夜才死去,就在同一刻,希罗德·阿格里帕国王也在赛普路斯的怀里咽了气,犹太民族悲痛莫名、惊恐万分。

到了这会儿,事情的前前后后已经众所周知了。希罗德的诅咒似乎也同样落到了全体犹太人的头上：他们完全泄了气。希腊人则无比得意。希耳克雅按照希罗德的命令，将武器还给了叙利亚希腊军团，他们便做出了最最可耻和令人作呕的暴行。他们打到宫里，抓住了赛普路斯和她的女儿们，打算领着她们在该撒利亚游街，让她们成为人们的笑柄。赛普路斯从一个士兵手里抢过剑来自尽了，可她的女儿们却被迫穿上自己那绣花的衣裳，陪着劫持她们的人，甚至还得跟着他们一起唱圣歌，感谢上帝让她们的父亲死去。游行结束以后，她们被带去了军团的妓院，在那儿的屋顶上，她们受到了下流至极的凌辱与猥亵。不仅仅在该撒利亚，就连在撒玛利亚的希腊城市里，广场上也大摆筵席，谁都可以参加。希腊人头上戴着花冠，抹着香喷喷的油膏，尽情吃喝，互相敬酒，还把酒倒在地上敬给冥界的摆渡人。犹太人一句反对的话都没有说，一点反抗也没有做。"那是上帝诅咒的人，要是救助了她们，难道不会违反法典吗？"因为犹太人认为，被诅咒者的子女也会继承上帝的诅咒。所以，这些公主受到如此虐待的时候，一个才十岁，另一个才六岁。

二十四

　　从希罗德去世到今天已经整整十年了，我这就来把自那以后东方发生的事情尽可能简略地说一下；尽管我的读者们现今对东方没什么兴趣，但我还是觉得自己一定要尽职尽责，不能让这个故事留下尾巴。马尔苏斯一接到希罗德的死讯，便赶到该撒利亚，恢复了当地和撒玛利亚的秩序。他任命一位代理总督来管辖希罗德的领地，这位总督就是法杜斯，他是一位罗马骑士，却跟巴勒斯坦有很多贸易往来，而且还娶了一位犹太女人为妻。我批准了这项任命，法杜斯做起事来当断则断。犹太人并没有把发放给他们的武器全部还给希耳克雅，基利阿德的犹太人就把武器留下了，用来对抗东面的邻居——拉巴斯阿蒙的阿拉伯人。朱迪亚和加利利的大量军队也没有归还武器。还有人结成了强盗团伙，给国家造成很大祸害。不过，法杜斯在希耳克雅和希罗德·波利奥国王的帮助下——他们正迫不及待要表明自己的忠心——逮捕了领头的基利阿德人，将追随他们的人解除了武装，然后对强盗团伙一个一个地穷追到底。

　　本都、科马基尼、小亚美尼亚以及以土利亚这些盟国的君主听从了希罗德派弟弟前来传达的忠告，继续效忠罗马，借故请巴尔达尼斯原谅他们没有将军队带到亚美尼亚的边境来跟他会和。但巴尔达尼斯却仍然继续向西推进,他下定决心要收复亚美尼亚。马尔苏斯从安提俄克派人严厉警告他说,对亚美尼亚开战,就意味着向罗马开战。随后,阿狄亚贝尼国王对巴尔达尼斯说,他也不会参加远征,因为他的孩子们在耶路撒冷,会被罗马人抓住当成人质的。巴尔达尼斯于是向他宣战,正要入侵他的领土,却听到消息说戈塔尔泽斯又集结了一支军队,再度自称是帕提亚帝国的国王。巴尔达尼斯又折回头去,这一回两兄弟在里海南岸附近的查林达河畔恶战了一场。戈塔尔泽斯战败,逃到东面四百里开外的达西亚人地界。巴尔达尼斯穷追不舍,可是在打败达西亚人之后,他就没法说服自己这支胜利之师再前进一步了,因为那已经不再是帕提亚帝国的领土。第二年他班师回朝,正打算入侵阿狄亚贝尼,却被自己国内的贵族刺杀了;他们在他外出打猎时设下圈套,引得他中了埋伏。他这人天赋很高,而且精力异常充沛,如今就这么死了,让我也松了一口气。

　　与此同时,马尔苏斯的任期也满了,我很高兴他能回到罗马来给我当顾问。我派去接替他的是卡西乌斯·隆基努斯,他是一位著名的法学家,我遇到法律难题的时候,常常会去请教他,他有个兄弟曾经是我侄女德鲁西拉的丈夫。当巴尔达尼斯身亡的消息传到罗马的时候,马尔苏斯并不吃惊,似乎他也在其中插了一手。他建议我将帕提亚一位前任国王的儿子美赫尔达特斯派去帕提亚称王,他已经在罗马当了很多年人质了。马尔苏斯说他可以保证,杀死巴尔达尼斯的贵族们会支持美赫尔达特斯。可是,戈塔尔泽斯带着达西亚军队卷土重来,刺杀巴尔达尼斯的人被迫宣誓向他效忠,这样一来,美赫尔达特斯就只能留在罗马,等我们再找到一个好时机送他东去。马尔苏斯觉得这样的机会很快就会到来,戈塔尔泽斯冷酷无情、反复无常,而且胆小如鼠,贵族们要不了多久就不会再忠于他了。马尔苏斯是对的。两年后,帕提亚帝国的各位要人们派来了一班秘密使节,阿狄亚贝尼国王也在其中,请求我把美赫尔达特斯送去他们那里。我同意了,还为美赫尔达特斯说了不少好话。当着大使们的面,我训诫他不要施行暴政,而要把自己当作一位执政官,将百姓视为同胞;帕提亚还从来没有过行事公正仁慈的国王。我派人将他送到安提俄克，卡西乌斯·隆基努斯将他一直护送到幼发拉底河边，叮嘱他要立即赶去帕提亚，因为如果他动作够快、够有胆量的话，王位就是他的。可是，奥斯若恩国王表面上假装是他的盟友，背地里却支持戈塔尔泽斯，所以故意用美味佳肴将美赫尔达特斯留在他的宫廷里，又让他去打猎，以此来拖延时间，并且还建议他从亚美尼亚绕行，不要冒险直接穿过美索不达米亚。美赫尔达特斯听信了他的坏主意，结果在带领军队穿越冰天雪地的亚美尼亚高地时耽误了好几个月，让戈塔尔泽斯有了时间来做好准备。离开亚美尼亚以后，他沿着底格里斯河下行，占领了尼尼微和其他几个重要的城镇。阿狄亚贝尼国王到边境来迎接他，可是很快就断定他成不了大器，决定一有机会就弃他的事业于不顾。戈塔尔泽斯和美赫尔达特斯的军队交战以后，奥斯若恩国王和阿狄亚贝尼国王就突然抛弃了美赫尔达特斯，可他英勇作战，差点就打赢了，因为戈塔尔泽斯是个懦弱至极的指挥官，他的将军们不得不用铁链把他锁在树上，要不然他就逃跑了。最后，美赫尔达特斯还是被俘了，勇敢的戈塔尔泽斯割下他的耳朵，将他作为笑柄送回卡西乌斯那里。这之后没过多久，戈塔尔泽斯就死了。至于帕提亚再往后发生的事情，就连我都没什么兴趣，读者们肯定就更不用提了。

  米特拉达悌当了好些年亚美尼亚国王，末了却被他的侄儿——他兄弟格鲁吉亚国王的儿子——给杀死了。这事说来也稀奇。格鲁吉亚国王已经统治了四十年，他的长子等他去世以后继承王位都等腻了。国王了解儿子的性格，担心自己会性命不保，于是建议他去争夺亚美尼亚的王位，亚美尼亚比格鲁吉亚领土更大，也更加富裕。他的儿子同意了。然后国王假装与儿子起了争执，这做儿子的便逃到亚美尼亚去请求米特拉达悌的保护。米特拉达悌不仅好心地收留他，还将女儿嫁给了他，可他一转眼就忙着密谋来害自己的恩人。他回到格鲁吉亚，自称跟父亲和解了，接着他父亲就找碴儿跟米特拉达悌吵起架来，并且让儿子领军入侵亚美尼亚。给米特拉达悌当政治顾问的罗马上校建议他和女婿举行一次会谈，米特拉达悌也同意出席了；可正当他们就要歃血为盟之际，背信弃义的格鲁吉亚军队却突然抓住米特拉达悌，用毯子闷死了他。叙利亚总督听说了这桩恶行,便召集参谋们开会,决定是否要替米特拉达梯报仇,向谋杀他的人——这人如今已经取代他坐上了亚美尼亚的王位——兴师问罪;可是大家似乎普遍认为,我们边疆的东方国王们越是不忠不义、残忍血腥,对我们就越有利——我们的邻居相互猜疑了,罗马帝国也就安全了——所以什么都不必做。不过,叙利亚总督为了表示自己并不赞同这种谋杀行为,向格鲁吉亚国王发了一封正式信函,命令他即刻撤回军队、召回儿子。帕提亚人听说了这事,觉得这是个夺回亚美尼亚的好机会,于是便入侵亚美尼亚,新国王落荒而逃,可是接下来他们也被迫放弃了远征,因为这一年的冬季严寒无比,他们的人冻死的冻死、病死的病死,损失惨重,然后逃走的国王又回来了——不过这事干吗还要往下说呢?东方的事全都是一个样,毫无意义地打个不停,你打过来我打过去,只有在极少数情况下,才会出现一位领袖,给这种动荡的局势带来意义、指明方向,可这样的情况太过罕见,几乎就没有过。希罗德·阿格里帕就是这样一位领袖,但他还没能将自己的才干完全展示给世人就英年早逝。

不过,一个名叫丢大的基利阿德巫士却重新燃起了犹太人对弥赛亚的指望,在法杜斯当政期间,他集结了一大批追随者,并且叫他们跟着他去约旦河,因为他会像先知以利沙那样将河水分开,领着他们足不湿履地走过河去夺取耶路撒冷。法杜斯派了一支骑兵部队渡过约旦河,向狂热的民众发起袭击,逮捕了丢大,还砍掉了他的脑袋。(继他之后,再也没有人自称为救世主,但是,希罗德在信里对我说过的那个教派,也就是约瑟夫之子约书亚——或者叫耶稣——的追随者们,最近似乎取得了极大的进展,甚至在罗马也是如此。有人到我面前来告状说奥鲁斯·普劳提乌斯的妻子有一回曾经参加过他们的友好聚餐;可是奥鲁斯身在不列颠,为了他着想,我把这事隐瞒了下来。)巴勒斯坦遇到粮食歉收,法杜斯的任务非常艰巨:他发现希罗德的国库几乎空空如也(像他那样花钱,这也难怪),所以他也没法去从埃及买粮食回来救灾。不过,他在犹太人中组织了一个救济委员会,这才筹到钱度过了这个冬天。可是第二年粮食又歉收了,这回多亏阿狄亚贝尼的王太后将自己所有的财产都拿出来从埃及买了粮食，要不然犹太人就要死个成千上万了。犹太人将这两次饥荒看作上帝为了希罗德的罪行对整个犹太民族进行的报复。可第二次粮食歉收其实并不怪天气，而要怪犹太农民自己；他们意志消沉，所以没有将法杜斯继任者（首席行政官亚历山大的儿子，就是放弃犹太教信仰的那个）发给他们的粮食种子播种到地里，而是将种子吃掉了，甚至任由其在袋子里发芽。犹太人真是一个非同一般的民族。

下一任的犹太总督是古马努，他在任期间发生了好几次大规模的骚乱。我觉得古马努恐怕并不是适合的人选，而且他刚一上任就遇到了一场灾难。在犹太人那伟大的逾越节上，他按照罗马的先例，派了一个营的正规军驻扎在圣殿的回廊里维持秩序，其中有一名对犹太人心怀怨恨的士兵脱下了自己的裤子，在节日进行到最神圣的部分时，他对着朝拜者们嘲弄地露出私处，大声喊道："看啊，犹太人，看这边啊！这里可好看了。"犹太人骚动起来，控诉古马努说是他命令这名士兵做出这种愚蠢至极的暴露行为来进行挑衅的。他自然非常恼火，大喊着要人群安静下来，继续规规矩矩地过节，可他们却越发咄咄逼人。在古马努看来，这种情况下一个营的兵力已经不够了。为了威慑人群，他召来了所有的驻军；我觉得这是一个严重的判断失误。耶路撒冷的街道非常狭窄，而且曲曲折折，被大量犹太人挤得满满的，他们都是像往常一样从世界各地到这里来庆祝节日的。有人喊道："士兵来了。快逃命啊！"于是每个人都开始逃命了。要是有人绊倒，就会被其他人踩在脚下；在街道的拐角处，逃命者的两股人流撞到了一起，后面的推力太大，结果撞死了数千人。士兵们甚至未动兵刃，就有至少两万名犹太人在恐慌中丧生。这场灾难死伤惨重，节日的最后一天都没法庆祝了。人群四散回家时，一伙加利利人刚好在路上遇到了我的一位管家，他是埃及人，这次是从亚历山大到阿克去替我收人家还给我的欠款，同时也顺带着处理一些私事，却被加利利人抢走了一小箱非常贵重的宝石。古马努知道这事以后，对离打劫现场最近的几个村庄实施了报复行动（位于撒玛利亚和朱迪亚的交界处），可他却忽视了事实真相；从口音来看，那些劫匪分明是加利利人，而且只是路过此地而已。他派了一队士兵去洗劫这些村庄，并且将村里头面人物都抓回来。士兵们照做了，其中一个人在村民家里掠夺财物时偶然间发现了一份《摩西律法》。他将这律法举过头顶挥舞着，然后模仿这神圣的著作念起污言秽语来。犹太人看到这亵渎的行为，惊恐地尖叫起来，冲过去要将那张羊皮纸从他那里抢回来。可他却大笑着逃跑了，边跑边将这张纸撕成碎片撒在身后。民众们群情激愤，古马努听说这事以后，只得处死了这名士兵，以此来警告他的战友们，同时也是向犹太人示好。

过了一两个月，加利利人到耶路撒冷来庆祝另一个节日，可是因为之前那次麻烦，有个撒玛利亚村庄的居民不让他们过去。加利利人就偏要过去，随后他们打了起来，有几位加利利人被杀了。幸存下来的人到古马努那里去要求赔偿，古马努却什么也没有给他们，反而告诉他们说撒玛利亚人完全有权不让他们通过村庄，他们当时为什么不从田野里绕过去呢？愚蠢的加利利人于是去找一个著名的强盗来帮忙，在他的帮助下，加利利人洗劫了撒玛利亚人的村庄，为自己报了仇。可古马努却将撒玛利亚人武装起来，又派了四个营的撒玛利亚驻军，对这些来打劫的加利利人发起一连串的攻击，杀了他们不少人，又抓了好些人。后来，撒玛利亚人派了一个代表团来向叙利亚总督要求赔偿，控诉说另外一伙加利利人放火烧了他们的村庄。叙利亚总督便来到撒玛利亚，决定把这事给彻底解决了。他将抓来的加利利人全都钉死在十字架上，然后仔细地调查了这些骚乱的原委，这才发现那些加利利人是有权通过撒玛利亚的，而古马努本来应该惩罚那些挑起乱子的撒玛利亚人，可他却反而站在了他们那一边，他因为加利利人犯下的抢劫罪而对朱迪亚和撒玛利亚村庄采取的报复行为也毫无道理可言；另外，破坏和平的罪魁祸首是那名士兵在逾越节时有伤风化的暴露行为，可他那个营的上校却纵容了他，还大声笑着说，如果犹太人不喜欢看这个，那就不必看。在认真审查证据之后，叙利亚总督还发现，撒玛利亚人的村庄其实是他们自己放火烧的，他们要求的赔偿比损失的财产价值多出了很多倍。在起火之前，他们把所有值钱的东西都小心地从房子里搬了出来。于是他将古马努、那名上校、原告的撒玛利亚人和一些做证的犹太人送到罗马来见我，我审问了他们。虽然证据有些互相矛盾，但我最终还是得出了和叙利亚总督一样的结论。我将古马努流放到黑海，将原告的撒玛利亚人以欺骗和纵火罪处死，又将那位哈哈大笑的上校送回耶路撒冷，让他在城里游街示众，受人诅咒，然后在他犯罪的现场处死了他——我认为他那样就是犯罪，身为一名军官，他的职责是在宗教节日时维持秩序，可他却故意惹怒了民众，结果让两万人无辜惨死。

古马努被流放以后，我想起希罗德的建议来，便派了菲利克斯去当总督，从那时到现在已经有三年了，他却仍然举步维艰，因为这个国家动荡不安、强盗横行。他娶了希罗德最小的女儿；她以前嫁的是霍姆斯国王，不过却离开了他。希罗德的另外一个女儿则嫁给了希耳克雅的儿子。希罗德·波利奥已经死了，小阿格里帕在叔叔死后当了四年卡尔基斯国王，如今我让他做了巴珊国王。

亚历山大三年前也爆发过骚乱，还死了不少人。我在罗马调查了这个案子，发现又是希腊人打断了犹太人的宗教仪式，所以激怒了他们，便对希腊人进行了相应的惩罚。

东方的事就说到这里吧，罗马帝国其他地方发生的事情恐怕也要到此告一段落了，这样我才能集中笔墨讲述最主要的事情，这些都发生在罗马。

就在帕提亚人请求罗马给他们派一个国王的时候，曾经由赫尔曼统治的伟大日耳曼联邦——切鲁西人——也做出了同样的请求。赫尔曼企图以专制的方式来统治一个自由的民族，因而被他自己的家族成员给刺杀了，为首的两人——他的侄儿——从此也结下世仇，这导致了一场旷日持久的内战，切鲁西王族的人最后几乎要死绝了，只除了一人之外，他就是伊塔利库斯，他的父亲是弗拉维乌斯，跟赫尔曼是兄弟。当年，赫尔曼叛变，伏击并屠杀了瓦鲁斯的三个军团，可弗拉维乌斯却一直忠于罗马，数年以后，他在我哥哥日耳曼尼库斯麾下效力时，被赫尔曼在战斗中杀害。伊塔利库斯就出生在罗马，和他的父亲一样，他也是贵族骑士团的成员。他是个相貌英俊、天资聪颖的年轻人，受过良好的罗马式教育，不过我早就预料到有一天他可能会成为切鲁西的国王，所以坚持要他既学习使用罗马武器,也学习使用日耳曼兵器,还严格监督他学习母语和本国的法律;我的保镖们就是他的私人教师。他们也教他喝啤酒,如果一位日耳曼王子没法跟领主们大杯大杯地喝啤酒,那人家就会觉得他是个懦夫。

切鲁西人派了一个代表团到罗马来,请求让伊塔利库斯去当他们的新国王。他们到达罗马的那天下午,在剧院里引起了不小的骚动。这些人当中谁也没有来过罗马。他们到皇宫找我,人家告诉他们我在剧院,他们便又跟到了剧院。那天演的是普劳图斯的喜剧《野蛮人》,大家都在聚精会神地看戏。引座员将他们带到公共的座位上,这些并不是好位子,高高在上,几乎要听不见舞台上的声音。他们一落座就东张西望,大声问道:"这些是尊贵的座位吗?"

引座员小声对他们说是的。

"那么恺撒坐在哪里?他的大领主们又坐在哪里?"他们问道。

引座员指了指下面的贵宾席。"恺撒在那里。他坐在下面只是因为他有一点耳聋。你们的座位才是最尊贵的。越高就越尊贵,你们知道的。"

"那些皮肤黝黑、帽子上镶着宝石、坐得离恺撒很近的人是谁?"

"那是帕提亚的使节。"

"帕提亚是什么?"

"是东方的一个伟大帝国。"

"那他们干吗坐在底下?难道他们不是贵客吗?还是因为他们皮肤黑?"

"哦,不,他们非常尊贵,"引座员说道,"请不要说话这么大声。"

"那他们干吗坐在那么低贱的座位上?"日耳曼人不依不饶。

("嘘,嘘!""安静点,野蛮人,我们听不见了!"人群发出了一致抗议。)

"出于对恺撒的敬意,"引座员撒谎道,"他们发誓说,如果恺撒因为耳聋而被迫坐在这么低贱的座位上,那么他们也绝不敢比他坐得更高。"

"难道你以为我们还不如那帮讨厌的黑人懂礼貌吗?"日耳曼人愤怒地嚷嚷着。"走吧,弟兄们,咱们下去!"他们强行穿过拥挤的座位走了下去，最终胜利地在护火贞女们当中坐了下来，连戏剧都被耽搁了五分钟才又继续演。好吧，他们并无恶意，我按照应有的礼节向他们问候致意，并且在当天晚餐时同意将他们想要的国王派给他们，我当然是很乐意能够这么做的。

在送伊塔利库斯渡过莱茵河以前，我对他说了一番临别赠言，不过却跟我送美赫尔达特斯渡过幼发拉底河之前的那一番话大相径庭；因为帕提亚人跟切鲁西人是最截然不同的两个民族，我想你就是找遍世界也找不到比他俩差别更大的了。我对伊塔利库斯是这么说的："伊塔利库斯，记住你要去统治的是一个自由的民族。你是在罗马受的教育，已经习惯了罗马人的纪律性。注意别像罗马的法官或是将军要求下属那样要求你的部落同胞，对日耳曼人只能说服，不能强迫。如果是一位罗马司令官对军队里的下属说'上校，带多少人到某某地方去，建一座多长、多厚、多高的土垒'，他会回答说'好的，将军'，然后便毫无异议地走了，二十四小时之内土垒就会建好。但是你不能像这样跟切鲁西人说话。他会想要弄清楚你到底为什么要建那座土垒，是为了抵御谁而建，派另外一个不太重要的人去做这件并不荣耀的事情岂不是更好——土垒是懦弱的象征，他会跟你争辩——要是他心甘情愿地同意执行你的提议，你会赐予他什么礼物？我的朋友伊塔利库斯，统治你的同胞是需要技巧的，那就是永远不要直截了当地对他们下命令，但是要将你的心愿表达清楚，将之伪装成你对国策的建议。让你的领主们认为他们是在给你帮忙，是心甘情愿地帮你达成这些心愿，因此他们会觉得自己很荣幸。如果有什么事情做起来让人很不愉快或是吃力不讨好，就让有幸承担这个任务的两位领主互相竞争；用金镯子和武器来进行奖励他们为你效的力，即使这些在罗马只是日常的本分。尤其要有耐心，永远不要动怒。"

他满怀希望地走了，就像美赫尔达特斯走的时候一样，多数领主都很欢迎他的到来，因为这些人知道那空缺的王位是轮不到他们自己来继承的，可是又嫉妒本国土生土长的那些自称为王的人。伊塔利库斯并不了解切鲁西内政的详细情形，所以他们希望他能够通情达理、公正无私。但是，有少数人觉得王位应该是自己的，于是这些人暂时搁置了分歧，联合起来反对伊塔利库斯。他们指望着伊塔利库斯很快就会因为无知而管理得一塌糊涂，可他却统治得非常好，让他们很是失望。因而他们就暗地里四处去煽动同盟部落的首领们对他不满，说他是罗马来的闯入者。"日耳曼那古老的自由已经远去了，"他们痛惜地说，"罗马的权力胜利了。难道就没有土生土长的切鲁西人能够登上王位吗，却要让那个奸细、叛徒弗拉维乌斯的儿子来篡夺了去？"他们利用这种号召力，集结了一支爱国大军。可是，伊塔利库斯的支持者们却宣称他并没有篡夺王位，而是部落里的多数人同意将王位授予他的；而且他是王族仅剩的唯一一位王子，尽管生在意大利，却很勤勉地学习了日耳曼的语言、风俗和兵器用法，而且治国公正无私；他的父亲弗拉维乌斯也根本不是叛徒，恰恰相反，他发誓与罗马友好相处，这是全族人都认可的誓约，其中也包括他的兄弟赫尔曼，可他跟赫尔曼的不同之处就在于，他并没有违背自己的誓言。至于日耳曼的古老自由，那纯粹是虚伪之言，说着这话的人根本没把重新掀起内战来毁灭这个民族当一回事。

在伊塔利库斯和对手的大战中，伊塔利库斯大获全胜，可是这胜利太过圆满，他很快就忘了我的忠告，变得不再有耐心来迁就日耳曼人的独立与虚荣，开始对领主们呼来喝去。他们立刻就把他赶下了王位。后来，在邻近部落的武装援助下，他重新登上了王位，可是随后又被罢黜了。我并没有打算插手干预，在西方和在东方是一样的，罗马帝国的安全主要就在于我们的邻居内部意见不合。就在我写书的时候，伊塔利库斯再一次掌了权，尽管他刚刚才成功地打败了卡蒂人，却还是有很多人对他深恶痛绝。

大约在这个时候，更偏北的地方有了麻烦。下莱茵省的总督突然死了，于是敌人又开始了渡河突袭。他们的首领很有本事，跟提贝里乌斯时期给我们惹了很多麻烦的努米底亚人塔克法瑞纳斯是同一类人。和塔克法瑞纳斯一样，他也是我们一个辅助军团里的逃兵，学会了很多战术上的知识。他叫作甘纳斯库斯，是弗里斯兰人，进行作战行动的范围非常广泛。他从我们手里抢走了许多轻型的河运船只，然后到佛兰德斯和布拉班特的沿海当起海盗来。我任命的新总督名叫科尔布罗，从个人的角度，我不是很喜欢他，但是幸好他的才能可以为我所用。提贝里乌斯曾经任命科尔布罗当过公路专员，他上任不久便提交了一份措辞严厉的报告，指出承包商有欺诈行为，而地方长官的职责本来是保证公路一直处于良好的状态，可他们却玩忽职守。提贝里乌斯按照这份报告对受到指控的人课以重金罚款，数额大得远远超过他们的过失；因为任由这些公路年久失修的是以前的长官们，而报告中所说的承包商只是受雇来修补破损最严重的地方而已。提贝里乌斯死后，卡里古拉继位，他觉得钱不够花，要了不少花招和手段来捞钱，他将科尔布罗的报告找出来，把从前被提贝里乌斯罚过的地方长官和承包商全都又罚了一次；收罚款的任务他就交给了科尔布罗。我接替卡里古拉登基以后，将这些罚款都还了回去，只留下了修路所需的钱——大约是总数的五分之一。卡里古拉当然没有拿这钱修过路，提贝里乌斯也没有，所以路况比从前更差了。我确确实实地修好了路，又推行了特殊的交通法规，限制重型私家马车在乡村道路上通行。这些马车造成的危害远甚于那些运送商品到罗马的乡下货车，我觉得有钱人四处闲逛的奢侈与乐趣不该由地方来埋单。如果富有的罗马骑士想下乡去看看庄园，就让他们坐轿子吧，要不然就骑马。

继续来说科尔布罗的事。我知道他这人非常严厉，而且一丝不苟，下莱茵省的驻军正需要这样一位要求严格的人来重整军纪；去世的那位总督太好说话了。科尔布罗到达科隆司令部时的情形让人想起了加尔巴到达美因兹的情形（加尔巴如今是我的阿非利加总督）。他发现有一名士兵在军营门口站岗时着装不当，便命人对他进行鞭打。这名士兵没有刮胡子，头发也至少有一个月没有修剪过了，他的军装披风是鲜艳的黄色，而不是规定的棕红色。这之后没过多久，科尔布罗就处死了两名士兵，罪名是"在敌人面前丢弃武器"；当时他俩正在挖战壕，就把剑留在帐篷里没有带出来。经过这么一吓，部队的效率高多了。科尔布罗向甘纳斯库斯开战时，士兵们发现他不仅能够严格执行纪律，而且还是个很有本事的将领，于是才完全听命于他。士兵们——至少老兵们——永远都愿意要一个可靠的将领，多严厉都没关系，也不愿意要一个无能的司令，哪怕他再仁慈。

科尔布罗把我们的战船装备起来,追上并击沉了甘纳斯库斯的海盗舰队,然后又上了岸,强迫弗里斯兰人送来人质,并且发誓效忠罗马。他按照罗马的模式为他们写了一部宪法,又在他们的领土上建起要塞,派了军队驻守。这些做得都非常好,可是科尔布罗却没有就此打住,而是继续推进到了不曾参与袭击的大卡乌基人土地上。他听说甘纳斯库斯躲在卡乌基人的一座神庙里,便派一队骑兵追到那里杀死了他,这冒犯了卡乌基人的神灵。这队骑兵在杀死甘纳斯库斯以后又来到埃姆斯河,在埃姆斯比伦对卡乌基部落议会提出了科尔布罗的要求——要他们立刻归顺,并且每年都缴纳一大笔贡金。

科尔布罗向我报告了他的行动,我勃然大怒;他除掉甘纳斯库斯这事做得很好,可是跟卡乌基人找碴就是另外一回事了。我们抽不出足够的兵力来打仗,要是大卡乌基人把小卡乌基人找来帮忙,弗里斯兰人也再度起兵造反,我就得上别处去找强大的援军,可是现在又找不到,因为我们的兵力都派到不列颠去了。于是我写信命令他即刻撤回莱茵河这边来。

科尔布罗在卡乌基人答复他的最后通牒之前就收到了我的命令。他对我非常生气,以为我是嫉妒那些胆敢在战绩上与我竞争的将军。他提醒他的参谋们说,盖塔征服摩洛哥时赢得那么漂亮,还抓住了萨拉布斯,却并没有获得恰当的荣耀;他又说,尽管我现在已经立法规定非皇室成员的将军也可以庆祝凯旋,但是实际上,似乎除了我之外,其他人都不允许指挥可以合法获得凯旋奖励的战争。我口口声声说的反对专制只是装腔作势而已,我跟卡里古拉一样,也是个暴君,只不过我掩饰得更好。他还说,我收回了他以我的名义发出的威胁,这有损罗马的威望;我们的盟友会笑话他,他自己的部队也会笑话他。不过这只是他对参谋们说的气话罢了。当他听到大撤退的信号时,只是对部队说道:"士兵们,恺撒·奥古斯都命令咱们撤回莱茵河那边去。我们不知道他为什么会做出这个决定,但是我们也不能提出质疑。不过我承认,就我个人而言,我对此非常失望。从前那些领兵打仗的罗马将军是多么幸运啊!"无论如何,我还是将凯旋饰物奖励给了他,还给他写了一封私信,为自己开脱他那愤怒的指责；我对他说，他对我的指控我都知道了。我在信中写道，如果他生气的话，那么我在听说他去挑衅卡乌基人的时候也很生气；尽管他本来不该这么看低我，谴责我心怀嫉妒，我仍然觉得错在我自己，我应该将命令他撤退的原因详细地解释清楚，而不是仅仅给他寄一封简单粗暴的公文。接着，我将这些原因细细道来。他回信时大方地道了歉，收回了说我专制和嫉妒的控诉，我想现在我们彼此已经非常了解了。为了让他的部队有事做、没空来笑话他，他让他们在默兹河与莱茵河之间修建一条二十三里长的运河，以便将这个平坦地区偶尔泛滥的洪水引入大海。

　　从那以后，日耳曼再没有什么重要的大事可以记录下来了，除了四年前卡蒂人发起的又一次突袭。有天夜里，他们在美因兹以北几里的地方大举渡过了莱茵河。那时上莱茵省的司令官是塞古都斯，当年我即位时，身为执政官的他表现得很是优柔寡断。他还被公认为仍然在世的罗马诗人中最优秀的。在我看来，当代的诗人——其实是奥古斯都时期的诗人——都不算什么，他们的诗歌我听着觉得很虚伪。我心目中最后一位真正的诗人是卡图鲁斯。也许这是因为诗歌是离不开自由的，在君主制下，真正的诗歌已死，至多也不过就是华丽的辞藻和高明的押韵技巧而已。对我而言，我宁愿用维吉尔那十二本的《埃涅阿斯记》全集来换一本恩尼乌斯的《述史诗》。恩尼乌斯生活在罗马最宏伟的共和国时代，与伟大的斯奇比奥私下里是好友，我觉得他才是一名真正的诗人，维吉尔不过是一位会写诗的著名工匠罢了。他俩都写到了战争，可是比较一下就会发现：恩尼乌斯是从其中一名士兵的视角来写的（他从士兵升到了上尉），而维吉尔则是从远处山上一位受过教育的旁观者视角来写的。维吉尔从恩尼乌斯的作品中借鉴了很多。有人说他措辞恰当、韵律得体、富有教养，使得恩尼乌斯那未经雕琢的语言特质相形见绌。这纯属一派胡言。这就好像《伊索寓言》里鹪鹩和老鹰的故事。众鸟都在比试谁飞得最高，老鹰赢了，可是当他累得再也飞不高的时候，原本藏在他背上的鹪鹩又往上飞了几十英尺，结果赢走了奖品。恩尼乌斯就是那只老鹰，跟他比起来，维吉尔不过是一只鹪鹩罢了。哪怕你注重的就只有美感，可是在维吉尔的诗中哪里能找出一段来与恩尼乌斯这些壮丽的诗句相媲美？

> Fraxinu' frangitur atque abies consternitur alta.
> Pinus prōcēras pervortunt：omne sonabat
> Arbustum fremitu silvaï frondosaï.

> 白蜡树劈碎了，高高的白杉伐倒了，
> 连高大的松树也被它们压倒，在这林中的树上
> 无数片叶子随着树木的倒下而唱响。

这些诗句很难翻译，而且，我这本书再怎么说也不是诗歌方面的专著。尽管我觉得塞古都斯写的诗就跟他在我继位那天的表现一样——既不诚实，也不值得称赞——但是他至少在对付卡蒂人的时候很是果断。日耳曼人洗劫了我们的法国盟军之后便兵分两路往回赶，他们一打胜仗就会阵脚大乱——尤其是战利品中有酒的时候，他们像喝啤酒一样大口痛饮着美酒，却不理会这酒的后劲比啤酒要大。塞古都斯的部队将两股敌人都包围起来打败了，杀了一万人，还抓了一万名俘虏。他获得了凯旋饰物，但是因为受到规定的限制，我无法将凯旋仪式奖励给他。

塞古都斯的前任最近也获得了类似的荣誉，他名叫库尔提乌斯·卢夫斯，虽然他的父亲只是一名剑斗士，可是他却在提贝里乌斯时期一直升到了一等法官的高位。（这个职位是提贝里乌斯替他争取来的，当时还有好几个出身高贵、表现卓越的人和他竞争，可提贝里乌斯却说："没错，但库尔提乌斯·卢夫斯的杰出祖先就是他自己。"）卢夫斯一心想获得凯旋饰物，不过他也知道，我不会同意他去挑衅敌人。他听说在河对面几里的地方有一处银矿，是奥古斯都时期发现的——那之后没过多久瓦鲁斯就被打败了，于是便派了一个军团过河去开矿。他开采出大量的白银，足够给莱茵河所有的军队发两年军饷的，而剩下的矿脉深入地下，已经不好开采了。这自然配得上凯旋饰物的奖励。可是他的部队发

现采矿非常艰苦,便以全体军人的名义给我写了一封有趣的信:

> 克劳狄乌斯·恺撒的忠实部队向他致以最美好的祝愿,并且热诚地希望他和家人能健康长寿。他们还想请求他将来在派将军们出来指挥军队之前就先给他们授予凯旋饰物,因为这样一来,他们就不会觉得非要挣到这项荣誉不可了。为了得到凯旋饰物,他们让恺撒的忠实部队汗流浃背地做苦力——开银矿、挖运河,诸如此类的工作其实更适合让日耳曼俘虏来做。要是恺撒允许他的忠实部队渡过莱茵河去抓回几千个卡蒂人来,他们会非常乐意地倾尽全力来完成这个任务。

二十五

　　希罗德死后的第二年（公元45年），我举行了纪念不列颠大捷的一周年庆典；回想起那天晚上在卡斯托尔和波吕克斯神庙台阶上偷听到的抱怨，我便给贫困的百姓发了钱——每人三个金币，家里未成年的孩子是每人半个金币。有一家人我竟然得给他们发十二个半金币，不过这是因为他们家里有好几对双胞胎要补贴。小希拉努斯和小庞培帮着我一起发钱。我做记录时才发现，如今我已经取消了卡里古拉所有额外征收的税项，将他抢来的钱都还给了人家，欧斯提亚的港口工程、高架水渠和富奇内湖的排水工程还在继续进行，而且我能够付得起这笔奖金，不用找任何人骗钱，国库里也仍然有一大笔结余。这四年来我做得非常好，我想你不会否认这一点吧。

　　天文学家巴比鲁斯经过一番深奥的数学计算之后向我报告说，在我生日那天将会发生日食。这让我有些担心，日食是最不吉利的兆头，随时都可能发生，而我生日那天是纪念战神的一个全国性节日，这一天发生日食的话，民众会非常不安，那些想要刺杀我的人也会对成功充满信心。不过我想，要是我事先向民众发出警告说将会发生日食，那他们的感觉就会完全不一样了；不是沮丧，而是高兴，因为他们知道将会发生什么事，也明白这个现象的原理。

我颁布了一份公告：

> 提贝里乌斯·克劳狄乌斯·德鲁苏斯·尼禄·恺撒·奥古斯都·日耳曼尼库斯·不列塔尼库斯，皇帝，国父，最高祭司、连任第五年的护民官、三届执政官，向元老院、百姓们以及罗马的盟友们致意。
>
> 去年，我的好朋友——艾菲索斯城的提贝里乌斯·克劳狄乌斯·巴比鲁斯——进行了一些天文计算，发现今年的八月一日将会发生日食，意大利某些地方可以看见全食，其他地方可以看见偏食，他在亚历山大城的一群天文学家同行已经证实了这一点，而亚历山大的科学是非常发达的。尽管在过去，这种自然现象总会引起迷信的恐惧，但现在，我希望你们丝毫不要为了这件事而忧心。从前人们觉得日食说来就来、无法解释，把它看作是神灵在警告说快乐将会从世间消失一段时间，就好像太阳那赋予万物生命的光线被遮挡了一样。可是如今，我们对日食和月食已经非常了解，还能做出预测，"在某某日将会发生日食或月食。"我觉得大家都应该为此感到自豪和宽慰，人类智慧的理性终于消除了这古老的恐惧。

以下就是我那博学的朋友们给出的解释。月亮在太阳之下绕着自己的轨道运行，当月亮运动到我们头顶上方，和太阳形成一条直线时，便会经过那耀眼的大圆盘，平时从太阳投射到地球的光线被中间的月亮给挡住了。根据不同的地理位置，地球上有些居民看见光线被遮住的时间要比其他人更久一些，可有些人却完全不会受到影响。实际上，太阳的光芒并不是像某些无知者以为的那样确实消失了，所以，对于那些并没有被月亮隔在他们自己和太阳之间的人，太阳依然光辉四射。

日食解释起来就是这么简单——简单得就好像你们谁都可以用手遮住油灯或是蜡烛的光亮，让整个房间暂时陷入黑暗。（顺便说一下月食的原理，当太阳处于地球下方时，就会通过地球投射阴影，月亮运行到阴影部分,便发生了月食)旁边的地图上标出了将会受日食影响最大的地区,我希望这些地区的全体长官和其他主管机构做好一切预防措施,避免公众恐慌或是趁黑打劫,并且告知民众在日食期间观察太阳时要隔着牛角片或是用蜡烛熏黑的玻璃,而不要盯着太阳看,否则那些视力较弱的人会有失明的危险。

我想,自打开天辟地以来,我一定是第一个颁布这种公告的君王;这样做取得了很好的效果,日食按照预告准时发生了,庆典也照常举行,不过我们向月亮女神狄安娜和太阳神阿波罗献上了特别的祭品。

在随后的一年里,我身体健康,无病无痛,也没有人想要刺杀我,倒是有人企图发起一场革命,却以那煽动者落了个极不光彩的下场而告终。那人名叫阿西尼乌斯·盖路斯,是阿西尼乌斯·波利奥的孙子。他母亲是提贝里乌斯的第一任妻子维普萨尼亚,她嫁给盖路斯以后生下了他。提贝里乌斯对盖路斯恨之入骨,最后竟然慢慢将他饿死了。说来也怪,有些人的名字真是再合适不过了。盖路斯是"公鸡"的意思,而阿西尼乌斯则是"驴子",阿西尼乌斯·盖路斯既喜欢吹牛,又愚不可及,像极了鸡和驴,你就是在意大利旅行一个月,也找不出第二个这样的人来。想象一下吧,他手头一无革命军队二无革命资金,却相信自己凭着的人格力量和高贵出身就能马上赢得拥护者!

有一天,他来到市集的演讲台上,对着迅速聚集的人群开始了高谈阔论,指出专制的害处,细细说明我伯父提贝里乌斯是如何谋杀了他的父亲,还说非常有必要将恺撒家族从罗马铲除、把帝国交给一个真正值得尊敬的人来统治。人群从他那故弄玄虚的暗示中猜出他指的就是他自己,于是大笑着欢呼起来。他是个拙劣的演说家,元老院里就数他最难看,身高至多只有四英尺六英寸,还是个溜肩膀,一张大长脸,一头红头发,再加上一个鲜红的小鼻子(他有点消化不良);尽管如此,他却觉得自己如同赫拉克勒斯一般强壮,像阿多尼斯一样貌美。我相信,市集上没有一个人是把他的话当真的,各种各样的笑话到处传得飞快,比如"驴子上屋顶"、"驴子在弹琴"和"公鸡也能挤奶下蛋"。("驴子上屋顶"是一句谚语，指的是突然出现的怪人；"驴子在弹琴"说的则是人家的表现可笑又无能；"公鸡奶"和"公鸡蛋"代表着毫无意义的指望。）不过，他每说一句，大家就欢呼一声，想听听下一句会有多么荒谬；他演讲完毕之后，果然企图领着全体暴民到皇宫里来废黜我。大家排成长长的纵队跟在他身后，八个人一排，走到了离外宫门大约二十步远的地方，然后突然停住了脚步，任由他一个人继续走，他便自己往里走。门口的哨兵让他进了宫，并没有提出什么疑问，因为他是议员。他往皇宫的庭园里又走了一段便开始大喊着威胁我，并没有意识到他自己是孤身一人。（人民大众有时候既聪明又残忍，有时候却既愚蠢又懦弱。）很快他就被逮捕了，尽管这件事情从头到尾都很可笑，我却不能对此宽容：我将他流放了，不过就在西西里，他在那里有家族的庄园。"走吧，到你自己的粪堆上学鸡叫，在你自己的蓟草田里学驴叫，想在哪儿就在哪儿，但是别让我听见。"我对这丑陋暴躁的小个子说道。

欧斯提亚的港口还远未完工就已经花掉了六百万个金币。现在最大的技术难题就是在那两道大防波堤的尽头之间修建小岛；你也许不会相信，不过这个难题是我自己解决的。你还记得卡里古拉那艘运送方尖碑的大船吧？这艘船将大象和骆驼运到了不列颠，然后又将它们平安地运了回来。从那以后，她还派过两次用场——航行到埃及去运彩色大理石回来修建维纳斯在西西里的神庙，如今她又停在欧斯提亚了。可是船长对我说，她已经经不起风浪了，他不愿意再冒险开着她出航。有天晚上，我躺在床上没有睡着，忽然间想到了一个好主意：可以在这艘船上装满石头再沉到水底充当小岛的地基。不过我否决了这个点子，因为给她装石头只能装到大约四分之一，此时水就会漫过船舷的上缘了，等到船腐烂以后，这些石头就会散成一堆。于是我想，"要是我们手边有戈耳工的脑袋就好了，这样就能把她变成坚硬的大石头了！"每当我劳累过度的时候，常常会有这种愚蠢的空想飞进我的脑袋，可是这次的空想却产生了一个真正绝妙的主意：干吗不给她尽可能地装满相对较轻的水泥粉呢？再封住舱口，将她沉到水里，让水泥在水下凝固。

我想到这个主意时大约是凌晨两点，我立刻便拍手唤来一个自由民，让他马上去把我的总工程师请来。一小时以后，工程师从城市的另一头慌慌张张地赶到这里，浑身抖得很厉害；他许是以为我会以这样或是那样的疏忽罪将他处死。我激动地问他自己的主意是否可行，可是他却说水泥在海水中不易凝固，这让我大失所望。不过，我给了他十天时间去找到办法让水泥凝固。"十天，"我一本正经地重复道，"不然……"

他以为"不然"是一句恐吓，可是如果他失败了，我就会把这个小玩笑解释给他听，我只是想说"不然我们就只能放弃这个主意了"。恐惧让他更加聪明，经过八天的疯狂试验，他发明出一种水泥粉，一遇到海水就会凝固得像石头一样。这是把库迈的水泥厂里出产的普通水泥粉和普特奥利附近山上一种特殊的灰土混在一起形成的，如今尖碑船的形状已经永远地凝固了下来，可以想见，这是欧斯提亚港口最坚硬的石头。我们用巨大的石块和同样的水泥在船的上方修建起一个小岛，岛上还有一座高高的灯塔，灯塔顶上每天夜里都会用松节油点亮烽火。烽火室里有好几面磨光的钢制反射镜，这样就让烽火的光芒比以前亮了一倍，同时也让这道光一直照耀在下面的河口里。港口用了十年才完工，花了一千两百万个金币；现在也仍然还有人在那里为改善航道而劳作。不过这对罗马来说是一份大礼，只要我们控制着海上，就永远不会饿死。

我和罗马的一切似乎都进展得非常顺利。人民心满意足，国家繁荣昌盛，军队到处得胜——奥鲁斯在不列颠南部以及西南部和仍然不肯屈服的比利其部落打仗，取得了一系列辉煌的战果，巩固了我的征服；宗教仪式也定期准时举行；即使在罗马最贫困的地方，人民也过得很安乐。我设法将法庭的事务给了结了，还找到了法子对案件数量进行控制。我身体很健康，觉得梅萨丽娜比以往更加美丽了。孩子们也都健康茁壮成长，不列塔尼库斯小小年纪就表现得格外老成，克劳狄家族的人世代都是如此（不过，我承认，我是被漏掉的那一个）。如今只有一桩事情让我伤心，在我和元老院之间，仿佛有一道看不见的屏障，我却无法将之打破。我尽了一切力量来向全体议员表达我的敬意，尤其是在任的执政官和一等法官们，可他们对我却总是既奉承又怀疑，这让我很难理解，也不知如何应对。我决定恢复从前的监察官职位——它已经被由皇帝担任的公德导师所吞并,并且打算以这个受人爱戴的身份对元老院再一次进行改革,开除所有制造障碍的无用之人。我在元老院里贴出告示,要求每一位议员考虑自身的情况以后做出决定——自己是否仍然有资格作为议员为罗马效力;如果他认为自己没有资格——要么是经济上负担不起,要么是觉得自己能力不足,就应该辞职。我暗示说,自己不辞职的人会被开除,这就不光彩了。要是我计划开除的人没有提出辞职的话,我就四处向他们私下散发通知,这样一来,事情的进展就快了。我从议员名单上裁掉了一百人左右,为了奖励那些仍然留在名单上的人,我将贵族身份颁给了他们的家人。贵族圈扩大的好处就在于能为高级祭司提供更多的人选,现存的贵族家庭成员在选择新娘和新郎时余地也更大;罗马的四大贵族家庭相继源于罗穆卢斯、卢修斯·布鲁图、尤利乌斯·恺撒和奥古斯都,如今几乎要一个接一个地绝嗣了。人们会以为,家族越是富裕,势力越是强大,人丁就越是兴旺,但是在罗马却从来不是这样。

不过,就算对元老院进行了清理,也仍然收效甚微。辩论只是闹剧罢了。在我第四次担任执政官期间,有一回我提出了一项司法改革的措施,元老院的反应极为冷淡,我只得直白地说:

"大人们,如果你们真心诚意地赞成这些提议,就请帮我个忙,立刻说同意,这没什么难的。否则,如果你们不同意,就请提出修正案,不过也请现在就提。如果你们需要时间仔细考虑一下这事,那就慢慢来,但是请别忘了,到了定好举行辩论的那天,你们必须准备好发表意见。要是民选领事把执政官的话一五一十地重复一遍当作自己的意见,其余的人在轮到自己发言时就只说一句'我同意这件事'、'然后等元老院到了休会时间,会议记录里却说'刚刚进行了一场辩论……'、'这与元老院的尊严就极不相称了。"

我还用别的方式向元老院表达了敬意,其中包括将希腊和马其顿又放回到元老院行省的名单里,他们当初是被我伯父提贝里乌斯改成皇帝直辖行省的。我还将铸造铜币在地方上流通的权力还给了元老院,就像在奥古斯都的时代一样。没有什么比硬币更能为统治者赢得尊敬了;金币和银币上用的都是我的头像，因为我毕竟是皇帝，治理国家的工作实际上大部分还是由我负责；可是元老院那熟悉的"S.C."字样再次出现在了铜币上，而铜币不仅最古老、最有用，同时也是数量最大的硬币。

我之所以会立即决定对元老院进行清理，是由于阿西阿提库斯的事让我很是担忧。有一天（公元46年），梅萨丽娜来找我，说道："去年阿西阿提库斯辞去执政官一职的时候，你曾经怀疑，除了他所提出的理由之外，其中是否还另有隐情。当时他的理由是，因为他已是第二次担任执政官，所以遭到了人们的嫉妒和猜疑。这你还记得吗？"

"记得，他好像并不全是因为这个。"

"好，我这就来告诉你一件事，这事我本来早就该跟你说了。阿西阿提库斯疯狂地爱上了科涅利乌斯·斯奇比奥的妻子，已经有一段时间了，你有什么看法？"

"哦，是了，波贝娅——很漂亮的女孩子，鼻梁笔挺，盯着男人看的样子也很大胆。她是怎么想的？阿西阿提库斯又不像斯奇比奥那么年轻英俊，他又肥又秃，不过，当然了，他是罗马最富有的人，而且还有好几个美丽非凡的花园！"

"我担心波贝娅已经完全委身于阿西阿提库斯了。好吧，我就告诉你吧，这事还是实话实说的好。前一阵子，波贝娅来找我——你知道我跟她是好朋友，或者不如说我们曾经是好朋友——她对我说：'梅萨丽娜，亲爱的，我想请你帮我一个大忙。你对谁都不能说我求过你，可以答应吗？'我自然答应了。她说道：'我爱上了瓦列利乌斯·阿西阿提库斯，不知道要如何是好。我丈夫吃起醋来可怕得很，我想，要是让他知道了，准会杀了我的。但讨厌的是，我是按照严格形式嫁给他的，你也知道在严格形式的婚姻中，如果丈夫故意使坏的话，要想离婚有多难。这就意味着你首先会失去孩子们。你看能不能帮帮我？你能不能请皇帝跟我丈夫谈谈，并且安排我们离婚，这样阿西阿提库斯和我就可以结婚了。'"

"我希望你该不会说我有可能会同意这么做吧。这些女人可真是……"

"哦，没有，亲爱的，恰恰相反。我说，如果她从此再也不对我提起此事,看在我俩朋友一场的分上,我就试着忘了她说过的话;但是如果私下里让我听到有传闻说她和阿西阿提库斯仍然有不正当往来,我就直接来告诉你。"

"很好。我很高兴你是这么说的。"

"那之后没过多久,阿西阿提库斯就辞职了。你记得吗,当时他请求元老院批准他去视察他在法兰西的产业?"

"是的,他去了很长一段时间。我猜是为了忘记波贝娅吧。法兰西南部有很多漂亮女人。"

"你不会相信的。我从阿西阿提库斯身上查出好几件事来。第一,最近他给禁卫军的尉官、士官和掌旗手们大笔大笔地送礼。他说,这样做是为了感谢他们对你的忠诚。这听起来很不对头吧?"

"好吧,他的钱多得不知道怎么花了。"

"别胡说。没有谁的钱会多到不知道怎么花。第二,他和波贝娅仍然常常见面,只要可怜的斯奇比奥一出城,他俩就幽会,还一起过夜。"

"他们在哪儿幽会?"

"在佩特拉兄弟的家里。他们是她的表亲。第三,索西比乌斯有一天几乎是主动对我说,他觉得你允许阿西阿提库斯在他法兰西的庄园里住那么久是很不明智的。我问他这话什么意思,他就给我看了他在维埃纳的一个朋友写来的信;他的朋友写道,阿西阿提库斯几乎没怎么待在他的庄园里。他到处去拜访行省里有权有势的人,甚至还沿着莱茵河走了一遭,对驻军的军官们慷慨异常。当然了,你一定记得,阿西阿提库斯就出生在维埃纳;索西比乌斯还说——"

"立刻传召索西比乌斯。"索西比乌斯是我替不列塔尼库斯选的私人教师,所以可想而知,我对他的判断力深信不疑。他是亚历山大的希腊人,但是长期致力于研究早期的拉丁文作家,是恩尼乌斯作品研究的泰斗。他对共和国时期非常熟悉,远比任何一位罗马历史学家——包括我自己在内——了解得都要清楚,所以我认为他会给予我的幼子源源不断的鼓舞。索西比乌斯来了,直言不讳地回答了我的问题。是的,他认为阿西阿提库斯野心勃勃,而且有能力发动一场革命。他不是曾经反对过我吗,自告奋勇要当皇帝?

"你忘了吧,索西比乌斯,"我说道,"我大赦了天下,那两天已经从罗马的记录中抹去了。"

"可是阿西阿提库斯也曾密谋反对您侄子——先帝,他甚至还在市集上为这事自吹自擂。像他这样的人辞去了执政官的职位,却没有充足的理由,还跑到了法兰西,他在那儿已经很有权势了,这下就肯定会说他是因为您的妒忌才被迫辞去执政官一职的,或者是因为他为了法兰西同胞的权利而起来反对您……"

梅萨丽娜说道:"这是明摆着的。他答应波贝娅会娶她,要做成这事,他只有一个办法,那就是除掉你和我。他会再次告假去法兰西,带着当地的军团起来造反,再把莱茵河的军团也拉进来。禁卫军会很乐意将他拥立为帝,就像当初他们很乐意拥立你一样:这就意味着他们每人又能拿到两百个金币了。"

"你们认为还有谁也参与了密谋?"

"咱们把佩特拉兄弟给查查清楚吧。他们刚刚才向律师苏伊利乌斯委托了一个案子,他是我最好的密探之一。要是他们除了为波贝娅和阿西阿提库斯提供卧室之外,还有什么把柄的话,苏伊利乌斯一定会查出来的,这你大可放心。"

"我不喜欢密探行为,也不喜欢苏伊利乌斯。"

"咱们得自保才行,苏伊利乌斯就是我们最好用的武器。"

于是苏伊利乌斯被请来了,一个礼拜以后他在报告中证实了梅萨丽娜的猜疑。佩特拉兄弟肯定参与了这个阴谋。两人中的哥哥私下里散布消息说,有天一清早,他在半睡半醒之间看到一幅幻象,占星家们对之的解释让人很是不安。他看见的幻象是,我的脑袋被齐颈割下,头上还戴着一个白色葡萄叶做成的花环;占星家的解读是,我会惨死于秋末。那做弟弟的则替阿西阿提库斯和禁卫军传递信息,因为他自己就是禁卫军的一名上校。和阿西阿提库斯以及佩特拉兄弟同流合污的显然还有我的两个老朋友,一个是佩多·庞培,他晚上常常和我玩掷骰子的游戏,另一个是阿萨里奥,他是我女婿小庞培的舅舅,也是有权自由出入皇宫的。苏伊利乌斯暗示说，阿西阿提库斯他们自然会将谋杀我的任务交给他俩，让他们在和我玩掷骰子的友谊赛时杀了我。参与密谋的还有阿西阿提库斯的两个侄女——特里斯托尼亚姐妹，她俩跟佩特拉兄弟有私情。

我下定了决心，现在别无选择，只能先下手为强。我派禁卫军司令克里斯皮努斯带着一个连的禁卫军士兵——他们似乎是绝对忠诚的——到阿西阿提库斯位于巴亚的宅邸去，在那儿逮捕了阿西阿提库斯。他被戴上脚镣手铐，带到皇宫里来见我。严格来说，我应该让他在元老院受到弹劾，可是我弄不清楚他的阴谋已经进展到哪一步了。人们也许会为了支持他而示威游行的，我可不希望发生这种事。所以，我在自己的书房里审讯了他，梅萨丽娜、维特里乌斯、克里斯皮努斯、小庞培和我的主要文书们全都在场。

担任公诉人的是苏伊利乌斯，当阿西阿提库斯面对他的时候，如果一个人的脸上能写着有罪两个字的话，那么我想，阿西阿提库斯的脸上当时就写着呢。不过我必须承认，克里斯皮努斯并没有事先告知他受到了什么指控，因为我连克里斯皮努斯都没有告诉。要是突然被捕的话，几乎谁都没法完全心平气和地面对法官。对此我有亲身体会，知道这种感觉有多糟糕，卡里古拉就曾经下令逮捕我，罪名是我目击了一起遗嘱伪造案。苏伊利乌斯控诉起来真是既可怕又无情，他脸庞瘦削，冷若冰霜，白发黑眸，长长的食指就像利剑一样指指点点、冲锋陷阵。他先是一番问候和玩笑，如和风细雨一般，可我们全都认识到，这只是前奏，随之而来的就是狂怒与痛骂的暴风骤雨。起初，他装出一副跟朋友谈天的语气来问阿西阿提库斯，他打算具体什么时候再去视察法兰西的庄园——葡萄采收期之前吗？他觉得维埃纳附近发展农业的条件如何，跟莱茵河谷的相比较又如何？"不过，你不用费心回答我的问题了，"他说道，"我并不是真心想知道维埃纳的大麦长了多高，或者那儿的公鸡叫得有多大声，就像你自己也不是真心想知道一样。"接着他又说起了阿西阿提库斯给禁卫军送礼的事，阿西阿提库斯表现得多么忠心耿耿啊！但是头脑简单的军人们难道没有可能会误会了这些礼物的意思吗？

阿西阿提库斯越来越不安，呼吸也粗重起来。苏伊利乌斯朝他走近了几步，就像竞技场上的猛兽猎手，他从远处射出的箭已经击中目标，野兽受了伤，他就可以走近一些，挥舞起自己的矛。"想一想吧，我曾经称你为朋友，还受过你的款待，却也被你那和蔼的风度、高贵的出身、还有我们的皇帝陛下和所有诚实公民误投于你的偏爱与信任所蒙蔽。你这人面兽心、下流病态、好色之徒！你不动声色地腐蚀了士兵们那忠诚的心灵与威武的身躯，而恺撒的万金之躯、罗马的安定与天下的福祉恰恰全都托付在这些士兵身上。皇帝生日那晚，你受邀赴宴却未能出席，当时你身在何处？病了，是吧？你肯定病得很厉害。我选了一些和你同病相怜的人，很快就让他们上法庭来对质，他们都是禁卫军的年轻士兵，却被你这肮脏之徒传染了疾病。"

苏伊利乌斯还说了许多诸如此类的话。阿西阿提库斯的脸色变得煞白，额上冒出大颗大颗的汗珠。他抬手擦汗时，铁链便当啷作响。根据法庭的规定，在轮到他为自己辩护之前，他是不能说话的，可是他终于忍不住了，嘶哑着嗓子道："苏伊利乌斯，去问问你自己的儿子们吧！他们会承认我是一个堂堂正正之人的。"庭上命他安静，苏伊利乌斯接着说到了阿西阿提库斯和波贝娅的奸情，但却轻轻带过，仿佛只是他的案子中最弱的一点，可实际上这才是重点；这就骗得阿西阿提库斯全盘否认了所有的指控。如果阿西阿提库斯有头脑的话，他就会承认通奸，但否认其他的罪名。可是他一概拒绝认罪，这似乎反而证明了他有罪。苏伊利乌斯传召了他的证人，多数都是士兵。主要证人是意大利南部来的一名年轻的新兵，他被要求将阿西阿提库斯指认出来。我估计人家教他认人的时候告诉他，阿西阿提库斯是个秃子——因为他选中的是巴拉斯，说就是这人侵犯了他。法庭里爆发出一阵大笑，众所周知，巴拉斯和我一样，对这种恶癖深恶痛绝，而且大家都知道，在我的生日宴会上，他一直在替我招待客人。

我当时差点就驳回这个案子了，不过仔细一想，也许这个证人是记不清人家的相貌呢——我自己就是这样的，所以，他没能认出阿西阿提库斯并不能证明其他的指控不实。我和善地请阿西阿提库斯回答苏伊利乌斯的指控，一条一条地说。他照做了，但他对于自己在法兰西所作所为的解释却无法令人满意,而且关于他和波贝娅的事情,他肯定是做了伪证。至于他收买禁卫军的指控,我认为是没法证实的。士兵们在做证时很有条理,但却并不自然,这就说明他们是事先把证词背下来的,我向他们提问的时候,他们就只是重复同样的证词。可是后来我也从未听到哪个禁卫军士兵有过不同的说法,他们把一切都操练过了。

我命令所有的人都出去,房间里只留下了维特里乌斯、小庞培和巴拉斯——几分钟以前,梅萨丽娜突然哭了起来,已经跑出去了。我对他们说,如果他们不同意,我就不会对阿西阿提库斯宣判。维特里乌斯坦率地说,似乎没有理由怀疑阿西阿提库斯犯了罪,他也跟我一样震惊和悲痛,阿西阿提库斯是他的老朋友了,我母亲安东尼娅也很喜欢阿西阿提库斯,就是她利用自己在宫廷里的影响力提拔了他俩。后来他在事业上表现非常杰出,国家需要他尽责的时候,他也从不犹豫;他是自愿随我出征不列颠的人之一,尽管他到得晚了,战斗已经结束,但那并不是因为他懦弱,而要怪那场暴风雨。所以,如果他现在发了疯,背叛自己的过去,让他自尽就太仁慈了;当然,严格来说,应该把他从塔尔珀伊亚岩石[1]上扔下去,然后再羞辱他的尸体,用钩子钩在嘴里拖走,扔进台伯河里。维特里乌斯还对我说,阿西阿提库斯实际上已经认了罪,因为他刚一被捕,就叫人送信给维特里乌斯,恳求他看在老朋友的分上,保他无罪,否则,要是出现了最坏的情况,就让他可以自尽。维特里乌斯又说道:"他知道你会对他进行公正的审判,你对任何人都是这样的。那我的求情怎么能帮得上他呢?如果他有罪,你就会宣布他有罪;如果他是无辜的,你就会判他无罪。"小庞培申明说,不能对阿西阿提库斯手下留情,不过他这么说也许是为了自保。他和阿萨里奥以及特里斯托尼亚姐妹俩是亲戚,可这些人都被说成了阿西阿提库斯的同谋,所以他希望能够证明自己的忠心。

我叫人送信通知阿西阿提库斯,我休庭二十四小时以后再继续审讯,在此期间,他可以不戴脚镣。他肯定能明白这个消息是什么意思。

---

1 古罗马卡皮托拉山上的一块岩石,在此把叛国犯掷下处死。

与此同时,梅萨丽娜匆匆去找波贝娅,对她说阿西阿提库斯就要被判处死刑了,建议她立刻自杀,这样就不必受审,也不会被处死了。可我对此却一无所知。

阿西阿提库斯算得上是英勇就死了。在他生命的最后一天,他了结了自己的事务,照常吃喝,到鲁库路斯花园(那时这些地方仍然叫这个名字)里散步,并且就树木、花草和鱼池对园丁们做了吩咐。当他发现他们把他的火葬柴堆建在一条漂亮的鹅耳枥大道附近时,他勃然大怒,扣了负责选址的自由民三个月薪金。"傻瓜,微风会把火焰吹到这些美丽古树的叶子上,破坏花园的整体外观,难道你没有意识到这一点吗?"医生割开他腿上的动脉,让他在温暖的洗澡水里流血而死,在此之前,他留给家人的遗言是:"再见了,亲爱的朋友们。当初死于提贝里乌斯的阴谋诡计或是卡里古拉的怒气之下,都比如今成为克劳狄乌斯愚蠢轻信的牺牲品要光彩。我爱的女人和信任的朋友都背叛了我。"因为他坚信是波贝娅和维特里乌斯安排人起诉了他。

两天以后,我请斯奇比奥来和我共进晚餐,并问起他妻子的健康状况,这就是在巧妙地表示,如果他还爱着波贝娅,并且愿意原谅她,那我就不再追究此事了。"她死了,恺撒。"他答道,然后掩面而泣。

阿西阿提库斯的家人——瓦列利家族——为了表明他们并不赞同他那些大逆不道的话,只得将鲁库路斯花园作为讲和的礼物赠给了梅萨丽娜;当时我自然从未想到过,这才是害死阿西阿提库斯的真正原因。我审判了佩特拉兄弟,处死了他们,然后特里斯托尼亚姐妹也自尽了。至于阿萨里奥,他的死刑执行令似乎是我签署的,但我却想不起来了。我叫巴拉斯预先通知他来受审,他却告诉我阿萨里奥已经被处死,还给我看了执行令,那肯定不是伪造的。我能想出的唯一解释就是,梅萨丽娜——也可能是波里比乌斯,他是受她掌控的——将这份死亡执行令夹杂在我要签署的其他很多不重要的文件中,所以我看都没看就签了。如今我已经知道他们一直在对我玩这种把戏;我的眼睛又过度疲劳了(非常严重,只有在阳光下才能阅读),他们就利用这一点,临时编造了内容来当作公文和信件读给我听,要我签字,可是他们念的和文件写的却完全对不上。

大约在这个时候，维尼奇乌斯死了，是中毒死的。很多年以后我听说，他不肯跟梅萨丽娜睡觉，于是梅萨丽娜就下毒害了他；他确实是在来皇宫用过餐的次日死掉的。这件事很可能是真的。如今，维尼奇乌斯、维尼西亚努斯和阿西阿提库斯——当初想取代我当皇帝的三个人——全都死了，他们的死似乎都要算在我的头上。我对他们却问心无愧。维尼西亚努斯和阿西阿提库斯显然是叛徒，至于维尼奇乌斯，我以为他是死于意外。可是元老院和百姓们比我更了解梅萨丽娜，并且因为她而恨我。这就是我和他们之间那道看不见的屏障，没有人敢打破。

在一次开会期间，元老院投票同意向索西比乌斯和克里斯皮努斯发放奖金，以奖励他们做出的贡献。我在会上就阿西阿提库斯的事发表了一篇言辞激烈的演说，于是元老院主动将批准议员离开意大利的权力交给了我，不管他们是以什么借口离开，都要我同意才行。

二十六

我女儿安东尼娅嫁给小庞培已经有些年头了,可他们却还没有子嗣。有天晚上,我去她家里看望她,小庞培不在家,我这才想起她现在看起来总是一副郁郁寡欢、厌倦无聊的样子。是的,她承认自己很无聊,非常无聊,极其无聊。于是我想,如果她有个孩子,就会快乐多了。我对她说,像她这样健康的年轻女人,家里既有仆人又很有钱,不仅有责任生孩子,而且还要多生几个。她突然发起脾气来,说道:"父亲,只有傻瓜才会指望没撒种子的地里冒出庄稼来。别怪土地,怪农夫去。他撒的是盐,不是种子。"她解释说,自打结婚以来他们就没有正儿八经同过房;不止如此,我的女婿还对她百般虐待,极尽恶劣之能事。我问她为什么以前从没跟我说过这事,她说她以为我不会相信她,因为我从来没有像爱她同父异母的弟弟和妹妹那样真正爱过她;而且小庞培对她吹嘘说,他和我关系极好,我对他有求必应,他说什么我都不会怀疑。那她还有什么希望呢?再者说了,如果必须到法庭上去证明他对她做过那些可怕的事情,这就会是一桩奇耻大辱,她没有办法面对。

我发火了,任何一位做父亲的听了这样的事都会发火。我对她保证说,我非常爱她,主要是看在她的分上,我才这么尊重和信任庞培。我以自己的名誉发誓,哪怕她告诉我的事情只有一半属实,我也会立刻报复那个恶棍。这件事情不会闹上法庭,这样她的端庄就得以保全了。如果我不能利用身为皇帝的特权偶尔来达到自己的个人目的,以稍稍抵消这个职位加诸我身的责任、辛劳与痛苦,那当皇帝还有什么用呢?庞培可能几点钟回来?

"他大约会在午夜时到家,"安东尼娅可怜地说道,"一点以前进到他自己的房间里。他会先喝上几杯。他十有八九会让那个恶心的利西达斯陪他睡觉,阿西阿提库斯的财产拍卖时,他花两万个金币把利西达斯买了回来,从那以后,他眼里就没有别人了。说起来,这对我而言也是一大解脱。这下你知道了吧,他对我的所作所为有多么糟糕,我才会说我无比希望他跟利西达斯睡觉,也不愿他来跟我睡觉。没错,我的确曾经爱过庞培。爱情真是莫名其妙,不是吗?"

"那好,我可怜的安东尼娅,等庞培进他自己的房间去睡觉的时候,你就在这个房间的窗台上点起一对油灯作为信号。剩下的就交给我了。"

还有一个钟头就要天亮的时候,她将油灯放在了窗台上;然后她下楼叫门房打开前门。我就等在这里。我带着盖塔和几个禁卫军中士跟我一起进了屋,让他们上楼去,我跟安东尼娅在楼下的大厅里等着。她已经把所有的仆人都支走了,只留下了门房,这个男孩以前是我的奴隶。她在哭,我紧紧地握着她的手,不安地等着听到卧室里传来尖叫声与打斗声。可我们什么都没有听见,盖塔很快就带着中士们下来了,报告说已经执行了我的命令。庞培和那个奴隶利西达斯都是一击毙命。

这是我头一回利用自己的皇权来公报私仇;但是,即使我不是皇帝,我也会有同样的感觉,并且尽一切所能来毁掉庞培;针对鸡奸行为的法律已经暂停实施多年,因为陪审团似乎都不愿意宣判有罪,但是从法律上来说,庞培还是该死。我唯一的过错就在于,我让他死得太容易了;可是要除掉他,这就是最干净的法子。要是一位园丁无意中发现有只肮脏的虫子将他最美的一朵玫瑰花的心给吃光了,他可不会把它带到园丁陪审团的面前受审;而是当场就用指甲把它捏得粉碎。几个月以后,我将安东尼娅嫁给了福斯图斯,他是独裁官苏拉的后代,这个小伙子既谦逊又能干,而且还很勤奋,事实证明他是个好女婿。两年前他担任过执政官。他们生了一个孩子,是个男孩,可是他身体太弱,夭折了。安东尼娅生产时被一个粗心大意的产婆给弄伤了,从此再也没能生养。

此后没过多久,我处死了波里比乌斯,他那时是我的艺术大臣,梅萨丽娜将他倒卖公民权获取私利的证据交给了我。当我发现波里比乌斯一直在对我弄虚作假的时候,我大为震惊。从他还是个孩子的时候起,我就培养他为我做事,毫无保留地信任他。他刚刚才帮我完成了我的官方自传,这是元老院要求我为国家档案馆而写的。其实,我待他亲密到了不拘礼节的地步,有一天,我和他走在皇宫的庭院里,讨论着古玩的问题,这时两位执政官按照惯例早上来向我问安,我却并没有让他退下。这让执政官的尊严受到了冒犯,但如果连我都可以放下骄傲走在波里比乌斯身边,倾听他的意见,那他们为什么就不可以呢?我允许他拥有最大限度的自由,而且据我所知,他从来没有滥用过这种权力,不过有一回他在剧院里说话委实太过放肆了一些。那天上演的是米南德的一出喜剧,一位演员刚刚说完了这句台词:

　　皮鞭的把儿也发芽,让人简直难忍下。

侧面有个人便意有所指地大笑起来。那一定是麦尼斯特。大家全都转过头来盯着波里比乌斯,他是我的艺术大臣,让演员们守规矩就是他的职责;要是哪个演员表现得太过自行其是,波里比乌斯就要替我看着他受到严厉的鞭打。

波里比乌斯也大喊道:"没错,但是米南德在他的《塞萨利》中说:他原本是个放羊的,如今却把皇权握。"

这是在抨击麦尼斯特,因为他起初就是塞萨利的一个牧羊人,可现在大家都知道梅萨丽娜对他是一片痴心。

当时我并不知道此事,不过,梅萨丽娜跟波里比乌斯也有奸情,而他竟然蠢到去吃麦尼斯特的醋。所以她就除掉了他,正如我对你们说过的那样。我手下的其他自由民将波里比乌斯的死看作对他们的侮辱——

他们组成了一个非常团结的行会，总是忠心耿耿地互相庇护，从不向我争宠，也从不妒忌自己人。波里比乌斯并没有为自己辩解，我估计他是不想连累行会里的兄弟，他们中许多人都跟非法买卖公民权的可耻勾当有牵连。

至于麦尼斯特，已经有好几回在广告宣布他将会出场跳舞以后却没有露面，结果常常在剧院里引起骚动。我可真是傻到家了，每次他缺席的时候，梅萨丽娜总是刚好偏头疼，没法来看演出，这么显而易见的结论我却从来没有想到过。好几次我都被迫向公众道歉，保证说下回不会再这样。有一回，我开玩笑地说道："大人们，你们总不能说是我把他藏在皇宫里了吧。"这句话引来的笑声热烈得过了头。除了我，所有的人都知道麦尼斯特在哪里。等我回到皇宫，梅萨丽娜常常会差人来请我，我就会看见她躺在床上，房间里漆黑一片，她的眼睛上盖着块湿布。她有气无力地说道："什么，亲爱的，你是说麦尼斯特又没有跳舞？那我还是什么都没有错过。我刚才躺在这里，妒火中烧，于是便起身开始穿衣，想着终归还是要去，可是头痛得太厉害了，只得又回到床上。没有了他，戏就没意思了吧？"

我说："咱们真的要坚持让他遵守约定了；罗马人不能一次又一次地受到这样的对待。"

梅萨丽娜叹气道："我不知道。这可怜的家伙非常敏感，就像女人一样。伟大的艺术家都是这样的。他说他只要受到一点点刺激就会偏头疼。哪怕他只有我今天这样十分之一的难受，坚持叫他跳舞也是最大的残忍。这病又不是装出来的。他热爱自己的工作，要是让公众失望的话，他就会非常痛苦。亲爱的，你去吧，我想睡了，如果能睡着的话。"

于是我便会踮着脚走出去，不再说起麦尼斯特，直到下一次又发生同样的事情。虽然很多人都认为麦尼斯特很了不起，但我对他的评价却没有这么高。人们拿他和伟大的罗西乌斯相比，后者是共和国时代一位享有盛名的演员，他的名字成了卓越才艺的代名词。人们还真是可笑，竟然连灵巧的建筑师、博学的历史学家甚至是强壮的拳击手也都称为"十足的罗西乌斯"。只有在这种非常不严格的意义上，麦尼斯特才是罗西乌斯。我承认自己从未看过罗西乌斯的表演。看过他表演的人如今都已经不在人世了。我们谈论他的时候只能依赖曾祖辈们的判断,他们一致认为,罗西乌斯表演时的首要目标就是"藏在角色中";高贵的国王、狡猾的皮条客、爱吹牛的士兵或是易受骗的小丑,罗西乌斯演谁就是谁,栩栩如生,毫不造作。而麦尼斯特却很会装腔作势,我相信他装得非常优雅迷人,但说到底,他并不是一个演员,只是长得好看些、腿脚利索些、有些即兴而舞的天分罢了。

奥鲁斯·普劳提乌斯在不列颠已经领军四年,如今他终于回来了,我有幸说服元老院将凯旋仪式授予了他。不过,这并不是我本想给他的那种完全凯旋仪式,而是一种次要的凯旋仪式,或者叫作小凯旋式。如果一位将军的功劳很大,仅仅奖励他凯旋饰物已经不够,而由于某个技术上的原因,他又没有资格获得完全的凯旋仪式,就会举行这种次要的凯旋仪式。比如说,战争还没有完全结束;或者杀的人不够多;又或者大家认为敌人并不相称——就像很久以前打败斯巴达克斯领导的奴隶暴动一样;但是,斯巴达克斯给我军造成的麻烦实际上比许多外族还要多。奥鲁斯·普劳提乌斯的情况是,有人提出异议,说他的征服还未稳固到可以撤回军队。所以,他不能乘坐四匹马拉的马车,只能骑马进城;他戴的不是月桂花冠,而是桃金娘花冠;他手里也不能拿权杖。元老院不会走在队伍的前头,队伍中也没有号手,游行结束以后,奥鲁斯献祭的是公羊,而不是公牛。不过,除了这些之外的其他活动都跟完全凯旋仪式毫无两样。为了表示并非是由于我的嫉妒才让他没能获得跟我同样的荣誉,他沿着神圣之路骑马而来的时候,我前去迎接并主动向他表示祝贺,还让他骑马走在我的右侧(这是更加荣耀的位置),他跪着爬上朱庇特神庙的台阶时,我亲自搀扶着他。庆功宴会上,我替他担任主持人,宴会结束后以火炬引他回家时,我再一次让他骑行在我的右侧。

奥鲁斯为此对我非常感激,但更感激的是——他私下里告诉我——我平息了他妻子参与基督教徒(那个犹太教派的追随者如今被称为基督教徒了)友好聚餐的流言,并且将她交由他来处置。他说,女人若是迫不得已和丈夫分开——她的身体不好,不能到不列颠去——就容易觉得寂寞，脑子里便会生出些古怪的念头，轻易就会成为宗教骗子的牺牲品，尤其是犹太人和埃及人的那些宗教。但她是个好女人，也是个好妻子，他相信她很快就会摒弃这种糊涂想法。他是对的。两年后，我逮捕了罗马那些为首的基督教徒，还有正统犹太教的所有传教士，将他们送到了国外，奥鲁斯的妻子帮我把他们集合到一起，帮了我的大忙。

基督教在情感上之所以有吸引力，主要是因为那个约书亚——或者叫耶稣——据说死而复生了，这可是前所未有的，只在传说里发生过；尽管曾被钉死在十字架上，他看起来却毫发无损，照旧去访友吃喝以证明自己并非幻影，然后在荣耀的光辉中升上了天堂。而且，没有证据能表明这些都是谎言，因为就在耶稣受难之后，碰巧发生了一场地震，安放他尸体的坟墓入口处有块沉重的石头被震得挪开了。卫兵们吓得纷纷逃跑，等他们回来的时候，尸体已经不见了，显然是被偷走的。像这样的故事在东方一旦传开就很难阻止，要是公开颁布法令去驳斥其荒唐之处，反倒会失了威严；不过我还是在基督徒人数最多的加利利发布了一道严令，将亵渎陵墓定为死罪。我不能再在这些可笑的基督徒身上浪费笔墨了，得继续来说我自己的故事。

我给罗马字母表增加了三个字母，举行了盛大的旷世竞技，对罗马公民进行了人口普查，恢复了已被忽视的古代宗教占卜术，颁布了各种重要法令，还激励元老院通过了许多法规，这些我都要一一道来，但我最好还是先把不列颠的事情简要地说一下；既然奥鲁斯·普劳提乌斯已经平安地回来了，那么读者们对随后在不列颠发生的事情也不会有多大兴趣。我派奥斯特里乌斯去接替奥鲁斯，他的处境非常艰难。普劳提乌斯征服了不列颠南部的平原，但是正如我所说，威尔士的山地部落和中北部的好战人民还在顽抗，向这个新行省的边远地区发动袭击；卡拉克塔库斯娶了南威尔士国王的女儿，亲自统领南威尔士的军队。奥斯特里乌斯刚一到达不列颠，就宣布要将他怀疑不忠的不列颠人一律解除武装；这样他就可以不受制约，只留下少量驻军，而将主力部队派去攻打边境之外的部落。这个声明引起了当地人民的普遍不满。爱西尼人本是自愿与我们结盟，现在却以为解除武装的规定也会波及他们身上，于是突然起来叛乱，身在科尔切斯特的奥斯特里乌斯发现自己身受东北部各部落大军的威胁，可他手边竟然连一个正规军的军团都没有；他们全都远在不列颠的中部或是遥远的西部，只有法兰西和巴达维亚的辅军还留在这里。尽管如此，他仍然选择冒险立即开战，结果获得了胜利。爱西尼联盟请求和解，奥斯特里乌斯便给了他们很宽厚的条件。接着，奥斯特里乌斯将自己的正规军继续向北推进，吞并了整个中部地区，止步于布里甘特人的边境线。布里甘特人是一个野蛮而强大的部落联邦，占据着不列颠岛的北部，一直到最狭窄的海角；在他们的另一边，荒凉的山地再度绵延开来，是一片未经开拓的可怕之地，这几百里住着那些让人恐惧的红发盖尔人。奥斯特里乌斯向西面的迪伊河发起远征，这条河是向北流入爱尔兰海的。他正在洗劫河谷，却听说布里甘特人就在他身后行动。于是他转过身，打败了他们一支数量可观的军队，俘虏了几百人，其中还有一些贵族首领和国王的一个儿子。布里甘特国王向他允诺说，如果他肯交还俘虏，自己就体体面面地停战十年；奥斯特里乌斯接受了这个条件，但却将王子和五位贵族留了下来，名为客人，实为人质。这样一来，他便可以在威尔士的山区随心所欲地实施攻打卡拉克塔库斯的军事行动。他从四个正规军团中抽出三个来，以乌斯克河的卡利恩为基地，将一个军团驻扎在这里，另外两个则驻扎在塞文河的什鲁斯伯里。岛上其他地方的驻军都是辅军，除了驻扎在林肯的第九军团，另外科尔切斯特还有一群服役期满的老兵，他们在这里获得了土地和家畜，还有俘虏为他们干活。这个聚居地就是不列颠的第一个罗马自治区，我在信中批准他们在这里修建一所神庙献给奥古斯都神。

奥斯特里乌斯花了三年时间才制服南部和中部的威尔士人。卡拉克塔库斯是一位勇敢的敌人，当他被迫带着残余部队逃到北威尔士的时候，他设法以自己的勇气激发起了那些部落的斗志。可是在最后一战中，他终于还是被奥斯特里乌斯打败了，尽管我们自己也损失惨重。他的妻子、女儿、内弟和两个侄子都在不列颠的军营中被俘，他自己却在孤注一掷的后卫战中向东北方杀出一条血路来，几天后来到了布里甘特女王（她的父王已经去世，除去在奥斯特里乌斯手里当人质的那位王子，她是唯一在世的皇室成员，于是大家就立她当了女王）的皇宫里。卡拉克塔库斯敦促女王把这场战争继续打下去，但她可不傻。她叫人用链条锁了他送去交给奥斯特里乌斯，以证明她仍然信守她父亲许下的承诺。作为回报，奥斯特里乌斯交还了那些贵族人质，她跟其中的一位结了婚。她处死了自己的兄弟——那位王子，因为她得知他在战场上表现懦弱，不像她的新婚丈夫——他身上有七处负伤、结果了五名罗马士兵之后才被俘。这位女王名叫卡逊蔓杜阿，事实证明，她是一位非常忠诚的盟友。她和丈夫吵了架，因为他说，发誓和我们相安无事的是先王，他认为自己并不受这个誓言的约束。他没法说服布里甘特人向我们开战，便南下来到南威尔士，在那儿重新发动了叛乱。我们的驻军在卡利恩遭到大军突袭，尽管打败了敌人，却损兵折将，阵亡者中包括第二军团的一位营级指挥官和八位上尉。此后没过多久，法兰西辅军的两个营出去征募粮草，却在奇袭中被歼灭。奥斯特里乌斯连番征战了三年，如今已是心力交瘁，他将这几次失利看得太重，结果一病不起、一命呜呼了。这可怜的家伙临死之前获得了凯旋饰物的奖励，想必对他也是一个安慰。这是发生在两年前的事情。我派了一位名叫狄第乌斯的将军去接管不列颠行省，可他才走到半路，第十四军团就在一场激战中落败，被迫撤回营地，有不少人都成了敌军的俘虏。

这时，卡逊蔓杜阿的丈夫离开南威尔士，向卡逊蔓杜阿发起了进攻，因为他有两个兄弟曾经密谋反对她，她处死了他俩，结果惹怒了丈夫。她向狄第乌斯求助，他便将第九军团的四个营和巴达维亚辅军的两个营派去给她。有了这些援军，再加上她自己的兵力，她打败了自己的丈夫，将他生擒，让他发誓效忠于她并和罗马友好相处。后来，她宽恕了他，再度与他并肩统治，看起来倒是十分亲密；从此之后，边境地区再也没有报告说遭到袭击。与此同时，狄第乌斯也在南威尔士恢复了秩序。

现在就让我离开不列颠行省，这里花费了我们大量的人力和财力，可是迄今为止，除了荣耀之外回报甚微。不过我认为，从长远来看，占领不列颠对罗马而言是很好的一项投资，要是我们公平且真诚地对待当地人，他们就会成为重要的盟友，而且最终会成为有价值的公民。一个国家的财富并不是只有粮食、金属和牲畜。罗马帝国最需要的是人，如果有个国家养育着一个诚实、好战、勤奋的民族，那么吞并这个国家就能让罗马帝国拥有更多的资源，这比得到印度哪座盛产香料的岛屿或是中亚什么蕴藏黄金的领地更加重要。卡逊蔓杜阿女王和她的贵族们所表现出来的忠诚以及卡拉克塔库斯国王身处逆境时的勇气都可能预示着一个最美好的未来。

卡拉克塔库斯被带到罗马来了，我下令公众放假一天，以庆祝他的到来。全城的人都出动来看他。近卫师团在军营外面接受检阅，我坐在军营门口的军法台上，这个军法台是专门为了今天这个场合而建立的。号声响起，一小队人马从远处穿过草坪向我走来。走在最前面的是一队被俘的不列颠士兵；接着是卡拉克塔库斯家里的领主们；再来是堆着各种马饰、项圈和武器的马车——不仅有卡拉克塔库斯自己的，还有他在战斗中从邻国那里夺来的，我们的军队从塞分卡尼德的军营里把这些都给缴了来；随后是卡拉克塔库斯的妻子、女儿、内弟和侄儿们，最后才是他自己，他昂首挺胸，目不斜视，一直走到我所在的军法台前，器宇轩昂地鞠了一躬，请我恩准他开口说话，我便准了。他说起话来既真诚又高贵，一口拉丁语异常流利，简直让我嫉妒；因为我是个笨嘴拙舌的人，总是会忘记自己说到哪里了。

"恺撒，如今您看见我身锁铁链在您面前，求您饶命，可是在这之前，我和贵国的军队抗争了七年之久。也许我本可以再坚持七年，如果不是因为相信了卡逊蔓杜阿女王会尊重我们土地上那神圣的宾客特权。在不列颠，要是有人到别人家里去请求招待，而人家给了他盐、面包和酒，那么这家的主人就会认为自己要用性命来对这位客人的性命负责。曾经有个人到我父亲辛白林的皇宫里避难，吃了盐之后，他透露说自己谋杀了我的祖父。我的父亲却说：'你是我的客人。我不能伤害你。'可卡逊蔓杜阿女王却给我戴上这些锁链，将我送到了这里，她给你这个盟友争了光，却给她这个布里甘特女王丢了脸。"

"我要主动坦白自己的过错。我兄弟托葛杜努斯曾给您修书一封，我却并未进行劝阻，他这封信写得极为不妥，且有失礼数。当时我们年少轻狂,听信了传闻,低估了罗马军队的实力,没有想到您的将军如此忠心,也没有想到您居然是如此伟大的一位指挥官。如果我能让自己的功绩比肩家门的荣耀,成功时也能渐渐节制一些,那么我肯定不会以俘虏的身份来到罗马,而是会作为您的朋友而来;您也会以王室的礼遇来欢迎我,不会有丝毫不屑,因为我的父亲是辛白林,连你们的奥古斯都神都敬他为盟友,而且他和奥古斯都神一样,也是一位征服了许多部落的霸主。"

"我虽长期与您抗争,但那是因为我发现您一心要吞并我的王国和我盟友们的王国,所以我无须道歉。我有人手,有武器,有战车,有马匹,还有财宝;我不想失去这些,你难道会不明白吗?你们罗马人的目的在于将统治扩张到全人类,但这并不说明全人类都会立刻接受你们的统治。你们必须首先证明自己有权来统治,而且是用刀剑来证明。恺撒,咱们打了很多年,您的军队追着我从一个部落到另一个部落,从一个要塞到另一个要塞,而我也让他们死伤惨重;可是如今,我成了俘虏,你终于赢了。要是我在梅德韦河上第一次和你们交手时就向您的副手奥鲁斯·普劳提乌斯投了降,那就证明我不配与您为敌,奥鲁斯·普劳提乌斯也就不会把您请来,您也就没法举行您应得的凯旋仪式。所以,要尊重您的敌人,既然他已低声下气,就饶他性命,无论是您自己的国家,还是我的国家,都不会忘记您的高尚宽厚。如果罗马认可被征服者的勇气,不列颠就会尊敬胜利者的仁慈。"

我将奥鲁斯叫来。"就个人而言,我很愿意让这位勇敢的国王获得自由。要是让他回到不列颠重新为王的话,各地的人都会认为我软弱,所以我不能这么做。我想要让他作为罗马的客人留在这里,给他一笔合他需要的年金,并且释放他的家人和家中的领主。你觉得如何?"

奥鲁斯答道:"恺撒,卡拉克塔库斯的表现说明,他是一位勇敢的敌人。他没有拷问或者处死过战俘,也没有在井里下毒,他公平作战,坚守信念。如果您给他自由,我将会自豪地握住他的手,主动献上我的友谊。"

我释放了卡拉克塔库斯,他庄重地向我表示了感谢:"我希望每一位罗马公民都有您这样的善心。"那天晚上,他和家人都留在皇宫里吃饭。奥鲁斯也在场,我们这些老兵一边开怀畅饮,一边将布伦特伍德那场仗重新打了一回。我对卡拉克塔库斯说,我和他差一点就近身肉搏了。他大笑着说道:"要是我知道就好了!不过,如果你还是很想打一架的话,我悉听尊便。明天早上在战神广场,你骑着你的母马,我不骑马,如何?你年纪比我大,这么一来倒也公平。"他还说了一句话,从此成了名言:"大人们,我就不明白了,罗马是如此美丽的一座城市,房屋如同大理石峭壁,店铺像是皇家宝库,庙宇如梦似幻,我们的德鲁伊祭司从死亡国度的奇幻之旅回来以后,报告说他们看见的庙宇也不过如此,你们身为这样一座城市的统治者,居然还会在心里觊觎我们土地上那破落的棚屋。"

二十七

　　每到一个新的周期开始，或是新的一代人降生时，罗马就会举行赎罪竞技——又叫作塔兰托竞技或旷世竞技——来庆祝。这个节日为期三天三夜，以纪念冥界的神灵普路托和珀尔塞福涅。历史学家认为，这些竞技比赛最初是由普布利库拉——他是瓦列利家族的人——正式确立为一种公共仪式的，当时罗马建城已经有两百五十年，同样是在这一年，克劳狄家族从萨宾国来到了罗马；不过，在此一百一十年之前也曾经举行过这些比赛，那时是遵照特尔斐的阿波罗神谕，作为瓦列利家族的仪式来举办的。普布利库拉立下誓言，从今以后，只要罗马还在，就会在每一个新周期开始时举行一次这些比赛。从那时到现在已经举行过五次了，不过间隔的时长却并不相等，因为对于每一个新周期要从何时算起，大家的意见无法统一。有时候，人们认为它就是自然周期——一百一十年，这是古代埃特鲁里亚人的算法；有时候，人们又认为它是罗马文明中的周期——一百年；还有的时候，人们一旦确信参加过上一次旷世竞技的人都已不在人世，就会举行新的一次竞技。

　　在共和制时代，最近的一次旷世竞技举行于罗马建城第六百零七年，自那以后只在奥古斯都时代举行过一次，那是在第七百三十六年。

奥古斯都在这一年举行旷世竞技并没有什么道理，和前一次既不是间隔一百年，也不是一百一十年，参加过上一次竞技的最后一个人也不是这一年过世的；即使从普布利库拉的时候开始推算，以一百年或是一百一十年为周期，也算不到这一年。奥古斯都，确切地说，应该是十五人祭司团——奥古斯都的宗教顾问们——从罗马建城第九十七年开始算起，据说第一次旷世竞技就是在这一年举行的。我承认我在自己的史书中写到他的宗教改革时，认为这个日期是正确的，但那只是因为如果我在如此重要的一点上批评了他，那就会开罪我的祖母莉薇娅，从而给自己惹来大麻烦。事实上，就算第一次旷世竞技的确举行于他所说的这一年——其实并不是，他算得也还是不对。我从普布利库拉的那一次往后推算，按照一百一十年的自然周期（对于普布利库拉来说，显然这才是一个周期），一直算到了罗马建城第六百九十年，上一次竞技庆典原本应该是这一年举行，然后要到第八百年才会再度举行。我的故事现在就讲到了这一年，也是我继位的第七年。

在每一个周期开始的那一年，都会发生一些大事，从而给这个周期赋予一种命中注定的特征。上一个周期的头一年，奥古斯都出生了，米特拉达梯大帝去世了，庞培打败了腓尼基人，占领了耶路撒冷，喀提林企图发动人民革命却失败了，恺撒当上了最高祭司。难道我还需要一一指出这些大事的重要性吗？在这个周期接下来的时间中，我们的军队在海外大获全胜，罗马帝国开疆拓土，人民的自由受到镇压，恺撒们成为神灵的代言人，这些还用我说吗？如今我打算补偿这个旧周期的恶行与罪过，并且以隆重的献祭来开启一个新周期。因为我有望在这一年完成自己的改革工作，然后，我会将这个欣欣向荣、井井有条的国家的统治权交还给元老院和人民，这权力已经从他们手中拿走太久了。

我已经将整个计划都细细地想清楚了。显而易见，由执政官们带领元老院来统治国家的话，如果还是一年选举一次执政官，就会有很大的弊端，一年的任期不够长。军队也不会希望总司令总是换来换去的。简而言之，我的计划是这样的：我打算将王室内库的钱无偿赠送给国家，只留下足够我这个平民百姓过活的钱；皇家的土地——包括埃及在内——也送给国家；我还要推行一条法律，规定政府五年换届一次。前一个五年任期的执政官将会和人民代表、骑士代表共同组成内阁，经过虔诚的抽签从他们当中选出一名总执政官，内阁将会辅佐和协助他来统治国家。内阁的每一名成员都要对总执政官负责，他们每人或是管理一个部门——就是我设立起来让手下的自由民管理的这些部门——或是统治一个边疆行省。执政官是总执政官和元老院之间的联系纽带，同时要像往常一样履行他们作为上诉法院法官的职责；护民官则是总执政官和人民之间的联系纽带。执政官将会从议员中普选而出，在国家遇到紧急状况时则要由全体公民投票表决。我还想出了许多巧妙的措施来保护这种政体，并且为它的切实可行而感到自豪：我的自由民会继续担任终身官员，负责管理全体职员，他们的建议将对新政府大有裨益。这样一来，既保留了君主制的可取之处，又不会损害共和制的自由。为了不让军队心怀不满，我会在新宪法中写上一条，规定每五年向他们发放一笔赏金，多少就取决于我们的军队在海外取得的胜绩和国内财富积累的情况。国内诸行省的管辖权则分配给在军队中升到高级指挥官的骑士和议员们。

现在我还没有把自己的计划告诉任何人，可是工作起来心情却很轻松。我坚信，我的主动退位将会证明自己从来没有想过要施行专制，而以前那些当场将人处死的命令全都是迫不得已而为之，到时人们就会原谅我犯下的这些小过错，打消一切疑虑，因为我完成了伟大的改革工作。我对自己说："奥古斯都总说他会退位恢复共和制，可是他从来没有，因为莉薇娅不许。提贝里乌斯也总是这么说，可是他也没有做到，因为他担心人们会为了他的残暴与专制而恨他。但我是真的打算退位，没有什么能阻止得了我。我的良心是清白的。梅萨丽娜也不是莉薇娅。"

这次的旷世竞技并非像以前一样在夏季举行，而是定在了四月二十一日牧羊节（公元47年），因为罗穆卢斯和他的牧羊人正是在八百年前的这一天开始破土修建罗马城。我遵循奥古斯都的先例，并没有仅仅向冥界的神灵祈祷；不过，旷世竞技的传统举办地点塔兰托据说就是地狱的入口之一，它是战神广场上的一个火山裂口，我命人将这里改成了一个临时剧场,点起五颜六色的灯光,竞技庆典将以这里为中心。早在数月以前,我就派出传令官去将所有的公民都召集到这里来"观看今生从未见过、到死也不会再见的壮观场面"(这是老套的话)。有些人对此嗤之以鼻,因为有不少老人都记得六十四年前奥古斯都举行的那次竞技庆典,他们当中有些人还亲自参加了。不过那是老一套了,而且奥古斯都举行庆典的时间也不对,所以这么说也是可以的。

第一天早晨,在卡皮托利尼山朱庇特神庙和帕拉廷山阿波罗神庙的台阶上,十五人祭司团将火炬、硫黄和沥青这些驱邪的用品分发给全体公民;他们还发放了小麦、大麦和豆子,有些是作为礼物献给命运三女神的,有些则是作为报酬发给参加庆典的演员的。清晨时分,罗马所有的主要神庙分别向主神朱庇特、天后朱诺、海神尼普顿、智慧女神密涅瓦、爱与美的女神维纳斯、太阳神阿波罗、神使墨丘利、谷神刻瑞斯、火神伏尔甘、战神马尔斯、月神狄安娜、灶神维斯塔、大力神赫拉克勒斯、奥古斯都神、黑暗女神拉托那、命运三女神,以及冥王普路托和冥后珀尔塞福涅献上了祭品。但是今天的头等大事还要数在卡皮托利尼山上分别宰杀白色的公牛和母牛献给朱庇特和朱诺,大家都来参加了。献祭以后,我们列队走向塔兰托剧场,齐声唱着颂扬阿波罗和狄安娜的歌曲。这天下午,赛车场和竞技场里举行了战车比赛、野兽猎捕和剑术格斗,庞培的剧院里则举行了向阿波罗献礼的戏剧比赛。

晚上九点,为了给战神广场祝圣,烧了很多硫黄,还遍地洒了圣水,接着,我在台伯河岸边的三个地下祭坛上,将三只公羊当作祭品献给了命运三女神。与此同时,一群百姓在我身边挥舞起燃烧的火炬,献上他们的小麦、大麦和豆子,唱着追悔往昔罪过的圣歌。羔羊的鲜血洒在祭坛上,它们的尸体则付之一炬。然后,人们在塔兰托剧场里还唱了好些圣歌,庆典的赎罪环节进行得既庄重又得体。接下来,人们演出了罗马传说中的场景,其中有一出芭蕾舞剧,表现的是贺雷修斯三兄弟和库里亚提乌斯三兄弟之间的战斗,据说在瓦列利家族举行第一次竞技庆典那天,这次战斗就发生在附近。

第二天,罗马的贵妇们在梅萨丽娜的带领下来到朱庇特神庙,在这里齐聚一堂向朱诺祈祷。前一天的竞技比赛仍然继续进行，竞技场里杀死了三百头狮子和一百头熊，更不用说还有公牛和数不清的剑斗士。那天晚上，我将一头黑色的阉猪和一头黑色的小猪作为祭品献给了大地母亲。最后一天，二十七名漂亮的男孩和女孩在阿波罗的圣殿里用希腊语和拉丁语齐声合唱了圣歌，我还向他献祭了好几头白色的公牛。这个竞技节日起初正是奉了阿波罗的神谕而设立，所以他才受到了如此殊荣。孩子们唱的圣歌是为了祈求阿波罗、他的妹妹狄安娜、他的母亲拉托那和他的父亲朱庇特保护整个罗马帝国的所有城镇和地方官。贺拉斯那首为歌颂阿波罗和狄安娜而作的著名颂歌也在其中，你也许会以为它已经老掉牙了，但是它一点儿也没有过时；实际上，这首颂歌中有一节比当初创作的时候反而更合时宜：

> 庄严的祈祷打动了两位神灵
> 他们对罗马倍加关心，
> 饥荒让人害怕，战争令人哭泣
> 他们便仁慈地将这天灾人祸
> 从罗马和高贵的恺撒这里绕过，
> 全都倒给我们的不列颠仇敌。

贺拉斯写这首诗的时候，奥古斯都正在盘算着向不列颠开战，可是这场战争却没有打起来，所以当时不列颠人还没有像现在这样正式成为我们的敌人。

我们继续向众神献上祭品，举行战车比赛、剑术格斗、野兽猎捕和体育竞赛。当天晚上，我在塔兰托将一头黑公羊、一头黑母羊、一头黑公牛、一头黑母牛、一头黑公猪和一头黑母猪当作祭品献给了普路托和珀尔塞福涅；节日到此就结束了，下一次要过一百一十年才会举行。这次的庆典一点儿也没有出错，也没有人报告说看到什么不好的兆头。我问维特里乌斯节日过得好不好，他答道："好极了，祝您寿比南山。"我不禁放声大笑，于是他道歉说自己有些心不在焉。他解释道，他无意中把罗马的生日当成是我的生日了,但还是希望这句话预示着我将会长命百岁、精力旺盛。维特里乌斯可真是虚伪,我现在已经确信,这个笑话是他几个礼拜前就事先想好的。

对于我来说,整个庆典上最自豪的一刻是在第三天下午,当时战神广场上正在举行特洛伊战争的模拟表演,我的幼子不列塔尼库斯——年仅六岁——跟年龄比他大一倍的男孩子们展开了小规模战斗,他驾驭小马和使用武器的样子颇有赫克托和卡拉克塔库斯的风范,赢得了最响亮的欢呼声。人们议论说,他像极了我哥哥日耳曼尼库斯,还预言说,他一到上战场的年龄就会立下赫赫战功。我的一个侄外孙也参加了特洛伊模拟战,他今年十一岁,是我侄女小阿格里皮娜的儿子。他名叫卢修斯·多密提乌斯[1],我曾经提起过他,不过只是一笔带过。现在是时候说得更详细一些了。

他的父亲是多密提乌斯·阿赫诺巴尔布斯(又叫铜胡子),跟我是表兄弟,他素来以罗马最残忍的人而为人所知。残忍是他们家族遗传的品性,就像红色的胡子一样,有人说难怪他们都长着铜胡子,这样才能配得上他们那铁打的面孔和铅制的心肠。多密提乌斯·阿赫诺巴尔布斯年轻时在东方替盖乌斯·恺撒当过参谋,他曾经将手下的一个自由民关在房间里,不给水喝,只给他吃咸鱼和干面包,结果害死了他,就因为这个自由民不肯在他的生日宴会上喝醉。听说此事以后,盖乌斯告诉多密提乌斯不再需要他来效劳,也不再当他是自己的朋友。于是多密提乌斯便回到罗马,在回去的路上,他一怒之下突然沿着阿皮安大道上一个村庄的道路策马狂奔,故意撞倒了一个在路上玩娃娃的孩子。还有一回,在营业的市集上,他故意找碴儿和一个骑士吵了一架,他之前还欠了那人的钱没有还,这回却用拇指将人家的一只眼珠子挖了出来。我伯父提贝里乌斯在执政后期跟多密提乌斯交上了朋友,他是有意跟那些残暴、卑鄙的人为伍,有人认为,他这么做的目的是为了跟他们比起来觉得自己还算是个道德高尚的人。他让多密提乌斯和他收养的孙女——我侄女

---

[1] 作者注:即后来的皇帝尼禄。

小阿格里皮娜——结了婚,婚后生下一个孩子,就是我所说的卢修斯。朋友们来向多密提乌斯祝贺他的家族后继有人时,多密提乌斯怒道:"省省你们的祝福吧,蠢货。你们要是真有爱国之心,就立刻到摇篮里去把这孩子掐死。凡是人们所知道的缺点——不管是人类的还是非人类的,我和小阿格里皮娜全都占尽了,这孩子注定会成为最可恨的小恶魔,来祸害我们这不幸的国家,难道你们没有意识到这一点吗?这已经是板上钉钉的事情了,你们有谁看过他的天宫图吗?你们看了就会不寒而栗的。"后来,多密提乌斯因为叛国以及与自己的姐姐多密提娅乱伦的双重指控而被捕,这些罪名在提贝里乌斯的时代也没什么意义,反正只是形式而已。可是提贝里乌斯死得很是时候,卡里古拉又将他给放了。此后没多久,多密提乌斯却自己死于水肿。他在遗嘱中让卡里古拉和小卢修斯共同继承他的遗产,将三分之二的财产都留给了卡里古拉。小阿格里皮娜被流放到岛上去以后,卡里古拉将剩下的财产也占为己有,这样一来,卢修斯就成了几乎没有生活来源的孤儿。不过,他的姑姑多密提娅却照顾起他来。(可千万别把她和她妹妹混为一谈了,她妹妹名叫多密提娅·列比达,是梅萨丽娜的母亲。)这个女人一心只顾着享乐,之所以肯费心带着小卢修斯,是因为有人预言他将来会当上皇帝,所以她才想讨他的喜欢。多密提娅给他选了三位私人教师,委托他们来教育他,看看这三个人就知道多密提娅的品性了:一个叙利亚人,从前是跳芭蕾舞的;一个提洛尔人,从前是个剑斗士;他俩都是多密提娅的情人;还有一个教师是多密提娅的希腊理发师。他们对他进行了良好的平民教育。

两年以后,小阿格里皮娜回来了,她对自己的儿子丝毫没有做母亲的感觉,便对多密提娅说,他可以跟她一起再住几年;为了甩掉这个责任,她愿意多付点钱。在我的干预下,小阿格里皮娜才把他带回了家,她把教师们也带回来了,因为他们要是不来,卢修斯就不肯来,而且多密提娅也还有其他情人。小阿格里皮娜还抢了多密提娅的丈夫——一位前任执政官,跟他结了婚,可是他们很快就吵架分居了。卢修斯人生中的第二件大事是有人企图趁他午睡的时候刺杀他;有两个人从他家前门走进来,守门人也在午睡,所以他俩没有遇到阻拦;他们上了楼,发现走廊里空无一人,便沿着走廊往前溜达,直到看见有间卧室的门前睡着一个奴隶,他们判断这一定就是他们要找的那间卧室,于是走了进去,看见卢修斯在床上熟睡。他们抽出匕首,踮着脚走近了他。过了片刻,他俩尖叫着又冲了出来:"有蛇,有蛇!"尽管家里的人都被这喧闹声惊动了,却并没有人来设法阻止他们,结果让他俩给跑了。把他们吓成这样的是卢修斯枕头上的眼镜蛇皮。他原本是将蛇皮缠在腿上的——这样可以治淋巴结核,他从小就有这个病,深受其苦——我估计他睡前正在玩蛇皮。在黑暗的房间里,蛇皮看上去就像一条活的眼镜蛇一样。这事发生以后,我猜想刺客是梅萨丽娜派来的,她痛恨小阿格里皮娜,但是出于某种原因,却不敢对她提出指控。无论如何,这事传得沸沸扬扬,说卢修斯床上有两条眼镜蛇在守卫他,小阿格里皮娜更是煽风点火。她将蛇皮放在卢修斯佩戴的蛇形金手镯里,说这是在枕头上找到的,一定是眼镜蛇在那里蜕的皮。卢修斯则对朋友们说,他确实有一条眼镜蛇卫兵,但是如果说有两条恐怕就夸张了,他从没见过第二条眼镜蛇,他的蛇还常常从他的水壶里喝水。从此再也没有人企图刺杀过他。

卢修斯和不列塔尼库斯一样,长得很像我亲爱的哥哥日耳曼尼库斯——他是卢修斯的外祖父,但是他俩的相似却令人厌恶。他们的五官长得几乎一模一样,从日耳曼尼库斯脸上可以看出他那坦率、高贵、慷慨、谦逊的性格,可是这些到了卢修斯脸上却被狡诈、下贱、卑鄙和虚荣所代替,可惜多数人都看不到这一点,因为他长得比外祖父还要英俊,尽管这种英俊是变味的;他有种女人的美,这让男人们对他就像对女人一样热情;他对自己美貌的力量也了解得一清二楚,所以天天早上都要花好长时间来梳洗打扮,几乎跟他母亲或是姑姑花的时间一样多;他尤其在意自己的头发,已经留得很长了。他那位当理发师的老师精心照料着他的美貌,就像鲁库路斯花园里的主管园丁照料着那出名的桃墙上的果实,或是鲁库路斯专门从黑海买回来的那株独一无二的樱桃树——它结的樱桃是白色果肉的。看着卢修斯在战神广场上拿着刀剑、盾牌和长矛进行军事训练会有种很奇怪的感觉,他用起兵器来倒也挑不出毛病——是跟他那个提洛尔剑斗士老师学的,可是看上去不像在操练，更像在跳芭蕾。当年日耳曼尼库斯像他这么大的时候进行军事操练，总会让人在想象中听见战斗时兵器的撞击声、军号声、呻吟声、喊叫声，仿佛看见日耳曼人的鲜血喷涌而出；但是看着卢修斯，耳边响起的却是剧场里观众那一波一波的掌声，眼前看见的是玫瑰和金币如同雨点般落到舞台上。

卢修斯的事就说到这里吧。下面来谈一个比较愉快的话题——我对罗马字母表的改进。在前一本书中，我建议给字母表增加三个新字母，因为这些是现在的使用中必不可少的，这三个字母分别是：辅音u、介乎i和u之间的元音——与希腊语中的第二十个字母υ相对应，以及迄今为止都表示为bs或是ps的辅音。我原本打算在凯旋仪式之后就将这三个字母介绍给元老院，但是却一直把这事推迟到了新周期开始的时候。旷世竞技结束的次日，我在元老院里宣布了自己的方案，结果顺利地通过了。可是我说，这一改进会切切实实地影响到罗马帝国的每一个人，所以不想违背罗马人民的意愿将我自己的想法强加到他们头上，也不想太过匆忙，所以我提出，用一年的时间来就此事进行全民投票表决。

与此同时，我发表了一封公开信，解释自己的计划，说明其中的道理。我指出，尽管我们从小到大都认为字母表就像一年的月份、数字的顺序或是黄道十二星座一样神圣，不可改变，但事实并非如此；世上的一切都可以变化和改善。尤利乌斯·恺撒对日历进行了改革；数字的书写惯例得到了更改和扩充；星座的名字发生了变化；就连组成星座的星星也不是恒久不变的——比如说吧，在荷马的时代，昴宿星团是有七颗星的，可现在却只剩下六颗，因为丝黛罗普那颗星——人们有时候也把她称为伊利克特拉——已经消失了。拉丁字母表也发生过变化，不仅字母顺序变了，而且表示某些读音的字母含义也变了。早在博学的埃文德国王时代，拉丁字母就发源于多利安的希腊语，希腊语原先则是卡德摩斯[1]率领腓尼基舰队到达希腊时带来的，而腓尼基语又源自埃及语。这些语言的字母全都一样，只是名字不同而已。实际上，埃及语最初是用动

1　腓尼基王子。

物和其他自然物体的图画来表示，后来渐渐形成了象形文字，腓尼基人将这些字母借来进行了一些修改，希腊语又将修改过的字母借来，也进行了修改，最后拉丁语将修改过两回的字母借来，仍然进行了修改。最初的希腊字母表只有十六个字母，后来却一直增加到了二十四个，在有些城市甚至有二十七个。最早的拉丁字母表也只有二十个字母，因为希腊语中的三个送气辅音和字母Z是用不上的。不过，在罗马建城五百年后，G被引进以代替C，再后来，Z也恢复使用了。但我仍然觉得这个字母表不够完美。要是全国百姓都投票同意改进字母表的话，起初可能会有点不方便，因为要记着使用这些方便的新写法，不能再使用旧的，但是这种不便很快便会不复存在，而学着用新的方式来读书写字的下一代男孩子压根就不会感觉到有什么别扭。还不到一百年前，日历的改变也带来很多别扭与不便，当时一年增加到了十五个月，因此每个月的天数都变了，其中一个月的名字也变了——这可真是让人怨声载道，但是不也平安无事地过去了吗？肯定没有人还想回到老样子吧？

每个人都很有学问地讨论着这件事，不过也许没人对此太上心，反正至少没有我上心。最后投票的时候，这三个字母得到了压倒性的赞成票；但我认为这是在拍我的马屁，而不是因为人们真的弄明白了这个问题。于是，元老院投票同意立刻引进这三个字母，如今所有的公文中都能看见它们，从诗歌、科学专著、法律论述到拍卖广告、催债书、情书以及房屋墙上用粉笔乱涂乱画的春宫图，每一种文学形式都使用了这三个新字母。

现在我打算简要地说一下我在位的后半期所修建的市政工程、进行的改革和颁布的法令；打个比方来说吧，我要把桌子清理干净，好写下我生命中痛苦的最后几章。现在我的故事已经进展到了一个转折点——也就是悲剧家们所说的"发现"，在此之后，尽管我仍然继续履行皇帝的职责，但心态却跟从前大不一样。

我建好了高架水渠，修建了几百里新马路，并修好了破损的旧路。我禁止放债人将钱借给那些手头缺钱、巴望着父亲早死的年轻人；这种非法交易极为可憎，利息总是高得离谱，欠债人的父亲常常会在此后不久便去世，这种现象多得都有些反常了。这一举措意在保护诚实的父亲免遭败家子的毒手，不过我也为有个败家父亲的诚实儿子提供了保障；要是父亲的财产因为欠人债务或是犯下重罪而被没收，儿子合法继承的财产则可以免受影响。为了保护女性的利益，我制定了法律，让她们不必再受父系亲属的监护——这曾经让她们很是烦恼，还禁止将她们的嫁妆抵押出去为丈夫的债务担保。

在巴拉斯的建议下，我向元老院提交了一项动议，元老院随后将之采纳为一条法律，这条法律规定：出身自由的女性如果嫁给一名奴隶，而奴隶的主人对此既不知情也不同意，那么这名女性自己也会成为一名奴隶；但是如果主人知情且表示同意，那么她就仍然是自由身，只有她婚后生下的孩子会成为奴隶。这项动议的提出引发了一个很有意思的后果。有位议员今年刚好当选为执政官，许多年前他曾经得罪过巴拉斯，所以他觉得，如果不能重新获得巴拉斯的好感，自己上任后一定会遇到诸多困难；我并不是说他有理由认为巴拉斯会对他恶意相向，因为巴拉斯和我不同，他不怎么会受到这个缺点的影响，但是这名议员总归会有点良心不安。于是他提议，鉴于巴拉斯提出这条法律并说服了元老院投票通过，为国家做出了重大贡献，所以应该授予巴拉斯一等法官的荣誉头衔，并奖励他十五万个金币。这时，波贝娅的鳏夫斯奇比奥跳了起来，像我伯父统治时期的盖路斯和哈特利乌斯那样讽刺地说道："我附议。而且我还要提议向这位非同一般的人物公开致谢，因为我们那些外行的系谱专家最近发现，他是阿卡狄亚国王巴拉斯的直系后裔，博学的埃文德国王也是这位国王的后代。我们的皇帝陛下不久前才提起过埃文德国王，还将他的名字赋予了帕拉廷山。我是说，我们要公开向巴拉斯致谢，不仅仅因为他起草这条法律所做出的贡献，还因为他谦逊而高尚地隐瞒了自己的王族出身——将自己当作无名小辈一样任由元老院差遣，甚至还屈尊以自由民的身份给皇帝当了文书，并因此而为人所知。"没有人敢反对这项动议，于是我也装傻，假装把此事当了真，并没有用我的否决权来插手干涉。如果我插手的话，对巴拉斯就不公平了。不过，元老院一休会，我就派人将他请来，把动议的事情告诉了他。他的脸变得通红，不知道该怒还是该喜，怒的是受了这样的侮辱，喜的是他在公共事务中所起到的重要作用得到了公开的认可。他问我他该如何回答，我对他说道："你需要这笔钱吗？"

"不需要，恺撒，我非常富有。"

"有多么富有？来，让我听听你值多少钱。你跟我说实话，我不会生气的。"

"我上一次查看账户的时候，大概有三百万吧。"

"什么！银币？"

"不，金币。"

"天哪！全都是正经得来的？"

"每个子儿都是。人们交上请愿书或是请我帮忙的时候，我总是说：'我可不能保证会为你们做什么！'他们就会说：'哦，不，我们从没指望过这个。但是请接受这点微薄的礼金，这是为了感谢您对我们的亲切接待。'于是我就把钱存进银行，并且露出迷人的微笑。这钱都是您的，恺撒，如果您需要的话。这您知道的。"

"我知道，巴拉斯。但我没想到你居然这么有钱。"

"那是因为我没有时间去花钱，恺撒。"

这倒不假。巴拉斯工作起来就像个做苦工的。于是我对他说，我会确保他不再受到元老院的嘲笑；建议他接受这个荣誉称号，但是拒绝接受这笔奖金。他同意了，我便严肃地明确告知元老院，巴拉斯有了他们慷慨奖励给他的这个荣誉称号就已经心满意足，他愿意还像从前一样过着清贫的生活。

可是斯奇比奥却不肯就此罢休。他又提出了一项动议，乞求我出面恳求巴拉斯接受元老院的请求，从而接受这笔奖金。这项动议也通过了。但是我和巴拉斯却坚持不让步。在我的建议下，他拒绝了我的恳求，也拒绝了元老院的。这场闹剧最后是这么收场的：斯奇比奥又提出一项动议——并且在元老院获得了通过——赞扬巴拉斯的朴素与节俭；这些赞扬甚至被正式刻在了一块铜匾上。我想你们一定会一致认为，被玩弄的并不是我和巴拉斯，而是斯奇比奥和元老院。

我限制出庭律师所收取的费用不得超过一百个金币。这个限制针对的是苏伊利乌斯——阿西阿提库斯的公诉人——这样的人，他们可以左右陪审团的判决，既可以判人有罪，也可以判人无罪，就像农夫赶猪去市场一样有把握。苏伊利乌斯什么案子都接，不管胜诉的希望多么渺茫，只要他能拿到全部的费用就行：他一个案子要收四千个金币。影响陪审团的既有他在法庭上发言时的那份自信与口才，也有这笔费用给人留下的深刻印象。当然，就连苏伊利乌斯也不是每次都能打赢官司的，因为有时他的委托人犯下的罪行太过明显、无法隐瞒；不过，如果是这样的话，为了不让自己失去法庭的信任——他将来打官司时要是遇到至少还有一线希望但要经过一番努力才可能获胜的时候，就会需要这种信任了——他会引导陪审团做出对他的委托人不利的判决。有这么一个传言：有位富有的骑士被指控抢劫了手下一个自由民的寡妇，他按照平常的标准将费用付给了苏伊利乌斯，可是却被他以这种方式背叛了。他便去找苏伊利乌斯，请他把四千个金币还给自己。可苏伊利乌斯却说，他已经尽力而为，很遗憾无法将这笔钱归还给他——这个头一开就危险了。结果这名骑士在苏伊利乌斯家门口自杀了。

通过削减出庭律师的收费——这在共和制时期的罗马可是被宣布为非法的，我破坏了他们在陪审团面前的威望，从此之后，陪审团更倾向于根据案件的实情做出裁决。我这就等于是向出庭律师们开战了。我在审案之前，常常会微笑着向出庭人员发出警告："我年纪大了，很容易就会失去耐心。哪一方能够以最简短、最坦白、最易懂的方式提出证据——哪怕是显得有罪的证据，我的裁决就可能会偏向这一方，而不会偏向用不合时宜的精彩表演来破坏好好一个案子的那一方。"我还会引用荷马的诗："是的，人们说话时，将事实锁在自己心里的人，最让我憎恨。"

在我的鼓励之下，一种新型律师出现了，他们既没有雄辩滔滔的口才，也不是伟大的法律权威，但是他们明白事理、嗓音清楚，还有本事把案件归纳为最简单的要素。其中最好的一个名叫阿加索，当他在我面前用他那讨喜、迅速、明白的方式为案件辩护时，我总会对他的委托人做出无罪推定，以此来鼓励其他人仿效他。

"最最博学、最最善辩的演说家和法学家"特勒格纽斯辩论与法律学院大概在三年前就关门大吉了。事情是这样的。有一天,特勒格纽斯出现在由我主持的上诉法庭上,他肥头大耳、匆匆忙忙、一头短发,来处理他自己的一桩案子。有位法官认为他煽动自己的一个奴隶在一次争吵中杀死了维特里乌斯的一名很值钱的奴隶,所以以此为由命他缴纳重金罚款。特勒格纽斯的奴隶似乎是在一家理发店里摆出了一副律师和演说家的傲慢架子,结果这家伙和维特里乌斯的奴隶吵了起来,那人正在排队等着刮脸——他被公认是全罗马最好的厨师(除了我的厨师以外),至少要值一万个金币。特勒格纽斯的奴隶咄咄逼人、滔滔不绝地将演讲术和烹饪术的艺术重要性相对比。维特里乌斯的厨师并不爱吵架,但是却不偏不倚地说了几句实话;比如说,高超技艺由家常的人来做和家常技艺由高超的人来做,这两者是不好相提并论的;他希望那些不如他这么重要的奴隶就算不能敬重他,起码也要对他以礼相待;他还说,自己至少要比跟他吵架的这个人贵了一百倍。厨师博得了其他顾客的同情,这可惹恼了那位演说家,他一把从理发师的手里抢过剃刀,割开厨师的喉咙,同时喊道:"我要给你个教训,看看和特勒格纽斯的人辩论会有什么下场。"因此,特勒格纽斯被处以罚款,抵消被杀厨师的全部价值,因为是他的学院向所有员工反复灌输"争辩无错"的观念,才会令他的奴隶做出如此暴行。现在,特勒格纽斯申诉说,那名奴隶并非是受了他的煽动才会以武力杀人,因为该学院的座右铭正是"语言强于武力",这便等于是直接禁止成员动武,而应以辩论作为武器。他还提出理由说,那天的天气非常炎热,而对方暗示他的奴隶最多才值区区一百个金币——作为一名训练有素的职员,他每年做出的贡献至少也值五十个金币——他的奴隶觉得自己受到了莫大的侮辱,所以说,唯一公平的观点是:那位厨师是因为主动挑衅才惹来了杀身之祸。

维特里乌斯作为证人来到庭上。"恺撒,"他说道,"这件事我是这么看的。我的厨师长被特勒格纽斯的奴隶所杀,他性格温和,品行端庄,而且拥有完美的厨艺,这一点您也是认同的,您还常常盛赞他做的酱汁和蛋糕。我至少要花一万个金币才能买到取代他的人,即便是这样——

您可以肯定——我连有他一半那么好的厨师都找不到了。杀死他的凶手称颂演讲术却贬低烹饪术,凶手所说的话字字句句都写在特勒格纽斯自己的这本手册里,这一点已经得到了证实;进一步得到证实的是,还是在这一本手册里,有些章节写的是'自由',其中有很多段落措辞激烈,力图证明以下行为是正当的:如果争辩和理论都不起作用,那就要诉诸武力了。"

特勒格纽斯盘问了维特里乌斯,我得承认他占尽了上风,就在这时,法庭上的一位不速之客给我带来了惊喜。这位不速之客就是首席行政官亚历山大,他刚好身在罗马,溜达到法庭里来看看热闹。他递给我一张字条:

这个自称为雅典和罗马之特勒格纽斯的人是一个从我家里逃跑的奴隶,他名叫乔安尼斯,出生于我在亚历山大的家里,母亲是叙利亚人。他是二十五年前走失的。您可以看到他的左臂上刺着一个"A"字,外面还有一个圆圈,这就是我家的烙印。

首席行政官亚历山大

我立刻停止审案,让仆人把特勒格纽斯带出去验明正身——他确实是首席行政官的财产。想象一下吧,他竟然伪装了近二十年的罗马公民!他的全部财产原本都应该充公——除了判给维特里乌斯的那一万个金币,但是我把他一半的财产给了首席行政官。他便将特勒格纽斯作为礼物回赠给我,我把他交给那尔齐苏斯处置;那尔齐苏斯让他从事一项很有用处——尽管有些低贱——的工作:在法庭上做记录。

我就是这样治理国家的。我大大扩展了罗马公民的范围,我的打算是,只要行省的居民忠心耿耿、品行良好、繁荣昌盛,那么就不应该让这些行省在公民地位上长期比罗马和意大利其他地方低人一等。欧坦便是法兰西北部第一个获得公民权的城市。

接着,我对罗马公民进行了人口普查。

公民的总数——包括妇女和儿童在内——已经达到了5984072人(公

元48年）；相比较奥古斯都去世的时候，那一年的普查结果是4937000人；我父亲去世的次年也进行了人口普查，当时才4233000人。如果只是把这些数字简单地写在纸上，谁都不会留下深刻印象，还是以人的概念来想一想吧。如果全体罗马公民排成一列纵队，一个接一个从我面前快步走过，那要过整整两年才能看到最后一个人。这些还只是有公民身份的人。如果是罗马帝国的全体百姓走过的话——如今得把不列颠、摩洛哥和巴勒斯坦全都算进来，人口已经超过七千万了——那就要花上十二倍的时间才能全部走完，也就是二十四年。可是二十四年已经足够生出新的一代人了，这么一来，我可能得坐上一辈子，在我死后，人流仍然会源源不断地走过，将会悄然滑过，永远川流不息。

而且没有哪一张面孔会出现第二次。数字真是可怕。想想看，罗穆卢斯第一次庆祝牧人节的时候，不过只有3300人参加。这要到什么时候才会结束呢？

我讲述了自己身为皇帝所做的这些事情，主要是想强调这一点：一直到现在为止，我的所作所为——就我自己所知——都是在尽一切可能为公众谋福祉。我不是轻率的革命者，也不是残暴的独裁者，更不是固执的反动者；我试着尽可能地将宽宏大量与人之常情结合到一起，谁都不能指责我未尽全力。

阐明克劳狄乌斯实施的立法工作以及他的书信及演说风格的两份文件

克劳狄乌斯关于某些提洛尔部落的公告
公元46年

奉提贝里乌斯·克劳狄乌斯·恺撒·奥古斯都·日耳曼尼库斯之命，于马库斯·优尼乌斯·希拉努斯与昆图斯·苏尔比基乌斯·卡麦里乌斯担任执政官之年的三月十五日颁布于巴亚官邸。

提贝里乌斯·克劳狄乌斯·恺撒·奥古斯都·日耳曼尼库斯，最高祭司，六届护民官、皇帝、国父、四届执政官，现发表正式声明如下：

　　有些争议由来已久，自我伯父提贝里乌斯在位到如今，数年来一直悬而未决；我伯父曾派遣皮那留斯·阿波利纳里斯对此进行调查，例如像科门赛人（据我回忆）和波加里人之间的分歧，但并没有派遣过其他人担当此任；可是，因为我伯父坚决不肯待在罗马，皮那留斯便疏忽了自己的使命；接着，我侄儿盖乌斯继位，也不曾找他要过任何报告，他自然不会主动上交——这种时候他可不是傻子；后来，卡姆里乌斯·斯塔图图斯交了一份报告给我，大意是说，这些地方的许多耕地与林地其实都归我管辖——然后就这样一直拖到了今天。前不久，我派我的好朋友普兰塔·尤利乌斯去到那里，他召集了总督们前来开会——不仅有当地的总督，还有较远地区的总督——他仔细审查了所有这些问题，最后才得出结论。他先是以一篇明白易懂的报告来说明理由，接着又拟了一篇公告来请我签署，其中所表达的决策比当初我伯父命令皮那留斯所做的更加广泛——现在我便批准如下公告的措辞：

　　"关于阿纳乌恩人、图里阿西人和辛顿人的处境，据我从可靠来源了解到，他们当中有些人已被并入南提洛尔政府管辖，不过并非所有人都是如此。尽管我注意到这些部落的成员并没有资格得到罗马公民权，但是也许有人会说，他们已经擅自在这里定居下来，并因此而获得了公民权，而且还和南提洛尔人交往密切，如果将他们分离出来，就必然会对这个杰出的公民群体造成严重伤害；所以，我愿意批准他们继续享有夺取来的一切权利。我之所以会如此欣然同意，是因为有人告诉我，法律地位受到影响的人中有许多都在禁卫师里服役——其中有些人已经升到了连级指挥官，他们还有些同胞在罗马报名参加了陪审团，并且正在履行自己的职责。

　　"此项优待具有可追溯的法律约束力，凡他们当初以罗马公民之名所采取的一切行为、签订的一切契约——无论是在他们内部还是与南提洛尔人，或是在其他任何情况之下——均为有效；迄今为止，他们都俨然以罗马公民自居，故特此批准他们继续保留这一名称。"

克劳狄乌斯对元老院发言之仅存片段：

提议将罗马公民范围扩大至欧坦地区的法兰西人
公元48年

大人们，听到我即将提出的这项极具革命性的提议，你们会十分震惊，所以我必须事先请求诸位改变这一看法；我已预料到，这些感受会成为我今日遭遇的最大阻碍。要越过这些阻碍，也许最好的办法就是提醒你们，在罗马的历史进程中，我们的体制曾发生过多少次改变，而这体制其实本来就具有极强的可塑性。

罗马一度是由国王来统治的，但王位却并非世代承袭。国王中不仅有异乡人，甚至还有外国人：比如说，罗穆卢斯的继任者——努玛国王就是土生土长的萨宾人（虽然萨宾离罗马很近，但当时仍然是外国）；还有安库斯·马提乌斯的继任者塔奎因一世。塔奎因的出身远远算不上显赫，他的父亲名叫德马拉苏斯，是科林斯人，而他的母亲虽然出自高贵的塔奎因家族，却因为太过贫穷而被迫委身下嫁；如此一来，他在科林斯是不得出任显要职位的，于是塔奎因便来到这里，结果却被选为国王。他和儿子，抑或是孙子——历史学家们在这一点上还无法达成一致——的继任者是塞维乌斯·图里乌斯，根据罗马人的说法，他的母亲名叫欧克丽西亚，是一名战俘。但是，在埃特鲁里亚人的记载中，他却被写成了跟埃特鲁里亚人凯里·维皮纳斯患难与共的忠实伙伴；记载中说，凯里战败时，塞维乌斯·图里乌斯率领凯里军队的余部离开埃特鲁里亚，夺取了远处的一座山头，并用军队前任指挥官的名字命名为凯里山。接着，他将自己原先的埃特鲁里亚名字由马克斯特鲁纳改成图里乌斯，当上了罗马国王，并成为一代明君。后来，傲慢王塔奎因与其子的专制暴行惹人厌恶起来，罗马人民——请注意——厌倦了君主制的统治，于是执政官与一年一选的行政官便取而代之。

还有独裁统治，我们的先辈发现，在爆发战争和政局动荡的困难时期，独裁官甚至比执政官的力量更加强大。这一点就不用我来提醒你们了吧？还有以下这些：人们任命了护民官来保护平民百姓的权利不受侵犯。十人委员会一度从执政官手中接管了政府。执政官曾经由几个人共同担任。军队的上校们会不定期地被任命为执政官——有过七八次吧。普通百姓不仅可以担任最高行政长官，甚至还获得了担任祭司的资格。这些还用我提醒吗？不过，我并不打算细说先辈们早年的斗争和取得的成果；你们也许会猜想，我这番毫不谦虚的历史回顾是为了要找个借口吹嘘罗马帝国近来向北部海域之外的扩张……

我伯父提贝里乌斯皇帝曾经有一个心愿——元老院里的议员遍布意大利所有的主要侨民区和城镇；而且议员们确实具有必需的资格、品德和财富。"没错，"你们会说，"但是意大利议员和外国来的议员可是大不一样。"那么，作为监察官，现在我就来向你们说明我将罗马本土公民的范围扩大到行省的理由，我会让你们知道我对这件事的态度。不过，请容我简而言之，如果外省人可以给元老院增光，那么我们就不应该仅仅因为他们不是本地人而将其拒之门外。法兰西的维埃纳有个富丽堂皇的著名侨民区，从很久以前就开始给元老院输送议员，不是吗？我亲爱的朋友卢修斯·维斯提努斯就是从维埃纳来的，他是贵族骑士团里最杰出的成员之一，我雇用他到这里来帮助我治理国家。（我想顺便替维斯提努斯的孩子们向你们求个情：我希望能够将担任祭司的最高荣誉授予他们，虽然他们现在靠的是父亲的功绩，但是我相信，将来他们一定会凭着自己的本事出人头地、光耀门楣。）但是，我这番讲话要将一个法兰西人排除在外，他是个卑鄙的强盗，我连提都不想提他。他算是个摔跤学校的奇才，带着执政官的头衔荣归故里，可是当时他的侨民区甚至还不在罗马公民权覆盖的范围之内。我也同样瞧不起他的兄弟——一个可耻卑劣的恶棍，他即使做了议员，对你们也不可能有任何帮助。

提贝里乌斯·克劳狄乌斯·日耳曼尼库斯，现在是时候向元老院说明这篇发言的主题了：你已经说到了法兰西南部的边境……

……这些高贵的先生如今就站在我面前，若是他们升格成为议员，元老院也不应该感到羞耻，就像我那尊贵的朋友佩里希库斯——他在祖先的葬礼面具中发现阿洛布罗吉库斯这个法兰西名字赫然在列，可是他却并没有引以为耻。如果诸位赞同我所说的一切俱属实情，那你们还想要我做些什么呢？难道你们要我在地图上用手指着那个地点向你们证明，其实早已有议员来自比法兰西南部更远的地方，而我们接纳出生在里昂的人[1]进入元老院的时候，不是丝毫也没有觉得羞耻吗？哦，大人们，我要严正声明，当我冒险越过法兰西南部那熟悉的本土国界时，我胆怯极了！不过，我现在一定要为这个伟大国家的其他地区声辩几句。我同意你们的观点，法兰西曾经和尤利乌斯·恺撒（现已封神）对抗了十年，但是，作为回报，你们也得承认我的看法——自那以后一百年来，他们都对我们忠心不贰，即使在混乱时期也是如此，简直令我们难以置信。当年，我父亲德鲁苏斯忙于征服日耳曼，处于他后方的法兰西全境从没出过乱子；还有一回，我父亲正在统计有产者的人数——这对法兰西人来说可是前所未有，所以让他们很是不安——却被召去了别处，但法兰西依然保持着安定和平。根据我的亲身体验，我有充分的理由相信，即使时至今日，进行这种人口普查也是一项艰苦卓绝的工作，尽管它只不过意味着对我们的物质资源来一次公共审查而已……

---

1 作者注：开玩笑地指他自己。

二十八

人口普查的那一年（公元48年），八月的一天清晨，梅萨丽娜一大早就走进我的寝宫，唤醒了我。我刚睡醒时总要花上很长时间才能回过神来，尤其是当我从午夜一直失眠到黎明的时候——我常常都是这样的。她俯下身来吻我，轻抚着我的头发，用最最关切的语气对我说，她有个坏消息要告诉我。我昏昏欲睡、有些愠怒地问她是什么消息。

"是天文学家巴比鲁斯——你知道他从来都没有说错过，对吧？昨天，我请他看一看我的星象——因为他已经两三天没有看过了——于是昨夜他就进行了观察，你知不知道刚才他来对我说了什么？"

"我当然不知道。你就直说吧，我还要继续睡觉，这一夜睡得很不好。"

"亲爱的，如果这事不是重要至极的话，我怎么敢像这样打扰你呢。他说：'梅萨丽娜夫人，你身边有个非常亲近之人就要遭到可怕的厄运了。这一次又是土星的恶意影响。他现在正处于最有害的方位。灾祸三十天之内就将降临，最迟不会晚于九月十三日。'我问他究竟说的是谁，他却不肯告诉我，只是一直在暗示，最后我威胁说要叫人抽他鞭子，他才不情不愿地说了出来。你猜他说的是谁！"

"我半睡半醒的当儿不喜欢东猜西猜的。"

"可我不想直接告诉你,太可怕了。他说:'梅萨丽娜夫人,您的丈夫将会惨遭杀害。'"

"他当真是这么说的?"

她严肃地点了点头。

我坐了起来,心脏怦怦直跳。是的,巴比鲁斯的预言从来都很准。这就意味着我在尝试推行新体制之后过不了几天就会死。我原本计划在九月七日发表讲话,这一天是布伦特伍德大捷的周年纪念;但这事我谁也没告诉,就连梅萨丽娜都不知道——除此之外我就没有瞒过她什么了。我说道:"什么都做不了了吗?能不能用什么法子逃过这个预言?"

"我什么法子都想不到。你就是我丈夫,对吗?除非……除非……听着,我有主意了!假设只有下个月你不是我丈夫。"

"可我是你丈夫啊。你总不能假装我不是。"

"你可以和我离婚,不是吗,就离婚一个月?等到巴比鲁斯报告说土星已经运行到安全距离的时候,再重新娶我。"

"不,这不可能。如果我和你离婚的话,除非之后再婚过,不然和你重新结婚就犯法了。"

"这我倒没想到。这只是技术上的细节而已,咱们不能被它给打败。好吧,那就假设我确实嫁给了某个人——谁都行——只是形式上的。厨师、守门人或是宫廷禁卫军的一个士兵。当然只是举行个婚礼就算了。我们从一扇门进洞房,再直接从另一扇门走出来。这个主意还不坏吧,对不对?"

我认为她说得有些道理,不过显然她得嫁一个有些身份、有些名望的人,不然会造成很坏的影响。起初我提议她嫁给维特里乌斯,她却笑着说,维特里乌斯对她已经一往情深了,要是他们结婚却不让他和她同房,那对他就太残忍了。再者说了,那个预言要怎么办呢?我总不想让维特里乌斯惨遭杀害吧,对吗?

于是我们又讨论了几个可以成为她丈夫的人。唯一一个我俩都同意的人选就是民选领事西利乌斯。他的父亲也叫西利乌斯,是我哥哥日耳曼尼库斯麾下的将军,提贝里乌斯指控他犯了叛国重罪,他只得被迫自尽了。我不喜欢西利乌斯,因为他在元老院里带头反对我扩大选举权的举措,并且对我非常无礼。我发表完关于选举权的讲话之后,请他说说看法。他说他觉得这就怪了,利西亚的希腊城市壮丽宏伟,名闻遐迩,自古以来就是我们的盟友,这些城市仍然没能获得自由(五年前,我兼并了利西亚——那里一直政局不稳,同时还兼并了附近的罗得岛——有些罗马公民在这里被施了刺刑),而北方那些野蛮的凯尔特人却能享有罗马公民的全部权利。除了他之外,几乎没人提出反对意见,我便开始作答,而且是用尽可能友好的方式。我开口道:"从闻名天下的利西亚,从诗人贺拉斯笔下'赞塔斯的清澈小溪阿波罗最爱在这里将头发清洗'——咱们去年在旷世竞技上还听人吟唱起这些词句——到法兰西和那广阔阴暗的隆河,路途遥远,那广阔阴暗的隆河……从不曾在古典传说中被人提起,只有赫尔克勒斯可能在打败革律翁夺来牛群——这是他的第十件大功——的路途中到过这里。但是我并不认为……"这时,一阵傻笑声打断了我,这傻笑声很快又变成了哄堂大笑。似乎是在我第二遍说起"那广阔阴暗的隆河"并且犹豫片刻思量措辞的时候,西利乌斯议论了一句,有人听见了,但我却没听见他插的这句话,因为他坐在我耳聋的那一侧——"是的,那广阔阴暗的隆河,克劳狄乌斯最爱在这里将头发清洗,如果历史学家没有撒谎的话。"他说的是一回卡里古拉下令将我从桥上扔进隆河里,我差点就被淹死了。可想而知,当那尔齐苏斯解释了大家为何发笑以后,我有多么的愤怒。如果是在私里吃晚餐时、洗澡时,或是在农神万愚节期间更热闹的场合,开几句个人的小玩笑倒也无妨;但是,对我来说,我从未想过在元老院里开什么个人玩笑,因为这可能会让议员受到无情的嘲笑;可是民选领事却这么做了,而且嘲笑的竟然是我,在场的还有我带到元老院里来的一群法兰西显贵,这让我大为光火。我大声说道:"大人们,我请你们对我的动议发表意见,可是你们却吵吵闹闹,任谁都会误以为这里是最廉价的妓院。请遵守元老院的规定。这些法兰西的先生究竟会怎么看咱们?"吵闹声立刻就平息了。他们每次一看到我发火,就不敢说话了。

梅萨丽娜说，她非常愿意嫁给西利乌斯，不仅仅因为他对我无礼——这当然应该受到星星的报复，而且根据西利乌斯看她的眼神，梅萨丽娜可以肯定他对我无礼是因为吃醋——他疯狂地爱着梅萨丽娜。如果梅萨丽娜对他说，她打算离婚嫁给他，然后等到最后一刻才让他知道，这婚姻只是形式上的，那么就等于巧妙地惩罚了他的放肆行为。

于是我们选了西利乌斯，当天我就签署文件与梅萨丽娜断绝夫妻关系，允许她回到娘家去。关于这事，我俩开了不少玩笑。梅萨丽娜假装恳求我让她留下来，跪倒在我面前，求我原谅她的过错。她还哭着将孩子们拥在怀里——他们还不明白怎么会发生这种事——说道："狠心的人，难道做母亲的犯了错，就非得让这些可怜的宝贝受罪吗？"

我回答说，她的过错是不可原谅的：她太聪明，太美丽，太勤勉，一刻也不能再和我待在一起。她为其他做妻子的树立了一个无法企及的榜样，使得人人都嫉妒我。

她在我耳边小声说道："要是下个礼拜哪天晚上我到皇宫里来和你幽会，你会流放我吗？我也许会禁不住动心的，你知道。"

"是的，我会流放你，没关系。我也会流放我自己的。咱们去哪儿呢？我想去亚历山大看看。他们说那儿是个理想的流放地点。"

"把孩子们也带上？他们会喜欢那里的。"

"我认为那儿的气候不适合他们。恐怕他们还是得待在这里跟着你母亲。"

"我母亲根本就不懂怎么好好教养孩子：看看她是怎么把我养大的！要是你不带孩子们去，那我也不去，也不来跟你幽会了。"

"那我就跟罗利娅·保利娜结婚，让你生气去吧。"

"那我就把罗利娅·保利娜杀了。我会送下了毒的蛋糕给她，就像卡里古拉以前常常给那些让他继承遗产的人送的蛋糕一样。"

"好，这是你的离婚文件，已经全部签好封上了，你这个荡妇。现在你又享有未婚妇女的种种权利和优待了。"

"克劳狄乌斯，在分手以前，咱们接个吻吧。"

"这让我想起了《伊利亚特》第六册里赫克托和安德洛马刻那著名

的别离：

> 他的王妃就要离去，像先知一般哀声长叹，
> 不忍分离，她频频回盼
> 每看一眼都泪如泉涌；她慢慢走去
> 在自己的宫殿里尽情悲戚。

嘿，别一离婚就急着跑下台去。你应该悄悄地跟麦尼斯特学学演戏。"

"如今我可以自己做主了。要是你不介意的话，我就嫁给麦尼斯特。"

西利乌斯被公认为罗马最英俊的贵族男子，梅萨丽娜早就对他神魂颠倒。但是他可不会轻易就被她的热情所打动。首先，他品行很正直——至少他对此很是自豪；其次，他的妻子是希拉努斯家族的一位贵族女子，和卡里古拉的第一任妻子是姐妹；最后，尽管梅萨丽娜的美貌对他很有吸引力，但他却知道她对于贵族、平民、剑斗士、演员、卫兵甚至是帕提亚的一位使节全都一视同仁、慷慨委身，所以他觉得，如果她请求他与这些人为伍，那他也没有什么光彩。所以她只得极为狡猾地勾引他、耍弄他。头一个难题就是说服他私下来见她。她邀请过几次，但他都借故推托了。最后她是这么得手的：她和警卫队长——他从前也是她的情人——商定，由他邀请西利乌斯来吃晚餐，然后把他带进一个房间，她就在这里等他，桌上摆着两人的晚餐。一旦他来到这里，想要逃脱就没那么容易了，她真是聪明透顶；一开始她绝口不提情爱，她说的居然是革命政治！她提醒他不要忘记他父亲是被人害死的，还问他能不能忍受眼看着那凶手的侄儿——一个更加凶残的暴君——将奴役的束缚在曾经自由的人民脖颈上越套越紧。（她说的这人就是我，恐怕你们看不出来。）接着，她对他说，她有生命危险，因为她总是责备我没有恢复共和制，还指责我残忍地谋杀了无辜百姓。她又说，我看不中她的美貌，反而更喜欢女仆和寻常妓女，她只是为了报复我的冷落才会对我

不忠；她的博爱滥交是极度绝望和寂寞的后果。而他——西利乌斯——品行端正，勇敢无畏，在她认识的人中，唯独他可以助她完成毕生大业——恢复共和制。她为了将他引诱到这里来，耍了个并无恶意的小花招，他肯原谅她吗？

老实说，我不能责怪西利乌斯上了她的当；九年来，她没有一天不在骗我。请不要忘了，她非常漂亮，而且你们还可以假设她在他的酒里下了药。他自然想要安慰她，在他还没有意识到这是怎么一回事以前，他们已经搂在一起躺在沙发上，说着"爱情"与"自由"，又是接吻又是叹气。她说她现在才知道到底什么是真爱；他发誓说，在她的帮助下，他一定会尽早抓住机会恢复共和制；她也发誓说，只要他和妻子离婚，她就永远忠于他的爱情，至死不渝，她知道他的妻子背地里对他不忠，而且还不能生养——西利乌斯不应该让自己的家族断子绝孙——等等等等。她已经把他钓上钩了，如今正在拼命耍弄他。

不过，西利乌斯不仅品行端正，还很小心谨慎，他觉得自己的力量不够强大，没法发动一场武装起义。他虽然跟妻子离了婚，却在再三考虑之后对梅萨丽娜说，他们最好等到我死以后再恢复共和制。到了那时，他会跟她结婚，并且收养不列塔尼库斯，这样一来，罗马人民和军队自然而然就会唯他马首是瞻。梅萨丽娜觉得她得亲自出马了，于是便用巴比鲁斯来骗我，就像我描述的那样，而西利乌斯（如果他后来对我说的确属实情的话）对我们离婚一事一无所知，直到她带着那份文件来找他，她没有解释这是怎么得来的，只是开心地告诉他，他们现在可以结婚了，然后幸福到永远，但是在她允许以前，他千万不能对任何人说起这事。

梅萨丽娜离婚的消息震惊了罗马的每一个人，特别是我看起来一副丝毫没有受到影响的样子；我还是像以前一样敬重她，甚至有过之而无不及，她也继续在皇宫里处理政务。但是，她天天都到西利乌斯家里去看他，简直就是光明正大，还带着全体随行人员。我暗示她这个玩笑开得有点过头了，她却告诉我，她碰到点小困难——他不太愿意娶她。"恐怕他怀疑这里头有蹊跷，他彬彬有礼、沉默寡言，不过心底里却是激情洋溢,真是讨厌!"又过了几天,她兴高采烈地向我报告说,他已经同意了,九月十日就跟她结婚。她请我作为最高祭司来主持婚礼,看看热闹。"瞧瞧他发现自己上当时那一脸困惑的样子,难道这不开心吗?"到了这时我才开始对整件事情后悔莫及,尤其是对西利乌斯玩的这个恶作剧,尽管他在元老院里又一次冒犯了我——他又无礼地打断了我的话。我觉得自己当初就不该把这个预言当真,梅萨丽娜跟我说起这事的时候,我还是半睡半醒的,所以才会信以为真。而且,如果预言的确属实,怎么可能通过假结婚就躲过去?我忽然想到,如果夫妻不曾在生理上完婚,那么法律也不会认可这桩婚姻。我试着劝说梅萨丽娜放弃这事,可她却说我这是在嫉妒西利乌斯,而且她认为我就要没有幽默感了,正在变成一个又老又蠢、令人扫兴的书呆子。我便没有再说什么。

九月五日的早上,我要到欧斯提亚去给一座新建成的大粮仓举行落成典礼。我告诉梅萨丽娜,我要到第二天早上才会回来。梅萨丽娜说她也想去,于是我便叫人安排我和她一起乘车过去;可是到了最后一刻,她那著名的偏头疼又犯了,她去不成了。我大失所望,但这时已经来不及改变计划,欧斯提亚安排了市民们来迎接我,而且我答应过会在那儿的奥古斯都神庙里献祭;自打我那一回因为欧斯提亚人没有好好迎接我而对他们大发雷霆之后,我就特别小心,免得伤害了他们的感情。

中午刚过,我正要去神庙献祭,尤欧杜斯——我的一个自由民——递给我一张字条。尤欧杜斯的职责是让我免受公众那些不合时宜的请愿所扰;所有的字条都先交给他,凡是他认为无聊、疯狂或是不值得我注意的,我就不用看了。令人惊讶的是,人们写的请愿书里有很多很多荒唐的念头。尤欧杜斯说道:"恺撒,请恕我冒昧,这张字条我看不懂。是一个女人递给我的。也许您现在就可以看一下?"字条上写的是埃特鲁里亚语,这让我大吃一惊,这种语言已经灭绝,如今世上最多也就四五个人懂得,纸上写道:"您和罗马大难临头。立刻到我家里来。一刻也不要耽搁。"我吓了一跳,却又觉得莫名其妙。为什么是埃特鲁里亚语?到谁的家里去?有什么大难?但是很快我就想通了。这一定是卡尔珀尼亚写的,我在和梅萨丽娜结婚之前,曾经跟这个女孩住在一起;我编纂《埃特鲁里亚史》的时候教过她埃特鲁里亚语,就是教着玩儿罢了。卡尔珀尼亚用埃特鲁里亚语写这张字条给我,可能不仅仅是因为除了我没人能看懂,而且因为我会知道这是她写来的。我问尤欧杜斯:"你看见那个女人了吗?"他说她看起来像是埃及人,额头上有麻子,但是抛开这一点的话,她还是很漂亮的。我想起这是克里奥帕特拉,是卡尔珀尼亚的朋友,她俩住在一起。

　　献祭以后,我本该立刻到码头去,这事要是推迟就不合体统了:人家会认为,我对找两个妓女比出席皇家的正事更有兴趣。但是我知道,卡尔珀尼亚不是那种会闲来无事就给我写个字条的人,所以我在献祭的时候便下定决心,不管付出什么代价,都要听听她究竟想对我说什么。没准我可以装病。幸好奥古斯都神帮了我一把:我将一只公羊作为祭品献给他,可这只公羊的内脏是我见过最不吉利的。它看上去倒挺漂亮,肚子里却烂得好像熟过头的奶酪。照这样看来,今天我显然是什么公务也不能处理了,尤其是给世上最大的粮仓举行落成典礼这种大事。于是我便以此为由请求离开,大家都认为我的决定是正确的。我来到自己的别墅,宣称今天要在这里休息,至于大家邀请我出席当晚的宴会,只要没有官方的性质,我就很乐意参加。然后,我派人抬着我的轿子绕到别墅后门,很快便坐上去拉下帘子,叫人抬到卡尔珀尼亚那里去,她的漂亮宅邸就在城外的山上。

　　卡尔珀尼亚和我打招呼的时候,神色既焦急又伤心,所以我立刻就知道出大事了。"赶紧告诉我!"我说道,"究竟是什么事?"

　　她却哭了起来。我以前从没有见过卡尔珀尼亚哭泣,只有那一回,卡里古拉半夜命我进宫,当时她还以为我要被处死了,这事人人都知道。她是个沉着冷静的姑娘,没有寻常妓女的那些诡计和做派,一如老话所说,她"就像罗马人的剑一样实在"。"你保证会听我说吗?但是你一定不会相信我的。你会想要叫人拷问我、鞭打我。我也不想对你说。但是旁人都不敢告诉你,所以我必须说。我答应那尔齐苏斯和巴拉斯我会告诉你。当年咱们一起受穷的时候,他俩跟我都是好朋友。他们说你不会相信他们,你谁也不会相信,可是我说,我认为你会相信我,因为在你有难的时候,我依然真诚待你,把你当作朋友。我将自己的积蓄全都给了你,不是吗?我从来不曾贪心不足、嫉妒猜疑或是说谎骗人,对吗?"

"卡尔珀尼亚,我这辈子只认识三个好女人,我告诉你她们是谁。一个是赛普路斯,一位犹太王妃;一个是布里塞伊斯,替我母亲管衣装的女仆;第三个就是你。现在告诉我,你究竟要说什么。"

"你把梅萨丽娜给忘了。"

"梅萨丽娜自不必说。好吧,那么有四个好女人。我认为把梅萨丽娜的名字和一位东方王妃、一位希腊自由妇和一位帕多瓦妓女联系在一起并不是对她的侮辱。我所说的好可不是指那种特权……"

"如果你要算上梅萨丽娜的话,就请把我去掉吧。"她喘着气说道。

"卡尔珀尼亚,你这是谦虚吗?不必的,我说的都是实话。"

"不,不是谦虚。"

"那我就不明白了。"

卡尔珀尼亚慢慢地、痛苦地说道:"我不想伤害你,克劳狄乌斯。但我说的也是实话。我是说,如果赛普路斯是典型的希罗德家族王妃——嗜血残忍、野心勃勃、不择手段、丝毫不受道德约束;又如果布里塞伊斯是典型的衣柜女仆——小偷小摸、卑鄙懒惰、善于掩盖自己的行踪;假如你的卡尔珀尼亚是个典型的妓女——爱慕虚荣、淫荡滥交、贪心不足、将自己的美貌作为武器来控制和毁掉男人;假如你现在列出的是你所知道最坏的三种女人,又碰巧挑中我们以便举例说明——"

"——那就怎样?你到底是什么意思?你说得太慢了。"

"——那么,克劳狄乌斯,你将梅萨丽娜的名字加在我们后面就对了,而且还可以告诉我,'梅萨丽娜自不必说'。"

"是我疯了,还是你疯了?"

"我没有疯。"

"那你是什么意思?我可怜的梅萨丽娜究竟做了什么,要突然受到这种猛烈而离奇的抨击?卡尔珀尼亚,我看咱们今后是做不成朋友了。"

"你是今天早上七点离开罗马的?"

"是啊,那又怎么啦?"

"我是十点离开的,是跟克里奥帕特拉一起去罗马买东西的,我观看了婚礼。这个时候举行婚礼很稀罕,对吧?他们可快活了。所有人都醉醺醺的。表演非常精彩。屋子里到处都装饰着葡萄叶和常春藤,还有大串大串的葡萄、酒桶和榨酒机。据说这场婚礼表现的是葡萄酒节。"

"什么婚礼?说正经的。"

"梅萨丽娜嫁给西利乌斯的婚礼。你没有受到邀请吗?她在能找到的最大一个酒桶里一边跳舞一边挥着酒神杖,身穿一件染了酒渍的白色束腰短外衣,半边胸脯都露在外面,披头散发的。可是,跟别的女人相比,她还算体面。那些人就只穿了豹皮,因为她们扮演的是酒神巴克斯的女祭司。西利乌斯则是酒神巴克斯。他头戴常春藤,脚蹬厚底靴,比梅萨丽娜醉得还要厉害。他一直在跟着音乐摇头晃脑,咧着嘴像巴巴一样傻笑。"

"可是……可是……"我傻乎乎地说道,"婚礼要到十日才举行,我要去主持的。"

"他们没有你也办得很好。于是我去皇宫里找那尔齐苏斯,他一看见我就说:'谢天谢地你来了,卡尔珀尼亚。你是他唯一会相信的人。'还有巴拉斯——"

"我不信。我拒绝相信。"

卡尔珀尼亚拍了拍手。"克里奥帕特拉,那尔齐苏斯!"他们走了进来,跪在我脚边。"婚礼的事是真的,对吧?"

他们一致说确有此事。

"可是这事我全都知道,"我有气无力地说道,"这并不是真正的婚礼,我的朋友们,我和梅萨丽娜只是打算开个玩笑罢了。仪式结束的时候,她不会跟他上床。一切都是清白的。"

那尔齐苏斯说道:"西利乌斯抓住她,拉下她的外衣,在众目睽睽之下亲吻起她的身体来,她又叫又笑,然后他将她抱进洞房,在里面待了将近一个钟头才出来,又继续喝酒跳舞。这肯定不清白,恺撒,对吗?"

卡尔珀尼亚说道:"如果你不马上采取行动的话,西利乌斯就要成为罗马的主人了。我遇到的每一个人都对我说,梅萨丽娜和西利乌斯以自己的性命发誓要恢复共和制，整个元老院和多数禁卫军都支持他们。"

"我还得知道更多的事，"我说道，"我不知道该笑还是该哭。我不知道是该把黄金倒在你们膝上还是该把你们打得皮开肉绽。"

他们又跟我说了一些事，但是那尔齐苏斯却不肯说，除非我宽恕他把梅萨丽娜的罪行对我瞒了那么多年。他说，他刚开始发觉到有这些事的时候，我看起来却一无所知，很是开心；于是他便下定决心，只要梅萨丽娜不威胁到我的生命或是国家安全，他就不会让我经受幻想破灭的痛苦。他原本希望她会改邪归正，或者我会自己发现她的事情。可是随着时间的推移，她的行为越来越伤风败俗，他也越来越难以开口告诉我。事实上，他不相信我到现在还被蒙在鼓里，因为全罗马、所有的行省，还有国界之外的敌人都知道这事。九年来，我似乎不可能从没听说过她的放荡生活，因为她已经无耻放肆到了令人震惊的地步。

克里奥帕特拉对我说了一件最可怕又荒唐的事情。在我离开罗马去不列颠期间，梅萨丽娜向妓女行会发起了挑战，请他们提供一位冠军到皇宫里来和她比赛，看看谁一夜之间累垮的猛士最多。妓女行会派来的是一个有名的西西里人，名叫锡拉，和墨西拿海峡里那个漩涡的名字一样。天亮的时候，锡拉被迫承认自己输了，她的记录是二十五人，可是梅萨丽娜却还在逞强继续，一直到日上三竿才停下。更恶劣的是，罗马的多数贵族都受到邀请来出席比赛，其中许多男人都参与了，还有三四个女人也被梅萨丽娜说服，参加了比赛。

我坐在那里掩面而泣，大约五十年前，奥古斯都也是这么做的，当时他的孙儿盖乌斯和卢修斯跟他说了同样的事情，关于他们的母亲朱利亚；我说的话也跟奥古斯都一模一样，我说我从未听到任何传言，也从来没有一丝一毫的怀疑，我总以为梅萨丽娜是罗马最贞洁的妇人。像奥古斯都一样，我冲动地想把自己关在房间里，好多天都不见人。可是他们不让我这样。几天前，麦尼斯特的剧团上演了一出音乐喜剧——名字我不记得了——荒唐的是，其中有两句台词一直在我脑海里反复敲打：

我不知道有什么声响如此可笑，如此可笑而又悲伤，就像一位老人为了妻子哭泣，一个女孩走向了放荡。

我对那尔齐苏斯说道："我头一次看比赛的时候（当时我和哥哥日耳曼尼库斯共同担任主持）——你知道，那是向我父亲致敬的比赛——我看见一个西班牙剑斗士拿盾牌的那只胳膊被人齐肩砍掉。他离我很近，所以他的脸我看得一清二楚。当他明白发生了什么事的时候，脸上的表情蠢极了。整个竞技场爆发出哄堂大笑，大家都在笑话他。我也觉得很有趣，愿神灵宽恕我。"

二十九

在我快要晕过去的时候,色诺芬进来了,逼着我喝了一点东西,全面照顾起我来。我不知道他给我喝的究竟是什么汤药,但是喝过以后我觉得头脑清醒、从容镇静,对一切都无动于衷。我的双脚仿佛踩在云彩上面,就像神灵一样。我的眼睛也受到了影响,分不清远近了,我看见那尔齐苏斯、卡尔珀尼亚和巴拉斯好像并不在近旁,而是站在二十步开外。

"去把图拉尼乌斯和路西乌斯·盖塔请来。"卡龙死后,图拉尼乌斯就担任了我的仓库主管,而盖塔——我曾经告诉过你们的——和克里斯皮努斯共同担任禁卫军指挥官。

我盘问了他们,并且事先向他们保证,只要他们说实话,我就不会惩罚他们。他们证实了那尔齐苏斯、卡尔珀尼亚和克里奥帕特拉告诉我的都是实情,还说了更多的事情。我叫盖塔坦白地解释清楚,为什么以前没有向我报告这一切,他说道:"恺撒,我可以引用您常常挂在嘴边的一句谚语吗?膝盖总比小腿近。我的前任朱斯图斯曾经想要让您知道在您妻子的皇宫侧厅里发生的事情,可是他怎么样了?"

图拉尼乌斯在回答这个问题时提醒我说,前不久他鼓起勇气来找我,抱怨梅萨丽娜下令没收了公用材料——有一批玄武石块本来是从埃及进口来用于给牛市重新铺地的,结果却被她用来在鲁库路斯花园里新建了一条柱廊;可我却勃然大怒,叫他再也不要质疑梅萨丽娜的任何举动或是命令,她所做的一切都是我特别要求或者起码是我完全认可的。我还对他说,如果他对梅萨丽娜夫人的所作所为还有什么不满,就直接去对梅萨丽娜夫人说。图拉尼乌斯没有说错,我确实这么说过。

我盘问盖塔和图拉尼乌斯的时候,卡尔珀尼亚一直在后面焦急地坐立不安,这会儿又恳求地看着我的眼睛。我明白她是有话想单独对我说。于是我立刻叫所有人都出去,然后她急切地轻声说道:"亲爱的,你向不同的人一遍又一遍地问出同样的问题是行不通的。这是明摆着的,他们全都不敢告诉你,部分是因为他们知道你深爱梅萨丽娜,对她深信不疑,但主要还是因为你是皇帝。你很傻,也很不走运,但你现在必须做些什么来挽回局面。如果你不立刻行动的话,那就等于是把我们都判了死刑。每一分钟都很重要。你必须马上到禁卫军营去,叫那里忠于你的部队都来保护你。我相信他们不会为了梅萨丽娜和西利乌斯就抛弃你。也许是有一两个上校或是上尉被他们收买了,但是普通士兵对你还是忠心耿耿的。赶紧叫人快马加鞭送信去罗马,宣布你就要回来向西利乌斯和你妻子寻仇了。下令逮捕所有参加婚礼的人。这样没准还能把叛乱压下去。他们全都喝醉了,做不出什么危险的事来。但是要赶快!"

"哦,对,"我说道,"我得赶快才行!"

我又把那尔齐苏斯叫了进来:"你信任盖塔吗?"

"说实话,恺撒,我不是完全信任他。"

"那么他带到这里来的那两个上尉呢?"

"他们倒是可以信任,但是太蠢了。"

"克里斯皮努斯到巴亚度假去了,要是没法信任盖塔的话,那咱们还能叫谁去指挥禁卫军呢?"

"如果卡尔珀尼亚是男人的话,我会说卡尔珀尼亚可以。但既然她不是,那么第二理想的选择就是我自己了。我知道自己只是个自由民,但是禁卫军的军官们都认识我,喜欢我,而且也就这一天而已。"

"很好,今天的将军那尔齐苏斯。去告诉盖塔,医生命他卧床,明天才许起来。给我纸笔。稍等一会儿。今天几日？九月五日？这是你的委任状。把这个拿给上尉们看，叫他们立刻先带人去罗马，逮捕婚礼上所有的人。不过，对他们说，不要使用暴力，除非对方自卫。告诉禁卫军我这就来，希望他们继续对我忠诚，他们的忠诚会得到回报的。"

从欧斯提亚到罗马大约有十八里，可是士兵们乘着快速的轻便双轮马车，一个半小时就赶到了。他们到的时候，婚礼刚好结束。这都要怪一个名叫维提乌斯·瓦伦斯的骑士，在西利乌斯出现以前，他也曾经是梅萨丽娜的情人，现在也仍然很得她欢心。聚会现在到了这么一个阶段——所有的聚会都有这个阶段——喝酒的第一波兴奋已经渐渐消退，大家都开始觉得有点厌倦了，不知道该做什么好。维提乌斯·瓦伦斯引起了所有人的兴趣：他抱着屋外一棵常绿的漂亮橡树，和想象中住在里面的树精说话。这个树精显然是爱上他了，小声——只有他自己能听得见——邀请他到树顶上去赴约。他最终同意了上去和她相聚，叫他的朋友们叠起罗汉来帮他爬上最低的一根大树枝。这个人肉金字塔在尖叫与笑声中倒塌了两次，可是维提乌斯坚持不懈，第三次终于跨上树枝坐了下来，然后慢慢地、危险地越爬越高，直到消失在最高点那浓密的树叶中。大家全都站在那里举头仰望，看看接下来会发生什么事。他们的期望值很高，因为维提乌斯的滑稽是出了名的。没过多久，他就开始模仿树精那深情的呼喊声，大声咂着嘴好像在接吻一样，还发出了几声激动的尖叫。接着，维提乌斯却没了声音，直到人群朝上面对他喊道："维提乌斯，维提乌斯，你在做什么？"

"我刚才在观察这个世界。这里是罗马最好的瞭望台。树精坐在我腿上，正在把名胜古迹指给我看，所以别岔。对，那是元老院。傻女孩，我认得那里！那是科尔切斯特！你肯定是搞错了吧？你不可能在这棵树上看到科尔切斯特那么远的地方，对吗？你说的一定是禁卫军营。不，就是科尔切斯特，老天爷做证。我能看见一块布告板上写着科尔切斯特这个名字，还看见蓝脸的布立吞人在周围走来走去。那是什么？他们在干什么？不，我不相信。什么，把克劳狄乌斯当作神来膜拜？"然后他模仿我的声音说道："不过，这是为什么呢，我想知道这是为什么？

没有旁人可以膜拜了吗?其他神灵都不肯渡过英吉利海峡吗?这不怪他们。我自己渡过英吉利海峡的时候晕船晕得可厉害了。"

维提乌斯的观众们都听得入了神。当他又不说话的时候,他们便喊道:"维提乌斯,维提乌斯,你现在又在做什么?"

他再一次模仿我的声音答道:"首先,要是我不想回答,就不会回答。你没法逼我,因为我是个自由的人,对不对?实际上,我是罗马最自由的人之一。"

"哦,告诉我们吧,维提乌斯。"

"看哪!看哪!一千倍愤怒,一千条毒蛇!让我走,树精,赶紧让我走。不,不,下一回吧。现在没空做这种事了。我得下去了。放手,树精!"

"发生什么事了,维提乌斯?"

"逃命去吧。我刚才看见了一幅可怕的景象。不,站住!特罗古斯,普罗库路斯,先帮我下来!其他人都逃命去吧!"

"什么?什么?"

"可怕的暴风雨正从欧斯提亚赶来!逃命吧!"

人群真的散开了。在新郎新娘的带领下,大家笑着叫着冲出花园,来到大街上,几秒钟之后,我的士兵们飞奔而至。梅萨丽娜安全地逃脱了,西利乌斯也是,可是士兵们毫不费力就抓住了大约两百名宾客,后来又无意中逮捕了五十多个跌跌撞撞往家赶的醉鬼。梅萨丽娜身边只剩下了三个人,本来有二十多个人跟着她,但是一听到警报说禁卫军来了,他们便弃她于不顾。她徒步穿过城市,一直跑到鲁库路斯花园,这时她的酒已经醒了一些。她认为自己必须马上赶到欧斯提亚,试试看再一次用美貌来影响我——迄今为止,这一招在我身上屡试不爽——再把两个孩子也带来助她一臂之力。她还光着脚,穿着那身葡萄酒节的服饰,跑过大街小巷时,惹来不少嘘声和嘲笑。她派一个女仆到皇宫里去替她接孩子,再给她拿一双凉鞋、一些珠宝和一件干净的长袍。她和西利乌斯一看见大难临头,便立刻抛弃了对方,他们之间爱情的质量可见一斑。梅萨丽娜打算牺牲他来平息我的怒火,而西利乌斯则来到市集继续他的审判工作,仿佛什么都没有发生过。他醉得太厉害了,以为自己可以假装是完全清白的,上尉们来逮捕他的时候,他对他们说自己很忙,问他们想要怎样?他们的回答是给他戴上手铐,把他带到了禁卫军营。

与此同时,维特里乌斯和凯奇那(我第二次担任执政官时的同僚)来到了我身边,他们是陪着我一起来到欧斯提亚的,献祭仪式结束以后,他们就去了城那头看望朋友。我把事情简要地对他们说了一下,告诉他们我要立刻回罗马去;我希望他们能支持我,并且给我做一个见证:不管罪人是什么身份什么地位,我都会公正无私地对待他们受到的裁决。汤药的强大效力还没有消失。我说起话来冷静、流利,而且——我认为——合情合理。维特里乌斯和凯奇那起初并没有答话,仅仅在神色中透露出惊讶与关切。我问他们对这件事情是怎么想的,维特里乌斯仍然只是发出惊讶和痛恨的感叹,像是"他们真的是这么对你说的!哦,太可怕了!真是可耻的背叛!"凯奇那也和他一样。外面宣布皇家马车到了。我刚才命令那尔齐苏斯写一份针对梅萨丽娜的案情记录,他便一直在忙着询问全体人员,好把她的奸夫名单写得尽可能完全一些。这时,他却表现得像个勇士和忠仆:"恺撒,请告知您的贵族朋友们我今天是什么身份,并容我在这辆马车上和您坐在一起。作为您的禁卫军司令,我有责任待在您身边,直到维特里乌斯大人和凯奇那大人诚实地发表意见,不再做出这种评论——他们说的话既能理解为是在谴责您的妻子,也能理解为是在谴责控告她的人。"

我很高兴他和我一起来了。在我们乘车前往罗马的途中,我对维特里乌斯说起了梅萨丽娜的种种巧妙手段、我曾经多么爱她、她又是如何可耻地欺骗了我。他深深地叹了一口气,说道:"只有铁石心肠的男人才不会被她的美貌所融化。"我还说到了孩子们,凯奇那和维特里乌斯一齐叹道:"可怜的宝贝孩子们!可千万别叫他们受罪。"他们两人说出的话中,最接近真实看法的还是维特里乌斯的惊叹:"我对梅萨丽娜向来钦佩有加、悉心相待,凡是和我有同样感受的人,都没法相信这些肮脏的指控,哪怕有一千个可信的证人发誓这些都是事实。"凯奇那也赞同道:"哦,咱们生活的这个世界是多么的堕落而可悲啊!"不过,他俩一会儿就觉得难堪了。两辆车在暮色中向我们驶来,其中一辆也是四轮马车,由白马拉着,车上坐的是维比蒂雅——最年长、最受尊敬的护火贞女,她已经高龄八十五岁,是我的一位密友。这辆马车的后面跟着一辆运货马车,车身上画着一个大大的黄色"L"字样,这是鲁库路斯花园的一辆车,过去常常用来运送粪便和垃圾。车里坐的是梅萨丽娜和孩子们。那尔齐苏斯只瞥了一眼就明白了这是什么状况,他比我眼神好,然后他命人停下马车。"恺撒,护火贞女到这儿来见您了,"他说道,"她肯定会请求您原谅梅萨丽娜。维比蒂雅是个亲爱的老太太,我非常敬重她,但是看在神的分上,不要轻易对她许下任何诺言。别忘了您所受的是怎样的可怕对待,别忘了梅萨丽娜和西利乌斯是罗马的叛徒。尽量对维比蒂雅以礼相待,但是一点儿口风也别透露。这是案情记录。您现在就看,念一念这些名字。看看第十一项指控——麦尼斯特。您打算原谅吗?还有凯索尼努斯,凯索尼努斯怎么样?您觉得能和这样一个东西厮混的女人是什么样的?"

我从他手中接过那张羊皮纸,他走出马车时在维特里乌斯耳边小声说了一句话。我不知道那尔齐苏斯说的是什么,不过他不在的时候,维特里乌斯一声也没吭。我在灯笼的光线下读着这些指控,那尔齐苏斯则顺着马路跑去迎接维比蒂雅,梅萨丽娜也从车上下来了,正朝着他走来。现在梅萨丽娜的酒已经差不多醒了,她在远处温柔地向我呼喊:"喂,克劳狄乌斯!我真是个傻女孩!您不会相信我居然干出这种事来!"这一次我的耳聋派上了用场。我没有听出她的声音,也压根没有听见她说的话。那尔齐苏斯礼貌地问候了维比蒂雅,却不肯让梅萨丽娜再前进一步。梅萨丽娜诅咒他,朝他的脸上吐口水,企图闪过他来,可他命令随我们同来的两位中士护送她回到货车上,确保这辆车驶回罗马去。梅萨丽娜尖叫得仿佛人家要谋杀她或是侵犯她,我从羊皮纸上抬起头来,询问这是怎么回事。维特里乌斯说道:"是人群中的一个女人。听这个声音,像是生孩子痛得受不了了。"

维比蒂雅慢慢地向我们的马车走来,那尔齐苏斯气喘吁吁地跑回来跟在她身后,他几乎把所有的话都替我说了。他告诉维比蒂雅,梅萨丽娜荒淫无度、大逆不道、声名狼藉、绝无仅有,像她这样一位年高德昭的贞女来求我饶恕她的性命是非常荒唐的。"你们这些贞女肯定也不同意皇宫再度被人变成妓院,就像卡里古拉那时一样,对吧?你们肯定也不同意跳芭蕾的和斗剑的武士在最高祭司床上的被单底下表演,而且最高祭司的妻子还主动配合他们,对吧?"

这一席话让维比蒂雅大为震惊,因为梅萨丽娜只是对她坦白说自己跟西利乌斯之间有些"轻率随便"。她说道:"我对此毫不知情,但是我至少得力劝最高祭司不要鲁莽行事,别伤及无辜,要审讯后方可判罪,要考虑到皇室的荣誉,要顺从神的旨意。"

我插话道:"维比蒂雅,维比蒂雅,我亲爱的朋友,我会公平处置梅萨丽娜的,请您放心。"

那尔齐苏斯说道:"是的,千真万确。现在的危险是,最高祭司可能会给予他的前妻她所不配得到的仁慈。要公事公办、不偏不倚地审判此案对他来说确实很难。所以,我得替他向您提出请求,他已经很痛苦了,您就不要再火上浇油了。维比蒂雅女士,我可否礼貌地建议您退下,专心去致力于您所熟知的灶神仪式?"

于是她就此告退,我们则继续赶路。我们刚一进罗马城,梅萨丽娜就又企图来见我,但是被那两名中士给拦住了,这是后来别人告诉我的。随后,她又想要派不列塔尼库斯和年幼的屋大维娅来替她求情,不过那尔齐苏斯看见他们朝我们跑来,就挥手让他们回去了。我坐在那里默默地沉思着梅萨丽娜的情人名单。那尔齐苏斯给这份名单起的标题是:"瓦列利娅·梅萨丽娜臭名昭著的通奸行为之临时性不完全报告——自她嫁给提贝里乌斯·克劳狄乌斯·恺撒·奥古斯都·日耳曼尼库斯·不列塔尼库斯(国父、最高祭司等)的那一年直至今日。"名单上有四十四个人,后来又增加到一百五十六个。

那尔齐苏斯传令让那辆货车回到鲁库路斯花园去,根据交通规则,这辆车在这个时候是不能上街的。梅萨丽娜明白自己已经没有胜算,便任凭人家把她带回了花园。孩子们则被送回皇宫,不过,她的母亲多密提娅·列比达倒是勇敢地坐上货车陪她一起,尽管她俩最近关系有些冷淡；要不然的话，除了车夫之外，车上就只剩梅萨丽娜孤零零一个人了。接着，那尔齐苏斯吩咐我们的车夫把车赶到西利乌斯家去。车到以后我说道："这不是他家，对吧？这不是阿西尼家的宅邸吗？"

那尔齐苏斯解释道："阿西尼乌斯·盖路斯被流放的时候，梅萨丽娜偷偷把这里买了下来，作为结婚礼物送给了西利乌斯。您自己进来看看这里发生了什么事吧。"

我走进屋去，看见婚礼的一片狼藉——葡萄叶装饰、酒桶和榨酒机，桌上满是食物和脏盘子，地上是踩烂的玫瑰花瓣、花环和丢下来的豹皮，葡萄酒也洒得到处都是。屋子里空无一人，只有看门的老人，还有一对烂醉如泥的情人在洞房的床上相拥而眠。我命人逮捕了他俩。其中一个是一名参谋副官，名叫蒙塔努斯，另一个则是那尔齐苏斯的侄女，这个年轻女子已经结过婚了，还有两个孩子。最让我吃惊和痛苦的是，我发现整栋屋子里满是皇宫的家具，不仅仅有我和梅萨丽娜结婚时她带过来作为部分嫁妆的东西，还有克劳狄和朱利亚家族的古老传家宝，包括我家先辈的雕像、家族面具、碗橱，等等等等！这就再明白不过地证实了她的意图。我们又上了马车，来到禁卫军营。那尔齐苏斯这会儿沮丧起来，没了言语，因为他很喜欢这个侄女；不过，维特里乌斯和凯奇那却决定还是相信眼见为实比较保险，开始一致敦促我进行报复。我们到了军营，我发现整个禁卫师都遵照那尔齐苏斯的命令，列队站在军法台前。天色已经黑了，军法台上点着熊熊燃烧的火炬。我爬到平台上，做了一个简短的发言。我的声音很清楚，可听起来却非常遥远：

"卫兵们，当初，我的朋友——已故的希罗德·阿格里帕国王——第一个劝告你们让我当皇帝，接着又说服元老院接受了你们的选择；他生前最后一次和我见面时，以及在写给我的最后一封信中，都曾经叫我不要相信任何人，因为我身边没有人值得信任。我并没有把他的话当真，而是继续给予我妻子瓦列利娅·梅萨丽娜充分的信任，到现在我才知道她是个娼妓，是个骗子，是个小偷，是个杀人犯，还是罗马的叛徒。卫兵们，我并不是说我不信任你们。你们知道，你们是我唯一信任的人。你们是士兵，你们毫无异议地履行了自己的职责。如今，我希望你们站在我这边，粉碎我的前妻梅萨丽娜和她的奸夫民选领事盖乌斯·西利乌斯的阴谋——他们假借将公众自由还给罗马的名义打算害我性命。元老院里充斥着阴谋诡计，已经腐烂不堪，就像我今天下午献给奥古斯都神做祭品的那只羊的内脏一样腐烂；你们肯定从来没有见过如此不洁的景象。尽管我不好意思这么说，但这预兆是对的，不是吗？请帮助我让我的敌人——我们的敌人——得到惩罚，梅萨丽娜死后我要是再婚的话，你们完全可以用剑将我碎尸万段，并且在洗澡时把我的脑袋当球来踢，就像塞扬努斯的脑袋那样。我结过三次婚，三次都不幸收场。好吧，孩子们，这事怎么样？告诉我你们的想法。因为我其他的朋友都不肯直截了当地回答我。"

"恺撒，杀了他们！"——"不要留情！"——"绞死那个婊子！"——"把他们全都杀了！"——"我们会支持你的！"——"你他妈的太大方了。"——"恺撒，消灭他们！"禁卫军对这事怎么想，已经是毫无疑问的了。

于是我命人将被捕的男男女女当即带到我面前，又下令逮捕列在案情记录上与梅萨丽娜有奸情的一百一十个人，还逮捕了四名贵族妇女——她们听从梅萨丽娜的建议，在那次臭名昭著的皇宫狂欢上当起了娼妓。我三小时就审问完了。不过，这是因为这三百六十人——除了三十四人之外——全都在点到名时承认了受到的指控。有些人唯一的罪行就是参加了婚礼，我便将他们流放了。有二十名骑士、六位议员和一名禁卫军上校承认犯了通奸罪或是企图发动革命或双罪兼而有之，他们请求立刻被处决。我应允了他们的要求。维提乌斯·瓦伦斯主动提出愿意告发这个阴谋的罪魁祸首，想以此来换回他的性命。我对他说不用他帮忙我也能把这些人都找出来，于是他也被带下去处死了。蒙塔努斯也在那尔齐苏斯的名单上，但他辩称自己是被迫和梅萨丽娜过夜的——她给他看了一份叫他如此这般的命令，而且命令上有我的签名，还盖了我的印章；仅仅这一夜之后，她就玩腻了他。梅萨丽娜叫我在这份文件上签名时一定是先读给我听的——"为了保护你那宝贵的视力，亲爱的"——可她读的内容却完全不对。不过，我指出，我并没有命令他来参加婚礼,也没有命令他和我朋友那尔齐苏斯的侄女通奸,所以他还是被处决了。当天夜里,罗马城有十五个人自尽,都是本应被逮捕但还未落网的。我的三个密友——全都是骑士——特罗古斯、科塔和法比乌斯也在其中。我怀疑那尔齐苏斯知道他们有罪,但是看在朋友一场的分上,没有把他们写在名单里,只是叫人去警告了他们。

麦尼斯特不肯认罪,他提醒我说,他是遵照了我的旨意,才会事事都顺从我妻子,还说尽管他这么做,却是违背了自己的意愿。他脱下衣服给我看他背上的斑斑鞭痕。"恺撒,这是她打的,都是因为我天性羞怯,在执行您的命令时没法像她希望的那么积极。"我对麦尼斯特很是同情。毕竟,他曾经让整个剧场里的观众免遭日耳曼人的屠杀。就一个演员而言,你还能指望他怎样呢?可是那尔齐苏斯说道:"恺撒,不要饶过他,仔细看那些瘀伤,根本就没有皮开肉绽。明眼人一看就知道这鞭打是故意不伤人的,这只是他们邪恶行径的一部分罢了。"于是,麦尼斯特对着列队的禁卫军优雅无比地鞠了一躬——他的最后一次鞠躬——然后像往常一样说了那句话:"如果我曾博你一笑,这就是我的回报。如果我曾冒犯过你,那么请你原谅。"禁卫军士兵们听了以后没有说话,将他带去处决了。

除了那些显然没有罪过的人之外,我只饶过了两个人,一个是拉特拉努斯,他被指控参与了这起阴谋,但是却不肯认罪,另外一个是凯索尼努斯。检控拉特拉努斯的证据相互矛盾,加之他是奥鲁斯·普劳提乌斯的侄儿,我便对他做出了无罪推论。我饶过凯索尼努斯是因为他太过下流太过卑鄙,尽管他家世很好;要是把他和其他那些通奸者一起处决,就等于侮辱了他们,所以我不想这样;卡里古拉在位时,他曾经像个女人一样出卖自己的身体。我不知道他后来怎样了,不过他再也没有出现在罗马。我还驳回了对那尔齐苏斯侄女的指控,这是我应该为他做的。

酒神巴克斯的女祭司们依旧只穿着豹皮,我命人将她们绞死,引用了《奥德赛》中尤利西斯的话——那是他在报复佩妮洛普的恶毒女仆时说的:

于是那王子说道:"这些女人难道受得起
咱们用武士之剑让她们干干净净地死去?
就凭这些女人,夜晚便成了可耻的娼妓
卑鄙地辱骂我们的家族与名誉?

我让人把她们用荷马时代的方式吊死——用绞车将一根粗大的船用缆绳紧绷在两棵树之间,十二个人一排,吊在缆绳上,让她们的脚稍稍离开地面,她们死的时候,我又引用了一句话:

她们的脚还在抽搐,但是也不会太久了。

那么西利乌斯怎么样了?还有梅萨丽娜呢?西利乌斯并没有企图辩解,不过,在我盘问他的时候,他倒是老老实实地坦白了自己被梅萨丽娜勾引的事实经过。我逼问他道:"可是为什么,我想知道这是为什么?你真的爱上她了?你真的认为我是个暴君?你是真的打算恢复共和制,还是只想取代我成为皇帝?"他答道:"我解释不了,恺撒。也许我是着了魔。她让我觉得您是个暴君。我也没有什么明确的计划。我对许多朋友谈起自由——你知道这是怎么一回事——谈到自由,所有的事情似乎都变得简单而美好。人总是希望所有的门都打开,所有的墙都倒下,所有的声音都为了快乐而呼喊。"

"你希望我饶你一命吗?是否要我将你作为一个无法承担责任的傻瓜交给你的家人监护?"

"我宁愿一死。"

梅萨丽娜从鲁库路斯花园给我写了一封信。她在信中说,她依然爱我一如以往,希望我不要把她的恶作剧当了真;她刚刚才引得西利乌斯上了当,就像我和她安排的那样,要是她因为喝得烂醉而把玩笑开过了头,我可千万不能犯傻,觉得恼火或是嫉妒。"在女人眼里,没有什么比嫉妒更能让男人显得可恨与丑陋了。"我还在军法台上时,这封信就递到了我手中,但是那尔齐苏斯不许我在审讯结束以前回信,只让我礼节性地回了一句"来信已收到,我将及时予以关注"。他说,在我搞清楚她究竟犯了多大的罪以前,还是不要写信的好,免得害了自己;我万万不能抱有希望,她是必死的,绝不能仅仅流放到某座监狱岛就算了。

梅萨丽娜收到我这句礼节性的回复以后,又写来一封啰里吧嗦的长信,纸上还有点点泪痕,指责我对她的那番情话竟是回应得如此冷淡。这一次她对自己的多次言行失检——按照她的说法——全部供认不讳,但是她拒不承认自己曾经确实跟人家通奸,一次也没有;她乞求我看在孩子们的分上,给她一次重新开始的机会,她会做一名忠诚、恭顺的妻子,她保证会以稳重的举止为未来所有的罗马贵妇树立一个完美的榜样。收到这封信的时候,我正在审讯西利乌斯。

那尔齐苏斯看见我眼里闪着泪光,便说道:"恺撒,不可让步。她生来就是个娼妓,永远不会改过的。即使在这封信里,她也没有对您说实话。"

我说道:"不,我不会让步的。人总不能两次都死在同一个毛病上。"

我又一次写道:"来信已收到,我将及时予以关注。"

最后一批人的脑袋落地时,梅萨丽娜的第三封信到了。信里满是怒火与威胁。她写道,她已经给了我所有的机会,让我可以公平体面地对待她,可我对她却无礼傲慢、冷酷无情、忘恩负义,如果我不立即就这种行为请求她原谅的话,我就要自食苦果了,因为她的耐心已经耗尽。我的禁卫军军官全都秘密地效忠于她,还有我所有的自由民——那尔齐苏斯除外,以及元老院的绝大多数议员;她只要动动嘴,立刻就会有人来逮捕我,然后交给她去报复。那尔齐苏斯仰天笑道:"好,至少她承认我是忠于您的,恺撒。现在咱们去皇宫吧。您一定快要饿晕了吧。早餐以后您就什么也没吃了,对吗?"

"可我要怎么回信呢?"

"这封信不配得到您的回复。"

我们回到皇宫,那儿已经备好了一顿美餐在等我;有苦艾酒(色诺芬推荐的,有镇静安神的作用)和牡蛎、烤鹅配上我最喜欢的蘑菇和洋葱酱汁——这是根据希罗德的母亲贝雷妮丝给我母亲的食谱烹制的、辣根炖小牛肉、蔬菜什锦、蜂蜜丁香味的苹果派,还有非洲运来的西瓜。我狼吞虎咽地吃了起来,吃完以后便觉得困得厉害。我对那尔齐苏斯说道:"我的脑子今天晚上是转不动了。我累得筋疲力尽。直到明天早上为止,一切事务都由你负责。我想我应该预先通知那悲惨的女人明早到这里来,为她所受的指控进行辩护。我答应过维比蒂雅会对她进行公正的审判。"那尔齐苏斯什么也没说。我在长沙发上就睡着了。

那尔齐苏斯招手将禁卫军的上校叫到跟前。"皇帝的旨意。你马上带六个人,到鲁库路斯花园的娱乐房里去处死皇帝那已经离婚的妻子——瓦列利娅·梅萨丽娜夫人。"然后,他叫尤欧杜斯跑在禁卫军前头去警告梅萨丽娜说他们来了,给她一个机会自己了断。如果她自尽的话——她多半会这么做的,那我就不必知道她是未经我批准而被处死的了。尤欧杜斯找到她的时候,她正趴在娱乐房的地上哭,她的母亲跪在一旁。梅萨丽娜头也不抬地说道:"哦,亲爱的克劳狄乌斯,我太不幸了,太难为情了。"

尤欧杜斯笑道:"夫人,你搞错了。皇帝在皇宫里睡觉呢,下令说不许人家打扰他。他去休息以前吩咐禁卫军的上校到这里来,砍掉你美丽的脑袋。夫人,他的原话是这么说的:'砍掉她美丽的脑袋,戳在矛头上。'我是跑在前面来给你报信的。夫人,要是你的勇气不输美貌的话,我建议你在他们到来之前自行解决。我还带来了一把匕首,以防你手边刚好没有。"

多密提娅·列比达说道:"可怜的孩子,已经没有指望了,你如今是逃不过去了。你要想保持名节,就只能把他的匕首拿来自尽了。"

"这不是真的,"梅萨丽娜哭道,"克劳狄乌斯不会有胆子就这样杀掉我的。这是那尔齐苏斯捏造的。我早就应该把那尔齐苏斯给杀了。卑鄙、可恨的那尔齐苏斯!"

门外的人行道上传来沉重的脚步声。"禁卫军,站住!放下武器!"门突然开了,那名上校抱着双臂站住门口,背后的夜空衬出了他的轮廓。他什么也没有说。

梅萨丽娜一看到他就尖叫起来,从尤欧杜斯手里一把夺过匕首。她胆怯地试了试匕首的刀刃和刀尖。尤欧杜斯嘲讽道:"难道你还想让禁卫军在这里等着,好让我去给你找一块磨刀石来把它磨快些吗?"

多密提娅·列比达说道:"勇敢点,孩子。如果你刺得够快的话,不会太疼的。"

上校慢慢地打开双臂,他的右手已经碰到了剑柄的圆球。梅萨丽娜先是用刀尖对准自己的喉咙,然后又对准了胸口。"哦,我做不到,妈妈!我害怕!"

上校的剑已出鞘。他往前跨了三大步,一剑刺死了她。

三十

在我临睡前,色诺芬又给我吃了一剂"复方神药",那种飘飘然的感觉在我吃晚饭时本来都已经略微有些消退了,结果我又重新振作起来。我是被惊醒的——有个粗心的奴隶把一摞碟子摔到了地上——我大声地打了个呵欠,然后为我的不雅吃相向大家道歉。"确实如此啊,恺撒。"他们一起喊道。我这才记起他们当时看起来都吓坏了。生活不顺心就虚。

"我睡着的时候,有人在我的饮料里下毒了吗?"我开玩笑地说道。

"苍天不容啊,恺撒。"他们抗议道。

"那尔齐苏斯,维提乌斯·瓦伦斯说的那个科尔切斯特笑话是什么意思?说什么布立吞人把我当作神一样崇拜。"

那尔齐苏斯说道:"恺撒,这可不完全是个笑话。实际上,我不妨告诉您,在科尔切斯特有一座庙宇是献给克劳狄乌斯·奥古斯都神的。他们今年初夏就开始在那儿膜拜您了。不过我也是才听说的。"

"难怪我感觉这么奇怪呢。原来我已经变成神了!可是怎么会这样呢?我记得我曾经写信给奥斯特里乌斯,批准他在科尔切斯特建一座神庙献给奥古斯都神,以感激他让罗马军队在不列颠岛大获全胜。"

"恺撒,据我猜想,奥斯特里乌斯自然是把'奥古斯都'误以为是您自己了,尤其是您还明确指出是奥古斯都让罗马军队在不列颠赢得了战争。奥古斯都神定下的疆界在英吉利海峡,跟您的名字相比,他的名字对不列颠人来说毫无意义。有人告诉我,当地的土著一说起您都满怀虔诚与敬畏。他们还作了诗来描写您的电闪雷鸣、您的魔法迷雾、您的黑色妖精、您的驼背怪物和鼻子像蛇一样的怪物。从政治上来说,奥斯特里乌斯将这座神庙献给您是完全正确的。但是我很遗憾这事并没有事先征得您的同意,而且——我估计——还违背了您的意愿。"

"所以现在我已经是神了,对吗?"我又说了一遍,"希罗德·阿格里帕总说我最终会成神,我却对他说他这是胡说八道。我猜想这个过失已经没法撤销了,对吧,那尔齐苏斯,你认为呢?"

"我想这会对地方上的人民造成很坏的影响吧。"那尔齐苏斯答道。

"好吧,我不在乎,我现在就是这种感觉,"我说道,"我什么都不在乎。让人把那个可怜的女人立刻带到我这里来受审。我觉得那些七情六欲全都没有了。没准我甚至会原谅她呢。"

"她死了,"那尔齐苏斯低声说道,"死了,遵照您的旨意。"

"给我的杯子倒满,"我说道,"我不记得下过这样的旨意,不过现在对我来说都无所谓了。我想知道自己是哪一种神。雅典诺多洛斯老先生以前常常向我解释斯多葛概念中的神是个什么样子:神是一个完美又圆满的整体,不会受到意外或是事情的影响。我总是把神想象成一个巨大的南瓜。哈哈哈!要是我再多吃一点鹅多喝一点酒,我也会变成南瓜的。所以梅萨丽娜死了!她是美女,我的朋友们!可是她很坏!"

"美丽但邪恶,恺撒。"

"来人,把我抬到床上去,让我像神一样幸福地睡一觉。我现在是个幸福的神了,对吗?"

于是他们把我抬到了床上。我睡得很熟,一直睡到第二天中午。我不在的期间,元老院开会通过了一项动议——祝贺我镇压了叛乱,还通过了另一项动议——将梅萨丽娜的名字从档案中除掉,也从每一处公开的铭文中除去,并且毁掉她所有的雕像。下午我起床以后便继续打理我平日的朝政。我见到的每一个人都特别顺从、非常礼貌,我到法庭以后，这么多年来头一次没有人企图催促我或是威吓我。我很快便审完了所有的案子。

第二天，我雄心壮志地说起征服日耳曼的事来；那尔齐苏斯这才意识到色诺芬的药效猛过头了——本来只是想让我和缓地度过梅萨丽娜之死带来的打击，不想却扰乱了我的心智；于是他叫色诺芬别再给我吃药了。神一般的情绪逐渐消退了，我觉得自己又变成了一个伤心的凡夫俗子。药效过去之后的第一个早上，我下楼吃早餐时问道："我妻子呢？梅萨丽娜夫人在哪里？"梅萨丽娜总是和我一起吃早餐的，除非她的"偏头痛"发作了。

"她死了，恺撒，"尤欧杜斯说道，"她几天以前死了，是您下的命令。"

"我不知道啊，"我无力地说道，"我是说，我忘记了。"接着，整件事情的耻辱、悲伤和恐惧一股脑儿地涌回我的脑海，我再也控制不住了。很快我便喋喋不休地说起傻话来，说我亲爱的梅萨丽娜是个宝贝，责备自己害死了她，还说这全都是我的错，简直出尽了洋相。不过，我终于还是控制住了自己，叫人把我的轿子抬来。"去鲁库路斯花园。"我下令道。他们把我抬到了那里。

我坐在花园里一棵雪松底下的长凳上，目光越过一片平整碧绿的草坪，顺着宽阔的鹅耳枥大道望去，大道上长满了草；周围没有别人，只有我的日耳曼卫兵在灌木丛里放哨，但是全都在我看不见的地方，我膝上放着一张长条形的纸，手里握着笔，严肃地思索着自己现在处于何种境地，又是如何到了这种境地。我写书的时候，这张纸就在身边，我要把当初写在纸上的全部抄下来，跟我看见的一字都不差。不知是什么原因，我的叙述断成了三句三句的，每一段之间还相互关联，就像不列颠德鲁伊祭司的"三行押韵联句"一样（他们的训诫诗或是教诲诗一般都习惯采用这种韵律）：

    我爱自由；我恨专制。
    我一直都是个爱国的罗马人。

共和主义才是罗马精神。

可我如今反倒成了皇帝。
同样行使着君主的权力。
共和制被三代君王一推再推。

内战让共和国四分五裂。
奥古斯都建立了君主制。
这不过是个紧急措施而已。

奥古斯都发现自己没法放弃皇权。
我在心里指责奥古斯都是个伪君子。
我仍然对共和主义坚信不疑。

提贝里乌斯当了皇帝。他本不愿如此吗?
害怕让敌人夺去了权力?
恐怕是被他母亲莉薇娅逼迫的吧。

他在位时我隐居起来。
我认为他是残忍小人。
我仍然对共和主义坚信不疑。

卡里古拉忽然任命我做了执政官。
我却只想回去写书。
卡里古拉企图像东方君主那样统治。

我是个爱国的罗马人。
我本该尝试杀了卡里古拉。
可我装成傻瓜以求自保。

也许卡西乌斯·卡瑞亚才是个爱国的罗马人。
他打破誓言,刺杀了卡里古拉。
至少,他曾试着要恢复共和制。

共和制并未复辟。
人们又任命了一个新帝。
那新帝就是我——提贝里乌斯·克劳狄乌斯。

如果我拒绝,就会被杀掉。
如果我拒绝,就会有内战。
这不过是个紧急措施而已。

我处死了卡西乌斯·卡瑞亚。
我发现自己仍然没法放弃皇权。
我变成了第二个奥古斯都。

我努力工作到很晚,就像奥古斯都。
我开疆拓土、增强国力,就像奥古斯都。
我是个专制的君主,就像奥古斯都。

我并非有意要做伪君子。
我以为自己这么做是出于好意。
我原本计划今年就恢复共和制。

朱利亚的耻辱就是奥古斯都的惩罚。
"我宁愿从未婚配,无嗣而终。"
我对梅萨丽娜也是同样的感受。

我本该自尽,而不该上台;
我不该让自己听从希罗德·阿格里帕的劝告。
我怀着最好的意图,却成了一位暴君。

我看不见梅萨丽娜的愚行和罪恶。
她以我的名义把无辜的男女杀害。
无知并不是犯罪的理由。

但我是唯一的罪人吗?
难道整个国家不是同样的罪恶吗?
他们让我当了皇帝,又来讨我的欢心。

要是我执行自己真正的计划会如何?
要是我恢复了共和制又如何?
我真的以为罗马会对我感恩戴德吗?

"你知道这是怎么一回事——一谈到自由,
所有的事情似乎都变得简单而美好。
人总是希望所有的门都打开,所有的墙都倒下。"

有我当皇帝,天下就心满意足了,
除了那些自己想当皇帝的人。
没人是真的想恢复共和制。

阿西尼乌斯·波利奥说得对:
"要想它变好,必先要变坏。"
我决定了:我终究还是不会执行我的计划。

青蛙池里想要个国王。

朱庇特就送来了木头老国王。
我又聋又瞎又迟钝,正像块木头。

青蛙池里想要个国王。
让朱庇特把年轻的暴君送给他们吧。
卡里古拉犯下了大错:他的暴君统治太过短暂。

我也犯下了大错:我太过仁慈。
前任到处破坏的,我都修好了。
我让罗马和天下与君主制和好如初。

罗马注定要屈服于另一位恺撒。
让他精神错乱、残忍嗜杀、反复无常、挥霍无度、淫荡好色。
暴君会再次证明这就是国王的本性。

我弄钝了暴政的刀锋,铸成大错。
重新磨快它的刀刃,也许我还可以补救失误。
重病当用猛药。

不过,我必须记住,我是木头老国王。
我要呆滞地浮在一池死水之中。
让污泥中潜藏的所有毒药都破壳而出。

  我遵循着自己做出的决定,而且是自此之后都严格遵守,绝不容许任何事来妨碍。一开始我很痛苦。我对那尔齐苏斯说,我觉得自己就像竞技场里那个持盾胳膊被人砍下来的剑斗士;但是不同之处在于,那个西班牙人受伤而死,可我却还活着。你也许听过残废的人在寒冷潮湿的天气里抱怨说感觉他们失去的腿或是胳膊在疼。这种疼痛最是真切,说起来就好像是一股尖锐的疼痛从拇指一直往上延伸到手腕,或是膝盖那里总是会疼。我就常常会有这种感觉。我要是做了什么决定，就担心梅萨丽娜对此会怎么想；剧场里上演的戏剧要是很无聊，我就会顾虑她的感受；要是天上打雷，我就会想起她有多么害怕打雷。

恐怕你也猜到了，最痛苦的就是想到年幼的不列塔尼库斯和屋大维娅也许根本就不是我的血脉。我已经确信屋大维娅不是我的孩子。她一丁点儿都不像克劳狄家族这边的人，我看了她不下一百次，才忽然意识到她的父亲是谁——卡里古拉手下的日耳曼司令官。如今我想起来了，大约是在大赦过了一年之后，他让自己蒙了羞，官职也没了，最后竟沦落去做了剑斗士，梅萨丽娜曾经在竞技场里求我饶他一命（当时他被人缴了械，一个网斗士[1]站在旁边俯视着他，高高举起了三叉戟），全场观众都在大喊大叫、嘘声连连、拇指朝下，可梅萨丽娜却顶着这些抗议为那个可怜虫的性命求情。我放过了他，因为梅萨丽娜说如果我拒绝她的恳求就会有损她的健康，那正是在屋大维娅出生之前。不过，几个月后，他又跟那个网斗士交上了手，这次立刻就被杀了。

不列塔尼库斯确实是克劳狄家的人，而且这小家伙心地高尚，但是我却产生了一个可怕的念头——他和我哥哥日尔曼尼库斯实在太过相像了。有没有可能卡里古拉才是他的亲生父亲？他跟卡里古拉的本性完全不同，但遗传常常会隔代的。这个念头一直萦绕在我心里，有很长一段时间，我都没法忘记这一点。我尽量不让他在我眼前出现，但也没有让人看出我认为他不是我儿子。那段时间他和屋大维娅一定吃了很多苦头。他们一直对母亲非常依恋，所以我下令不许跟他们说她那些罪行的详细情形，只能让孩子们知道母亲已经死了。可是他们很快就发现，她是被我下令处死的，于是他们自然而然对我生出了一种孩子气的怨恨。可我却没法鼓起勇气去跟他们谈论这事。

前面已经说过，我的自由民们组成了一个非常团结的行会：要是有人得罪了他们当中的一个，就等于得罪了所有的人；要是有人得到其中一人的庇护，所有的人都会来帮助他。他们这么做给元老院竖立了一个

---

[1] 原文为net-man，系古罗马角斗士的一种，使用的武器是渔网、三叉戟和匕首。

很好的榜样,可元老院却没有效仿,总是四分五裂、拉帮结派,只有平日里对我奴颜婢膝时才会团结一致。不过,如今梅萨丽娜被处死已经三个月了,我的三位主要大臣——那尔齐苏斯、巴拉斯和卡里斯图斯——之间却展开了一场竞赛,他们事先约定,获胜的那一个不准利用讨我欢心所赢得的稳固地位来羞辱另外两个。你永远猜不到这场竞赛比的是什么——是要为我挑选第四个妻子!"可是,"你们肯定会惊呼道,"你不是对禁卫军说过,要是你再婚的话,他们大可以拿剑把你碎尸万段吗?"我是说过。但那是在我做出这个重大决定之前——就是我坐在鲁库路斯花园里那棵雪松下的长凳上所做的决定。现在我已经下定了决心,一旦我铁了心,就一定会把这事坚持到底。我让我的自由民们玩起了猜谜游戏——猜猜我究竟还想不想结婚。其实这只是个玩笑,因为我已经选定了那个幸运的女人。我是这么把他们挑起来的:有天晚上吃饭时,我随意地说道:"把年幼的屋大维娅交给自由妇们照料可不太好,我应该让她过得更好一些。这可怜的孩子,我把了解她习惯的女仆全都绞死了。我也不能指望我女儿安东尼娅来照看她,自从安东尼娅自己的孩子夭折以后,她就已经很难过了。"

维特里乌斯说道:"不,小屋大维娅需要的是一位母亲。不列塔尼库斯也是,尽管男孩子照顾起自己来比女孩子要更容易一些。"

我没有回答,所以在场的人全都知道我在考虑再婚,他们也都知道我有多轻易就被梅萨丽娜一手掌控,所以他们想,要是自己就是那个为我找到妻子的人,那他可就能大赚一笔了。一等到有利的时机和我私下谈话,那尔齐苏斯、巴拉斯和卡里斯图斯便依次向我提供了人选。对我而言,最有趣的就是看到他们各自内心的想法。卡里斯图斯想起卡里古拉曾经逼迫一位希腊总督和他妻子罗利娅·保利娜离婚,然后自己娶了这个女人(作为他的第三任妻子),就因为某人在一次宴会上对他说她是罗马帝国最美丽的女人;卡里斯图斯还记得,那个某人就是我。虽然打那以后已经过了十年,但是罗利娅·保利娜不仅没有人老色衰,反而是越发美貌,所以卡里斯图斯认为,推荐她是非常保险的。他第二天就这么做了。我微笑着答应说会仔细考虑此事。

第二个是那尔齐苏斯。他首先问我,卡里斯图斯推荐的是谁,我告诉他是"罗利娅·保利娜",他惊呼说她根本不适合我。除了珠宝之外,她什么也不关心。"她四处招摇时,脖子上总会戴着各种翡翠、红宝石或是珍珠,价值绝不会少于三千个金币,而且每回的搭配都不一样;她又蠢又倔,就跟拉磨的骡子似的。恺撒,咱俩心知肚明,真正适合您的女人是卡尔珀尼亚。但是您又不太可能娶一个妓女,这样可显得不大好。所以我的建议是,您娶个贵族女子,但这只是形式上的,实际上您却和卡尔珀尼亚住在一起——就像您认识梅萨丽娜之前那样——幸福地一直到老。"

"那么你建议我娶谁作为形式上的妻子呢?"

"埃利亚·培提娜。您和她离婚以后,她再婚了,您记得吧。最近她丈夫死了,留下她潦倒度日。您娶她就是大发善心了。"

"可是,那尔齐苏斯,她说起话来?"

"不幸已经让她受到了惩罚。我保证,她再也不会像律师那样说话。我会提醒她注意这一点,并且说清楚您娶她的条件。作为您的妻子,以及您女儿安东尼娅的母亲,她会得到一切应有的尊敬,还会有一大笔个人收入,但她必须签署一份契约,只要有您在场,她就得装聋作哑,而且不能嫉妒卡尔珀尼亚。这样如何?"

"亲爱的那尔齐苏斯,我会仔细考虑这事的。"

不过,猜对答案的人是巴拉斯。他要么是太愚蠢,要么就是太聪明了。他怎么能想到我会做这么可怕的事——跟我的侄女小阿格里皮娜结婚。首先,这桩婚姻是犯了乱伦罪的;其次,她的儿子是卢修斯·多密提乌斯——我非常不喜欢他;再次,如今梅萨丽娜死了,她就可以称得上罗马最坏的女人了。即使在梅萨丽娜活着的时候,要如何判断她们俩谁更坏一些也是个很好的问题:她俩都一样邪恶,但是,就算梅萨丽娜比小阿格里皮娜更加放荡,至少她从不乱伦,不像小阿格里皮娜——据我所知——连这个也干过。不过,小阿格里皮娜独独有一个优点——她非常勇敢,而梅萨丽娜——正如我们所看到的——胆小得很。巴拉斯推荐小阿格里皮娜是有附带条件的,跟那尔齐苏斯提出的条件一样,即这只是形式上的婚姻：我喜欢找谁当情人都可以。他说，罗马只有小阿格里皮娜这一个女人能够接手梅萨丽娜的政务，而且会确实助我一臂之力。

我答应会仔细考虑这事。

我先给了卡里斯图斯、那尔齐苏斯和巴拉斯一些时间，让他们去探探口风，问问这些候选人是否愿意成为恺撒的妻子，接着，我给他们安排了一场正式的辩论。我请了维特里乌斯来当裁判，辩论于几天后举行。那尔齐苏斯推荐的是埃利亚，他提出的理由是，如果我和埃利亚破镜重圆，那么家里就不需要进行什么新的改变，她女儿安东尼娅是年幼的屋大维娅和不列塔尼库斯同父异母的姐姐，所以埃利亚跟他们已经是有血缘关系的了，一定会成为他们的好母亲。

卡里斯图斯提醒那尔齐苏斯不要忘了埃利亚已经和我离婚多年，并且暗示说，如果再把她接回来的话，她肯定会骄傲起来，没准会私下里在梅萨丽娜的孩子们身上为自己报仇。罗利娅和我就般配多了，人人都承认她是天下最美丽的女人，而且她也很守妇道。

这两个人选巴拉斯都不同意。他说埃利亚是个老泼妇，而罗利娅是个脑袋空空的傻瓜，四处招摇时就像个珠宝店似的，她将来会每天都想买一整套华而不实的新饰品，而且是用公家的钱。不，唯一可能的人选就是阿格里皮娜夫人。（只有我一个人仍然用"小阿格里皮娜"这个昵称来称呼她。）她会带着日耳曼尼库斯的外孙一起嫁过来，这孩子从各方面都配得上成为帝王的机会；而且，像她这样的女人——已经证明了自己能够生养，又还很年轻——不应该嫁到外人家里去，从而把恺撒们的光辉特质转移过去，这在政治上是至关重要的。

我能看见维特里乌斯在一个劲地出汗，试图从我的表情中猜测出我偏爱这三个人中的哪一个，并且思忖着如果他自己再提出一个不同的人选是不是可能会更好。不过他猜对了，也许是根据我准许这几位自由民发言的顺序猜出来的。他深深地吸了一口气说道："这三位候选人全都美丽聪慧、出身名门、尊贵无比，我发现实在是难以判断，就像特洛伊的牧羊人帕里斯在朱诺、维纳斯和密涅瓦这三位女神当中不知如何评判一样。请容我继续以这些女神做比，这样很有帮助。埃利亚·培提娜代表朱诺。她已经结过婚，还和皇帝生下了一个孩子；可是，尽管朱诺是赫柏之母，她的唠叨却惹得朱庇特很不高兴；埃利亚·培提娜也是同样惹得皇帝不高兴，咱们也不想这个人间的天神家庭再起战争。至于罗利娅·保利娜，据说她就是维纳斯，帕里斯也的确把奖颁给了维纳斯；但是，你们一定记得，帕里斯不过是个容易被人左右的乡下青年罢了，而且，对于一位有着丰富的婚姻经验和统治经验的成熟君王来说，空有美貌而没有智慧是毫无吸引力的。小阿格里皮娜就是密涅瓦，代表着智慧，并且她的美貌也几乎不输给罗利娅。皇帝的妻子应该是既有端庄的容貌，又有出众的头脑，所以我的选择是小阿格里皮娜。"

我装作刚刚才考虑到这事似的反对道："可是，维特里乌斯，她是我的侄女啊。我不能跟自己的侄女结婚，对吧？"

"恺撒，如果您想让我去跟元老院商量这事的话，我保证会得到他们的同意。这当然不合常规，但我可以跟您采用同样的方法——就是那天您在关于欧坦选举权的讲话中所使用的方法；我可以指出，随着时间的推移，罗马的婚姻法已经变得越来越灵活了。举例来说，在一百年前，人们认为堂表亲结婚是件荒唐事，可是如今，就连最好的人家也常常这么做了。那么为什么叔叔和侄女就不该结婚呢？帕提亚人就这样，他们的文明可是历史悠久。在希罗德家族，叔侄结婚比其他任何婚姻都多。"

"这倒是真的，"我说道，"希罗迪亚斯就嫁给了她的叔叔菲利普，后来又抛弃他和自己的另外一个叔叔安提帕斯跑了。希罗德·阿格里帕的女儿贝雷妮丝也嫁给了自己的叔叔希罗德·波利奥——卡尔基斯国王，如今她应该是跟自己的兄弟小阿格里帕生活在一起，这也是乱伦的。为什么恺撒家族就不能像希罗德家族一样自由呢？"

维特里乌斯看起来很吃惊，但是说起话来却非常严肃："兄妹或是姐弟乱伦就是另外一回事了，我还举不出这样的例子来。不过，也许在很久以前，咱们的祖先就允许叔侄结婚了；普路托娶了自己的侄女珀尔塞福涅，可是在古代的经典文学作品中却从没有哪一句话对这种行为表示过反感。"

"普路托是神，"我说道，"不过似乎我如今也是神了。巴拉斯，我侄女小阿格里皮娜自己对这事怎么看？"

"她会觉得非常荣幸并且欣喜若狂的，恺撒，"巴拉斯说道，简直难掩自己的得意之情，"而且，她愿意发誓有生之年都忠实地献身于您、您的孩子们以及罗马帝国。"

"带她来见我。"

小阿格里皮娜一来就扑倒在我脚边。我叫她起身，并且说，我打算跟她结婚，如果她愿意的话。她以热情的拥抱来回答我，说这是她人生中最幸福的一刻。我相信她。为什么不呢？现在她可以通过我来统治世界了。

小阿格里皮娜跟梅萨丽娜不一样。梅萨丽娜的天性就是完全沉溺于感官享受，这一点她和她的曾祖父马克·安东尼很像。小阿格里皮娜可不是这种女人，她很像她的曾祖母——莉薇娅女神：她只喜欢权力。正如我所说过的，她在男女方面也是淫荡不堪，可她绝不会白白浪费自己的恩宠。她只跟那些在政治上对她有用的男人睡觉。比如说吧，我有充分的理由怀疑，维特里乌斯勇敢地将冠军称号授予她，事后肯定得到了她的好处；而且我确凿地知道（尽管我从没有这么对她说过），巴拉斯当时是她的情人，现在也仍然是，因为他掌管着王室内库。

于是，维特里乌斯在元老院里发表了演讲（他先在外面安排了一场盛大的公众示威游行），他对议员们说，他建议我和小阿格里皮娜结婚，我也认同这在政治上很有必要，但是却犹豫不决，要先听听元老院和百姓们对这一革新有何看法以后才会做出明确的决定。维特里乌斯像老派的演说家一样说道："……大人们，你们如果去找的话，很快就会发现，在罗马所有的夫人当中，这位阿格里皮娜夫人的显赫家世非常出众，而且她显然已经证明了自己可以生养，她在品行方面的成绩也完全可以达到甚至超过你们的要求；这位女性中的典范经由神灵的天意成了寡妇，而且愿意与一个迄今为止都给为人夫者的德行树立了榜样之人结为夫妻，这实在是一桩幸事啊。"

你们也许能够猜到他的演讲受到了什么样的待遇。议员们投票通过了他的动议，一个反对者都没有——这绝不是因为大家全都喜欢小阿格里皮娜，而是因为眼看她很可能就要成为我妻子了，所以没人敢招她的恨——有几位急着表现的议员热心地跳起来说，如果需要的话，他们会强迫我服从整个国家一致同意的愿望。我在市集上接受了他们的问候、恳求与祝贺，然后来到元老院，要求他们通过一项法令，使叔侄之间的婚姻永久合法化。他们通过了这项法令。新年时（公元49年），我跟小阿格里皮娜结婚了。只有一个人占了这条新法律的便宜，这人是个骑士，曾经当过禁卫军的上尉。小阿格里皮娜重赏了他。

我向元老院说明了我在不列颠那所神庙的事情。我解释说，我被封神事出偶然，并且就此向我的同胞们表示歉意。不过，鉴于取消此事在政治上会带来危险，也许他们愿意宽恕我并批准我这种前后不一的做法。"不列颠很远，而且这只是一座很小的庙宇罢了，"我嘲弄地恳求道，"乡下地方的一座小庙，地面就是泥巴的，屋顶铺着草皮，就像共和制时代罗马的众神居住的那些神庙一样，那时候奥古斯都神还没让他们住进如今这种富丽堂皇的新居。这么一座小小的庙宇，在那么遥远的地方，里面有一两个老祭司，偶尔还会适度地献上一些祭品，你们一定不会反对吧？就我个人来说，我从来没有想过要成为神灵。我向你们保证，这将是我唯一的一座……"但是似乎没有人因为这座庙而对我不满。

人口普查结束以后，我就没有再担任监察官了，作为恢复共和制的序幕，我任命维特里乌斯担任这个职务。一个世纪以来，公众道德的控制权头一次落到了恺撒以外的人手中。维特里乌斯在安排我和小阿格里皮娜结了婚以后，首先便采取了几项举措，其中之一就是将本年度的一等法官从议员名单中除去，而且不是别人，正是我的女婿——年轻的希拉努斯！他提出的理由是希拉努斯和自己的姐姐卡尔维娜乱伦；卡尔维娜本是维特里乌斯的儿媳，可是最近却被自己的丈夫小维特里乌斯给休了。维特里乌斯解释说，不久前，他的儿子撞见这两人同床共枕，在他答应保密的条件下才告诉了他；可是如今他成了监察官，要是将希拉努斯的罪行隐瞒不报他就会良心不安。我亲自审理了这个案子。希拉努斯和卡尔维娜全都否认指控，但是似乎一切都证明他们的罪行无可辩驳，于是我解除了希拉努斯和我女儿屋大维娅之间的婚约（确切地说，是梅萨丽娜的女儿屋大维娅),又让他辞去一等法官的职务。其实他的任期只剩下一天了,但是为了表明我的强硬态度,我任命别人当了这最后一天的一等法官。要不是小阿格里皮娜,维特里乌斯自然是永远都不敢揭露乱伦这事的。希拉努斯妨碍了她的野心,她希望自己的儿子卢修斯成为我的女婿。哎,我曾经很喜欢希拉努斯,而且他毕竟是奥古斯都神的后代;于是我对他说,我会推迟判决他的案子——意思就是我希望他能自己了断。他耽搁了一阵子,最后选在我婚礼那天做了这事,这也没什么不妥的。我流放了卡尔维娜,还建议祭司团重新施行罗马第三任国王图鲁斯·赫斯提利乌斯的一种奇特习俗——到狄安娜的小树林中献上祭品并弥补罪过。

这个时期,巴巴和奥古里努斯的精神状态极好。无论我做什么,他们都要滑稽地模仿一番。巴巴给字母表引入了三个新字母:一个表示咳出痰来的声音,一个是吮吸牙齿的响声,还有一个是"介于呃逆和打嗝之间的不确定元音"。他和一直扮演梅萨丽娜的大块头黑人女子离了婚,鞭打着她穿过大街小巷,然后和一个斗鸡眼的白化病女人举行了一场假婚礼,他说这是他侄女。他对乞丐、小偷和流浪汉进行了人口普查,将那些这辈子哪怕做过一份正当工作的人都从社团里赶了出去。他的笑话之一就是辞去他的监察官职位,任命奥古里努斯接替他一直到任期结束——恰好是滴漏的一小时。奥古里努斯夸口声称要在这一小时里做出许多丰功伟绩来。他抱怨的事情之一就是巴巴的滴漏走得不准,他想去把自己的那个拿来,那个滴漏的一小时比这个要长两倍呢。可是巴巴模仿着我的声音和姿势,引用了我最近在法庭上时常会说而且还颇感自豪的一句话,"哪怕哲学家们能达成一致,也别指望钟会走得一致",所以他不让奥古里努斯走。可奥古里努斯坚持认为一是一二是二;如果他要当监察官的话,那就需要整整一小时,规规矩矩的,不多一分,不少一秒。他俩吵得热火朝天,一直吵到奥古里努斯的任期结束,却什么也没做。"根据图鲁斯·赫斯提利乌斯的奇特习俗,我要把你放在沸腾的柏油里蘸一下,接着把你煎个半死不活、外焦里嫩。"奥古里努斯伤心地说道。

我允许巴巴和奥古里努斯在模仿我的时候怎么滑稽怎么夸张都行。他们在墨丘利神庙外面演出时，总会吸引大批的观众；当然，墨丘利本来就是小偷和恶作剧者的守护神。巴巴和那个白化病人结婚一事让小阿格里皮娜觉得受了侮辱，非常生气，但是我却坚定地对她说："只要我在，巴巴的命就在，明白吗——还有奥古里努斯也是。"这让她大吃一惊。

"你活到几时，他就活到几时，一小时都不差。"阿格里皮娜同意了，但是语气却很不高兴。

这一年爆发了蛇灾，我颁布命令昭告天下，有一种药治疗蛇咬创伤绝对有效，那就是紫杉树的汁液。奥古里努斯和巴巴重新发布了这条命令，并在后面加了一句"才怪"，似乎大家认为这个词也是我常常挂在嘴边的。

三十一

我的长篇故事就要接近尾声了。我和小阿格里皮娜结婚已经五年，不过这五年相对来说风平浪静，所以我也不打算写得太细。我任由小阿格里皮娜和我手下的自由民们对我随意摆布。我张嘴闭嘴、抬手放手，就像西西里制造的那种关节可以活动的牵线小木偶；但我说的话并不是自己的，做的动作也不是自己的。我得说，小阿格里皮娜很快就表现出作为专制统治者的卓越能力。她走进一屋子贵族当中，冷漠地环视四周，所有的人都会直打哆嗦，跳起来立正站好，考虑要怎么取悦她才好。她甚至不必再装作喜欢我了。我没过多久就让她明白了我和她结婚纯粹是出于政治考虑，而且，我也很反感她的身体。这一点我说得相当明白。我解释道："事实上我当皇帝已经当腻了。我希望有人来替我做大部分的工作。我跟你结婚并不是因为你心地善良，而是因为你头脑聪明。要统治这样的一个帝国，就得把女人豁出去。所以咱俩没有理由互相装作假情假意、忠贞不渝的。"

"这正合我意，"她说道，"你也不是会让人朝思暮想的那种情人。"

"亲爱的，你也不是二十二年前的你了，当时你才第一次出嫁。不过，如果你继续坚持每天面部按摩和牛奶沐浴的话，你的美貌还能多维持一阵子,维特里乌斯声称他发现你是罗马最美的女人。"

"也许你也还能多维持一阵子,如果你不把你依靠的这些人惹火的话。"

"是啊,咱俩比咱们家其余的人活得都长,"我赞成道,"我不知道咱们是怎么做到的。我觉得咱俩应该互相视贺,而不是互相争吵。"

"每次都是你挑起来的,"她说道,"用你所谓的'诚实'。"

小阿格里皮娜搞不懂我。她很快就发现,如果她想要事情如她所愿,根本就没必要对我连哄带骗、威逼胁迫。几乎她提的任何建议我都会接受。当我同意把屋大维娅许配给卢修斯的时候,她简直不敢相信自己居然有这么好的运气,她知道我对卢修斯的真实想法。她想不明白我为什么会同意。这给她壮了胆,她得寸进尺地提出要我收养卢修斯为自己的儿子,但我其实早已有这个打算。她先让巴拉斯就这事来探探我的口风。巴拉斯很机智,一上来他就深情地说起了我哥哥日耳曼尼库斯,说我伯父提贝里乌斯应奥古斯都的要求收养了他,尽管提贝里乌斯自己已经有了卡斯特这个儿子。他详细叙述了日耳曼尼库斯和卡斯特之间冒出来的那种非同寻常的兄弟友爱,说起卡斯特对日耳曼尼库斯的孤儿寡妇表现得如何慷慨。我立刻就知道巴拉斯想说什么了,并且我也认为相亲相爱的两个儿子确实比一个强。"不过,不要忘了,"我说道,"故事到这里还没完。日耳曼尼库斯和卡斯特都被人害死了;我伯父提贝里乌斯晚年时——我自己到时没准也会这样——又指定了另外一对相亲相爱的兄弟做他的联合继承人——卡里古拉和盖米勒斯。卡里古拉年长,所以占了优势。老头子死的时候,卡里古拉便夺取了王位,还杀死了盖米勒斯。"

这让巴拉斯沉默了好一会儿。等他再开口的时候,换了一个稍稍有些不同的法子,这一回他对我说,卢修斯和不列塔尼库斯已经结下了非常可靠的友谊,我却仿佛不着边际地说:"你知道吗,克劳狄家族的血统一直都是由父系的后裔来直接传承的,绝无例外,自从最早的阿皮乌斯·克劳乌狄斯那时到现在都是如此,已经整整五个周期了。罗马再没有其他家族能够以此为豪。"

"是的，恺撒，"巴拉斯说道，"在这个可塑性极强的世界上，克劳狄家族的传统就是最没有可塑性的事情之一。不过，您曾经明智地指出，'一切皆可改变'。"

"听着，巴拉斯，你干吗还要继续拐弯抹角呢？去告诉小阿格里皮娜夫人，如果她希望我收养她儿子，让他和不列塔尼库斯成为我的联合继承人，我很乐意照做。至于可塑性嘛，我年纪大了，已经强硬不起来了。你们可以像揉面团一样把我在手里揉来揉去，想给我塞什么馅儿就塞什么馅儿，再把我烤成皇帝饺子。"

我收养了卢修斯。如今他叫尼禄了。不久前，我让他和屋大维娅结了婚，不过事先我已经让维特里乌斯把屋大维娅收养做了他女儿，这就避免了法律上的乱伦罪。他们结婚的那晚（公元50年），整个天空都像着了火一般。卢修斯（或者说现在人称的尼禄）尽了一切努力来和不列塔尼库斯交朋友。可是不列塔尼库斯看穿了他的居心，傲慢地拒绝他的亲近。一开始，他拒绝称他为尼禄，仍然叫他卢修斯·多密提乌斯，直到小阿格里皮娜插手干预，命令他道歉。不列塔尼库斯答道："只有我父亲命令我道歉，我才会道歉。"于是我便命他道歉。我还是很少跟不列塔尼库斯见面。我已经抑制住了那种病态的猜疑，不再认为他是卡里古拉的私生子，而且一如从前那样爱他，但我却将真情实意都隐瞒了起来。我决定要扮演木头老国王，什么也阻止不了我的决心。索西比乌斯仍然是他的私人教师，用老派的方法教育他。不列塔尼库斯已经习惯了最简单的饭菜，晚上就像个士兵一样睡在木板床上。他主要学习的是马术、击剑、军事工程和早期罗马历史，但是他也和我一样了解荷马、恩尼乌斯和李维的作品，也许比我还要了解。他放假的时候，索西比乌斯就带他到我位于卡普亚的庄园去，他在那儿学习养蜂、畜牧和耕作。我不让他学习希腊的演讲术或是哲学。我对索西比乌斯说："古代的波斯人教育他们的孩子要言行正直、不说假话。你就这么教我儿子。"

那尔齐苏斯大胆地批评了我。"恺撒，不列塔尼库斯所受的这种教育在过去是顶好的，正如您最爱引用的那句话所说，

> 罗穆卢斯坐在橡树下
> 起劲地吃着水煮萝卜，
> 或者甚至再晚个一百年，
> 听到祖国召唤他去对敌作战
> 辛辛那图斯便弃犁从军。

但是罗马历史已经进入了第九个新周期，这种教育显然是有点过时了吧？"

"我知道自己在做什么，那尔齐苏斯。"我说道。

至于尼禄，我给咱们年轻的暴君提供了世上最适合的私人教师，为此还专程把那个奇才从科西嘉接了回来。也许你们能猜到他的名字——卢修斯·阿奈乌斯·塞内加——那个斯多葛，他是个华而不实的演说家、厚颜无耻的马屁精、放荡堕落的好色之徒。我亲自恳求元老院宽恕并召回他。我说起他毫无怨言、耐着性子忍受了八年的流放生活，他心甘情愿让自己遵守严格的纪律，他对我的家族忠心耿耿。塞内加一定是大为震惊，因为他最近才走错了两步棋。他那篇《慰波里比乌斯》出版后不久，波里比乌斯就东窗事发被处死了。接着，想要弥补过失的塞内加又写了一篇文章称颂梅萨丽娜，这篇文章在罗马发表没几天，梅萨丽娜也步上了波里比乌斯的后尘，身败名裂地死了，于是这篇文章又被仓促地撤了下来。小阿格里皮娜非常乐意把塞内加迎回来给尼禄当老师。她对他教授花言巧语的才能评价很高，将召回他的所有功劳都揽在了自己身上。

尼禄很害怕自己的母亲。他什么都听她的。她对他非常严厉。她确信，在我死后，她将会通过他来进行统治，就像莉薇娅先是通过奥古斯都、再是通过提贝里乌斯来统治一样。不过我比她看得更远。我还记得女先知的预言：

> 奴役这个国家的毛人六世
> 将给罗马带来琴师、恐惧与火焰。

他的手上将会沾染双亲之一的鲜血。

不会再有毛人七世来接替他

鲜血将会从他墓中喷涌而出。

  尼禄会杀了自己的母亲。他一出生，就有人做了这样的预言：是巴比鲁斯预言的，他从来没有说错过。他就连梅萨丽娜丈夫的死都说对了，不是吗？身为女人，小阿格里皮娜既没法指挥罗马的军队，也不能对元老院讲话。她需要一个男人来替她做这些事。我跟她结婚时就知道，只要尼禄没有长大到足以接替我的皇位，我就不会死。

  小阿格里皮娜请求我说服元老院授予她"奥古斯塔"的头衔。这个我连梅萨丽娜都没有给，小阿格里皮娜也没有指望我会给她，但我却同意了。她还给了自己其他一些闻所未闻的特权。我判案的时候，她就在军法台上坐在我身边；上卡皮托利尼山的时候，她要坐双轮战车。她任命了一位新的禁卫军司令来接替盖塔和克里斯皮努斯。这个人名叫伯尔赫斯，是小阿格里皮娜的人，全身心都是。（他曾经跟随禁卫军参加过布伦特伍德之战，被不列颠人的腰刀砍掉了右手的三个手指头。）罗马的新任奥古斯塔天下无敌。埃利亚·培提娜死了，恐怕是被毒死的，我也不清楚。罗利娅·保利娜被除掉了，维护她的卡里斯图斯已经死了，其他的自由民对于把她除掉并无异议。她受到的指控是施行巫术以及散布一篇占星报告——报告上说我和小阿格里皮娜的婚姻注定会成为这个国家的灾难。我很同情罗利娅，于是对元老院讲话时便建议他们仅仅把她流放就好。这可瞒不过小阿格里皮娜。她派了一名禁卫军上校到罗利娅家里去，叫他确保她会自尽。他准时地回来报告说她已经死了，但小阿格里皮娜并不满足。"把她的人头带来给我。"她命令道。人头被拿到了皇宫。小阿格里皮娜抓着头发拿起它，对着窗户举起来，打开了它的嘴巴。"没错，这是罗利娅的人头，很好，"我走进房间时她自鸣得意地对我说道，"这就是那些金牙，是她让一位亚历山大牙医给她装上的，好让她那凹陷的左脸丰满一些。她的头发可真粗糙，就跟猪鬃一样。奴隶，把这东西拿走。那个垫子也拿走，上面的血迹要擦洗干净。"

小阿格里皮娜还除掉了她的小姑多密提娅·列比达,也就是梅萨丽娜的母亲。多密提娅·列比达现在对尼禄非常关心,常常邀请他到她家里去,爱抚他,奉承他,让他玩得开开心心的,提醒他不要忘了从前她为他做过的一切,那时他不过是个身无分文的孤儿。这倒不假,当年,每当她姐姐多密提娅要出城又懒得带这孩子一起时,她就会偶尔负责照看他。小阿格里皮娜发现自己那以严厉为基础的母性权威被多密提娅·列比达这个姑姑的溺爱所威胁,便控告她公开诅咒我和妻子的关系,以及对奴隶管束不力——她在卡拉布里亚有个庄园,那儿的奴隶爆发了危险的骚乱:有一位地方行政官和他的两名职员试图恢复秩序,结果遭到攻击并且挨了打,而多密提娅·列比达却把自己锁在家里,什么也不做。我同意以这两项指控判处她死刑(第一项可能是捏造的),因为如今我已经知道她曾在阿皮乌斯·希拉努斯一事中助了梅萨丽娜一臂之力,还帮着她一起骗了我别的事情。

在小阿格里皮娜的举措中,我发现只有一桩是我几乎没法冷静接受的。我承认,当我听说这事的时候,不禁热泪盈眶。但是,木头老国王要是在这个节骨眼上背弃自己的决心、激励自己起来报仇,未免太傻了。报仇也没法让死人复生。我可怜的卡尔珀尼亚和她的朋友克里奥帕特拉被人害死了,我正是为此而流泪。一天夜里,有人放火烧了她们的房子,她俩被困在床上烧死了。这事做得看起来是个意外,但显然是谋杀。把这个消息告诉我的巴拉斯居然厚着脸皮暗示说,这是梅萨丽娜的某个朋友干的,因为这人知道是卡尔珀尼亚的参与才导致梅萨丽娜被绳之以法。我太忽视卡尔珀尼亚了。自从那个可怕的下午以来,我一次都没有去看望过她。我秘密命人在她那所被烧毁的别墅废墟上为她立了一块漂亮的大理石碑,并且刻上了一首希腊语的短诗。除了念书时的练习以外,这是我写的唯一一首希腊语短诗;我觉得我得做一点不同寻常的事来表达自己的感情,她的死令我悲痛万分,她曾经给予我的热爱与忠诚让我感激涕零。我写道:

　　古语曾有云,

"娼妓无真情"。
罗马的妇人们,卡尔珀尼亚的心,
远比你们的要干净。

去年——也就是尼禄结婚的这一年[1]——世上粮食歉收,我们的粮仓几乎都空了。今年尽管欧斯提亚码头已经完工,可是一股强劲的西北风连续吹了好几个星期,埃及和阿非利加的运粮船队都没法靠岸。意大利倒是很有希望粮食大丰收,但现在还没到收割的时候,尽管我用尽了一切法子来把粮仓装满,可是公共粮仓里剩下的粮食一度只够供应两个星期了。我被迫将粮食配给降到了最低水平。结果我忽然间发现,人民全都把我当成敌人了,仿佛我现在没有、以前也从没尽一切努力来让同胞们吃上饱饭似的(比如说不顾大家的阻止修建港口,以及组织新鲜蔬菜的日常供应)。有人控诉我是故意要把罗马人都饿死。几乎在我每一次公开露面时,人群都会对我怨声载道、大吼大叫,甚至还偶尔朝我扔石头、泥巴和发了霉的面包皮。有一回在市集,我差点就要受重伤了:一伙暴民——大约有两三百人——攻击了我的仆人们,将他们的职杖放在他们自己的背上折断。我好不容易才设法从不远处的一道后门进了皇宫,一小队武装的禁卫军士兵冲出来营救我。要是在从前,我一定会对这事耿耿于怀。可是现在,我只是对自己笑了笑。"青蛙们,"我想道,"你们变得越来越活泼了。"

在我收养尼禄的第二年,他穿上了成年男子的长袍。我允许元老院投票给了他一项特权——他年满二十岁就可以成为执政官,所以他在十六岁时就当上了民选领事。我将荣誉凯旋饰物奖励给他,并且任命他担任士官领袖,就像奥古斯都任命他的孙子盖乌斯和卢修斯那样。每逢拉丁节日,执政官和其他法官都出城去了,我就让他担任罗马监察官,当初奥古斯都也是这样对他两个孙子的,好让他们先尝一尝当法官的滋味。按照惯例,重大案件是不会提交给罗马监察官的,而是要等到真正

---

[1] 作者注:见《使徒行传》第十一章第二十八节。

的法官回来再审理。不过，尼禄却处理了一系列错综复杂的案件——即使对于罗马经验最丰富的法官来说，这些案件也很考验他们的判断力——而且做出了非同寻常的高明判决。这让他赢得了公众的赞赏，可是我一听说这事，就确信整件事情都是塞内加在幕后安排的。我并不是说这些案件都是假的，只是塞内加事先已经仔细审查过这些案件，和律师们安排好他们在发言时应该表明哪些观点，然后再去指导尼禄要怎么盘问证人、进行总结和做出判决。不列塔尼库斯还没有成年。我尽量不让他和同年龄以及同阶层的男孩子们交往：只有在他的私人教师监视之下，他才能和他们见面。我不希望他沾染上帝王习气，可是却有意让尼禄受到这种影响。我让人散布消息说不列塔尼库斯有癫痫病。如今，公众全都围着尼禄巴结奉承。小阿格里皮娜非常高兴。她以为我是因为不列塔尼库斯母亲的缘故而讨厌他。

关于面包的销售发生了一场大骚乱。这场骚乱本来是没有必要发生的，可是，根据那尔齐苏斯的说法——他对小阿格里皮娜憎恨至极（而且惊奇地发现我居然还鼓励他这么做）——这是小阿格里皮娜挑起的。骚乱发生时我刚好着了凉，小阿格里皮娜来到我的房间，建议我签署一份法令来消除民众的恐惧，让他们放心。她希望我说自己病得并不重，但是，即使我的病情急转直下并且就此去世，尼禄如今已经有能力在她的监护之下处理好公众事务。我当面嘲笑她道："亲爱的，你这是在叫我签署自己的死刑执行令吗？好吧，来，给我一支笔。我会签的。葬礼什么时候举行？"

"要是你不想签就别签，"她说，"我不会逼你的。"

"很好，那我就不签，"我说，"我要对面包骚乱进行调查，看看到底是谁挑起来的。"

她愤怒地走了出去。我却喊她回来。"我只是开玩笑而已。我当然会签的！顺便问一句，塞内加已经把悼词教给尼禄了吗？还是没有教？我想先听听看，如果你们都不介意的话。"

维特里乌斯死于中风瘫痪。有一名议员——我也不知道他是醉了还是疯了——忽然在元老院里指控他企图篡位。这项指控似乎针对的是小阿格里皮娜，但是自然没有人敢表示支持，尽管很多人都恨她，于是这名控告者自己就成了不法之徒。可是，维特里乌斯却对这事上了心，此后没多久便中风了。他弥留之际，我去看望他。他连一根手指头都动不了，说起话来却很有见地。我问了他一个一直想问的问题："维特里乌斯，如果在一个更好的时代，你会是在世的人中最贤良的一位；你本性正直，却因为溜须拍马而永远驼了背，怎么会这样的呢？"

他说道："在君王手下这是不可避免的，不管那君王有多仁慈。古老的美德消失了。独立与真诚打了折扣。自鸣得意地揣摩圣意就成了一切美德中最伟大的一条。人要么像您一样当个好皇帝，要么像我一样当个好臣子——不是皇帝就是傻瓜。"

我说道："你的意思是说，如果人们还像从前那样品德高尚，在如今这样的年代就一定会吃苦受罪？"

"费蒙的狗是对的。"这是他说的最后一句话，说完他便陷入昏迷，再也没有醒来。

我在图书馆里一直追查到这句话的出处才心满意足。费蒙似乎是一名哲学家，他有一条小狗，他训练这条狗每天去屠夫那里用篮子带回一块肉来。这个小动物非常正直，在费蒙允许之前，它连一块碎肉都不敢碰。有一天，一群杂种狗攻击了它，从它嘴里抢走了篮子，将那块肉撕成碎片，贪婪地狼吞虎咽起来。费蒙正从高处的窗户看着这一切，他看见自己的狗考虑了片刻自己该怎么做。要从其他狗那里把肉抢救回来显然是徒劳的，它们一定会费尽力气杀了它。于是它冲进它们当中，能吃到多少肉就吃了多少。实际上，它比其他任何一条狗吃得都多，因为它既勇敢又聪明。

元老院将国民葬礼的荣耀给了维特里乌斯，并在市集为他树了一尊雕像。上面刻的铭文是这么写的：

卢修斯·维特里乌斯，二任执政官
一任监察官
他还统治过叙利亚。

对他的皇帝忠诚不渝

我得来说说富奇内湖了。其实我现在对它已经没有真正的兴趣，可是有一天，负责这项工程的那尔齐苏斯告诉我，承包商们报告说他们终于在山里挖通了水道（公元53年），我们只需升起水闸，让湖水奔流而下，整个湖泊就会变成陆地。十三年，三万人不停地工作！"那尔齐苏斯，咱们要庆祝一下。"我说道。

我安排了一场模拟海战，不过规模非常宏大。这种奇观最初是由尤利乌斯·恺撒介绍到罗马的，刚好是在整整一百年前。他在战神广场上挖出一块盆地，用台伯河的水淹没了它，然后安排八艘船——称为提尔舰队——和另外八艘船——称为埃及舰队——交战。除了桨手之外，大约有两千人参加战斗。我八岁大的时候，奥古斯都在台伯河另一边的永久盆地——长一千八百英尺，宽一千两百英尺——也举行了一场类似的演出，周围还有石头的座位，就像竞技场一样。这次是两边各有十二条船，分别叫作雅典舰队和波斯舰队，三千人参加了战斗。我这次在富奇内湖举行的演出将会让这两次大场面都相形见绌。如今我已经不在乎钱了。就这一次，我要举行一场真正壮观的演出。尤利乌斯的舰队和奥古斯都的舰队全部都由轻型船只组成，但我却下令调来二十四艘真正的战舰——每艘都装三排桨——和二十六艘小一些的船只；又从监狱里抽调了一千九百名健壮的犯人到船上参加战斗，听从著名的职业剑斗士指挥。这两支舰队各由二十五艘船组成，分别被称为罗得岛舰队和西西里舰队。湖周围的群山将会是一个漂亮的天然竞技场，尽管这儿离罗马很远，但是我有把握至少能吸引二十万人前来观看。我通过官方公告建议观众们用篮子将自己的食物一同带来。不过，一千九百名有武器的犯人要是管理不当，就会成为一支危险的力量。我只得将整个禁卫师都带到这里，一部分人驻扎在岸上，其余的则在横跨湖面的木排上——这些木排都用绳索紧紧地系在一起。木排防线是半圆形的，这就让湖泊的西南角形成了一个海战的小港湾，这一块的湖泊越来越窄，一直延伸到开凿水道的那个尖角。整个湖泊占地约两百平方里，这可太大了。木排上的禁卫军装备了弩炮和投石机，要是有哪艘船企图冲撞防线然后逃跑，就会立刻被击沉。

这个重大的时刻终于来临了；我宣布全民放假十天。天气非常好，观众的数量有将近五十万，而不是二十万。他们全都是从意大利各地赶来的，我得说来参加盛会的人举止都很规矩，穿得也很体面。为了防止过度拥挤，我将湖畔划分成很多块，并称其为聚居区，每个聚居区由一名法官管理；法官们要负责安排公共的饮食和卫生，等等。我命人用帆布建起一个巨大的战地医院，以医治战斗中受伤的幸存者和应付岸上发生的意外。有十五个婴儿在这所医院里诞生，我在他们的名字里全都加上了富奇努斯或是富奇娜。

战斗当天早上十点，一切都已就绪。人员齐备的舰队并排朝着主席——也就是我——划了过来；我坐在高高的宝座上，穿着一身黄金盔甲，外面罩着紫色的斗篷。我的宝座在湖岸往湖里弯出去的那个尖角上，视野最是开阔。小阿格里皮娜坐在我身边的另一个宝座上，身着一件金色的长披风。两艘旗舰来到我们跟前。船员们喊道："您好啊，恺撒。我们在死亡的阴影里向您致敬。"

我本来应该严肃地点点头，可是那天早上我的心情特别高兴，便答道："你们也是，我的朋友们。"

这些流氓假装把这句话的意思理解成了大赦。"恺撒万岁。"他们快乐地喊道。当时我还没有明白过来他们是什么意思。两支舰队一同欢呼着驶过我的身边，然后西西里舰队在西面列队，罗得岛舰队则在东面。我按下控制杆，湖底忽然升上来一个银色的机械海神特赖登，它吹响金喇叭，发出战斗的信号。这让观众们兴奋不已。舰队遭遇到了一起，观众们都满怀着期望。接着——你觉得接下来发生了什么事？他们只是从对方身边驶过，向我欢呼，互相祝贺！我着实生气了，从宝座上跳下去，沿着岸边一边跑一边喊叫咒骂。"你们以为我把你们全都弄到这儿来是干什么的？你们这些坏蛋，你们这些人渣，你们这些叛徒，你们这些浑蛋！难道我是让你们来互相亲吻、高喊忠诚的吗？这些你们在监狱的院子里也可以做到。你们为什么不战斗？害怕了，对吗？还是你们想要我让你们去跟野兽作战？听着，如果你们现在不战斗的话——老天爷做证——那我就让卫兵们上演好戏。我会叫他们用攻城机器击沉你们所有的船，再把游到岸上的人全都杀了。"

正如我对你们说过的，我的腿一直都不好，其中一条腿还比另一条短一些，我也不习惯常常用腿；如今我上了年纪，人也胖了；除此之外，我还穿了一身异常沉重的盔甲，地上又不平，所以你可以想象出我的模样有多可笑了——一路头重脚轻地跌跌撞撞，动不动就摔倒在地，用我那并不悦耳的声音高声尖叫，气得脸也红了、说话也结巴了！不过，我成功地让他们投入了战斗，观众们为我欢呼道："干得好，恺撒！跑得好，恺撒！"

我又恢复了好心情，跟着大家一起笑话我自己。你们真应该看一看，小阿格里皮娜脸上的表情简直能杀人了。"你这个粗人，"我回到自己的宝座上时她小声抱怨道，"你这个愚蠢的粗人。难道你没有尊严吗？你还怎么指望民众会尊敬你？"

我礼貌地答道："哎，亲爱的，当然是要人们把我当作你的丈夫和尼禄的岳父来尊敬啊。"

舰队交上了手。我不打算详细描述战斗的情形，不过两边打得都很漂亮。西西里舰队撞沉罗得岛舰队五艘大船，自己只损失了三艘，然后将剩下的船只逼进绝境——离我们就座的地方不远——依次登上了这些船。罗得岛舰队一次又一次地击退敌人，甲板上已经血流成河、又湿又滑，可他们最终还是被打败了。到了三点，最后一艘船上也升起了西西里舰队的旗帜。我的战地医院里人满为患，有将近五千名伤者被抬到岸上。余下的人我都赦免了，除了三艘罗得岛大船上的幸存者——他们在受到撞击之前根本就没有奋勇战斗——以及六艘西西里小船上的人——他们一直都逃避战斗。有三千人战死或溺死。小的时候我见不得流血，可是现在我一点儿也不在乎：我对战斗很有兴趣。

在把水从湖里放掉之前，我觉得最好还是弄弄清楚水道的深度是否足够让这些水都流走。我派人到湖中央去仔细测量水深。他报告说，水道至少还得再挖深一码，否则就会剩下四分之一的湖水流不走。所以这个大场面从头到尾都白费了。小阿格里皮娜责怪那尔齐苏斯，指责他是个骗子。那尔齐苏斯埋怨工程师，他说一定是承包商们收买了工程师，叫他们报告错误的湖水深度，并且抗议小阿格里皮娜对他这么不公平。

我大笑起来。这不要紧。我们观看了一场非常愉快的演出，而且只要再花几个月的时间，水道就能挖到适合的深度了。谁都不用负责任，我说道："也许是湖底发生了自然沉降，咱们全都回家去，过四个月再来。"这一回我没有足够的犯人来进行一场盛大海战了，我也不想以较小的规模重复同样的场面，所以我又想了一个主意。我命人建起一座又长又宽的浮桥，横跨过湖面的尽头，安排了两支军队，各由两个营组成，这两支军队分别叫埃特鲁里亚军和撒姆尼军，我让他们穿上相应的服装，带上相应的武器，在浮桥上作战。在军乐的伴奏下，他们沿着浮桥向对方行进，浮桥的中间放宽到了一百码左右，他们就在这里交上了火，激烈地打了一仗。撒姆尼人曾经两次夺取阵地，但是埃特鲁里亚人的反击逼得他们节节败退，最后撒姆尼人终于落荒而逃，损失惨重，有些人被埃特鲁里亚人的铜头长矛刺死了，有些则被埃特鲁里亚人的双头战斧砍倒了，还有些被人从桥上扔到了水里。我下令不许战斗员上岸。要是他被扔进水里，那么么就淹死，要么就爬回桥上。埃特鲁里亚人获得了胜利，竖起了战利品。我让所有的获胜者都恢复了自由身，还有少数战斗特别勇敢的撒姆尼人。

终于，将湖水放掉的一刻到来了。水闸附近用木头建起一座巨大的餐厅，桌上摆开了丰盛的午餐，这是为我和议员们准备的，还有议员们的家人、一些骑士首领和他们的家人以及禁卫军的全体高级军官。我们将会伴着湖水奔流而下的悦耳声音进餐。"你确定水道现在足够深了？"我对那尔齐苏斯问道。

"是的，恺撒。我亲自测的水深。"

于是我来到水闸边，献上祭品，说了一两段祷文——并且在祈祷时向这个湖泊的仙女表示了歉意，我请求她继续守护这里的农民——他们将要耕种湖泊排空后收回的土地，我还请她最后在我那一队日耳曼兵摇动曲柄时助他们一臂之力，然后我下令道："摇起来！"

水闸升了起来，湖水翻滚着猛地冲进水道。观众发出响亮的欢呼声。我们看了一两分钟之后，我对那尔齐苏斯说道："祝贺你，我亲爱的那尔齐苏斯。十三年的辛劳和三万——"

一阵雷鸣般的轰隆声打断了我，接着大家全都惊恐地尖叫起来。

"怎么啦？"我喊道。

他不顾礼节地抓住我的胳膊，几乎是拖着我往山上跑。"快跑！"他叫道，"快些，再快些！"我想看看究竟发生了什么事，结果看见一堵褐色与白色相间的巨大水墙——我可不想说它有多少英尺高——呼啸着涌上水道，就像不列颠的塞文河那一年一度的洪水泛滥。请注意，是涌上水道！我过了一会儿才反应过来这是怎么一回事。突然奔流而下的湖水在下游几百码的地方从水道里溢了出来，在山坳里又形成了一个大湖，流水渐渐冲坏了这个湖的地基，整个山坡都滑了下来，成千上万吨山石完全把湖给填满了，以万钧之势将湖水排了出来。

除了一小部分人，我们基本上全都爬到了安全的地方，不过弄湿了腿脚而已——只有二十个人淹死。但是，餐厅却彻底冲毁了，桌子、沙发、食物和花环都被冲到湖里去了，漂得老远。哦，小阿格里皮娜真是恼火极了！她对着那尔齐苏斯大发雷霆，说这一切都是他故意安排的，好隐瞒水道仍然挖得不够深的事实，指控他把几百万公款装进了自己的腰包，天知道他还干了些什么。

那尔齐苏斯这会儿心烦意乱至极，他也发起火来，质问小阿格里皮娜以为自己是谁——塞米勒米斯女王？或者是朱诺女神？还是罗马军队的总司令？"别来多管闲事。"他对她喊道。

我把这一切全都当成了笑话来看。"吵架也吵不回咱们的午餐啊。"我说。

工程师们来报告说，还得再花两年时间才能在挡住水流的地方凿出一条新通道来；这让我觉得更加好笑了，"恐怕我是没有空在这片水域再举行一场战斗表演了，我的朋友们，"我严肃地说道。不管怎样，这件事从头到尾似乎是个绝妙的象征。徒劳无功。就像我继位的头几年所付出的那些辛勤劳动，我原本是打算把这些辛劳当作礼物送给元老院和人民,可他们却不配拥有。那一波猛烈的巨浪让我深感欣慰,我比看到海战和桥战时更加开心。

小阿格里皮娜抱怨说皇宫里带来的一套珍贵的黄金餐具被那个浪头冲走了,只有几件找了回来,其他的全都躺在湖底。"哎呀,没什么好担心的,"我取笑她道,"听着!你把你那身闪闪发光的漂亮衣服脱下来——我保证不会让那尔齐苏斯把衣服偷走——我会叫禁卫军拦住人群,然后你就可以在水闸上表演一次特别的跳水了。大家都会非常开心的,他们最喜欢的莫过于发现他们的统治者原来也是凡夫俗子……不过,亲爱的,为什么不干?为什么不应该是你去?好了,别发脾气。要是你可以潜到水里去找海绵,那你当然可以潜到水里去找金盘子,对吧?瞧,那边那个一定是你的一件宝贝,在水里闪着光呢,很容易拿回来的。就在那儿,我来把这块鹅卵石扔过去!"

为了安抚小阿格里皮娜蒙受的损失,几天以后,我送了她一件很贵重的礼物——一只雪白的夜莺,以前还从没听说有人见过这种颜色的夜莺。那尔齐苏斯为了就自己的粗鲁无礼向她道歉,送了她一只会说话的画眉。这只画眉说起话来几乎跟鹦鹉一样好,白色的夜莺唱起歌来也跟寻常的褐色夜莺没什么两样。小阿格里皮娜简直难掩对这些鸟儿的喜爱之情。顺便说一下,我们家的人一直都非常喜欢宠物。奥古斯都有他的看门狗提丰,提贝里乌斯有无翼龙,卡里古拉有赛马茵茨塔图斯。我姐姐莉维拉养了一只爱偷东西、调皮捣蛋的小狒猴;我哥哥日耳曼尼库斯养了一只黑松鼠,我母亲安东尼娅则养了一条大鲤鱼当宠物。这条鱼的名字叫作海怪,我母亲喊它的时候,它就会回答——它会从池子里睡莲之间的藏身处游上来,让我母亲喂它、挠它的痒痒。这是希罗德·阿格里帕送给我母亲的礼物,他在它的鳃上穿了一对镶了宝石的小耳环。我母亲常常声称,这只鱼的嘴巴一张一合的时候就是在对她说话,她懂它的话。我自己从来没有养过宠物。我总觉得,养宠物的时候,人的付出比所得要多,而且会忍不住相信这个动物比它原本的样子更加深情、更加聪明。

三十二

如今是九月，我当皇帝已经到了第十四个年头。前不久，巴比鲁斯看了我的天宫图，他担心下个月中就是我命中注定的死期。塞拉西鲁斯曾经跟我说过同样的事：他允许我活六十三年、六十三天、六十三更和六十三个钟头，算出来就是下个月的十三日（公元54年）。塞拉西鲁斯比巴比鲁斯说得更加明确，我记得他祝贺我说，六十三是七和九的乘积，他说这个数字可是非同寻常。好吧，我已经准备好去死了。今天早上在法庭上，我请求律师们对我这个老人家表现得体贴一些；我说明年我就不会再和他们在一起了，他们想怎么对待我的继承人都行。在审理一位贵妇被控通奸的案子时，我对法庭说，我结过好几次婚，结果却发现我的妻子一个一个都是坏女人；我对她们纵容过一阵子，但是不会太久，到现在为止我已经离过三次婚了。这些话肯定会传到小阿格里皮娜耳朵里的。

尼禄今年十七岁了。他四处招摇，像个高级妓女一样假装端庄，时不时把他那香喷喷的头发从眼前甩开；要么就像个高级哲学家一样假装谦逊，在一群崇拜他的贵族当中，他会时不时停下脚步暗自沉思——右脚伸出，脑袋垂到胸前，左臂叉腰，右手抬起，用指尖轻轻扶着前额，仿佛正在痛苦地思考。不久之后，他就会说出才华横溢的警句、巧妙的对句或是深刻的警世格言；不过，这些都不是他自己想出来的——正如老话所说，塞内加可真是值得豢养。我希望尼禄能让自己的朋友们高兴。我希望他能让罗马高兴。我希望他能让小阿格里皮娜高兴，还有塞内加。我私下听塞内加的妹妹说（她和那尔齐苏斯暗地里是朋友，关于罗马新近的红人，她给了我们很多有用的情报），在塞内加收到我将他从科西嘉召回来的命令的前一天夜里，他梦见自己担任了卡里古拉的老师。我把这个梦看作是一个征兆。

今年的元旦那天，我召见了色诺芬，感谢他让我活了这么久。虽然商定的十五年还没有到期，但我还是履行了自己的诺言。我努力说服元老院同意永远免除他的家乡考斯岛的赋税和兵役。在对元老院的讲话中，我详细叙述了考斯岛许多著名医生的生活与事迹——他们全都自称是医神的嫡系子孙，然后我博学地谈论起他们的各种治疗实践；最后我说起了色诺芬的父亲——我父亲在日耳曼打仗时的军医——和色诺芬自己，我赞扬他们比其他那些医生都要好。过了几天，色诺芬请求我允许他在我身边多待几年。他提出这个要求时，并没有以忠诚、感激或是感情为理由，尽管我已经为他做了很多，他的理由居然是在皇宫里进行医学研究很方便！他可真是冷漠得出奇！

我之所以给予色诺芬这样的荣誉，其实是因为我指望他帮我执行一个计划，这个计划必须极度保密和谨慎。这是我对自己和祖先们欠下的债：不是别的，正是拯救我的不列塔尼库斯。现在容我来说说清楚，为什么我会故意喜欢尼禄更甚于他，为什么我让他接受老派的教育，为什么我仔细地保护他不受宫廷习气的感染、不让他接触邪恶与吹捧。首先，我知道尼禄注定会接替我成为皇帝，继续做君主制那受到诅咒的工作，他注定会祸害罗马、遗臭万年，成为最后一个疯狂的恺撒。是的，我们全都是疯子，我们皇帝全是疯子。一开始我们的神声都很清楚，就像奥古斯都、提贝里乌斯甚至是卡里古拉（尽管他本性邪恶，但他起初并不疯），当了皇帝以后，我们的心智就变了。"尼禄死后，共和制一定会恢复的。"我断言道，我的打算正是让不列塔尼库斯来恢复共和制。可是不列塔尼库斯怎么才能活过尼禄统治的时期呢？如果他继续待在罗马的话，尼禄一定会处死他的，就像卡里古拉处死盖米勒斯那样。我下定决心，一定要让不列塔尼库斯迁到某个安全的地方，他可以像从前的克劳狄族人一样在那里正直而高贵地成长，并且心里一直燃烧着真正的自由之火。

"可是如今，天下全都是罗马人的，只有日耳曼、东方、黑海以北的塞西亚沙漠、尚未开拓的阿非利加和不列颠的偏远地区，我的不列塔尼库斯在哪里才能安全躲过尼禄的权势呢？"我问自己道。"帕提亚和阿拉伯不行，再也没有比这更糟糕的选择了。日耳曼也不行，我从来都不喜欢日耳曼人。尽管他们有些原始的美德，但他们天生就是我们的敌人。我对于塞西亚和阿非利加知之甚少。不列塔尼库斯只能去一个地方了——那就是不列颠。北部布立吞人的种族跟我们非常相似。布里甘特女王卡逊蔓杜阿是我的盟友。她是个高贵而睿智的君主，和我的南不列颠行省相安无事。她手下的族长们全都是勇敢又礼貌的战士。她那年幼的继子是她的继承人，今年五月要到罗马来皇宫里做客，同来的还有一帮年轻的贵族男女。我会让不列塔尼库斯去招待他，让他俩秘密地按照不列颠的仪式歃血为盟结为兄弟，把他俩联系在一起。整个夏天，布里甘特人都会住在这里。等他们乘船回去的时候（我会送他们从海上远航回去——从欧斯提亚直接驶到他们位于亨伯河的港口），不列塔尼库斯会乔装打扮以后跟他们一起走。他会把脸和身体涂成蓝色，穿上布里甘特年轻贵族的红罩衣和格子裤，脖子上还戴着金链子。没人会认出他来。我会让布里甘特王子带着礼物满载而归，尽可能叫他用最神圣的誓言保证会确保不列塔尼库斯的人身安全，除了女王之外不让任何人知道他的身份。他也要让他的随从立下同样的誓言。在卡逊蔓杜阿的宫廷里，不列塔尼库斯将被介绍成一位出身名门的希腊青年，他父母双亡，身无分文，于是到不列颠来碰碰运气。罗马没有人会惦记他。我打算放出消息说他身体不好，色诺芬和那尔齐苏斯会帮我一起把大家骗过去。不久后我就宣布他的死讯。色诺芬有我的一份手谕，他有权要求用医神岛上那所医院里任何一个死亡奴隶的尸体来作为解剖对象。（他正在写一部关于心脏肌肉的学术专著。）他肯定能找到一具适合的尸体用来充当不列塔尼库斯的。而不列塔尼库斯将在卡逊蔓杜阿的宫廷里长大成人，他会将我一片苦心让他学习的那些有用的技能教给布里甘特人。要是他为人谦和的话，应该会在那儿交到很多朋友。卡逊蔓杜阿会允许他崇拜自己的神灵。他可以避免和罗马人来往。等到尼禄死的时候，他将表明自己的身份，回来拯救自己的国家。"

这是个绝佳的计划，我尽了一切所能来执行它。布里甘特王子来了，不列塔尼库斯负责招待他，和他结下了亲密的友谊。他们互相教对方学习自己的语言、使用自己国家的武器。整个夏天他们都一起劳作一起玩耍。他们歃血为盟结拜了兄弟，还交换了礼物，根本用不着我暗地里推波助澜。事情进行得如此顺利，我很是高兴。我把自己的计划告诉了色诺芬和那尔齐苏斯，他俩答应会帮助我，把一切都安排好了。可是瞧瞧发生了什么事吧！我的妙计全都白费了。

三天前的一大早，皇宫里的人还都没有起床，那尔齐苏斯就带不列塔尼库斯来见我了。我热情地拥抱了他，多年来我一直克制着自己，不让他看见我这样。我向他解释了为何要像从前那样对他。这不是冷酷，也不是忽视，我说，这是爱。我对他引用了奥古斯都临终前曾对我说过的一行希腊诗："伤害你的人，必会让你更完整。"我把那个预言告诉了他，并且对他说，我希望由我最爱的人——他——来将罗马从一片残骸中解救出来。我提醒他不要忘了我们家族那极其不幸的历史，请求他同意我的计划，因为这是他活下去的唯一机会。

他聚精会神地听着，最后却突然喊道："不，父亲，不！父亲，我承认，自从母亲死后，我就一直痛恨您。我把您想得很坏。在我眼中，您是个书呆子，是个胆小鬼，还是个傻瓜，甚至羞于让人把我称为您的儿子。现在我才明白是我误解您了，请您原谅我。可是，不，我不能按照您说的去做。这很不光彩。克劳狄家的人不应该把脸涂成蓝色，远远地躲在一帮野蛮人中间。我不怕尼禄：尼禄是个懦夫。这个新年就让我穿上成年男子的长袍吧。尽管我才十三岁，但您可以额外免去这一年；就我这个年纪来说，我是又高又壮了。一旦我正式成年，我就可以敌得过尼禄了，尽管您给他开了一个好头，尽管他有那样的母亲。让我们成为您的共同继承人，咱们来瞧瞧我跟他谁会占到上风。作为您的儿子，这是我的权利。而且，我也不相信共和制。人不可能让历史倒退。这是我的曾祖母莉薇娅说的，这话一点儿也不假。我喜欢从前的日子，就像您一样，但我并不盲目。共和制已经死了，只有像您和索西比乌斯这种老派的人还相信它仍然活着。如今罗马是个帝国，只能在好皇帝和坏皇帝之间做出选择。让我和尼禄成为您的共同继承人吧，我要向那些预言挑战。父亲，为了我，您要多活几年。这样等您去世的时候，我就能继承您的衣钵，好好地统治罗马。禁卫军也爱我，信任我。盖塔和克里斯皮努斯对我说，等您去世的时候，他们会力保我登上皇位，而不是尼禄。我会成为一个好皇帝的，就像您在和我的继母结婚之前那样。给我指派适合的教师吧，现在的这些教师对我毫无用处。我想要学习公开演讲，我想弄明白财政和法律的程序，我想要学习如何当一个皇帝！"

无论我说什么都劝阻不了他，甚至连我的眼泪也打动不了他。现在我已经不指望能救他的性命了，要是病人铁了心去死，那就没有医生能救得活他。与此相反，凡是他要我做的，我都做了，就像一个溺爱孩子的父亲。我打发了索西比乌斯和其他老师，给他指派了新的私人教师。我答应明年过年时就让他成年，还把遗嘱改写得对他有利；在以前的遗嘱中，我几乎都没有提到他。今天我对元老院发表了告别演说，低声下气地将尼禄和不列塔尼库斯推荐给他们，又长篇大论、苦口婆心地劝告他俩要像兄弟一般相亲相爱、和睦相处，并且请元老院为我做见证。可是我说得多么讽刺啊！我知道我的不列塔尼库斯注定要失败——就像我知道火是热的、冰是冷的一样肯定——而且是我把他交给了死神，让阿皮乌斯·克劳狄乌斯的古老血统在他这最后一个克劳狄族人身上就此断绝。我真是个白痴。

我的视力越来越差，手抖得也越来越厉害，几乎连信都写不了了。最近出现了很多奇怪的预兆。一颗巨大的彗星在午夜的天空中照耀了很长时间，跟预言了尤利乌斯·恺撒之死的那一颗非常相像。有人报告说在埃及看见一只凤凰。它是从阿拉伯飞来的——而且像往常一样——后面还跟着一群崇拜它的其他鸟类。我认为这不是一只真正的凤凰，因为真凤凰每一千四百六十一年才会出现一次，上一次有人确实报告说看见了凤凰是在赫利奥波利斯，那还是托勒密三世统治时期，到现在才过了二百五十年；但这一只肯定也是某种凤凰。有了凤凰和彗星这些奇迹似乎还不够，在塞萨利又降生了一只人首马身的怪物，人们将它送到罗马来给我看（经过埃及时，亚历山大的医生们首先给它做了检查），我也亲手摸了摸它。它只活了一天就死了，送到我这里时被保存在蜂蜜里，但它却是如假包换的半人半马怪，还是长着马身的，而不是那种长着驴身的次等品种。凤凰、彗星、半人半马怪、禁卫军营的旗标之间有一大群蜜蜂、一只小猪生下来就长着鹰的爪子、我父亲的纪念碑被闪电击中了！预言者们，还有什么奇观吗？

别再写了，提贝里乌斯·克劳狄乌斯，布立吞人的神灵，别再写了。

克劳狄乌斯之死的三种说法

一

此后不久,他立下遗嘱,加盖所有高级长官的印章密封起来。在他得以采取进一步的行动之前,阿格里皮娜阻止了他,并且结果了他的性命。因为这时阿格里皮娜不仅自己心里有数,而且还有许多告密人揭露了她的不少罪行,使她心神不安。大家普遍认为克劳狄乌斯是被毒死的,但是对于在哪里、是谁投的毒,人们众说纷纭。有些人认为投毒者是他的试食员——阉人哈洛图斯,他趁克劳狄乌斯在朱庇特神庙的城堡里与祭司们一同进餐时下了毒;另一些人说他是在自己家中用餐时被阿格里皮娜毒死的,她知道他最爱吃蘑菇这类东西,就在一盘蘑菇中放了毒药,然后亲手送给他。至于他吃下毒药后发生了些什么事,说法也不尽相同。有人说,他一吞下毒药就变成哑巴,受了整整一夜的痛苦折磨,快天亮时一命呜呼。其他人则坚称,他先是人事不省,然后胃里翻江倒海,把吃的东西通通吐了出来,而后投毒者便再次下了剧毒,不过怎么下的毒就说不清楚了；或许是放在一碗稠粥里（考虑到他把胃都吐空了，所以必须吃点东西才有精神），又或许是灌肠时下的药——他看来似乎是饮食过量，排泄和净肠也许会让他好受一些。

有关继承人的一切事项安排妥当后，他死亡的消息才公布于众。因此，人们照旧为他许愿，仿佛他依然卧病在床；喜剧演员假模假式地被召入宫，给他取乐，让他高兴，似乎皇帝十分想看这些把戏。他驾崩于十月十三日，这一年的执政官是阿西尼乌斯·马塞勒斯和阿奇利乌斯·阿维奥拉，他享年六十四岁，在位十四年。他的葬礼庄严而隆重，行政长官们列队为他送葬，他被封为神灵，成了天上的圣徒[1]。尼禄当政后废除了他的这项荣誉，但后来维斯佩西安又将这个荣誉称号还给了他。

很多特别的征兆都预示了他的死亡：即，天空中出现一颗长尾扫帚星，人们称之为彗星；他父亲德鲁苏斯的墓碑遭到雷击；那一年有许多大小长官先他而死。不过，他本人似乎也意识到自己行将归天，并且对此毫不隐瞒，从很多迹象和表现中都可以推测出这一点。他任命执政官时，两位执政官的任期都是到他临终的那个月为止；最后一次出席元老院会议时，他在谆谆告诫两个儿子要和睦相处之后，低声下气地恳求尊贵的元老们关心这两个年幼的孩子；最后一次开庭期间，有一两次他在法庭上公开宣称自己的寿命已到尽头，尽管所有人听到这样的消息都深感悲痛，并且祝愿他能化凶为吉。

——苏维托尼乌斯《克劳狄乌斯》，菲尔蒙·荷兰德[2]

二

因为忧思过度积聚，克劳狄乌斯病倒了，便到西努埃撒去疗养治病，那里不但气候温和宜人，泉水对健康也很有好处。这时，久已蓄意

---

1 作者注：正式封神。
2 参考了张竹明、王乃新、蒋平等译的《罗马十二帝王传》片段。

进行谋杀的阿格里皮娜立刻紧紧抓住了当前这样一个绝好的机会,下手的人她也找好了,只是还没考虑清楚要采用哪种毒药;"如果用使人速死的烈性毒药,恶行恐怕会败露;如果用让人渐渐虚弱的慢性毒药,那么克劳狄乌斯在死前又可能识破她的阴谋,从而会再度喜爱他自己的儿子。"因此她决定使用一种高妙的毒药,"这种毒药可以让他精神错乱,却又不会很快死去。"她选了一位在这方面经验丰富的能手——她名叫洛库丝塔,不久之前才刚刚因为投毒而被判罪,可后来却被留下来为人家的野心服务。这个女人熟练地备好了毒药,下毒的任务就交给了哈洛图斯,他是皇帝的宦官之一,负责给皇帝上菜和事先尝菜。

事实上,此后没过多久,这桩事情的全部细节就尽人皆知了;当时的作家们记载说,"毒药是倒进一盘蘑菇里的,克劳狄乌斯特别爱吃蘑菇;不过不知是他已经没了感知能力,还是喝醉了酒,药性并没有立刻发作。"同时,他进行了一次通便,似乎很有疗效。阿格里皮娜这下惊慌失措了:这事对她性命攸关,眼下也顾不得自己的所作所为会落下恶名了。她已经把御医色诺芬拉下水来帮她一起达到那罪恶的目的,这时便又将他找来帮忙。据说,他假意帮助克劳狄乌斯吃力地呕吐,却把一支抹了致命毒药的羽毛放进克劳狄乌斯的喉咙;色诺芬深知,孤注一掷干坏事的时候,失手是非常危险的,要确保得到回报,就得立刻办妥。

与此同时,元老院召开了会议,执政官和祭司们都许愿祝皇帝康复。可是,这时克劳狄乌斯却已经死了,他的尸体裹在布里,同时还用了各种法子来保温,好把这事瞒过去,直到尼禄继位的事情安排稳妥。一开始,阿格里皮娜装作悲痛万分的样子,把不列塔尼库斯拥在自己怀中,好像急着要从他身上求得安慰似的,说他"长得和他父亲一模一样",并且用了各种法子,不让不列塔尼库斯离开屋子;她还用同样的法子拖住了他的姐姐安东尼娅和妹妹屋大维娅;她让卫兵严守进宫的所有通道,不时地放出消息说皇帝的病情正在好转:这都是为了让军队抱有希望,一直等到占星家们计算以后预言的那个吉时来临。

最后,到了十月十三日的正午,皇宫的门突然全都打开了。尼禄在伯尔赫斯的陪同下来到步兵队——按照军队的规定,他们正在当值。司令官打了个手势，士兵们便欢呼起来，随即用轿子抬起了他。据说当时有一些人犹豫不决，他们焦急地回过头来，不时地问道，不列塔尼库斯在什么地方？但后来既然没有人出头对此表示反对，他们便同意了立尼禄为帝。然后，尼禄被抬到军营，发表了一通与这一紧急情况相符合的讲话，并答应像他父亲——先帝——一样重赏士兵们，这样他便正式被拥立为皇帝了。军队的决定立刻就得到元老院的批准，各个行省也毫不犹豫地同意了。元老院发布命令，把神圣的荣誉授予克劳狄乌斯，他的葬礼非常隆重，和奥古斯都神的葬仪完全一样；阿格里皮娜则尽力仿效她的曾祖母莉薇娅的尊荣。不过克劳狄乌斯的遗嘱并没有宣读，免得他偏爱继子胜过亲子的这种不公和卑鄙会刺激到民众的心情。

——塔西佗《编年史》

三

如今克劳狄乌斯对阿格里皮娜的所作所为已经一清二楚，他怒火中烧，要找自己的儿子不列塔尼库斯，阿格里皮娜一直故意不让他们父子见面（她要尽一切力量替尼禄将皇位弄到手，因为尼禄是她自己和前夫多密提乌斯之子），所以克劳狄乌斯多数时候都看不到他；但是只要见到不列塔尼库斯，克劳狄乌斯对他总是慈爱有加。他对阿格里皮娜的做法已经忍无可忍，打算废除她的权力，让自己的儿子穿上成年服，并宣布他为皇位的继承人。知晓此事的阿格里皮娜惊慌起来，为了抓紧时间抢先阻止这种事情的发生，她打算毒害克劳狄乌斯。不过，由于他一贯的惊人酒量和平日的生活习惯——为了保护自己，所有的皇帝都是这么生活的，这已经成了一种惯例——要害他可没那么容易；于是她派人请来一个著名的用毒能手——这女人名叫洛库丝塔，前不久才因为投毒被判了罪；在她的帮助下，阿格里皮娜备好了药效可靠的毒药，放进一个蘑菇里，这是一种蔬菜。然后，她自己吃掉其他的蘑菇，却让她丈夫将有毒的那一个吃了下去，因为那是最大最好的一个。她的阴谋得逞了，那受害者被人从宴会上抬下去，表面上看来就像是喝醉了酒，这事以前发生过好多次；可是到了夜里，毒药发作，他便死了，既没能说什么，也没听到什么。这一天是十月十三日，他活了六十三年两个月零十三天，在位十三年八个月零二十天。

阿格里皮娜之所以能做成这事，是因为她事先将那尔齐苏斯送去了坎帕尼亚，假称他得用那里的水才能治好痛风。要是他在场的话，一定会小心地保护好自己的主人，她就不可能完成计划了。实际上，克劳狄乌斯死后，他紧接着就死了。他被杀死在梅萨丽娜的坟墓旁边，尽管这个情形看来是她为自己报了仇，但却纯属巧合。

克劳狄乌斯就这样走完了自己的一生。这事似乎早有预兆：有颗彗星出现了很长时间；天上下起血雨；禁卫军的标杆遭到雷击；朱庇特胜利神庙自动开了门；军营里飞来一大群蜜蜂；每个政治职务都有一位现任官员去世。皇帝受到了国葬，并且被赋予了奥古斯都得到的所有其他荣誉。阿格里皮娜和尼禄害死了克劳狄乌斯，却又来装模作样地哀悼他——他被一副担架从宴会上抬走，然后被他们送进天堂成了神灵。关于这一点，塞内加的兄弟卢修斯·优尼乌斯·加里奥说过一句非常诙谐的评语。塞内加本人则写了一篇文章，起名为《呆瓜化》——这个词是从"神化"类推而来的；可是大家都认为，还是他兄弟那短短的一句话寓意众多。因为刽子手们习惯用巨大的钩子将监狱里处死的犯人尸体拖到古罗马广场，再从那里将尸体扔到河里，所以塞内加的兄弟评论说，克劳狄乌斯是被钩子钩上天堂的。尼禄也留下了一句值得记录的评语。他宣布蘑菇是神灵的食物，因为克劳狄乌斯正是因为吃了蘑菇才成了神灵。

克劳狄乌斯死后，皇位本应由不列塔尼库斯继承才算完全公平，因为他是克劳狄乌斯的嫡子，体格发育也比自己的年纪要老成；可是按照法律，尼禄已经被克劳狄乌斯收为养子，所以也同样有继承权。不过，发言权只属于手里有武器的人；兵力多的人不管说什么也好、做什么也好，总是有理的。所以，尼禄首先毁掉克劳狄乌斯的遗嘱，继位当了罗马帝国的主人，然后除掉了不列塔尼库斯和他的姐妹们。那么，人为什么要为了其他受害者的不幸而痛惜呢？

——《狄奥·卡西乌斯》卷六十一

克劳狄乌斯之呆瓜化
一篇散文与诗歌体的讽刺杂咏

卢修斯·阿奈乌斯·塞内加

　　我必须将今年十月十三日发生在天堂里的事情记录下来，因为今年宣告了一个辉煌新时代的来临。我的记录"既无恶意，也无偏袒"。是这么说的，对吧？如果有人问我是怎么知道这些事情的，那好，首先，要是我不想回答，就不会回答。谁要逼我回答吗？我是个自由的人，不是吗？那一天，有个著名的人物死了，我便自由了。那个人让这句谚语成了真理，"要么生来就是皇帝，要么生来就是傻瓜"。不过，如果我选择回答的话，我就会有话直说的。难道被迫在法庭上做证的历史学家们还会发誓自己说的都是实情吗？尽管如此，如果确实需要去拜访谁的话，我就会去拜访目睹了德鲁西拉的灵魂走上天堂的那人；他会发誓说他看见克劳狄乌斯走的也是同一条路，"一瘸一拐的"（正如诗人所言）。天堂里发生的一切都逃不过这人的眼睛，他不看也得看：他负责看守阿皮安大道，当年奥古斯都和提贝里乌斯自然也是经由这条路走进了众神的行列。如果你私下里问他，他会把这个故事从头到尾说给你听，不过如果周围有很多人的话，他就什么也不会说了。你瞧，他曾经对元老院发誓说自己看见德鲁西拉上了天堂，可是没人相信这话——因为这事好得让人难以置信，从那以后，他就严肃声明再也不肯为自己见到的任何事做证了——哪怕他看见有人在市集中央被人杀了。不过，我现在就把他对我说的全都告诉你们，愿他好运。

> 伟大的太阳神那每日的例行巡游渐渐接近终点,
> 睡眠的黑暗时光越拉越长。
> 征服一切的月亮开疆拓土,
> 卑鄙的冬天从富有的秋天手里
> 将王位篡夺。对酒神巴克斯下令道
> "你变老吧!"于是,迟到的酿酒人
> 摘下了最后几串葡萄。

如果我直截了当地说,这个月是十月,这一天是十三日,也许你们就更容易明白我的意思了。不过,我没法把时辰说得太过精确——哪怕哲学家们能达成一致,也别指望钟会走得一致——不过这是在中午十二点和下午一点之间。我能听见读者们说:"塞内加,你不是一个好诗人。你那些吟游诗人同胞们,可不满足于仅仅描绘破晓与黄昏,而是也会为了日上中天之时而黯然神伤。你怎么会忽视如此富有诗意的一个时辰?"好吧,那么:

> 太阳神将辽阔的天空一分为二
> 他有些疲倦地抖了抖缰绳,
> 驱车向夜;沿着白日的斜坡滑下
> 那壮丽的光辉渐渐暗淡。

就在这时,克劳狄乌斯开始了垂死挣扎,可是却老也不咽气。于是,总是被克劳狄乌斯的风趣逗得哈哈大乐的墨丘利将命运三女神中的一位拉到一边,对她说道:"夫人,我认为,您让这个可怜的家伙如此痛苦就太过残忍了。难道他永远都不能从折磨中解脱出来吗?从他最初喘息着活命到现在已经六十四年了。您是怨恨他还是怨恨罗马?请让占星家们说对一次吧:自打他当皇帝以来,他们每个月都定时为他安排葬礼。不过,倒也不能怪他们弄错他的死亡时间,因为就连他到底有没有真正活过都没人能说准。言归正传,克洛索,杀了他,让一个更加配得上皇位的人取而代之。"

克洛索答道："我这是想多给他一些时间，让他来得及将剩下的那极少数外人也变成罗马公民；你知道，他已经下定决心，要看见全天下的人都穿上白色长袍——希腊人、法兰西人、西班牙人，甚至是不列颠人。不过，如果你认为，为了血统的缘故，还是应该留下一些外国人，而且又确实命令我这就结果了他，我会照做的。"她打开盒子，拿出三个纺锤，一个是奥古里努斯的，一个是巴巴的，最后一个则是克劳狄乌斯的。"他们三个将会死于同一年，相差的时间也不远，因为我不想让他没人陪伴、孤身上路。以前，总是有好几千人走在他前面、跟在他身后、拥在他身边，要是忽然间让他孤单一人，这可就不对了。有这两个朋友给他做旅伴，他会非常感激的。"

> 她说着话，将那傻瓜的生命之线缠绕在
> 难看的纺锤上，而后啪的一声扯断了线。
> 可是拉刻西斯——她的发辫梳得漂漂亮亮
> 额上戴着缪斯女神的桂冠，
> 从羊毛中抽出白雪一般的新线
> 这线经她那幸福的手中穿过，
> 便改了颜色。她的姐妹们注视着这个奇迹。
> 那可不是寻常的毛线，而是昂贵的金线，
> 源源不断，历经一个又一个世纪，
> 永无止境。她们带着美好的愿望将羊毛拔下，
> 纺线时满心欢喜，那毛线金贵无比；
> 不，是金线自己在转，不用她们去纺，
> 纺锤旋转，落下千丝万缕，
> 提托诺斯（奥罗拉之夫）计算的漫长年月逝去了
> 内斯特长老计算的岁月也逝去了。
> 太阳神来了，当她们纺线时，
> 他便满怀希望吟诵圣歌，弹着他的里拉琴

不然就亲自给她们帮忙。
这三姐妹一心一意听着那优美的旋律,
为了好兄弟在歌中对她们的称颂着了迷,
几乎要忘了自己在纺线;
将那人的寿命纺得长过了天定。
可太阳神却喊道:"我的姐妹们,这样便是了;
不要给这辉煌的一生减去寿命,
你们所纺的这人与我相当,
美貌与优雅和我不相上下,
歌声也是同样优美。
就是他,将会重建黄金时代
打破压制了一切法律的禁令。
他是美丽的启明星,让太阳之下的众星
落荒而逃;他又是长庚星
他清晰浮现之时,众星便会回归天宇;
不,他便是太阳本身,羞红了脸的
黎明女神带来白昼第一缕光辉时,阴影消散开来——
容光焕发的太阳
普照人间,从他那黑暗牢狱中飞快地驱车而出。
那太阳便是尼禄,全罗马
都会目眩神迷地看着尼禄,
他的面孔闪耀着真正的威严
长长的卷发在他那线条优美的脖颈上泛起了涟漪。"

这便是阿波罗说的。可是拉刻西斯对于英俊的男子很有眼光,所以她还在继续地纺呀织呀,又多给了尼禄好多年寿命,算是她个人送他的礼物。

至于克劳狄乌斯,他们叫大家

> 不要垂头丧气，用虔诚的话语
> 催促他从这些大厅里快快走过。

最后，他的魂魄终于真的出了窍，他以前还能假装自己是活的，现在彻底死了。（他过世的时候正在听喜剧演员的表演，现在你们知道了吧，我对于干这一行的人一直小心提防是有正当理由的。）人们刚刚听见他说完自己这辈子最后一句话，他身上的某个地方立刻就发出了一种巨大的噪声——他用这个部位说起话来总是毫无困难。他的最后一句话是："哦，天哪，我想我把自己弄得一团糟了！"事实究竟是不是这样，我不知道；不过大家一致认为，他总是把事情弄得一团糟。

要是我继续讲述此后在人世间发生的事情，那就是浪费时间了。你们对这些全都知道得一清二楚。没人会忘记自己的好运气，所以当克劳狄乌斯的死讯传来，百姓们一片欢腾，你们是不太可能忘记这些的。不过，我要跟你们说说天堂里发生了什么事；如果你们不信的话，向我提供消息的人可以证实这一切。起初，朱庇特听到消息说，有个人在天堂门口，这人个子很高，满头白发；他似乎在说着什么威逼恐吓的话，因为他的脑袋一直摇个不停；他走路的时候会把右脚拖在地上。人家问起他的国籍，可是他回答的时候不知所云、神经兮兮，别人也听不懂他说的是哪国语言，这既不是希腊语，也不是拉丁语，更不是其他已知的语言。于是朱庇特叫赫拉克勒斯去弄清楚这个陌生人是从哪里来的，赫拉克勒斯曾经环游全世界，所以也许没有他不知道的国家。赫拉克勒斯便去了，他从不曾被天下的什么怪物吓倒过，可是看到这种新的生物时，他委实吓了一大跳。这东西走起路来姿势很怪，声音又粗又哑、含混不清。陆地上已知的动物跟它都不像，倒让人想起海里的某种奇怪野兽。赫拉克勒斯还以为自己要立下第十三桩大功了。不过，他又凑近了些看，发现这是某种人类。他向它走去，自然而然地说出了希腊人会说的话：

> 最最尊贵的陌生人，请您告诉我
> 您的大名、出身与故国。

克劳狄乌斯发现自己周围有念过书的人，很是高兴。他希望自己的史书在天堂里也能有一席之地，于是便同样引用了荷马的一句话来回答这个问题，从这句话中可以看出，他就是克劳狄乌斯·恺撒：

风儿带着我的战船
从饱受摧残的特洛伊来到客科涅斯人的海岸。

不过下一句诗要真实得多，正如荷马说过的一样：

当时我便大胆地弃船登陆，
我洗劫了一座城市，将所有的人都杀戮。

可惜赫拉克勒斯的脑子并不是特别灵光，要不是随侍在克劳狄乌斯身旁的菲渥女神，他准会以为克劳狄乌斯的话就是字面上的意思。在一众罗马天神和女神中，只有菲渥女神离开自己的神庙，和克劳狄乌斯一起来到了这里。她说道："这个人在撒谎。我可以把他的一切都告诉你，因为我已经跟他在一起很多年了。他出生在里昂，是马库斯的同胞。没错，他是个土生土长的凯尔特人，出生的地方距离维埃纳只有十六里；所以他无疑是征服了罗马，只要是个好样的凯尔特人都会征服罗马的。我跟你说的是实话，他出生在里昂——你知道里昂的，对吧？李锡尼[1]在那里当了很多年国王。你当然知道里昂，你行遍天下，走过的路比哪个国家的车都多。而且你一定知道，从利西亚的赞塔斯到隆河可远着呢。"

这话惹恼了克劳狄乌斯，他用尽全力大声咆哮，以此来表达自己的愤怒。没人能听明白他究竟在说些什么，其实他是在命令菲渥女神从他面前退下，并且习惯性地用哆哆嗦嗦的手示意将她杀头（他做起这个手势来，手总是挺稳的，但是做别的手势就统统不行了）。要不是他这个命

---

[1] 作者注：奥古斯都时期一位不得人心的总督。

令吸引了所有的注意力,你也许会以为在场的人都是他自己的自由民。

赫拉克勒斯说道:"现在听我说,你,别再出丑了,你知道这里是什么地方吗?老鼠在这儿能把钢铁都啃出洞来。这里就是这样的地方。你有话就直说吧,否则我就在你头顶上开个洞,从里面把你的胡言乱语洒一些出来。"为了让克劳狄乌斯对他的个性留下更深刻的印象,他用夸张的姿势滔滔不绝地背起下面的诗句来:

> 快,将一切从实招来!你出生在何处,为何要出世?
> 立刻告诉我,不然我就用这棍棒将你打死,
> 许多昏君的脑壳都是被它打坏。
> (你说什么?大声说话!我一个字也没听明白。)
> 你从哪里弄来那左摇右晃的脑瓜?
> 是不是有个城镇专将你这样的怪物养大?
> 不过且慢,在我完成第十件任务的路上
> (我曾去到极远的西方
> 将牛群从三头六臂的革律翁手里
> 随我一起带回希腊的城里),
> 我看到一座大山,每当太阳神升起
> 第一眼瞧见的就是那里。
> 在我说的这个地方,大浪滚滚的隆河
> 遇上了浅浅蜿蜒、不知流向何方的索恩河,
> 这两条河流之间有个小镇
> 告诉我,你是否就在那里出生?

他的表演极为生动有力,可他对自己还是没什么自信,就像老话说的,他担心"这傻瓜会抨击他"。不过克劳狄乌斯却发现原来自己面前的是赫拉克勒斯这样的大英雄,所以说话的语气也变了;他开始意识到自己的话在这里可是一点用也没有,跟在罗马时完全不一样;公鸡只有在自家粪堆上才最值钱。他是这么说的——或者说起码人家听见他是这么

说的:"哦,赫拉克勒斯,你是所有神灵中最最勇敢的,我本来希望你会站在我这边;如果其他的神灵要求我找个人替我作保,我就会说出你的名字。你对我已经非常熟悉了,对吧?请你想一想。我就是那个常常坐在你的神庙前头断案的人,日复一日,哪怕是一年中最为炎热的七月和八月也不例外。你知道我断案的时候有多不好受,整日整夜地听着律师们说个没完。尽管你是强者之中最强壮的,可要是让你碰上这样的倒霉事,我敢肯定你宁愿去把奥吉厄斯王的牛圈再一次打扫干净。我估计,我放掉的污水比你要多得多。但是既然我想……"

(此处丢失数页。一群神灵本来全都在讨论,现在同时对赫拉克勒斯说起话来,他只得将克劳狄乌斯——他已经同意支持他——引荐给天堂的元老院。)

"……你甚至闯进地狱偷过东西,把塞伯罗斯背在背上带了回来;所以你能闯进这里来也不足为奇。什么锁也挡不住你。"

"——不过请告诉我们,你想让这个家伙成为哪一种神灵?他当不了伊壁鸠鲁式的享乐主义神灵;因为第欧根尼·拉尔修说:'神灵是圣洁清廉的,既不会自寻烦恼,也不会惹得别人烦恼。'而斯多葛式的禁欲主义神灵——据瓦罗所说——是一个完善圆满的整体,实际上就是个滚圆的球,既无脑袋又无性器。他也当不了这种神灵。"

"——也许他可以呢?依我说,他身上倒是有些斯多葛式神灵的特点:他既没有脑袋,也没有心肝。"

"——那好,我敢保证,就算他没有向朱庇特请愿,而是去祈求农神,农神也不会同意的——尽管他活着的时候一整年都在过农神的万愚节,是一个十足的农神式皇帝。"

"——那么你认为他去求朱庇特的话,会有几分胜算呢?他可是谴责过朱庇特犯了乱伦罪的。我是说,他处死了自己的女婿希拉努斯,就因为希拉努斯有个姐姐,她是这世上最讨人喜欢的女孩,大家都把她称为维纳斯女王,可是他偏偏喜欢叫她朱诺。"

克劳狄乌斯说道:"是啊,他为什么要这样呢?我想知道这是为什么。真的,现在就告诉我,那可是他自己的姐姐啊!"

"——自己到书里去查,真蠢!难道你不知道吗?在雅典,你是可以和同父异母或者同母异父的姐妹睡觉的;在亚历山大,和亲姐妹睡觉也没有问题。"

"好吧,在罗马,"克劳狄乌斯说道,"侄女就是侄女。她们吃饭时舔……"

"——这个大画家是在教我们怎么把曲线画得更好吗?嘿,他连自己卧室里头发生的事情都不知道。"

"——他这是在'天国的秘密地盘上东诓西骗','还想要当神仙'。"

"——当神仙,啊?他的庙宇建在不列颠,那儿的野蛮人崇拜他,谦卑地向他祈祷'全能的傻瓜啊,可怜可怜我们吧!','我猜这些还不能让他满足吧。"

朱庇特突然想起来,有外人在元老院里时,议员们是不允许辩论的。"大人们,"他说道,"我允许你们盘问此人,可是你们却吵吵闹闹,任谁都会误以为这里是最廉价的妓院。请遵守元老院的规定。我不知道这人是谁,可他会怎么看待咱们?"

于是克劳狄乌斯又被带了出去,朱庇特叫两面神杰纳斯在辩论时首先发言。他被任命为明年七月一日下午的执政官,他是个聪明人,后脑勺上还长着一双眼睛。他在市集上有一座庙宇,所以自然是说得天花乱坠;可他说话太快,记录的官员没能记下来,所以我也就不打算把他说的全文报告给你们听了,免得歪曲了他的话。总而言之,他的主题是论神灵的威严,所以不该将神化的荣誉随随便便就到处分发,以免降低了神格。"从前神灵可是不得了的,"他说道,"可如今,你们把张三李四都封了神。我不希望你们认为我这么说是在反对封哪个人为神灵;我只是一概而论;为了表明这一点,我提议,从今往后,凡是如荷马所说,食人间烟火的,都不可获得神性,还是如荷马所说,滋养了沃土的,也不可获得神性。等我的动议通过表决并被宣布为法律之后,要是再有人被封神、以神灵的面目出现,或是被描述为神灵,一律视为刑事犯罪,并且我建议,应当把触犯这条法律者交给妖怪们,等到下一回公开表演时,让他在新来的剑斗士当中被桦条抽打。"

接下来，朱庇特叫迪斯庇特发言，他乃是冥界之神，是胜利女神维卡·波塔之子。他曾经当选为执政官，是一名职业的放债人，他还悄悄地倒卖公民权。赫拉克勒斯走到他身边，亲切地傻笑了一下，在他耳边小声说了句话，于是他便说出了以下这番话："克劳狄乌斯神和奥古斯都神是亲戚。他亲自神化的奥古斯塔女神正是他的祖母，迄今为止，他是曾经活着的人中最为博学的一位，而且，按照公共政策，应该有人和罗穆卢斯神一起劲地吃着水煮萝卜，所以我提议，让克劳狄乌斯神正式登记在册，成为奥林匹斯山的众神之一，完全和传统意义上神灵一样享有特权与优待，并且要在奥维德的《变形记》中加上一条注释来说明这一点。"

元老院分成了两派，不过看来克劳狄乌斯似乎会获得多数选票；因为这会儿赫拉克勒斯看出自己大有希望，便四处奔波，从一个席位跑到另一个席位，嘴里说着："请不要反对我。此事与我个人息息相关。如果现在你们投票支持我，那么有一天，我也同样会为你这么做。你知道有句老话叫作'有来有往'。"

接着，奥古斯都神站起身来，现在轮到他发言了，他说起话来雄辩滔滔。"诸位大人，我请求你们为我做证，自打我被正式封神的那天起，我从未说过一个字。我从来都不去多管闲事。可是，现在我没法继续假装大公无私了，也没法再掩饰我的悲伤，我觉得很惭愧，所以就更加伤心了。我让陆地和海洋都归于和平、叫停内战、给罗马赋予新的政体、用宏伟的公共建筑来装点她，难道就是为了……为了……大人们，我无话可说了。不管我说什么，都不足以表达我对此事的深深感触。我愤怒至极，只得从能言善辩的梅萨拉·科尔维努斯那里借用一句话——他曾被选为罗马监察官，却在几天后辞职，他说：'我真替自己的权力害臊。'我也有同感，当我看见自己一手建立的权力是如何被人滥用，我就为自己也曾运用过这样的权力而惭愧。诸位大人，这个人看起来似乎连打死个苍蝇的胆子也没有，可是却坐在我的位子上，以我的名字自居，轻而易举地下令将人处死。尽管被他害死的都是好人，我却不打算将他们一一提起；家门不幸已经让我忧心忡忡，实在无暇再去顾及公众的不幸。那么，我就只说说家里的灾祸，因为'萝卜[1]也许不懂希腊语，但是我懂'；起码我知道一句希腊谚语，'膝盖总比小腿近。'这个骗子，这个假冒的奥古斯都，为我做了好事，他害死了我的两个重孙女，莱斯比娅是被刺死的，海伦是被饿死的。他还杀了我的一个重孙——卢修斯·希拉努斯。（朱庇特大人，在此我希望您能秉公处理，尽管您自己也面临这种不道德的诉讼。）现在回答我，你这个克劳狄乌斯神，为什么你不先请那许多男男女女为自己辩护便判了他们死罪？这是哪门子的公正？难道天堂里就是这样的吗？哎，多少个世纪以来，朱庇特一直在这里当皇帝，只有一回打断了伏尔甘的腿；抓住伏尔甘的脚，他怒气冲天，将他扔出了天国的门槛，还有一回他对自己的妻子发起脾气来，于是吊死了她。除此之外，难道他竟然杀过自己家里的人吗？可是你，你杀死了梅萨丽娜，她可是你的妻子，而且，我不仅是你的舅公，也是她的舅公。（"她真的是我杀的吗？"你问道。你这罪该万死的东西，当然是你杀的！这简直更丢人现眼了；你到处杀人，居然还不自知。）没错，大人们，他甚至在我的重孙盖乌斯·卡里古拉死后仍然继续迫害他。卡里古拉确实杀了自己的岳父，但克劳狄乌斯觉得光是效仿他这一点还不够，于是把自己的女婿也杀了。卡里古拉不肯让克拉苏·弗鲁吉之子小庞培获得'伟大'的头衔，克劳狄乌斯倒是把这个头衔还给了他，可是却拿走了他的脑袋。在这个高贵的家族里，克拉苏·弗鲁吉、小庞培、斯克里波尼亚、特里斯托尼亚姐妹和阿萨里奥都死在他手中；我承认克拉苏是个傻瓜，可是他几乎完全可以取代克劳狄乌斯当皇帝。你们真的想让这个东西成为真正的神灵吗？看看他的身体，一出生就背负着天神的愤怒；说到这一点，再听听他说话吧！嘿，要是他能一连说三个字都不结巴，我就给他当奴隶！谁会崇拜这样一个神灵？谁会信仰他？要是你们

---

[1] 作者注：原稿中写作sormea，但是这个词并无意义；编辑提出是soror mea（意为我的姐妹）。不过，此处模仿的是奥古斯都的风格，他绝不可能说出这样的话来，"我的姐妹也许不懂希腊语，但是我懂。"他唯一的姐妹就是博学的屋大维娅。所以我建议，将这个词理解为surmea，这样更好，也更简单。surmea在埃及语中是"萝卜"的意思，罗马人用它来做催吐剂。

把他这样的人都变成神灵了,你们也就别指望有人会相信你们了。总之,诸位大人,如果你们看得起我,如果我对凡人的祈祷从来不曾明确回应,我希望你们能为我犯下的错误报仇雪耻。所以,我的建议是——他从自己的草稿上念道——鉴于这位克劳狄乌斯神杀死了他的岳父阿皮乌斯·希拉努斯、他的两个女婿——伟大庞培和卢修斯·希拉努斯、他女儿的岳父克拉苏·弗鲁吉(这人和他一模一样,就像一个鸡蛋活像另一个鸡蛋)、他女儿的岳母斯克里波尼亚、他的妻子梅萨丽娜以及其他很多人,此处不胜枚举——因此,我提议,应当依照最严格的法律对他提出起诉,不许保释,且应判他立刻流放,三十小时之内离开奥林匹斯山,三十天之内离开天国。"

议员们匆匆忙忙地进行表决,通过了这项动议。表决的结果一出来,墨丘利便抓住克劳狄乌斯的喉咙,把他拖到地狱去了。据说,没人能从那里回来诉说自己的不幸遭遇。

他们沿着神圣之路往下走,墨丘利问那些人成群结队是在干什么。这不正是克劳狄乌斯的葬礼吗?这队伍无比壮观,不惜一切代价来表明这将要下葬者乃是一位神灵。笛声悠扬,号角齐鸣,各种各样的乐器组成了一支大型的管乐队,这些杂音吵得震天响,连克劳狄乌斯都能听见。每张面孔都笑得乐开了花,全体罗马百姓又像自由的人民一样四处走动了。只有阿加索和几个外行的律师在流泪,他们这一回是真的哭了。专业律师们慢慢地从阴暗的角落里爬出来,他们的脸色苍白憔悴,半死不活,可是每吸一口气便活过来几分。其中有个人看见阿加索那一伙在互相安慰,便走到他们跟前说道:"我早就跟你们说过。万愚节迟早会过完的。"

克劳狄乌斯看见给自己送葬的队列走过,这才终于明白自己已经死了。一个大型的合唱队用交互轮唱的方式齐声唱着他的挽歌:

> 流泪吧,哦,罗马人,捶胸顿足吧,
> 你们的市集哀恸伤感,
> 我们送一位智者前去歇下,

你们的族人之中,谁也没有他这般勇敢。

他脚步敏捷,追得上
地上所有的骏马;
他打得赢反叛的帕提亚乱党,
波斯人也抵挡不住他的攻打。

他弯弓搭箭,稳稳在握;
数箭如急流般齐飞。
虽受伤不重,米堤亚人却
溃败而逃,露出花哨的脊背。

他驶过未知的大海
在不列颠岛上阔步而行;
他打烂布里甘特人的盾牌,
再用菘蓝将身体染上靛青。

他用罗马锁链将他们锁住,
也用罗马的棍棒和利斧
将沧海管束
让它也恐惧税负。

哀悼这名法官,他能以
快得惊人的速度判案;
纵使只听了一面之词,
他也照样能做出公断。

哪里还能找到像他这样的法官?
坐在那里断案,一年到头从不休息。

> 克里特人迈诺斯本是阴间的法官，
> 如今只得将席位相让与你。
>
> 你们这些律师，就是唯利是图的一伙，
> 哭泣吧，还有那些小小诗人，流泪吧，
> 哭泣吧，你们这些摇骰子的家伙
> 多的就是作弊的办法。

这称功颂德的歌词让克劳狄乌斯听得入了迷，他想留下来一直看到演出结束。不过墨丘利这众神信得过的信使将他给拉走了，他先把克劳狄乌斯的脑袋给蒙了起来，这样便没人能认得出他，然后带着他穿过战神广场，最后来到台伯河与下水道之间的地狱。他的自由民那尔齐苏斯已经先行抄近路到了这里，准备在他到达时来迎接他，这会儿那尔齐苏斯已经洗过了澡，精神饱满地微笑着走上前来喊道："神啊！神灵来看望我们这些凡人了！我是否有幸能……"

"去告诉他们，我们到了。赶紧的。"

那尔齐苏斯听到墨丘利的命令，匆匆地跑走了。通往地狱大门的路全是下坡——正如维吉尔曾经说过的——所以很容易走；尽管那尔齐苏斯身受痛风所苦，但是只花片刻便跑到了。门前躺着塞伯罗斯，或者像贺拉斯所称——"那只有五十个脑袋的野兽"。那尔齐苏斯可不是什么英雄，他惯常所见的是又小又白的玩赏小母狗，当他看见这巨大无比的黑色粗毛恶狗时——在地狱这样一个阴森森的地方，你绝对不想看见这种动物——他完全被吓坏了。"克劳狄乌斯来了。"他大喊着报了信。

一阵欢呼声突然响起，回应了他的喊叫，接着，一群鬼魂走了出来。他们唱着那首无人不知的歌谣：

> 可找到他了，可找到他了！
> 让我们尽情欢乐！
> 哦，拍拍你的手，

迷路的人儿找到了！

齐声歌唱的人里有民选领事盖乌斯·西利乌斯、前法官将库斯、塞克斯都·特拉乌鲁斯、马库斯·赫尔维乌斯、特罗古斯、科塔、维提乌斯·瓦伦斯、法比乌斯——全都是那尔齐苏斯下令处死的罗马骑士。演喜剧的麦尼斯特也在这里，他的脑袋被克劳狄乌斯砍掉了，所以模样更好看了。现在地狱里闹哄哄地谈论着克劳狄乌斯到来的消息，大家全都跑去找梅萨丽娜。克劳狄乌斯的自由民波里比乌斯、米伦、哈珀克拉斯、安法乌斯和菲洛纳克图斯跑在最前头。克劳狄乌斯希望到哪里都有人护送，所以先把他们派了下来。再来是两位禁卫军司令卡图尼乌斯·朱斯图斯和鲁弗里乌斯·波利乌斯。接着是克劳狄乌斯的朋友们——萨图宁·卢修斯、佩多·庞培、阿西尼乌斯兄弟俩、卢普斯和塞勒尔。走在最后的是他哥哥的女儿莱斯比娅、他姐姐的女儿海伦、他的女婿们、岳父们和岳母们——其实全家人都来了。他们排起队来，一起出发来见克劳狄乌斯。克劳狄乌斯睁大了眼睛望着他们，惊呼道："啊，有这么多朋友！你们怎么都到这儿来了？"佩多答道："我们是怎么到这儿来的，你这个嗜血成性的恶棍！你怎么敢问我们这个问题？除了你这个把自己的朋友全都杀光的人，还有谁会送我们到这儿来？现在我们打算起诉你，来吧。我带你去刑事法庭。"

佩多把他带到了爱考士的法庭上。爱考士是一名判官，他根据科涅利亚法来审判谋杀案。佩多请求他写下囚犯的名字，然后填好了案情记录：

被害的议员人数：35
被害的罗马骑士人数：221
其他人：无法记录准确数字

克劳狄乌斯请求律师为自己辩护，但是没人愿意主动替他代言。最后，普布里乌斯·佩特洛尼乌斯走了出来——他和克劳狄乌斯是多年的酒友，能把克劳狄乌斯那种语言说得很好——要求将被告还押候审。爱考士拒绝批准他的要求,于是佩多·庞培开始了慷慨陈词,用最大的嗓门说出他对克劳狄乌斯的指控。辩方律师想要回答,但爱考士是一名非常认真的法官,他判辩方律师违反规定,然后如控方所说总结了本案。他宣判道:

> 他既做了恶人,
> 就必尝这恶果。这样才公正。

随后是一阵出奇的寂静。大家认为这个判决从无先例,所以全都大吃了一惊。当然,克劳狄乌斯自己本来是能举出先例的,可他认为即使这样也还是太不公平了。然后,大家就克劳狄乌斯应当受到何种惩罚争论了良久。有人说西绪福斯推石头上山已经推了很多年,也有人说应该在坦塔罗斯渴死之前把他替换下来,还有人说是时候在不断将伊克西翁压坏的轮子上放一个障碍物了。不过,爱考士认为还是不能宽恕这些老手们,免得克劳狄乌斯指望着哪一天也能同样地歇一口气。所以,必须开创一种新的惩罚手段:他们得想出某种完全没有意义的工作,大意是要体现出不断破灭的贪婪野心。爱考士最后终于宣布了判决,克劳狄乌斯要用一个没有底的骰子筒永远摇骰子。

囚犯立刻就开始执行判决了,他摸索着去找掉下去的骰子,再也没法将游戏向下进行。

> 啊,多少次他摇着骰子筒
> 坐下来准备将骰子投在板上,
> 可它们却从筒底的洞中消失无踪。
> 然后,他又一次将它们捡起,想方设法
> 像从前一样摇啊投啊。
> 它们又从杯底漏下,
> 仍然在欺骗他,一直在欺骗他。
> 他再一次俯身将骰子捡起

> 它们却从他指间滑脱，
> 无休无止地滑脱——
> 每当西绪福斯用尽全力
> 将石头推上地狱的山顶
> 它便滚下山来，跳回到他的脖颈。

突然间，有个人走了进来，不是别人，正是盖乌斯·卡里古拉。"嘿，那是我的奴隶，"卡里古拉说道，"我要认领他！"他找到了几个证人，他们做证说确实常常看见他用鞭子和桦条责打克劳狄乌斯，还对他饱以老拳。于是法官批准了他的认领，将克劳狄乌斯交给他的主人。不过，卡里古拉将他作为礼物送给了爱考士，爱考士又将他交给自己的自由民米南德，米南德给他的任务是在法庭上做记录。

尾声

公元65年，塞内加在尼禄的命令下被迫自杀。他比这个故事中其他多数角色都要长命。公元55年，不列塔尼库斯被毒害身亡。巴拉斯、伯尔赫斯、多密提娅、希拉努斯家里幸存的人、屋大维娅、安东尼娅和福斯图斯·苏拉全都惨遭杀害。尼禄继位两年之后，不再受小阿格里皮娜的把持，可是她允许尼禄和自己乱伦，从而又恢复了对他的控制，但时间不长，尼禄便对她起了杀心。他让她搭乘一艘会散架的船出海，离开岸边很远以后，船断成了两截，可是她游回到岸上，平安无事。最后，他派了士兵来杀她。她死得很勇敢，命令士兵们将剑刺进她的肚子——那逆子正是从这里孕育出来的。公元68年，元老院宣布尼禄为国民公敌，在尼禄的要求下，他的一位仆人杀死了他，皇室就此绝后。公元69年，内战爆发，一片混乱，这一年里一连换了四位皇帝，分别是：加尔巴、奥托、奥鲁斯·维特里乌斯和维斯佩西安。维斯佩西安施行德政，建立了弗拉维王朝。共和制再也没有恢复。

作者后记

本书使用"金币"作为常规货币标准,在拉丁语中称为"奥里斯",一个奥里斯金币的价值相当于一百个塞斯特尔提乌斯(铜币),或者是二十五个迪纳里厄斯(银币);亦可将一个金币视为价值一英镑或是(战前的)五美元。书中的"里"指的是罗马里,比一英里大约要少三十步。为了方便起见,无关紧要的日期都采用了基督教的计算方法;克劳狄乌斯用的是希腊人的算法,从公元前776年第一届奥林匹克运动会的时候开始算。同样是为了方便起见,书中的地名均采用最为人所熟知的名称:所以是"法兰西",而不是"山外高卢",因为法兰西与山外高卢的领土面积大致相同;而且,如果用"山外高卢"这个名字,或者像希腊人那样称之为"加拉提亚",那么用现代名称来称呼尼姆、布洛涅和里昂这些城镇就前后矛盾了——它们的古代名称恐怕很多人都不认得。(希腊语的地名最容易混淆了:日耳曼居然被称为"凯尔特人之国"。)同理,人名也是最为人所熟知的——"李维"指蒂托·李维,"辛白林"是库诺贝利努斯,"马克·安东尼"则是马库斯·安东尼乌斯。克劳狄乌斯写作时用的是希腊语,这是他那个时代的学术语言,这就解释了他为什么会仔细解释拉丁语的笑话,并且翻译了自己引用的一段恩尼乌斯诗歌的原文。

有些评论家暗示我在写作时只不过查阅了塔西佗的《编年史》和苏维托尼乌斯的《罗马十二帝王传》,将二者混在一起,再用我自己那"丰富的想象力"进行扩展。事实并非如此,在写作《罗马帝国:神的统治》一书时,我所借鉴的古典作家有塔西佗、狄奥·卡西乌斯、苏维托尼乌斯、普林尼、瓦罗、瓦列利乌斯·马克西姆斯、奥罗修斯、弗龙蒂努斯、斯特拉波、恺撒、科卢美拉、普鲁塔克、约瑟夫斯、狄奥多罗斯·西库路斯、佛提乌斯、西非利努斯、佐纳拉斯、塞内加、佩特洛尼乌斯、尤维纳利斯、斐洛、塞尔苏斯、《使徒行传》的作者、《尼哥底母伪福音》以及《圣詹姆斯伪福音》的作者们,还有现存的克劳狄乌斯本人的书信和演讲。书中所写的每一件事情都可以在某一本史书中找到出处来证明,我希望所有的事情都有历史可信度。每一个角色都是真有其人。最难写的部分就是克劳狄乌斯大败卡拉克塔库斯,因为当代少有文献可考。为了让关于不列颠德鲁伊教的观点看来可信,我不仅参考了典籍中寥寥无几的几句评介,还得借鉴考古学作品、古代凯尔特文学,以及对新赫布里底群岛的现代巨石文化的报道——那里仍然将支石墓和史前巨石用于宗教仪式。写到早期基督教时我尤其当心,免得虚构出什么新的诽谤性内容来;不过我引用了一些古老的中伤之语,因为克劳狄乌斯本人对教会并没有好感,而且他对近东宗教事务的了解多半来自他从前的同窗希罗德·阿格里帕所言,可是这位犹太王处死了圣詹姆斯,还囚禁了圣彼得。

　　我要再次感谢劳拉·瑞定细心地阅读了本书的手稿,并且在文字的一致性方面提出很多建议;也要感谢空军士兵T.E.肖阅读了本书的校样。十分感谢剑桥大学纽纳姆学院的古典史学讲师乔斯林·托因比向我提供的帮助;我还得感谢阿纳尔多·莫米利亚诺先生,牛津大学出版社最近刚刚翻译出版了他关于克劳狄乌斯的专题论文。

CLAUDIUS THE GOD by Robert Graves
Copyright by The Trustees Of The Robert Graves Copyright Trust
Simplified Chinese translation copyright © 2015
by Beijing Alpha Books Co., Inc.
All rights reserved.

版贸核渝字（2012）第074号
图书在版编目（CIP）数据

罗马帝国：神的统治 /（英）格雷夫斯著；夏星译. -- 重庆：重庆出版社，2014.11
书名原文：Claudius the god
ISBN 978-7-229-08784-5

Ⅰ.①罗… Ⅱ.①格…②夏… Ⅲ.①长篇历史小说—英国—现代 Ⅳ.①I561.45

中国版本图书馆CIP数据核字（2014）第234407号

罗马帝国：神的统治
LUOMADIGUO SHENDETONGZHI

[英] 罗伯特·格雷夫斯 著
夏星 译

出 版 人：罗小卫
策　　划：华章同人
出版监制：王舜平
策划编辑：于　然
责任编辑：王春霞
责任印制：杨　宁
营销编辑：刘　菲
装帧设计：未　泯

重庆出版集团
重庆出版社　出版
（重庆市南岸区南滨路162号1幢）

投稿邮箱：bjhztr@vip.163.com
三河市九洲财鑫印刷有限公司　印刷
重庆出版集团图书发行有限公司　发行
邮购电话：010-85869375/76/77转810

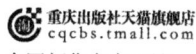

重庆出版社天猫旗舰店
cqcbs.tmall.com

全国新华书店经销

开本：890mm×1280mm　1/32　印张：14.625　字数：416千
2015年5月第1版　2015年5月第1次印刷
定价：45.00元

如有印装质量问题，请致电023-61520678

版权所有，侵权必究